**BESTSELLER**

**Jorge Molist** (Barcelona, 1951) es uno de los grandes maestros de la narrativa histórica de nuestro país con más de un millón de ejemplares vendidos de toda su obra. Tras una larga carrera profesional en importantes multinacionales, decidió retomar su vocación de escritor y en el año 2000 publicó *Los muros de Jericó*, a la que seguirían *Presagio* (2003) y *El anillo* (2004), traducida a más de veinte idiomas. En 2007 ganó el prestigioso Premio de Novela Histórica Alfonso X el Sabio con *La reina oculta*, y continuó su reconocida carrera literaria con la bilogía *Prométeme que serás libre* y *Tiempo de cenizas* (2011 y 2013).

En el año 2018 obtuvo el Premio de Novela Fernando Lara con *Canción de sangre y oro*. Tras este galardón, llegarían *La reina sola* (2021), *El latido del mar* (2023) y *El Español* (Grijalbo, 2025).

# JORGE MOLIST

## La reina sola

DEBOLS!LLO

Papel certificado por el Forest Stewardship Council®

Penguin
Random House
Grupo Editorial

Primera edición: febrero de 2026
Reimpresión: febrero de 2026

© 2021, Jorge Molist
© 2026, Penguin Random House Grupo Editorial, S. A. U.
Travessera de Gràcia, 47-49. 08021 Barcelona
Diseño de los mapas: © Àlvar Salom
Diseño de la cubierta: Penguin Random House Grupo Editorial / Claudia Sánchez
Imagen de la cubierta: © José Luis Paniagua

*Printed in Spain* – Impreso en España

ISBN: 978-84-663-8918-1
Depósito legal: B-21.403-2025

Compuesto en Comptex & Ass., S.L.
Impreso en Liberdúplex
Sant Llorenç d'Hortons (Barcelona)

P 3 8 9 1 8 A

*A Paloma, mi compañera y mi amor*

[…] que ell no venga a Bordeu; que ell
sap per cert que el rei de França ve a Bordeu,
per metre a mort lo rey Darago e tots aquells
qui ab ell serán.

*Crónica de Ramón Muntaner*, cap. 87

[…] que él [Pedro de Aragón] no venga
a Burdeos; que él [el senescal de Burdeos]
sabe con toda seguridad que el rey de Francia viene a Burdeos a dar muerte al rey de Aragón y a todos aquellos que le acompañen.

**Ilustración 1**

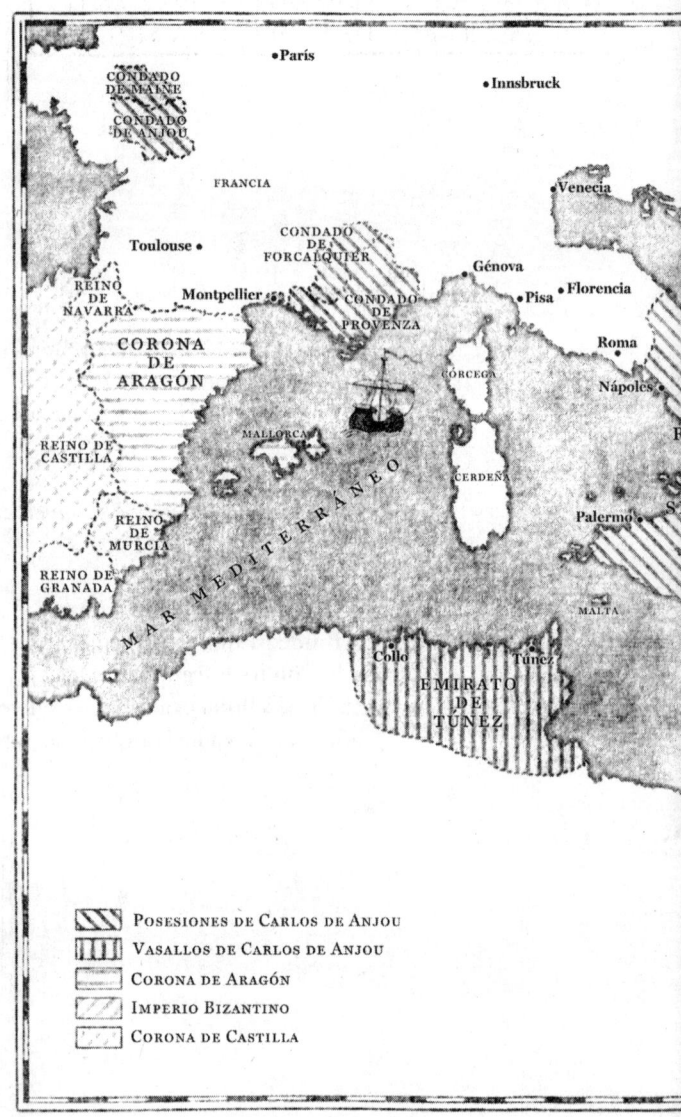

MAPA DEL MEDITERRÁNEO EN 1282 ANTES DE LA LLEGADA DE PEDRO III A SICILIA

REINO DE ALBANIA

IMPERIO BIZANTINO

Constantinopla

PRINCIPADO DE ACAYA

REINO DE JERUSALÉN

**Ilustración 2**

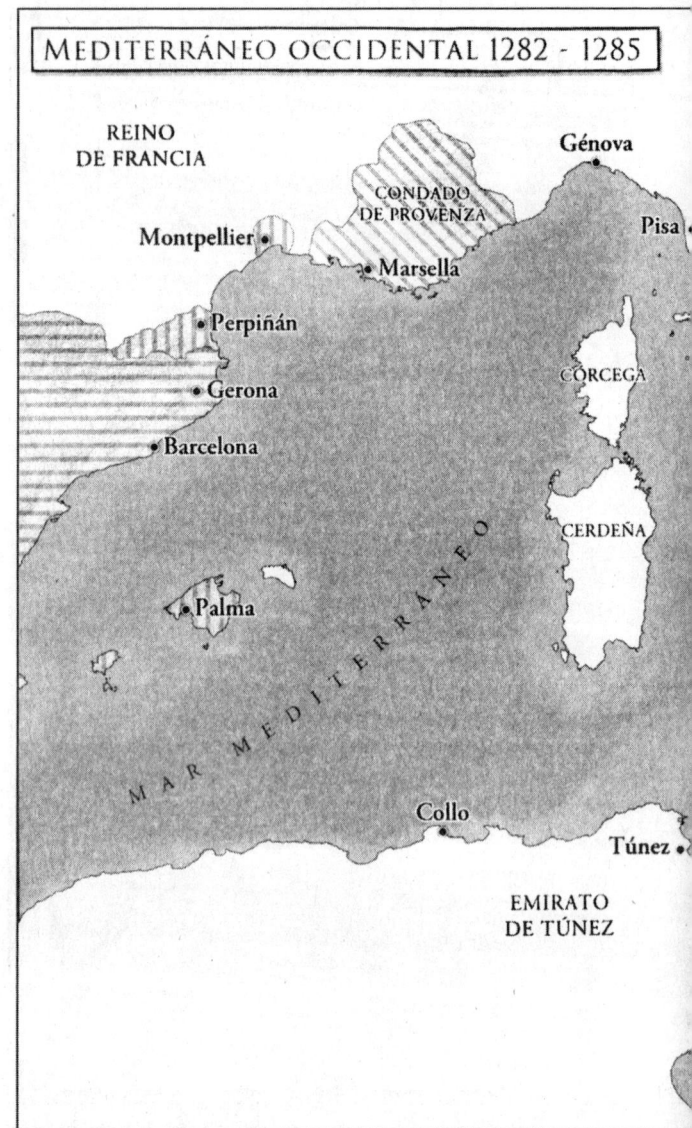

MEDITERRÁNEO OCCIDENTAL 1282 - 1285

REINO DE FRANCIA

Génova

CONDADO DE PROVENZA

Pisa

Montpellier

Marsella

Perpiñán

CÓRCEGA

Gerona

Barcelona

CERDEÑA

Palma

MAR MEDITERRÁNEO

Collo

Túnez

EMIRATO DE TÚNEZ

Dominios Angevinos
Corona de Aragón y Sicilia
Reino de Mallorca
Zona en disputa

Venecia

Florencia

• Perugia
• Orvieto

• Tagliacozzo
Roma

• Foggia
Benevento
• Melfi
Gaeta
Nápoles    APULIA
• Brindisi
ALBANIA

• Galipoli

Scalea •

CALABRIA

Nicotera
Palermo  Mesina  • Caulonia
Trapani  Cefalú  Regio de Calabria
Caltagirone •  • Catania
• Siracusa

MALTA

ERBA

Al final del libro hay más ilustraciones que recomiendo no ver hasta que aparezca, en el texto, indicación de hacerlo.

# PRIMERA PARTE

# 1

*Mesina (Sicilia), junio de 1284*

Alguien golpeaba violentamente la puerta. Súria se incorporó del lecho alarmada y vio que también lo hacía Roger.

—No debierais estar aquí, almirante —murmuró confundida y disgustada—. No en mi cama.

Recordó lo ocurrido. Sentía que la habían engañado, que había caído en una trampa. Vio también como Beatriu, su amiga, cubierta con una bata, se asomaba a la ventana.

—Es vuestro segundo de a bordo, almirante —informó—. Con vuestro escudero. Parece grave.

Roger se vistió a toda prisa para bajar; tenía que ser muy serio para que Giacomo se atreviera a molestarle.

—Una muchedumbre enardecida sitia el castillo —informó Giacomo, el muchacho sin sonrisa—. Arrojan piedras e irá a peor, porque van armados. ¡Es una revuelta, la reina está en peligro!

—Hay que actuar de inmediato —dijo Roger.

A pesar del sobresalto, el sueño aún le pesaba a Súria en los párpados y se sentía torpe. Pero se precipitó de inmediato fuera del lecho para vestir su zamarra y tomar sus armas. El almirante ya impartía instrucciones. Dijo que él iría al puerto a por los ballesteros de la flota y le ordenó a Súria que alertara a sus compañeros almogávares que acampaban extramuros de la ciudad.

—Beatriu avisará a los míos —repuso ella—. Yo voy directa al castillo.

—Ni se te ocurra —le advirtió Roger—. Es gente exaltada, llevan armas y te verán como enemiga. No puedes ir sola, espéranos.

Súria le miró airada, no le perdonaba lo ocurrido en la noche. No iba a obedecerle.

—Idos a la mierda, almirante. Voy al castillo.

Roger gruñó.

—No puedo entretenerme discutiendo con esa cabezota —murmuró.

Y se fue hacia el puerto seguido de su escudero, mientras que Beatriu y Giacomo salían de la ciudad en busca del clan almogávar.


El castillo de Matagrifone se encontraba en la parte alta de Mesina y cubría el punto más vulnerable de las murallas de la ciudad. Su principal misión era la defensa exterior, y era fácil de asaltar desde el interior, puesto que esa parte estaba construida con madera en casi su totalidad.

Súria trotó cuesta arriba y al llegar jadeante a la plaza frente al castillo se encontró con una multitud silenciosa, aunque inquieta. Muchos llevaban armas y, atentos a la reina que les hablaba, no repararon en su presencia.

Súria sentía un gran aprecio por la soberana. No la conocía personalmente, pero la había visto arengar a las tropas y se sentía identificada con ella. Ambas eran mujeres obligadas a luchar en un mundo de hombres.

La reina de Sicilia y Aragón se encontraba en unas almenas bajas sobre la puerta principal, flanqueada por dos caballeros con armadura y por ballesteros que apuntaban a la multitud. No iba protegida y estaba expuesta a cualquier proyectil. Vestía una gonela azul y lucía, como símbolos reales, capa púrpura y corona. Se erguía serena despreciando el peligro y hablaba a la gente en siciliano. Súria alcanzó a oír sus últimas palabras:

—Así que ordeno que regreséis a vuestros hogares con vuestras familias y os aprestéis a defenderlas, conmigo, de la gran invasión que viene del norte. Id con Dios, volved a vuestras casas, porque frente a estos muros solo encontraréis la muerte. La muerte como rebeldes traidores a la causa de Sicilia.

Por unos instantes el silencio imperó en la plaza. Súria vio que algunos, pocos, se iban, obedeciendo a la reina. Pero la mayor parte no se movió y empezaron a hablar y a discutir. El sonido de las trompetas los acalló y uno de los caballeros que flanqueaba a la reina gritó:

—¡La reina Constanza, vuestra soberana, ha hablado! ¡Cumplid sus órdenes y regresad a vuestros hogares!

Algunos empezaban a irse cuando, de pronto, se oyó el inconfundible sonido del resorte de una ballesta al dispararse. Y la reina se derrumbó.

Hubo chillidos de espanto.

—¡Han matado a la reina! —gritaba la multitud.

Súria sintió como si se le detuviera el corazón. Y la invadió una mezcla de rabia y profundo pesar. Tanto que notó las lágrimas asomándose a sus ojos. Muchos se pusieron a correr temiendo los disparos de los ballesteros del castillo. Pero ella, ya completamente despierta y alerta, dio unos pasos hacia el lugar origen del sonido, apartando a la gente que huía, y vio a un hombre que trataba de ocultar la ballesta bajo una capa. Era un tipo de barba negra, mediana estatura y una cicatriz en la mejilla. Tenía aspecto de hampón y estaba rodeado de varios de semejante calaña que iban armados. Se fue hacia él sin evaluar siquiera el peligro.

—¡Aragón! —gritó al tiempo que lanzaba su azcona.

A pesar de los veinte pasos que los separaban, le traspasó el cuello y cayó fulminado. Los demás la miraron alarmados. No se habían percatado de su presencia. Pese a la furia que la invadía, Súria actuaba con la frialdad que la caracterizaba en batalla y blandía ya uno de los venablos que acostumbraba a llevar sujetos a la espalda.

—*Desperta, ferro!* —aulló yendo hacia aquellos individuos.

—¡La mujer almogávar! —exclamó uno.

Y se dispusieron a hacerle frente. Súria comprendió el peligro suicida al que se exponía, pero era demasiado tarde para volverse atrás. Si les daba la espalda la matarían como a un perro. Pero de pronto oyó el eco de su propio grito proferido por cientos de gargantas:

—*Desperta, ferro!*

Los almogávares y ballesteros llegaban junto al almirante. La gente que quedaba en la plaza escapó a todo correr, y lo mismo hicieron aquellos individuos. Uno cayó con la espalda traspasada por el venablo de Súria. Entonces, la mujer almogávar miró hacia donde había estado la reina Constanza. No había nadie.

Sintió un pesar, un desamparo, que le encogía el corazón. Si la reina estaba muerta, las consecuencias serían terribles.

# 2

*Castillo de Matagrifone, Mesina, abril de 1283*
*Un año y dos meses antes*

—No acudáis al duelo, señor, es una trampa —le supliqué angustiada—. Os va la vida.

Pedro me miró con ternura para después sonreírme triste.

—Debo estar el 1 de junio en Burdeos, Constanza —musitó repitiendo lo de siempre—. Me va la honra.

—¡Pero se trata de un engaño, una encerrona! —insistí—. No tendréis la más mínima oportunidad.

Sentía temor, inseguridad, tristeza. El día anterior, mi esposo, cumpliendo su promesa, me coronó reina de Sicilia. Y al día siguiente me abandonaba para iniciar un viaje hacia su propia destrucción, hacia la muerte.

Me dejaba sola, sin experiencia de gobierno, para reinar sobre un país en guerra. Una guerra contra unos enemigos de una superioridad aplastante. Los tres mayores poderes del siglo: Carlos de Anjou, el asesino de mi padre, convertido en el verdadero emperador mediterráneo; el rey de Francia, sobrino del anterior, y el papa. Los tres, franceses y aliados.

Pedro dejaba en mis manos el destino de nuestros hijos y el de mis compatriotas sicilianos, que se habían rebelado contra la tiranía de Carlos, el brazo armado del pontífice. Me abrumaba la responsabilidad. Tenía que disuadirle.

—Quedaos conmigo —le imploré—. No vayáis a Francia. No me dejéis sola, vuestras obligaciones están aquí, con los sicilianos que os hicieron su rey y con nuestros hijos. Es un viaje insensato, señor. Vais hacia una trampa mortal.

Él tomó mis manos, las besó y después se me quedó mirando. Observé su rostro tratando de retener sus facciones en mi memoria. Tenía una nariz recia, ojos gris claro, un poderoso mentón en un rostro afeitado, espesas cejas y media melena de un castaño casi rubio. Era alto, fuerte, y poseía una potente voz que se hacía oír en las batallas. Porque le gustaba luchar al frente de sus tropas y no dejó de hacerlo hasta hacía muy poco, cuando le arranqué la promesa.

—Decidme, señora —repuso—, ¿qué es un caballero sin honor? ¿Qué es un rey si no es un caballero? —Y él mismo se respondió—: ¡Nada! Lo siento, mi querida Constanza, pero debo acudir a esa cita.

Desalentada, me pregunté qué era lo que arrastraba sin remisión a algunos hombres a un destino fatal, por qué se comportaban como esas mariposas nocturnas que revolotean alrededor de una llama hasta que esta las alcanza y caen quemadas. No era capaz de entender qué era lo que empujaba a mi esposo hacia una trampa que le costaría la vida o cuando menos la libertad. Él alegaba que era su honor, pero ¿era el peligro lo que en realidad le atraía?

Conocía bien su pensamiento, lo repetía con frecuencia a nuestros hijos: «Aparentar poder confiere poder —decía—, mostrar valor da valor y comportarte como un caballero te hace un caballero».

Y él quería probar al mundo que era poderoso, valiente y todo un caballero. Y de eso se aprovechaba el astuto zorro de Carlos de Anjou tendiéndole aquella trampa. Una celada evidente para todos, menos, al parecer, para mi esposo.

Sin embargo, Pedro había pasado su vida luchando contra nobles rebeldes, musulmanes y ahora franceses. Reconquistó Murcia a los sarracenos sublevados e hizo matar a su propio hermano bastardo en su presencia, por traidor, con lo que sometió a la nobleza aragonesa para después hacer lo mismo con la catalana. No era un bobo.

Había vencido no solo por fuerza y saber, sino también gracias a su inteligencia y dotes diplomáticas. Siempre había admirado su habilidad, en especial al lograr que unos nobles rebeldes y cortos de miras le siguieran, engañándolos, hasta Sicilia y participaran en una guerra tan lejana de sus feudos. Pero sentía que en esta ocasión era él el engañado. Que el francés le superaba y que había caído en su trampa.

Aunque no terminaba de creer que estuviera tan ciego. Confiaba en que se guardara algo en la manga y rezaba por ello. Porque mi querido esposo acostumbraba a ser hermético con respecto a sus planes, incluso conmigo. Decía con frecuencia: «Si mi mano derecha supiera lo que hace la izquierda, la cortaría». Y se quedaba mirando a su interlocutor sin añadir palabra, con una sonrisa que suavizaba una negativa a informar que sonaba a amenaza. Cuando elegía un camino, esperaba que le siguieran sin preguntar.

Así era Pedro.

Y yo acababa de sufrirlo. Había viajado a mi tierra natal con el corazón lleno de dicha. Iba ilusionada pensando en disfrutar junto a él de aquel reino que me pertenecía por herencia. Pero no iba a ser así.

Mi esposo cumplía una promesa que parecía imposible cuando me la hizo. La de vengar a mi padre y darme Sicilia. Cierto. Pero tan pronto como me puso la corona en la cabeza me sorprendió al decirme que se iba. Que me dejaba en un país que tuve que abandonar a los trece años y que apenas conocía, en el que muchos nos rechazaban y frente a unos poderosísimos enemigos que se preparaban para reconquistarla. En una isla que podía estallar en una insurrección que me costara la vida y la de mis hijos. No, la Corona de Sicilia no era un regalo.

Estaba decepcionada. Tenía que convencer a Pedro. Hacer que se quedara. Le necesitaba a mi lado.

# 3

*Castillo de Matagrifone, Mesina, abril de 1283*

Contemplé melancólica el amanecer del día siguiente desde la ventana de nuestra estancia privada. Era un día claro, de azules intensos en cielo y mar, y las nubes mostraban tonos rosáceos. A nuestros pies se extendía Mesina con las paredes blancas y tejados rojizos de sus casas; su amplio puerto, en el interior de una gran ensenada en forma de G, y las líneas costeras, de uno y otro lado del estrecho.

Había llegado la hora de las despedidas y quise repetirle a Pedro mis temores, en un último intento de disuadirle de su viaje suicida. No era justo que se fuera.

—Señor, me abruma la responsabilidad que cargáis sobre mis hombros —le repetí—. Acabo de llegar a la isla, lo desconozco casi todo, apenas he tenido experiencia de gobierno antes y estamos en guerra. Una guerra cruel frente a enemigos mucho más poderosos.

—Seréis una gran reina —repuso él—, porque mostraréis una piedad de la que otros carecemos.

—¿De qué sirve la piedad cuando hay que hacer rodar cabezas para gobernar? —me lamenté—. ¿Cuando tenemos a nobles sicilianos tramando conjuras en el interior y ejércitos muy superiores acosándonos en el exterior?

—No os dejo sola —repuso acariciándome la mejilla—. Tenéis a Roger de almirante, como senescal a Juan de Prócida y a Alaimo de Lentini, el héroe de Mesina, de justicia del reino. Son excelentes y os ayudarán en todo.

Hizo una pausa y sonrió para tranquilizarme. No lo logró, un gran desasosiego me atenazaba. Por mucho que él insistiera yo me sentía sola, muy sola. Abandonada.

—Y os conozco bien —añadió—, y aunque lo detestéis, haréis rodar cabezas cuando sea preciso.

Mi angustia tornó en rabia. Que yo haría rodar cabezas, decía. Sí, para él sería fácil, pero yo había crecido, y me había criado, en un ambiente femenino, religioso y palaciego donde aquello era muy lejano. Matar era un pecado que cometían otros. Traté de contener la furia que crecía en mí.

—Señor —alegué—, Roger no tiene experiencia como almirante, le acabáis de nombrar. Y Juan es ya un anciano.

—Pero os son fieles.

—Sí, de eso estoy segura. Aunque, una vez que partáis, el verdadero poder en la isla lo ostentará Alaimo, y dudo mucho de su fidelidad.

Pedro se mantuvo en silencio.

—Os lo sabréis ganar —dijo al final.

¡Otra! Me decía que me ganara a aquel hombre. ¿Cómo se hacía eso?

—No acudáis al duelo, señor, es una trampa —le supliqué, de nuevo, ocultando mi frustración—. Quedaos aquí conmigo, os necesito.

—Iré con tiento, señora, no paséis cuidado. Pero debo ir.

Apreté los labios, sacudí la cabeza desalentada y me esforcé por contener el coraje para que no se convirtiera en llanto.

—La reina está en lo cierto —afirmó Roger de Lauria, nuestro almirante, cuando Pedro le hizo venir para despedirse—. Nuestros espías dicen que los franceses quieren apresaros o mataros. Sois un excomulgado, señor. El papa os maldijo. No hay deshonor en traicionaros. Cualquier promesa que os hicieran no es válida para la Iglesia, y cualquier cristiano puede mataros sin pecado ni castigo.

Estábamos los tres solos en la estancia y Pedro se quedó mirando a Roger en silencio. Aquellos eran los dos hombres vivos a quienes yo más quería, aparte de a mis hijos. Roger tenía treinta y tres años, uno menos que yo. Su madre, Bella d'Amichi, fue mi nodriza, y por lo tanto éramos hermanos de leche. Yo quedé huérfana de madre cuando tenía cinco años y ella nos crio juntos, hasta que, a los doce, después de mi boda, él se incorporó, como paje, a la corte militar de mi marido. Desde entonces le había servido por tierra y mar, luchando contra nobles rebeldes, sarracenos y franceses. Roger admiraba a Pedro. Y él le correspondía con un enorme cariño.

—Lo sé, Roger —murmuró al rato Pedro—. Sé bien lo que representa la excomunión.

—El camino a Burdeos está lleno de trampas —insistió Roger.

—Gracias por vuestras advertencias —dijo Pedro elevando la barbilla—. Pero mi honor está por encima de cualquier peligro. Si no me presento en la liza el día acordado, mis enemigos me tacharán de cobarde. Y lo proclamarán al mundo entero. No tengo más opción.

Pedro se había criado en la corte aventurera de su padre Jaime, el conquistador de reinos. Y en la nuestra brillaban la caballería en todo su esplendor y los trovadores. Tenía vocación de caballero andante. Quizá esa fuera la causa, o quizá la consecuencia, de su excesiva audacia.

—Pero ¿cómo pudisteis aceptar ese duelo tan insensato? —le reproché seria y elevando la voz.

De inmediato me arrepentí. Comprendía que no había solución ni remedio. Dada mi condición de mujer, reprenderle frente a otro hombre no haría más que reforzar su propósito. En unos momentos partiríamos hacia el otro extremo de la isla, desde donde Pedro zarparía hacia España. Y yo me quedaría en Sicilia, con mis hijos, gobernando lo desconocido. Quizá no le viera nunca más. Me producía una pena terrible. ¿Qué ganaba increpándole? ¿Qué ganaba expresando mi frustración? Nada. Debía aprovechar aquellos días de camino, tal vez los últimos, para ser feliz junto a él.

En lugar de responderme furioso, me miró triste y quedó pensativo.

—Carlos de Anjou era, y se creía, el rey más poderoso de Europa —recordó después de una pausa—. Más incluso que su sobrino el rey de Francia. Era rey de Sicilia, Albania y Jerusalén; príncipe de Acaya, en el sur de Grecia; señor supremo de Túnez, y senador de Roma, con lo que controlaba el centro y gran parte del norte de Italia. Por si esto fuera poco, poseía cuatro de los más ricos condados de Francia. Y, junto al papa, preparaba un ejército nunca visto para invadir Constantinopla y el Imperio bizantino. Y en apenas unas semanas le arrebatamos la isla de Sicilia, destrozamos su flota en Nicotera y tomamos el control del estrecho. Comprendo su frustración y su furia. Me envió una carta llena de insultos llamándome traidor y felón por atacarle sin antes declararle la guerra, según exigen las leyes de caballería.

—Eso no es cierto —intervino Roger—. Fue el pueblo de Sicilia, harto de su tiranía, quien se sublevó. Y le enviamos embajadores exigiéndole que abandonara el reino, que es, por derecho, de doña Constanza. Le declaramos formalmente la guerra antes de atacarle.

—Así es, pero no tengo otra opción que defender mi honor.

Y la conversación continuó repitiendo, inútilmente, una y otra vez, los mismos argumentos. Hasta agotarnos.

—Vuestro enemigo hace ya tres meses que partió hacia Francia para prepararlo todo —le recordó Roger—. Y a vos apenas os queda tiempo para llegar.

—Tenía que dejar la isla en orden y segura. Y coronar a mi esposa reina de Sicilia tal como prometí.

Me miró dedicándome una sonrisa al tiempo que tomaba mi mano para estrecharla con cariño. Le correspondí, aunque seguía triste y enojada. Entonces se oyó un golpeteo en la puerta.

—Los caballos están preparados —informó un escudero.

Roger se arrodilló y besó la mano de Pedro, pero este le hizo levantarse para abrazarle. Era también fuerte, casi tan alto como mi esposo, tenía una nariz recta, rostro afeitado, pómulos altos, un hoyuelo en su mentón y unos intensos ojos oscuros.

—Cuidad de vuestra hermana Constanza —le dijo—. De nuestro heredero Jaime y del resto de nuestros hijos.

—Así lo haré, señor —repuso él emocionado—. Con mi vida.

Pedro se despidió, a continuación, de Jaime. A causa de la guerra, el grueso del ejército y de la flota se encontraban en Mesina, en lugar de en Palermo, la capital, y nuestro heredero debía quedarse en la ciudad representándome. Padre e hijo habían pasado gran parte de la noche conversando. Mi esposo quería inculcarle el arte del gobierno dándole todo tipo de consejos y contándole viejas historias. Yo asistí triste sin apenas intervenir. Había algo en sus palabras, en el aire que respirábamos, que me decía que aquel sería su último encuentro. Que Pedro nunca regresaría a Sicilia. Sentía miedo. Mucho miedo.

Jaime era un muchacho de dieciséis años que empezaba a mostrar vello en su rostro alargado. Había heredado de su padre su fuerte mandíbula y posiblemente llegara a ser tan alto como él. Su cabello y ojos eran castaños y tenía una mirada inteligente. Seguía con gran atención las explicaciones de Pedro.

—Seré digno de vos, padre —le dijo mirándole a los ojos.

—Lo sé, hijo —respondió él emocionado.

—No me temblará el pulso ni en la guerra ni en el gobierno.

—Aprended de vuestra madre —continuó mi esposo—. Ella os enseñará a ser rey.

—Así lo haré, padre.

Al igual que Roger antes, quiso arrodillarse para besarle la mano. No se lo permitió y le obligó a levantarse para abrazarle.

Y después de despedirnos de nuestros hijos menores, partimos a caballo, seguidos de un solemne cortejo, hacia Trapani, en el extremo occidental de la isla donde Pedro iba a embarcar. Quizá hacia la muerte, como yo temía.

# 4

*Orvieto, unas semanas antes, 9 de marzo de 1283*

—¡¿Cómo se os ha ocurrido aceptar semejante duelo?! —exclamó el papa irritado.

Martín IV tenía ya sesenta y ocho años. Era un hombre vivaz, bajo de estatura, regordete, con mejillas enrojecidas y unos ojos oscuros especialmente saltones cuando, como ahora, mostraban su cólera.

—¿Cómo no lo iba a aceptar si fui yo quien le reté a él? —repuso Carlos de Anjou mirándole tranquilo, sin parpadear.

El aspecto de Carlos contrastaba con el del papa. Era grande, de piel cetrina y larga nariz, con ojos de un azulón desvaído, hundidos en cuencas oscuras. Lucía una melena corta color paja y su rostro afeitado mostraba unos labios finos.

La entrevista tenía lugar sin testigos, en las estancias privadas del papa, en su palacio de Orvieto, anexo a la catedral. A pesar del fuego que ardía en la chimenea y los tapices, llenos de ángeles y arcángeles, Martín IV sentía frío y cubría su calva con un gorro de piel, al tiempo que se envolvía en una capa púrpura.

La ciudad de Orvieto se alzaba sobre una gran roca de toba volcánica, una fortaleza natural, un nido de águilas. El subsuelo estaba excavado con múltiples túneles que permitían ocultarse o huir y el papa se sentía seguro allí. Prefería aquel enclave a Roma, a pesar de que Carlos, al que el propio Martín IV había nombrado senador, su más alta autoridad, la dominaba. A los romanos no les gustaba aquel papa francés.

Porque Martín no solo era francés, sino que su fidelidad a la familia real gala era absoluta. Después de ostentar altos cargos en la corte de Francia, fue nombrado cardenal por otro papa francés y fue el responsable de la proclamación de Carlos como rey de Sicilia.

Carlos le pagó unos años más tarde haciendo encarcelar, en un violento asalto al cónclave, a los cardenales italianos que se le oponían, e intimidando al resto para que le eligieran papa. Desde entonces, Martín apoyaba al de Anjou con todos los medios posibles. Excomulgaba a sus enemigos, usaba el poder de la Iglesia en su favor y vaciaba las arcas pontificias para financiar sus guerras.

Carlos era, a los ojos de Martín, su brazo armado, el destinado a imponer por la fuerza la voluntad de la Iglesia. Aunque el de Anjou, consciente de su poder, opinaba, aún sin evidenciarlo, que era el papa quien estaba a su servicio.

—Pero ¿cómo osasteis proponer un juicio de Dios por las armas? —clamó Martín—. ¡Es un insulto! ¡Un desafío a mi autoridad!

Carlos se encogió de hombros y le mantuvo la mirada sin parpadear.

—¡Yo soy el representante de Dios en la tierra! —continuó el pontífice—. ¡Yo soy quien decide en su nombre! No debe haber combate. He excomulgado a Pedro de Aragón y os he bendecido a vos. Es cosa juzgada. Dios está de vuestro lado.

—¿Entonces por qué no frena su avance? —Era ahora Carlos quien mostraba su irritación—. Aún espero que la cólera divina le fulmine con un rayo.

—Los designios del Señor son inescrutables a veces —se defendió Martín.

—Pedro nos echó de la isla de Sicilia, nos ha derrotado en el mar, controla el estrecho, lo ha cruzado y se aposenta ya al otro lado —continuó Carlos—. Asola nuestras costas y quizá nos obligue a abandonar Calabria.

—¡No lo puedo entender! —exclamó Martín—. Vuestra flota y vuestro ejército son mucho mayores. ¡Y nos cuestan una fortuna!

—Los aragoneses han sido afortunados y Pedro es un buen líder. Por eso quiero alejarlo de Sicilia.

—En todo caso, ¡ese juicio de Dios es un insulto para la Iglesia! ¡Y os prohíbo que os presentéis en Burdeos!

El papa era pequeño de tamaño, pero contaba con una potente voz que hizo tronar de nuevo, airado.

—No os obedeceré, santidad. —Carlos le observaba tranquilo—. Y os diré por qué.

Martín, sorprendido, se quedó mirándole con la boca entreabierta.

—Pedro envía cartas a toda Europa alardeando de sus victorias —continuó el rey—. Y también a las ciudades costeras de mi reino incitándolas a que se subleven contra mí, como hicieron los isleños. Les dice que domina el mar y les promete protección. Sí, le habéis excomulgado, pero…

—¡Y le volveré a excomulgar! —le cortó el pontífice colérico—. ¡Y le quitaré sus reinos de España para entregárselos a vuestro sobrino el rey de Francia!

—Me alegro —dijo Carlos impávido—. El caso es que Pedro no os obedece. Calmaos, santidad, y dejad que os cuente. Os lo suplico.

El papa se le quedó mirando y el de Anjou supo que le iba a escuchar.

—Cuando Pedro nos echó de la isla, venció a nuestra escuadra y cruzó el estrecho, me vi desbordado. Parecía que pronto iba a llegar a Nápoles y busqué la forma de detenerle con un ardid, ya que no podía con las armas.

Martín gruñó; atendía.

—Le tengo estudiado —siguió Carlos—. Al igual que ocurría con su padre, tiene una idea trasnochada de la caballería y del honor. Y presume de trovador. Ese es su punto débil, así que le envié una carta llena de insultos diciéndole que se había deshonrado comportándose como un traidor. La respuesta me llegó con sorprendente rapidez; había dado en el blanco. Así que mi siguiente paso fue retarle a un duelo a muerte y que Dios decidiera de quién era Sicilia.

El pontífice volvió a gruñir, ahora como un mastín. Pensaba que Sicilia era suya y que podía cederla a quien quisiera. Aunque se mantuvo callado.

—Él aceptó, pero entonces le dije que era un cobarde ventajista, puesto que yo tengo cincuenta y seis años y él solo cuarenta y tres —siguió Carlos—. ¡Y accedió a cambiar el duelo personal por una batalla campal con cien caballeros de cada bando! ¡Gran error! Nuestra caballería es mucho mejor que la española, y solo Francia, mucho más poblada y rica, tendrá veinte veces más caballeros que toda la Corona de Aragón. Y a eso sumad los de mis propios reinos. Tengo donde escoger. Mis caballeros serán mucho mejores.

—¿Y por qué aceptó Burdeos? —inquirió el pontífice, ahora interesado—. Está en Francia, territorio enemigo para él.

—Porque él confía en Enrique I de Inglaterra —explicó Carlos—. Su hijo mayor está comprometido con una hija del inglés. Y conocéis bien la curiosa situación del ducado de Aquitania, donde se ubica Burdeos.

—Sí —dijo el papa—. Enrique es duque de Aquitania, que pertenece a Francia. Así que es rey independiente en Inglaterra, pero en Aquitania es vasallo del rey francés y le debe obediencia.

—¡Exacto! —Sonrió Carlos mostrando sus caninos—. Pedro aceptó Burdeos como territorio neutral y que Enrique de Inglaterra arbitrara el duelo, garantizando imparcialidad y protección. Así que nos cruzamos cartas de desafío a finales del año pasado. Y las hicimos públicas. No solo Europa sabe del duelo. También el Imperio bizantino, el rey de Túnez y Tierra Santa. Si os obedezco y no acudo, no me valdrá excusarme en vuestras órdenes. Pedro me tachará de cobarde y lo hará saber a todo el mundo. Con todo mi respeto, santidad, no os puedo obedecer.

—¡Ni yo consentir ese duelo! —Martín elevó la voz, de nuevo irritado—. Es un insulto a mi autoridad.

Carlos sonrió satisfecho y el pontífice le miró sorprendido.

—Precisamente, eso es lo que debéis hacer, santidad.

La sorpresa de Martín aumentó. No entendía.

—No lo consintáis —siguió Carlos—. Prohibidle al rey de Inglaterra mediar. Él no se atreverá a desobedeceros. Y yo no os puedo obedecer porque está en juego mi honor de caballero. Todo el mundo entenderá y excusará mi desobediencia. Y ¿qué pasará cuando el rey inglés renuncie a su arbitraje y protección?

Martín se encogió de hombros.

—Que mi sobrino el rey de Francia, su señor, reclamará el control directo de aquellas tierras durante el duelo. Y el inglés tampoco se negará porque no quiere enfrentarse a su poderoso señor. Y entonces tenderemos a Pedro una emboscada. Y le obligaremos a devolver la isla de Sicilia.

—¿Y si muere?

—Mucho mejor. El ejército aragonés se desmoronará y será vencido.

El pontífice quedó pensativo.

—Ayudemos a Dios a ayudarnos —añadió Carlos ante su silencio.

—¡No blasfeméis! —se indignó el papa—. ¡Ese cinismo sacrílego es impropio de un servidor de la Iglesia como vos!

—No quería ofenderos, santo padre —murmuró Carlos ahora sumiso—. Pero ya sabéis lo que dice el populacho: «A Dios rogando y con el mazo dando».

Martín gruñó observando la expresión de su interlocutor. Le pareció que sus finos labios se contraían esforzándose en disimular una desvergonzada sonrisa. Y a punto estuvo de gritarle de nuevo. Pero se contuvo. Al fin y al cabo, Martín era un hombre de Estado. Había que acabar con Pedro y aquel era un buen plan. La desobediencia de Carlos menoscababa la autoridad de la Iglesia, pero las victorias de un excomulgado sobre el brazo armado de esta la desprestigiaban mucho más.

—Si el rey de Inglaterra no garantiza su seguridad, Pedro no acudirá —dijo Martín pensativo—. Tendrá la excusa perfecta.

—Si no se presenta en Burdeos, proclamaré su cobardía. Y lo sabrá todo el mundo. Por mucho que quiera justificarse, su prestigio de caballero quedará mancillado.

—Poco beneficio es ese.

—No, al contrario, el honor de un rey es algo importante. Y conozco a Pedro. A pesar de la falta de garantías, acudirá. Su orgullo le ha de perder.

—Ese combate es un desprestigio para la Iglesia —insistió Martín—. No debe ocurrir.

—No os preocupéis, santidad. —La sonrisa del de Anjou era ahora más amplia—. No habrá combate. Interceptaremos a Pedro, y a los suyos, antes de que lleguen a Burdeos. Y si llegan, los capturaremos. Él es un excomulgado y será encarcelado por orden vuestra. Si se resiste, morirá.

Carlos se quedó mirando al pontífice sin disimular ahora una sonrisa de triunfo. Sentía que le había convencido.

—Pedro de Aragón caerá en nuestras manos, santidad —afirmó ante el silencio del papa—. Le esperaré en Burdeos, y si no acude, haré saber de su cobardía a toda la cristiandad.

Martín IV le observó callado, pensativo. Afirmaba, de forma imperceptible, con la cabeza.

# 5

*Marsella, 25 de abril de 1283*

Cuando Carlos de Anjou llegó a Marsella, la capital de su condado de la Provenza, llevaba ya más de tres meses de camino desde que abandonó Regio de Calabria, en la punta de la bota italiana.

Antes de partir le había transferido sus poderes a su hijo Carlos, dejándole responsable de la guerra, aunque no confiaba demasiado en aquel joven al que llamaban el Cojo y estaba contrahecho. Le avergonzaba que su vigoroso tronco hubiera dado una rama tan endeble. Pero era su único hijo varón superviviente. Y tenía con él al conde de Alençon, sobrino suyo y hermano del rey de Francia, un caballero modelo del que sí hubiera deseado ser su padre. Y también le acompañaban el legado papal, el cardenal Gerardo Bianchi de Parma y otros barones. El joven Carlos debía frenar la acometida aragonesa hasta que él regresara con un gran ejército, después del duelo de Burdeos. Por desgracia, no había llegado aún a Nápoles cuando supo del ataque almogávar a Catona y del asesinato del brillante conde de Alençon, hermano del rey francés. La noticia le llenó de rabia y tristeza.

El recorrido hasta Burdeos iba a llevarle cuatro meses y medio en total. Pero aprovechaba bien el tiempo. En la guerra era crucial mucho de lo que ocurría lejos del campo de batalla. Y él sabía de guerras. Tenía muchos amigos y aliados. Y Pedro no tenía ninguno. Nadie se atrevía a enfrentarse al papa. Solo el loco del rey de Aragón.

Desde finales de enero a mediados de febrero estuvo en el norte de su reino, especialmente en Nápoles, asegurando fidelidades, reclutando tropas y acelerando la construcción de naves. Como senador, era la máxima autoridad en Roma, y allí obtuvo recursos en hombres y dinero. En marzo estuvo en Orvieto con el papa, su fiel aliado. Su siguiente parada fue Florencia, donde reforzó alianzas y obtuvo generosos préstamos de sus banqueros. De allí se dirigió a la costa para embarcarse hacia Marsella.

Tan pronto como llegó a la capital de su rico condado ordenó armar veintiuna galeras para enviarlas al sur. Junto a las que construía en Italia, debían acabar con la supremacía naval aragonesa en el estrecho de Mesina.

Lo primero que hizo en Marsella fue entrevistarse con el almirante que mandaba las galeras provenzales que huyeron en la batalla de Nicotera, cinco meses antes.

—Sois un cobarde —le espetó Carlos frente a sus subordinados.

—Salvé nuestras naves y a sus tripulaciones, sin que los aragoneses las pudieran capturar, tal como hicieron con las napolitanas —se defendió el hombre—. Siguiendo vuestras órdenes, licenciamos en Regio a gran parte de los marinos y ballesteros y no contábamos con tropas de asalto. Volvíamos a casa de vacío.

—¿Me culpáis a mí de vuestra cobardía? —inquirió Carlos amenazando al marino con su vara de mando.

—Señor, gracias a mí conserváis esas naves que hoy hacéis armar —repuso el almirante—. No estábamos preparados para el combate. Las galeras aragonesas iban cargadas de ballesteros y almogávares. Y su fuerza de remo, con tanta gente, era mayor.

Las nuestras iban medio vacías. Yo salvé vuestras naves. Los pisanos y genoveses, que estaban en la misma situación, también evitaron el combate.

—¡Pero ellos eran simples mercenarios! —Carlos enrojecía de cólera—. ¡Duplicabais en número a las naves aragonesas! ¡Abandonasteis a los napolitanos! ¡Por vuestra culpa perdí veinte galeras!

—No, señor. Gracias a mí salvasteis las nuestras. Les duplicábamos solo en número de embarcaciones. Con la gente adecuada, hubiera peleado y vencido.

—¡Maldito! —rugió Carlos—. ¡Excusas de cobarde!

Y, furioso, le propinó un fortísimo golpe con la vara, que le alcanzó en la boca cuando iba a hablar. Le hizo saltar un par de dientes. El almirante, sangrando, se cubrió la herida con la mano sin dar crédito a lo que ocurría. Pero con un gruñido Carlos siguió golpeándole. El hombre no se defendía, solo trataba de protegerse la cabeza con los brazos. Carlos era un hombre grande y fuerte, y el otro, aunque alto, tenía constitución delgada. Cuando el rey terminó con él, estaba tendido en el suelo, ensangrentado. Entonces Carlos se dirigió a su mayordomo.

—Ahorcadlo —le dijo—. Ahora mismo, aquí, en el patio.

E hizo que todos fueran testigos de la ejecución.

—Ved el destino de los cobardes —sentenció cuando el infeliz dejó de patalear.

Los oficiales, horrorizados, afirmaron con la cabeza.

—¡Guillaume Cornut! —vociferó entonces Carlos.

Uno de los presentes se adelantó un paso.

—¡Señor! —dijo.

Era un marino marsellés de gran prestigio como corsario. Tenía treinta y cinco años y superaba a todos en altura, era un gigantón fornido como un toro. Poseía una frente ancha y su pelo y barba eran espesos y oscuros.

—Os nombro almirante.

Y con un gesto enérgico hizo venir a su mayordomo, que había recogido del suelo la vara de mando del almirante ejecutado. Carlos se la entregó a Cornut, que se había arrodillado para besarle los pies.

—No regreséis ni huido ni derrotado —le dijo haciéndole levantar con un gesto.

—Regresaré con la cabeza del almirante aragonés, señor —dijo Cornut irguiéndose—. Y os la entregaré.

—Eso espero. —Y Carlos le besó en la boca.

Era el vínculo de fidelidad feudal, pero al nuevo almirante aquel beso le supo muy amargo. Era un hombre fuerte y valeroso, pero, al igual que el resto de los oficiales, estaba sobrecogido. Sabía que su predecesor tenía razón y que había actuado como un jefe responsable. Le lanzó una mirada. Colgaba de la soga, y la sangre que antes, desde su boca, se deslizaba por la barba había dejado de manar. Quedaba un pequeño charco a los pies del cadáver.

—Quiero que tanto tripulación como soldados y ballesteros de esas veinte galeras sean todos provenzales —le ordenó a continuación Carlos—. Por tradición y cercanía, tienen que ser tan buenos o más que los catalanes. Y quiero que las galeras lleven el doble de munición y armamento de lo habitual.

—Somos mejores, señor. Y os lo demostraré.

—Tan pronto como esté la flota lista partiréis hacia Nápoles, donde estaréis al servicio de mi hijo el príncipe de Salerno. Limpiaréis el estrecho de naves aragonesas y sicilianas. Pero primero navegaréis hacia Malta y Gozo. Esas islas son vitales para mantener el vasallaje de Túnez y los sustanciosos impuestos que me pagan. Se sublevaron cuando lo hizo la isla de Sicilia, pero nuestra guarnición en el castillo del Mar los obligó a retirarse a la población principal. Matad a los aragoneses de Malta y castigad a los traidores.

—Lo haré, señor.

Cornut supo que solo podía regresar victorioso o muerto.

# 6

*Camino de Mesina a Trapani (Sicilia), finales de abril de 1283*

Supe que iba a morir.

Vi a aquella víbora surgiendo de entre las matas del camino y cómo mordía una pata de mi montura. Era una yegua joven que entró en pánico y tras desbocarse, emprendió una loca carrera, cuesta abajo, por un terreno pedregoso que conducía a un barranco. No lograba controlarla y en aquellos instantes, que se me antojaron eternos, me asaltó el recuerdo fugaz de mi cuñada, hermana de Pedro, la hermosa Isabel, reina de Francia, que se partió el espinazo en una caída de caballo al cruzar un río. Estaba embarazada y su terrible agonía se prolongó varios días.

Apenas lograba mantenerme en la montura, mientras tiraba desesperada de las riendas, y oía alejarse los gritos angustiados de mis compañeros de viaje. Mi pensamiento voló a mis hijos, los tres que quedaron en España y los tres llegados conmigo a Sicilia. ¡Eran tan jóvenes! ¿Qué sería de ellos?

—¡Señor Dios mío, ayudadles! —musité—. ¡Y apiadaos de mí!

Me dije que debía saltar, abandonar aquella yegua enloquecida, aunque hacerlo era casi tan suicida como seguir montada, y me incorporé sobre los estribos tratando aún de detenerla. El vacío se abría al frente y comprendí angustiada que ya no daba tiempo. Seguiría el destino del animal.

—¡Piedad, Señor, piedad!

Nos precipitábamos ya a un abismo cuajado de rocas cuando noté un violento tirón en la cintura y como unos fuertes brazos me elevaban de la silla. Sentí que volaba mientras veía como la yegua tropezaba para después despeñarse.

—Ya pasó, estáis a salvo. —Reconocí su voz.

Pedro era un excelente jinete y me alcanzó gracias a su potente caballo. Estaba acostumbrado a guiarlo en combate solo con las piernas, mientras sostenía la lanza y el escudo, y no le costó arrancarme de mi silla en el último instante. Al poco se detuvo, me depositó en el suelo y desmontó de un salto. Estaba pálido y sus ojos grises denotaban alarma y preocupación.

—¿Os encontráis bien? —inquirió ansioso.

No pude responderle, noté que me fallaban las piernas y me senté. Él me acompañó abrazándome. Cerré los ojos, cuajados de lágrimas, tratando de recuperar la respiración mientras correspondía a su cariño. Me sentía protegida, amparada, agradecida. Me hubiera gustado mantener aquel abrazo para siempre.

—Gracias, señor —murmuré cuando pude hablar—. He visto a la muerte.

—No me las deis. Sois mi dama, mi vida. Hubiera muerto con vos de no poder salvaros.

Quedé en silencio. Aún me faltaba el aliento. Su dama, pensé. Y de repente me sorprendí al sentir una intensa rabia. La que había estado creciendo en mi pecho los últimos días sin que apenas me diera cuenta. Y en aquel instante, de forma inesperada, estalló.

—¿Vuestra dama? —inquirí jadeante.

La cercanía de la muerte había diluido mi recato, mi contención.

—Sí —repuso sorprendido ante la entonación de mi voz.

Le golpeé con mi puño, fuerte, en el pecho.

—Entonces ¿por qué me abandonáis cuando más os necesito? —le dije furiosa—. ¿Vuestra dama? ¡Palabras, solo palabras!

Nunca le había pegado y me asombraba de cómo había pasado del pánico al enojo. Me sentía indignada.

—Ya os lo expliqué. Muchas veces, señora.

—Pues no lo entiendo. ¿Por qué os jugáis la vida de esa forma absurda yendo a Francia? ¿Por qué me dejáis?

Él me miró a los ojos, respiró hondo y me habló tranquilo.

—Es nuestro destino, señora. Nuestra obligación.

—No lo creo.

—Veo que no lo he sabido explicar.

Callé para escucharle, deseaba entenderle, que me convenciera, quería vencer el sentimiento de abandono que me embargaba.

—Hace setenta años, los franceses mataron a mi abuelo en esa cruzada en la que nos robaron Provenza y otros territorios de Occitania. —Hizo una pausa mirándome intenso a los ojos—. Después, en otra cruzada, también los franceses, mataron a vuestro padre para arrebatarle Sicilia. Y a continuación se apoderaron de distintos territorios del Mediterráneo, entre los que se encuentra el emirato de Túnez, que era vasallo de Aragón. Y les siguió Navarra, cuando legalmente debiera ser nuestra. Nos estaban asfixiando. ¿Con qué se hubieran quedado después si no les hubiéramos hecho frente? ¿Qué más habrían tomado por la fuerza? ¿Nuestros reinos? ¿Toda España?

Dejó la pregunta en el aire. Se acercaba gente de nuestra comitiva llamándonos. Nos habíamos alejado mucho. Pedro los detuvo con un gesto.

—Y ahora les devolvemos el golpe con Sicilia —añadió—. Es nuestro deber.

—Señor, Carlos de Anjou, el papa y Francia son cien veces más poderosos que toda la Corona de Aragón —le recordé.

—No lo son tanto —repuso tranquilo—. Y contamos con los sicilianos y la justicia de Dios. Hay que detenerlos. Esa es vuestra misión en Sicilia. Y no solo debéis defender la isla de la invasión francesa, sino conquistar el resto del reino. Es vuestra obligación para con vuestro padre y para con nuestros hijos.

No respondí. Me sentía abrumada.

—Y mi deber, señora, es acudir a ese duelo y dejar el honor de Aragón intacto —siguió—. Y después asegurar la defensa de nuestros reinos en España, que, con toda seguridad, sufrirán la ira francesa.

Me mantuve en silencio. Él tomó mis manos y las besó.

—Os prometo, señora, que cuando lo consiga regresaré a vuestro lado.

—Yo no quería nada de todo esto —murmuré en lágrimas—. En ningún momento lo pedí.

No creía que él lograra regresar.

—Esa es mi suerte, señora, y la vuestra como esposa mía.

Aunque ya conocía todo aquello, no podía evitar sentirme abandonada, temerosa e insegura. Pero como hija de mi padre y esposa de mi esposo debía asumir, como pudiera, la gran responsabilidad con la que el destino, y mi marido, me cargaban. Aún notaba la muerte cercana y me sentía incapaz de sobrellevar aquellas mis obligaciones. ¡Eran tan poderosos nuestros enemigos!

El 5 de mayo llegamos a Trapani, desde donde Pedro partiría hacia España. Aquel último día lo pasamos en privado, alejados de todos. Pronto cumpliríamos el vigesimoprimer aniversario de boda y, después de recordar nuestra azarosa vida, hablamos de nuestros hijos y del futuro. Nos amamos. Quizá fuera la última vez que yo disfrutara del sexo. Sabía que él, en cambio, no. Pensarlo me alteraba, pero me tragué la furia. No quería despedirme con un enfado.

El día siguiente amaneció gris y sin sol. Nubes oscuras cubrían el cielo y el mar se movía inquieto con oleaje picado.

—Señor, os pido que no me humilléis con aventuras en la corte —le dije firme cuando estaba a punto de embarcar.

Él sabía perfectamente a qué me refería. Al inicio de nuestro matrimonio tuve que enfrentarme a sus amantes. Que todo el mundo conocía. Me costó lágrimas y astucia ganar esa batalla, pero, conforme me fui haciendo mujer, logré que las dejara. Pedro era un hombre atractivo y las damas caían fácilmente en sus brazos. A pesar de los años que llevábamos juntos, pensar en sus aventuras me producía un disgusto indescriptible. Pero me era imposible evitarlas. Íbamos a estar años alejados y le pedía discreción. Yo también tenía mi honra.

—No os humillaré —repuso firme—. Jamás lo he hecho desde que os lo prometí.

—Gracias, señor.

—Cuidad de nuestros hijos, señora —me dijo después de una pausa, con una sonrisa triste—. Os amo y volveré.

Demoré mi mirada en sus pupilas. Soplaba un tormentoso viento de levante, en dirección a España, que agitaba su cabello castaño claro. Pedro decía que volvería y yo fingía creerle, cuando sabía que iba hacia una trampa en tierras enemigas. Y él sabía que yo lo sabía. Si sobrevivía, le seguiría la invasión francesa protagonizada por un enemigo de una superioridad aplastante. Iba a meterse en las fauces del león. Y nada podía hacer yo para evitarlo.

Me besó las manos, después la boca, y me dio un fuerte abrazo.

—Volveré —dijo.

Me acurruqué contra su pecho.

—Rezaré por ello, mi señor. —Las lágrimas inundaron mis ojos.

Nos besamos de nuevo y, firme, se dio la vuelta para embarcar. Sonaron las cornetas, los pitidos, los timbales y los vivas acompasados de ballesteros y tripulación en su honor.

Después vi como la flotilla, velas henchidas, se hacía a la mar para ir empequeñeciéndose hasta desaparecer. El viento quería arrancarme la toca con la que cubría mi pelo.

Mi marido navegaba rumbo a su destino. Hacia el peligro, la traición y quizá la muerte. Me puse a rezar. Me sentía triste y desanimada.

Su vida no era mi única inquietud. Un oscuro sentimiento de soledad me embargaba. Y el día gris me traía funestos presagios. Sí, allí iba mi esposo a enfrentarse al peligro. Aunque para él quizá sería una de aquellas aventuras caballerescas con las que tanto gozaba. Pero a mí me dejaba sola, me abandonaba cuando más le necesitaba. Yo también me iba a enfrentar a grandes peligros, pero sin su preparación ni su entusiasmo. ¿Por qué no se quedaba conmigo? ¿Era su honor más importante que mi amor? Para él, sí. Me dejaba viuda antes de hora. A partir de aquel momento, el amor solo me llegaría por carta. Pero a él no. Era muy injusto. Mi tristeza se tiñó de rabia.

# 7

*San Martino (Calabria), el mismo día*

—¡No! —gritó—. ¡No!

Se levantó del lecho de un salto, tropezó con la bacina, su pierna derecha le falló y cayó al suelo. Se quedó hecho un ovillo, como esperando a ser golpeado.

¡Otra vez aquel sueño terrible! Se repetía en sus noches. Solo que no era un sueño. Era un recuerdo.

Carlos II, conde de Provenza, príncipe de Salerno y heredero del reino de Sicilia veía a su primo. Muerto. Tal como lo encontró al acudir en su auxilio con su caballería hacía ya casi cuatro meses. Nunca podría olvidarlo.

Estaba de pie, con una lanza corta que le penetraba por un ojo y le clavaba en la puerta de roble de su cámara. Vestía una lujosa armadura, que de nada le sirvió, tenía la boca abierta en un grito inaudible de horror y su otro ojo miraba aún espantado hacia el lugar donde estuvo su asesino. Sus brazos caían inertes a lo largo de su cuerpo y en el suelo descansaba la espada con la que trató de defenderse.

Pierre, conde de Alençon, era mucho más que un primo para él, era el hermano mayor del que carecía. De treinta y un años, alto, galante y distinguido, poseía una sonrisa fácil y representaba la flor y nata de la caballería francesa. Pierre, hermano del rey de Francia, había sido su mayor apoyo y consuelo. Confiaba en él; siempre le defendía frente a su exigente y tiránico padre. Y también frente al papa.

Soltó un gemido, no de dolor físico, sino de horror y pena. Era casi un aullido.

—¡Guardia! —oyó que gritaba una mujer asustada en la oscuridad—. ¡A mí la guardia!

Reconoció la voz. Era Margarita, su amante. La mujer que le calentaba el lecho y le consolaba el alma durante la campaña militar en Calabria.

Se incorporó de un salto. No quería que los soldados le vieran de aquella guisa. Entraron con candiles, espada en mano, y encontraron a su señor de pie. Por mucho que Carlos se esforzara, su aspecto no los iba a impresionar. Fruto de un parto difícil, salió contrahecho. Tenía la columna torcida, una leve joroba y un hombro más alto que el otro. Estuvo a punto de morir al nacer, volvió a estarlo tras una caída de caballo que le dejó una cojera permanente y, poco antes de casarse, casi lo mata una enfermedad. Sabía que era una decepción para su padre, que no quiso nombrarle caballero a los catorce años, como era costumbre, sino que esperó a los dieciocho para que presentara un aspecto más digno. Aun así, le estuvo mirando con una mueca de disgusto en los labios durante la ceremonia. Al gran Carlos de Anjou no le agradaba la idea de que él heredara el imperio que estaba creando. Y el joven Carlos sospechaba que, de haber sobrevivido cualquiera de sus dos hermanos varones más jóvenes, él estaría ahora muerto.

—No ocurre nada —les dijo a los soldados fingiendo calma—. Regresad a la guardia.

Margarita esperó a que salieran para saltar de la cama, abrazar a Carlos y conducirlo al lecho.

—Venid conmigo, señor —le susurró—, que os daré calor y cariño.

Estaba muy tenso y apenas dormía desde la muerte de su

primo, pero ella sabía cómo relajarlo. La debilidad de Carlos podía afectar a sus brazos y piernas, pero de ninguna manera a su quinto miembro. Contra todo pronóstico, el lisiado era un excelente amante. No solo por su desempeño físico, sino por el cariño y la ternura que era capaz de dar.

Margarita, una calabresa de la pequeña nobleza de origen normando, rubia, de ojos azules, de sonrisa dulce y curvas generosas, amaba a Carlos. Lo encontraba incluso guapo. El príncipe poseía la alargada nariz propia de su familia, ojos oscuros, tez clara y expresión bondadosa. Aunque ella sabía que, tan pronto como regresara a Nápoles, Carlos la abandonaría para serle de nuevo fiel a su esposa, que, con tan solo veinticinco años, le había dado ya ocho hijos y estaba embarazada del noveno. Seis de ellos eran varones y aseguraban la continuidad de la dinastía Capeto-Anjou. Ese era uno de los pocos méritos, junto a su capacidad de supervivencia y buen juicio, que el rey le reconocía a su hijo.

A Margarita le hubiera encantado seguirle a Nápoles como su amante oficial, o secreta. Pero él le dijo que María, su esposa, sería la única y que ella se quedaría en Calabria.

A pesar de su desahogo con Margarita y del cariño de la muchacha, Carlos no logró relajarse. Su padre había partido hacia Francia dejándole a él al mando de sus ejércitos. Debía contener los envites de la armada siciliano-aragonesa mientras el viejo Carlos reunía un nuevo ejército para recuperar la isla de Sicilia en primavera.

Antes contaba con el consejo y apoyo de sus primos Pierre de Alençon y Roberto de Artois. También del legado papal, el cardenal Bianchi, y de un conde calabrés.

Pero Roberto se encontraba en Francia reclutando caballeros y tropa para la ofensiva de primavera; sabía que el cardenal, siempre crítico, era un espía del papa, y no congeniaba con el arrogante conde. Y, por desgracia, Pierre, su único apoyo firme, había sido asesinado de forma atroz.

El recuerdo de aquella alba aciaga regresó. Al llegar a la población de Catona en su ayuda, presenció un lúgubre espectáculo. Las columnas de humo de los edificios en llamas se elevaban funestas hacia un cielo gris que parecía no querer abandonar la noche, y las calles estaban repletas de cadáveres franceses. Corrió a la gran casona, cuartel general de su primo, y, amontonados frente a la puerta de su estancia, encontró los cuerpos de sus mejores caballeros, muertos protegiéndola. Sacrificio inútil. Aquellos diablos llamados almogávares se encaramaron a la techumbre, para quitar las tejas y las vigas, y saltaron al interior de la cámara. Y allí le vio, de pie, clavado en la puerta por una azcona que le había entrado por un ojo y traspasado el cráneo. Nunca jamás podría olvidar aquella visión y rezaba para que no le torturara el resto de sus noches.

El asalto a Catona fue una acción al amanecer, después de un desembarco nocturno que sorprendió a los caballeros de Pierre sin darles tiempo ni siquiera a vestir armaduras. Aquello podía explicar, en parte, la terrible derrota. Pero Carlos no terminaba de comprender cómo el desastre había alcanzado aquella magnitud. Fue un golpe de mano en el que aquellos diablos mataron, incendiaron y robaron para embarcarse de nuevo y regresar a la isla antes de que él pudiera llegar en ayuda de su primo. ¿Quiénes y qué eran aquellos que causaban tales estragos?

Solo habían dejado atrás media docena de cadáveres. Vestían con pieles, tenían aspecto rústico, y en una ciudad se les tomaría por pordioseros. Y sus armas, una lanza corta del tipo azcona, un par de venablos, una mala espada y una daga, eran tan pobres y primitivas como el resto. Carlos no podía entender cómo aquellos desarrapados podían provocar semejante daño.

Pero, al día siguiente de la masacre de Catona, capturaron a un almogávar vivo y Carlos quiso saber a qué se enfrentaba. Era un tipo recio que no alcanzaba la treintena, con una frondosa barba, pelo enmarañado negro y marcas de viruela en la cara. Decía llamarse Galcerán.

Había recibido un mazazo en la cabeza que, a pesar de la somera protección que llevaba, le hubiera partido el cráneo a cualquiera. Pero a él solo le había dejado inconsciente. El joven Carlos le concedió quince días para que se recuperara y le retó a enfrentarse a uno de sus caballeros. De perder, encontraría la muerte, y si vencía, la libertad. Galcerán aceptó y en un instante, a pie, derrotó a uno de los mejores caballeros de Carlos. El almogávar derribó de un certero lanzazo al caballo que cargaba contra él para arrojarse sobre el caballero caído antes de que pudiera reaccionar.

—¿Entendéis cómo ese pastor de cabras por el que no pagaríamos ni un cuarto de onza de oro en el mercado de esclavos ha podido vencer a uno de nuestros mejores caballeros? —Se desesperó el príncipe.

Se encontraba reunido en el castillo de Regio con el cardenal y el conde calabrés.

—Ha matado a un caballo de combate que cuesta una fortuna —murmuró el conde.

—Y estuvo a punto de terminar con la vida de un prometedor joven que desde los ocho años no hace otra cosa que practicar con armas y caballos —continuó el cardenal Bianchi—. Y que iba protegido con una carísima armadura y con espada, daga, maza y lanza de buen acero. ¡Nuestra mejor unidad de combate!

—Al menos ahora sabemos a qué nos enfrentamos —dijo Carlos pensativo—. Habrá que adaptarse a ese enemigo. Para empezar, hay que proteger mejor a los caballos.

Y se preguntó qué hubiera hecho su padre en aquella situación. Temía su crítica. El día anterior a la muerte de su primo había delegado todos sus poderes en él para después partir hacia Francia y preparar su duelo con Pedro de Aragón. Él, el cojo contrahecho, y solo él, era ahora el responsable del desarrollo de la guerra. No quería defraudar a su progenitor.

Pero tampoco podía permanecer allí a merced de aquellos asaltos por sorpresa. Además, Pedro ya había intentado aislar el sur de Calabria del resto del reino desembarcando tropas más al norte. Si lo lograba, su ejército pasaría hambre y sufriría el continuo acoso de aquellos diablos vestidos de pastores y armados con venablos.

—Mañana nos retiraremos al norte de Calabria —anunció—, a la llanura de San Martino, donde nuestra caballería puede actuar sin impedimentos.

—Eso disgustará al papa y a vuestro padre —le dijo el legado papal severo.

El cardenal Gerardo Bianchi de Parma, de cincuenta y ocho años, vestía con elegancia, era corpulento, tenía papada y le miraba con unos ojos acuosos de color castaño. Carlos estaba harto de aquel hombre. Y de los enfados y menosprecios de su padre.

—Más le disgustaría otro desastre —le respondió firme—. Mañana nos retiramos.

Una semana después, Pedro de Aragón desembarcaba en la península y era recibido en Regio con los vítores de sus tropas, que habían ocupado ya gran parte de Calabria.

El joven Carlos regresó al presente desde sus recuerdos. De aquellos sucesos hacía ya cuatro meses. Había logrado detener el avance aragonés por tierra, pero aquel momentáneo confort no le tranquilizaba. La visión de su querido primo clavado en la puerta de roble continuaba torturándole por las noches y el amoroso consuelo de Margarita apenas mitigaba su angustia.

## 8

*Mesina, 15 de mayo de 1283*

Después de despedirme de mi esposo, me apresuré a acudir junto a mis hijos. Tenía tres en la isla: Jaime, el heredero del reino insular, con tan solo dieciséis años; Federico, de once, y Violante, de diez. Con ellos asegurábamos nuestra dinastía en Sicilia. En España quedaron Alfonso, de dieciocho, heredero de la Corona de Aragón; Pedro, de ocho, e Isabel, de doce, que, por matrimonio, era reina de Portugal y vivía en Lisboa. Afortunadamente, su boda se había celebrado antes de que Pedro fuera excomulgado por el papa. De lo contrario, no hubiera podido casarse.

Tan pronto como llegué al castillo de Matagrifone convoqué el consejo del reino de Sicilia. Nos reuníamos alrededor de una mesa en una sala de tamaño mediano cubierta por artesonados de madera decorada con motivos geométricos árabes que se sustentaban sobre unos finos arcos apuntados. En una de sus paredes se abrían tres ventanales que, desde la altura, mostraban los tejados rojizos de la ciudad, su gran puerto y un día lluvioso, triste. Era mi primer consejo y me sentía inquieta e insegura.

—Necesitamos construir más galeras si queremos frenar la invasión angevina —dijo Roger—. De lo contrario, su ejército pondrá pie en la isla dentro de muy poco.

Su responsabilidad, como almirante, no solo incluía la acción bélica, sino también la actividad de los astilleros y suministros.

—No hay dinero para más galeras —repuso Juan de Prócida.

Yo presidía la mesa y al otro extremo se encontraba mi hijo Jaime. Veía como sus ojos castaños iban atentos de uno a otro según hablaban. Disimulaba su inquietud. Su faz algo alargada y su fuerte mandíbula me recordaban a Pedro. A mi derecha se sentaba Roger. Tenía treinta y tres años y era hábil e inteligente, y su fidelidad a nuestra familia, inquebrantable.

A mi izquierda estaba Juan. Confiaba tanto en él como lo hacía con Roger. Juan era el senescal del reino, como ya lo había sido en Sicilia sirviendo a mi padre; antes, a mi abuelo el emperador, y después, en Aragón, a mi esposo. Su criterio era valiosísimo, y sus contactos internacionales, inigualables. A pesar de sus setenta y tres años, edad casi inalcanzable, poseía una asombrosa vitalidad, sus ojos oscuros miraban firmes y seguros, y su pelo y barbas, completamente blancos, le conferían un solemne aspecto bíblico.

—Pues hay que encontrar el dinero —insistió Roger firme—. Como sea. Mis espías dicen que Carlos está construyendo a toda prisa una gran flota.

—El de Anjou tiene mucho oro —repuso Juan—. Suyo y de otros.

—Habrá, pues, que pedir a España o subir los impuestos en la isla —dijo Roger—. Si no tenemos más galeras, nos arrasarán. He perdido las cuatro que acompañaron al rey Pedro a España y solo me quedan diecisiete.

—No habrá dinero de España —le dije—. Nuestros reinos no son ricos y mi esposo lo precisa para su propia flota y ejército. Conocéis bien la amenaza de invasión francesa que pesa sobre Aragón y Cataluña.

—¿Qué se ha hecho de la fortuna que capturamos en la batalla de Nicotera? —inquirió Jaime.

No pude disimular una sonrisa. Me gustaba que mi hijo se mostrara a la altura del consejo y que con solo dieciséis años no sintiera rubor en pedirle cuentas al almirante.

—Se ha ido en reparar las galeras, en pagar a las tropas y en la diplomacia de vuestro señor padre.

—¿La diplomacia de mi padre?

—Sí, recordad —dijo Roger—. Mientras que con los franceses capturados se pidió rescate o se los esclavizó en los astilleros, vuestro padre puso en libertad a los dos mil italianos que hicimos prisioneros. Y demostró una extraordinaria generosidad. Le dio a cada uno ropa nueva, un cuchillo y dinero para que pudieran regresar a sus casas.

—Nuestro señor el rey fue muy hábil —intervino Juan—. La gran mayoría eran napolitanos. Queremos que simpaticen con nosotros y que Nápoles se subleve contra los angevinos igual que hizo la isla de Sicilia. Se fueron bendiciendo al rey Pedro y vitoreándolo.

—No me extraña —dijo ceñudo Roger—. Carlos de Anjou acostumbra a cortarles la mano o un pie a los prisioneros para evitar que combatan de nuevo. La generosidad del rey fue muy acertada. Pero ya no queda dinero.

—Sin embargo, dominamos el mar, y nuestros ataques sobre las costas de Calabria nos proporcionan un buen botín —le recordé haciendo sonar mi voz firme.

—Se va en pagar a los marinos, ballesteros y almogávares de la flota —repuso el almirante preocupado—. Y tenemos noticias de que Carlos ha ordenado armar veintiuna galeras en Marsella. Con al menos siete mil hombres en total. Después del revés sufrido en Nicotera, no quiere mercenarios. Son todos marselleses y gentes de su condado de Provenza. Expertos marinos y ballesteros casi tan buenos como los nuestros. Cuando estén aquí, se acabarán las incursiones que ahora nos dan de comer. ¿Y qué creéis que ocurrirá entonces si no hay dinero?

Y nos miró a los ojos, uno a uno, en espera de respuesta. Nadie habló.

—Pues que los almogávares se buscarán la vida asaltando a unos y a otros, aquí en la isla —Roger respondía a su propia pregunta—. Según acostumbraban en España. Son depredadores feroces y cuando están hambrientos no distinguen entre franceses, sicilianos o aragoneses.

—¡Mi padre, el rey, os nombró almirante porque los controlabais! —saltó Jaime.

Roger le observó un tiempo antes de responder. Como lo haría un perro de presa a un perrillo que le ladra.

—Nadie controla a los almogávares —dijo al fin tranquilo—. Hemos peleado muchas veces juntos y nos tenemos simpatía. Negociamos, llegamos a acuerdos y entonces me siguen. Pero si tienen hambre, seré el primero al que muerdan.

—No entiendo eso —repuso Jaime con enfado—. Si han venido a Sicilia, forman parte de nuestro ejército y deben obedecer como cualquier otro.

—Señor —intervino Juan con su voz calma y profunda—, os contaré lo que me dijo vuestro padre, el señor rey, cuando yo pedía castigarlos después de que nos atacaran.

—¿Qué dijo mi padre?

—Me los describió como duros y feroces, guerreros hábiles y valientes. Añadió que tienen su propio código de honor. Y que al igual que sus reinos daban buitres, osos, lobos y águilas, también daban almogávares. Y me preguntó si trataría de cambiar a un lobo adulto. Si pretendería mostrarle lo que está bien o mal. O enseñarle a mear siempre en el mismo rincón. Dije que no y él respondió: igual, pues, con los almogávares. Y añadió que no tienen señor, ni lo quieren. Son libres. Y que podían ser muy útiles en el futuro. Como lo están siendo. Su vida es la guerra. Si no hay guerra, la harán igualmente. Robando. Y se negó a castigarlos.

Jaime calló. No era la primera vez que oía aquella historia, pero el venerable Juan era más convincente.

—Hay que mantenerlos bajo control —intervino Alaimo de Lentini—. Si depredan en el pueblo, la isla de Sicilia se sublevará contra nosotros.

Alaimo era el quinto miembro del consejo y se sentaba entre Roger y mi hijo Jaime. Había sido el heroico defensor de la ciudad de Mesina frente al asedio de las tropas, mucho más poderosas, de Carlos. En recompensa, y cumpliendo un acuerdo previo, Pedro le nombró justicia del reino. Era el cargo más importante del consejo, después de la familia real, pero, en aquellos momentos, mucho más poderoso. Comandaba el ejército de tierra, representaba el poder de la monarquía e imponía su justicia en la isla. Era fundamental tenerlo a nuestro lado sabiendo que un buen número de nobles sicilianos querían sublevarse.

Alaimo era un hombre de cincuenta y seis años, calvo, de rostro afeitado y corto de estatura, pero enérgico y nervudo. Sus ojos oscuros, vivaces e inquisitivos, habían ido de uno a otro mientras hablábamos, guardando un prudente silencio. Yo no confiaba en él. Y aunque esperaba que se nos mantuviera fiel, bien podía, otra vez, cambiar de bando.

Pero era su esposa, Macalda de Scaletta, baronesa de Ficarra, quien más me preocupaba. Era una mujer de una gran belleza, veintitrés años más joven que Alaimo. Se decía que le superaba en ambición. Era una de las grandes nobles de Sicilia y el día de la coronación me tuvo que jurar, junto a los demás, fidelidad. Sin embargo, lo hizo altiva, sin apenas inclinarse, mirándome desafiante a los ojos. Noté odio en su mirada. Pero la necesitábamos a nuestro lado. Como al resto de los grandes nobles de la isla, en especial a su marido.

Todo el consejo, excepto mi hijo Jaime, éramos oriundos del antiguo reino de Sicilia, pero solo Alaimo y yo de la isla. Roger era de Lauria, en el norte de Calabria, y Juan, de la isla de

Prócida, en el golfo de Nápoles. Y hablaban con acento napolitano. Necesitábamos a Alaimo, el héroe local. Mi esposo me había pedido que me ganara a aquel hombre, prácticamente un desconocido para mí, que, a pesar de su edad, estatura y calvicie, tenía una sonrisa seductora con un toque irónico. Poseía un atractivo especial.

Le trataba con toda deferencia y pensaba hacer lo mismo con su esposa, me gustara o no.

—Pues tendremos que aumentar los impuestos —dijo Roger.

—Sería lo último que haría —advirtió Alaimo severo.

—¿Tan peligroso lo veis, don Alaimo? —inquirí preocupada.

—Lo es y mucho, señora —repuso—. Recordad que el pueblo de Sicilia se alzó contra el yugo angevino por la arrogancia francesa y sus agobiantes impuestos. Y muchos acusan ya a Aragón de lo mismo.

—¿De lo mismo? —me extrañé—. Mi esposo acordó dar a la nobleza y al pueblo el mismo trato que les daba el famoso rey Guillermo el Bueno. Y estamos cumpliendo fielmente.

—Sí, pero continúan pagando impuestos y tienen a un soberano extranjero.

—¡Extranjero! —clamé—. Yo soy siciliana y la heredera legal de mi padre, el rey Manfredo. La Corona de Sicilia es mi derecho.

Alaimo afirmó con la cabeza.

—Lo sé, señora, lo sé —dijo tranquilo mirándome con el asomo de una sonrisa en los labios—. No os ofendáis. Es como algunos os consideran y yo solo quería manifestar el descontento del pueblo por los impuestos.

—Siempre han pagado impuestos —intervino Juan—. No pueden pretender dejar de hacerlo y que encima los libremos del yugo francés.

—Pues algunos tenían esa esperanza —explicó—. Y ahora les disgusta que gobierne Aragón.

—Éramos nosotros o la venganza de Carlos —le dijo Jaime.

—Eso también es cierto. Pero algunos creen que el de Anjou no solo los perdonaría, sino que les concedería mayores honores y tierras si se sublevan. Hay quienes están dispuestos a hacerlo. Tienen contactos secretos con Nápoles y Marsella.

—Vuestra es la obligación de reprimirlos —le dije severa—. Actuad antes de que tomen las armas.

—Lo haré, señora, en su momento. —Me miraba elevando la barbilla—. Solo quería advertiros de que, si subimos impuestos o los almogávares molestan al pueblo, Sicilia estallará. Como sucedió hace un año contra Carlos. Solo que esta vez será contra nosotros. Y del otro lado del estrecho el papa, los angevinos y los franceses están a la espera de apoderarse de la isla.

Tragué saliva angustiada. Asentí con la cabeza y le dediqué a Alaimo media sonrisa. Quería agradarle y al tiempo disimular mi desasosiego.

—Lo mismo ocurrirá si no contamos con naves suficientes —murmuró Roger.

Miré a mi hijo Jaime, que observaba atento a unos y otros. ¡Era tan joven! ¡Y su aventurero padre nos había abandonado para ir a jugarse la vida tan lejos!

Lo veía todo frágil e inseguro, no había nada sólido. No quedaba nada de la dicha y la esperanza que llenaban mi corazón solo unos días antes, al coronarme reina Pedro. Sentía que el suelo se movía bajo mis pies, como cuando el volcán Etna, a punto de estallar, hacía temblar la isla.

## 9

*Mesina, aquella misma noche*

—Llamamos a Pedro de Aragón y a los suyos para que nos ayudaran a echar a Carlos y ser libres —se quejó Macalda—, pero se han convertido en nuestros señores. Y ahora, en lugar de soportar el yugo francés, debemos soportar el aragonés.

Se encontraban en el palacio de Alaimo y, terminada la cena, los esposos tomaban unas infusiones de jazmín y limón acompañadas de un vino dulce y almendras garrapiñadas. Dos grandes candelabros, sobre la mesa, iluminaban la sala, y al fondo, en el hogar, ardía un fuego de troncos de pino. Alaimo observó a su esposa, bajo la cálida y oscilante luz de las llamas, antes de responder. A sus treinta y tres años, Macalda conservaba toda su belleza. Era un poco más alta que él, poseía unos hermosos ojos oscuros y sujetaba su melena azabache con unas trencillas que partían de sus sienes. Sus cejas ligeramente apuntadas y unos generosos labios rojos, que acostumbraban a sonreír desafiantes, destacaban sobre una tez muy blanca. Rara vez se cubría con la toca de mujer casada y era consciente de su sensual belleza, que usaba, sin complejos, como instrumento de poder. Su gonela, prenda de una sola pieza que llegaba a los pies, se abría mostrando el inicio de sus senos y se ajustaba para resaltar las curvas de sus caderas. Muchos consideraban su vestir indecoroso, pero a ella le gustaba ser admirada y le traía sin cuidado lo que pensaran los santurrones.

—Ese fue el trato, señora —repuso Alaimo conciliador, con el tono cansado de quien repite los mismos argumentos—. Recordad que ofrecimos nuestro vasallaje al papa en forma de república, pero lo rechazó. Nos ordenó que nos sometiéramos de nuevo a Carlos para sufrir su venganza. No quedó más remedio que darle la corona a Pedro y a Constanza. Nadie más nos quiso ayudar, y los angevinos nos hubieran exterminado.

—Los sicilianos de la isla nos libramos de los franceses por nuestros propios medios —insistió ella—. ¿Qué mérito tiene esa Constanza para reinar? ¿Qué ha hecho ella? Vos echasteis a los franceses de Mesina, y yo lo hice, espada en mano, de Catania. Maté. Ambos tenemos en nuestras manos sangre angevina. Nuestro es el mérito. Y ella aparece, de pronto, cuando todo ha terminado, con esa expresión lánguida, para que la coronemos reina. Sin hacer nada.

—Su padre fue nuestro rey y ella es la heredera legal del reino.

—¿Y qué importa eso? Vos debierais ser el rey de Sicilia y yo la reina.

Alaimo sonrió triste.

—Aceptad los hechos y a doña Constanza como reina. Vi cómo la mirabais. No la desafiéis. Gracias a ella, y a su esposo, hemos llegado a lo más alto. Yo soy el justicia de Sicilia, la mayor autoridad de la isla, después de los reyes.

—Vos sí, pero ¿qué soy yo? —inquirió huraña.

—Vos sois la baronesa de Ficarra, una gran noble por derecho propio y la esposa del justicia. No se puede ser más.

—Sí, se puede ser reina. —Arrugaba el cejo.

Alaimo la contempló en silencio. Su matrimonio había sido, como todos los de la nobleza, un asunto político. Antes Macalda había sido amante de Carlos de Anjou, que le concedió la baronía de Ficarra como herencia de su anterior marido. Y después la casó con Alaimo, uno de los nobles más poderosos de la isla, que obtuvo, gracias a esa boda, grandes concesiones del monarca angevino.

Su matrimonio era una alianza para alcanzar las más altas cotas del poder. Pero el acuerdo no incluía la fidelidad conyugal. Alaimo tenía sus amantes, lo cual era común entre los varones nobles, pero ella había impuesto, en el trato, su libertad para hacer lo propio. Él aceptó exigiéndole discreción. Macalda no dependía de su esposo, al que hacía más poderoso con el dinero y las tropas de su baronía de Ficarra. Pero aquel acuerdo empezaba a ser penoso para él. Se había enamorado de su salvaje esposa. Y pensaba que la ambición de ella se había desbocado.

—¿Es cierto que quisisteis acostaros con el rey Pedro? —inquirió de pronto.

Ella le miró con intensidad antes de contestar.

—Eso dicen.

—¿Y es cierto?

—Sí —repuso tranquila, aunque con un deje de fastidio—. Pero me rechazó para pasarse la noche hablando de las virtudes de su esposa.

Ahora fue Alaimo quien contempló a su esposa antes de hablar. Ya no le sorprendía nada de ella.

—Queréis ser reina a toda costa, ¿verdad?

—Ser la amante del rey es casi como ser reina. Y le hubiera ido muy bien a Pedro. Ella es una ignorante. Yo sé tanto como vos de política y de guerra y estoy preparada para reinar. Y también os iría bien a vos, Alaimo. Os daría aún más poder.

—Gracias, señora —repuso él con una sonrisa triste—. Me basta con lo que consigo por mis propios méritos. ¿Es ese rechazo el origen del odio que le tenéis a la reina Constanza?

—No merece ser reina. Su único mérito es haber parido al heredero. A partir de ahora la llamaré solo eso: madre del infante Jaime.

Alaimo guardó silencio afirmando levemente con la cabeza. No por coincidir con su esposa, sino constatando su carácter altivo, ambicioso e intransigente. Anticipaba problemas.

—Muchos nobles están descontentos —continuó Macalda al rato—. No les gusta pagar impuestos a los aragoneses. Quieren volver con Carlos y terminar así con la guerra.

—Están locos.

—No, no lo están. Tienen contactos con el príncipe de Salerno, su hijo, en la península, y ha prometido perdones y rebajas de impuestos.

—Si nos entregamos, nos hará ejecutar.

—No, no es cierto. Uníos a nosotros, Alaimo. Controláis el ejército siciliano, con vos y los angevinos echaremos a los aragoneses de la isla.

—¿Nosotros?

—Sí, los patriotas sicilianos. Carlos no solo nos perdonará, sino que nos hará gobernadores, a vos y a mí. Y lograremos una amplia autonomía para la isla. Ahora que se ve acosado, cederá.

—Os equivocáis. —La sonrisa triste regresó a sus labios—. Miente sin escrúpulos, el papa excomulgó a la isla de Sicilia por entero y le excusará de cualquier traición. Pondrá gobernadores franceses, como antes hacía, y a nosotros nos hará ahorcar.

—No. Le convenceré. —Ella sonreía segura—. Vos no le conocéis como yo.

Alaimo frunció el cejo. Cada vez le importunaba más el recuerdo de los amores de su esposa con el de Anjou.

—Seguro que no —repuso él adusto—. ¿Es ese amigo vuestro, Gualterio de Caltagirone, el cabecilla de los conspiradores?

—Es un patriota.

—Os vi cuchicheando con él el día de la coronación de la reina. Mostrabais poco respeto en un acto tan solemne.

—Ya sabéis lo que pienso del rey y de la madre del infante.

—Os exijo respeto a nuestros monarcas, aunque no os gusten.

—¿Me exigís?

—Sí, como esposo y como justicia de Sicilia.

Ella le miró desafiante.

—¿Me vais a encarcelar, querido esposo? —Ahora le provocaba.

—No lo descartéis —repuso molesto—. Por cierto, ¿os habéis acostado ya con ese Gualterio?

—Con algunos no necesito acostarme. —Continuaba desafiándole con su sensual sonrisa—. Me siguen mejor cuando tienen la esperanza de hacerlo.

—Jugáis un juego muy peligroso, señora. Os ruego que recapacitéis.

—Os pido a vos lo mismo. —La sonrisa continuaba en sus labios.

Y de pronto bostezó perezosa, mostrando unos hermosos dientes. Era felina, parecía una gata.

—Tengo sueño, esposo. —Arrugó el cejo ronroneando—. Y hace frío. ¿Os apetece calentar mi lecho esta noche?

Él la contempló en silencio. Quizá hubiera mujeres más hermosas. Pero ninguna, nunca, le había atraído tanto. Y terminó afirmando con la cabeza.

Ella dejó ir una risita cantarina. Como si le hubiera dicho algo gracioso. Alaimo no era fácil de convencer. Pero terminaría haciendo lo que ella quisiera. La baronesa tenía grandes planes en mente. Y le necesitaba a él.

# 10

*París, el mismo día*

Carlos de Anjou se puso de pie sobre los estribos de su caballo para contemplar mejor París. Se encontraba sobre una colina y era el fin de un viaje de once días desde Marsella. La extensa comitiva que le seguía se detuvo tras él. Más de doscientos caballeros, otros tantos escuderos, soldados de a pie, cortesanos, religiosos, juglares, criados, carros, caballos de repuesto, todo un pequeño ejército.

En el valle, en el interior de dos semicírculos amurallados separados por el río Sena, se encontraba la ciudad, que se le antojó como una nuez gigante cuyo corazón era la isla de la Cité. En ella se alzaba, sobresaliendo sobre el resto de los edificios, la catedral de Notre Dame, aún en construcción, el palacio real y, por encima de todo, la Sainte-Chapelle, una verdadera joya de piedra y cristal, cuya torre se elevaba queriendo alcanzar el cielo. La ciudad había crecido mucho desde la última vez que la vio Carlos, nuevos barrios se formaban fuera de las murallas y se dijo que quizá tuviera ya doscientos mil habitantes. Con cerca de dieciséis millones de habitantes, el poder de Francia era inmenso. Y se preguntó cómo Pedro se atrevía a desafiar el poder galo, cuando todos los territorios de su Corona de Aragón no tendrían más de un millón. Era un insensato que pronto recibiría una lección que le sería fatal.

Era primavera, los campos verdes se cubrían de flores y un sol brillante se mostraba risueño entre grandes nubes blancas. En aquel momento iluminaba la ciudad. Suspiró satisfecho. Era como volver a casa. A la seguridad del hogar paterno.

Allí había transcurrido gran parte de su infancia. Carlos era el menor de los nueve hijos de Luis VIII y Blanca de Castilla y le destinaron a la religión. Por fortuna para él, la temprana muerte de seis de sus hermanos mayores varones le benefició con la herencia de los condados de Anjou y Maine y le apartó de la carrera eclesiástica. Después obtuvo, por matrimonio, el condado de Provenza, convirtiéndose en el noble más poderoso tras el rey de Francia y el duque de Aquitania, que también era rey de Inglaterra.

Pero Carlos ambicionaba más. Y por designación papal y gracias a su fortuna en el campo de batalla, pasó a ser rey de Nápoles y Sicilia. Para ello tuvo que matar al rey Manfredo, el padre de Constanza, y después al joven Conradino, su primo. A continuación conquistó el reino de Albania y el papa le nombró senador de Roma. Convertido en el brazo armado de la Iglesia, pasó a dominar casi toda Italia. También fue proclamado rey de Jerusalén, y grandes territorios de la península helénica y del norte de África se convirtieron en vasallos suyos. Por entonces ya era el rey cristiano más poderoso y superaba a su sobrino el rey de Francia. Pero su ambición no se detuvo ahí y puso sus ojos en el Imperio bizantino. Y estaba ya preparando el gran ejército para invadirlo cuando la isla de Sicilia se sublevó. Al principio no le dio demasiada importancia. Tenía un gran ejército, el papa le apoyaba incondicionalmente y estaba acostumbrado a someter insurrecciones a sangre y fuego. Pensó que en unos días liquidaría aquella molestia con unos centenares de ahorcados. Pero cuando estaba en ello apareció Pedro de Aragón. Un reyezuelo con poco poder. Sin embargo, su esposa era la hija del antiguo rey de Sicilia, y demostró una audacia inaudita desafiándoles a él y al papa al hacerse proclamar rey por los isleños. Aquello desbarató todos sus sueños de conquista del Imperio bizantino.

Carlos odiaba a Pedro. Con toda su alma y corazón. Merecía un castigo ejemplar. Por un momento entretuvo la idea de matarle con sus propias manos en un duelo cuerpo a cuerpo. Sentía un enorme placer al imaginarlo. Sin embargo, Pedro era más joven y tenía fama de experto guerrero. Pero había muchas formas de despellejar a un gato, y con el duelo de Burdeos él había encontrado la mejor. El maldito rey de Aragón estaba perdido.

Espoleó su caballo para dirigirse a la ciudad cuando vio que de la puerta sur surgía una comitiva que ondeaba pendones con flores de lis y hacía sonar trompetas y timbales. Los heraldos habían anunciado su llegada y su sobrino el rey de Francia le recibía con todos los honores.

—¡Debéis vengar la muerte de vuestro hermano! —le espetó Carlos a su sobrino—, al que esos salvajes que los aragoneses llaman almogávares clavaron en esa puerta de roble.

Se encontraban en el gabinete privado de Felipe III, en cuyo hogar chisporroteaban unos leños de olorosa resina. Aun siendo una reunión familiar, Felipe vestía sobre una túnica blanca un lujoso pellote bordado, al igual que su enorme y vistosa capa azul, con grandes flores de lis de oro, plata y perlas. Carlos compartía con él, como el resto de la dinastía Capeto, la enseña de la flor de lis, que lucía sobre una túnica y una capa también de terciopelo azul.

Felipe tenía treinta y ocho años y era menos corpulento que su tío. De pequeña nariz y rostro muy blanco, era enjuto y delicado en sus formas, tímido, dubitativo y cambiante. Estaba a merced de las opiniones de los demás, en especial las de su autoritaria esposa, que adoraba a Carlos.

Felipe admiraba el comportamiento resuelto y autoritario de su tío. Trataba, sin demasiado éxito, de imitarle. Carlos fue quien, a la muerte de su padre durante la desastrosa cruzada de Túnez, tomó el mando ante sus vacilaciones y temores. Pocos días después, ya siendo rey, de regreso de aquella infausta cruzada, su esposa, la hermana de Pedro de Aragón, cayó del caballo en Cosenza cruzando un río y se partió el espinazo. La joven reina, toda una belleza, estaba embarazada y sufrió una agonía terrible. Felipe la amaba y se sumió en la depresión. Fue Carlos, de nuevo, con su firmeza, quien le ayudó en los dolorosos primeros pasos de su reinado. Su admiración se mezclaba con el agradecimiento. Sin embargo, cuando su tío se dirigía a él autoritario, le intimidaba.

—Pues claro —balbució Felipe—. Debo vengarle.

—Pedro, si se atreve a comparecer, no saldrá de Burdeos —continuó Carlos—. El papa le ha prohibido a Eduardo de Inglaterra ser juez en el duelo.

—Lo sé —dijo Felipe—. Se ha desentendido del asunto y le ha ordenado a su senescal de Aquitania obedecerme en todo.

—Iremos con tiempo y le prepararemos a Pedro una celada por si aparece. Si se resiste, no saldrá con vida, y si no, le esperan la cárcel y después la muerte. Vos vengaréis a vuestro hermano y yo me libraré de un enemigo. Sin él, el ejército aragonés se desmoronará, aniquilaré sus restos a mi regreso a Italia y la isla se someterá.

—No podrá llegar a Burdeos, y menos con cien caballeros. En Foix, Bigorra y Navarra se le impedirá el paso.

—También me sirve. Si no acude, perderá para siempre su prestigio.

Felipe calló pensativo.

—¿Y por qué habéis citado en Burdeos a cuatrocientos caballeros en lugar de los cien acordados? —inquirió al final—. ¿No os parece un gasto excesivo?

Carlos sonrió mostrando sus caninos perrunos.

—Además de los franceses, vendrán de Nápoles, Roma, Florencia y de otros muchos lugares de Italia —explicó—. Incluso algunos de mi reino de Jerusalén, de Albania y Túnez.

—¿Túnez? —se sorprendió Felipe—. ¡No combatiréis junto a musulmanes! ¿Verdad?

El de Anjou rio.

—No, claro que no. Solo combatirían cien, y esos no serían los elegidos. Pero como Pedro no se presentará, nadie se sentirá ofendido.

—Si creéis que no habrá combate, ¿por qué citáis a cuatrocientos?

—Por fidelidades. Esos caballeros y sus familias presumirán de haber sido convocados para luchar a muerte junto con el rey Carlos. Es un honor extremo. Y por generaciones mantendrán fidelidad a mi familia.

Felipe le contempló admirando su astucia.

—He enviado una flota para que limpie de aragoneses el estrecho —continuó—. Regresaré a Italia con un gran ejército y desembarcaré en la isla. Por entonces, Pedro estará muerto, preso o desprestigiado. Y tengo por seguro que muchos de los nobles isleños se sublevarán contra Aragón. Al final del verano, la isla de Sicilia volverá a ser nuestra y los aragoneses estarán ahogados en el mar.

—¿Y esperáis que los mismos nobles que se rebelaron contra vos os apoyen ahora? ¿No sois demasiado optimista?

—¡No! —Volvía a sonreír—. Se están empezando a hartar de los aragoneses. Y les he hecho saber que comprendo que se unieran a la revuelta para salvar sus vidas. Y que ahora se tendrán que unir a mí para salvarlas de nuevo.

Felipe rio.

—¿No estará esa Macalda entre los que quieren volver a vos? —Miraba pícaro a su tío—. Todos hablan del atractivo de la baronesa de Ficarra.

—¡La primera! Y quizá sea ella la única que conserve la cabeza cuando recupere la isla.

La sonrisa de Felipe se truncó. Si quería ser como su tío, tendría que aprender a ser feroz. No se veía capaz.

# 11

*Trapani, 6 de mayo – Cullera, 17 de mayo de 1283*

Desde el castillo de popa de la nave que le alejaba de Sicilia, Pedro estuvo contemplando emocionado la figura de Constanza, que resistía las rachas de viento de aquel día destemplado, hasta que su silueta, el puerto y la costa empequeñecieron y dejó de verlos. Amaba a aquella mujer y lamentaba en lo más profundo de su corazón haberla dejado triste y temerosa. Pero no tenía otra opción que emprender aquella aventura que tantos decían que era una locura. Le había prometido volver. Y haría cuanto pudiera por cumplir su promesa. Pero la maldición que le había lanzado aquella bruja, la madre de Ferrán, el hermano bastardo al que él ahogó en el río Cinca, repiqueteaba en sus oídos. Más ahora que todos le advertían del peligro. Moriría joven sin poder gozar de la gloria que conquistara. Pero los malos augurios no le iban a detener. Seguiría su destino de caballero de honor. Solo le pedía a Dios, nuestro señor, poder abrazar de nuevo a Constanza antes de que ese destino se consumara.

—Señor, tomaremos la ruta sur —le dijo Ramón Marquet interrumpiendo sus pensamientos—. La flota provenzal de Carlos patrulla las aguas del norte de Cataluña. Esperan apresaros.

—El de Anjou debe de saber que mi hijo, el infante Alfonso, me espera en Barcelona —repuso Pedro.

—Es más rápido y seguro navegar por el sur de Cerdeña para llegar a Menorca y desembarcar en Tortosa o Tarragona. Desde allí podéis continuar a caballo.

Pedro observó al vicealmirante. Apreciaba a aquel hombre que, bajo las órdenes del almirante Roger de Lauria, defendía las costas catalanas y valencianas. Era un marino experto perteneciente a la burguesía mercantil de Barcelona. Su estamento social iba ganando poder y representaba el gran apoyo de la monarquía frente a los nobles. Los comerciantes, en busca de nuevos mercados, eran los grandes impulsores de la expansión mediterránea de la Corona de Aragón. Ramón era un hombre grueso de barba pelirroja, de cuarenta y ocho años, generalmente bienhumorado y de una sonrisa fácil que mostraba huecos en sus dientes. Su relación con la familia real era larga. Catorce años antes capitaneó la galera del rey Jaime I en su cruzada a Tierra Santa, de la que el monarca desistió después de una terrible tormenta. Comandó la flota de Pedro a Túnez y después a Sicilia. Y también fue él el encargado de transportar a la reina Constanza y a sus hijos a su nuevo reino.

—Sea. Preciso de rapidez —concedió Pedro—. Voy muy escaso de tiempo.

Sin embargo, a unas cincuenta millas de Cerdeña, estalló una tormenta y empezó a soplar viento contrario. Faltaban veintitrés días para la cita de Burdeos y Pedro se inquietó. ¡No iba a llegar a tiempo!

—Ramón —le dijo al marino—, que se acerque una galera. Continuaré a remo.

—No os lo aconsejo, señor —objetó el hombre—. Una nave como esta, de casco profundo y altas bordas, es más segura con ese tiempo. Las galeras son muy frágiles y zozobran con facilidad.

—No puedo esperar.

—Dejad, pues, que os acompañe.

A pesar del viento y de lo agitado del mar, con oscuras olas golpeando los costados de las naves, Pedro se descolgó de la cubierta de su embarcación para abordar una chalupa y después una galera, junto a Ramón y a tres de sus caballeros de mayor confianza.

Escoltados por las otras tres galeras de la flotilla, llegaron, con dificultades, al sur de Córcega, donde repusieron suministros y efectuaron pequeñas reparaciones. Pero tan pronto como emprendieron el viaje, un fortísimo viento los empujó a las costas africanas.

Varios días después, el vigía alertó con sus gritos de la presencia de tierra. El sol del amanecer iluminaba una línea gris verdosa en el horizonte tras un mar azul oscuro y agitado.

—¡España! —murmuró Pedro—. ¡Al fin!

Ansiaba tocar tierra. No era un buen marino, le disgustaban los viajes por alta mar y aquel había sido muy largo y duro. Estaba intranquilo. Le sería muy difícil llegar a tiempo a Burdeos.

—¿Qué costas son esas, Ramón? —inquirió.

—No puedo precisar, señor. Pero pertenecen al reino de Valencia, seguramente nos encontramos al sur de la capital. Lamento el retraso.

—No es vuestra culpa —le dijo Pedro—. No mandáis sobre el viento y las tormentas. Quería coronar a mi esposa reina de Sicilia, encauzar la guerra y asegurar la isla antes de partir. Salí demasiado tarde.

—Desistid, señor. No comparezcáis en Burdeos.

—Todos me decís lo mismo, Ramón. Pero Europa entera, amigos y enemigos, está pendiente del duelo —reflexionó Pedro—. He enviado cartas a reyes y grandes nobles argumentando la justicia de nuestra posición. Si Carlos cometiera semejante traición, quedaría deshonrado.

—¿Y qué importa eso si gana la guerra, si echa a Aragón

de Sicilia? El papa le felicitará y excusará. Y lo mismo harán sus amigos y aliados.

Pedro guardó silencio pensativo mientras observaba la línea de tierra en la que empezaba a dibujarse una población. Deseaba abandonar la nave y cabalgar.

—Además, apenas quedan dos semanas —continuó Ramón—. Es el tiempo justo para llegar a la cita. ¿Cómo reuniréis en tan poco tiempo cien caballeros y los haréis llegar a Burdeos? ¿Cómo cruzaréis Navarra y Francia, que os son hostiles?

—Mi hijo el infante Alfonso ha citado a ciento cincuenta caballeros en Lérida y Huesca, por si alguno cae por el camino.

—¿Qué son ciento cincuenta caballeros frente al poder de Francia? Por el amor de Dios, reflexionad, señor —insistió el marino—. No vayáis a Burdeos.

Pedro fijó de nuevo su vista en la tierra, cada vez más cercana. Reflexionaría, claro que sí. En realidad, no había dejado de hacerlo en todo el viaje. Ramón estaba en lo cierto. Pero él iría a Burdeos.

## 12

*Zaragoza, 25 de mayo de 1283*

Tan pronto como desembarcó en Cullera, Pedro se dirigió a Alcira, donde pasó la noche. Y tal como acostumbraba en su correspondencia privada con Constanza, le escribió de su puño y letra anunciándole su feliz llegada y recordándole su amor.

Al día siguiente hizo una entrada triunfal en Valencia, donde permaneció un par de días desarrollando una actividad frenética. Llevaba un año ausente, dedicado a Sicilia, y quiso conocer al detalle la situación en España. Se dijo satisfecho que su hijo Alfonso, al que confió sus reinos, había ejercido un buen gobierno, a pesar de su juventud. Le citó en Zaragoza.

Al contrario que en Valencia, Pedro, escoltado solo por los tres caballeros que le acompañaron en la galera, entró discretamente en la capital de Aragón.

El encuentro fue muy emotivo. Tan pronto como se vieron, una sonrisa feliz iluminó sus rostros. Alfonso puso rodilla en tierra tomando las manos de su padre para besárselas y Pedro le hizo incorporarse, le abrazó con fuerza y le besó con cariño.

—Bienvenido a vuestros reinos, padre.

—Bien hallado, hijo mío.

A pesar de su juventud, hablaba con una voz profunda y sentida que conmovió a Pedro. Con dieciocho años ya, era un mozo bien parecido que estaba a punto de superarle en altura y fortaleza física. Su recia mandíbula y sus espesas cejas denotaban un carácter firme y resuelto. Tenía el pelo castaño claro y había heredado los ojos verdes de su madre. También de ella le venía su devoción por la orden franciscana y el amor a la música y la poesía. Pedro le contempló de nuevo. Estaba orgulloso de él. Sería un gran rey.

Aquella misma tarde se reunieron en un salón privado de la Aljafería con Jaume Sarroca, obispo de Huesca. Pedro admiraba aquel espléndido palacio fortaleza, con sus arcos en herradura, sus suelos de mármol, las tracerías de sus bóvedas y sus paredes de estucos y alabastros dorados. La complejidad de las volutas y pequeñas cimbras esculpidas en sus arcos y capiteles seguía cautivándole. Y sus patios interiores arbolados, con albercas de rumorosas fuentes, le deleitaban. Todo aquel sorprendente edificio, a la vez poderoso, refinado y sutil, le hablaba de un esplendor vivido en la taifa de Zaragoza doscientos años antes, cuando sus antepasados eran poco más que fieros y rudos montañeses.

—El duelo tendrá lugar dentro de seis días y debo estar allí —anunció Pedro.

Su gesto denotaba preocupación.

—No podéis llegar en seis días, y menos con un trayecto plagado de enemigos, hermano —dijo el obispo.

Jaume, hermano bastardo de Pedro, tenía treinta y cinco años, ocho menos que el monarca. Era de estatura mediana; nunca había mostrado interés por las armas, pero sí por la buena mesa, tal como su aspecto, tendiendo a la obesidad, delataba. Su faz, siempre bien afeitada, era muy blanca; sus ojos, amarronados y su pelo castaño, fino y escaso, estaba tonsurado en la coronilla.

—¿Y qué ocurre en Burdeos? —quiso saber Pedro.

—Nuestro embajador está en contacto con el senescal aquitano —explicó el infante.

—Conozco al senescal de mi encuentro en Toulouse con el rey de Francia.

—Pues bien, confirma que ha recibido órdenes de su señor, el rey de Inglaterra, de obedecer en todo al de Francia —continuó Alfonso—. Y dice que no vayáis, que no puede garantizar vuestra seguridad y que el rey francés os espera con su tío Carlos, junto a tres mil caballeros y varios miles de infantes.

—Mal enemigo tenéis en Carlos, y peor en Felipe de Francia —intervino Jaume enfatizando sus palabras—. Pero ninguno le gana en poder al papa Martín IV. Y todos están unidos contra vos. Ya os advertí de lo peligrosa que era la aventura siciliana.

—No estoy para reprimendas, monseñor —repuso Pedro malhumorado.

—El papa os despojará de vuestros reinos. —El obispo hizo un delicado gesto con la mano desechando las palabras de su hermano. A pesar de su talante adulador, no se dejaba intimidar—. ¡Os ha excomulgado tres veces seguidas y os exige sumisión inmediata!

La excomunión, su tenebroso rito, junto a la maldición al excomulgado y a quienes le apoyaban, aterraban al obispo. Rezaba por no sufrir él también aquel terrible castigo que excluía al penado de la comunidad cristiana y cerraba las puertas del cielo.

Su relación con Pedro no había sido siempre cordial. Se criaron juntos en palacio, pero al heredero de la corona le disgustaban los modos afectados, cuchicheos y risitas de Jaume. Adolescente aún, fue nombrado capellán gracias a ser hijo natural del rey Jaime el Conquistador; después, cura sacristán de la seo de Lérida, y finalmente, obispo de Huesca. Frecuentaba más la corte que sus feligresías, pero no dejaba de acumular, con avidez, las rentas que estas le proporcionaban. Se convirtió en compañía habitual de su padre en sus últimos años, ayudándole en la redacción de sus memorias en el famoso *Llibre dels feits*. Mientras Pedro luchaba contra nobles rebeldes y sarracenos sublevados, Jaume intrigaba en la corte y fue uno de los firmantes del testamento de su padre. Pedro sospechaba que, con sus politiqueos, Jaume Sarroca favoreció, en dicho testamento, la independencia de su hermano Jaume II de Mallorca.

Pedro le acusó de apropiarse de objetos personales del fallecido y le confiscó gran parte de sus bienes. Pasados unos años en desgracia, Jaume demostró sus grandes dotes políticas al recuperar la estima de su hermanastro. Pedro necesitaba alguien con su habilidad para asesorar a su hijo y lidiar con el estamento eclesiástico.

—¿Cómo puede el papa despojar a mi padre de sus reinos? —clamó el infante—. El papa debe ocuparse de asuntos del alma y no de lo material.

—Cree honradamente tener ese derecho porque representa a Dios, y Dios está por encima de reyes y emperadores —repuso el obispo.

—¡El papa no debe interferir en asuntos terrenales! —clamó el infante.

—El papa no es franciscano, sobrino —repuso el obispo con una sonrisa en los labios y cierta sorna—. Ni es tan espiritual ni cree en la hermandad universal.

Hizo una pausa y miró severo a Pedro.

—Por fortuna, no os da tiempo, ni tenéis manera, de llegar a Burdeos, donde os aguarda una celada —continuó—. No acudir al duelo debiera ser la menor de vuestras preocupaciones. Porque lo que nos viene encima después me espanta.

—Lo sabremos manejar —murmuró el rey—. Con la ayuda de Dios. Nuestras victorias en Italia prueban que el Señor no es francés como el papa.

—No os engañéis, hermano. Tampoco es aragonés.

—¡Pero es a nosotros a quienes da la victoria!

—El pontífice, después de excomulgaros, ha emitido una bula por la que libera a vuestros súbditos de su juramento de fidelidad —prosiguió el obispo—. Vuestros nobles tienen un largo historial de rebeliones y solo falta que el papa los anime. Ahora poseen la bendición de la Iglesia para sublevarse y daros muerte. El papa ha dado ya el primer paso para desposeeros de vuestros reinos. Está buscando en Francia un candidato para vuestro trono, seguramente un hijo del rey francés. Y lo siguiente será proclamar una cruzada contra vos.

—He ordenado que se silencie la noticia de mi excomunión —dijo Pedro.

—Hemos amenazado a los eclesiásticos de alto rango, los que tienen contacto con Roma, con la pena de muerte si lo divulgan —informó Alfonso—. Y he ordenado a los magistrados reales que los vigilen de cerca.

El obispo de Huesca hizo un gesto de preocupación.

—Se acercan tiempos difíciles —murmuró—. ¿Creéis que con eso los vais a detener? El poder de los grandes clérigos proviene de la Iglesia de Roma y su cabeza es el papa. ¿Creéis que estarán con vos? No esperéis su lealtad. Ni tampoco la de muchos de vuestros nobles. Francia es mucho más poderosa que todos vuestros reinos españoles. Puede movilizar un ejército diez o quince veces mayor. ¿Qué creéis que va a pasar cuando su cruzada supere los Pirineos?

—Que lucharemos y venceremos —repuso Pedro tranquilo.

—¡Olvidad Burdeos y el duelo, y empezad a preparar la defensa! —le apremió el obispo.

Pedro le miró ceñudo y apretó los labios.

# 13

*Tarazona, 26 de mayo de 1283*

—Quiero acompañaros, padre —murmuró Alfonso.

—Es un viaje peligroso, bien lo sabéis —repuso Pedro—. Aunque no rechazo vuestra compañía por el peligro, hijo. Necesito que defendáis nuestros reinos en mi ausencia. Puedo morir o, peor aún, caer prisionero. No, mi buen Alfonso, lamento privaros de esta aventura, pero vuestra es la responsabilidad de gobierno.

—No debierais ir, parece una locura. Corréis un riesgo innecesario.

—Sí que es necesario —le dijo mirándole con cariño—. A los ojos del mundo no importa el peligro, solo contará si el rey de Aragón se presenta o no a esa cita de honor. Hemos denunciado a toda Europa la usurpación de Sicilia por parte de Carlos y del papa. Y proclamado los derechos de vuestra madre y lo justo de nuestro proceder. No podemos retroceder ahora. Reunid a los caballeros en Fraga y esperad nuevas órdenes.

—¿Pero es que creéis que puede haber combate?

—Eso lo comprobaré personalmente.

—Me someto a vuestros deseos, padre. —El infante le miraba a los ojos sin parpadear—. Pero me siento muy incómodo. Yo, el más joven, debiera ir en vuestro lugar. Y temo por vuestra vida.

Pedro le sonrió y le abrazó con fuerza sin responder. No quería que su hijo viera las lágrimas que pugnaban por derramarse.

—Lo sé, hijo —le murmuró al oído—. Bien que lo sé. Pero solo puedo ir yo. El tiempo me apremia. Volved a Zaragoza y continuad cumpliendo como el buen hijo que sois.

Se encontraban en Tarazona, ciudad fronteriza con Navarra y Castilla. Habían abandonado Zaragoza la tarde anterior diciéndole al obispo que iban a reforzar los castillos de frontera para repeler el ataque francés que esperaban llegara por Navarra. Y allí se quedó Jaume, convencido de que había hecho desistir a su hermano de ir a Burdeos.

—Si mi mano derecha supiera lo que hace la izquierda, la cortaría —se repitió Pedro.

Y había aplicado su máxima a todos, incluido su propio hermano. Nadie, salvo su hijo, sabía lo que iba a hacer.

A Pedro le entristecía aquella despedida, como la que antes tuvo en Mesina con sus hijos y en Trapani con Constanza. Era consciente de los peligros a los que se enfrentaba, y que todos le recordaban. Pero todo en él le impulsaba a ir. Estaba obligado.

Después de abrazar de nuevo a su hijo y entregarle una nota para Constanza, salió por una puerta trasera del palacio, usada por la servidumbre. Las luces del nuevo día despuntaban en el horizonte dibujando franjas grises y azulonas. Pedro vestía una gramalla azul de lana basta que le llegaba a los tobillos y se cubría con una capucha del mismo color. Sujetaba su pobre túnica con un cinturón del mismo cuero barato que sus botas y llevaba un cuchillo al cinto. Le rodeaban tres hombres con un aspecto más humilde aún. Parecían mozos de carretero. Eran los tres caballeros que le habían acompañado desde Sicilia.

El mayor de ellos, de treinta y cinco años, Conrado Lancia, gozaba de su absoluta confianza. Era primo lejano de la reina Constanza y cuñado de Roger, el almirante de la flota. Era un hombre fornido, de estatura media, con pelo y barba oscuros y una sonrisa que mostraba dientes blancos y bien formados. El siguiente, Bernat de Cruïlles, perteneciente a la vieja nobleza catalana, era hijo de Gilabert, el embajador de Pedro en Burdeos. Era alto, aunque menos que Pedro, y poseía unos ojos azules soñadores y un habitual buen humor. El tercero, con treinta años, era Blasco de Alagón, un reputado caballero valenciano de origen aragonés. Era moreno y tan alto como Bernat, con el que compartía su afición trovadoresca y competía tañendo el laúd y cantando. Pedro los acompañaba en ocasiones.

Los cuatro se dirigieron a pie hasta una posada a la entrada de Tarazona, y allí, Bernat, en su papel de mozo, dijo al hombre que la atendía que un tal Domingo de la Figuera los esperaba.

Bernat y Pedro subieron a su habitación, y Domingo, al ver al rey, se echó a sus pies, se los besó y después, de rodillas, le besó las manos.

—Soy vuestro humilde servidor, mi señor —le dijo.

Pedro le dejó hacer con media sonrisa en el rostro.

—Hasta este momento, mi buen Domingo —repuso divertido—. Porque a partir de ahora, yo seré el vuestro.

Domingo de la Figuera era un experto tratante de caballos de Calatayud y conocía como la palma de su mano caminos, veredas, montes y bosques de Aragón, norte de Castilla, Navarra y Aquitania. Hablaba, además de aragonés y castellano, varias formas de euskera y del occitano gascón.

Era un hombre recio, de unos cincuenta años, nariz aguileña y una frondosa barba negra que empezaba a encanecer. Domingo era el último recurso.

—Incorporaos y salgamos de inmediato —ordenó Pedro.

# 14

*Navarra, 27 de mayo de 1283*

Al poco, por la puerta de Tarazona, que conducía al camino de
Pamplona, partía un grupo de cinco hombres y diecisiete caballos. Tres mozos a pie, con una lanza corta estilo azcona en sus
manos y puñal al cinto, conducían a quince caballos en tres rea-
tas. Los seguía Domingo, montado en un buen alazán, vestido
a la manera de un rico burgués. Llevaba una gonela púrpura de
terciopelo, con bordados dorados en las mangas y cuello, un
sombrero del mismo color con un par de plumas de faisán,
guantes, botas de calidad y, en su cinto, espada y puñal. Detrás
iba, también montado, su mayordomo, un hombre que destacaba por su altura y corpulencia, que vestía una gramalla azul
y caperuza. Portaba una azcona y daga al cinto. Tras su silla
destacaban las grandes alforjas en las que cargaba las pertenencias de su señor. También llevaba las provisiones para la jornada: unas hogazas de pan, queso y botas de vino. Ya lejos de la
ciudad, y de miradas indiscretas, los tres mozos montaron.

Habían cubierto apenas dos leguas de camino cuando
Domingo hizo desmontar a los mozos, que se apresuraron a
sujetar a los animales al igual que cuando salieron de Tarazona. Llegaban a la frontera de Navarra y había que moderar el
paso y aparentar normalidad.

—¡Don Domingo de la Figuera! —saludó el sargento de la guardia.

Era un tipo huesudo, con casco y cota de malla, que le sonreía afable. Le acompañaba un soldado más bien grueso y los flanqueaban un par de lanceros. A sus espaldas, un grupo de arqueros los observaban atentos.

—¡El conde de Villacañas! —bromeó Domingo, y una amplia sonrisa apareció en su oscura barba. Su dentadura mostraba un par de huecos—. Bienhallado, señor.

—¡Vaya! —exclamó el soldado observando a Pedro y sus acompañantes—. ¡Traéis sirvientes nuevos! ¿Qué ha sido de Bernardo y los demás?

—Han ido a Castilla a por unos caballos árabes. Y me he tenido que traer a esos. —E hizo un gesto de desprecio abarcando a los caballeros—. Me dijeron que sabían de caballos, pero se lo tengo que enseñar todo. ¡Menudos piojosos!

El sargento y sus soldados rieron. El oficial observó a Pedro.

—Vaya un mayordomo talludo que os habéis traído —comentó—. ¿Ya sabe cuánto hay que pagar por diecisiete caballos?

—¿Ese? —repuso el aragonés—. ¡Si sabe hasta latín!

El sargento rio. El rey desmontó de un salto y se acercó al hombre, que, intimidado, perdió la sonrisa y dio un paso atrás. Le superaba en casi un palmo de altura. Los lanceros sujetaron sus armas con fuerza.

—Aquí tenéis. —Y Pedro le entregó unas monedas.

El oficial las pasó al soldado rollizo.

—Está bien —dijo aquel después de revisarlas.

—Bueno, al menos el hombretón sabe contar —rio el sargento.

—Y eso para vos, señor conde —dijo Domingo—. Y compradle algo a vuestra mujer en lugar de gastarlo en vino y putas.

Y le lanzó una pequeña bolsa que el otro cogió al vuelo. La hizo saltar en sus manos sopesándola y rio.

—Bienvenido a Navarra, don Domingo de la Figuera.

E hizo una reverencia burlona invitándole a pasar.

Cuando se alejaron del retén, Conrado, Blasco y Bernat volvieron a montar y Domingo le hizo un gesto a Pedro para que se pusiera a su altura.

—En lo sucesivo no os mostréis tan arrogante —le dijo—. Y encorvaos un poco cuando haya gente. Que no se os vea tan alto. Vuestra planta denota que os destetaron con buena carne y que nunca pasasteis hambre.

Pedro gruñó. ¿Le estaba aquel mercachifle regañando? ¿A él, al rey? Nadie le trataba así. Pero era lo que había pedido. La cosa tenía gracia. Y rio alegre. Domingo no era un simple guía. No se arredraba; era el hombre adecuado para aquella aventura.

A Pedro no le incomodaba obedecer a Domingo, era parte del juego, sino carecer de espada. El arma y él eran inseparables y se sentía desnudo. Pero las espadas eran caras y no estaban al alcance de la gran mayoría de los villanos. Se tenía que conformar con una azcona, arma de pastores y almogávares, y un cuchillo que también usaba en las comidas. Añoraba su espada, la lanza larga de caballero y la maza de guerra.

Conforme se adentraban en Navarra, Pedro contemplaba melancólico los campos de trigo que empezaban a dorarse para la siega. Aquel reino, antes unido a Aragón, le correspondía por herencia paterna, y diez años antes había pasado unos meses en Tarazona reclamando sus derechos. Después de ofrecer a su hijo Alfonso como marido de Juana, la heredera del trono, se vio rechazado cuando su madre, francesa, huyó con ella a Francia para casarla con el heredero de la corona gala. Era otra espina que tenía clavada, otra ofensa francesa, y culpaba de aquella pérdida a su debilidad militar de entonces. Y sonrió al pensar que se vengaba en Sicilia.

—Hemos salido de Tarazona a la hora prima y llegamos a Olite al atardecer —comentó Domingo satisfecho—. Son trece leguas. No está mal para el primer día y un camino algo accidentado. Lo tendremos más duro cruzando los Pirineos. Al contrario, Aquitania es bastante llano y avanzaremos más rápido.

Y miró a Pedro, que iba a su lado.

—Serán jornadas duras, pero llegaremos a tiempo, señor.

—No me volváis a llamar así ni en privado —le dijo Pedro ceñudo—. Vos sois el señor.

—Descuida, Pedro —repuso sonriente el aragonés.

Al tratante le divertía la situación. Tendría una buena historia que contar.

La posada de Olite se encontraba dentro de los muros de la ciudad y tenía un establo capaz de acomodar a todos los animales. Como en el resto del camino, Domingo era bien conocido. Se instaló en una buena mesa, el posadero le dio la bienvenida, y sus supuestos criados se encargaron de ayudar a preparar las viandas y servirle.

—¡Date prisa, perezoso! —le gritó a Conrado con su vozarrón—. ¡Que se enfría el cocido!

Conrado le lanzó una mirada asesina, pero de inmediato hizo una reverencia y salió a toda prisa hacia la cocina. Domingo estiró una pierna como para patearle el trasero. Aquellos caballeros normalmente le mirarían por encima del hombro, y a pesar de su dinero, le despreciaban. Ahora las tornas, aunque por pocos días, habían cambiado. Estuvo a punto de acertarle en el culo con la puntera de su bota, nada menos que a Conrado Lancia, primo de la reina y que seis años antes había sido el almirante que con diez galeras impuso el candidato de Aragón al reino de Túnez. Gozaba al imaginarse contándolo a sus amigos.

—¡Pedro, escánciame vino!

Y el rey, que se mantenía de pie al lado de su mesa muy serio, pero secretamente divertido, le llenó la copa.

Terminaba Domingo su cena cuando se abrió la puerta y apareció una patrulla de media docena de soldados. El oficial estaría en la treintena, el casco y la cota de malla le venían grandes y tenía unos ojillos inquietos y suspicaces. Observó a cada uno de los comensales y se fijó en el aragonés.

—¿Quién sois? —le preguntó con un marcado acento francés.

—Me llamo Domingo de la Figuera, soy aragonés y tratante de caballos.

—Es amigo y de confianza —intervino el posadero en su ayuda.

—¿Tenéis los permisos del reino de Navarra?

—Mi mayordomo los guarda. ¿Queréis verlos?

El hombre rechazó la oferta con un gesto. Pedro se dijo que no sabía leer y que solo sería capaz de identificar los sellos del documento.

—¿Qué hacéis en Olite?

—Estoy de paso hacia Burdeos —repuso Domingo con una sonrisa afable—. Imaginad, ¡un combate de doscientos caballeros! Morirán más caballos que jinetes. Habrá buen negocio.

—Venís de Aragón, ¿verdad?

—Cierto.

—¿Es verdad que se juntan ciento cincuenta caballeros en Jaca para el duelo?

Pedro intercambió una mirada con Bernat. Aquella patrulla vigilaba a las órdenes de Francia.

—Lo desconozco; no he pasado por allí. Vengo de Tarazona.

—¿Habéis visto por el camino gente a caballo?

—He visto asnos, ovejas y mulas, pero apenas caballos. —Domingo ya no sonreía y aparentaba tomarse en serio el interrogatorio—. ¿Buscáis a alguien?

—¿Cuántos eran los de los caballos y en qué dirección iban? —inquirió el oficial sin responder.

El tratante aparentó pensar.

—Tres hacia Aragón y dos hacia Pamplona.

—¿Iban juntos? ¿Alguna persona de aspecto noble?

—Solo dos iban juntos camino de Aragón.

—¿Visteis algo raro?

—Nada. Llevo casi treinta años haciendo esta ruta y todo está como siempre. Si me decís qué buscáis, quizá os pueda ser de más ayuda.

—No es de vuestra incumbencia —repuso seco el hombre.

Y se dirigió a otro mercader para someterle a un interrogatorio semejante. Domingo intercambió otra mirada con Pedro y terminó tranquilamente su cena. Se desperezó y le dijo al posadero:

—Ha sido una jornada larga. Me voy a la cama. Dadles de comer a esos piojosos, pero no demasiado, que me están saliendo muy caros.

El posadero les mostró a Pedro y sus hombres una mesa en un rincón. Ellos debían servirse la comida que el hombre ordenó les racionaran las criadas de la cocina.

—Vigilan todos los caminos que llevan a Burdeos —comentó Conrado una vez sentados.

—Sí, pero engañamos a ese francés —dijo Pedro—. Domingo ha sido convincente. Espero que continúe así el resto del camino. Encontraremos más patrullas.

—Pero ¿os dais cuenta de cómo nos trata ese quincallero de mierda? —intervino Blasco de Alagón indignado—. Cuando termine esto, le cortaré los huevos.

—Lo hace muy bien y nos presta un gran servicio —le defendió Bernat.

Pedro rio.

—Cierto —dijo—. Cuando termine esto, quizá lo haga tan noble como vos, Blasco.

Aquella noche, al igual que las siguientes, el rey y sus caballeros durmieron en el establo, sobre la paja, junto a los animales, mientras el mercader lo hacía en una cómoda cama con colchón de lana.

Pedro, ante sus compañeros, disimulaba aparentando despreocupación y estar gozando de la aventura, tal como dictaba su ideal de caballero. Pero tratando de conciliar el sueño pensaba en Constanza, en sus hijos y en sus súbditos. Si fracasaba en aquel lance, sería el fin. Y no le preocupaba tanto su destino como el de quienes amaba. No se engañaba, si él fallecía, o caía preso, quedarían desamparados. ¿Qué sería de ellos? Era un momento muy inoportuno para morir.

# 15

*Mesina, el mismo día*

Si alguna vez pensé que ceñir la corona de Sicilia me colmaría de dichas, estaba equivocada. ¡Fue tan fugaz el gozo! Cierto es que siempre recordaré, feliz y agradecida, el momento en que Pedro, en la catedral, elevó majestuoso con ambas manos la corona de mis antepasados para posarla en mi cabeza. Me entregaba un reino, vengaba a mi padre y recuperaba mi herencia. Le veía fuerte y seguro, al tiempo que me sonreía tierno y amoroso. Noté su peso en mis sienes. Un peso que, a veces, estando él tan lejos, se me hace demasiado gravoso. Y recordaba nostálgica el tiempo en que sin esa corona era dichosa en España.

Pero ese era mi destino, lo sobrellevaría con la ayuda de Dios y sería digna de él.

Aquella mañana contemplaba indolente el paisaje desde el ventanal de mi cámara. Por encima de los tejados rojizos veía el puerto, y más allá, las tierras del otro lado del estrecho. Estaba cubierto, soplaba un viento tormentoso y el mar mostraba unas aguas oscuras que se agitaban inquietas. Me sentía muy sola.

Habían transcurrido ya veintitrés días desde nuestra despedida y no tenía noticias de Pedro. Solo sabía que después de su partida hubo grandes tempestades en su ruta. No quería ni pensar que hubiera zozobrado. Pero lo hacía. ¿Qué sería de nosotros sin él? Estaba angustiada. Y me dirigí al pequeño altar, en un extremo de la estancia, presidido por una virgen con un niño de grandes ojos y mejillas rosadas. Y me puse a rezar en busca de sosiego. Sin embargo, aguanté muy poco de rodillas y me levanté para medir la estancia con paso inquieto.

—No basta con rezar —me dije—. Debo actuar.

Pero no estaba segura de cómo.

Me faltaban sus noticias, pero me sobraban las de quien no quería. De Macalda, la baronesa de Ficarra. Conservar la fidelidad de su esposo era vital y trataba a Alaimo de una forma exquisita, incluso cariñosa, aun temiendo que pudiera malinterpretar mi actitud. Tenía una forma de mirar y una sonrisa que a veces me turbaban. Y procuraba mantener una buena relación también con su mujer. Cuando nos encontrábamos, la trataba con gentileza, a pesar de saber que quiso seducir a Pedro.

Pero ella no me correspondía. Como esposa del justicia, era la segunda dama en rango de la isla y coincidíamos en los actos oficiales. Macalda se mostraba altiva e incluso desdeñosa y quería superarme siempre en cuanto a belleza, vestidos y joyas. Cosa que lograba.

Hasta el momento, yo había tratado, siempre respetando la etiqueta, de ser austera. Todo lo contrario que ella. Sin embargo, yo también era hermosa y, aunque consideraba que competir con esa mujer me ponía a su altura, su orgullo y engreimiento me ofendían. Era una dama bellísima y de un atractivo magnético. Las miradas de los varones iban hacia ella. Y también las de las mujeres.

Asistir a misa en la catedral se convirtió en algo desagradable. Ella aparecía con su guardia de caballeros lujosamente ataviados, damas y amigos y se sentaban en los primeros bancos de la derecha. Entre ellos, destacaba Gualterio de Caltagirone, el gran noble del sur de la isla, que le dedicaba a ella toda su atención y lucía como un pavo real. Nosotros, mis hijos y yo, con una escolta mucho más humilde, lo hacíamos en los primeros de la izquierda. Me habían informado de que Macalda hablaba mal de mí entre sus amistades y me negaba el título real para llamarme solo «madre del infante Jaime». Ni siquiera «esposa del rey». Decían también que conspiraba. Yo, al principio, tragaba bilis y le sonreía. La rebelión se gestaba en Sicilia y necesitaba a Alaimo desesperadamente. Decidí, dentro de la discreción, empezar a maquillarme, cuidar mi vestuario y sonreírle más al justicia del reino. Aunque lo malinterpretara. Quizá fuera bueno que lo hiciera.

No tenía yo suficiente con sobrellevar, lo mejor posible, la preocupación por la vida de mi esposo y mantener a los barones sicilianos fieles, cuando el gran peligro del que nos advirtió Roger apareció en el horizonte.

—Las veintiuna galeras de Marsella han llegado a Nápoles —informó el almirante en el consejo del reino—. Tan pronto como repongan suministros vendrán hacia aquí.

—Nosotros tenemos solo diecisiete —murmuró Jaime.

—Mis paisanos han confirmado la llegada de esa flota —hizo saber Juan—. Y por lo visto viene provista de las mejores armas y tripulaciones. Doble cantidad de flechas, lanzas y virotes de ballesta de lo usual. Y en Nápoles se les añadirán varias naves de menor tamaño, tipo fusta, y barcos auxiliares.

Juan había sido señor de la isla de Prócida en tiempos de mi abuelo y de mi padre. Y mantenía el título y muchos amigos fieles a pesar de la ocupación angevina. Prócida, en plena bahía de Nápoles, era vigía privilegiada del tráfico marítimo de la ciudad. Cuando se producían noticias, una fusta rápida, a remo y vela, las traía con celeridad.

—Si esas galeras nos arrebatan el dominio del estrecho, podemos perder todo lo conquistado en la península —murmuró Alaimo frunciendo el cejo preocupado—. Nuestras tropas en Calabria serán exterminadas.

—Y perderemos la posibilidad de suministrarnos del enemigo —informó Roger—. El botín ha permitido nuestra supervivencia a pesar de la escasez de fondos.

—Esa flota es solo el preludio del gran ejército que Carlos prepara lanzar sobre nosotros después de Burdeos —murmuró Juan.

¡Burdeos! Cada vez que oía ese nombre me estremecía de temor.

—¿Qué pensáis hacer, Roger? —inquirí preocupada.

—El puerto de Mesina es seguro —intervino mi hijo Jaime—. Si nuestra flota se refugia en él, estará a salvo.

—No puedo hacer eso, señor —repuso el almirante—. Si nos encerramos en el puerto, la flota angevina navegará a sus anchas y nuestros hombres en Calabria quedarán desamparados. Sería suicida, de momento, darles batalla frontal. Pero no me dejaré encerrar y les seré un incordio constante.

Observé que Jaime afirmaba con la cabeza. Juan apretó los labios y Alaimo relajó su gesto, parecía aliviado. La seguridad de Roger nos daba confianza. Y la necesitábamos.

—Aun así, os pido un esfuerzo para proveer las galeras en activo y armar las que faltan para igualar a las suyas —insistió Roger—. Tenemos que hacerles frente.

Quedé pensativa.

—Sea —dije.

—Estamos muy endeudados y la situación financiera es crítica —advirtió Juan.

—Conseguid ese dinero, Juan —le ordené—. Sacadlo de donde sea. Si nos derrotan en el mar, tendremos una revuelta aquí, en tierra —le dije a Roger aparte, una vez terminado el consejo.

—Me constan las intrigas y conspiraciones —murmuró el almirante—. Y que Macalda está detrás de ellas.

Me miró con sus ojos oscuros y en sus labios se dibujó el inicio de una sonrisa.

—¡¿Os ha tratado de seducir a vos también?! —exclamé temerosa al comprender hasta dónde llegaba mi enemiga.

—Ya lo hizo hace dos años cuando estuve en Mesina, en secreto, negociando con los nobles nuestra intervención. —Parecía divertido—. Es una jugadora de ajedrez extraordinaria. Me venció primero en el juego y después en el lecho.

—¡Por el amor de Dios, Roger! —exclamé angustiada—. ¡No os dejéis seducir de nuevo! Macalda es la esposa de Alaimo, nuestro justicia, y vos el almirante. ¡Ella es mi enemiga y vos mi más firme apoyo!

—No caeré en sus redes, hermana. —Continuaba festivo—. Macalda es muy atractiva y me honra con sus sonrisas. Pero aparte de la inconveniencia política de esa relación, estoy muy enamorado de otra.

—¿Esa misteriosa pelirroja? —No pude evitar sonreír entre aliviada y curiosa—. Mis damas cotillean sobre su posible existencia, pero no saben quién es.

Mi sonrisa no era apropiada y la reprimí. Roger estaba casado con Margarita Lancia, prima lejana mía, cuyos hermanos eran dos de nuestros caballeros más fieles y valiosos. Conrado acompañaba a Pedro a Burdeos y Manfredo sitiaba a los angevinos del castillo del Mar de Malta. Margarita era una mujer atractiva, morena y de ojos claros. Una buena esposa que cuidaba del señorío de Cocentaina, en el reino de Valencia, y de su hijo durante la ausencia de su esposo, sin saber cuándo volvería a verle, si es que el Señor le concedía tal fortuna. La acompañaba Bella d'Amichi, mi querida nodriza, la madre de Roger, que velaba por su bienestar y honra. Yo quería a Margarita, pero sabía que no podía exigirle fidelidad a un hombre atractivo como Roger, de treinta y tres años, que llevaba uno lejos de casa. Era inevitable.

Roger afirmó con la cabeza.

—¿Os corresponde? —inquirí. Lo daba por supuesto.

Mi hermano torció el gesto.

—Es un castillo que no se rinde a mi asedio —murmuró entristecido—. Ojalá me quisiera como yo a ella.

No pude evitar enarcar las cejas sorprendida. Y me pregunté cómo sería aquella dama que se permitía el lujo de resistirse a mi atractivo hermano.

# 16

*Mesina, el mismo día*

Macalda lamentaba que la madre del infante, tal como ella la llamaba, no acudiera aquel día a la misa de la catedral a causa del consejo. Habían llegado del sur varios nobles fieles a Gualterio de Caltagirone, que se unieron a sus propios seguidores y desplegaron en el templo un lujo fastuoso. Toda una muestra de poder.

—Acompañadme hoy a mi palacio, señora —le susurró Gualterio al oído al terminar la misa.

La baronesa le miró pícara y rio.

—¿Y por qué hoy y no mañana o pasado? —inquirió divertida.

—Porque hoy vuestro esposo está ocupado en el consejo del reino.

Macalda, que salía de la catedral, se detuvo en la puerta del templo para mirar a su pretendiente de la cabeza a los pies con una sonrisa. Él se estremeció.

Gualterio era un hombre alto y corpulento, de barba canosa y de unos cincuenta años, que acostumbraba a moverse pausado y majestuoso. Pero en aquel momento su sonrisa temblorosa mostraba una mezcla de ansiedad y deseo. La baronesa identificó aquel estado, frecuente en los hombres, que ella provocaba. Y le complacía. Era señal inequívoca de que tenía a Gualterio a su servicio.

—Sois muy amable, amigo —le dijo dulce—. Y vuestra propuesta me honra. Pero será otro día.

—¿Es un no, señora? —Arrugaba el ceño.

Ella rio, y esperó a que les trajeran sus lujosamente enjaezados caballos. Montaron y, con solo una mirada suya, la escolta se encargó de apartar a los que la seguían para que no oyeran la conversación. Azuzó su montura y emprendió la marcha a paso tranquilo.

—Podría ser un no, Gualterio —continuó ella retomando su sonrisa—. Sabed que, cuando una dama os dice que no, quiere decir quizá. Si dice quizá, quiere decir que sí. Y si dice que sí… —hizo una pausa—, ¡no es una dama!

Y volvió a reír de aquella forma tan suya.

—¡Señora, me tenéis en vilo! —exclamó él suplicante.

—Os digo, Gualterio, que el día en que yo decida complaceros no importará dónde esté mi marido —afirmó segura.

—¿Y qué día será ese, señora?

—El día en que os nombre a vos justicia del reino porque yo seré reina.

Gualterio, al oírlo, tiró de las riendas y a punto estuvo de detenerse asombrado.

—¿Reina? Pero vos no podéis ser reina, vuestros padres no eran de la realeza.

—Pero puedo gobernar la isla, que para el caso es lo mismo.

—¿Y vuestro marido?

—¡Fácil! Ahora lo tengo encima y pasará a estar debajo.

Aquello hizo pensar al gran noble del sur de Sicilia. Gualterio era de origen francés y se había unido a la revuelta que expulsó a los angevinos, al igual que muchos otros, de mala gana y como estrategia de supervivencia. No le gustaba la solución aragonesa, era una corona extranjera y débil. Nada en comparación con Francia y Carlos de Anjou. Y ante la negativa del papa de aceptar a Sicilia como república y su incondicional apoyo a Carlos, manifestó su rechazo a Aragón con un conato de rebelión. Alaimo le convenció para que depusiera su actitud, pero Gualterio estableció contactos secretos con Carlos. Y pronto encontró aliados en otros nobles, entre los que destacaba Macalda.

—Ese momento está cercano, Gualterio —le animó la baronesa ante su silencio—. Como bien sabéis, yo también tengo tratos con Carlos y con Francia.

—Sí, a través de ese abogado de vuestro marido al que tenéis enamorado —murmuró rencoroso Gualterio.

El hecho de que Macalda hubiera sido amante de Carlos le confería un gran prestigio y acrecentaba el deseo del noble, mientras que alguien inferior como el abogado se lo restaría.

La baronesa rio.

—Sí, está enamorado —repuso—. Y lo tengo ciegamente a mi servicio a cambio de nada. Mis sobrinos son mi enlace, y, de descubrirse su traición, no me podrían relacionar. Ahorcarían al abogado y las sospechas recaerían sobre Alaimo.

Esta vez fue él quien rio.

—Sois muy hábil, Macalda —dijo—. No me extraña que Carlos quiera haceros gobernadora de la isla cuando la recupere.

—Y a vos os nombraré justicia —le recordó ella—. Y ya falta poco.

—Solo falta que la flota provenzal que llega derrote a la de Roger de Lauria.

—Son más, están mejor preparados y ese Roger es un novato —dijo la baronesa.

—Pero tiene amplia experiencia como capitán —objetó él.

—No importa lo bueno que sea —repuso Macalda con una sonrisa confiada—. Como dije, Carlos tiene más galeras, están mucho mejor armadas y su almirante es un marino de gran prestigio. Nos basta con que la batalla sea sangrienta y que se produzcan muchos muertos sicilianos. Los familiares rotos de dolor culparán al almirante y a la reina. —Rio—. Querrán venganza y la buscarán en los aragoneses que tengan a mano. La revuelta es segura.

—Encargaos vos, señora, de sublevar Mesina, que yo me encargaré del sur y de Palermo.

—Así lo haré, Gualterio.

Y se detuvo para mirarle sonriente a los ojos. Habían llegado a las puertas del palacio de Alaimo, que se abrían para dejar entrar las caballerías al patio.

—Os amo, Macalda —dijo él como despedida.

—Sois adorable, Gualterio —le dijo ella con los brillantes ojos negros cargados de sentimiento—. Vuestro afecto me enternece el corazón.

—No puedo esperar, señora —repuso él suplicante, animado por su actitud.

Ella rio de nuevo.

—¿Recordáis lo dicho, señor? Pues mi respuesta es que quizá…

Él sonrió feliz y besó apasionadamente la mano que ella le tendía.

## 17

*Extramuros de Mesina, el mismo día*

Roger salió del castillo seguido por cuatro ballesteros que la reina Constanza insistía en que le acompañaran.

—Sois clave para nuestra supervivencia, hermano —le decía ella—. Ya sé que estáis acostumbrado a ir a vuestro aire. Pero ahora sois el almirante de Sicilia y Aragón, y Carlos quiere veros muerto. Además, aquí, en la isla, se está fraguando una rebelión. Temo por vuestra vida.

Por mucho que le fastidiaran esas órdenes, el joven almirante era un militar y obedecía. Se protegía, además, con una buena cota de malla, que llevaba bajo su ropaje. Lo tendrían difícil quienes quisieran matarle. Su escudero tenía los caballos preparados y partieron seguidos por los soldados hacia la puerta sur de la ciudad, cercana al puerto.

Fuera de las murallas se alzaba un gran campamento, el de los almogávares. Aunque había lugar para gran parte de ellos en el interior de la ciudad, pocos se habían alojado en ella. Eran gentes acostumbradas al monte y lugares abiertos y no les gustaban muros que limitaran sus movimientos.

Roger calculaba que allí se alojaban al menos cuatro mil, muchos con familias. Otros tantos combatían en Calabria junto a tropas aragonesas y sicilianas. Y mil más se encontraban en Malta bajo las órdenes de Manfredo Lancia. Tenían tiendas, pero gran parte de aquellas gentes vivaqueaba al aire libre. Era finales de mayo, muchos habían sido pastores y no les costaba dormir al raso. Aunque el aspecto de la mayoría era precisamente el de pastor, a los habitantes de Mesina más bien les parecían mendigos.

Roger los conocía bien. Llevaba años tratando y aliándose con ellos en distintas empresas militares. Eran gentes libres que no rendían pleitesía a ningún señor, ni siquiera al rey, e iban por su cuenta subsistiendo con el botín que arrebataban al enemigo. Se habían convertido en un arma decisiva para Aragón, aunque había que buscarles un enemigo, porque cuando estaban hambrientos, cualquiera podía ser su presa.

—Aguardadme aquí —le dijo Roger a su escolta a la entrada del campamento.

Al igual que los almogávares eran mal vistos en la ciudad, los ballesteros uniformados también lo eran en el campamento almogávar. Recordaban demasiado la autoridad que los nobles querían imponer y que ellos rechazaban. Sin embargo, Roger, que a pesar de su título vestía de forma austera, era un viejo amigo al que consideraban casi del clan. Eran camaradas de armas. Allí se sentía seguro. Ningún sicario de noble siciliano alguno se atrevería a penetrar en aquel nido de avispas. Ni tampoco aragoneses, catalanes, valencianos o mallorquines ajenos a los clanes.

Roger anduvo por las anárquicas callejas entre rústicas tiendas de campaña, bultos, equipajes y fuegos, alrededor de los que las mujeres vigilaban los pucheros o cosían. Tenía que sortear a chiquillos vociferantes que jugaban con armas de madera, perros ladradores y gallinas que correteaban cloqueando.

Al poco llegó a un claro donde varios almogávares competían en puntería con sus azconas y venablos sobre un madero sujeto a un árbol. Allí estaban sus amigos.

Galcerán, el líder del clan con el que Roger mantenía una larga relación, acababa de lanzar un venablo, a una distancia de unos ochenta pies, que clavó muy cerca del centro de la diana. Se trataba de un hombre fornido, que superaba ya la treintena, con frondosa barba negra, pelo enmarañado y marcas de viruela en la cara. Era ya un adalid reconocido cuando fue capturado en Calabria. Y fue él el protagonista del combate al que le obligó el príncipe de Salerno, el cojo y contrahecho hijo de Carlos de Anjou, prometiéndole la libertad, de vencer en la lucha.

El príncipe cumplió su palabra, y cuando el rey Pedro se enteró, liberó a diez caballeros franceses prisioneros, que aguardaban el pago de su rescate, como justiprecio.

—Uno de mis almogávares vale por diez de sus caballeros —proclamó altivo.

Era un gesto propio del efectismo con el que Pedro elevaba la moral de sus tropas y que tanto admiraba Roger. No se detenía ahí el monarca, sino que usaba victorias y hechos como aquellos como propaganda internacional. El efecto entre los almogávares fue espectacular. Ellos, gentes libres que escogían a sus jefes, y no aceptaban a otros, aclamaron a Pedro como su rey.

Galcerán vestía una zamarra de piel de cabra curtida que le llegaba hasta casi las rodillas y calzaba unas albarcas de cuero. En el campo se cubría las piernas con unas antiparas, y gracias a esa protección y a su corta indumentaria, podía moverse con toda rapidez entre la maleza del monte. Se ceñía con un grueso cinto de cuero en el que llevaba un gran cuchillo del tamaño de una espada corta y otro más pequeño. En combate usaba casco, pero ahora iba descubierto.

A continuación, otro de los adalides, un tipo alto que rondaba la treintena, con una notable barba, cabellera rubia clara y ojos azules, lanzó su arma. Impactó en la diana, cerca de la de su colega. Roger le conocía bien. Le llamaban «el Rubio Abdón».

Después arrojó su azcona, desde la misma distancia, la única mujer del grupo. No iba con tanta fuerza, pero alcanzó el centro de la diana con toda precisión.

—¡Súria siempre acierta! —exclamó divertido Roger acercándose.

—Bienvenido, almirante —repuso Galcerán.

Los demás se sumaron a su líder con un leve movimiento afirmativo de cabeza. Roger reconoció a todos los presentes. Eran los adalides de varios de los clanes. Pero su mirada se detuvo en Súria, que le observaba con aquel aire desafiante y el esbozo de una sonrisa divertida en sus labios.

Era una muchacha de veinticuatro años, más alta que Galcerán, pero menos que Roger. Pelirroja de ojos azules, su piel clara, pero curtida por la intemperie, mostraba algunas pecas. Vestía de forma muy parecida a Galcerán, Abdón y los demás, aunque su zamarra le llegaba por debajo de las rodillas para no mostrar los genitales al sentarse en el suelo, como hacían presuntuosamente sus compañeros masculinos. Ataba su pelo en una larga trenza y nadie se atrevía a discutirle el liderazgo de su grupo ni a cuestionarla por su condición de mujer. Era muy hábil con las armas y, aunque por lo general mostraba buen talante y sonreía, irritada era una fiera. Ya había matado, en duelo, a un par de almogávares de otros clanes que la incordiaban y que tuvieron la imprudencia de aceptar su desafío.

A pesar de su altura y de su evidente fuerza, Roger no la veía masculina. Todo lo contrario. Cierto era que no tenía un pecho ampuloso, lo cual era bueno para su oficio, pero el almirante se decía que sus curvas estaban moldeadas según precisos cánones de feminidad. El almirante era uno de los muchos enamorados de Súria. Otro era Galcerán, al que ella había rechazado cariñosamente en multitud de ocasiones. El adalid, desesperado, tomó como pareja a una muchacha rubia que le había dado ya un hijo. Pero continuaba queriéndola.

Roger detuvo su mirada en ella y un pensamiento le hizo sonreír. Le gustaría ver la cara que pondría la reina cuando supiera que aquella era la «dama» de la que él se había enamorado y que tanto deseaba conocer.

—Tenemos que hablar —dijo Roger—. Y aprovecharé que estáis aquí reunidos.

—Os escuchamos, almirante —contestó Galcerán en nombre de todos.

Y se acercaron para formar un semicírculo frente a Roger.

—Hasta el momento habéis participado en asaltos de la flota sobre el continente —explicó—. Acciones rápidas en que caíamos sobre una población o destacamento enemigo por sorpresa, para embarcar de regreso con las ganancias.

Hubo un murmullo de aprobación.

—Dominábamos el mar del estrecho y podíamos recorrer la costa de forma segura —continuó—. Ya no. Una flota provenzal, completamente armada y que nos supera en número, está de camino. No voy a dejar que me encierren en el puerto y trataré de hacerme a la mar para caer sobre sus galeras cuando se dispersen. Cosa que harán tarde o temprano dependiendo de los vientos y la marea. Las condiciones, pues, han cambiado. Ya no serán campañas cortas. Sabed que, si continuáis conmigo, deberéis embarcaros por semanas e incluso meses. Y luchar sobre los maderos de las galeras en lugar de en tierra.

Los adalides se miraron entre sí.

—¿Cuento con vosotros?

—¿Cómo organizaréis las naves? —quiso saber el Rubio Abdón.

—Acordé con el rey Pedro antes de su partida que nuestra flota sería mixta, española y latina.

—Pero ¿quién hará qué? —inquirió Súria.

—Tanto en mandos como en marinería tendremos a uno de los nuestros y a un italiano en las mismas posiciones; los ballesteros serán catalanes y los galeotes todos voluntarios sicilianos. Vosotros seríais la tropa de asalto si decidís venir. En caso necesario, todos reman y todos luchan.

—No nos agrada tanta mar —murmuró Galcerán—. Y menos remar…, pero no nos quedaremos bostezando en tierra mientras vos desvalijáis a los franceses.

Y miró a los demás, que afirmaron con la cabeza.

—Me alegro de que así lo decidáis —dijo Roger—. Quiero hablar con el resto de los adalides. ¿Me acompañáis, Galcerán?

—Sí, os acompaño. Pero ya es cosa hecha para nosotros, y nuestros clanes embarcan, con independencia de lo que hagan los demás.

—¿Cuándo partimos? —quiso saber Súria.

—He ordenado suministrar las naves y reunir tripulaciones. La flota provenzal llegará pronto. Hay que salir antes de tres días.

Roger se la quedó mirando y ella le mantuvo la mirada. No quiso advertirla, frente a los demás, de que ella no iría.

# 18

*Mesina, más tarde*

Roger regresó satisfecho a la ciudad después de acordar con el resto de los adalides el embarque de sus clanes. Los almogávares eran la tropa de asalto ideal y había tenido ocasión de comprobarlo. Acostumbrados a luchar sin apenas protección, no cargaban con peso, saltaban como gatos sobre los navíos enemigos y eran letales tanto con sus venablos como con espada y cuchillo.

—¡Almirante! —oyó que le llamaban antes de entrar a la casa fortificada, cercana al puerto, en la que se alojaba en la ciudad.

De inmediato, un par de sus escoltas cortaron el paso al recién llegado, a pesar de conocerle. Era un caballero de unos veinte años, de complexión mediana, ojos oscuros algo hundidos y cabello ensortijado. Aún recordaba Roger la impresión que le causó al verle por primera vez. Un niño de doce años esquelético de expresión trágica, desgarbado y que jamás sonreía. Pero de una fiereza insospechada con las armas. Su padre había sido halconero del emperador Federico, el abuelo de la reina Constanza, participó en la batalla en la que asesinaron al padre de ella y murió en la que Conradino fue derrotado. Todas ellas contra Carlos de Anjou. A los cuatro años vio la cabeza de su padre clavada en una pica frente a la catedral de Brindisi y toda su familia pereció trágicamente luchando contra los franceses o en el exilio. Excepto su tío Pascale. Sus deseos de venganza y su odio hacia Carlos y todo lo angevino parecían el único motor de su vida.

—¡Giacomo de Flor! —exclamó Roger—. ¡Dejadle!

Desmontó de un salto. Giacomo quiso besarle la mano, lo que el almirante impidió con un abrazo. Roger le apreciaba. Disfrazados de franciscanos, recorrieron la isla dos años antes para establecer alianzas y conocer el sentimiento antiangevino de la población en vistas a la intervención aragonesa en la guerra que se avecinaba.

—Quiero hablar con vos, señor —dijo.

—Os invito a almorzar.

Estaban dando buena cuenta de un gran pedazo de cordero asado con puré de nabos y castañas. Comían en un austero salón del primer piso de la casa del almirante.

—¿Y a qué debo el placer de vuestra visita? —inquirió Roger después de interesarse por el tío del muchacho y por su propia situación.

—Como sabéis, hablo el siciliano de esta zona con acento local.

Roger afirmó con la cabeza. El muchacho era de Brindisi, pero su familia había luchado contra los angevinos durante años de miseria en el centro de la isla de Sicilia.

—Pues bien, en las tabernas me toman como un paisano y oigo lo que se dice.

—¿De qué se habla?

—De sublevarse contra la reina. De echarnos de la isla. De volver a someterse a Carlos.

—Me sorprende —murmuró Roger—. Hace apenas unas semanas nos aclamaban.

—No todos. Los partidarios de los Anjou son aún minoría, pero crecen con rapidez. Se quejan de los impuestos y han oído que una flota provenzal, superior a la nuestra, está a punto de caer sobre la isla. Una buena parte de los jóvenes de Mesina están embarcados con vos. Como marinos o galeotes. Si la flota provenzal nos derrota, morirán o serán hechos prisioneros. Lo más probable es que, en el mejor de los casos, los angevinos amputen a los prisioneros una mano para que no puedan luchar de nuevo. Si sois derrotado, a la catástrofe en el mar la seguirá otra en tierra. Las madres de Mesina están ahora temerosas, pero si ocurre lo peor, se llenarán de odio y clamarán venganza. Y al no poder tomarla contra Carlos, la gente irá contra los más cercanos: vos y la reina.

Roger se encogió de hombros y le sonrió. Como de costumbre, el joven no devolvió la sonrisa.

—Gracias, Giacomo, por advertirme —dijo—. Pero no hay nada que pueda yo hacer.

Y quedó pensativo mirando fijo a su interlocutor. El muchacho permaneció en silencio. Había decepción en su mirada.

—¡Ah, sí! —exclamó Roger de pronto con una sonrisa, como si se le acabara de ocurrir—. Sí que hay algo que podemos hacer. ¡Derrotar a los provenzales! Aunque sean más.

—Admitidme en vuestra galera, almirante —suplicó Giacomo vehemente—. Dejadme luchar a vuestro lado. Quiero aprender a capitanear una nave. Quiero vencer o morir con vos.

Roger dejó de sonreír y se esforzó en disimular la ternura que le producía aquel muchacho de aspecto tan vulnerable como peligroso. ¿Cómo negarse?

## 19

*Mesina, 30 de mayo de 1283*

Aquella tarde, después de supervisar el aprovisionamiento y las reparaciones de la flota, Roger ordenó a sus escoltas que le aguardaran a la entrada de una calleja en el barrio del puerto. Él se internó en ella acompañado solo por su escudero. Olía a mar y a fritura de pescado.

El tiempo era bueno, las puertas de las casas estaban abiertas y las mujeres reparaban redes en la calle o cosían hablando con las vecinas. Al verle, interrumpían la conversación, curiosas, e inclinaban la cabeza. Él les devolvía el saludo con un esbozo de sonrisa. Intuía que le veían apuesto y que les caía bien. Al alejarse, oía como las comadres retomaban la charla con mayor intensidad y entusiasmo. Se sabía protagonista de los chismorreos. No le importaba.

Se detuvo frente a una casa de pescadores, blanca, de dos plantas y techado color teja, de la que provenían gritos de mujeres y niños. De repente, la puerta se abrió de par en par y salieron dos mozalbetes, de ocho y once años, corriendo seguidos de un perro que ladraba. Atropellaron a Roger. El escudero les gritó regañándolos, y, al reconocer a su víctima, los chiquillos frenaron en seco.

—¡El almirante! —exclamó Pons, el mayor.

Y se apresuraron a besarle la mano. Roger les dejó hacer revolviéndoles cariñosamente el pelo. Pero el pequeño, al finalizar su besamanos, le amenazó fiero con su espada de madera.

—*Desperta, ferro!* —gritó—. *Au! Au!*

Roger puso cara de susto y medio desenfundó su espada. Los chiquillos rieron y fueron a reunirse con sus amigos corriendo calleja abajo seguidos por el perro ladrando.

El almirante golpeó la puerta y oyó una voz femenina que gritaba «¡Adelante!» desde el piso de arriba. Roger subió dejando al escudero fuera, de guardia.

La estancia superior tenía dos ventanas que daban a la calle por las que penetraba la luz de la tarde, una mesa y varias sillas. Aquel mobiliario era un lujo inaudito para un almogávar. En ellas se acomodaban Súria, su tía Beatriu y un almogávar llamado Sans. Los dos últimos se levantaron para saludar inclinando la cabeza, pero la pelirroja se limitó a sonreírle a la vez cálida y desafiante.

—Disculpad, Roger, pero en esta casa no sois almirante —le dijo—. Solo un amigo.

—Eso quiero ser.

—Excusadme —dijo el hombre, y, después de inclinarse de nuevo, se fue.

Roger le conocía y sabía qué hacía allí. Sans había superado la treintena, tenía el rostro afeitado, era alto y delgado, y aunque vestía como un almogávar, no tenía su aspecto fiero. Era un cura huido después de matar, en defensa propia, a un feligrés furioso al descubrirle, con el faldón levantado, encima de su esposa. Y a pesar de su torpeza con las armas, el clan de Galcerán le acogió porque aportaba, aparte de guía y consuelo espiritual, saberes necesarios de cuentas y letras. Y esa era la razón por la que se encontraba en aquel lugar. Le enseñó a leer, escribir, las cuatro reglas y algo de latín a Súria, que demostraba un interés y curiosidad poco comunes en los suyos, y ahora hacía lo mismo con sus sobrinos. La educación de los chiquillos fue el argumento con el que Roger las pudo convencer para que se estableciesen en las casas del puerto en lugar de en el anárquico campamento extramuros.

—Sentaos, Roger —dijo Súria—. Tomad un vaso de vino.

Beatriu, suponiendo que el almirante querría hablar a solas con su compañera, dijo que iba en busca del vino y bajó al piso inferior, donde se encontraban la cocina y el único fuego de la casa.

Roger observó los dos arcones y los dos grandes camastros que completaban la habitación. En uno dormían los niños, y en el otro, las mujeres. Tomó asiento y se quedó mirando con cariño a la pelirroja.

La relación venía de lejos y él sabía cosas de ella que los demás, fuera de Beatriu, ignoraban. Una de ellas era el porqué de su altura, pelo rojizo y fortaleza.

Su abuelo materno era el viejo conde de Ampurias, que se acostaba con sus siervas en uso de su derecho de pernada. Costumbre que mantuvo su hijo, el nuevo conde, que violaba a su hermana bastarda, la madre de Súria, sin importarle el parentesco. Por lo tanto, Súria tenía en la misma persona a sus dos abuelos. El padre de su padre y el de su madre. Y como ese uso estaba arraigado en el condado desde hacía generaciones, por sus venas corría doble, o quizá triple, ración de la sangre de los pelirrojos condes.

La estirpe condal, al contrario que sus siervos, se alimentaba de carne, nunca conoció el hambre y daba gente alta y fuerte. El conde, aun sabiendo que Súria era su hija, la violó también. Ella era una niña y aquel suceso horrible y violento fue su primera experiencia carnal con un hombre. Después, el conde ejecutó, por defenderla, a su madre y a su marido, el hombre que le había dado amor y cariño como si se tratara de su propia hija. Aquello la marcó para siempre.

Súria tuvo la fortuna de poder escapar y unirse a los almogávares, de quienes quiso aprender el uso de las armas para vengarse. Y a los dieciocho años, logró encontrar a su padre, a solas, después de violar a otra niña. La almogávar le dio una muerte atroz. Nadie de la nobleza fuera de Roger supo nunca quién fue el terrible ángel exterminador. Aquel episodio hizo que el almirante la deseara más aún.

—No te dejaré embarcar en la flota —anunció él.

—Pero ¿qué decís? —se asombró ella—. ¡Mis hombres irán y yo iré al frente de ellos!

—La flota angevina es superior y muchos, o quizá todos, caeremos en el combate. Quiero que te quedes aquí.

Ella rio.

—¿Así que teméis por mí, señor de Cocentaina? —inquirió jocosa, evitando titularle «almirante»—. ¿Creéis que voy a renunciar al jugoso botín que los franceses cargan en sus naves?

Cuando quería incordiarle, en privado, siempre se dirigía a él usando un título menor. Antes de ser nombrado almirante le llamaba «señor del valle del Seta», porque Cocentaina era más importante.

—Quiero que seas mi mujer y que te quedes aquí —repuso él serio—. Ni a ti, ni a Beatriu, ni a tus sobrinos os ha de faltar de nada.

—Vos ya tenéis mujer en Cocentaina.

—Ella es mi esposa allí, pero quiero que tú seas mi mujer aquí.

—Podéis disponer de las mujeres que queráis en Sicilia, almirante. A mí dejadme tranquila. Quiero luchar junto a mis compañeros.

—No quiero otras mujeres, te quiero a ti. —Roger sonaba desconsolado—. ¿Tanto te desagrado?

Ella le sonrió triste, le producía ternura la devoción que le profesaba el flamante y recién estrenado almirante al que el amor desnudaba de orgullo y oropeles. Y tendió su mano a través de la mesa para tomar la de él.

—No me desagradáis. Recordad que un día os acepté…

—Pero no fui suficiente para ti.

Roger sabía que la relación de cariño entre las dos mujeres había ido más allá del vínculo familiar. Beatriu acogió a su sobrina, cuando su esposo la rescató de Ampurias, con todo el cariño, como a una hija. Y cuando los recuerdos y el pánico la abordaban por la noche, dormía con ella y la consolaba de sus pesadillas dándole amor y caricias. Después Súria se lo pagó convirtiéndose en su protectora, y la de sus hijos, cuando su marido murió en combate y querían expulsarla del clan. A partir de entonces, su relación se hizo más íntima. Antes de que su padre la violara, Súria se interesaba por un muchacho, pero, después, la atracción hacia el otro género se tornó en rechazo.

Sin embargo, transcurrido el tiempo, ante la insistencia de un hombre tan atractivo como Roger, Súria quiso probar. Pero a la mañana siguiente le despachó diciéndole que lo pasaba mejor con Beatriu.

Ninguna dama le había cuestionado a Roger, antes, sus capacidades amatorias, sino que acostumbraban a celebrarlas. Le costó recuperarse de la sorpresa y quiso aprender de sus compañeras de cama, con la esperanza de impresionar a Súria en su siguiente encuentro. Pero este jamás se produjo.

—Quiero seguir combatiendo al frente de los míos y un adalid no puede quedarse embarazado —concluyó ella—. Os lo tengo dicho. Y mañana embarcaré con mis hombres.

Entonces apareció Beatriu con los vasos y una jarra de vino, y la conversación se interrumpió.

—Siéntate, Beatriu —le pidió la pelirroja a su compañera.

Ella obedeció con actitud tímida. Tenía veintiocho años, vestía una gonela muy femenina, con un ligero escote, que acentuaba sus curvas bien proporcionadas. Aunque cristiana, su espléndida cabellera azabache y sus ojos rasgados color miel daban a su hermosura un aire de belleza moruna.

Una vez que Beatriu sirvió vino, Súria levantó la copa para chocarla con sus acompañantes, bebió y se quedó mirando muy seria a Roger. Este la observaba expectante.

—Almirante —dijo al fin—, Beatriu y yo queremos tener otro hijo.

—¿Otro hijo? —se sorprendió él.

—Sí —confirmó, y se quedó callada mirándole.

Él le sostuvo la mirada unos momentos intrigado, para después observar a Beatriu, que enrojeció.

—Y queremos que vos seáis el padre —continuó Súria.

—Lo seré encantado si tú eres la madre —repuso él contundente.

—Yo seré la madre —dijo ella—. Y también Beatriu.

Él miró a una y a otra. Ambas eran muy atractivas a pesar de su notable diferencia de aspectos. Aquello era extraño, había algo más, algo sospechoso en su actitud.

—Bien, entonces, tan pronto como estés embarazada, te quedarás aquí junto a Beatriu y los niños —dijo él cauto—. Y no os preocupéis, que no os faltará de nada. Me encargaré de que tengáis la parte del botín que te habría correspondido.

—Ya os dije que no me puedo quedar embarazada. Será Beatriu quien lo haga.

Roger observó a la joven de melena azabache, que bajó la vista y enrojeció de nuevo. Las mejillas sonrosadas realzaban su belleza. Después clavó su mirada en los ojos azules de Súria.

—Es de ti de quien quiero tener un hijo, no de Beatriu.

—Beatriu es muy bella —dijo Súria—. Es aún joven y a cualquier hombre le gustaría acostarse con ella.

—Estoy de acuerdo —repuso Roger mirando de nuevo a Beatriu, que ahora elevaba la barbilla digna—. Es una mujer muy hermosa y atractiva. Pero yo no estoy hablando de placer físico, sino de amor. Y es a ti a quien quiero.

—Pues a mí no me tendréis. —Súria fruncía el ceño.

—Pues buscaos a otro —repuso molesto y quejumbroso—. Bien decís, cualquiera querría. ¿Por qué precisamente yo? ¡Yo, que te deseo a ti! ¡Es a ti a quien quiero!

—Porque vos sois un hombre bien nacido y cuidaréis de nuestros hijos si son vuestros bastardos.

—¿Es el interés material lo que te mueve? —Roger empezaba a enfadarse.

—El almirante tiene razón —intervino Beatriu dirigiéndose a Súria—. Yo también quiero un bebé, pero él te quiere a ti y el bebé debe ser tuyo.

Beatriu le había dado muchas vueltas a la propuesta de Súria y estaba dispuesta a tener otro hijo. Desde la muerte de su esposo, hacía ya ocho años, no tenía relación física con un hombre, y la deseaba. Súria le hablaba mucho de Roger y con frecuencia fantaseaba con amarse con él, le encontraba muy atractivo. Pero de la fantasía a la realidad había un largo trecho.

—Almirante —ahora Beatriu le miraba a los ojos firme—, Súria siente el deseo de ser madre por sí misma, pero lo reprime y quiere satisfacerlo a través de mí. Lo hemos discutido y yo opino como vos. Hacedla vuestra mujer, que deje las armas y que os dé todos los hijos que queráis. Así es como será verdaderamente feliz.

—¡Traidora! —le espetó la pelirroja enfadada—. ¡Eso no es cierto!

—¡Es la verdad, Súria! —repuso Beatriu—. Acéptalo. A mí me gustaría tener un bebé. Y a ti también, pero de tu propio vientre.

Roger asistía perplejo a la discusión entre aquellas dos mujeres tan distintas entre sí como atractivas. Sentía que decidían sobre su persona. Sobre qué hacer con él. Sin importarles su opinión.

—¡Basta! —dijo levantándose—. Amo a Súria. Y no hay trato a no ser que sea con ella.

Apuró de un trago su vino, golpeó la mesa con el vaso y se fue hacia la escalera para abandonar la casa.

—¡Mañana embarcaré con mi tropa en vuestra galera! —le gritó Súria—. Queráis o no.

El almirante salió dando un portazo sin responder a la pelirroja. Sabía que no la podría detener a no ser que la encarcelara. Y dudaba de que aquella fuera una buena estrategia de seducción.

## 20

*Navarra y Aquitania, 28, 29, 30 y 31 de mayo de 1283*

**Ver ilustración 3**

Salieron de Olite poco después de la hora prima y se desviaron del camino de Pamplona para tomar el de Roncesvalles.

—Representamos bien a vuestros reinos, señor —le dijo Domingo a Pedro en un paraje deshabitado en el que el ancho del camino permitía andar a la par—. Conrado es siciliano; Blasco, valenciano; Bernat, catalán, y yo, aragonés.

—Me falta Mallorca. Y si así contáis, yo soy valenciano, aunque el reino es tan joven que somos escasos los cristianos nacidos en él.

—Un rey no es de ninguna parte, señor —repuso Domingo—. Sino de todos sus reinos y posesiones.

Pedro quedó pensativo. Al bueno de Domingo, aparte de los caballos y los caminos, se le daba bien razonar.

—Quizá —repuso.

Abandonaron las zonas de campos y el trayecto empezó a hacerse empinado; las arboledas, más extensas, y las cumbres de las sierras, más altas. Pasaron la noche en una posada del valle de Arce, entre montes y bosques, que era poco más que una cabaña de pastores con un aprisco para las ovejas que permitía guardar los caballos. Domingo durmió en el interior de la casa y los demás lo hicieron en el establo, turnándose en guardias para vigilar a los animales. En la siguiente jornada, el camino se hizo más abrupto, cruzaron los Pirineos por Roncesvalles e hicieron noche en el paraje de Hélette. Salieron del reino de Navarra amaneciendo el 29 de mayo, tres días antes de la cita. No había tiempo que perder, la fecha se cernía sobre ellos como un ave de presa.

—Dentro de poco entraremos en las Landas, Aquitania —explicó Domingo—. Es terreno llano, pantanoso, lleno de mosquitos y desértico. Nos proveeremos de víveres en la próxima posada, pues nos esperan dos jornadas sin apenas nada.

—Mejor —dijo Pedro—. No encontraremos guardias que nos detengan, interroguen y quieran cobrar impuestos.

—¿Por qué los habría, si por allí apenas pasa nadie? —se preguntó el mercader.

—Cierto —afirmó el monarca.

—Por fortuna, aún no ha empezado el calor —dijo el hombre—. De lo contrario, se nos comerían los mosquitos. Uno termina enfermo. No hay quien viva allí en verano.

—¿Y dónde dejaremos los caballos de refresco? —quiso saber Pedro.

—Conozco los lugares adecuados —sonrió Domingo.

Al finalizar la primera jornada, Conrado se quedó, para aguardar el regreso de sus camaradas, en un lugarejo del camino con cinco de los caballos. Eran apenas tres cabañas donde Domingo tenía amigos. Lo mismo hizo Blasco en un sitio parecido el día siguiente. Así se aseguraban de mantener caballos de refresco a lo largo de lo que sería la ruta de escape.

Y el 31 de mayo, a la hora nona, las tres de la tarde, Pedro, Domingo y Bernat llegaban a una zona de campos y huertas. A lo lejos se veían las murallas y torres de la ciudad con algunos campanarios que sobresalían. Domingo los condujo a una casa fortificada situada a poco más de media legua de la ciudad de Burdeos. Pertenecía a un buen amigo que los recibió con toda la hospitalidad. Pedro se instaló ahora en la mejor habitación y envió a Bernat en busca de su padre, el embajador.

No tuvo que esperar el monarca más de hora y media para que un sorprendido Gilabert se arrodillara frente a él y le besara las manos.

—¡Habéis venido, señor! —exclamó—. ¡A pesar de mis advertencias!

Gilabert era un hombre aún recio a pesar de sus cincuenta y ocho años. Poseía una barba canosa y al descubrirse ante el monarca mostró una calva reluciente. Tenía unos vivaces ojos color miel y una sonrisa afable. Pedro le hizo levantarse para abrazarlo. Señor de Cruïlles y Peratallada, no solo era un noble principal, sino un hábil embajador. Había representado a la corona en Roma, Navarra, Foix y Francia.

—Agradezco vuestra preocupación, Gilabert, pero no podía faltar —repuso Pedro—. Informadme de la situación. Empecemos por el senescal de Burdeos. Decíais en vuestra correspondencia que es un hombre honrado y de fiar.

—En efecto, señor. Y tenemos buena amistad. Su señor el rey de Inglaterra le ha ordenado obedecer al rey de Francia, pero no quiere, bajo ningún concepto, que caigáis en la trampa que los franceses os preparan. Sería deshonroso para el inglés que eso ocurriera en sus dominios, aunque sean franceses y en ellos, como duque de Aquitania, le deba vasallaje a Felipe III.

—El rey Eduardo es un hombre de honor —afirmó Pedro.

—No solo eso, sino que, a pesar de no demostrarlo abiertamente, está de vuestra parte. Le molesta la alianza de Francia con Nápoles y el papa. Todo lo que haga más poderoso al rey de Francia le hace a él, su vasallo, menos. Y le desagrada profundamente que el papa derroque a reyes para poner a sus amigos. Dice que el pontífice es parcial, y censura, en privado, su conducta.

Pedro sonrió complacido.

—Bien, bien —murmuró—. No esperaba menos de él. Alfonso, mi heredero, está comprometido con su hija y lo considero mi aliado.

Gilabert afirmó con la cabeza. Conocía bien todo aquello.

—¿Qué hay del campo donde se supone que nos debemos batir? —continuó el monarca.

—Carlos de Anjou lo ha preparado a su gusto —dijo Gilabert—. Se encuentra a una milla de aquí, fuera de las murallas de la ciudad. Es demasiado largo y estrecho, en mi opinión, y lo ha situado junto a su propio campamento.

—No me parece justo —murmuró Pedro—. Ese hombre es un tramposo.

—Más bien parece traición —intervino Bernat.

—No me ha valido protestar —se lamentó el embajador—. Felipe III se ha presentado con un ejército de tres mil caballeros, más escuderos y gente de a pie. A los que hay que añadir los cuatrocientos caballeros que trajo Carlos. Han hecho lo que han querido. Y si no lo evitamos, lo continuarán haciendo. Y eso afecta a vuestra salud y libertad. Corréis un grave peligro.

—Traedme al senescal aquí mañana a la hora prima, junto a un notario, y que le escolten solo cuatro caballeros de su plena confianza.

Gilabert se contuvo para no mostrar su preocupación, pero lanzó una mirada inquieta a su hijo. Empezaba a vislumbrar lo que su señor tenía en mente. Era muy peligroso.

# 21

*Mesina, 31 de mayo de 1283*

Mi angustia crecía conforme se acercaba el momento de despedir a la flota. Nuestro destino, fortuna o desdicha, navegaría con ella.

Las galeras provenzales estaban a punto de caer sobre nosotros. A toda prisa, pidiendo un préstamo aquí y otro allí, reparamos y armamos cuatro galeras de las arrebatadas a los napolitanos en la batalla de Nicotera, tratando de igualar en número a las enemigas. Empeñé mis joyas, pero cubrían solo una pequeña parte. Dio el tiempo justo para reclutar a las tripulaciones, aunque éramos conscientes de que no estaban pertrechadas como debían. Faltaba munición de ballestas y venablos.

—Di orden de reparar esas galeras y aprovisionarlas aun sin presupuesto, señora —me confesó Roger—. De lo contrario, no hubieran estado a tiempo.

—¿Con qué dinero? —inquirí.

—Completé lo que faltaba con el mío propio.

Le miré a los ojos y le sonreí triste.

—En ese caso, estamos los dos arruinados, hermano —le dije.

Confiaba en que Roger supiera lo que hacía. Había ordenado reforzar las defensas de las galeras, en especial las del castillo de proa, elevándolas, con planchas de la madera más dura. El peso de esa protección mermaba la velocidad de las naves haciéndolas más lentas que las angevinas. Rezaba para que no se equivocara. Todas las flotas cristianas primaban la velocidad, y las musulmanas más aún. Y él hacía lo contrario.

—Tendré que provocar el combate cuando los provenzales vean reducida su capacidad de maniobra —respondió al manifestarle mi preocupación—. Nos funcionó en Nicotera.

—Sí, pero allí los angevinos iban mermados de tropas y muchas galeras huyeron. Ahora están mucho mejor preparados que nosotros y pelearán.

Roger me miró unos instantes a los ojos sin mover un músculo de la cara. Yo le contemplé buscando esperanza en su mirada. Después simplemente afirmó con la cabeza.

—En efecto —dijo al fin—. Los provenzales pelearán.

Disimulaba como podía mi angustia. Y la difícil situación en Sicilia empeoraba al no saber de mi esposo. Podía haber zozobrado. La inquietud me impedía dormir.

El día de la partida acudimos el consejo en pleno a despedir a la flota. El puerto estaba repleto y el ambiente era tenso. Raro era quien, en la ciudad, no tuviera a alguien embarcado, y la noticia de la llegada de la flota enemiga se había extendido. La gente sabía que combatiríamos contra fuerzas superiores, las consecuencias podían ser trágicas, y las despedidas, entre lágrimas, eran conmovedoras. Roger había ordenado engalanar el puerto y las naves con gallardetes de colores sangre y oro de Aragón y las águilas negras de mi familia. Y los músicos de la armada trataban de animar con una alegre tonada de cornetines y timbales. Como si se tratara de una fiesta. Pero los rostros de las gentes decían lo contrario.

Yo estaba doblemente nerviosa. Había decidido arengar a las tropas. Pedro acostumbraba a hacerlo y era un maestro en ese arte. Pero yo nunca me había dirigido al ejército ni al público. Y era mujer. Pero como soberana legal de la isla, como hija de mi padre, su rey, y nieta de mi abuelo, su emperador, era mi deber hacerlo. Hubiera podido delegar en Roger, brillante alumno de mi esposo. Pero su siciliano tenía acento napolitano, mientras que el mío era isleño. Además, quería consolidar mi autoridad frente al pueblo de Mesina y no había mejor forma que dirigiéndome a las tropas como reina.

Contemplaba el embarque desde un estrado elevado que dominaba el puerto. A mi lado tenía a Jaime, mi heredero, y nos flanqueaban Juan de Prócida y Alaimo de Lentini.

Teníamos enfrente a la galera capitana y vi como subían, ordenadamente, los galeotes sicilianos, los ballesteros, marinos y mandos. Después vi embarcar a varios caballeros, entre los que se encontraban Giacomo de Flor y su tío Pascale Coppola. Roger los saludó efusivamente. Yo sentía un gran cariño por aquel joven, de veinte años ya, que nunca sonreía. Ambos eran ejemplo de los sufrimientos y penalidades de quienes se mantuvieron fieles a mi estirpe, los Hohenstaufen. Perdieron a toda su familia trágicamente, primero resistiendo a los angevinos y después en el exilio. Cuando los acogimos en nuestra corte, Giacomo, con solo doce años, estaba desnutrido, era todo huesos y piel, ojeras y rabia. La ferocidad desesperada con la que luchaba en las prácticas de armas impresionó a mi hijo Alfonso, que se hizo su amigo. Les deseaba lo mejor a ambos.

Después embarcaron los almogávares. Roger saludó como a un viejo amigo al que parecía su jefe. Iban en desorden y presentaban su aspecto habitual de agresivos pastores, con su zurrón, una azcona y un par de venablos sujetos a la espalda.

Me sorprendió ver entre ellos a una persona a la que parecían seguirle una veintena de hombres. A pesar de vestir como los demás, era, sin duda, una mujer joven con modales de líder. Tenía un cuerpo armonioso, aunque aparentemente fuerte; era alta, más que muchos de los hombres, bien parecida, tenía pecas en la cara y recogía su pelo rojo con una larga trenza. Recordé oír hablar de ella. La llamaban «la mujer almogávar». No era la única mujer almogávar, claro. Sabía que todas las mujeres almogávares conocían el uso de las armas, eran las que defendían al clan cuando los hombres iban a luchar lejos y ellas se quedaban en el monte con sus hijos. Pero si la nombraban de aquella forma era porque, al contrario que las demás, ella luchaba junto a los hombres.

Al cruzar frente a Roger, se detuvo solo un instante y me pareció que le miraba desafiante dibujando el inicio de una sonrisa que no completó. Me dije que no le mostraba al almirante el respeto debido. O que quizá le provocaba intencionalmente. ¿Quién podía saber qué pretendía? Aquellas gentes desarrapadas y extrañas tenían modales raros o simplemente falta de ellos. Pero los necesitábamos.

No se saludaron y Roger se limitó a mirarla sin ni siquiera pestañear.

Los embarcados se mantuvieron en cubierta de las naves y el obispo celebró una misa al aire libre en el puerto. Todos oramos con devoción. El futuro era incierto y muy grande el temor. Al terminar, hice que sonaran las trompetas reclamando silencio. Y desde el estrado, flanqueada por mi hijo Jaime, me dirigí a la muchedumbre, tanto de las naves como en tierra. Durante la misa había rezado para ser capaz de proyectar mi voz y que el temor no hiciera morir mis palabras en la garganta. Me sentía muy insegura.

—Pueblo y nobles de Mesina —dije con toda la potencia que pude—. Regresé a esta mi tierra a vuestra llamada para, junto a mi esposo, ayudaros a expulsar a Carlos de Anjou. Y como heredera de mi padre el rey Manfredo y nieta del emperador Federico, a quienes amabais, me coronasteis reina. Es mi deber, en ausencia de mi esposo y en nombre de mi hijo Jaime, defender vuestra libertad frente a la tiranía angevina.

Mientras hablaba pude ver a Macalda, junto a otros nobles, que sonreía desafiante e iba susurrándole algo a Gualterio de Caltagirone, un tipo que sospechábamos que estaba a punto de sublevarse. El hombre rio. La rabia que me produjo hizo más firme mi voz.

—Partís a la lucha y os exhorto a pelear con el coraje que hasta ahora habéis demostrado —continué—. Las gentes de Mesina y de Sicilia ponemos nuestras vidas en vuestras manos. ¡Fuerza y valor! ¡Dios está con nosotros y nos ha de dar la victoria! —Y levanté el puño gritando con todas mis fuerzas—: ¡Por Sicilia y Aragón!

—¡Sicilia y Aragón! —gritó la multitud.

Sentí un gran alivio. Era mi primer discurso y la potente respuesta me dijo que lo había hecho bien.

—¡Viva la reina Constanza! —gritó Roger desde su nave.

—¡Viva! —tronó la multitud.

—¡Viva el infante Jaime! —continuó el almirante.

—¡Viva!

—¡Viva el rey Pedro! —terminó.

—¡Viva!

Y, a un gesto de Roger, los clarines y tambores de su galera empezaron a sonar mientras se soltaban las amarras y los remos se hundían en el mar. Con el estruendo de la música y los gritos de la muchedumbre, la galera capitana, enarbolando los gallardetes de Sicilia y Aragón, se fue deslizando hacia la bocana del puerto. Poco a poco, una tras otra, el resto de las naves la fue siguiendo.

Era consciente de que, si nos derrotaban, los «vivas» que acabábamos de oír se convertirían en «mueran». Le sujeté la mano fuerte a Jaime y le dije:

—Ahí va nuestro futuro. Que Dios nos proteja.

—Lo hará, madre —me respondió devolviéndome el apretón—. Lo hará porque Roger es el almirante.

# 22

*Castel dell'Ovo (castillo del Huevo), Nápoles, 1 de junio de 1283*

—¡Levántate, perezoso! —clamó Carlos de Anjou.

Y blandiendo su vara de mando golpeó a su hijo en espalda y costillas.

—¡Tú tumbado en el lecho y yo defendiendo el honor de los Anjou en Burdeos!

El joven Carlos saltó de la cama y se quedó de pie temblando y palpándose el cuerpo. No le dolía. ¡Era otra pesadilla! ¡Una más protagonizada por su feroz padre! Y recordó que era 1 de junio, el día del desafío.

Fue hacia la ventana y descorrió los cortinajes. Más allá de las aguas, aún oscuras, de la bahía de Nápoles, se distinguían el monte Vesubio y un cielo azul claro con una línea rosácea que iba tomando mayor intensidad. Amanecía un día brillante.

Observó la ciudad. Tras sus muros blancos sobresalían los campanarios de las iglesias, que pronto despertarían a la gente con el toque de la hora prima. Las puertas de la urbe estaban aún cerradas y algunos campesinos esperaban para entrar y vender sus hortalizas, aves y ganado. Pero antes de las murallas se alzaba, imponente, el Castel Nuovo (castillo Nuevo), que había hecho construir su padre para su mayor gloria. Estaba pensado para ser, a la vez que fortaleza, palacio. La sede de un imperio. El viejo Carlos no tuvo tiempo de estrenarlo. La sublevación de la isla de Sicilia y la guerra con Aragón se lo impidieron. Y, sin tiempo para mudanzas, abandonó Nápoles en enero camino de Francia y del duelo con Pedro III de Aragón. Y también para reclutar las naves y el ejército que le darían la victoria en la guerra.

—Venid al lecho, señor, que aún es pronto —oyó que le llamaban.

Era María de Hungría, su esposa. Y se aprestó a obedecer. Su calor, sus caricias calmaban su ansiedad. Antes la observó un momento. La escasa luz de la estancia evidenciaba su avanzado embarazo. María tenía veintiséis años y aquella era su novena gestación. Al casarse, él tenía dieciséis años y ella aún no había cumplido trece. Parió su primer hijo con apenas catorce, y desde entonces los embarazos habían sido continuos.

Carlos le estaba muy agradecido. Aquella multitud de nietos sanos, la mayoría varones, y ninguno cojo o contrahecho como él mismo, había hecho feliz a su padre. Era una de las pocas cosas que el viejo Carlos le apreciaba.

María provenía de una raza de mujeres fuertes. Era hija del rey de Hungría y princesa cumana. Esa unión afianzaba en Hungría, después de muchas guerras, la alianza entre los cristianos autóctonos y cumanos, una poderosa tribu nómada pagana procedente de las estepas asiáticas. Sus mujeres bajaban del caballo para dar a luz, o lo hacían, sobre la marcha, en carros.

María tenía el cabello color paja y ojos castaños y, a pesar de sus veintiséis años, le colgaban los pechos y había perdido la cintura y muchos de los dientes a causa de los partos y la crianza. Eso no alejaba al joven Carlos, todo lo contrario. Para él, esas secuelas físicas tenían el mismo mérito que las cicatrices resultantes de una batalla. Para una mujer, parir era más peligroso que para un hombre la guerra.

Carlos encontraba atractiva a María y apreciaba su inteligencia. Se había convertido en su confidente y consejera. Acudió al lecho, se abrazó a ella, cerró los ojos y absorbió su calor. Notó un beso en la mejilla y como sus labios dibujaban una sonrisa. El miedo, la inseguridad y la angustia se alejaban.

—Me desagrada lo que tengo que hacer hoy —musitó al rato.

—¿Quién dijo que el gobierno fuera siempre agradable? —le consoló ella.

—Tengo a ese cardenal Bianchi encima a todas horas. Quiere mandar más que yo.

—No sabe de guerras —dijo María—. Os censuró la retirada a San Martino y gracias a ello pudisteis frenar el avance aragonés por tierra.

—Cierto, pero no lo quiere reconocer.

—Amenazad al cardenal con echarle del reino si continúa importunándoos.

—¿Cómo voy a hacer eso? Es el legado papal y dependemos del oro de la Iglesia. Sin el santo padre, Pedro se apoderaría del resto del reino en pocas semanas.

—No lo hace en balde —dijo ella—. Le protegemos de sus enemigos.

—El pontífice siempre me ha ninguneado —murmuró él resentido—. Al igual que mi padre. Cuando les decía que Pedro de Aragón ponía sus ojos en nuestro reino, se reían de mí. Y se rieron muchas veces. ¿Cómo no lo iba a saber yo? Cuando nos encontramos en Toulouse con mi primo el rey de Francia, y el rey de Mallorca, me trató como a un usurpador. Aunque lo ocultara, ya tenía entre ceja y ceja coronar a su mujer reina de Sicilia.

—¿Qué ocurrirá hoy en Burdeos? —inquirió ella.

—Esperemos que mi padre se salga con la suya y mate o aprese al rey de Aragón —dijo él—. Pero no me gusta esa traición. Aunque el papa la bendiga, que lo hará.

Carlos se había tensado de nuevo y deshizo el abrazo para saltar de la cama. Pero María le sujetó.

—Quedaos un poquito más, os lo suplico.

María le retuvo en sus brazos y recordó cuando le conoció, trece años antes, en su boda. Aquel día, el viejo Carlos nombró a su hijo príncipe de Salerno, pero le desposeyó del gobierno del rico condado de Provenza, del que el chico era conde por derecho después del fallecimiento de su madre.

Carlos, cojo y contrahecho, acababa, entonces, de escapar de una larga enfermedad en la que la muerte le acunó en sus brazos. María le contempló y se puso a llorar. Aquella piltrafa sería el hombre, el único hombre, que conocería carnalmente en su vida. No había podido tener peor fortuna. Pero su opinión no importaba. Se trataba de una alianza de Carlos con su padre para la conquista del Imperio bizantino. Conquista que la intervención de Pedro de Aragón, en la revuelta siciliana, había frustrado para siempre. Era el más ambicioso sueño del viejo Carlos. No le sorprendía a María, conociéndolo, que quisiera matar al aragonés por cualquier medio y de cualquier modo.

Al principio, María envidiaba los maridos de las otras. De cualquier otra. Tipos fornidos, hermosos, atléticos, seguros de sí mismos; tenían todo lo que le faltaba a Carlos. Sin embargo, poco a poco fue desarrollando una mezcla de compasión, ternura y admiración creciente por su esposo. Esperaba con ansia el momento de acostarse con él. La complacía y mucho. Carlos se esforzaba en hacerla feliz. Su ternura y cariño hacían que se entregara a él sin reservas, y un glorioso día experimentó algo que no le habían anticipado sus damas y que jamás sospechó que fuera posible. Un sublime placer mezcla de lo físico y lo espiritual.

Comparando discretamente notas con sus damas, casi ninguna aguardaba con su ansiedad el lecho conyugal. Muchas lo odiaban pura y llanamente, a pesar de los cuerpos musculosos y viriles que las poseían. Algunos hombres la miraban con cierto descaro creyéndose superiores, más hermosos y más hombres que su marido. Ella los encontraba atractivos, incluso bellos, pero no los deseaba. Sabía lo que escondían detrás de aquellas magníficas fachadas.

Su madre había tenido que convertirse al catolicismo para casarse con el rey de Hungría, pero le había transmitido, furtiva, en forma de cuentos e historias, la vieja religión pagana de los cumanos. Y toda aquella espiritualidad se materializaba cuando se acostaba con Carlos.

Ella era la tierra, la diosa madre, y él, el viento, el sol, la lluvia y el fuego del cielo que la fecundaban. Su unión física y espiritual creaba el milagro de la vida, la alegría y la felicidad.

Unos golpecitos suaves en la puerta devolvieron a la realidad a María y a Carlos, que se había adormecido en sus brazos. Era el ayuda de cámara del príncipe, que acudía con sus ropajes para vestirle.

El cardenal Bianchi, el sabueso del papa, esperaba en el gabinete privado del príncipe. Cuando Carlos entró allí, su corpachón descansaba sobre una silla y no se molestó en levantarse. Simplemente inclinó levemente la cabeza y dijo:

—Buenos días, príncipe.

Y extendió su mano derecha, enfundada en inmaculados guantes blancos, que apoyaba en el brazo de la silla, como si esperara que Carlos le besara su anillo cardenalicio. Le observaba severo con sus ojos castaños acuosos.

—Buenos días, cardenal —repuso Carlos sin ni siquiera mirar su mano y su anillo.

—Antes de que toméis asiento, recemos por vuestro señor padre, el rey —dijo Bianchi—. Por su victoria hoy en Burdeos.

Sin esperar respuesta, se levantó pesadamente y fue a arrodillarse frente a un altarcillo que Carlos tenía pegado a la pared interior del gabinete. Un crucifijo de madera con un Cristo rígido y de vivos colores lo presidía. Carlos le imitó coreando sus oraciones.

—Ahora pidamos a Dios, nuestro señor, que conceda una gloriosa victoria a nuestra flota provenzal —dijo al terminar.

Carlos le acompañó de nuevo en los rezos y después regresaron a sus sillas. Conocía al cardenal y sabía que usaba aquel fervor para indicarle lo que debía hacer sin que él pudiera negarse.

—Me incomoda lo de hoy —le dijo Carlos cuando se sentaron de nuevo.

—Es necesario.

—¿No basta con la reducción de impuestos, dar mayores privilegios a los nobles italianos y el término del monopolio de la sal?

—No basta. El pueblo no está satisfecho. Quiere sangre. Como la que se derramó en la isla cuando las Vísperas. Recordad que no quedó ningún francés con vida.

Carlos guardó silencio y Bianchi sonrió.

—Vos sois el heredero del trono, pero francés —le recordó—. Al pueblo no le basta con la rebaja de impuestos. Odia a los recaudadores y su forma prepotente de comportarse.

—Seguían instrucciones de mi padre. Necesitaba el oro para la conquista del Imperio bizantino. Y no era fácil recaudar el dinero que les exigíamos.

—Alguno era corrupto.

—Como lo son también algunos obispos —repuso Carlos mirando severo a su interlocutor.

El cardenal se pellizcó suavemente la papada y se encogió de hombros. En su boca apareció una mueca de desagrado.

—No importa, Carlos —repuso—. Necesitamos un chivo expiatorio. Sangre. Los aragoneses nos presionan por el sur y buscan provocar levantamientos en el resto del reino. Dadle justicia sangrienta al populacho.

—¿Justicia? —inquirió Carlos—. ¿De qué justicia habláis?

Bianchi se levantó de su silla y golpeó con el puño la mesa.

—El gobierno no tiene que ver con la justicia, sino con el poder, Carlos —le dijo con voz potente—. Es justo lo que os da una mayor fuerza y es injusto lo que os debilita. Debierais haberlo aprendido ya de vuestro padre. Si no sois capaz de gobernar, abdicad en vuestro hijo Carlos Martel, que ya tiene doce años. El papa aceptará encantado.

El joven Carlos tragó saliva. Sabía que era cierto, el papa lo haría.

—¡Dejad de soñar con mi dimisión! —le espetó al eclesiástico reponiéndose—. El reino es mi derecho y no renunciaré a él.

—¡Pues cumplid como futuro rey!

—Esta audiencia ha terminado —gruñó Carlos manteniéndole la mirada a Bianchi—. Podéis retiraros, cardenal.

Bianchi se incorporó desafiante para después empezar a mover su corpachón hacia la puerta.

—¡Y no volváis a entrar en mi gabinete si antes no os invito! —le advirtió el joven hablándole a su espalda.

Al mediodía, con repique de campanas, trompetas y timbales, una procesión recorrió Nápoles con destino al castillo Capuano. Pegado a la muralla este de la ciudad, el Capuano era el lugar donde, por su seguridad y cercanía al pueblo, se celebraban los juicios públicos de Estado. Los pregoneros llevaban anunciando el evento toda la mañana y el pueblo se congregó al paso del cortejo.

Todos los miembros varones de las familias Della Marre y Rufouli, antiguos recaudadores de impuestos, encadenados, desfilaban con vestimenta gris de penitentes y cabeza cubierta de ceniza. Iban camino a su juicio, pero ya habían sido condenados. Los soldados que los custodiaban los golpeaban al menor descuido con sus varas y la muchedumbre les lanzaba excrementos, porquerías y piedras. La gente rugía de rabia, los insultaba, les escupía, y los golfillos competían en burlar la complaciente guardia para golpearlos.

Carlos presidía el juicio junto al cardenal y demás miembros del consejo. Observó a Bianchi. Los eclesiásticos nunca se pringaban con sangre. Pero con frecuencia la exigían. Haciendo honor a su apellido, Bianchi vestía de blanco, elegante y puro, con un crucifijo de oro colgando sobre el pecho.

—Soy yo quien se ensucia las manos —murmuró el joven.

Todos fueron condenados. Los cabezas de familia, a la horca, y los más jóvenes, a latigazos y severas multas. Las ejecuciones se convirtieron en una gran fiesta.

—Aprended, Carlos —le dijo el prelado—. El pueblo está contento y vuestro padre es más rey.

El joven apretó las mandíbulas sin responder.

# 23

*Estrecho de Mesina, el mismo día*

Roger aguardaba inquieto cerca del lugar escogido para dar la batalla. Mal que bien, había logrado armar veintiuna galeras para igualar al enemigo, aun sin lograr aprovisionarlas al nivel requerido. ¡Y acababa de saber que la flota provenzal había sido reforzada en Nápoles! La responsabilidad sobre la vida de miles de hombres pesaba sobre su conciencia como una losa y trataba de fingir una tranquilidad que no sentía.

—Nuestra única oportunidad es hacerles frente donde sus movimientos se vean mermados —le dijo a Giacomo—. Por eso los esperamos aquí.

La galera capitana se encontraba en el estrecho, al sur de Mesina y a la altura de Regio de Calabria, en cuyo puerto se había refugiado la mayor parte de la flota aragonesa. Era un día desapacible. Las nubes cubrían el cielo y el mar tomaba un color azul oscuro grisáceo. Un viento del sur, intermitente, picaba las olas y silbaba sacudiendo las jarcias. Desde la galera, que había recogido velas, se divisaban ambas orillas del estrecho, hasta el punto de poder distinguir una caballería en cualquiera de ellas.

Roger, Giacomo y su tío Pascale, el hombre de la cicatriz en el rostro, se encontraban en el castillo de popa, cuya elevación permitía una buena visibilidad.

Pascale era el hermano de la madre de Giacomo y había combatido en las batallas de Benevento y Tagliacozzo contra Carlos de Anjou junto al padre del chico que murió en la última. Pascale logró llegar a Brindisi donde contrató furtivamente una nave para que toda la familia escapara de los franceses. Pero en la lancha que los conducía a la embarcación mayor, una ola arrastró al mar a la madre y al hermano menor de Giacomo. Desde entonces Pascale se había comportado como padre del chico y su unión se fue estrechando más y más conforme uno a uno el resto de los miembros de la familia fueron muriendo de miseria o asesinados durante su lucha contra los angevinos.

—Me gustaría darles batalla más al norte, donde el estrecho se angosta más —explicó el almirante—. La falta de espacio dificultaría sus movimientos y nuestra capacidad de resistencia primaría frente a la velocidad de sus naves.

—Entonces ¿por qué no nos situamos en Mesina? —quiso saber Giacomo.

—Porque no quiero que nos descubran. Si logramos que entren, aunque solo sea cuatro o cinco millas en el estrecho, cuando nos vean no podrán escapar. Y tendrán que dar batalla. La corriente va hacia el norte y el viento sopla en la misma dirección. Tienen que ayudar a compensar su superioridad.

—Quizá no entren —dijo Pascale.

—Algo tendrán que hacer. Carlos de Anjou ha armado esa flota para terminar con nosotros —explicó el almirante—. Buscarán un enfrentamiento directo, pero no en el estrecho con la corriente y el viento en contra.

Fue entonces cuando el vigía gritó:

—¡Alerta en tierra del lado de la isla!

A Roger le dio un vuelco el corazón y se tensó. Vieron que, efectivamente, un jinete llamaba su atención con una banderola, y ordenó que una chalupa lo recogiera.

—He puesto guardia en el extremo norte de la isla, a la entrada del estrecho, para que nos avise —explicó mientras lo traían a bordo—. Un caballo al galope es más rápido que una galera, y he establecido un sistema de postas.

Nada más subir a bordo, el mensajero quiso arrodillarse frente a Roger, que se lo impidió.

—¿Qué ocurre?

—Una fusta sin estandartes ha cruzado el cabo y se ha internado en el estrecho —dijo el hombre—. Van a contracorriente, pero reman despacio y con cautela.

—Es una nave de reconocimiento —murmuró Roger disgustado—. Quieren saber dónde estamos. Dejaremos que se interne, hay que capturarla.

Era ya mediodía cuando los ballesteros empujaron a dos hombres para que se arrodillaran frente a Roger. Inclinaron sus cabezas hasta tocar con la frente el suelo. El mayor aparentaba unos cincuenta años, era bajo y rechoncho, tenía una barba canosa y, al quitarse el gorro de marinero, se mostró casi calvo. El otro, de pelo y barba oscuros, rondaría la treintena.

—¿De dónde sois? —inquirió Roger en siciliano.

—Napolitanos —dijo el hombre mayor.

Hablaba con un acento parecido al del almirante.

—¿Quiénes sois y a qué venís?

—Yo soy el capitán de esa fusta, y él, el piloto. Queríamos llegar hasta Taormina o Catania para comerciar.

—¿Y por qué no Mesina? —inquirió Roger—. Es más rica y la habéis dejado atrás.

—Creemos que hay más posibilidades al sur.

Giacomo le propinó una patada en la boca que tumbó al hombre de espaldas. El otro se puso a temblar.

—¡Mentís! —le increpó—. Lleváis ballesteros y ninguna mercancía.

—La vuestra es una nave de reconocimiento de la flota angevina —le dijo Roger tranquilo—. Queremos saber dónde está y a dónde va.

—¡Lo desconozco, señor! —exclamó el piloto suplicante—. ¡Por Dios y por la Virgen que no lo sé!

—Levantaos —le ordenó Roger al grueso capitán.

El hombre se apresuró a hacerlo. Un hilo de sangre brotaba de la comisura de sus labios.

—Os pondré al corriente de la situación —dijo entonces el almirante—. Tenéis la fortuna de ser napolitanos y no franceses. Pero hay dos tipos de italianos. Los que sirven a Carlos por obligación y los que lo hacen a gusto. Si sois de los primeros, nos diréis lo que queremos saber y os liberaremos sin daño. Si sois de los segundos, igualmente nos diréis lo que queremos, después de ser torturados y perder algún miembro. Nunca más veréis a quien os espera en Nápoles.

Los hombres se miraron angustiados.

—Traedme un fogón y hierros —ordenó Pascale a uno de los ballesteros.

Sus ojos oscuros, en aquel rostro cruzado por una terrible cicatriz, brillaban siniestros.

—Somos vuestros compatriotas —dijo entonces Giacomo con la trágica seriedad propia en él—. Yo he perdido padre, madre y hermano por culpa de los angevinos. Y mi tío, su esposa e hijos. Si no habláis de inmediato, conoceréis nuestro sufrimiento y rabia en vuestras carnes. ¿Estáis con nosotros o en contra?

—¡Tenemos familia en Nápoles! —suplicó el más joven—. ¡Carlos los matará!

—No lo sabrá —dijo Roger—. Estaréis desaparecidos hasta después de la guerra.

El ballestero subió al castillete con un cubo lleno de brasas del fogón de la cocina y hierros.

—Sujetad al gordo —dijo Giacomo.

Tenía las mandíbulas apretadas y la expresión de su rostro

ojeroso era terrible. Tomó un hierro alargado envolviendo el mango con su capa y acercó la punta, al rojo vivo, lentamente al ojo derecho del capitán, que empezó a retorcerse y gimotear. Soltó un aullido espeluznante cuando sus pestañas ardieron. Olía a quemado.

—¡Deteneos, por el amor de Dios! —suplicó.

Giacomo lo hizo, aunque mantuvo la distancia para que el hombre notara el calor de la brasa en el párpado. El napolitano continuó gritando.

—¡Me quemo! ¡Parad, por favor!

—Aún no me habéis dicho lo que quiero saber —dijo el joven.

—¡Hablaré! ¡Pero apartad el hierro!

Giacomo miró al almirante buscando su aprobación y Roger afirmó con la cabeza.

—¿Qué misión tenéis? —quiso saber.

—Localizar vuestra flota e informar de inmediato al almirante Guillaume Cornut —repuso el capitán.

—Felicidades, habéis completado con éxito la primera parte de vuestra misión. —Roger sonreía—. Aquí estamos. Y no os preocupéis por la segunda, ya le informaremos nosotros. —Y cambió su tono a apremiante—. ¿Cuántas galeras tiene su flota? ¿Dónde está? ¿A dónde se dirige?

—Veintidós galeras. Con cuatro fustas contando la mía y tres naves auxiliares.

—¿Veintidós? —se extrañó Giacomo—. De Marsella salieron solo veintiuna.

—Cierto, ya lo sabíamos —repuso Roger—. En Nápoles se les unió otra galera.

—Son más y están mejor armados —murmuró el joven sin sonrisa.

—¿Dónde está Cornut? —inquirió Roger.

—Navega paralelo a la costa norte de la isla.

—¿A dónde va?

—A Malta.

—¡Malta! —exclamó Roger.

—Entonces ¿por qué no pasa por el estrecho? —inquirió Giacomo—. Es el camino más corto.

—Cornut prefiere dar la vuelta a la isla porque sospecha que estáis aquí y no quiere confrontaros hasta después de reconquistar Malta —informó el hombre.

—¡Claro! —murmuró Roger pensativo—. ¡Quiere Malta! ¡Tiene sentido!

—¿No está vuestro cuñado Manfredo sitiando el castillo que domina el puerto de Malta? —inquirió Pascale.

—Cierto. Pero el castillo y su guarnición son muy potentes y llevan más de tres meses resistiendo sin querer rendirse —explicó Roger.

—¡Entonces Manfredo y los suyos están en peligro! —murmuró Giacomo.

—Si la flota cae sobre ellos por sorpresa, los destrozará —dijo Roger—. Hay que avisarle de inmediato. Y acudir en su ayuda.

Después, el almirante quedó unos momentos en silencio, pensativo.

—Pillar a Cornut en Malta… —musitó al rato como hablando consigo mismo—. No es mala idea. Cazarlos a ellos antes de que nos cacen a nosotros.

—Pero tienen más galeras y están mejor armadas —objetó Giacomo.

—Quien no se arriesga no gana. La sorpresa también cuenta.

—Quien gana vive, quien pierde muere —sentenció Giacomo.

—Seguiremos la misma ruta que Cornut —dijo Roger—. A distancia, sin que nos vea. —Y le preguntó al capitán napolitano—: ¿Qué delantera nos lleva?

—Dos días, señor.

Ordenó que la flota se pusiera en marcha de inmediato. Sonaron trompetas y pitidos y las naves se desplazaron a remo al centro del canal al tiempo que izaban las velas para aprovechar el viento del sur.

—Avisad a Mesina —encargó—. Hay que advertir a Manfredo de lo que se le viene encima. Una fusta por el estrecho llegará antes que los franceses.

De haber sido capaz de sonreír, Giacomo lo hubiera hecho. Le excitaba la idea de perseguir a la flota francesa y deseaba con toda su alma entrar en combate. Quería sangre angevina.

**Ver ilustraciones 4, 5 y 6**

# 24

*Mesina, el mismo día*

Era 1 de junio y yo no podía dejar de pensar en Pedro. Le conocía. De haber sobrevivido al viaje, con toda seguridad estaría ya en Burdeos. Apenas pude dormir durante la noche, y nada más levantarme, me arrodillé a rezar a la virgen que presidía mi cámara.

El mensaje de Roger me llegó antes de la hora tercia; me asomé a la ventana y casi de inmediato vi que nuestra flota cruzaba rumbo norte. La preocupación que sentía por Pedro me había hecho olvidar, por un momento, la difícil situación que vivíamos en Sicilia. Al instante hice que mis doncellas terminaran de vestirme y reuní el consejo. Leí la nota del almirante.

—Malta es garantía para Carlos de seguir recibiendo los tributos de Túnez —dijo Juan de Prócida—. Y, peor aún, si la captura, nos atacará por el norte y el sur. Hay que evitarlo.

—Tampoco podemos desamparar a nuestras tropas de allí —dijo mi hijo Jaime.

—Coincido —añadió Alaimo—. Ha llegado un mensaje de Palermo diciendo que unos pescadores han visto a la flota angevina. Es cierto, están yendo hacia el oeste para luego seguir la costa sur y caer sobre Malta sin que lo sepamos.

Yo observaba atentamente a Alaimo y él me mantenía la mirada, a veces con un inicio de sonrisa y otras inclinando levemente la cabeza a modo de saludo. Quería descubrir, en su rostro, cómo se comportaría si éramos derrotados. Era vital para nosotros. Si cambiaba de bando, estábamos perdidos. Pero fuera de su simpatía hacia mí, no dejaba traslucir nada.

—Escuchad lo que dice a continuación el almirante. —Y leí:

He decidido seguir a los provenzales sin que me vean. Espero sorprenderlos, es nuestra única oportunidad. Caeremos sobre ellos si se detienen a atacar alguna población de la costa. Y, si no, en el puerto de Malta. Avisad a Manfredo.

—Eso haremos de inmediato —dijo Alaimo—. Enviaré la nave más rápida.

—¡Dios quiera que llegue a tiempo! —murmuré.

—Que la fusta doble su dotación de galeotes —ordenó Jaime—. ¡Que no dejen de remar día y noche!

Nuestra alarma era fundada. Si sorprendían a los nuestros en Malta, los destrozarían. Y la pérdida de aquellas islas sería un desastre.

Aquel día 1 de junio, todo parecía estar en el aire. La vida de Pedro, el destino de nuestra flota, Malta y Sicilia entera. La espera de noticias sería angustiosa.

# 25

*Burdeos*

—Os ruego, amigo Jehan, que acudáis conmigo a las afueras de la ciudad con un notario y cuatro caballeros de vuestra confianza —le pidió el embajador Gilabert al senescal del rey de Inglaterra en Aquitania—. Un mensajero del rey de Aragón quiere hablaros.

Era la mañana del 1 de junio, el día designado para el duelo, y el oficial aquitano estaba alerta, a la espera de acontecimientos.

—¿Y qué desea?

—Quiere disculpar la presencia de nuestro rey hoy.

—Lo comprendo —repuso—. Yo mismo os supliqué que bajo ningún motivo acudiera. Que le iba la vida. Os complaceré, pero antes debo informar personalmente al rey de Francia. Me ha ordenado que le avise de cualquier novedad sobre Pedro de Aragón.

—Sea, espero vuestro regreso.

—Podéis ver a ese mensajero de Aragón —le concedió Felipe III al senescal—. Pero quiero conocer palabra por palabra lo que os dice. Ya suponía que Pedro no acudiría. Ninguno de mis oficiales reportó a caballeros aragoneses cruzando los Pirineos.

Jehan d'Agrilly, siguiendo las instrucciones de su señor directo, Enrique I de Inglaterra, había ido informando al rey francés de todos los mensajes recibidos de Aragón y de los encuentros con su embajador. Sin embargo, le ocultó, siguiendo también órdenes del soberano inglés, sus advertencias a los aragoneses sobre su incapacidad de garantizar la seguridad de Pedro y sus sospechas de que los franceses le preparaban una celada.

—Así lo haré, señor —dijo el senescal, rodilla en tierra.

Al rato, Jehan y cuatro de sus más fieles caballeros, junto a Gilabert, su hijo Bernat y un notario, se dirigían al caserón en la huerta de Burdeos donde habían pasado la noche Pedro y Domingo.

—Es un noble principal —le advirtió Gilabert al senescal—. Y no quiere ser reconocido. Le encontraréis cubierto.

—¿No quiere que el rey de Francia sepa quién es? —inquirió Jehan con una sonrisa.

Gilabert sabía que su amigo el senescal estaba obligado a describirle al rey francés, punto por punto, sus encuentros con oficiales aragoneses.

—Así es —le confirmó el embajador—. Y nos acompaña un notario porque quiere que se levante acta de lo que tratemos.

—No hace falta que queráis excusar a vuestro monarca —continuó el senescal de buen humor—. Está claro que no puede comparecer, todo el mundo lo sabe. Os lo he advertido cien veces y me alegro de que me hicierais caso. No me importa repetirlo delante de vuestro noble y de un notario. Lo que es es. Aunque les disguste a Carlos de Anjou y a Felipe III.

Pedro los esperaba vestido con una gonela de lino de mejor calidad que la del viaje, bajo la que portaba una cota de malla que le protegía el cuerpo. Se cubría con una capucha que le tapaba incluso las cejas y que ocultaba el casco ligero que llevaba debajo. Tanto él como Domingo estaban montados a caballo.

—¿Quién de los dos es ese noble tan principal? —inquirió el senescal al verlos.

—El encapuchado.

El senescal se acercó a Pedro e intercambiaron los saludos de rigor.

—¿Podríamos alejarnos de estos señores para hablar en privado, senescal? —le pidió el monarca.

—Con gustó lo haré, señor —repuso Jehan complaciente.

El senescal, al igual que su señor el rey inglés, sentía, en secreto, tanta simpatía por el bando aragonés como repulsa por la prepotencia francesa.

—Señor senescal —le dijo Pedro una vez que se alejaron del grupo—, el rey de Aragón me ha enviado a vos para preguntaros si podéis garantizarle a él y a sus cien caballeros su seguridad en la ciudad de Burdeos. Y si es así, acudirá a dar batalla a Carlos de Anjou.

—Señor —repuso el senescal—, esa pregunta me la hizo ya, varias veces, el embajador de vuestro monarca, don Gilabert de Cruïlles, aquí presente. Y yo le pedí que advirtiera a su señor el rey para que no viniera a Burdeos por nada del mundo. El rey de Francia y Carlos llegaron con tres mil caballeros más otros tantos escuderos montados y gente de a pie. Y mi señor el rey de Inglaterra me ha ordenado entregarles toda la tierra de Burdeos para que hagan aquí lo que les plazca. Yo nada os puedo garantizar, pues estoy a su entera merced. Y sospecho que usarán todo su poder para dar muerte o apresar a vuestro señor si cometiera la locura de acercarse por aquí. Por eso le supliqué que no viniera. No se trae tanta gente para batallar con honor en un juicio de Dios, sino para traicionar.

—Decidme, señor —inquirió Pedro—, ¿está preparado el campo?

—Así es. Solo que Carlos lo ha dispuesto a su antojo y conveniencia, situándolo pared con pared con la posada donde se aloja y el campamento de sus tropas. Lo que no solo me parece injusto, sino altamente sospechoso.

—¿Me acompañaríais para verlo? Quiero poder describirlo personalmente a mi señor el rey. Pero no deseo entrar en la ciudad.

—Os acompañaré gustoso. Y no os preocupéis, que no hace falta entrar en Burdeos.

Y charlando amistosamente cabalgaron hasta el campo. A su llegada, Pedro le pidió a su comitiva que le esperara y recorrió el campo hasta el otro extremo, en el que se había construido una capilla para los oficios religiosos de antes y después del combate. Allí se arrodilló a rezar, dejando en el suelo la azcona que portaba.

—Hay alguien en el campo —le advirtió uno de los guardias a Carlos de Anjou.

—¿Quién es?

—Lo ignoro, señor. Pero en el otro extremo se encuentra el senescal Jehan d'Agrilly y caballeros suyos que reconozco.

—El senescal está a mis órdenes —dijo Carlos elevando la barbilla—. Ese será el mensajero de Aragón del que mi sobrino Felipe me ha advertido.

Y, acompañado de cuatro soldados y un sargento, salió por la puerta que daba a la capilla para verle personalmente.

—¿Quién sois? —interpeló a Pedro con su vozarrón.

A Pedro le dio un vuelco el corazón, pero se mantuvo de rodillas frente al crucifijo, sin mirarle, disimulando su sobresalto. Y terminó su oración añadiendo una silenciosa súplica al Señor por su vida:

—¡Amparadme, Señor! ¡He tentado demasiado mi suerte!

Solo entonces se puso en pie para mirarle a los ojos a Carlos. Nunca se habían visto, pero de inmediato supo que era él por sus ropajes y las descripciones oídas. Voluminoso, con una gran nariz y ojos de un azul desvaído hundidos en cuencas oscuras. Era él. Y maldijo su audacia. Estaba a punto de costarle la vida.

Rápidamente consideró sus opciones. Podía apartar a los soldados que le rodeaban de un empujón, montar a caballo y huir al galope. Pero detrás de la empalizada aguardaban cuatrocientos caballeros listos para el combate que saldrían en su persecución. Extraño sería que alguno no le alcanzara. Aunque sentía un vivo deseo de dejarse caer de rodillas simulando rezar para tomar la azcona y clavarla en el pecho de su enemigo. Pero no solo sería suicida, sino deshonroso. Una acción que le pondría al nivel del de Anjou. La descartó también y, aprovechando su disfraz, decidió disimular. Quizá tuviera suerte. Notaba su corazón acelerado y un ligero temblor en las piernas.

—Y vos, señor, que así me interrogáis, ¿quién sois vos? —inquirió atrevido.

—¡Es el rey de Sicilia, de Jerusalén y de Albania! —clamó el sargento—. Cónsul de Roma, dominador de Italia y señor de Túnez. Y conde de Anjou, Maine, Provenza y Forcalquier.

Carlos elevó la barbilla orgulloso lanzándole una dura mirada.

—Y yo soy, señor, un humilde caballero de Aragón que ha venido a rezar a este campo donde hoy le esperaba la muerte.

El de Anjou rio al oír la dócil respuesta.

—¡Así que dais gracias a Dios de que vuestro señor no se haya atrevido a comparecer!

—No ha terminado aún el día, señor.

El francés rio de nuevo.

—Sois el mensajero de Aragón, ¿verdad?

—Así me podéis considerar, señor. —Pedro inclinó la cabeza para afirmar, aunque lejos de reverenciar.

Desde la lejanía, el grupo observaba la escena.

—¿No será ese…? —murmuró Gilabert.

—El mismísimo Carlos de Anjou —constató el senescal.

El embajador intercambió una mirada consternada con su hijo Bernat. Aquel palpó la espada que llevaba al cinto y adelantó su caballo un paso, listo para acudir en ayuda del rey. Ni él ni su padre podían dejar que apresaran a su señor. Antes perderían la vida.

—¡Válgame Dios, nuestro señor! —musitó Domingo santiguándose—. ¡Y que su santísima madre nos ampare!

—¿Y qué esperabais? —inquirió asombrado el senescal al constatar la consternación de los aragoneses—. Ya os dije que Carlos plantó su campamento justo al lado del campo de liza. Y que tiene a cuatrocientos caballeros aguardando a los cien de Aragón.

—¿Que qué esperamos? —respondió entre dientes Gilabert. Quedó pensativo antes de responder—. ¡Un milagro, amigo Jehan! ¡Esperamos un milagro!

—Pues dadle este mensaje a vuestro señor el rey de Aragón —continuó el de Anjou.

Pedro, que no apartaba su mirada de aquellos ojos de desagradable color azul, se sintió de pronto aliviado. Si realmente le tomaba por un mensajero, quizá saliera indemne de la aventura.

—Decidle de parte de Carlos de Anjou que aquí, sobre este campo, debía estar él hoy, tal como acordamos. Y que, como no está, es un miserable cobarde y quedará deshonrado para siempre.

—Descuidad, que oirá cada una de vuestras palabras tan claramente como las oigo yo. Lástima que no os pueda responder...

Carlos se encogió de hombros. Le traía sin cuidado la respuesta.

—Pero puedo adivinar qué os diría... —continuó Pedro mirándole firme.

—¿Vos?

—Sí. Creo que diría: ¿cómo puede estar una ciudad que se supone neutral a las órdenes de vuestro sobrino? ¿Por qué ha traído a miles de hombres? Y vos, ¿por qué vinisteis con cuatrocientos caballeros? ¿Es cierto que ibais a traicionar al rey don Pedro?

—¡Cómo os atrevéis! —repuso Carlos lívido—. ¿Quién demonios sois?

Pedro tragó saliva. Había ido demasiado lejos.

—Ya os lo dije —repuso sin perder el contacto visual, obligándose a aparentar tranquilidad—. Un pobre caballero aragonés que ha venido a esta capilla a rezar y dar gracias a Dios, nuestro señor. Porque la muerte, que aquí le esperaba hoy, se ha visto burlada.

—Dad por cierto que de haber entrado hoy a este campo a luchar hubierais muerto. —Sus finos labios sonreían mostrando unos caninos amenazantes. Su sonrisa forzada se truncó de repente en una mueca de fastidio—. ¡Id en mala hora, que me estáis hartando! —gruñó—. Y agradeced que no os haga azotar. Os salva vuestra condición de heraldo.

Pedro dio media vuelta y, pausado, tomó su azcona. La sopesó un instante. Un rápido movimiento y a tan corta distancia atravesaría la cota de malla que protegía el pecho de su enemigo. Era bueno con aquella lanza corta y pesada, y Carlos moriría ensartado. Era un miserable y lo merecía. Ya no le temblaban las piernas y la tentación era enorme. Vaciló. Pero se repitió que después le matarían. Como a un traidor.

Descartada aquella locura, subió a su caballo y anduvo pausado hasta el otro extremo del palenque, donde, angustiados, le esperaban sus acompañantes.

—Muchas gracias, senescal —le dijo Pedro al oficial aquitano—. ¿Seríais tan amable de acompañarnos hasta el lugar donde nos encontramos?

Gilabert, Bernat y Domingo le miraban sin poder aún dar crédito a lo sucedido. Les asombraba la calma y tranquilidad que mostraba su señor. Aunque era fingida. Una vez aliviada la tensión, Pedro notaba, de nuevo, sus piernas débiles y temblorosas. Y tenía que esforzarse para aparentar aquel sosiego.

—Con gusto —dijo el noble—. Parece que Carlos espera aún a que se presente vuestro rey —rio.

Y emprendieron el camino de vuelta con una charla tan amable como la de la ida. Cuando llegaron a la casa fortificada, Pedro hizo otro aparte con el senescal y le dijo:

—Señor, ¿reconoceríais al rey de Aragón si lo vierais?

—Eso creo. No hace aún dos años y medio que charlé con él durante el encuentro de Tolosa entre el rey francés, el contrahecho hijo de Carlos de Anjou, el rey de Aragón y su hermano el rey de Mallorca. Allí se juntó la gran nobleza francesa, y en mi condición de senescal de Aquitania representé a mi señor el rey de Inglaterra. Conversé varias veces en privado con el aragonés. Estaba tan interesado en la amistad de mi señor el rey Eduardo como mi señor lo estaba en la suya. Y nos hizo un gran honor regalándonos dos excelentes caballos árabes, uno para mi señor y otro para mí.

—¿Alguno de los caballeros que os acompañan estuvo en ese encuentro?

—Tres de ellos.

—¡Bien! —dijo Pedro complacido—. Ved, pues, si me conocéis, mi buen Jehan, pues yo soy el rey de Aragón.

Y se quitó la capucha que le cubría hasta casi los ojos y el casco ligero que llevaba debajo y sacudió su media melena castaño claro para quedarse observando, con el inicio de una sonrisa divertida, la reacción del senescal. El hombre le miraba boquiabierto sin poder responder.

—¡Señor, Dios misericordioso! —atinó a murmurar.

—Y si el rey de Inglaterra y vos, en su representación, me aseguráis el campo del honor, aquí traeré a mis cien caballeros —continuó.

Jehan d'Agrilly quiso desmontar para arrodillarse, pero Pedro le sujetó para impedirlo. Después trató de besarle la mano y Pedro le contuvo de nuevo.

—¿Pero qué habéis hecho, señor? —inquirió el aquitano consternado—. Os ruego por Dios, nuestro señor todopoderoso, que regreséis de inmediato a vuestras tierras. Demasiado tentasteis hoy vuestra fortuna. Vuestros enemigos no desean otra cosa que daros muerte o meteros en prisión.

—No lo haré si antes no firmáis una carta testimonial certificando que hoy he estado aquí y he recorrido en persona el campo del honor. Y que vos me habéis pedido que me fuera, pues no podíais garantizar mi seguridad, ya que vuestro señor ha entregado Burdeos al rey Felipe y a su tío Carlos.

El senescal quedó pensativo. Ponderaba qué haría en aquel caso su señor.

—Cierto es y verdad —dijo al rato, firme, erguido y mirando a Pedro a los ojos—. Y por el honor de mi señor el rey Enrique de Inglaterra y por el mío propio, firmaré ese documento.

Pedro pidió a Gilabert y al notario que se acercaran para redactar el documento. El funcionario descabalgó, tomó una mesilla y silla portátiles que cargaba a lomos de su mula, sacó de una caja unos frasquitos metálicos con tinta y arenilla de secar, afiló con cuidado una pluma de ganso con un cuchillito, de un portarrollos extrajo unos pergaminos y empezó a escribir. Terminado el documento, el senescal pidió a sus caballeros que se acercaran, y tres de ellos, asombrados y entre exclamaciones, reconocieron a Pedro. También quisieron besarle la mano, lo cual él impidió.

—Señores, me basta con que seáis mis testigos y firméis este documento.

El notario lo leyó y el más anciano de los caballeros dijo:

—Con gusto firmaremos, será un honor. No solo porque nuestro señor el senescal nos ha dado ejemplo haciéndolo, sino porque os reconocemos de Toulouse. Y porque os hemos visto, con nuestros propios ojos, en el campo del honor. Y nos maravillamos ahora de vuestro encuentro con el de Anjou. De no haberlo visto, jamás lo creeríamos.

—Mucho me place, señores.

—Os creíamos en Sicilia y de pronto os vemos aquí —dijo otro de los caballeros—. Alabamos el valor que mostráis al presentaros conociendo, por los avisos del senescal, el peligro mortal que aquí corréis…

—Señor, os ruego que os vayáis —dijo el senescal interrumpiendo el discurso de su subordinado—. Por el honor de mi señor y el mío propio, no puedo permitir que nada malo os ocurra en nuestras tierras, por mucho que temporalmente las controle el rey de Francia.

—Así lo haré —repuso Pedro—, y os ruego que me acompañéis al menos una legua.

Jehan aceptó de buen grado. Después de despedirse del amigo de Domingo que le había acogido en su casa y de su esposa, Pedro y su comitiva tomaron el camino de España. Mientras, iba dando instrucciones a Gilabert sobre cuántas copias quería de las cartas testimoniales que los caballeros aquitanos acordaron firmar.

El sol estaba ya bajo cuando Pedro se despidió de su embajador, del senescal y de sus caballeros. La distancia a la ciudad superaba la legua, con lo que al senescal le tomaría más de una hora llegar a ella.

Cuando se separaron, Pedro picó espuelas y dijo:

—¡Camino de Bayona y Fuenterrabía!

—Tenemos luna esta noche y el trayecto es llano, podremos andar mucho —informó feliz Domingo—. Y si nos siguen, nosotros tenemos caballos frescos esperándonos en el trayecto y ellos no.

—No nos alcanzarán —dijo Pedro—. Aunque no estaremos seguros hasta llegar a las tierras de mi cuñado el rey de Castilla.

Y los tres emprendieron el camino al galope. Gozaban de más de dos horas de ventaja sobre cualquier perseguidor que saliera de Burdeos.

## 26

*Burdeos, el mismo día*

El senescal se dirigió a Burdeos, sin prisas, conversando con Gilabert. Pero tan pronto como se despidieron fue a informar de lo ocurrido al rey de Francia. El sol se ocultaba ya.

—Señor, me he encontrado con el mismísimo rey de Aragón, que acudía a la cita de honor con vuestro tío Carlos —le dijo rodilla en tierra.

—¡Cómo! —exclamó Felipe incorporándose de su silla de un salto—. ¿Y dónde está?

—Ha regresado a España y desde que nos separamos habrá recorrido al menos tres leguas.

—¿Cómo es que yo no sabía nada? —gritó el monarca—. ¿Con qué permiso lo visteis?

—Con el vuestro, señor —repuso el senescal impasible—. Era el heraldo de Aragón. Solo que se cubría con una gran capucha y hasta que no se la quitó no pude reconocerle.

—¡¿Por qué no le detuvisteis?!

—No tenía tal orden, antes al contrario, mi señor el rey Eduardo garantizaba su protección.

—¡Ya no! ¿Es que no sabéis que Burdeos está bajo mi autoridad?

—Cierto, señor. —Continuaba rodilla en tierra—. Pero no me ordenasteis detenerlo.

—¡Mayordomo! —gritó el rey—. Mandadle un correo urgente a mi tío el rey de Sicilia pidiéndole que venga aquí a toda prisa.

—¿Que habéis certificado ante notario que no podíais garantizar su protección? —tronó Carlos amenazando al senescal con su vara.

Jehan le miró ceñudo y puso su mano sobre la empuñadura de su daga. Aquel no era su señor, y si se atrevía a agredirle, pensaba cortarle los dedos.

—Cierto. Burdeos no está ya bajo mi autoridad, sino bajo la vuestra —repuso tranquilo—. Ni yo ni mi señor el rey de Inglaterra podíamos garantizar su seguridad. Solo podíais hacerlo vos. Y sois su enemigo. Además, debéis saber que vos hablasteis con él en la capilla del campo de honor.

Carlos se le quedó mirando boquiabierto mientras el color cetrino de su rostro mudaba a un blanco amarillento.

—¡¿Quééé!? —bramó cuando pudo reaccionar—. ¿El pobre caballero aragonés? ¿Ese descarado al que estuve a punto de darle una lección?

—Ese era, señor —informó el senescal conteniendo sus deseos de reír—. Y bien que era él, que le conocí en Tolosa en el encuentro que tuvo con mi señor Felipe aquí presente.

—¡Maldito loco! —clamó Carlos mirando a su sobrino, que le contemplaba sin intervenir—. ¿Por qué hará esas cosas? —Y se encaró con el senescal—. ¡Vos estabais allí, en un extremo de la palestra! ¡Os vi! —Daba bastonazos furiosos al aire y Jehan volvió a apoyar la mano en su daga—. ¿Por qué no me advertisteis?

—Desconocía que era él. Llevaba la capucha calada. Igual que vos. Tampoco supisteis quién era.

—Pero vos le conocéis. Yo no le había visto nunca.

—No sabía aún que era él —repitió el senescal.

—¡Traición! —clamó Carlos—. ¡Este hombre es un traidor!

—¡No! —se defendió Jehan—. He cumplido exactamente las órdenes de mi señor el rey de Francia, siguiendo las del rey de Inglaterra. — Miraba a Felipe buscando aprobación—. Le pedí permiso para ver al heraldo de Aragón y de inmediato, cuando nos separamos, acudí a contárselo todo a monsieur Felipe, tal como me ordenó.

—Es cierto —dijo Felipe—. Eso hizo.

—¡Pero me engañó! —bramó de nuevo Carlos—. ¡Y sé que lo hizo con intención! ¡Merece ser ejecutado! ¡Sobrino, ordenad que lo encarcelen mientras decidimos su futuro!

—¡Es injusto! —clamó Jehan.

—Pero, tío… —objetó Felipe.

—¡Encarceladlo! —insistió Carlos—. Se ha burlado de vos y de mí.

Felipe los miró a ambos consternado. No veía culpabilidad en el senescal, persona muy respetada y querida en Aquitania, y por otra parte no sabía oponerse a su tío.

—¡Encarceladlo! —repitió Carlos enérgico.

—¡Soy inocente! —Jehan miraba a Felipe—. Os he obedecido en todo.

El rey de Francia se balanceaba levemente, con los ojos muy abiertos, inseguro, en su asiento. ¿Qué debía hacer? La duda le angustiaba.

—¡Encarceladlo! —tronó el de Anjou rabioso.

—Encarceladlo —ordenó al fin Felipe a la guardia.

Los soldados se llevaron al senescal, pese a sus protestas. Pero Felipe se quedó muy intranquilo.

—¡Seremos el hazmerreír de Europa! —se quejó Carlos furioso.

Paseaba por la sala como un tigre enjaulado.

—A mi vasallo inglés no le gustará nada que encarcelemos al senescal —murmuró Felipe.

—¡A la mierda el senescal! —gritó colérico el otro.

Y golpeó con su vara un jarrón que descansaba encima de una mesa partiéndolo.

—¡Y maldito sea el desgraciado del rey Eduardo, su señor! —Empezó a aporrear la mesa—. ¡Y maldito también el bastardo de Pedro!

Felipe contemplaba incrédulo aquel ataque de ira. Jamás había visto a su admirado tío perder los papeles y aquello superaba todo lo imaginable.

Los caballeros de Jehan d'Agrilly hicieron correr por la ciudad la noticia del injusto encarcelamiento del senescal. Y a la mañana siguiente, el pueblo de Burdeos, liderado por los nobles aquitanos fieles al senescal, se sublevó. El rey de Francia se encontraba en un palacio fortificado en el interior de la ciudad, y Carlos y sus caballeros acampaban fuera, al igual que el ejército del rey. Así que Felipe, que tenía apresado al senescal, se vio apresado a su vez dentro de la ciudad, que cerró sus puertas a los de fuera, que pasaron a sitiarla. Después de una corta negociación, Felipe liberó a Jehan y le devolvió el control de la ciudad y de Aquitania, como representante de Eduardo I de Inglaterra.

Él y su tío Carlos partieron junto a su ejército hacia Toulouse. Con el rabo entre las piernas.

—Pedro nos ha de pagar esta burla —le decía con furia contenida el de Anjou a su sobrino.

—La pagará y cara —le respondía Felipe—. Este no es el final, solo el principio. Vengaré con sangre a mi hermano y el honor de Francia.

A la mañana siguiente, Pedro, sus caballeros y Domingo de la Figuera tomaban un descanso no muy lejos de Bayona. La siguiente jornada los llevó a Fuenterrabía, posesión del rey de Castilla, donde, a salvo, descansaron celebrando el buen fin de la aventura.

Y le escribió a Constanza, sin saber a ciencia cierta cuánto se demoraría el correo. Empezaba la carta:

Mi señora, mi dueña, mi reina. Regreso sano y salvo de
Burdeos. Gracias por vuestras oraciones.

Y después a su hijo Alfonso:

Los caballeros que esperaban para participar en el duelo
ya pueden regresar a sus casas. Estabais en lo cierto. Nos aguardaba la traición.

## 27

*Costa norte y sudeste de Sicilia, del 1 al 6 de junio de 1283*

La flota siciliano-aragonesa dejó atrás el estrecho y, una vez en el mar Tirreno, navegó entre Sicilia y las islas Eolias para seguir la ruta que se le suponía a la flota angevina.

La nave capitana guiaba al resto y durante la noche encendía dos faroles en popa para marcar su posición. La precedían un par de fustas, convenientemente separadas, que, de divisar a los franceses, señalarían con fuego por la noche, o humo durante el día, su avistamiento. También interrogaban a las naves que encontraban en su camino.

—La sorpresa es clave —le explicaba Roger a Giacomo—. No tienen que saber que los seguimos.

—Nos llevan dos días de ventaja —arguyó el muchacho—. No los alcanzaremos.

—Ojalá no les demos alcance hasta el puerto de Malta. Pero podrían detenerse para asaltar alguna población. Si los cogemos con tropas en tierra, tendremos ventaja. Pero si los encontramos embarcados, la tendrán ellos. Son más, tienen más munición y son más rápidos.

El tiempo mejoró el segundo día. El sol, un mar muy azul, un cielo con unas escasas nubecillas blancas y un viento de poniente, que permitía navegar solo a vela, llenaron de optimismo a Roger. Tenía en mente, con todo detalle, el escenario perfecto. Sabía cuándo y de qué forma debía caer sobre la flota del almirante Cornut. Rezaba a la Virgen, a san Jorge y san Jaime para que intercedieran por él ante el Señor de los cielos, la tierra y el mar. Para que su plan se hiciera realidad. No podía quitarse de la cabeza la frase que siempre repetía el joven Giacomo: «Si ganas, vives; si pierdes, mueres».

En el reducido espacio de la galera era inevitable cruzarse con Súria. La intimidad en aquella nave cargada de hombres era más que escasa; no se hablaban, pero ella le contemplaba descarada y desafiante. Él, ceñudo, evitaba cruzar miradas.

Sin embargo, el tercer día coincidieron delante del castillete de proa de la nave. Súria se encontraba sola contemplando fascinada el surco que abría la nave en aquel mar hermoso y apacible.

—Te ordené que no embarcaras —le dijo él entre dientes, disimulando, mientras miraba al mar.

—Yo solo sigo las órdenes que quiero seguir.

—Pues te tendrás que acostumbrar a obedecerme.

—Si tanto os molesto, ¿por qué no me impedisteis el embarque?

En realidad, su presencia no solo no molestaba a Roger, sino que le proporcionaba un gran placer verla. No quería reconocerlo y disimulaba cuanto podía, pero ella notaba sus miradas furtivas acariciando su pelo, su piel y sus curvas.

—No era el momento de tener una discusión contigo y tus colegas. Pero te aseguro que, si continúas desafiándome, haré que te arrepientas. El capitán tiene poder de vida o muerte sobre los embarcados en su nave. Puedo hacer lo que quiera.

Ella sonrió divertida y sugerente.

—Ya os gustaría poder hacer conmigo vuestra voluntad.

—Lo que quiero lo quiero por las buenas.

—Pues entonces la que tiene el poder soy yo. —Y la pelirroja rio quedo.

El gran almirante soltó un bufido. Esperaba que el enfrentamiento con los franceses se le diera mejor que con Súria.

La pelirroja estaba acostumbrada a convivir con hombres, se sentía segura entre ellos y se tomaba a bien sus bromas. Aunque no las sexuales. Su agilidad y años de práctica la hacían sentirse preparada para batir a cualquiera con las armas, y eso le proporcionaba una extraordinaria confianza. Era tan capaz de una sonrisa y un abrazo como de una mirada feroz seguida de una puñalada.

La lealtad de su unidad le era absoluta. Su autoridad no provenía solo de su reconocida habilidad con las armas y buen criterio, sino de su potente carisma. Su forma de expresarse, sus movimientos, sus sonrisas o gestos de disgusto tenían una energía sutil y un estilo que hacían que muchos la contemplaran embobados. Simplemente gozaban viéndola. La rodeaba una aureola a la vez virginal y letal, fruto de su violento rechazo a cualquier aproximación sexual y de que no se le conociera pareja masculina. Era como una Diana cazadora, tan bella como inalcanzable y peligrosa.

—Vete con cuidado, ni te acerques a ella —le advirtió el sargento de ballesteros veterano a otro recién llegado que, creído de su guapura y éxito con las mujeres, empezaba a lanzarle sonrisas insinuantes—. Como la incordies, te arrancará las pelotas, las masticará crudas y las escupirá al mar. Y si no lo hace ella, lo hará alguno de esos bárbaros que la rodean y adoran. No la veas como mujer, es un puto almogávar salvaje metido dentro de un cuerpo de sirena.

El sargento joven tragó saliva.

Sobrepasado Palermo y antes de llegar a Trapani, en el extremo de poniente de la isla, supieron que varias naves habían avistado la flota francesa dos días antes.

—No parece que quieran detenerse a asaltar ciudades costeras —le comentó Roger a Giacomo—. Van directos a Malta. Es allí donde quiero combatirles.

Al día siguiente abandonaron la costa norte, cruzaron frente a Trapani y siguieron en dirección sudeste, en paralelo a la costa.

Roger contemplaba las primeras luces del amanecer desde la proa de su galera, entre el castillete y el espolón de la nave. Faltaba aún para que el sol se mostrara sobre el mar. Solo el paulatino esclarecimiento del cielo de levante y el tono rosado de alguna nubecilla lejana indicaban la próxima aparición del astro. Aquel rincón parecía separado del resto de la nave y confería una intimidad única. En especial en aquel momento, en que la mayoría aun dormía. En su mente tronaba la futura batalla, los gritos, la sangre en cubierta, el olor a humo, piedras, cal viva y flechas cruzando el cielo, la posición de sus naves y las del enemigo. No cesaba de pensar en ello. Del desenlace de aquel choque dependía su futuro y el de todos a quienes amaba. ¡Estaba obligado a ganar! Lo contrario sería la más absoluta ruina. «Si ganas, vives; si pierdes, mueres». Era el responsable de la vida de miles de hombres, y cuando entrara en batalla lo sería del destino de todo un reino. Quizá demasiado para sus treinta y tres años.

Una punta de oro brillante empezaba a asomarse en el horizonte azul y rectilíneo del mar.

## 28

*Isla de Gozo, 7 de junio de 1283*

Antes de llegar al extremo sur de la isla de Sicilia y de cruzar el estrecho hacia Malta, Roger envió un par de fustas para averiguar la ubicación de las naves provenzales y localizar a su cuñado Manfredo. Y a su llegada a Gozo, la isla norte del archipiélago maltés, lo encontró esperándole y se fundieron en un gran abrazo.

Manfredo, al igual que Roger, tenía treinta y tres años. Eran dos veces cuñados, ya que la hermana de Manfredo era la esposa de Roger, y la de Roger se había casado con Conrado, el hermano mayor de Manfredo, que acompañaba al rey Pedro al desafío de Burdeos. Sicilianos exiliados en la corte de Aragón, habían jugado juntos de niños, juntos aprendieron el uso de las armas y juntos lucharon, a las órdenes de Pedro, contra nobles y sarracenos. Se tenían un gran cariño.

Los Lancia y el de Lauria se exiliaron a la corte de Aragón después de que Carlos matara a sus padres y se apropiara del reino de Sicilia. Los franceses les arrebataron todo su patrimonio familiar y dependían de lo que el rey de Aragón les concediera a cambio de su fidelidad y servicio de armas. Los varones recibieron títulos, tierras y vasallos en el reino de Valencia, donde el rey precisaba de nobles leales capaces de controlar a una población mayoritariamente sarracena. Pero sus ingresos eran escasos, sus hermanas no poseían una dote que permitiera un buen casamiento, y lo solucionaron, instados por Constanza, casándose uno con la hermana del otro. Así pues, la boda de Roger, a pesar del cariño que sentía por su esposa, no tenía nada que ver con el amor, sino con un acuerdo entre familias sin recursos para darles un futuro a sus hijas.

Manfredo era algo más bajo que Roger, pero fornido, de pelo y barba oscuros, y en su piel atezada por el sol destacaban unos ojos verdes que a veces tomaban tintes castaños.

—El castillo del Mar está en el extremo de una península, dentro de la enorme ensenada que se adentra hasta el interior de la isla de Malta —explicó Manfredo—. En el istmo de esa península se encuentra una población muy bien amurallada llamada el Burgo. Cuando los malteses se sublevaron y se declararon vasallos de nuestro rey Pedro, llegué en su ayuda y sitiamos la fortaleza y el Burgo. Los franceses son muchos y están bien armados. A pesar del continuo bombardeo de nuestras catapultas, no logramos someterlos.

—¿Recibisteis el aviso de vuestra prima la reina sobre la flota angevina? —inquirió Roger.

—Sí, gracias a Dios —repuso Manfredo—. Pero ellos lo supieron antes y estaban preparados. Cuando nos retiramos, salieron a perseguirnos y mataron a varios. Fortuna tuvimos de que los malteses acudieran en nuestra ayuda y nos refugiaran tras los muros de Mdina, su capital.

—¿Cuál es ahora la situación? —inquirió Roger.

—La flota angevina llegó hace tres días, el 4 de junio. Está atracada en el gran puerto, bajo la protección del castillo del Mar. Hemos sufrido alguna incursión, pero el grueso de su ejército se encuentra allí aún preparándose para la reconquista de la isla.

—Los protege la fortaleza, nos superan en naves, hombres y munición, y sus galeras son más rápidas —murmuró Roger pensativo.

—Estamos en desventaja.

—Pero ignoran nuestra presencia, y eso tiene que compensar —dijo Roger mirando a su cuñado y arrastrando las palabras—. No hemos llegado hasta aquí para quejarnos de nuestra inferioridad y retirarnos con el rabo entre las piernas.

—De ninguna manera.

—No podemos atacar sus naves mientras estén atracadas en el puerto. —El almirante parecía rumiar—. Allí sus ventajas se multiplican. No solo tienen la fortaleza desde la que nos lloverían piedras, saetas y cal, sino que los soldados de tierra ayudarían a defender las naves cuando las abordáramos.

Manfredo quedó en silencio ponderando la situación.

—En esas condiciones sería suicida atacarlos —dijo después—. Hay que hacerlos salir del puerto y que acepten batalla en el mar —siguió Roger—. Y tiene que ser pronto. Si su ejército se dispersa sobre la isla, no abandonarán la protección del castillo. Hay que atacar mañana al amanecer.

—Pero ¿cómo compensaremos su superioridad?

—Tenemos esta tarde para fraguar el plan —murmuró Roger.

—Y rezar —añadió Manfredo.

—Rezaremos —repuso Roger.

Pero el almirante llevaba madurando su estrategia durante toda la travesía.

# 29

*Mesina, el mismo día*

—¿Se ha confirmado la rebelión de las poblaciones del sur de la isla? —le pregunté al senescal.

Era un transparente día de junio y desde mi ventana se divisaban, con toda claridad, la ciudad de tejados de un rojo terroso; su amplio puerto; más allá, un mar muy azul en el estrecho, y la costa del continente. Me encontraba junto a tres de mis damas leyendo en voz alta las fábulas de Esopo versificadas en latín mientras una de ellas tañía el laúd.

La poesía y la música mitigaban mi ansiedad. La luz de la mañana penetraba generosa por las ventanas, y, mientras yo recitaba, dos de mis damas bordaban un estandarte con el águila negra de mi familia, los Hohenstaufen. A pesar de su edad y de que, como médico de mi familia, me había visto nacer, lo recibía acompañada. Una dama, y más una reina, debe cuidar su honra.

—Es cierto, señora —repuso mi viejo amigo—. Anticipan nuestra derrota en Malta. Y quieren el regreso de Carlos de Anjou.

—Estamos en manos de Alaimo. Y no termino de confiar en él.

—Vuestro esposo acertó al nombrarle justicia de Sicilia, y al despedirse le regaló su caballo y sus armas pidiéndole que os defendiera a vos y a vuestros hijos. Un gesto muy caballeresco. —Y añadió pensativo—: Creo que de momento Alaimo se mantiene fiel. Pero nada es eterno. Si se ve en peligro, buscará su supervivencia.

Quedé en silencio. Pedro me pidió que me ganara a Alaimo. Pero no me dijo cómo. Practicaba con él un juego de miradas discretas y sonrisas al que él reaccionaba positivamente, aunque no tanto los últimos días. Yo lo encontraba agradable e incluso atractivo, pero mi educación religiosa me limitaba. Me era placentero que me besara la mano tal como hacía cada vez que nos encontrábamos y despedíamos, y dejaba que él se demorara en lo que se suponía que era una muestra de respeto, pero que manifestaba algo más. Aunque sabía que eso no era suficiente para competir con Macalda.

—Nuestras tropas están en la flota con Roger o en el continente combatiendo a los angevinos en Calabria —continué angustiada, desechando aquellos pensamientos inoportunos—. Apenas disponemos de una guardia de un puñado de caballeros y ballesteros españoles. Ni siquiera nos quedan almogávares, solo sus mujeres e hijos acampados extramuros. Alaimo comanda todas las tropas sicilianas de la isla. Podría apoderarse de nosotros si quisiera. Y de momento no ha movido un solo dedo para sofocar la rebelión.

—No hace aún tres meses que os juró fidelidad cuando vuestro esposo os coronó reina —me tranquilizó—. Puede que, en un futuro, cambie de bando, pero aún es pronto. Además, me consta que el pueblo os empieza a apreciar. Gustó vuestra alocución al despedir a la flota. Una reina no acostumbra a dirigirse a las tropas, y vos lo hicisteis con firmeza y en siciliano de Mesina. Fue un golpe de autoridad y también de cercanía al pueblo.

Sus palabras pusieron una breve sonrisa en mis labios. Deseaba ser querida. Pero mis ansiedades pronto regresaron. Necesitaba descargarlas en nuestro sereno senescal. Su pelo y barba blancos, su sonrisa y su pausa al hablar me sosegaban.

—No sé nada de mi esposo —proseguí—. Hace una semana del duelo. Y estoy segura de que fue a Burdeos a pesar de nuestras advertencias. ¿Qué habrá sido de él? Quizá esté preso o muerto.

—Es demasiado pronto. Precisaremos de casi un mes para saber algo.

—Tampoco hay noticias de la flota, ni de mi primo Manfredo, en Malta.

—La flota —dijo Juan—. De ella depende ahora nuestro futuro, señora, no os voy a engañar. Una derrota causaría muchos muertos y heridos sicilianos y produciría duelo, rabia y frustración. Los conspiradores aprovecharían para culparnos y sublevar al pueblo contra Aragón. La rebelión se extendería rápidamente.

Juan era un hábil diplomático, ducho en el uso de espías. Y su información me era mucho más fiable que la de Alaimo. Tenía una ciega confianza en él. Siempre ofrecía un consejo acertado.

—¿Quiénes son los conspiradores? —inquirí angustiada—. ¿No será Alaimo uno de ellos? ¿No estará fingiendo?

—No que yo sepa —me aseguró—. De hecho, su responsabilidad es perseguirlos. Pero tiene una difícil papeleta. Su esposa, Macalda, es uno de ellos.

—¿Tenéis pruebas? —quise saber.

—No las tengo. Aunque sé que ella está en continuo contacto con Gualterio de Caltagirone, el líder de los proangevinos.

—¿Y de ese Gualterio? ¿Tenéis pruebas de su traición?

—Tampoco las tengo, pero él y sus amigos controlan el sur de la isla. Y se han alzado en armas en nuestra contra. Además, muchos eclesiásticos apoyan y fomentan las revueltas. El papa lanzó la excomunión sobre toda la isla por sublevarse contra Carlos de Anjou. Esos clérigos les dicen a sus feligreses que, si nos echan, el papa los perdonará. Y que si siguen excomulgados cuando mueran, no podrán ir al cielo.

—¿No prohibimos que se hablara de la excomunión?

—Sí, pero no podemos controlar a cada fraile y a cada cura. No hay forma de evitar que se difunda.

Suspiré al tiempo que trataba de encajar esa otra mala noticia.

—Me temo que poco se puede hacer a ese respecto —dije al rato—. Sin embargo, ese Gualterio está aquí en Mesina y no en sus dominios del sur. Cada día le veo, corpulento y desafiante, en la catedral junto a Macalda.

—Está esperando nuestra derrota en Malta para incitar la rebelión aquí.

Me retorcí las manos atribulada.

—Esa Macalda me causa mucha desazón —le confesé—. Me desafía abiertamente. ¿Es que no sabe su marido de su relación con Gualterio? ¿Es que no sabe que Gualterio es un traidor? ¿Por qué no actúa?

—No lo puede detener sin pruebas. Gualterio tiene muchos amigos y prestigio. Si actuamos arbitrariamente contra él, provocaríamos un altercado que levantaría al pueblo en nuestra contra.

—Pero Alaimo sí puede encontrar pruebas.

—Sí que puede —admitió Juan—. Pero no quiere. Dice que en estos momentos es muy arriesgado.

—¿Y cómo lo sabéis?

—Por mis confidentes y porque he hablado con él.

—¿Sobre Macalda?

—También sobre ella. No admite que esté conspirando. La protege. Me ha reconocido que la quiere.

Suspiré desalentada. Veía difícil poder competir con la baronesa. Aunque empezaba a desearlo con toda mi alma.

—Pero ¿qué tiene esa mujer que enloquece a los hombres?

—Es muy hermosa —repuso el senescal—. Y no es solo su belleza, sino su fuerte personalidad, su continua provocación y la sensación de peligro que produce.

Me quedé mirando sorprendida a mi viejo amigo. Había admiración en sus palabras.

—¿Peligro? —inquirí asombrada—. ¿Y eso atrae a los hombres?

—A algunos. Y su marido es uno de ellos.

—¿No me diréis que a vos también os gusta?

—Tengo la fortuna de no estar entre sus objetivos —sonrió—. De lo contrario, pasaría un mal rato.

—¿Vos? —me escandalicé—. ¡Si Macalda tiene treinta y tres años, uno menos que yo! Y vos setenta y cuatro.

—Pero aún soy hombre, señora —repuso ofendido—. Y gozo del amor.

Confundida, contemplé a mis damas, que, a espaldas del senescal, se miraban pícaras conteniendo la risa con la mano. La esposa de Juan hacía años que había fallecido, y yo tenía asumido que, dada su edad y canas, guardaba el luto y la ausencia.

—En todo caso, esa mujer llevará a su marido a la perdición —continué.

No me interesaba la vida sexual del senescal. Sentía que todo el mundo gozaba de los placeres corporales menos yo.

—Es muy probable, señora. Pero, por el momento, él es el hombre fuerte de Sicilia.

—A pesar de que le trato con afecto, noto a Alaimo un poco más lejano —continué preocupada—. Y a Macalda más soberbia, más desafiante, más arrogante.

—Esperan el resultado de la batalla de Malta, señora —insistió Juan con lentitud—. Decidirá incluso la fidelidad de Alaimo. Recemos al Señor para que conceda la victoria a vuestro hermano el almirante.

—¿Y si no? —inquirí.

—Rezad, señora —insistió.

Cuando salió Juan despedí a mis damas. La angustia regresaba perturbadora, cruel, más feroz que antes. Me dirigí a mi pequeño altar, en un extremo de la estancia, desde donde la imagen de madera de vivos colores de la Virgen, con el niño en su regazo, me contemplaba con sus grandes ojos oscuros. Y de una caja de marfil morisco tallado con escenas de caza y plantas, que se encontraba a sus pies, extraje un guante, acaricié la suave piel con mis manos y lo besé con el mismo fervor que a la más sagrada de las reliquias. Era el guante de Conradino. Aquel que mi tía Elisabetta arrojó desafiando a Carlos de Anjou después de ver como el francés hacía decapitar a su hijo de dieciséis años por el único delito de reclamar el trono de Sicilia que él le había robado. Pero aquel guante representaba para mí mucho más que el espíritu de mi primo. Contenía, asimismo, el de mi amado padre, asesinado también por Carlos de Anjou.

Elisabetta clamó a Dios y a los hombres pidiendo un paladín que vengara tanta injusticia. Y Juan, el viejo senescal, recogió el guante frente al patíbulo en Nápoles y me lo trajo a Aragón. Y con él, la tremenda responsabilidad de convertirme en la mano de Dios que debía hacer justicia y vengarlos. Por fortuna, encontré a mi propio paladín en mi esposo Pedro. Y la aceptación del guante nos condujo a la audaz empresa, que algunos llamaban locura, de reconquistar Sicilia enfrentándonos a poderes diez, quince, veinte veces mayores que el nuestro. Y el resultado era aquella ansiedad y zozobra.

—Señora, virgen y madre de nuestro señor Jesucristo —oré después de depositar con cuidado el guante encima del altar y arrodillarme—, interceded por nosotros ante vuestro santo hijo.

Le pedí que protegiera a Pedro, que le salvara de los terribles peligros a los que se exponía. Que bendijera a Roger y a nuestra flota. Que nos librara del desastre y concediera la victoria. Que ambos regresaran sanos y salvos. La vida de nuestros hijos dependía de ello.

Me di cuenta de que, sin pretenderlo, aún de rodillas, había abierto los brazos y las manos en súplica, clamando al cielo con los ojos llenos de lágrimas. Mi angustia era terrible.

## 30

*Fuenterrabía, el mismo día*

—A pesar de los muros de la villa y del río Bidasoa, no os creáis seguro aquí, señor —le advirtió Domingo de la Figuera a Pedro acariciando su frondosa barba—. Hemos descansado suficiente y debiéramos partir.

Se encontraban comiendo sobre una sólida mesa de roble en la taberna del mesón donde se hospedaron como comerciantes aragoneses. Descansaban después de la extenuante huida a través de Aquitania, y Pedro ocultaba, por prudencia, su condición real.

Fuenterrabía, encaramada en una colina, estaba bien fortificada, se alzaba sobre el río Bidasoa y poseía excelentes puertos fluviales y marítimos. Hacía poco que Castilla se la había arrebatado a Navarra, y cinco años antes soportó, con éxito, un asedio de las tropas francesas. Una vez cruzado el río y en territorio de Castilla, Pedro se había confiado.

No era la primera vez que Domingo le alertaba, y antes de responder, Pedro repasó con la mirada el local. Era una construcción de grandes vigas de roble en techo y paredes, reforzadas con piedra y adobe. El humo del hogar se metía en los ojos y había que alumbrar el interior con candiles, a pesar de que la puerta de la calle y un ventanuco estaban abiertos y de que el día era luminoso. De la media docena de mesas, solo otra, distante a ellos, se encontraba ocupada por dos hombres que daban buena cuenta de una jarra de vino. A su alrededor, Pedro tenía a sus caballeros; eran bravos soldados e iban bien armados. Le extrañaba la prudencia del aragonés.

—¿Qué os inquieta, Domingo? —inquirió.

—El senescal de Aquitania debió de ir directo al rey de Francia y a Carlos de Anjou para contarles lo ocurrido —repuso el hombre.

—Cierto.

—Se sentirían burlados y, enfurecidos, enviarían correos al sur ordenando a sus tropas nuestra captura.

—Cierto —repitió Pedro—. Pero estamos en tierras de Castilla, mis relaciones con mi cuñado Alfonso y mi sobrino Sancho son excelentes y nada pueden hacer aquí los franceses.

—Vuestra familia castellana no sabe que estáis aquí y, por lo tanto, no han dispuesto vuestra protección.

Pedro había escrito a su hermana Violante y a su cuñado Alfonso X informándolos de lo ocurrido y de su presencia en su reino. También a su sobrino Sancho, con el que le unía una buena amistad. Pero ignoraba cuándo o dónde, dado lo itinerante de la corte castellana, los mensajeros entregarían sus misivas.

—Por otra parte, en Fuenterrabía hay una importante colonia de gascones y es muy posible que los hayan alertado desde Francia —siguió Domingo—. Esta es la salida al mar de Navarra a través del Bidasoa y los navarros van y vienen. Y Francia los obliga a la guerra contra vos. Si saben de vuestra presencia, os podrían atacar incluso aquí.

Pedro observó interrogante los rostros de sus caballeros. Vestidos ya como tales, una vez abandonados los harapos de criados de trajinero y aún resentidos por el abuso verbal que, en aras de justificar su disfraz, Domingo les había infligido, parecían escépticos.

—Ahora que tenemos nuestras armas podemos protegeros de cualquier incursión francesa o navarra, señor —afirmó Blasco elevando la barbilla orgulloso.

Los demás afirmaron con la cabeza.

—Estoy averiguando cuál es el mejor camino para volver a Aragón —siguió Domingo, ignorando el comentario del caballero valenciano—. El reino de Navarra se ha convertido en un avispero y tendremos que bordearlo por Castilla. Los franceses no dudarán en cruzar la frontera para capturaros o mataros. Espero mañana a un hombre de confianza, y tan pronto como me informe habrá que partir.

Pedro recorrió, de nuevo, con la mirada al resto de sus acompañantes, que ya no se mostraban tan seguros. Sonrió. El bueno de Domingo era un hombre sensato.

—Sea —dijo.

# 31

*Malta, noche del mismo día*

El muchacho que nunca sonreía y su tío, el hombre del rostro cruzado por una cicatriz, esperaban la noche en una chalupa, ocultos entre unas rocas, cerca de la entrada de la gran ensenada de Malta. Ambos se habían criado en Brindisi, en Apulia, cuyo puerto tenía una bahía casi tan profunda como la de Malta. Eran excelentes nadadores.

La flota siciliano-aragonesa aguardaba unas millas al norte. Estaba anclada en unas calas controladas por los malteses sublevados. Aun así, Manfredo había enviado a un puñado de almogávares para asegurarse de que nadie los pudiera ver desde tierra y alertar a los franceses.

Cuando la oscuridad era casi total, la barca, con los remos cubiertos de tela de saco para evitar el sonido, se acercó a la entrada de la ensenada que guardaba el par de fustas provenzales. El mar oscuro y sin reflejos estaba picado, lo que favorecía su plan. Al llegar a una distancia prudente, Giacomo abrazó con fuerza a su tío Pascale. Era el último miembro de su familia vivo y un padre para él.

—Que Dios te proteja, Giacomo —murmuró el hombre de la cicatriz.

—Y a vos también —dijo el muchacho emocionado.

—Hay que ser muy cuidadosos —musitó Pascale a los marinos—. Las fustas mantienen un fuego encendido, y si detectan peligro, lo dejarán ver a la fortaleza. Y si eso ocurre, estamos perdidos. Hay que evitarlo a toda costa.

Poco a poco, con suavidad, fueron introduciéndose en el agua. Giacomo apenas la notó fría. Era junio y estaban muy cerca de África. Se puso a nadar con cuidado. Desde el mar abierto se podía ver el fuego, pero no desde el castillo. No había aún luna y la noche era muy oscura. A Giacomo le seguía un marino con una escala de cuerda con garfios en su extremo. Cuando llegaron a la fusta, pudieron oír una tenue conversación y ronquidos. Había gente de guardia. Giacomo indicó por señas al marino que colocara la escala en el lugar opuesto a donde partía la voz. Los acompañaban una veintena de buenos nadadores. Mientras, otros tantos seguían a Pascale en dirección a la fusta que guardaba el otro extremo de la entrada a la ensenada. Luchando con las olas y ayudándose de unas varas, colocaron con suavidad los garfios en la borda. Al ser la fusta una nave de remos, apenas se elevaba de la superficie del mar.

El primero en subir, con todo cuidado para evitar un balanceo anormal en la nave, fue Giacomo, que observó la cubierta antes de moverse. El fuego estaba en el otro extremo, al cuidado de dos hombres de guardia que conversaban en voz baja. Había una docena más durmiendo en cubierta, y seguramente otros tantos en la bodega. Sin dejar de vigilar a los guardias, Giacomo ayudó a subir a los suyos. Uno, dos, tres, hasta doce. Los franceses, que ignoraban por completo la cercanía de la flota enemiga, no esperaban un ataque y conversaban relajados sin sospechar, en absoluto, su presencia. Entonces Giacomo empezó a andar lentamente y encorvado hacia ellos. Se escondió detrás del mástil a la espera de que le alcanzaran un par de sus compañeros. Y a continuación, daga en mano y sin hacer ruido, se fue hacia los angevinos. Cuando el primero levantó la vista, vio una sombra y sintió dolor en la garganta. Se desplomó sujetándola, sin poder proferir palabra, al tiempo que notaba la cálida sangre en sus manos. Giacomo le había degollado de un único tajo. El mismo destino sufrió el otro a manos de uno de los marinos, y a continuación, con sigilo, masacraron al resto de los que dormían en cubierta. No oyeron movimiento alguno en la bodega. Si allí había alguien, no se había enterado de nada.

—No vamos a entrar —dijo Giacomo—. Tendríamos que encender antorchas. Esperemos a que, quienquiera que esté allí, salga.

Se habían apoderado de las naves angevinas sin que los vigías de la fortaleza se apercibieran. La luna empezaba a alzarse sobre el mar lanzando quebrados reflejos.

—¡Excelente! —exclamó Roger cuando lo supo—. La primera parte del plan ha funcionado. Los sorprenderemos.

Eso esperaba. No iba a pegar ojo durante el resto de la noche. Ni tampoco hubiera podido de proponérselo. En los momentos previos a la acción, los pensamientos se amontonaban en su mente. En ella había ubicado, una y mil veces, cada una de sus naves en un preciso mapa que él mismo había dibujado gracias a las descripciones de decenas de marinos. Allí se encontraba toda la gran bahía de Malta. Había previsto las posibles reacciones del enemigo y diseñado una estrategia para cada una. Ellos contaban con una nave de más, con el castillo, con más hombres y mucha más munición. Pero él confiaba en sorprenderlos y anticiparse a cada uno de sus movimientos. De nuevo repasó la estrategia. Y al terminar le asaltó el temor. ¿Y si su plan fallaba? Era el responsable de casi siete mil hombres. Una equivocación suya podía terminar en tragedia. Tragó saliva al pensarlo. No podía fallar. Aparte de la matanza de los suyos y la pérdida de naves, si caía derrotado, los angevinos se apoderarían del archipiélago de Malta y destruirían a su cuñado Manfredo. Y con su flota mermada, Roger no podría defender Sicilia, que quedaría a merced de las naves angevinas, que atacarían desde Malta y desde el continente. ¿Cómo podía presentarse frente a Constanza siendo el culpable de su desgracia? ¿Qué sería de ella y de sus hijos? Pensarlo le anudaba el estómago. No, no lo haría. Si era derrotado, jamás regresaría a Sicilia. Moriría luchando.

# 32

*Batalla de Malta, 8 de junio de 1283*

Antes de que despuntaran las primeras luces del amanecer, Roger hizo retirar las fustas capturadas y colocó a sus galeras en el tramo más estrecho de la entrada de la ensenada, bloqueándola. Cuando hubo suficiente luz, envió una fusta al interior de la bahía para inspeccionar el puerto. Se encontraba oculto tras una península sobre la que se hallaba el pueblo fortificado del Burgo y en cuyo extremo se alzaba el castillo del Mar.

La nave se situó a una distancia prudente de la fortaleza para evitar sus proyectiles, y una vez avistadas las veintidós galeras francesas, hizo sonar trompetas y timbales. Al oírla, las naves aragonesas la imitaron provocando un estruendo que llegaba hasta el castillo.

Del lado de tierra, Manfredo, con su gente y tropas maltesas, se había apoderado por la noche de la península de Senglea, situada frente a la que albergaba el puerto y el castillo. Y al oír a la fusta, se unieron a ella con trompetas y tambores produciendo un gran estrépito, al tiempo que encendían antorchas y hogueras.

Desde una de las torres de la fortaleza, el almirante Guillaume Cornut y su vicealmirante Barthélemy Bonvin, sorprendidos, y aún en ropa de cama, trataban de identificar de dónde procedía el ataque y comprender la situación. A la tenue luz del alba vieron las siluetas de las galeras aragonesas y la multitud de fuegos de Manfredo.

—Nos atacan por tierra y mar —murmuró Cornut—. Los aragoneses que huyeron al interior han regresado. Pero ¿de dónde ha salido esa flota?

—¡Tiene que ser la de Roger de Lauria! —dijo Bonvin.

Cornut trataba de reponerse de la sorpresa y, frunciendo el ceño, malhumorado, se asemejaba, aún más, a un toro listo para embestir.

—El castillo protege nuestras naves —continuó Bonvin, un hombre de cuarenta años, rubio y con panza—. Pero si no logramos desalojar al enemigo de la península opuesta al puerto e instalan ballestas en tabla y catapultas, pueden alcanzar nuestras naves e incendiarlas. No estamos seguros.

—¡Maldita sea! ¿Qué ha ocurrido con las fustas que vigilaban la entrada? —gruñó Cornut.

—No han avisado. Las habrán capturado.

—¡Diablos! —rabió el almirante—. Enviad una fusta para comprobar de cuántas galeras disponen y ordenad que se preparen las tropas de tierra.

—Debemos decidir si damos batalla en tierra o en el mar —le advirtió Bonvin—. Sería imprudente dividir nuestras fuerzas.

—Cierto —gruñó Cornut.

Las trompetas sonaron convocando a la tropa y el almirante vistió su armadura, tomó escudo, espada y lanzas y se apresuró hacia el puerto. Su escudero le llevaba la celada; era un casco que, acorde con el escudo de armas del almirante, iba coronado con cuernos de toro. Una vez que se encasquetaba la celada, la gran masa corporal del gigantón adquiría un aspecto terrorífico. Al poco regresó la fusta de reconocimiento.

—Tienen veintiuna galeras y las están colocando en paralelo, bloqueando la salida a mar abierto —informaron.

—Desconocemos qué tienen en tierra —dijo Bonvin—. Pero los superamos en el mar.

—Entonces será una batalla marítima —decidió Cornut.

Y, subiéndose a un estrado frente a la nave capitana, hizo sonar las trompetas para acallar a la tropa.

—¡Hermanos! —gritó con una voz potente y grave—. ¡Vengaremos la derrota de Nicotera! ¡Somos mucho mejores que los aragoneses y sicilianos! ¡He prometido al rey Carlos arrancarle la cabeza a su almirante y llevársela a Nápoles! ¡Y por Dios que lo haré hoy!

Se puso el casco y elevó los brazos empuñando su espada. Tenía un aspecto imponente, y la soldadesca y marinería le ovacionaron.

—¡Zafarrancho de combate! —aulló cuando cesaron las voces.

Todos se precipitaron a las naves, incluidos muchos de los caballeros franceses que defendían la fortaleza y el Burgo. Y, a remo, se dirigieron hacia la bocana de la ensenada, a enfrentarse con las naves de Roger.

«Vienen hacia nosotros —murmuró Roger—. La suerte está echada».

Vestía su armadura de cota de malla completa con una celada que le protegía la cabeza, pero sin visera. No quería que le entorpeciera la visión ni que dificultara la audición de sus órdenes. Encima llevaba una sobreveste blanca con su enseña de tres barras azules horizontales sobre fondo de plata. De su cinto colgaban espada y daga, y sostenía un escudo con la misma divisa y una lanza corta del tipo azcona.

Se encontraba en el castillete de popa junto al timonel y el cómitre, acompañado por Giacomo, su tío, varios caballeros y el ballestero jefe. Y también por Súria, el Rubio Abdón y Galcerán, listos para el combate con sus azconas y venablos.

Las naves de Roger terminaron de situarse, paralelas unas a otras, en una perfecta formación que iba de extremo a extremo de la entrada de la bahía. La distancia entre ellas era menor que la longitud de sus remos, que elevaron para apoyarlos en sus vecinas y allí los sujetaron. De inmediato, los marinos deslizaron cuerdas para atar las proas de las naves por delante y las popas por atrás. Después, los espacios entre galeras, por encima de los remos, se cubrieron con planchas de madera, de forma que las veintiuna galeras pasaron a convertirse en una plataforma alargada y flexible que iba de un lado a otro de la entrada de la ensenada. Era como uno de los puentes de barcas que se usaban para cruzar los grandes ríos. Los combatientes podrían desplazarse de una nave a otra si la batalla lo requería.

Y por último colocaron unos parapetos de roble que reforzaban más aún los resistentes castillos de proa que hacían a las naves aragonesas más lentas, pero que proporcionaban mayor resguardo a sus tripulantes. También protegieron los espacios delanteros entre nave y nave de forma que el enemigo tuviera que enfrentarse a una verdadera muralla.

—¿No se volverán los franceses atrás al ver cómo nos hemos encastillado? —inquirió Giacomo.

—No volverán atrás —murmuró Roger—. Tienen una galera de más, van repletos de munición y cargados de gente. Su almirante cree que nos va a arrasar. Si retrocediera ahora, sería como darse por vencido, y la moral de su tropa se hundiría. Tratará de abordarnos con todas las consecuencias.

—Habrá combate —aseguró Súria, que estaba escuchando.

La flota enemiga se acercaba amenazante y veloz.

—¿Nos abordarán ya? —quiso saber Giacomo.

—Lo dudo —repuso Roger—. Se detendrán a medio tiro de ballesta. Tratarán de aprovechar la gran cantidad de proyectiles que almacenan para barrer nuestras cubiertas antes del abordaje.

Y, efectivamente, la flota francesa, al comprobar la sólida muralla a la que se enfrentaba, se frenó a unos ciento cincuenta metros y sus ballesteros empezaron a disparar. Los proyectiles llegaban con fuerza a las naves aragonesas. Pronto se sumaron las catapultas lanzando piedras, artefactos incendiarios y recipientes con cal cuyo polvo quemaba todo lo que tocaba.

Al impactar en los maderos, los proyectiles sacudían las naves cual monstruosa granizada, y a su estremecedor estruendo se unían los gritos de los infortunados que caían heridos. Al tufo de orines y excrementos que acostumbraban a desprender las galeras, se añadía ahora el del humo de los tablones en llamas.

—¡Vamos a proa! —ordenó Roger.

El almirante y sus oficiales corrieron a protegerse tras el castillo de proa.

—Disparad las catapultas —le dijo a Ramón, el ballestero jefe—. Pero ahorrad saetas hasta que yo lo ordene. Y recuperad cuantos virotes de ballesta podáis de los que nos tiren.

—¿No les vamos a responder? —quiso saber Giacomo.

—Sí, pero con pausa. Bien protegidos y cuando el tiro sea seguro —repuso Roger—. Tienen mucha más munición y queremos que la agoten contra nuestras defensas. Hay que aprovechar la mayor protección y altura de nuestros castillos de proa—. Ni asoméis la cabeza. —Roger se dirigía ahora a los adalides almogávares—. Ya llegará vuestro turno. De momento manteneos a salvo detrás de los parapetos. Esperaréis a que los franceses nos aborden.

—A la orden, almirante —repuso Súria con aquel tonillo irónico que Roger conocía demasiado bien.

Sin inmutarse, el almirante se dirigió al cómitre.

—Que los galeotes tomen sus armas —ordenó—. Y que se mantengan protegidos bajo cubierta hasta que los franceses nos aborden.

Los galeotes, todos voluntarios, no eran guerreros expertos, pero podían ser decisivos en el combate.

—La flota parece la muralla de un castillo —comentó Súria admirada al observar la línea perfecta de las embarcaciones y sus defensas.

—Precisamente de eso se trata —dijo Roger—. Formando un muro, les impedimos usar su mayor rapidez y superioridad numérica. No pueden atacarnos por los flancos, la parte más vulnerable de una galera. Que se agoten tratando de asaltarnos. ¡Y esconde la cabeza, que llueve hierro!

—¡Tendrán que luchar con el sol de cara! —observó Giacomo.

El astro rey se elevaba ya del mar y Roger afirmó con la cabeza sonriendo; se alegraba de tener un día despejado. Había colocado sus galeras de forma que el sol les diera a los franceses de frente.

—Sí, pero eso no impedirá que nos echen todo lo que tienen encima. Dardos, piedras, fuego y cal viva —dijo—. Protegeos.

El siniestro sonido de las flechas enemigas clavándose en el maderamen de la nave se hacía más intenso. Galcerán gruñó afirmando con la cabeza.

—Es lo sensato —dijo.

—Los tenéis donde queríais —murmuró admirado el joven Giacomo—. De nada les valen ahora ni su velocidad ni su capacidad de maniobra. Están embotellados sin salida al mar.

En aquel momento, con gran estruendo, un proyectil incendiario impactó sobre cubierta, a diez pasos de donde se encontraban. A Galcerán le alcanzó una salpicadura en una pierna que empezó a arder. El almogávar, con gran rapidez, desenfundó su daga y cortó las tiras de su antipara. El trozo de cuero cayó al suelo en llamas. Se había librado con solo quemaduras leves.

—Esta será una batalla dura —pronosticó.

La mirada de Roger fue hacia las velas, recogidas y enfundadas en cuero húmedo. Los marinos ya corrían a apagar el incendio. No había marcha atrás para nadie. Y recordó el dicho que tantas veces repetía Giacomo: «Si vences, vives; si pierdes, mueres».

Pero no se trataba solo de su vida. Miles y miles de vidas, un reino y sus seres más queridos dependían del resultado de la contienda.

**Ver ilustración 7**

# 33

*Malta, 8 de junio de 1283*

El almirante Cornut observó que el sol estaba ya en lo alto. Columnas de humo oscuro se elevaban de las naves, hacía calor y se sentía sofocado dentro de su armadura. Olía a nafta, a fuego, a rabia y a miedo. La batalla había empezado a la hora prima, el amanecer. Luchó todo el día con el sol de cara y habían descargado sobre la flota enemiga infinidad de proyectiles; flechas, fuego y cal.

Los aragoneses apenas respondían al principio, encastillados tras sus protecciones, pero cada vez eran más agresivos. Disparando desde la altura superior de sus castillos de proa causaban muchas bajas. De repente descubrían una de aquellas grandes ballestas de tabla, la disparaban destrozando todo lo que alcanzaba y la volvían a cubrir. Lo mismo ocurría con los ballesteros, que antes de disparar se refugiaban detrás de sus enormes escudos.

—Nos están devolviendo nuestros propios virotes de ballesta —le informó el capitán de su nave mostrándole un proyectil—. Este es de fabricación francesa. Estamos ya sin munición. Les hemos echado encima casi todo lo que teníamos.

—¡Malditos sean! —murmuró Cornut—. Ellos apenas se han desgastado.

Una de sus galeras estaba ardiendo. Miró hacia atrás, hacia la fortaleza. De aquel lado se alzaban densas columnas de humo. Desconocía cuál era el devenir de la lucha en tierra. Fuera cual fuera, le era imposible dar la vuelta y regresar. Las galeras aragonesas se soltarían de inmediato y caerían sobre ellos por la espalda antes de llegar a puerto. Y las que lograran alcanzarlo sufrirían los proyectiles de las tropas terrestres de Manfredo, que tratarían de incendiarlas. La situación era insostenible y empeoraba por momentos.

Recordó al almirante Yvaldo, su antecesor. Lo veía ahorcado sobre un charco de sangre, después de que Carlos de Anjou le golpeara salvajemente. Ni siquiera romper el cerco aragonés y salir a mar abierto era una opción para él. No sufriría una muerte humillante a manos del rey. O vencía o moría.

—Tengo que matar a Roger de Lauria —dijo—. Es lo único que puede darnos la victoria. Si el almirante muere, sus tropas se derrumbarán.

Hizo sonar las cornetas y las galeras francesas se prepararon para el abordaje. Su escudero le ayudó a colocarse su celada, coronada por dos cuernos, que, junto a la planta gigantesca del almirante, le confería un aspecto terrible. Después tomó el escudo, que mostraba una cabeza roja de un toro enfurecido, y una lanza corta de abordaje. Y desafiando las saetas de la flota aragonesa hizo sonar de nuevo las trompetas, subió al castillo de proa de su nave y soltó un tremendo bramido.

Súria, que lo contemplaba desde una protección de su galera, se estremeció.

—¡Por Provenza, por Francia y por el rey Carlos! —aulló Cornut—. ¡Quiero la cabeza del almirante Lauria!

Sus tropas le aclamaron. Las galeras angevinas navegaban ya, rumbo de colisión, contra las aragonesas. Sonaban trompetas, timbales, silbatos y gritos en un estruendo ensordecedor.

—¡Aragón y Sicilia! —gritó Roger, armado también de escudo y lanza.

Quienes pudieron oírle le corearon.

—*Desperta, ferro!* —gritaron los almogávares—. ¡Aragón! *Au! Au!* ¡Aragón!

Y golpearon sus armas metal contra metal.

—¡Disparadlo todo! —ordenó Roger.

Los ballesteros aragoneses dejaron de resguardarse y se concentraron en ser precisos. Tenían sus tres ballestas cargadas, y el enemigo, listo para el abordaje, no se protegía. Un tiro, dos, tres. En el corto intervalo previo al choque, una nube de virotes cayó sobre los franceses, que se desplomaron a cientos. También ellos disparaban, pero escasos de munición, y con sus tropas por delante trataban de asegurar el tiro.

Agazapada detrás del castillo de proa, tal como había ordenado Roger, Súria, junto a varios desprevenidos, rodó por el suelo con el impacto brutal de la galera del almirante Cornut. De inmediato se incorporó para regresar a la protección y observó que la mano con la que sujetaba su azcona estaba blanca de la fuerza con que la agarraba.

Los franceses arrojaron garfios para sujetar las naves y, gritando a todo pulmón, abordaron la galera capitana aragonesa. Lo mismo, en paralelo, ocurría con el resto de las galeras.

—¡Al almirante aragonés! —gritaba Cornut a las tropas de asalto que le seguían—. ¡Todos a él! ¡Hay que matarlo!

Los franceses tenían que superar los castillos de proa y las defensas construidas sobre las plataformas de los remos. Allí sus lanceros combatían contra los aragoneses situados en una posición superior y los ballesteros, que con rapidez volvían a cargar. Pero Cornut lanzaba toda la fuerza de varias de sus galeras sobre la capitana aragonesa tratando de alcanzar a Roger. Con más garfios y escalas, los provenzales lograron culminar las defensas de la capitana.

—¡Aragón! —gritó Súria animando a los suyos—. *Au! Au!*

Se incorporó de un salto y clavó su azcona en el pecho de un soldado que acababa de superar el castillo de proa. Sus hombres la siguieron con la misma ferocidad, derribando a aquellos con los que se cruzaban.

—¡Aragón! —volvió a gritar Roger—. ¡Sicilia!

Comprendió que su oponente iba a por él y vio aquella multitud erizada de hierros, que se le acercaba inexorablemente. Y detrás de la muchedumbre llegaba el gigante con cuernos de toro, que aullaba como un poseído, azuzando a sus tropas para que le mataran.

—¡Al almirante! —gritaba—. ¡Matad al almirante! ¡Por Anjou y Provenza!

Roger tenía a varios lanceros y ballesteros con espadas protegiéndole, pero eran apenas un puñado. Insuficientes para detener aquella masa humana. Giacomo y su tío Pascale, al verlo, se pusieron a gritar:

—¡Ayuda! ¡Ayuda para el almirante!

Apenas unas docenas de almogávares, ballesteros y galeotes de las naves vecinas acudieron al socorro. Ellos también sufrían el abordaje.

Roger se retiró unos pasos hacia el interior de la galera andando de espaldas, dándole siempre la cara al enemigo, que había superado ya a los defensores del castillo de proa. Vio como aquella figura gigantesca con astas en la testa y que lucía el toro furioso en su escudo saltaba ya a cubierta. Llegaba tras varias líneas de soldados que superaban en número a los aragoneses y que los derribaban, uno tras otro.

—¡Almirante de Lauria! —aulló el provenzal—. ¡Esperadme, cobarde!

Giacomo, junto a su tío, se encontraba al frente del grupo que trataba de frenar a los franceses. La lucha era feroz; lanzazos y espadazos, gritos, aullidos de dolor, salpicaduras de sangre y olor a humo y a angustia.

Cornut se abrió paso apartando a unos y a otros. La batalla no era de su gusto, no tenía buen aspecto. Pero ahora solo tenía un objetivo. Matar a Roger, arrancarle la cabeza. No le importaba morir en el intento. Sería una muerte honrosa. Con matarle se sentiría pagado. Aunque estaba seguro de que, si lo lograba, cambiaría el signo del combate y vencería.

Giacomo quiso atacar al gigante, pero iba bien escoltado y se tuvo que enzarzar en un duelo a espada con un caballero francés. Otro le hundió su lanza en el pecho a Pascale, que también trataba de proteger a Roger. El siciliano de la cicatriz en la cara alcanzó de un último tajo el brazo de su atacante, pero se derrumbó, en silencio, agarrando con la mano izquierda el astil de la lanza clavada en su cuerpo y vomitando sangre. Giacomo lo vio y soltó un grito desgarrador.

—¡Tío!

Por un instante efímero, la mirada de ambos se enlazó en un adiós silencioso. Breve, porque uno moría y el otro tenía que luchar por su vida. Roger, atento a la enorme masa del almirante Cornut y de sus tropas, que se abalanzaban sobre él, ni siquiera se percató. El almirante de Aragón echó el brazo atrás al tiempo que el provenzal hacía lo propio y le lanzó su azcona con todas sus fuerzas. El arma pasó rozando el escudo del gigante, traspasó su cota y se le clavó en un costado. Cornut bramó de dolor. La azcona del francés iba con tanta fuerza que hizo saltar un pedazo del escudo de Roger, traspasó el faldón de la camisola de cota de malla y le alcanzó en la parte superior de la pierna. Conteniendo un gemido, Roger cayó sobre cubierta, se libró como pudo de la lanza, que por fortuna solo le había desgarrado el miembro, y se revolvió para desenfundar la espada. El francés se arrancó también la azcona, y sangrando, pero aún de pie, blandió su enorme espada para lanzarse sobre Roger, al que la herida le impedía incorporarse. Le esperaba en el suelo cubriéndose con el escudo y elevando su espada para parar el golpe. Sorprendido, vio que aquella bestia iba a rematarle, a pesar de la gravedad del lanzazo en el costado. Era inaudito que el provenzal lograra moverse, pero Roger vio llegar la muerte con el gigante. Cornut le golpeó con todas sus fuerzas, pero Roger le esquivó rodando sobre un costado. El impacto de la espada sobre la madera hizo saltar astillas y el arma quedó clavada. El provenzal supo que no podría arrancarla con facilidad, pero, bramando de dolor y sin aparente merma en su agilidad, alcanzó a patear la mano de Roger haciéndole soltar la espada. Entonces se dejó caer sobre él con la rodilla derecha, inmovilizándole el brazo izquierdo y sujetándole con su mano izquierda la muñeca derecha. Roger soltó un quejido de dolor, y el toro, un gruñido de triunfo. Estaba encima, le sujetaba ambos brazos y le tenía a su merced. El gigante sentía un terrible dolor en el costado y supo que se desangraba. Pero aquel era su momento de gloria. Levantó la visera de su celada con su mano derecha libre para ver mejor el rostro de Roger y disfrutar de su victoria. El almirante de Aragón vio la muerte en su mirada. Lentamente, el gigante desenfundó su daga.

—Os arrancaré la cabeza y se la daré al rey Carlos —le dijo.

Y elevó su arma para clavarla en uno de los ojos de Roger, cuya celada dejaba su rostro al descubierto.

En su momento final, Roger no lamentó tanto su muerte como fallarle a Constanza y a Pedro y defraudar la confianza que habían puesto en él. Lo había planeado todo al detalle, pero con su envite final, el francés no solo le mataba, sino que seguramente ganara la batalla. A su sentimiento de impotencia se le unió una terrible zozobra. Miles de vidas y todo un reino se perderían por su culpa. Trató en un último esfuerzo de librarse del gigante sin lograr moverlo. La hoja del arma brillaba al sol.

Pero de pronto oyó el siniestro sonido de carne rasgada seguido de un choque metálico. Un venablo almogávar le había penetrado a Cornut por la boca, traspasando el cráneo para chocar con el interior del casco. El coloso permaneció unos instantes de rodillas con los ojos muy abiertos, como preguntándose qué ocurría, y dejó caer su daga, para después derrumbarse sobre Roger.

—*Au! Au!* —chilló potente y victoriosa la única voz femenina de la batalla.

Súria se apresuró a apartar el cuerpo del gigante y extrajo su lanza, apoyando su pie en su rostro y tirando de ella. Después le quitó el casco y lo elevó tan alto como pudo, sujetándolo por uno de los cuernos para que todos lo pudieran ver. Era inconfundible.

—*Au! Au!* —repitió a todo pulmón—. ¡Aragón!

Los almogávares, coreados por ballesteros, caballeros, galeotes y marinos, aragoneses y sicilianos, gritaron, sin dejar de luchar:

—*Au! Au!* ¡Aragón!

Súria se encaramó al castillo de proa y allí se irguió al máximo, despreciando las saetas enemigas, para elevar el casco de Cornut y mostrarlo a todo el mundo. Era inconfundible y nadie dudó de que el gigante estaba muerto. Ni de quién lo había matado.

—*Desperta, ferro!* —chilló—. ¡Aragón!

Las galeras aragonesas clamaban victoria. De repente, los franceses se derrumbaron y, enardecidos, los almogávares abordaron sus naves. Nadie quedó vivo en las cubiertas angevinas.

# 34

*Después de la batalla, 8 y 9 de junio de 1283*

No todos siguieron el ejemplo del almirante Cornut. El vicealmirante Bonvin escapó con siete de sus galeras cuando las naves aragonesas rompieron la formación para abordar a las francesas. Pero el peaje fue caro. Una vez que Bonvin comprobó que no era perseguido, se vio obligado a hacer balance. Dos de las galeras estaban tan deterioradas que se hundían y fueron abandonadas. Y cientos de cadáveres tuvieron que ser arrojados al mar, y entre los supervivientes había una mayoría de heridos. La batalla resultó en una tremenda carnicería para los franceses.

Catorce galeras fueron capturadas en el interior de la ensenada de Malta, aunque alguna completamente inservible.

—¡Dad cuartel a quienes se han refugiado en las bodegas! —les gritaba Galcerán a sus almogávares—. No entréis a por ellos. Que salgan por su voluntad.

Seguía órdenes de Roger, que estaba siendo curado.

—No quiero muertes innecesarias —le había dicho al adalid almogávar—. De los caballeros obtendremos rescate, y de los demás, trabajo gratis.

Súria seguía a su lado observando las curas. Antes se había asegurado del estado de los suyos para después regresar junto al almirante. Había perdido dos hombres y tenía varios heridos.

—No es grave —le dijo el médico a Roger—. De momento le dolerá y precisará ayuda para andar, pero en una semana ya lo hará solo.

—No entiendo cómo ese francés pudo pelear como lo hizo con semejante herida en el costado —se asombró Súria.

El médico observó unos momentos el cadáver del almirante e hizo un gesto de extrañeza.

—Era una herida grave, posiblemente mortal —dijo—. Ese hombre debía de tener una gran fortaleza.

Y se fue a toda prisa. Tenía mucho trabajo.

—¡Ayudadme a andar! —ordenó Roger a un par de ballesteros.

Y se dirigió hacia la proa de su nave, el epicentro del asalto francés. Allí la lucha había sido feroz y los cadáveres se amontonaban. La mayoría eran franceses, y la soldadesca los desnudaba para quitarles todo lo que tuvieran de valor, ropa incluida, para arrojar los cuerpos después al mar.

—Han de ser enterrados, aunque sean enemigos —advirtió Roger—. Nos lo podemos permitir. Comportaos como buenos cristianos. Los prisioneros harán el trabajo.

Roger conocía a todos los de su galera y quería ver a quienes habían sobrevivido y su estado. Había cuerpos amontonados, y pegado al castillo de proa encontró a Giacomo arrodillado frente al cadáver de su tío.

El joven siciliano creía haber agotado las lágrimas en su infancia. Pero, al ver morir a su tío sin ni siquiera poderse despedir, la pena le superó. Continuó luchando como una fiera, sin dejar de llorar; sentía un terrible desgarro y una rabia que le hacía aún más letal. Tampoco podía detener su llanto ahora, terminada la batalla. Había crecido en la tragedia, el dolor era lo cotidiano, se decía que debía haberse acostumbrado. Pero acababa de perder al que desde los cuatro años había sido su padre. Otro motivo para no sonreír nunca más.

—Si ganas, vives; si pierdes, mueres —repetía como una oración.

Roger apoyó la mano en su hombro y murmuró:

—Lo siento, Giacomo.

—Era el último de los míos —dijo el joven—. Estoy completamente solo.

Súria, que no había dejado de vigilar a Roger durante la batalla, le seguía ahora de cerca y no pudo evitar las lágrimas. Sin importarle las formas, se arrodilló y abrazó al joven. Conocía la trágica historia de Giacomo y habían conversado en varias ocasiones.

—Ahora todos somos tuyos —le musitó al oído con un sollozo—. Todos somos tu familia. Me tendrás siempre que me necesites. Siempre que quieras abrir tu corazón.

A Roger le sorprendió ver como Giacomo, siempre tan remiso a mostrar emociones, se abrazaba con fuerza a Súria. ¿Otra víctima de su encanto? ¿Cómo podía ella pasar, con semejante rapidez, de la más salvaje ferocidad a la ternura?

Cuando se soltó del abrazo, Giacomo miró a Roger y le dijo:

—Mi tío murió como decidió vivir. —Se detuvo tratando de contener la emoción—. Luchando contra la tiranía de Carlos de Anjou. No quería morir de otra forma. Nuestra victoria es su venganza y mi consuelo.

—Levántate, Giacomo —le ordenó Roger.

Y cuando lo hizo, el almirante le abrazó.

—Tu tío era un siciliano valiente. Como lo eres tú. Y murió defendiéndome.

Caía ya la tarde cuando se terminó de tomar entera posesión de las naves capturadas y finalizaron los recuentos. La victoria había sido aplastante, sin paliativos. La flota siciliano-aragonesa contaba con solo trescientos cincuenta muertos y desaparecidos en el mar y otros tantos heridos. Solo se habían capturado setecientos prisioneros, por lo que, aun descontando los que escaparon con Bonvin, los angevinos sufrieron aquel día cinco mil quinientas bajas. Era una cifra enorme, y más morirían a causa de las heridas.

Roger ordenó que la flota se internara en la ensenada, remolcando al revés a las galeras capturadas, según costumbre en las victorias. Iban sujetas por la popa y con las enseñas de la flor de lis humilladas y arrastradas por el agua en la proa. El desfile era amenizado por trompetas, chirimías, timbales y tambores en alegre y triunfal algarabía.

Cruzaron frente al castillo del Mar, lejos del alcance de su artillería, para llegar hasta el final de la ensenada, que, con distintas ramificaciones, penetraba muy al interior de la isla. Allí, protegidos de vientos y oleaje, Roger ordenó anclar para proceder a las reparaciones necesarias.

Le esperaba su cuñado, que, después de interesarse por su salud, lleno de alegría le dio un fuerte abrazo.

—Vos también habéis hecho un gran trabajo, Manfredo —le dijo Roger—. Vuestro acoso desde tierra les hizo aceptar la batalla en el mar.

—Es solo cuestión de tiempo y negociación que rindan el castillo del Mar y el Burgo —explicó Manfredo—. Después de esta derrota, los angevinos saben que no recibirán ayuda exterior. Y los aliados que les quedaban en Malta los abandonarán. Una representación de nobles me ha pedido ya audiencia con vos. Quieren jurar fidelidad a Aragón y aportar dinero para el mantenimiento de la flota y así evitar saqueos.

—Aceptaré encantado su oro —dijo Roger—. Pero seréis vos, cuñado, quien represente la autoridad real de Aragón y Sicilia en las islas. Le pediré a la reina que os nombre justicia de Malta y Gozo.

—¡Gracias, almirante! —Y se volvieron a abrazar.

A Roger le costaba creer la magnitud de su victoria y sentía una enorme felicidad. Que no le cegaba. Apenas había mermado el poder de sus enemigos. Sabía que tendría que ganar muchas más batallas para sobrevivir.

# 35

*Isla de Gozo*

Súria, al matar al almirante enemigo y elevar su celada para que todos la vieran, cambió el curso de la batalla. La noticia de que la mujer almogávar había acabado con Cornut se extendió rápidamente. Todo el mundo la felicitaba. Almogávares, marinos, ballesteros y galeotes. Hombres con los que nunca había cruzado una palabra se acercaban y, reconocidos, se descubrían e inclinaban la cabeza en silencio. Ella les devolvía el saludo grave, sin sonreír. Parecía como si el mérito de la victoria fuera tanto suyo como del almirante.

No estaba acostumbrada a los elogios y la agobiaban. Lo importante para ella era que Roger seguía vivo y que, si quedaba cualquier duda sobre su condición de mujer y soldado, se había disipado por completo. Se sentía muy feliz.

Después de reparar lo esencial de las naves para que pudieran llegar a Mesina, la flota se dirigió al norte, a la isla de Gozo, donde Manfredo y Roger recibieron juramentos de fidelidad de sus nobles y más oro. Fue allí donde Roger anunció un generoso reparto de botín y hubo un estallido de júbilo. Todos vitoreaban al almirante y a los reyes. Y decidió conceder unos días de descanso antes de regresar a Sicilia.

El día anterior a la vuelta, Súria pidió verle a solas y Roger la invitó a una copa de vino en la terraza de la casa donde se alojaba. Tenía unas espléndidas vistas sobre la costa y los montes del interior de la isla. Atardecía y el mar de junio estaba en calma. Tenía la esperanza de impresionarla y que se quedara a cenar. Pero pronto supo que de nuevo le defraudaría.

—Lo del reparto del botín me complace —le dijo ella seria—. El oro está bien. Pero os he salvado la vida. Y eso no lo paga el oro.

—Es cierto —admitió él.

—No os perdí de vista en ningún momento durante el combate —siguió ella—. Cuando vi a aquel gigante, supe que estábamos en un grave aprieto, pero antes de ayudaros tuve que librarme de unos cuantos franceses.

—Un ángel de la guarda. —Roger sonreía—. Y hermoso.

—No podía dejar que os mataran. —Ella le devolvió la sonrisa.

—Gracias por tu aprecio —repuso él cauteloso—. Algo me tienes que querer. Seguro que no tanto como yo a ti, pero me quieres.

—Quiero algo de vos. —Ella mantenía la sonrisa—. Y no os podéis morir antes de dármelo. Por eso os cuido.

—¿Qué es? —Roger intuía por dónde iba y su expresión se tornó adusta.

—Un hijo para Beatriu.

—¡No! ¡Ya lo hemos hablado! ¿Y por eso cuidabas de mí en la batalla?

—Me lo debéis, señor de Cocentaina. Una vida por otra. Os tengo por un hombre de bien. ¡Pagad vuestra deuda!

Roger cerró los ojos y meneó la cabeza como si quisiera sacudirse una pesadilla.

—Lo quiero contigo —musitó.

Súria le había dado vueltas a la idea de ceder a las pretensiones del almirante, pero siempre la rechazaba. Amaba la acción y también el respeto ganado entre los suyos. La hacía sentirse muy bien. Y a ese respeto se sumaba, después de la última batalla, la admiración. Cerraba los ojos y se veía tal como era ahora, a sus veinticuatro años, con las armas en la mano. Erguida, orgullosa, segura. Y se gustaba. Pero después se imaginaba con barriga de embarazada. No podía soportarlo. No era ella. Ni lo sería para sus hombres.

—Con Beatriu —insistió imperiosa—. ¡Me lo debéis!

—¡No!

—Os será placentero. Es una mujer joven, hermosa, que se comporta muy bien en la cama. Mejor que vos.

A Roger se le tensaron todos los músculos. A Súria le gustaba incordiarle con pequeñas pullas. Ella comprendió que aquella era inoportuna y que a él le dolía.

—Ah, ¿sí? Entonces ¿por qué quieres que me acueste con ella? —Se revolvió enfadado—. ¿Para que pase el mismo mal rato que tú?

La conversación no se desarrollaba como Súria quería y trató de arreglarlo.

—No lo pasé mal. Más bien lo contrario. Solo digo que ella es mejor en la cama.

—¿Y de qué me sirve ser mejor si no te tengo? —repuso él dolido.

A Súria le sorprendió que el almirante se lamentara, no era propio de él. ¿Quería enternecerla? Pero de inmediato cambió, parecía enfadado.

—Bueno, pues no es que tú te lucieras mucho cuando nos acostamos —le espetó él antes de que ella pudiera responderle—. Tú sí que deberías aprender.

Le miró sorprendida; aquello tocaba su amor propio.

—Es normal —repuso molesta—. Nunca lo había hecho, antes de vos, voluntariamente con un hombre. Mi profesión son las armas, no el sexo, como esas cortesanas aduladoras con las que os acostáis.

—En eso estamos igual —dijo él—. Las armas también son mi profesión, no el sexo.

Quedaron un momento en silencio.

—Queremos un bebé —murmuró ella al rato—. Tenéis que preñar a Beatriu.

—Tenlo tú —respondió él firme—. Me hará feliz ser el padre.

—¡No puedo! —Se revolvió—. Soy un adalid almogávar. Un puñado de hombres me confían sus vidas. Y un adalid almogávar no se queda embarazado.

—Porque ninguno, fuera de ti, es mujer.

—Acostaos con Beatriu. Me debéis la vida. Estáis obligado.

—No. Con quien me quiero acostar es contigo.

—¡Pura lujuria! ¿Creéis que no me doy cuenta de cómo me miráis los hombres?

—No. Si fuera por lujuria, me acostaría con Beatriu. Como bien dices, es muy hermosa. Lo mío es amor. Por eso te quiero a ti.

Súria quedó pensativa. La relación desarrollada con Roger en los ocho años transcurridos desde que se conocían era muy particular. Se encontraba bien a su lado. No sentía por ningún otro lo que por él. Quizá fuera más que amistad. Pero no iba a ceder.

—Es lujuria —repitió.

—No. Es amor.

Y la conversación entró en un bucle que terminó con Roger diciéndole que se buscara a otro. Pero Súria no quería a otro.

## 36

*Mesina, 11 de junio de 1283*

Nada se sabía de la suerte de nuestra flota y la tensión se palpaba en las calles. Llegaron noticias de Terranova, su última parada en el sur de Sicilia antes de dirigirse a Malta, anticipando un choque inminente. Todos esperaban conocer lo ocurrido; temían por sus esposos, por sus hijos, por sus padres. El miedo y la desconfianza flotaban en el ambiente, se sabía lo poderosa que era la escuadra francesa y se dudaba de Roger. Era un almirante novato al que, aun siendo siciliano de la península, consideraban forastero. A pesar del recelo, e incluso hostilidad de las calles, yo salía a rezar a la catedral. Y lo notaba en las miradas. Lo hacía montada a caballo, muy erguida, junto a Jaime, Violante y Federico. Íbamos siempre escoltados por un grupo de caballeros y un pelotón de ballesteros españoles. Dos heraldos, haciendo sonar sus trompetas, advertían al pueblo de nuestra presencia, y las gentes nos abrían paso en las abarrotadas callejas y se quedaban observándonos silenciosos.

Aquel día, la catedral, al igual que los días anteriores, estaba repleta en la misa de doce. La gente acudía a rezar como nunca. El ambiente era de recogimiento y penitencia. Menos Macalda de Scaletta, baronesa de Ficarra, que aparecía pavoneándose, fingiendo que no me veía para no saludarme. Tomaba posesión de los primeros bancos de la derecha mientras nosotros lo hacíamos a la izquierda. Cualquiera que no lo supiera creería que la reina era ella. Alaimo no la acompañaba, pero no faltaba la corte de aduladores que nunca la abandonaban. A veces hablaba en un susurro, con lo que sus acólitos trataban de acercarse para poder oírla, y otras, elevaba la voz para que la oyera todo el templo. De forma irrespetuosa, en mi opinión, pero que sus seguidores no solo perdonaban, sino que celebraban. Y a su lado se encontraba Gualterio, el mayor conspirador angevino. Parecían la reina y el rey. Ellos eran la cabeza de la revuelta del sur de la isla. Y sabía que querían provocarla también en el norte. Deseaban la derrota de nuestra flota para hacerse con el poder, terminar conmigo y con mis hijos. Aunque aquel día yo les reservaba una sorpresa.

Pronto en la mañana había llegado una fusta enviada por Roger. Traía noticias de una gran victoria. Me produjo un alivio y una felicidad infinitas. Pero no compartí la nueva. Saber da poder. Roger controlaba el puerto y los astilleros, donde Alaimo no tenía jurisdicción, y había ordenado a los correos mantener el secreto bajo pena de muerte. Me trajeron la noticia de inmediato y la reservé para el final del oficio religioso.

—Su majestad la reina Constanza de Sicilia y Aragón nos quiere hablar —dijo el obispo solemne antes de dar la bendición y despedir a los fieles.

Se hizo un absoluto silencio en el templo. Parecía que la gente que lo abarrotaba hubiera dejado de respirar. Intuían de qué se trataba. Consciente de que toda la atención recaía en mí, me levanté pausada y caminé hasta el altar. Y observé en silencio unos instantes a la multitud. En las primeras filas, a mi derecha, se encontraban mis hijos mirándome tan expectantes como los demás, junto a Juan, el capitán de la guardia y varios caballeros y damas de nuestra corte. En los bancos a mi izquierda, Macalda, Gualterio y su corte de aduladores. Detuve mi mirada en Macalda. Era mi momento de triunfo.

—Nobles y pueblo de Sicilia —dije con una voz tan potente y firme que me costaba reconocer como mía. Tenía el pecho colmado de felicidad—. Hoy he recibido un comunicado de don Roger de Lauria, el almirante de nuestra flota.

Un breve murmullo recorrió el templo antes de que regresara un silencio absoluto.

—Dice que, hace tres días, nuestra flota se encontró con la francesa. —Hice otra larga pausa—. Que entablaron batalla y que nuestro señor Jesucristo nos bendijo con una victoria total. La flota francesa ha sido destruida y solo cinco de sus veintidós galeras lograron escapar.

Hubo una tremenda aclamación y los asistentes empezaron a abrazarse. Yo había estado mirando a propósito a Macalda y vi cómo se le iba demudando el rostro conforme hablaba. A la felicidad que sentía se le unió la satisfacción de verla. Miró con gesto torvo a Gualterio y se puso a aplaudir para disimular. Lo mismo hizo el resto de su clan. El pueblo hubiera interpretado como alta traición que no se mostraran contentos.

Juan subió al altar conmigo e hizo gestos para imponer silencio. Poco a poco, el gentío fue callando. Querían saber más.

—¡Malta y Gozo son nuestras! —grité—. ¡Y la isla de Sicilia está a salvo!

Juan, oportuno, me interrumpió.

—¡Viva la reina Constanza! —clamó.

Un viva colosal retumbó en la iglesia. Me sentí mucho más reina.

—¡Viva el rey Pedro!

Otro gran viva.

—¡Viva el infante Jaime!

Más.

—¡Vivan Sicilia y Aragón!

Entonces el obispo quiso participar en la fiesta e hizo cantar aleluyas al coro de frailes. Muchos de los asistentes acompañaron el canto, algunos elevando los brazos jubilosos. Los monaguillos quemaban incienso y las campanas repicaban. Pero la mayoría abandonó el templo a toda prisa. ¡Había que dar la noticia!

Cuando salimos, todas las campanas de la ciudad sonaban alegres. Y lo que antes era un triste recorrido se convirtió en un alegre desfile de victoria. La noticia se había extendido con una increíble rapidez y el pueblo nos ovacionaba. En unos instantes, la unión de Sicilia con Aragón se había afianzado.

## 37

*Mesina, 13 de junio de 1283*

—¿Quién más está en la conjura? —inquirió Alaimo.

Gualterio de Caltagirone se encontraba extendido sobre el potro de tortura, le habían tensado el cuerpo. Sentía un terrible dolor en todas sus articulaciones y no podía más. A pesar de su desnudez, sudaba copiosamente en aquel sórdido sótano iluminado con antorchas. Pero no respondió.

Alaimo hizo un gesto con la cabeza y el verdugo se apresuró a girar la rueda que tiraba del infortunado cuerpo. El hombre lanzó un horrible alarido. En aquella miserable desnudez, Gualterio ya no poseía el aspecto majestuoso de un par de días antes en la catedral. A pesar de la tensión a la que estaba sometido, su cuerpo parecía fofo y barrigudo. Un hedor llenaba el sótano. Se había hecho sus necesidades encima.

—¡Hablad! —le requirió Alaimo.

Gualterio apretó los labios. Y el justicia de Sicilia tomó uno de los hierros cuyo extremo, hasta entonces sobre las brasas de un fogón, estaba al rojo vivo y lo aplicó al ombligo de su víctima. Otro alarido, y el olor de carne quemada impregnó el sótano.

—¡Hablad! —insistió Alaimo—. Me desagrada vuestra terquedad, Gualterio. Tarde o temprano me diréis todo lo que quiero. Y vos lo sabéis. Vuestra resistencia es digna de elogio y vuestro honor está a salvo. Os habéis comportado como un valiente. Y así lo haré saber. Eso es todo lo que podéis obtener de vuestra terquedad. ¡Hablad!

—¡Matadme de una vez! —clamó el rebelde con voz temblorosa.

—No. Aún no toca.

Otro alarido retumbó en el sótano. Media hora después, Gualterio se rompió y contó todo aquello que el justicia de Sicilia quería saber.

—Gracias, Gualterio —dijo Alaimo—. Esto está a punto de terminar.

Le hizo un gesto al verdugo para que abandonara la estancia.

—Cierra bien la puerta —le ordenó.

Esperó a oír el chirriar de los goznes y el golpe de la madera.

—Y ahora, decidme, Gualterio —dijo Alaimo—, ¿os habéis acostado con mi mujer?

Otro alarido de un dolor insoportable.


Alaimo empujó a Macalda dentro del sótano. La había tenido encerrada mientras torturaba a su cómplice. Estaban los tres solos.

Macalda contempló el cuerpo de Gualterio atado sobre la gran rueda y tensado hasta una longitud inverosímil. Le veía blanco, fofo y miserable. Y su miembro colgaba, mezquino y empequeñecido, entre sus piernas. Tenía el rostro desencajado, los ojos entornados y quemazones circulares por todo el cuerpo. Olía a mierda y carne quemada. Después miró a su marido de la cabeza a los pies. Era más pequeño, calvo y de rostro afeitado, pero nervudo, viril y enérgico. La mirada oscura de él se clavó en los ojos azabaches de ella.

—Aquí tenéis, señora, a vuestro último amante —le dijo.

—¿Ha hablado? —quiso saber.

—Lo ha contado todo.

Macalda, con gesto elegante, tiró ligeramente de su falda para que no se impregnara de la porquería del suelo y se acercó al hombre.

Se le quedó mirando unos momentos y él la miró a ella. Entonces Macalda le hizo una mueca de desprecio.

—¡Traidor! —le dijo, y le escupió en la cara.

## 38

*Mesina, 16 de junio de 1283*

Nuestra flota hizo su primera entrada triunfal en la bahía de Siracusa, con un desfile de galeras semejante al de Malta. Sonaban trompetas y tambores, las gentes aclamaban y los vencedores saludaban desde las naves. El mismo desfile y las mismas aclamaciones se repitieron en Catania. Pero la acogida más clamorosa se produjo en Mesina, de donde procedían la mayor parte de los sicilianos de la flota.

Fui a recibirlos junto a mi hijo Jaime, Juan y Alaimo. Las gentes colgaban de las ventanas sus prendas más coloridas en señal de alegría; las enseñas de Aragón y del águila negra de Hohenstaufen ondeaban en torres y murallas; las calles se habían cubierto de romero, y los portales estaban adornados con flores. Nuestra comitiva, a caballo, iba precedida de trompetas y estandartes y las gentes nos aplaudían y vitoreaban.

—Los sicilianos se sienten aragoneses —me dijo Jaime feliz en el trayecto—. Y yo, siciliano. ¡Bien por Roger! Nunca un almirante se estrenó mejor.

—Las victorias unen, hijo —repuse—. Y con esta volvemos a demostrar que, a pesar de las excomuniones del papa, el Señor nos bendice.

A la entrada de la ensenada que acoge el puerto de Mesina, la galera capitana hizo sonar sus trompetas y las demás la imitaron. Los mástiles de las naves lucían gallardetes, los marinos y soldados saludaban, el gentío correspondía vitoreando desde tierra y las campanas de todas las iglesias repicaban de alegría. Mientras, varias galeras angevinas eran remolcadas a la inversa con las enseñas de las flores de lis y las cruces de Jerusalén de Carlos de Anjou humilladas y mojadas por las olas. La gente esperaba con impaciencia abrazar a los suyos. Aunque una victoria como aquella auguraba pocas bajas, tenía que haber muertos, y todos rezaban para que no fueran suyos.

Una vez que la galera capitana atracó, Roger, sostenido por dos de sus ballesteros, desembarcó primero. Hizo que extendieran a mis pies y a los de Jaime la enseña de los de Anjou, puso con esfuerzo una rodilla en tierra y habló.

—Señora, señor —nos dijo—, os ofrezco esta victoria sobre los franceses.

—Bendito seáis, Roger —repuse.

Me preocupé por su herida, que, afortunadamente, sanaba bien. Y en comitiva nos dirigimos a la catedral, donde se celebró una misa de acción de gracias multitudinaria. Los tres días siguientes fueron declarados de fiesta. Pero no por ello se detuvo el reparto del botín. Había pocas bajas sicilianas y mucho dinero. La gente se lanzó a la más alegre de las celebraciones.

Muchas cosas cambiaron con aquella victoria. En el siguiente consejo, Alaimo nos informó.

—Tengo en mi poder a Gualterio de Caltagirone, el cabecilla de la conspiración angevina. Le hice confesar y he identificado y encarcelado a varios más.

—¡Qué buenas noticias! —celebré.

—Solicito vuestra autorización, señora, y la del infante para desplazarme con el ejército al sur y someter a los insurrectos —continuó.

Alaimo explicó sus planes y obtuvo mi permiso.

—Parece que la victoria en Malta le ha dado ánimos a Alaimo —comentó Roger después, en privado, con una sonrisa.

Juan le devolvió la sonrisa.

—Sí —repuso Jaime—. Ahora podemos confiar en él. Por el momento.

La reacción que yo aguardaba era la de Macalda. Conocíamos bien su relación con el cabecilla rebelde por los informadores de Juan. Y para mi satisfacción, sus miradas y sonrisas desafiantes se moderaron por un tiempo.

Un par de semanas después, Alaimo había sometido a los rebeldes, y el consejo, a excepción de Roger, que aún se recuperaba, viajó a Caltagirone. Nos acompañó Macalda, a la que yo ordené expresamente que se reuniera con su marido.

Allí, en la plaza mayor, en presencia del pueblo y de representantes de todo el sur, se celebró el juicio público por alta traición. Los fiscales aportaron sus pruebas y los cabecillas fueron declarados culpables.

Los miembros del consejo nos encontrábamos en un estrado cubierto que miraba a la plaza y se apoyaba en una de las paredes de la catedral. Yo ocupaba el centro en un trono elevado. Había ordenado la disposición en las gradas de nobles y funcionarios para poder ver a Macalda sin dificultad. Quería observar la expresión de su rostro cuando el que se rumoreaba que había sido su amante fuera ejecutado. Era un momento de gloria para mí y fracaso para ella. Me rehuía, pero cuando nuestras miradas se cruzaron, la suya iba cargada de odio. De no ser porque su marido la encubría, aquel día hubiera sido decapitada. Y, sin embargo, se sentaba en un lugar de honor.

En el centro de la plaza se había montado un cadalso elevado para que todos pudieran ver las ejecuciones. Y en él, rodeados de la guardia, se encontraban los reos.

Una vez que los jueces los declararon culpables, Alaimo,

como justicia del reino, se levantó, y después de hacerme una reverencia, se dirigió a mí:

—Doña Constanza —dijo con voz tronante—, reina de Sicilia y Aragón, ¿cuál es vuestra sentencia?

Las miradas de los miles allí congregados se dirigieron a mi persona. Y en la plaza, abarrotada, se hizo un profundo silencio. Me tomé unos instantes antes de responder y observé primero a Alaimo y después a Macalda. Sabía que la piedad se vería como una debilidad que bajo ningún concepto podía permitirme, y recordé que Pedro me dijo que, si era preciso, hiciese rodar cabezas.

Sin moverme de mi asiento sentencié:

—Muerte por decapitación a los nobles. —Hice una pausa—. Y horca para los plebeyos.

Hubo un murmullo de disgusto y ningún regocijo. Me alegré de la fuerte guardia que nos protegía.

Gualterio de Caltagirone fue el primero en subir al cadalso. Vestía una basta túnica, estaba muy desmejorado, su altanería había desaparecido, pero se mostraba digno. Y de pie ante el tajo buscó con su mirada a Macalda. Observé que ella se la mantuvo unos momentos para después elevar la barbilla altiva y contemplar a la multitud. Ninguna piedad, sino desprecio.

Me pareció ver una triste resignación en los ojos húmedos de él, que no opuso resistencia a su destino. El verdugo hizo un buen trabajo y, de un solo golpe de una gran y pesada espada, hizo rodar la cabeza de Gualterio por el cadalso.

Creía que aquello intimidaría a Macalda, que semejante demostración de mi autoridad le serviría de aviso y me mostraría más respeto. Estaba dispuesta a perdonarla, en honor a Alaimo, si prescindía de su orgullo. Pero me equivocaba. La baronesa no hacía la más mínima concesión. Tenía una enemiga irreductible. Presentía que volvería a intentarlo.

Sabía que el alivio que nos proporcionaba la victoria de Roger era solo un respiro momentáneo. Aún ignoraba lo ocurrido a mi esposo en Burdeos. Y rezaba cuanto podía por él, no solo por amor, sino porque, a pesar de la distancia, su mera existencia, fuerte y valerosa, era una seguridad para nosotros en Sicilia. Habíamos ganado en Malta. Pero sabía que fuerzas de un enorme poder, furiosas, se disponían a devolver el golpe con toda su rabia. El papa montaría en cólera, Carlos regresaría con un gran ejército y la poderosísima Francia invadiría nuestros reinos de España. El futuro seguía incierto y amenazante.

## 39

*Tarazona, 18 de junio de 1283*

El infante Alfonso, seguido de sus caballeros, puso su montura al trote tan pronto como distinguió la comitiva.

—¡Padre! —exclamó alegre al distinguir al rey.

Ambos se abrazaron sin desmontar. El joven Alfonso llevaba ya días aguardándole. Quería que su padre le contara de viva voz la audaz aventura de Burdeos. Le había impedido participar en ella y sentía, a la vez, admiración y envidia. Él quería también sumar su nombre a hazañas como las protagonizadas por su padre.

Pedro contempló con cariño al heredero de la Corona de Aragón. Se dijo que a sus dieciocho años ya le igualaba en altura, e iba camino de superarle. Era un muchacho recio y en todo fiel al padre.

Pedro le había mandado mensajes dándole a conocer su regreso y Alfonso le envió una escolta para que le protegiera en el trayecto desde Logroño, donde se refugió unos días, antes de dirigirse a Tarazona. El peligro para Pedro no acababa en Francia. Venía tanto de Navarra como del sur, puesto que el señor de Albarracín, que había jurado fidelidad al rey de Francia, le buscaba con sus tropas.

—Tampoco estaréis seguro en Aragón, señor —le dijo Alfonso—. Vuestro hermano Jaume, el obispo de Huesca, nos espera en Tarazona. Allí lo hablaremos.

—A grandes males, grandes remedios —le sonrió Pedro confiado, en apariencia.

Demasiado confiado para el gusto de su heredero.

Pedro llegó a Tarazona siguiendo la rivera norte del río Queiles. Había cruzado las huertas riojanas, sus verdes viñedos, los montes de encinas y pinos y los trigales, que empezaban a dorarse, disfrutando, a pesar del peligro, de los últimos días de aquella primavera fragante, y gloriosa para él. Pero el verano llegaba cargado de amenazas.

Conocía bien Tarazona, allí había residido varios meses mientras reclamaba inútilmente los derechos de Aragón sobre Navarra. Contempló la familiar silueta de la catedral, que se alzaba al otro lado del río. Allí fue nombrado caballero su padre. A pesar de las advertencias de su heredero, viendo los muros de la ciudad y los cultivos de la rivera, que los moriscos cuidaban con esmero, se sintió seguro. ¡Estaba ya en Aragón!

—Ya no sabemos quiénes os son fieles y quiénes os traicionarán —afirmó el obispo de Huesca.

Jaume Sarroca, a pesar de su piel siempre blanca, parecía pálido. Acostumbraba a mostrarse tranquilo, pero, en esta ocasión, todo en él denotaba preocupación.

—¿Y eso por qué? —inquirió impávido Pedro.

Se encontraban en la vieja fortaleza musulmana de la Zuda, en el extremo sur del recinto amurallado de la ciudad. Desde el ventanuco de la sala donde se reunían se divisaban los tejados color tierra del barrio judío que crecía extramuros, las huertas de la otra orilla del río y la catedral.

—Bien que lo debierais saber —repuso su medio hermano—. Sois un excomulgado, el papa os ha desposeído de vuestros reinos y ha liberado a vuestros nobles de sus juramentos de fidelidad y vasallaje. ¡Solo nos faltaba esto! Como si los nobles no fueran rebeldes de por sí. Y los ricos hombres aragoneses están especialmente resentidos contra vos porque no quisisteis jurar sus fueros.

—¡Ordené que se silenciaran mi excomunión y demás maldiciones del papa! —repuso Pedro malhumorado—. ¡Bajo pena de muerte!

—Sí, pero la noticia ha corrido —explicó el obispo—. El papa ha enviado legados para asegurarse de que se cumpla la excomunión...

—Que hemos interceptado y expulsado... —informó Alfonso.

—No sin que antes hablaran con unos y otros —continuó el eclesiástico—. Incluso el obispo de Urgel propagó la noticia.

—¡Hay que darle un castigo ejemplar! —gruñó Pedro—. Conocía mis órdenes.

—No os lo aconsejo, padre —intervino Alfonso—. Hablé con él, se retractó y pidió perdón. Si le castigamos, los grandes clérigos podrían también rebelarse.

—El infante tiene razón, señor —dijo Jaume—. El obispo alegó las presiones del delegado papal y la amenaza armada del conde de Foix.

—El conde de Foix está tratando de sublevar a toda la nobleza catalana —explicó Alfonso—. Dice que quienes no se unan a él serán excomulgados y perderán sus feudos cuando llegue la invasión francesa.

—Algo semejante ocurre con los eclesiásticos —continuó el obispo—. Temen enfrentarse al papa, que es la fuente de su poder, y temen vuestras represalias.

—Las incursiones francesas desde Navarra no cesan —explicó Alfonso—. Y la ayuda de los nobles aragoneses no llega. La situación es difícil.

Pedro quedó pensativo. Regresaba feliz de su aventura francesa y se enfrentaba a una situación que parecía crítica.

—Tendréis que cambiar —prosiguió el obispo—. Fuisteis demasiado duro con los nobles, no aceptasteis sus exigencias e impusisteis vuestra ley. Estaban esperando la ocasión para devolveros el favor. Y ahora la tienen. Tendréis que pactar.

—No me gusta —gruñó Pedro.

—Devolved, pues, Sicilia al papa —dijo el eclesiástico—. Ahorraría mucho dolor a vuestros reinos de España.

—¡Pero qué decís, Jaume! —se escandalizó Pedro—. Tengo un compromiso de honor con la reina y con los sicilianos. ¡Antes muerto!

El obispo de Huesca meneó la cabeza mostrando su disgusto.

—Pues lo estaréis pronto si Dios, nuestro señor, no hace un milagro —repuso—. A muchos los beneficiaría vuestra muerte. El papa, el primero. Pero detrás hay una larga lista. También en España. Hay quien va vendiendo vuestra piel por ahí.

Pedro apretó las mandíbulas; el tono poco respetuoso de su obeso hermano bastardo le irritaba. Pero le gustaba su inteligencia, su afición a recoger cualquier cotilleo y que no se mordiera la lengua. Se levantó de la mesa, dio dos vueltas a la sala cual león enjaulado, volvió a mirar por el ventanuco y se dirigió, ya más calmado, a su hijo.

—¿Tan mal están las cosas, Alfonso?

—Sí —repuso el joven—. No estoy seguro de con quién podemos contar aquí en Aragón. Confío en algunos concejos ciudadanos; Calatayud, Teruel… Pero no podría deciros en cuanto a los nobles. Necesito tiempo para entrevistarme con los principales.

—Apenas contáis con vuestra hueste —continuó el obispo—. Y no es numerosa. Sería fácil capturaros. Y que los nobles os forzaran a firmar los fueros. Estáis obligado a negociar. Hacedlo, pues, de buen grado. Convocad cortes de Aragón y mientras refugiaos en Logroño al amparo de vuestra hermana y cuñado.

—¡Exiliado de mis reinos!

Pedro se llevó la mano a la empuñadura de su espada, amenazante. Pero de inmediato pareció distenderse.

—¿Qué opináis, Alfonso?

—Lo mismo que mi tío —repuso vivo el heredero—. Nuestros parientes castellanos no nos ayudarán contra Francia. Pero sí os darán acogida y protección. Dejad en mis manos la convocatoria de cortes y la defensa contra los ataques franceses. Vos vivo e inalcanzable sois mucho más valioso. Ningún noble se atreverá conmigo sabiendo que vos estáis cerca.

Pedro le hizo levantarse y le abrazó. Se sentía orgulloso de él.

Al día siguiente, Pedro se despedía de Domingo de la Figuera.

—Me habéis prestado un gran servicio, Domingo —le dijo—. ¿Qué puedo hacer para compensaros? ¿Os seduce la nobleza?

El hombre soltó una risa contenida.

—Señor, quiero buenos caballos y caminos para recorrerlos. Me gusta mi vida.

—¿Queréis ser el caballerizo real?

—Con ser vuestro primer proveedor me conformo. Y con tener la primera opción de compra de los caballos que obtengáis en vuestras guerras.

—Os lo concedo. —Una amplia sonrisa iluminó la cara del monarca—. Gracias por vuestra ayuda e id con Dios.

Las jerarquías estaban restablecidas y Pedro le tendió la mano para que la besara. Así lo hizo el aragonés, sin tratar de besarle los pies, como se requería a los suyos con los monarcas.

Y después de despedirse de Alfonso y del obispo, Pedro abandonó Aragón para dirigirse, con los tres caballeros de la aventura de Burdeos y una reducida escolta, hacia Logroño. Exiliado de su propio reino.

«Estamos solos, completamente solos, vos, Alfonso y yo —le escribió a Constanza—. Grandes peligros nos acechan y quisiera teneros junto a mí. Os echo de menos».

Pero, terminado el escrito, lo quemó con la vela que le iluminaba. No quería angustiar a su esposa. Suficientes peligros afrontaba en Sicilia. Tomó su laúd y le compuso una trova:

*De vuestros ojos, señora,*
*su tierna mirada busco.*
*Mi corazón los añora,*
*y de su ausencia sufro.*

## 40

*Palacio real de Perpiñán, 30 de junio de 1283*

—Desvinculaos de vuestro hermano Pedro y jurad fidelidad y vasallaje a Felipe III, rey de Francia —exigió solemne y pausado el cardenal Bianchi.

Acomodaba su voluminoso corpachón en una silla de brazos en la que apenas cabía. Vestía un elegante traje talar y se cubría con una mitra, ambos blancos y bordados en oro. Se secó el sudor de la frente con un pañuelo a juego, y al bajar la cabeza para lanzar al rey una dura mirada, su papada acrecentó su tamaño.

—De lo contrario, vuestro reino desaparecerá y vos pereceréis —añadió ante el silencio de su interlocutor.

Jaume II de Mallorca se estremeció. Había temido que la locura de su hermano al arrebatar Sicilia a Carlos de Anjou le afectara a él. Y ahora la terrible amenaza, que flotaba en el aire durante el último año, se concretaba. Bianchi no era un cardenal cualquiera, sino la mano derecha del santo padre. Había viajado exprofeso a verle desde Italia, donde tutelaba al contrahecho hijo de Carlos en el asunto de la guerra.

Y allí, en Perpiñán, la capital de su pequeño reino, en su palacio fortaleza, que a pesar de estar aún en obras era su orgullo, aparecía aquel hombre sesentón y voluminoso a amenazarle. Y sus palabras eran las del mismísimo papa. El pontífice estaba furioso. Se tomaba la presencia de Aragón en Sicilia como un insulto personal.

Jaume tenía cuarenta años, altura mediana y poca corpulencia. Para aparentar mayor poder y autoridad, lucía una gran barba de color castaño claro, al igual que su pelo y sus arqueadas cejas. Recibía al cardenal vestido con un pellote ligero sobre una gonela de seda azul, coronado y con gestos majestuosos. Sobre su pecho lucía con orgullo las barras de sangre y oro, herencia de su padre Jaime I el Conquistador, que compartía, tal cual, con la Corona de Aragón.

Jaume se sabía atrapado, pero no quería ceder fácilmente, y, sin responder, se acercó a la ventana para contemplar el gran patio de armas. Estaba ajetreado, como de costumbre, y observó la guardia, los caballerizos con las monturas, campesinos y comerciantes, y se detuvo en la lujosa escolta del cardenal. Le recordó la amenaza que acababa de recibir. El edificio, que se alzaba sobre una colina dominando la ciudad de Perpiñán y el río, era ya la sede de gobierno del joven reino de Mallorca. Quería sentirse seguro allí. Pero su seguridad acababa de desvanecerse ante el cardenal y su mensaje.

—Le juré fidelidad a mi hermano y, aunque me disguste, ahora soy su vasallo —repuso mirando al cardenal pausado y con toda la firmeza de la que era capaz—. No puedo, ni bajo ley divina ni humana, traicionarle.

El cardenal Bianchi le observó disimulando el regocijo que le causaba aquella inútil resistencia. Era buen diplomático y dejaría que el rey de Mallorca se debatiera tratando de salvar su honor.

Pero todos sabían de antemano el resultado de aquel encuentro, menos Esclaramunda de Foix, la esposa de Jaume, que asistía sentada en la mesa retorciéndose las manos angustiada. Con veintiocho años, temía más por la vida de sus cuatro hijos, el mayor de solo nueve, que por la suerte del reino. Su pelo castaño estaba recogido en un trenzado culminado por la corona real, y sus ojos verdes iban inquietos del cardenal a su esposo.

El cuarto asistente, el conde de Foix, era hermano de la reina y se mantenía en silencio ocultando su complacencia. Observaba a su cuñado Jaume resistiéndose inútilmente al cardenal, cual liebre en las fauces de un perro de presa. Empezaban a apodar a Jaume el Prudente, y no era precisamente un elogio.

Por el contrario, nadie podía reprocharle prudencia al conde de Foix. Era alto, delgado, rubio, nervudo, de movimientos bruscos, y tenía cuarenta y un años, uno más que Jaume y dos menos que Pedro de Aragón, su mayor enemigo. Y sonrió, conociendo lo que el cardenal le respondería a su cuñado.

—El papa Martín IV, el representante de Dios en la tierra, os exime de esos juramentos —repuso el prelado pausado, pero endureciendo el recio timbre de su voz—. Ya no le debéis fidelidad alguna a vuestro hermano. El papa le excomulgó, es un proscrito, está muerto para la Iglesia y es su enemigo. El deber de todo cristiano es combatirle. Los juramentos de vasallaje que rigen las relaciones feudales están rotos e invalidados. Los nobles que antes le debían obediencia están ahora obligados a sublevarse contra él. Y vos el primero, si queréis conservar esa corona que lucís.

El rey tragó saliva. De pequeño admiraba a su hermano mayor, siempre tan decidido y seguro de sí mismo. Pero cuando Pedro rechazó la herencia del padre, que Jaume creía que le hacía rey independiente de Mallorca, su afecto se convirtió en una especie de amor-odio.

Jaume soñaba con un reino de Mallorca autónomo y pacífico. Se sabía un buen administrador que traía prosperidad a sus súbditos. Pedro aceptaba que se titulara rey, pero como vasallo suyo, puesto que dividir la herencia del padre los hacía más débiles a ambos. Decía que los territorios de la Corona de

Mallorca, pequeños y dispersos, no podrían sobrevivir por sí mismos. Las islas Baleares estaban separadas por días de navegación de los condados catalanes del Rosellón y la Cerdaña, verdadero tapón entre la poderosísima Francia y la Corona de Aragón. Y también alejado se encontraba Montpellier, rodeado por dominios franceses. El hermano mayor se impuso después de varios choques armados, y el menor tuvo que jurarle vasallaje. Jaume hubiera aceptado la lógica de Pedro, pero Esclaramunda, influida por su hermano el conde de Foix, se lo reprochaba continuamente. Y eso le generaba rencor. Aunque, en ocasiones, Jaume pensaba que su hermano estaba en lo cierto. Aragón no aceptaba su independencia, pero tampoco lo hacía Francia. Pedro trató de defenderle del acoso galo, pero finalmente Jaume tuvo que aceptar ser también vasallo de Francia por Montpellier.

—Pedro es mi hermano, eminencia —repuso Jaume acopiando valor. Y puso la mano sobre su corazón; sentía profundamente lo que iba a decir—. Es mi hermano de padre y madre. Y nos une no solo el vínculo de sangre, sino también el de honor de caballeros. El santo padre puede eximirme de la obligación litúrgica que conlleva un juramento, pero no de lo demás.

—¡Dejaos de puñetas! —rugió el cardenal, al tiempo que se esforzaba por desencajar su masa imponente, blanca, fofa y sudorosa, de la silla y levantarse—. ¡Haced lo que el papa os dice!

Esclaramunda, asustada, observó primero la lívida faz de su esposo para mirar después a su hermano. El de Foix continuaba sentado y asistía al estallido del cardenal con una sonrisa.

—Pero debéis considerar, eminencia… —balbució el rey.

—¡Vos sois quien debéis considerar! —le cortó Bianchi acercándose un par de pasos. Era más alto y Jaume retrocedió—. Vuestro hermano es un enemigo de la Iglesia. Y todo aquel que le ayude será excomulgado y pasará a ser enemigo de la Iglesia. El papa le privará de sus reinos y lanzaremos una cruzada contra él. Igual que si fuera un infiel. Vuestro reino está de camino. Y por ahí entraremos arrasando a todo aquel que se nos oponga. ¡Someteos a la voluntad del papa o seréis el primero en caer!

Jaume sabía que no tenía otra opción. Pero aún le quedaba dignidad. Puso sus brazos en jarras, levantó la barbilla y dijo:

—Agradezco vuestras palabras, cardenal. Las consideraré y mañana os daré cumplida respuesta.

—Que sea mañana, porque pasado regreso a Nápoles —dijo Bianchi, y se encaminó a la puerta de la sala.

Ambos sabían cuál iba a ser la respuesta.

—¡Por el amor de Dios, aceptad! —suplicó llorosa Esclaramunda.

Tan pronto como el cardenal abandonó la sala, se arrodilló a los pies de su esposo agarrándole de las manos. Él la ayudó a incorporarse.

—Es mi hermano —murmuró.

—Pero vuestro hermano se ha metido en un buen lío, querido cuñado —dijo entonces el de Foix sin moverse de su asiento—. Y os arrastrará a la perdición.

—Nuestro padre, Jaime I, nos quería unidos —repuso Jaume—. Y un juramento es algo que compromete el honor y la dignidad.

—¡No lo es! —El conde de Foix se puso ahora de pie—. No lo es si la Iglesia lo anula. Es un excomulgado. ¡Haced lo que yo! Le entregué el vizcondado de Castellbó que me exigía para salir de prisión. Juré y prometí cuanto quiso. Pero el papa me ha liberado. No le debo nada a Pedro. Y yo seré el primero en entrar con mis tropas y las del rey de Francia en Cataluña. Sufrirá la más humillante de sus derrotas y recuperaré a sangre y fuego mi vizcondado. Con la bendición de la Iglesia.

Jaume le sostuvo la mirada. Conocía bien el odio del conde hacia Pedro. La dinastía Foix había sido fiel a la casa de Barcelona y después a la de Aragón por muchas generaciones. A raíz de la cruzada contra los cátaros, Aragón perdió sus territorios al norte de los Pirineos, pero el conde siguió como vasallo de Jaime I y su hijo Pedro porque también era vizconde de Castellbó, en Cataluña. Pero se enfrentó al rey de Francia y fue derrotado y encarcelado, sin recibir ayuda militar. Salió de prisión declarándose fiel súbdito francés, no le perdonó a Aragón su abandono y se convirtió en su mayor enemigo.

Participó en la conjura de Ferrán uno de los hermanos bastardos de Pedro que terminó con su ejecución por ahogamiento en el río Cinca. Dos años después capitaneó, al frente de un ejército francés, la anexión de Navarra a Francia, despreciando los derechos de Aragón, y a continuación lideró una nueva revuelta en Cataluña contra Pedro. Fue derrotado y encerrado en prisión, de la que salió gracias a su falsa promesa después de dejar a su hija como rehén.

—¡Por el amor de Dios, aceptad! —repitió Esclaramunda angustiada—. Por nuestros hijos y la salvación del reino.

Jaume suspiró. ¿Qué podía hacer él? ¿Por qué no le dejaban, unos y otros, en paz? ¿Por qué no pensaban más que en la guerra? La guerra era terrible. Y llamaba a las puertas de su pequeño reino.

# 41

*Palermo, Nochebuena de 1283*

Celebramos las Navidades en Palermo. El invierno moderó la actividad bélica y aproveché la tregua para establecer la corte en la capital del reino. Así evitaba que sus habitantes se resintieran de nuestra frecuente estancia en Mesina.

En Palermo habitábamos el fastuoso castillo de mis antepasados, situado en la parte más alta de la ciudad. Y quise celebrar la misa de Nochebuena en la intimidad, con mi familia, en su capilla palatina. Al día siguiente, Navidad, asistiríamos al oficio de la catedral y allí tendría que soportar de nuevo el boato y la altivez de Macalda pavoneándose como una reina aupada por su corte de admiradores. Nada parecía haber cambiado para ella.

A mi esposo le impresionó la capilla real de París, la Sainte-Chapelle. Sus altísimos ventanales cubiertos de coloridas vidrieras, que dejan entrar la luz a raudales, llegan a un techo que representa un cielo azul tachonado de estrellas. Pero más le admiró nuestra capilla palatina de Palermo, construida cien años antes por mis antepasados. Los techos no son tan altos, tienen artesonados de madera decorada y las ventanas son pequeñas. Pero en esta tierra soleada nos basta con esa luz. Porque la verdadera luz surge de sus paredes. Están completamente cubiertas de pequeñas teselas de todos los colores, la mayoría doradas, pero también de azul lapislázuli y piedras semipreciosas. Forman bellísimos y brillantes mosaicos de perfecto dibujo, que representan pasajes de los Testamentos y las vidas de Pedro y Pablo. Y en aquel momento, en la noche, a la luz de las velas, aquellas paredes reverberaban en múltiples destellos.

Me acompañaban Jaime, Federico y Violante, mis hijos en la isla, y echaba de menos a mi esposo Pedro, a Alfonso, al pequeño Pedro y a Isabel, casada en Portugal. Aquel era el primer año que celebraba la Nochebuena sin todos ellos y el segundo sin Pedro. Me llenaba de tristeza. ¿Volveríamos a celebrar unas Navidades juntos? Veía ese anhelo difícil de cumplir. Imposible mientras estuviéramos en guerra. Y la guerra podía durar muchos años.

Y estábamos solos. Castilla, Inglaterra y el Imperio bizantino eran amigos, pero nadie movería un dedo. Nadie se enfrentaría ni al papa ni a Francia. Juan, nuestro canciller, le propuso a Pedro el matrimonio de Jaime con una princesa bizantina para establecer así una alianza con el Imperio. Porque ninguna princesa católica emparentaría con una familia excomulgada. Pero mi esposo se negó en una carta que mostraba enfado. Confiaba aún en llegar algún día a un acuerdo con Martín IV o sus sucesores, y sabía que un casamiento con una ortodoxa enfurecería aún más al pontífice.

Estábamos solos frente a un poder enorme. Quizá veinte veces mayor. ¿Cómo resistir? ¡Ayudadnos, Señor!

Un coro de frailes empezó a cantar aleluyas y la capilla se llenó de olor de incienso. La misa empezaba. Nos encontrábamos frente al altar, donde yo había depositado la caja de marfil que contenía el guante de mi primo Conradino y la carta que me dirigió su madre suplicando que le vengara. Acostumbraba a rezar a solas en mi cámara frente a aquella reliquia de mi familia. Pero aquella noche la quería conmigo, junto a mis seres queridos.

Desde un gran mosaico, situado en la cúpula que cubría el presbiterio, nos observaba, enorme y majestuoso, rodeado de un círculo y de ocho ángeles, nuestro señor Jesucristo sosteniendo el libro sagrado cerrado. Y debajo, detrás del altar, aparecía de nuevo nuestro Salvador, grandioso, bendiciendo con una mano y con el libro de la revelación, ahora abierto, en la otra.

Aquellas bellísimas imágenes de un Cristo a la vez severo, justo y bondadoso, junto a los cánticos y el aroma del incienso me provocaron las lágrimas. Mi corazón se llenó de un sentimiento profundo, místico, de amor al Creador. Me sentía en trance. ¡Gracias, Señor! ¡Gracias por las bendiciones que sobre nosotros derramasteis en el año de 1283!

Muchas cosas ocurrieron en aquel año. Pedro cumplió su promesa de coronarme reina de Sicilia en abril, y en junio salió indemne, y con honor, de la trampa del duelo de Burdeos. A continuación, vino contra nosotros la flota de Marsella seguida de un ejército de tierra. Roger la derrotó en Malta y el ejército tuvo que retirarse sin poder poner pie en nuestra isla. Y, por fin, en Aragón, mi esposo y Alfonso lograron frenar los ataques franceses desde Navarra. ¡Cuántas gracias tenía que dar!

Aparte de mis hijos, en la capilla se encontraba Roger. Erguido, atendía a la santa misa, aunque con semblante pensativo. Lo disimulaba, pero estaba tan preocupado como yo por el gran desafío que afrontaríamos el año siguiente. Nos acompañaba también Juan de Prócida, que, descubierto, mostraba su blanca cabellera a juego con su barba. Ellos eran mis grandes apoyos. Pero el principal era mi esposo, a pesar de la distancia.

Mi señora, mi dama —me escribía en su estilo de trovador—. Os felicito por vuestro primer año en Sicilia. Los retos del siguiente serán mayores y trataré de enviaros tantas galeras, caballeros y almogávares como pueda. Mis informadores me alertan del gran ejército y la gran flota que Carlos, con la ayuda de Francia y del papa, prepara. Vigilad a los nobles de la isla, las traiciones volverán cuando alcancen el sur y nos ataquen. La situación en nuestros reinos de España tampoco es fácil y lamento que me impida regresar a Sicilia con vos. Porque, aunque Alfonso es un muchacho bravo e inteligente, no puedo abandonarlo. Señora, os deseo a vos y a nuestros hijos unas Navidades venturosas y que Dios, nuestro señor, os proteja en el próximo año como hizo en este que termina. Rezad por mí tanto como yo rezo por vos.

El recuerdo de esas palabras de mi esposo, tan lejano en cuerpo, pero tan cercano en sus escritos, me trajo más lágrimas. Rezaría por Pedro y por mis hijos. Si Carlos vencía, el destino de los varones sería el mismo que el de mi primo Conradino. Sus cabezas rodarían cercenadas como la suya, sin que a Carlos le importara que fueran aún niños. Pensarlo me estremecía. Y el porvenir de las niñas, el mismo que el de mi hermanastra, que llevaba encerrada en las mazmorras del Castel dell'Ovo, en Nápoles, casi dieciocho años, y que vio morir allí de miseria, lentamente, día tras día, a su madre.

¡Señor, Dios mío, tened piedad! ¡Protegednos!

Mis ojos, acuosos, buscaron los de la bellísima e imponente imagen de Cristo que me bendecía desde detrás del altar. Y creí ver comprensión en los suyos. Sentía que me escuchaba.

# 42

*Catedral de Palermo, Nochebuena de 1283*

Mientras, Macalda, junto a Alaimo, asistía a misa en la catedral. Vestía, sobre una gonela de seda azul, un pellote de terciopelo también azul con bordados dorados y una larga capa púrpura, el color de la realeza. Lucía una corona empedrada, collares, zarcillos y pulseras de oro. Estaba fastuosa. Para la baronesa, el templo era el mejor lugar donde ser vista y exhibir su poder.

Un poder menguado desde la ejecución de Gualterio y sus amigos. Era consciente de que, al contrario, la autoridad de la reina había crecido, lo que le producía una gran irritación. También el poder de su esposo era mayor después de someter a los rebeldes, y pensaba aprovecharse de ello.

Tocaba representar el papel de la amante esposa que tan bien se le daba cuando quería. Era todo sonrisas para su marido, la ciudad entera debía saber lo bien que se llevaban.

—Os amo, Alaimo —le ronroneó felina cuando la campanilla ordenaba a los fieles arrodillarse.

Él la observó con una mirada irónica y le sonrió. No era un estúpido, sabía que Macalda se amaba a sí misma y que estaba actuando frente a las gentes de Palermo. Al menos su efusividad prometía una noche de buen sexo. No iba a contrariarla.

—Yo también os amo, señora —repuso él cumplidor cuando se pusieron de nuevo en pie.

Tanto Juan como la propia reina le habían preguntado a Alaimo, en privado, sobre la participación de su esposa en la rebelión. Él redujo su papel a una desafortunada amistad con los implicados que venía de años atrás. Y la defendió con energía. Así que Macalda se libró de cualquier castigo con solo una severa amonestación por parte de su esposo, que fingió aceptar.

Él había sido, y continuaba siendo, a pesar de su edad, un hombre de éxito con las mujeres. Y Alaimo se preguntaba por qué, de todas las que acogió en sus brazos, había quedado fascinado precisamente por aquella, su esposa. Sí, era muy bella, pero las tuvo tanto o más. Quizá fuera porque nunca sabía qué esperar de ella. Quizá fuera por aquel instinto felino que tan pronto la hacía ronronear buscando una caricia como, lista para herir, sacar las uñas y mostrar sus afilados colmillos. Quizá fuera por su ingenio y talante risueño. Pero el justicia sabía que su esposa era de poco fiar, y, a pesar de su hechizo, como protección, Alaimo mantenía otras amantes.

—Esta noche me visita mi marido —le informó Macalda a Brita, su doncella, mientras la desvestía.

Con ello le decía que o buscaba otro lugar donde dormir, o que fuera testigo del encuentro oculta tras el tapiz, que separaba sus lechos, en la misma habitación. A la baronesa no le importaba la presencia silente de su doncella, y sospechaba que se daba gusto oyendo e imaginando lo que ocurría tras el tapiz. Era una forma de premiar la absoluta fidelidad de la muchacha. Brita rondaba los veinticinco años y era una mujer de ascendencia normanda, de pelo rubio, ojos azules, cara redondeada y algo más alta que su señora. Aunque de buen cuerpo y atractiva, no podía competir con la baronesa frente a los hombres.

—Últimamente vuestro esposo os frecuenta mucho —dijo Brita con una sonrisa.

—Me conviene tenerle de mi parte —murmuró Macalda—. E ir vaciando sus noches de otras mujeres.

—Ninguna puede competir con vos.

—Lo intentan. —Y rio—. Pero solo logran algo cuando yo decido dejarles el campo libre.

Brita la acompañó en las risas y le dio un beso a su señora en la mejilla, como premiándola por su aguda observación.

—¿Sabes, Brita?

—¿Qué, señora?

—Hay quienes creen que me han derrotado.

—Serán unos estúpidos.

—Lo son. Porque no saben lo que les viene encima.

Le siguió un silencio.

—Yo seré la reina de Sicilia —sentenció Macalda.

—Lo seréis, señora. Estoy convencida.

# SEGUNDA PARTE

# 43

*Palermo, 15 de febrero de 1284*

—Señora, Jaime, vuestro heredero, debiera recorrer la isla visitando nobles y ciudades. Y recibir sus juramentos de lealtad —dijo Alaimo con voz grave y pausada—. Consolidaría vuestra monarquía. Os lo recomiendo.

Observé a mi hijo, que se sentaba en el extremo opuesto de la mesa y que dibujó una leve sonrisa en sus labios. A sus dieciséis años, Jaime contaba con ese valor de la juventud que hace despreciar los peligros.

Aún estábamos en Palermo, en el palacio de mis antepasados. Al igual que la capilla real o el impresionante monasterio de Monreale, la sala del consejo lucía en sus techos y paredes preciosos mosaicos bizantinos con toques normandos y árabes. Aunque aquí reproducían la naturaleza. Mostraban leones, águilas, ciervos, pavos reales, palmeras y otros muchos animales y plantas. Aparecían también, medio escondidos, un par de cazadores, pequeños ante el resto. Eran muy bellos.

Ante la inesperada propuesta de Alaimo, observé interrogante a Roger.

—Lo considero oportuno —dijo afirmando con la cabeza—. Es bueno que el infante haga amistades y se le vea alejado de la protección materna.

—Lo mismo opino —repuso Juan acariciando su barba blanca—. Creará fidelidades a su persona y mejorará su siciliano.

—Hace muy poco que abortamos una conjura —dije—. Y es seguro que entre los ajusticiados no estaban todos los que nos quieren mal. Temo por su vida.

Y al decirlo crucé mi mirada con Alaimo. Uno de los conjurados era su mujer.

—Le proporcionaré una escolta de treinta caballeros —dijo Roger—. De momento es todo lo que puedo aportar.

—Se vería mal que sus protectores fueran aragoneses —repuso Alaimo—. Al infante debe vérsele como siciliano. Yo pondré otros setenta caballeros.

—Aun así, me preocupa —insistí.

—Os hablaré con toda franqueza —intervino Juan—. Poco beneficio y mucho mal obtendría quien quisiera matar al infante. Vos y vuestro esposo seguiríais vivos para tomar venganza y vuestro hijo Federico ocuparía su lugar. Sería una estupidez.

—Madre, quiero hacerlo —sentenció Jaime mirándome con sus ojos castaños—. Debo hacerlo.

Y en un gesto muy propio suyo, apretó las mandíbulas haciendo aún más prominente su mentón. Supe que había tomado su decisión, que no se apearía de ella y que, a pesar del poder que tenía sobre él, no convenía obligarle a lo contrario.

—Señora, he de pediros una merced —me dijo Alaimo, que quiso hablarme después a solas.

Aquel hombre me caía bien, y a pesar de su edad, conservaba una notable seducción masculina. Era el más atrayente de los varones con los que me relacionaba. Roger, más joven, sin duda le superaba para otras mujeres, pero era como mi hermano. Deseché aquellos pensamientos impropios para atender su petición.

—Decidme, Alaimo. —Y le dediqué una cariñosa sonrisa.

—Mi esposa desea acompañar al infante en su periplo por la isla y presentarle a la nobleza. —Me miraba intensamente con sus ojos oscuros—. Los setenta caballeros que he ofrecido pertenecen al ejército de su baronía de Ficarra.

Me quedé sin palabras. Solo oír su nombre me ponía en guardia. Ella me odiaba, era mi mayor enemiga.

—Pero... —murmuré.

Me costaba negarme, Alaimo era nuestro gran apoyo en la isla.

—Os comprendo, señora —dijo al verme vacilar—. Mi esposa es muy temperamental y, hasta el momento, su conducta no ha sido la adecuada. En especial hacia vos. Y me lo ha reconocido. Por eso creo que esta es la ocasión para hacerla fiel a vuestra causa. Concededle ese honor y la veréis cambiar.

—¿Os lo ha pedido ella?

—Sí.

—Me consta que se relacionaba con los sublevados del sur que ejecutamos —le dije severa—. Y vos la protegisteis.

—Ya lo hablamos —repuso tranquilo mirándome a los ojos—. Tenía amistades con algunos. Pero eso terminó. Y la prueba es que se pone a vuestro servicio para custodiar al heredero.

No creía que Macalda se pusiera a mi servicio, pero no podía librarme de ella, y aquella era una oportunidad para que mejorara su conducta. Me convenía. Necesitábamos a Alaimo de nuestro lado y sabía que amaba a la baronesa a pesar de su carácter orgulloso, rebelde y promiscuo. Aunque creía que el justicia también tenía buenos ojos para mí. No entendía que un hombre tan valioso le consintiera a su esposa lo que él le consentía a la suya. Pero así era.

—Dejadme que lo medite, Alaimo. Gracias por el ofrecimiento.

—Hay más riesgos en rechazar la petición que en aceptarla —dijo mi viejo canciller cuando le reuní en privado junto a

Roger—. Le necesitamos. Es un hombre de grandes fortalezas y una única debilidad: Macalda. Es difícil de entender esa dependencia en un hombre de su edad, prestigio y poder.

—Macalda de Scaletta tiene también sus virtudes —intervino Roger.

—No hace falta que nos las enumeréis todas —le corté.

Me constaba que el primer encuentro entre ambos, cuando él recorría Sicilia disfrazado de fraile, antes de la revuelta contra los franceses, había sido más que cálido.

—Y sería bueno tenerla de nuestro lado —siguió Roger después de dedicarme una breve sonrisa divertida—. Alaimo se siente incómodo con su comportamiento. Y puede tener razón; quizá si le concedéis ese honor, Macalda se sienta agradecida y cambie de actitud. Además, en algunos aspectos puede ser una buena maestra para el infante.

—¿Maestra en qué? —repuse enfadada—. ¿En el engaño? ¿En la traición? ¿En el orgullo? ¿En la mentira?

Roger se encogió de hombros e hizo un gesto ambiguo. Como preguntando: «¿Y qué?».

—¿Y no son esos saberes necesarios para un gobernante, señora? —inquirió el canciller.

—¡No! —exclamé indignada—. No seáis cínico, Juan.

Una sonrisa tranquila apareció en su blanca barba.

—Y vos no seáis ingenua, señora —repuso con la confianza de quien me había visto nacer.

Vi que Roger afirmaba con la cabeza.


—Alaimo —le dije unos días después en privado—, sabéis cuánto os aprecio. Y que vuestra propuesta me inquieta, como reina y madre.

—Cambiará, señora —afirmó seguro—. Y el infante estará a salvo de peligros con ella. Es buena con las armas y sus hombres también lo son.

—Acepto —le dije firme—. Por el aprecio que os tengo. El infante recorrerá la isla con Macalda.

—Gracias, señora —dijo.

Puso una rodilla en tierra y tomó mi mano derecha para besarla. Noté el contacto de sus cálidos labios demorándose mucho más de lo que requería el protocolo. Me era placentero y comprendí azorada que me gustaba gustarle a aquel hombre. No pude evitar mantener su mano en la mía cuando apartó los labios. Nuestras miradas se buscaron y vi un brillo especial en sus ojos. Le sonreí. Me hizo una profunda reverencia, me dio las gracias de nuevo y le seguí con la vista conforme salía de la sala. Me dije que quizá me había excedido en mi acercamiento y que aquel podía ser un juego peligroso. Pero ¿no me había pedido mi esposo que me lo ganara? Y un sentimiento extraño me embargó. Me apetecía competir con la orgullosa Macalda. Ya tuve que luchar contra las amantes de mi esposo al inicio de nuestro matrimonio. Y gané. No era la mojigata que todos creían.

Mis pensamientos regresaron a lo que comportaba el favor que acababa de otorgar a Alaimo. ¿A él o a Macalda? No estaba segura y quizá me equivocaba. Pero me dije que gobernar requería tomar decisiones. Y correr riesgos.

# 44

*Sainte-Chapelle, París, 28 de febrero de 1284*

A los lúgubres tañidos de las campanas de la Sainte-Chapelle se unieron los de Notre Dame, y después los de Saint-Denis y el resto de las iglesias de París. Por unos instantes acallaron el habitual bullicio de la isla de la Cité y de los barrios de ambas orillas del Sena. Tocaban a muerte. En los mercados, compradores y vendedores se miraron interrogantes. ¿Quién sería el fallecido? Alguien importante, sin duda. Solo después sabrían que se trataba de Pedro, el rey de Aragón.

Era un mediodía de invierno, frío, aunque extrañamente despejado y luminoso. Pero en la capilla real, en el piso superior de la Sainte-Chapelle, reinaba una densa oscuridad apenas mitigada por las llamas de unas escasas velas. Todos estaban pendientes del oficiante, el cardenal Gerardo Bianchi de Parma, el legado que, investido del poder papal, transmitía en aquella ceremonia la voluntad de Martín IV. El santo padre continuaba resguardado en su fortaleza de Orvieto.

Bianchi vestía casulla y bonete negros, y del mismo color eran los paños que cubrían el altar y el cristo que lo presidía. Miró a los congregados que atendían al oficio de pie, abrió los brazos en cruz, agrandando aún más su imponente corpachón, y clamó solemne con su potente voz:

—Por la autoridad que me confiere el santo pontífice, representante de Dios todopoderoso en la tierra...

Hizo una pausa. Los asistentes le miraban como hipnotizados, sin atreverse apenas a respirar.

—Exhorto a la Santísima Trinidad, Padre, Hijo y Espíritu Santo, a la santa e inmaculada Virgen, y a todos los poderes celestiales: ángeles, arcángeles, tronos, dominaciones, querubines y serafines...

Y recitó una extensa lista de santos y profetas. Sobre el altar descansaba una biblia abierta y ardía, junto a un cuenco de agua negro, una gruesa vela del mismo color con un nombre inscrito en ella: Pedro de Aragón.

—Reiteramos la excomunión y el anatema que el papa decretó sobre ese malhechor desobediente que se hacía llamar Pedro, rey de Aragón. Y que fue desposeído de todos sus reinos y posesiones terrenales. Es un proscrito, un desterrado, un enemigo de la santa Iglesia de Dios. Peor que los infieles y herejes.

Un estremecedor toque de campana siguió la pausa del legado papal.

—¡Que Dios Padre, creador del hombre, le maldiga! —clamó de pronto con santa indignación.

Y la campana volvió a sonar.

Jaume, el rey de Mallorca, que ya había jurado fidelidad en secreto al rey de Francia, y se encontraba allí por orden de su nuevo señor, notó un nudo en la garganta. ¡Era su hermano! Lamentaba profundamente estar en aquel lugar y presenciar aquello. No era la primera vez que Pedro era excomulgado, pero en vista de que ignoraba el anatema, el papa Martín insistía en repetirlo y proclamarlo una y otra vez a toda la cristiandad. Jaume sentía que aquello era injusto. Su hermano había cumplido siempre con sus deberes religiosos y había defendido a la cristiandad, exponiendo su vida en primera línea, frente al poder musulmán. Pero ahora un papa francés, proclamado no por deseo del cónclave, sino por la fuerza de las armas francesas, le expulsaba de la Iglesia y condenaba al infierno, en defensa de intereses franceses. Lamentaba haber roto la promesa de fidelidad hecha a su hermano, pero, de lo contrario, su pequeño reino, su familia y él mismo hubieran perecido en la terrible guerra que se avecinaba.

Se encontraba junto a su cuñado el conde de Foix, al que observó de reojo. A pesar de lo terrible de aquella ceremonia, que ambos presenciaban por primera vez, parecía tan curioso como divertido.

—¡Que el hijo de Dios, que ha sufrido en la cruz por el hombre, le maldiga!

Otro siniestro toque.

Carlos de Anjou también se encontraba allí. Había acudido a París para asegurarse de que su sobrino Felipe III de Francia no se echara atrás en el último momento y de que todo transcurriera según lo acordado con el papa. Se sentía satisfecho. Aquel acto era el inicio de la cruzada contra Aragón. Su sobrino caería sobre Aragón y él sobre Sicilia.

Estaba ultimando un gran ejército y una flota aún mayor que procedía no solo de sus extensos dominios, sino, también, de los del papa y de distintos aliados italianos. Su poder era muchas veces mayor que el que poseía la reina Constanza para defenderse. Había cuentas que saldar. La última, la derrota de Malta. Las vengaría a sangre y fuego.

—¡Que el Espíritu Santo, que nos hace renacer en el bautismo, le maldiga!

Y otro lúgubre toque de campana.

Felipe, el príncipe heredero de Francia, asistía a la ceremonia junto a su padre, el rey, y su hermano Carlos de Valois. En unos meses, Felipe sería también rey de Navarra por su próximo matrimonio con la heredera de aquel reino. Era un muchacho de dieciséis años, alto para su edad, que, a pesar de su nariz apuntada, tenía unas facciones casi perfectas y piel muy blanca. Los cortesanos empezaban a llamarle Felipe el Hermoso, para distinguirle de su padre. Pero su rostro apenas mostraba sentimientos, y a veces, con una inmovilidad que no permitía ni siquiera un parpadeo, parecía más una estatua de mármol que un ser humano. Sin embargo, gozaba de una mente brillante y discrepaba sin intimidarse cuando lo creía conveniente.

Y se había opuesto a lo que iba a presenciar. Recordaba a su tío Pedro de una visita que hizo a París unos años antes. Le gustó su apostura, la forma en que le trató, y le encantaron las armas sarracenas y otros regalos exóticos que traía de España. Siguió con gran interés sus hazañas en el norte de África y en Sicilia, y se sentía orgulloso de la sangre aragonesa de su fallecida madre. Prefería a su tío Pedro antes que a su tío abuelo Carlos, que, aunque protagonista de hechos admirables, se aprovechaba del poder de Francia y de la debilidad de su padre el rey.

Observó, sin ningún recato, a Carlos de Anjou, a su padre y después a Carlos de Valois, su hermano. Este último tenía catorce años, era regordete, fatuo y ruidoso, se encontraba exultante, y cuando sus miradas se cruzaron, vio que le dedicaba una mueca.

—Yo seré rey antes que tú —le repetía los últimos días—. ¡Rey de Aragón!

A Felipe le disgustaba que, cuando le decía a su padre que la cruzada contra Aragón no convenía a los intereses de Francia, su progenitor pensara que sentía celos de su hermano menor. El joven Felipe no creía que la empresa fuera a ser un paseo militar como todos decían. Su tío Pedro no se dejaría arrebatar lo suyo fácilmente por mucho que lo quisiera el papa. Opinaba que debían olvidarse de España y usar el poder real para someter a los insumisos barones flamencos, borgoñeses y aquitanos.

El cardenal Bianchi pronunció otra maldición, sonó de nuevo la campana e incluso el joven Felipe sintió un escalofrío de temor. No le gustaba estar allí. No le gustaba que aquella hermosísima joya de la arquitectura y vidriería construida por su abuelo, tan íntima para su familia, fuera usada para aquello. Era mancillarla con algo oscuro y maligno. Su padre no lo entendía. Pero había cedido lo más íntimo y personal de la monarquía francesa para una terrible exhibición del poder de la Iglesia sobre su propio poder, el poder real. Su abuelo Luis, al que estaban a punto de hacer santo, no lo hubiera consentido. Rechazaba que los papas se creyeran con derecho a poner y quitar reyes. Y a Jaime de Aragón, su abuelo materno, le hubiera gustado aún menos.

Y al son de aquellos tétricos campanazos, Bianchi requirió la maldición de todos los poderes celestiales contra el excomulgado. Después enumeró una larga lista de terribles males físicos y espirituales que pedía que cayeran sobre Pedro, su familia y amigos.

El joven heredero de Francia y Navarra recordó a los herejes cátaros. Creían que había dos dioses. Uno bueno, que regía lo espiritual, y otro malo, creador del mundo, que regía lo físico. Se preguntó a qué dios le estaría exigiendo Bianchi todo aquello y se dijo que de ninguna forma se le podían pedir aquellos terribles males a un buen dios.

El rey de Mallorca pensaba lo mismo.

«Brujería —murmuró impresionado—. Esto es brujería».

Cuando el cardenal Bianchi terminó la enumeración de males, se volvió hacia el altar y cerró la biblia. Sonó como un trallazo en el completo silencio del templo. Y también se oyó perfectamente el siseo de la llama de la gran vela negra con el nombre de Pedro cuando la sumergió en el cuenco de agua. El altar quedó a oscuras y las campanas repitieron el toque de muertos. Pedro estaba, si es que eso era posible, aún más excomulgado. Más muerto para la Iglesia.

Entonces aparecieron silenciosos unos frailes tan negros como la decoración de la capilla que portaban un féretro de basta madera de pino. Y el cardenal echó en su interior el cuenco, la vela y los paños negros que cubrían el altar y el crucifijo. Se despojó de su casulla y bonetes negros y también los depositó en la caja. Llevaba debajo un vestido talar blanco bordado en oro y unos monaguillos se apresuraron a ayudarle a vestir una casulla y una mitra del mismo color. Los frailes salían de la gran capilla con su ataúd cuando los cortinajes negros que cubrían los enormes ventanales cayeron, todo se inundó de luz y las preciosas vidrieras llenaron de color la iglesia. Parecía el tránsito del infierno al cielo.

Bianchi dijo misa y al final proclamó:

—Por el poder de la Iglesia, del papa y la gracia de Dios, proclamo a don Carlos de Valois, nieto del rey don Jaime, nuevo rey de Aragón.

El joven Carlos, sonriente, le lanzó una mirada a su hermano, se acercó al cardenal, hincó una rodilla al suelo y el prelado le puso una corona en la cabeza. Otros obispos le cubrieron con una capa de armiño y le entregaron el cetro y pomo reales. Carlos se giró para mirar a los asistentes.

«Ni la Iglesia ni el papa tienen derecho a coronarle», musitó el joven Felipe.

—¡Proclamo la cruzada contra Pedro! —clamó el cardenal—. ¡Viva Carlos, rey de Aragón!

Los «vivas» tronaron en la capilla. Bianchi repitió dos veces el grito, que fue secundado con el mismo entusiasmo. Sonó un órgano y un coro de frailes se puso a cantar aleluyas. Las campanas sonaban alegres y el templo olía a incienso y poder.

## 45

*Mesina, 1 de marzo de 1284*

—No volváis más por esta casa, Roger —dijo Súria y, al levantarse de pronto, derramó sobre la mesa su vaso de vino. Sus ojos azules echaban chispas—. No os quiero ver más por aquí.

—Pero, Súria, ¿a qué viene esto? —inquirió Beatriu conciliadora.

Roger observó sorprendido primero el vino derramado y después a la joven almogávar. El almirante era hábil con el laúd y lo había estado tañendo acompañado por Beatriu con un pandero. La música era un conocimiento básico en la antigua corte siciliana de la que Roger provenía, y había crecido en la de Pedro, frecuentada por trovadores.

Súria los acababa de interrumpir cuando cantaban en la estancia de la primera planta. La presencia de Roger era allí habitual. Conversaban, cantaban, contaban cuentos y acertijos, bromeaban y jugaban a los dados.

Los nobles casados y con familia en España, llegados con la flota de Pedro, tenían amantes en Sicilia. Y Roger disfrutaba de relaciones esporádicas con damas que estaban más que dispuestas a frecuentar al flamante almirante de la flota aragonesa-siciliana. Pero a él no le servía ninguna, por bella, inteligente y seductora que fuera; quería a Súria. Aunque todos sus esfuerzos por seducirla, hasta el momento, habían sido infructuosos. En sus visitas trataba de cortejarla, pero la única que se mostraba receptiva era Beatriu. La muchacha de cabello azabache era hermosa, lista, simpática y atractiva. Roger le tenía cariño y la deseaba, en especial en las temporadas en que, a la espera de Súria, se mantenía casto y su cuerpo le pedía una mujer. Y esa mujer hubiera sido Beatriu de no tener a Súria ocupando sus pensamientos. Amaba a la pelirroja con dolorosa intensidad. Y a pesar de lo apetecible de Beatriu, Roger se mostraba inflexible ante la pretensión de Súria de que la embarazara porque sentía que aquella era su única arma, su única baza de negociación frente a ella.

—¡Este hombre viene aquí a pasar el rato, se dice nuestro amigo, pero se niega a concedernos el favor que le pedimos! —clamó Súria—. ¡Algo que le sería tan fácil como placentero! ¡Aquí mismo, unas calles más allá, los hombres pagan por ello!

—Tiene sus razones —le defendió Beatriu.

—¿Razones? ¡No me valen sus razones!

—Te quiero a ti —anunció él tranquilo.

—Pues si me queréis, dadme lo que os pido. —Ahora había un tono de súplica en la voz de Súria—. Que me améis a mí no impide que lo hagáis con ella. ¡Seguro que os habéis acostado con otras mujeres queriéndome a mí o a vuestra esposa! ¿Tanto os desagrada Beatriu?

Roger tragó saliva.

—Todo lo contrario. Le tengo mucho cariño y me parece muy hermosa.

—¿Entonces?

—Te quiero a ti.

—Ya conocéis mis razones. Y no las repetiré.

—¿Por qué no cedéis un poco cada uno en lugar de obcecaros ambos en el no? —propuso Beatriu—. Lo pasamos bien los tres juntos. Sería una pena que terminaran estas veladas.

A ella le apetecía el almirante. Llevaba ocho años sin estar con un hombre, y antes de enviudar gozaba con su esposo.

Los dos observaron a Beatriu expectantes esperando que se explicara, en silencio. Pero al final fue Roger quien lo rompió.

—¿Qué quieres decir con ceder un poco? —El almirante estaba muy serio.

—Súria os da algo del amor que pedís, sin quedar preñada, y yo me quedo encinta por ella. —Una sonrisa bailaba en los labios de Beatriu—. Pero tenéis que prometer que daréis a mis hijos el mismo amor que les daríais a los suyos. Y que los reconoceréis y protegeréis como hijos naturales vuestros.

Roger miró a la pelirroja, que continuaba de pie, ahora pensativa. Después, a Beatriu, y otra vez a Súria. Él ya lo había pensado, pero esperaba que fueran ellas quienes lo propusieran. Decidió resistirse.

—No puedo tener a Súria a medias —dijo firme—. La quiero por entero.

—¿Os habéis vuelto loco? —le espetó la pelirroja—. ¡No pienso dejar a Beatriu!

—Te quiero para mí —afirmó él consciente de la inutilidad de su insistencia.

Las miradas de Beatriu y Roger se cruzaron. El almirante vio complicidad en el brillo de sus ojos de sedosas pestañas, se dijo que la muchacha del pelo azabache adivinaba su juego e intuyó que era su aliada.

—No quiero quedar preñada, no seré vuestra amante, y Beatriu y yo seguiremos juntas —afirmó Súria encarándose con Roger.

Se hizo un silencio expectante.

—Pero me ayudarás a que yo quede embarazada, ¿verdad? —inquirió Beatriu.

La almogávar se quedó mirando la expresión de súplica en el rostro de su amiga y vaciló antes de responder:

—Sí.

—¿Y quieres que el almirante sea el padre y no otro? —continuó la morena.

—Así es.

—Pues tendremos que llegar a un acuerdo con él. —Beatriu sonrió—. No creo que podamos obligarle a la fuerza.

Y observó a Roger con un brillo pícaro en sus ojos oscuros.

—¿Qué proponéis, almirante? —inquirió.

Roger quedó pensativo mirando a Súria, que también le miraba. Y se dijo que había llegado el momento de imponer sus condiciones.

—Me acostaré con Beatriu —repuso pausado y solemne—. Reconoceré a sus hijos como míos y les daré cariño y protección si Súria se acuesta antes conmigo cada vez.

—No, a eso dije que no —le espetó ceñuda la pelirroja.

—Pues acuéstate con nosotros —le propuso Beatriu.

Las pupilas de Súria se agrandaron por la sorpresa, dejó perder una mirada pensativa hacia el fondo de la sala y quedó en silencio.

—¿Aceptaríais eso, almirante? —inquirió la morena.

—Sí, siempre que ella participe. —Él disimulaba su contento.

—¿Qué dices, Súria? —insistió Beatriu—. Esa puede ser la solución.

—Acepto —murmuró ella después de una larga pausa.

A Roger le pareció percibir rubor en la tez clara de la pelirroja, que le miró a los ojos para enseguida apartarlos. De repente la fiera guerrera, la mujer segura y descarada, se mostraba tímida y pudorosa. Aquello le produjo una gran ternura y contuvo sus infinitos deseos de abrazarla. Temía que le rechazara y estropear su victoria.

—Te lo agradezco, Súria —le dijo él cariñoso poniéndose la mano en el pecho—. Prometo que no te será desagradable.

—¡Sé que no será desagradable! —dijo ella sentándose de

nuevo a la mesa—. Ya estuvimos una vez juntos. —Y ahora miró firme a los ojos del almirante—. ¡Sabéis bien por qué me niego! Soy un almogávar, quiero luchar y quiero seguir comandando mis tropas. No puedo quedar encinta.

—Hay cosas más importantes que luchar y que los hombres te obedezcan, Súria —dijo él.

—¡Es muy fácil para vos decir eso! —La pelirroja volvió a exaltarse—. Sois el almirante y nadie os preñará.

Roger se encogió de hombros, no quería iniciar una discusión y estropearlo. Se sentía victorioso. No sabía cuántas veces, o por cuánto tiempo, pero al fin tendría a Súria. Él deseaba que fuera para siempre, pero de momento se conformaba con aquello.

—Bueno —dijo Beatriu conciliadora—. No hay prisa y ambas nos tenemos que hacer a la idea. Dadnos tiempo, almirante, dejad que lo hablemos. Cuando estemos preparadas, os lo haremos saber. ¿Nos dais vuestra palabra de que protegeréis a mis hijos?

—Ya te la di —repuso él con todo su convencimiento—. Y la vuelvo a dar.

—¡Que sea por escrito y ante notario! —exigió Súria.

Roger quedó pensativo. No le importaba tener hijos con Beatriu, la consideraba más que digna. Pero de quien los deseaba, con toda intensidad, era de la muchacha pelirroja. Era algo que superaba a lo físico. Era espiritual. Serían para él su mayor victoria, el fruto de su gran amor por ella.

—Lo firmaré ante notario —admitió él.

Súria no quería quedarse embarazada y él quería lo contrario. No le importaba cuántos documentos tuviera que firmar con tal de tener acceso a ella.

# 46

*De Trapani a Corleone, el mismo día*

—¿Cómo os trata Amor, don Jaime? —Los carnosos labios de Macalda se entreabrieron mostrando sus bien formados dientes—. Tenéis edad para gozarlo, señor. ¿Es dulce con vos, o ingrato y cruel?

El infante la miró con sobresalto. La voz de la dama era suave, susurrante, casi le acariciaba. Contrastaba con la potencia y energía con la que daba órdenes a la tropa y los criados. Se percató de que la baronesa usaba el lenguaje del amor cortés al nombrar el sentimiento amoroso prescindiendo del artículo, como si de un ser vivo se tratara. Macalda era una excelente conversadora y habían charlado sobre muchos asuntos recorriendo Sicilia, pero no de aquel. Aunque las miradas y sonrisas de aquella mujer, y el perfume a jazmín de su larga cabellera azabache, le turbaban.

Macalda tenía treinta y tres años, uno menos que la reina Constanza. Y Jaime, a punto de cumplir los diecisiete, se dijo que era una suerte que le acompañara ella en lugar de su madre en aquel viaje. La baronesa de Ficarra desempeñaba su papel de forma brillante. Conocía bien las poblaciones que visitaban y a sus nobles, y añadía al relato oficial cotilleos e historias que divertían a Jaime y ampliaban su comprensión. Pero siempre según la interesada versión de la baronesa. La dama era un misterio para el joven en muchos aspectos.

A veces vestía armadura y llevaba espada y daga al cinto, como comandante de los cien caballeros de la escolta del infante. Pero nunca usaba casco o celada y sujetaba la parte superior de su melena con unas trencillas a la altura de las sienes, dejando flotar el resto de su cabellera azabache al viento.

En otras ocasiones vestía como una verdadera reina, luciendo costosas gonelas o pellotes de seda que muchos consideraban indecorosos, ya fuera por el escote, por cómo resaltaban sus curvas o por el uso de púrpuras propias de la realeza. Completaba su atuendo con un complejo trenzado en su cabello que permitía el firme asiento de una fina corona de baronesa, de oro y piedras. Macalda era alta y esbelta, aunque bien torneada, y erguía su figura al tiempo que elevaba la barbilla sonriendo al recibir la aclamación del pueblo. Después, cuando su mirada se cruzaba con la del infante, ampliaba la sonrisa para mostrar sus perfectos dientes blancos.

Jaime percibía el goce que experimentaba la baronesa con las acogidas que nobles y concejos ciudadanos les dispensaban, rodilla en tierra, al entregarles las llaves de las puertas de los recintos amurallados. Macalda recibía los honores como si fueran dirigidos a ella. Después entraban bajo palio, presidiendo la comitiva, acompañados de fanfarrias de trompetas y tambores y ondeando las enseñas de sangre y oro de Aragón y el águila negra de los Hohenstaufen. Las gentes los aclamaban mientras los cascos de sus caballos pisaban las alfombras de romero y de otras plantas olorosas que tapizaban las calles en su honor. Las mujeres colgaban de las ventanas sus mejores y más coloridos ropajes en señal de alegría y lanzaban pétalos de flores.

Pero ahora se encontraban en el campo, de camino a Corleone. La tienda de Macalda era tan lujosa como la del infante, con suelos alfombrados y decorada con tapices que representaban flores, guerreros y animales fabulosos, pero cenaban en la de él para disfrutar después de la sobremesa, acomodados sobre almohadones al estilo morisco. En todo momento los atendía Brita, la doncella de Macalda, que aparecía y desaparecía oportunamente detrás de los tapices que dividían a modo de paredes la tienda. Durante las cenas, Brita tomaba el mando de la servidumbre del infante y decidía dónde debían estar en cada momento. Eso incluía al escudero de Jaime, que se alejaba de la tienda junto al de Macalda, que solo ejercía cuando la dama decidía vestir armadura.

—¿Cómo os trata Amor, don Jaime?

Jaime parpadeó cuando Macalda repitió la pregunta.

Roger le había advertido antes de emprender el viaje. Sonriéndole cómplice, le dijo que vigilara, que quizá aquella dama le quisiera enseñar lo que no debía. Y le contó sobre una partida de ajedrez a la que ella le retó años antes y del famoso embrujo que ejercía sobre los hombres. «Es la mujer de Alaimo y no os conviene», le advirtió. Pero el infante no percibió dramatismo alguno en el consejo.

Jaime carraspeó antes de responder y lo hizo temeroso, interrogando.

—¿Amor?

—Sí, Amor —dijo ella ampliando la sonrisa ante la confusión de él—. Ese diablillo que a veces nos hace sufrir y otras llena nuestro corazón de la felicidad más sublime.

—Yo… no… —balbució él tratando de encontrar una respuesta digna.

—¿No me diréis que a vuestra edad aún sois virgen? —le cortó ella con una risita.

Aquella salida confundió aún más al joven. Macalda había pasado, de repente, del amor sublimado y espiritual tipo trovadoresco al físico, como si fueran lo mismo. Jaime se quedó mirando los oscuros ojos de la baronesa, que a través de sus largas pestañas reflejaban las llamas de las velas. Ponderaba la respuesta.

—Habéis yacido con una mujer, ¿verdad? —insistió ella acorralándolo.

El muchacho carraspeó de nuevo.

—¿Sí o no?

La baronesa no soltaba su presa, pero mantenía el tono acariciante de su voz y una cálida sonrisa en los labios. Él seguía escrutando sus ojos como un animalillo hipnotizado por una boa.

—La respuesta es fácil —susurró ella—. ¿Sí o no?

—¡Sí!

Macalda palmoteó como una adolescente alborozada.

—¡Bien! —aprobó feliz—. ¡Muy bien!

Y tomando su copa vacía de encima de la mesilla se la acercó al infante.

—Brindemos por ello —dijo.

Jaime comprendió que ella pretendía que él le sirviera. Observó la jarra de vino de Marsala especiado con clavo, pimienta y canela y los pastellillos de miel y piñones que descansaban sobre la mesilla. No era apropiado que él le sirviera a ella y Macalda lo sabía. Pero no se vio capaz de contrariarla y obedeció, para después llenar también su copa. Entrechocaron sin dejar de mirarse. El trago del denso vino dulzón le confirió ánimos.

—¿Quién es? —inquirió ella—. ¿Quién es vuestra enamorada? —Su sonrisa se tornó más pícara aún—. ¿O tenéis más de una?

—Marcia —dijo él—. Se llama Marcia.

—¿Marcia? —inquirió ella con un mohín de sorpresa—. ¿Marcia qué? ¿La conozco?

—Marcia no sé —repuso él ahora firme—. No la conocéis.

—¿No la conozco? —Ella arrugaba ligeramente el ceño—. ¿Quién es su padre?

—No lo sé, ni me interesa. —Había un toque de irritación en el tono de él.

Macalda se echó a reír.

—¡Por el amor de Dios! —exclamó—. Es una criada. ¿A que es una criada?

Fue él quien ahora arrugó el cejo mirándola fijo.

—¡Pues claro que es una criada! —continuó ella jocosa—. ¡Esas no cuentan, don Jaime! Eso no es Amor. Eso es solo un desahogo. Una criadita joven que se os ofrece tan pronto como os mostráis cariñoso porque no se atreve a contrariaros. Y aunque tenga novio o marido, se os abre de piernas porque espera beneficios y teme castigos.

Él gruñó aún más ceñudo.

—Y también, naturalmente, porque sois un hombre apuesto y le apetecéis como mujer —añadió risueña.

Se quedaron mirándose sin hablar unos momentos. Ella dejó de sonreír y él suavizó su gesto. Macalda estaba tumbada sobre uno de sus costados, apoyada en los almohadones, tan cerca que con un leve movimiento le podía tocar con la mano o con un pie. Él se mantenía erguido, sentado sobre los cojines.

—Y no os lo reprocho, señor —siguió Macalda—. Solo que esas no son nada, y cuando esa Marcia quede embarazada, el resultado tampoco será nada, ni siquiera un bastardo de rey. Será un siervo como ella, porque vos no os podéis humillar reconociéndolo.

La baronesa hizo una pausa como para asegurarse de que el infante había entendido.

—Amor no es con esas mujeres —continuó después—. El objeto de vuestro amor debe ser una dama. Alguien con quien podáis compartir mucho más que el lecho, con quien podáis tañer el laúd y cantar, jugar al ajedrez y hablar de gobierno y política. Vos solo os podéis casar con una princesa de sangre real, pero muchas damas de la nobleza pueden ser vuestras amantes. Y ellas os darían amor, consejos y felicidad. Esas son las que, como futuro rey, os pueden dar bastardos.

—Yo no quiero bastardos.

—Pero vienen, es inevitable —susurró ella.

Se hizo un silencio.

—El tiempo de los amores espirituales y de las grandes damas del amor cortés ha pasado —continuó la baronesa—. Pero no el del juego amoroso que ellas y ellos practicaban.

—¿Y cómo es ese juego? —inquirió curioso.

Ella le sonrió y le miró con mayor intensidad aún. Él se estremeció.

—Vos, como caballero, debéis cortejar a la dama —le explicó—. Se trata de enternecer su corazón con gestos y hechos. Hacer que os ame. Y ella va concediéndoos pequeños favores conforme avanzáis en el camino de Amor.

—¿Cuáles son esos gestos?

—Muchos y variados. Halagarla, sonreírle o poneros a su disposición para obedecerla y servirla como si fuera ella vuestra señora, a pesar de gozar vos de un rango más elevado. O que compongáis una trova en su honor para después cantársela. Y también pequeños regalos, flores, dulces. —Y cambió su tono de voz—. O grandes regalos de joyas.

—¿Y qué ofrece ella a cambio?

—¡Oh! Mucho —repuso riendo—. Una mirada pícara. Risas a vuestras gracias. Su permiso a que la toméis de la mano. El regalo de una prenda suya. O, progresando más, quizá un beso. En ese juego, la dama debe estar riente y el caballero sonriente.

Jaime se rascó la cabeza.

—Parece complicado.

—¡No! No lo será una vez que aprendáis…

Y le tendió de nuevo la copa. Incapaz de negarse, Jaime le volvió a servir para después llenar la suya propia.

—Gracias, caballero —dijo ella obsequiándole con su mejor sonrisa—. ¡Brindemos por Amor!

Lo hicieron para después apurar el vino.

—Sé que, al igual que vuestro padre, trováis —le dijo después mirándole con intensidad—. Cantadme algo como lo haríais a la dama que queréis enamorar. Y yo os diré qué tal lo hacéis. Seré vuestra maestra en Amor.

El infante le mantuvo la mirada. El vino hacía su efecto y supo que sería incapaz de negarse al fascinante juego que le proponía la baronesa. Tomó un laúd y empezó a tañerlo mirándola a ella. Macalda se incorporó para sentarse sobre los almohadones, unió sus manos en su regazo y movió los hombros, balanceándose como para acomodarse, fingiendo sonriente un gran interés. Parodiaba a una joven dama.

El infante cantó la más amorosa de las canciones que conocía animado por la atenta mirada de ella. Cuando terminó, se quedó aguardando expectante sus comentarios.

—¡Qué hermosa trova! —le dijo ella suave—. Cantáis muy bien, caballero, y habéis ganado una prenda de Amor.

Se inclinó hacia él y le besó en la mejilla. Él cerró los ojos para apreciar el contacto, suave, tibio, húmedo y prolongado de los labios de ella. Y después percibió la fragancia a jazmín que desprendía su cabellera cuando, al levantarse, trazó un semicírculo con ella. Y riendo traviesa abandonó la tienda. Fuera, los soldados que hacían guardia en la noche se mantuvieron impávidos.

Dentro quedó el infante con la mano sobre la mejilla, como si quisiera impedir que el beso escapara. Su corazón latía acelerado. Macalda en nada se parecía a Marcia. Ni a ninguna otra. Se dijo que la baronesa era pieza de caza mayor. No comprendía que él era el cazado.

Al entrar en su tienda, Macalda se encontró con Brita esperándola para ayudarla a desvestirse y quitarse el maquillaje.

—¿Qué tal ha ido, señora? —inquirió la rubia sonriente.

La baronesa rio.

—El pececito ha mordido el anzuelo.

—Se notaba en cómo os miraba —dijo Brita afirmando con la cabeza.

—Aun así, no debe escapar —apuntó la baronesa—. Sírvele en el vino más de ese filtro amoroso de la hechicera de Palermo.

# 47

*Mesina, 10 de marzo de 1284*

—Señora, hace unas semanas nos rendimos a vuestro almirante y ahora nos entregamos a vos. Y juramos fidelidad a vuestra alteza, a vuestro real marido y a don Jaime, heredero de Sicilia. Os suplicamos amparo y compasión —clamó el portavoz, y de inmediato bajó la vista al suelo.

Era un tipo escuálido de unos cuarenta y cinco años, tostado por el sol, de barba oscura y frente arrugada. Me encontraba de nuevo en Mesina, en el castillo de Matagrifone, y tenía delante a una veintena de hombres arrodillados, cabezas descubiertas y humilladas, implorándome piedad. Eran los embajadores de Scalea, San Lucido, Amantea, Cetraro y otras poblaciones y comarcas de Calabria. Sus ropajes eran de campesinos y gente humilde.

—Decidme qué os aflige tanto —inquirí.

—Los franceses abandonaron nuestros pueblos huyendo al norte. Ahora somos vuestros, pero no tenemos qué comer. Los almogávares vejaron a nuestras mujeres, nos lo quitaron todo, y nuestros hijos se mueren de hambre.

Y empezaron a relatar los agravios sufridos, primero a manos de los franceses, y después en las nuestras. Asesinatos, saqueos, violaciones, campos arrasados, cosechas destruidas, y, en consecuencia, muertos por hambre y enfermedades. En especial, niños. Contaban casos terribles de gentes con nombres y apellidos que habían sufrido, y seguían sufriendo, de forma insoportable.

Aquello me dolía. Mucho. Sentía en mi pecho su angustia. Y aunque quise disimularlo, no pude evitar que las lágrimas acudieran a mis ojos. Aquellas gentes eran tan súbditos míos como los de la isla.

—¿Y qué puedo hacer por vosotros?

—Enviadnos socorro, señora —suplicó el hombre—. Nos morimos de hambre. El poco trigo que hay está a precios inalcanzables. Os lo pagaremos con cosechas futuras. Si en lugar de súbditos tenéis cadáveres, nadie cultivará los campos ni cuidará de los animales y reinaréis sobre una tierra yerma que guardará en sus entrañas huesos humanos en lugar de semillas. Y los huesos no brotan para dar trigo y frutos.

Aquel hombre era elocuente, y oírle en mi lengua materna me conmovía aún más. Hizo una pausa para quedarse mirando al suelo y reiniciar su discurso.

—Y os rogamos, señora, que contengáis a vuestras tropas. —Mantenía su trágica elocuencia—. No somos el enemigo, sino vuestros fieles súbditos.

—Rezaré por vosotros y veré con mi consejo qué más puedo hacer.

—Gracias, señora. —Ahora me miraba con unos ojos oscuros, brillantes, que se me antojaban febriles—. Pero necesitamos mucho más que oraciones. Suficiente que rezamos. No dejamos de hacerlo.

No pude evitar afirmar con la cabeza. Tenía un nudo en la garganta.


—Debéis controlar a vuestras tropas, Roger —le dije severa en el siguiente consejo.

Nos reuníamos en la sala habitual, que mostraba por su ventanal los tejados rojizos de Mesina, el puerto y el estrecho. Ahora todo lo que se divisaba del otro lado del mar era nuestro.

—En especial a los almogávares. —Le miraba acusadora—. Cometen todo tipo de tropelías contra las gentes de Calabria. Amonestadlos, dad un castigo ejemplar a alguno. Ahorcadlo en público si ha cometido un delito grave. Que aprendan. Hacedlos obedecer. Los calabreses están muriendo de hambre por vuestra culpa, porque les habéis arrasado los campos y robáis todo lo que tienen.

Roger alzaba su característico mentón con un hoyuelo en el centro, y su faz, de pómulos altos, denotaba presión en las mandíbulas. Me mantenía la mirada con sus grandes ojos castaños y permaneció en silencio, como invitándome a que terminara de decirle todo aquello que guardaba contra él. Era un apuesto caballero de treinta y cuatro años de edad y su aspecto denotaba seguridad y poder. Si ya era un reconocido capitán antes de la batalla de Mesina, ahora gozaba de un extraordinario respeto como almirante. No me era fácil amonestarle frente a nuestro reducido consejo, de Juan y Alaimo, puesto que mi hijo Jaime aún recorría la isla junto a Macalda. Pero la embajada calabresa me había hecho ver que nuestro comportamiento era, a veces, criminal.

Cuando terminé, Roger mantuvo tanto su silencio como su mirada. A pesar del cariño que le tenía, la situación se me hizo incómoda.

—¿Qué tenéis que decir a eso, almirante? —inquirí ante su mutismo.

—Señora —repuso ceñudo—. La causa de los males de esa gente es la guerra. La guerra que iniciaron los sicilianos y en la que vuestro señor marido decidió participar, para cumplir con la promesa de devolveros el reino que Carlos de Anjou y los franceses os robaron. Así pues, la causa última sois vos. Estamos aquí por vos y por vos hacemos lo que hacemos.

—¡Pero ¿qué decís, Roger?! —Noté mi voz chillona y colérica—. ¿Qué insolencia es esa? ¡¿Cómo os atrevéis?!

Estaba tan escandalizada como indignada. ¿Me responsabilizaba a mí de los desmanes de su gente?

—Así es, señora —repuso tajante. Parecía contener su propio enfado—. Estamos aquí por vos. Y lo que hacemos se llama guerra, y la guerra se hace así. Se le inflige al contrario tanto daño como se puede y de cualquier forma que se pueda. Arrasar campos y robar a los civiles es parte de la guerra.

—Eso es piratería —objeté—. Bandolerismo.

—Llamadlo como queráis. Es guerra. Empobrece al enemigo, lo desmoraliza y le quita el deseo de pelear. ¿Cómo queréis que paguemos los barcos y la gente si no es con el botín que obtenemos? Desde que desbaratamos la flota angevina en Malta y recuperamos el dominio del mar, estamos asolando toda la costa de Calabria, y pienso llegar hasta el golfo de Nápoles, tomar las islas de Isquia, Capri y Prócida y desde allí bloquear el comercio con la ciudad. Capturaremos todas las naves que podamos y robaremos cuanto podamos para desolar al enemigo, contentar a los nuestros y llenar vuestras arcas vacías. ¿O queréis subir impuestos?

—Lo desaconsejo —advirtió Alaimo—. Hay que mantener tranquila a la plebe.

—¿O queréis a los almogávares inactivos, aquí en la isla?

—Peor aún —dijo Juan—. Que roben y violen en Calabria, no aquí. Acabamos de sofocar una insurrección y de cortar unas cuantas cabezas. No necesitamos que exalten a la población.

—¡Violaciones! —exclamé encarándome de nuevo con Roger. No esperaba aquella reacción de él. Me enfurecía—. Hay que castigar a los almogávares que las cometan. ¡Ahorcad a unos cuantos!

Roger sonrió sin ganas, soltando un sonido que imitaba una risa corta.

—Los almogávares no son los únicos que violan —repuso—. Es parte del botín, costumbre de los vencedores. Y, señora, bien sabéis cuánto os aprecio, pero he de deciros que esa enojosa conversación no la tendría con vuestro señor marido. Hace unos años, cuando los almogávares nos atacaron a orillas del Cinca y estuvieron a punto de matarnos, cuando pedí que los castigáramos se negó. Y dijo que eran como eran y que no pretendiéramos cambiarlos. ¿Lo recordáis, Juan? Vos estabais allí.

—Sé esa historia de memoria —le corté—. La he oído siempre que se pide disciplinar a los almogávares y no se quiere.

—Ahorcaré a los almogávares que no me obedezcan en la batalla —Roger me miraba desafiante— y a los que por su imprudencia pongan en peligro la vida del resto. Pero por nada más. Los almogávares no son peores que nuestros enemigos. Son fieros, salvajes, crueles a veces, pero también son gente del pueblo. Tienen corazón. Los he visto, en muchas ocasiones, compartir su comida con los necesitados, y en especial con los niños de los lugares que asaltamos.

Hizo una pausa y todos nos quedamos a la espera de que continuara.

—Haré lo posible para que solo se ataquen los lugares que aún controlan los angevinos. Pero a veces es difícil saberlo. No puedo hacer más.

—Quiero socorrer a esos que han venido a pedir mi ayuda como súbditos míos —continué—. Les enviaré dos galeras cargadas de trigo.

Había decidido no persistir en mi reprimenda y darme por contenta con la respuesta de Roger. Sin duda, era distinto ver la guerra jugándose la vida en el campo de batalla que desde la seguridad del castillo de Mesina.

—El tesoro está casi vacío, señora —dijo Juan—. Pero, aunque cara, la vuestra es una buena decisión.

—Así lo creo —aprobó Alaimo.

—Ese gesto de generosidad será tan apreciado como el que tuvo vuestro esposo con los italianos capturados en Nicotera, a los que liberó con ropas nuevas y dinero —intervino Roger con expresión adusta—. Pero no seáis ingenua. ¿Vuestros súbditos? ¿Queréis comprar su fidelidad con trigo? Dentro de poco, cuando regrese Carlos de Anjou con su gigantesco ejército, pasarán a ser sus súbditos. Le jurarán fidelidad ante Dios, la Virgen y todos los santos. ¿Y creéis que Carlos se preocupará de si mueren de hambre?

—Eso no me importa, Roger —repuse enfadada—. Actuaré según mi conciencia.

—Apruebo vuestra generosidad, señora —me respondió—. Pero además de complacer vuestra conciencia, debemos sacar rédito a ese trigo. De momento ocuparemos los castillos de esas poblaciones, aunque me temo que nuestro dominio será efímero. Y después haremos llegar la noticia al norte. Que los que sufren bajo el yugo angevino sepan de vuestra clemencia. ¡Ojalá se subleven! Pero sabed que la guerra no la hacen los bondadosos franciscanos a los que tanto beneficiáis, sino gente despiadada. —Ahora sonreía cínico—. Y que yo, con mis naves y mis almogávares, robaré cuanto pueda para que vos podáis pagar ese trigo que regalaréis o venderéis a bajo costo. Y con respecto a los almogávares, no paséis cuidado, que donde son recibidos como amigos acostumbran a comportarse como tales.

Terminado el consejo hablé aparte con mi senescal.

—¿Qué le ocurre, Juan? —Me sentía desolada—. Desconocía esa faceta cruel de mi hermano. Le conocéis desde pequeño. Era un chico con buenos sentimientos y corazón.

—Aún los tiene, señora —repuso el viejo canciller—. Pero el almirante Roger ha visto ya mucha guerra. Y eso encallece el alma. Para él, lo primero es su gente, los que luchan y mueren bajo sus órdenes. Y hace bien.

—La guerra —murmuré—. Vuelve a los hombres fieras.

Aquella noche, aún afectada por la discusión con Roger, le escribí a Pedro:

¿Por qué es tan difícil el gobierno?
¿Por qué el poder ensucia el alma?

Sin embargo, no envié la carta. No quería mostrar debilidad a mi señor marido. Él me abandonó al tiempo que me encomendaba un reino en guerra y a punto de sublevarse. Demasiado para mí entonces. No era justo. Pero las cosas habían cambiado y asumía mi destino sin quejas. Solo Dios sabría de mis temores.

# 48

*8 de marzo de 1284*

Ajeno a la ansiedad de su madre ante la próxima invasión angevina, Jaime continuaba su viaje. De alguna forma se sentía como un caballero místico a la busca del grial. Era un viaje iniciático hacia aquello a lo que la baronesa de Ficarra llamaba «Amor», un rito fascinante. Descubría un mundo nuevo. Para él, los aspectos políticos pasaron a un segundo plano, y su atención se centró en Macalda.

Las sonrisas de ella cobraban otro significado y él se esforzaba en serle agradable cediéndole el paso, llenando su copa cuando cenaban solos y tratando de ser ingenioso en sus comentarios. Y ella premiaba sus gracias con risas cantarinas.

Para Macalda, aquel era un juego conocido en el que acostumbraba a ganar. Como en el ajedrez. En realidad, ambos requerían una estrategia donde había que anticipar y prever las jugadas del contrario. Jaime era un chico atractivo y listo, pero que no sobresalía en ningún aspecto con respecto a los muchos hombres con los que ella había jugado. Lo único excepcional en él era su realeza. Y quiénes eran sus padres.

Él era Pedro, el rey de Aragón y ahora también de Sicilia. Macalda recordaba bien cómo la había evitado, con sutileza y elegancia, cuando ella le abordó para hacerle su amante. Se había sentido muy humillada porque, aparte de que el rey le agradara, tanto en lo físico como en lo intelectual, la insistencia de ella y el rechazo de él habían tenido demasiados testigos. Rememoraba indignada aquella noche en vela, ella tratando de cautivarle mientras él le hablaba de su familia y de la maravillosa Constanza.

No había seducido a Pedro, pero estaba a punto de hacerse con su hijo. Esa sería parte de su venganza. Pero si guardaba resentimiento hacia el padre, el que le producía la madre era muchísimo mayor.

Constanza tenía lo que a ella se le había negado. A Pedro. Al menos, ahora que él estaba en España, ella tampoco lo podía gozar. Pero lo que más le indignaba era la inmerecida realeza de la que ella disfrutaba. ¿Con qué derecho se suponía que era su reina? ¿Qué había hecho para ganar aquel privilegio? ¡Nada! Solo ser la hija de un rey bastardo. Macalda había conspirado y luchado con las armas, matando, para liberar Sicilia de los franceses. Se había jugado la vida. Y su marido Alaimo, también. Él era el verdadero libertador, no Pedro. La baronesa de Ficarra sentía que ella sí merecía ser la reina. Y que, de haber seducido a Pedro, lo hubiera sido de hecho. Apretaba los puños cuando pensaba en ello.

—No tuve al padre, pero tendré al hijo —murmuraba cuando esos pensamientos la asaltaban—. Y me vengaré de Pedro y Constanza.

Si antes iba a la par del príncipe heredero, ahora Macalda se adelantaba cuando el paso era estrecho. Parecía que ella era reina por encima de él. Había transcurrido una semana con el juego de la gran dama y de su pretendiente cuando ella le dijo susurrante al infante:

—Progresáis muy bien, caballero. Estoy impresionada. Y os voy a premiar con un favor.

Y calló mirándole sonriente.

—¿Cuál, señora? —inquirió él expectante.

—Esta noche dormiréis conmigo.

A Jaime le dio un vuelco al corazón.

—¿Dormiré con vos? —inquirió incrédulo.

—Sí.

Él calló, presentía algún tipo de argucia. Y se quedó mirándola, esperando a que se explicara.

—Pero sabed que nuestro amor es espiritual y que voy a probar vuestra fortaleza.

—¿Cómo?

—Vamos a dormir juntos, pero vestidos. —Ella amplió su sonrisa—. Una espada delimitará mi parte del lecho de la vuestra y bajo ningún concepto la podéis cruzar. Ni me podréis tocar. Si fracasáis, ya jamás tendréis mi amor. ¿Aceptáis?

—Sois cruel, señora —dijo él—. ¿Cómo podré dormir teniéndoos tan cerca? Amor es dueño no solo de mi espíritu, sino también de mi cuerpo. ¿Por qué me hacéis sufrir tanto cuando yo tanto hago por serviros bien?

Macalda rio. El infante usaba la táctica trovadoresca de reprochar a su dama su ingratitud. Pretendía enternecer el corazón femenino suplicando piedad. La baronesa estaba satisfecha. Jaime era un alumno aventajado, y si aprendía tan rápido era porque para él aquello no era un juego, sino una realidad. Lo veía en sus miradas ansiosas, en sus gestos, en su tono de voz cuando se dirigía a ella. Lo tenía. Pero no cejaría en su juego de seducción hasta asegurarse de que el joven se había tragado por completo el anzuelo.

—Así que sufrís… —dijo suave.

—¡Mucho!

—En Amor el sufrimiento hace mayor la dicha si al final se alcanza el premio ansiado.

—Sois cruel —repitió él mirándola suplicante.

—¿Aceptáis o no? —inquirió ella, ahora enérgica.

—¿Qué otra cosa puedo hacer, señora?

Así que aquella noche, después de cenar y de jugar una partida de ajedrez en la que ella aleccionó al infante sobre varios de los movimientos, Macalda puso su espada sobre el lecho de él y se tumbó en el lado derecho. Él la contempló tendida con su gonela de seda roja, que se ajustaba a su cuerpo, sobre las blancas sábanas. Le sonreía pícara y él la veía hermosísima.

—Buenas noches, mi señor —le dijo mirándolo antes de cerrar los ojos.

Él sopló las velas y la tienda quedó a oscuras. Cuidando de no tocarla, avanzó hacia el lecho y se tumbó a su lado.

—Buenas noches, mi señora —respondió en un susurro.

Las sábanas olían a espliego, y el perfume de jazmín de la baronesa colmaba su olfato.

—Rezad vuestras oraciones —le dijo ella en otro susurro—. Y felices sueños.

Él adivinaba en su voz que sonreía. A ella le divertía aquello. Pero ¿y él? ¿Cómo podría dormir él teniéndola tan cerca en la noche? Notaba su calor, la vibración de su cuerpo, los latidos de su corazón. Allí estaba Macalda, tan cerca, tan cerca…, tan tentadora. Pero él no pensaba cruzar la frontera prohibida de aquella espada.

—Habéis superado la prueba, señor —le dijo ella a la mañana siguiente—. Os autorizo a continuar con vuestro cortejo.

Él sonrió. Apenas había sido capaz de dar un par de cabezadas en toda la noche.

# 49

*Costa de Calabria, 21 de marzo de 1284*

Súria contemplaba un cielo negro, sin luna, profundo, transparente y cuajado de estrellas mientras la nave se deslizaba hacia el norte. Había miles y miles de ellas. Todo era oscuridad excepto la cúpula celeste llena de brillantes guiños y de la tenue luz del faro de popa, que guiaba a las naves que seguían a la capitana. El mar era tinieblas líquidas, rumorosas e inquietas, y la costa, a estribor, una masa negra e invisible. Apenas intuía las velas que impulsaban la galera por encima de su cabeza.

La muchacha pelirroja no podía dormir, había acudido a la proa y se sentó apoyando su espalda en el castillete y con el espolón de la nave al frente. Bendijo su fortuna al encontrar el lugar desierto; no era frecuente ni siquiera en plena noche. A sus espaldas, detrás del castillete, dormían los galeotes acomodados sobre las bancadas, y como aquella noche primaveral era relativamente cálida, muchos de sus almogávares lo hacían también al aire libre, sobre la crujía, el pasillo central de la galera que separaba los bancos de remo. A pesar de los ronquidos, su fino oído le permitía oír el rumor del mar y retazos de la conversación del timonel y el piloto en el otro extremo de la nave. Súria tenía también un fino olfato y no podía acostumbrarse al tufo vomitivo procedente de todo tipo de deshechos corporales y de corrosión marina que desprendía la galera. Ella prefería mil veces el monte. Y se dijo que pronto olería tierra firme. Y también la sangre. Antes del amanecer desembarcarían cerca de una población o castillo que asaltarían al alba para destruir una guarnición enemiga, saquearlo todo y secuestrar a ricos nobles angevinos para hacerles pagar un rescate.

Súria era consciente de que, luchando en primera línea como hacía, la rondaba la muerte. En casi todas las incursiones sufrían bajas. Y muchos de los muertos tenían familias. ¿Qué sería de los suyos si ella moría?

—Ese es uno de los motivos por los que quiero que Beatriu quede embarazada del almirante —le explicaba a Sans, el cura almogávar, unos días antes—. Si Beatriu tuviera un hijo suyo, Roger la protegería si yo faltara.

—A Beatriu le gustan los hombres y el almirante es el que más. Está deseándolo —repuso Sans—. Pero ella dice que quien en realidad quiere tener un bebé eres tú. Y que también a ti te gusta el almirante, aunque lo niegues y le rechaces continuamente. Es el único hombre que te atrae.

Súria quedó pensativa. Siempre se sinceraba con Sans, pero aquello le costaba. Se conocían desde que ella se unió al clan, siempre se habían llevado bien, y el cura le había enseñado letras y cuentas. La vida de un almogávar era muy peligrosa, y Súria deseaba un futuro mejor para sus sobrinos, a los que amaba como si fueran hijos suyos. Si su madre se quedara embarazada del almirante, los chicos gozarían de grandes oportunidades.

—Hubo otro hombre que me gustaba... —murmuró melancólica—. Éramos aún niños, pero él me quería como esposa. Si no hubiera ocurrido lo que pasó, ahora él sería mi marido y tendríamos hijos. Pero Dios es bueno. Y me permitió hacerle pagar al cerdo pelirrojo del conde lo que nos hizo...

—Pero te quedó huella —le dijo Sans—. No en el cuerpo, sino en el alma.

Súria se encogió de hombros.

—Al menos ahora soy libre y no una sierva sometida a todo tipo de abusos. Amo a Beatriu, pero quizá nunca se me hubiera ocurrido vivir con una mujer.

—Eso es cierto. Pero quieres ser madre y no te atreves.

—¡No quiero ser madre! —repuso irritada—. ¿Por qué os empeñáis Beatriu y tú en eso?

Sans afirmó con la cabeza, aunque media sonrisa irónica se asomó entre su rubia barba.

—Será porque te queremos —respondió dulce—. Si complacieras al almirante, te trataría como a una reina. Y el futuro de todos, el de Beatriu y los tuyos, estaría asegurado. No tendrías que pelear como una salvaje y tu vida no correría peligro, como ahora, cada vez que te embarcas. Ese hombre no tiene amantes, o al menos no fijas, porque está muy enamorado. De ti. Y tú misma confiesas que te gusta. No seas tan obstinada.

—¡Tú sabes bien por qué no quiero! —Se exaltó Súria—. Lo único bueno que me dejó el malnacido de mi padre fue un cuerpo alto y fuerte. Pero me ha costado mucho tener lo que tengo. Me he ganado el respeto de los hombres con las armas. Unos me admiran, otros me temen, y muchos me obedecen. Con una sola mirada se tragan sus palabras los pocos que se atreven a insinuarse. El único que osa es el almirante. Soy feliz luchando al frente de mis almogávares. Son mis amigos, mis camaradas, mis hermanos. Si quedo embarazada, perderé todo eso.

—Quizá no. ¿Qué hay de extraño en que una mujer quede embarazada?

—Lo que más los admira es que yo no ceda ante ningún hombre —siguió ella sin responder.

Sans rio.

—No esperarás, como las antiguas griegas y romanas, a que aparezca Zeus, un dios, para embarazarte. ¿Verdad? Pues entérate de que lo más parecido a Zeus que tenemos por aquí es el almirante Roger de Lauria.

—¡Vete a la mierda!

—Todo eso de la admiración de los hombres está muy bien. Pero tienes deseos maternales. Quieres un bebé. Está claro que lo necesitas.

—Puede ser verdad —murmuró enojada—. Pero para eso está Beatriu.

El cura meneó la cabeza entre disgustado e impotente. Él sabía lo que era bueno para Súria. Y Beatriu también. E incluso el almirante. Pero era imposible convencer a aquella cabezota pelirroja.

La noche transcurría lenta, y los pensamientos de Súria, rápidos. Varias veces al día, su mirada se cruzaba con la del almirante. Él pasaba la mayor parte del tiempo en la carroza, en el castillo de popa, lugar noble de la nave, y Súria, en la zona de la tropa. No intercambiaban palabra alguna, aunque Roger había tratado varias veces de encontrarla a solas en el mismo lugar donde ahora se hallaba. Pero siempre había gente allí. Sus miradas eran interrogantes. Parecían preguntarle: «¿Ya? ¿Estás preparada?». Pero ella no lo estaba. No terminaba de convencerle el acuerdo al que llegaron los tres. A veces se decía que lo rompería tan pronto como regresaran a Mesina. Y otras, que debía honrarlo, por Beatriu y los niños.

Observó una tenue línea sinuosa de un gris oscuro a estribor. Era la costa, y verla anunciaba un amanecer que aún se demoraría. Dentro de poco desembarcarían entre tinieblas. Y se levantó para ir a la bodega, recoger sus armas, despertar a los suyos y prepararlos para el asalto.

# 50

*Isla de Sicilia, 22 de marzo de 1284*

Y pueblo tras pueblo, castillo tras castillo, el juego de la gran dama y el trovador seguía. Sonrisas, cumplidos, canciones..., hasta que, transcurrida otra semana, un día en que acampaban en el camino, lejos de cualquier población, Macalda anunció:

—Os voy a conceder otro favor. —E hizo una pausa para gozar de la expectación que causaba en su víctima—. Un favor que pondrá de nuevo a prueba vuestro amor.

—¿Cuánto más me habéis de probar, señora? —inquirió el muchacho quejumbroso—. Ni Hércules sufrió tanto con sus famosos trabajos. ¡Mi amor por vos es inmenso!

Ella rio cantarina.

—Os concederé dormir de nuevo conmigo.

—¿Separados por la espada?

—Sí.

—Ya superé esa prueba, señora. Aunque mi ansiedad me impidió dormir aquella noche. ¿Queréis que otra vez sufra? Sois cruel conmigo, doña Macalda.

La baronesa rio como celebrando algo ingenioso.

—Esta vez será distinto.

—¿Distinto?

—Sí, y más difícil.

—Hablad de una vez, me tenéis en vilo.

—Dormiremos separados por la espada. —Y se detuvo para estudiar la expresión del muchacho—. Pero ambos desnudos.

Jaime se estremeció. Solo pensarlo le turbaba, aceleraba su corazón, acortaba su respiración. Por un momento la imaginó desnuda. Sus miradas se enlazaron y él sintió que enrojecía.

—Y no me podréis tocar. Porque, si lo hacéis, habréis fracasado y ya nunca tendréis mi amor.

—¡Ay, desdichado de mí! —se lamentó él—. ¿Qué os hice para que tanto mal me deseéis?

Ella volvió a reír.

—Queríais conocer Amor. Y esas penas son Amor. Debéis aprender a saborear, a gozar el dolor que Cupido os causa con sus flechas.

Él afirmó sumiso con la cabeza. La espera hasta la noche se haría eterna.

Cenaron en la tienda de él y terminaron con los dulces y el denso vino de Marsala. A continuación, ella cantó una pícara canción siciliana acompañándose con el laúd. Él respondió con otra amorosa y la baronesa se hizo de nuevo con el instrumento para cantar otra más subida de tono. No dejaba de mirar sonriente al muchacho. Jaime estaba nervioso; no podía evitar pensar en lo que vendría después. ¿Cómo sería la baronesa sin ropa? ¿O se desvestiría a oscuras y le impediría verla? Pronto lo sabría.

Después de una interminable serie de canciones, que uno y otro alternaban, Macalda se incorporó de los almohadones, dejó el laúd en el suelo y dijo:

—Ha llegado el momento.

Buscó su espada para colocarla dividiendo el lecho en dos partes y se puso frente a las velas de forma que Jaime la pudiera ver bien. Lentamente se quitó el pellote de terciopelo rojo granate, para quedarse con una fina gonela de seda blanca bordada en rojo púrpura. Y se detuvo. El muchacho apreció cómo la prenda se ceñía a su cuerpo resaltando sus curvas y se abría en el pecho en un escote misterioso de dulces promesas. Ella le miraba con intensidad, con sus párpados de largas pestañas entornados y una sonrisa en sus labios carnosos. Lentamente, se contoneó. El olor a jazmín se hizo más penetrante.

El infante se dijo que nunca, en sus casi diecisiete años de vida, se había sentido tan tenso. Su cuerpo reaccionaba al perfume que colmaba su olfato y a lo que veían sus ojos, se olvidaba de respirar y creía morir. Entonces, la baronesa dobló las rodillas para poder sujetar el extremo de su falda. Y manteniendo la espalda recta y sin dejar de mirarle, empezó a tirar de ella, subiéndola, mientras lentamente se iba incorporando. Primero le vio los tobillos, después unas bien torneadas pantorrillas, unos muslos generosos, pero justo al llegar a la entrepierna se detuvo. Su perfumada piel era muy blanca.

—Recordad vuestra promesa —le dijo—. No me podéis tocar.

Jaime tragó saliva y murmuró:

—No os tocaré.

Macalda le premió con otra sonrisa y subió un poco más su goncla. Ahora, ante los ojos ansiosos del muchacho, apareció una mata de un vello oscuro, del mismo azabache que la cabellera de la mujer. Ella siguió y él vio unas redondeadas caderas y un armonioso vientre con un apetecible ombligo en su centro. Siguió tirando de la gonela hasta llegar al inicio de los senos y con un movimiento rápido se terminó de quitar la prenda para lanzarla a un lado y sacudir la cabeza ondeando su cabellera suelta. Sus pechos, abundantes pero sin exceso, cayeron ligeramente. Tenía una amplia areola y unos pezones rosados que parecían pequeños botones. No pudo evitar compararla con Marcia, la criada. A pesar de superarla en quince años, la baronesa mantenía los pechos igual de altos o más. Él se dijo que el ejercicio de armas que ella practicaba a diario debía de mantener su cuerpo duro.

—Vuestro turno, señor —le dijo.

Jaime se apresuró a quitarse su pellote y la gonela. A pesar de la erección que sufría, y que le trababa, lo hizo con rapidez. Ella le observó. Era casi tan alto como su padre y en el esplendor de su juventud el muchacho tenía un cuerpo musculoso y un buen miembro.

—¡Oh! ¡No! —exclamó ella arrugando el cejo y señalando su pene erecto—. Pero ¿qué hacéis, señor?

Él la miró interrogante.

—¿No quedamos en que nuestro amor era espiritual? —inquirió regañándole—. Cejad en vuestra actitud o fracasaréis en la prueba antes de empezar.

—No… —balbució él—. No puedo evitarlo.

Ella se quedó un momento mirándole como pensando. Él no podía apartar la vista del cuerpo de ella.

—Bueno, sigamos —dijo al fin condescendiente—. Pero evitad eso y comportaos.

Macalda fue al lecho y se tumbó boca arriba con las piernas entreabiertas.

—¿Apago las velas? —dijo él.

—Hoy no. ¿De qué serviría estar desnudos si no tenemos luz?

Él suspiró y se tumbó del otro lado de la espada, mirando al techo de la tienda. Estuvieron unos instantes así y notó que Macalda apoyaba la mejilla en la almohada para mirarle. Él hizo lo mismo y ella le sonrió.

—Lo estáis haciendo bien, señor. Perseverad en ello.

Macalda se dijo que su pececito se había tragado el anzuelo por completo. Le había pescado y estaba en su cesto. Y que a ella no le dolían como a él las flechas de Cupido, sino que, pura y llanamente, le acosaba el demonio de la carne. Se sabía mujer sensual y fogosa, y hacía días que se contenía a pesar de notar aquella sensación en su bajo vientre por las noches. No iba a esperar más, era el momento de dar el siguiente paso. Aquel era un muchacho agraciado y lo que venía sería muy placentero. Sin dejar de mirarle, tendió la mano y le sujetó del pene aún erecto, acariciándolo. Él se incorporó en el lecho sobresaltado.

—¡Señora! —exclamó.

Ella, sonriente, siguió acariciándole el miembro.

—Pero nuestro amor… espiritual —balbució el chico.

—Las normas han cambiado —le dijo ella—. Superasteis las pruebas y os amo. ¿Y vos a mí?

—Sí, con locura —musitó él.

—¿Lo prometéis?

—Os lo prometo.

—Pues bien, habéis ganado el gran premio —murmuró felina.

Jaime no sabía cuántas veces se había quedado sin respiración en lo que llevaban de noche. Aquella fue otra. La baronesa tomó la espada para lanzarla al suelo. Y sus generosos labios buscaron los del muchacho. Fue un beso corto.

—Ya podéis tocarme —dijo Macalda—. Y os ordeno que lo hagáis.

# 51

Mi dama, mi señora, mi reina —me escribía Pedro—. Quiera el Señor que mi carta os encuentre con salud a vos y a nuestros hijos. Lamento informaros que Carlos de Anjou ha logrado construir más de treinta galeras en Provenza. Y que muchas más se les unirán por el camino. Cuando recibáis mi mensaje, estarán ya navegando hacia Sicilia, junto al gran ejército que las sigue por tierra. Quisiera estar con vos, mi señora, cuando invada la isla. Pero me es imposible. La situación en nuestros reinos de España es difícil y no puedo dejar solo a Alfonso. Sin embargo, os enviaré catorce galeras cargadas de almogávares al mando de Ramón Marquet. Las estamos armando a toda prisa. Ojalá tuviera más, pero no las hay. Confío en que con ellas y el buen hacer de Roger logréis frenar el gran poder francés como tan bien lo supisteis hacer hace casi un año en Malta.

—Hermosas palabras, canciones de trovador —murmuré al leer la carta—. Pero todo se reduce a lo mismo. Seguiré sola.

Reuní al consejo, del que Jaime seguía ausente a causa de su viaje con Macalda. Se notaba la tensión en gestos y miradas. Las noticias que llegaban no eran buenas. Leí una parte de la carta de Pedro.

—En efecto, el gran ejército de Carlos de Anjou sale ya de Provenza y se irá engrosando por el camino —dijo Juan—. A principios de junio llegará a Nápoles. Y lo tendremos en el otro lado del estrecho en julio. Es muy superior a nuestras fuerzas y no creo que podamos pararlo en Calabria. Vienen a cruzar el estrecho para invadir la isla.

—Mis noticias concuerdan —coincidió Alaimo—. En julio tendremos que luchar de nuevo por nuestras vidas aquí en Mesina.

—Ya lo hicisteis hace dos años, Alaimo —traté de animarle. Sin querer, mi voz sonaba cariñosa—. Y vencisteis. Venceremos de nuevo.

—Cierto, señora —me dijo con mirada franca—. Y, en gran parte, fue gracias a la llegada del ejército de vuestro esposo. Pero durante estos años de guerra hemos sufrido un gran desgaste. Y Carlos de Anjou regresa con un ejército aún mayor. Nosotros somos más débiles y él más fuerte. Parece gozar de recursos ilimitados. Tiene más hombres, más armas, más dinero.

—Pero nuestra flota aún castiga sus costas —intervino Roger—. Y cobra un botín que nos alivia.

—Eso durará poco —dijo Alaimo—. No podréis con la armada que llega del norte. Es imposible. En unas pocas semanas, Carlos no solo tendrá la tierra, sino el mar.

—¿Cuál es la situación, Roger? —quise saber—. ¿Qué dicen vuestros espías?

El almirante hizo un gesto de disgusto.

—Han pasado otoño e invierno construyendo galeras —dijo—. Y coincido con don Alaimo, Carlos de Anjou parece disponer de enormes recursos.

—¿Cuántas galeras trae?

Roger se me quedó mirando con sus grandes ojos oscuros.

—¿De verdad queréis saberlo? —inquirió.

—¡Pues claro! —me indigné.

¿Creía mi hermano de leche que debía ocultarme la verdad por dura que esta fuera?

—Mis últimas noticias son las siguientes —dijo pausado —: la flota que saldrá de Marsella cuenta con treinta y cuatro galeras, más naves de apoyo. Por el camino se le unirán diez galeras de Pisa, y cuando alcance las costas del reino, se añadirán otras en Gaeta. Y al llegar a Nápoles, la esperan treinta más.

—¡Más de setenta y cuatro! —Sumé—. Y nosotros solo tenemos treinta.

—En efecto —confirmó Roger—. Las veinte que nos quedaron después de Malta más las diez que capturamos allí. Repararlas y ponerlas en condiciones nos ha costado más oro del que disponemos.

—Más las catorce al mando del almirante Ramón Marquet —recordé.

Tragué saliva. Y quise disimular el escalofrío de temor que me recorrió. Si perdíamos el mar, perderíamos la tierra. Las cifras eran aplastantes. Pero sabía que eso no era todo.

—¿Y qué ocurre con sus puertos del Adriático? —inquirí—. ¿No han armado galeras allí?

—Por desgracia, sí —confirmó Roger—. Cuando la flota que viene de Provenza llegue al estrecho, se podría encontrar con otras muchas galeras de las posesiones angevinas de Albania, Grecia y Apulia. Y quizá también de sus aliados.

—¡Sobrepasarán la centena! —gruñó Alaimo—. Quizá tripliquen las nuestras.

—¿Y qué pensáis hacer, almirante? —inquirí perentoria. No podía ni dejarme abatir ni evidenciar mi temor.

—Hay que evitar que se junten —dijo—. Puedo darles batalla por separado, pero no a la vez.

—¿Y cómo pensáis hacer eso, Roger? —inquirió Alaimo—. Esta vez no irán cortos de gente y armamento. Vienen con tripulaciones completas y mucha más munición que la de nuestras galeras.

—Tengo mis planes, don Alaimo —repuso Roger tranquilo.

Me dije que Roger debía de estar tan atemorizado como lo estábamos los demás. Aunque fingiéramos lo contrario. Pero quizá disimulara mejor.

—¿Cuáles?

—Pretendo entrar en combate contra las galeras de Nápoles antes de que lleguen las del norte —dijo Roger.

—Pero ¿cómo? —inquirí yo—. Se dice que Carlos le ha ordenado a su hijo que no presente batalla hasta que llegue él con su flota y ejército.

—Así es —admitió Roger—. Habrá que hacerle creer al joven Carlos que está en superioridad y provocarle tanto como para que desobedezca a su padre y salga a perseguirnos.

—No será fácil —dijo Juan.

—Si no hace salir a sus galeras, tomaremos el control de las islas del golfo de Nápoles, desde allí apresaremos cualquier nave que entre o salga de la ciudad y devastaremos toda la costa a su alrededor —explicó el almirante—. Asfixiaremos su capital hasta que diga basta.

—¿Y si no funciona? —inquirió Alaimo.

—Entonces atacaré a la flota que viene del norte —repuso Roger—. Su superioridad hará que se confíen y no vendrán en formación de combate. Los esperaremos ocultos tras las islas y trataremos de apresar o hundir algunas de sus naves antes de que reaccionen y contraataquen.

—Con eso solo les haréis cosquillas —objetó Alaimo—. Su superioridad seguirá siendo aplastante.

—No haré cosquillas, don Alaimo, sino sangre —repuso Roger fiero arrugando el cejo—. Muchos cortes, aunque pequeños, pueden desangrar a un gigante.

La seguridad con la que hablaba me devolvió la esperanza. Observé los rostros del resto del consejo. Había más luz en ellos. En especial en el de Juan. Él conocía bien el mar de Nápoles.

Sin embargo, no podía olvidar las cifras. ¡Eran demasiados! Solo si Dios, nuestro señor, nos ayudaba, y mucho, tendríamos posibilidades de sobrevivir.

¿Qué más podía hacer yo?

—Roger —dije al fin—, autorizo vuestro plan. Embarcad tan pronto como la flota reponga suministros. Y que Dios nos bendiga.

Di por terminado el consejo, me encerré en mis estancias y le escribí a mi esposo para mitigar mi angustia:

> Mi señor. Gracias por las galeras que enviáis, espero que os reservarais alguna para la defensa de nuestras costas en España. La situación aquí es difícil. Pero por muy fuertes que sean las armadas y ejércitos de Carlos de Anjou, mayor es el deseo de libertad de los sicilianos y nuestra firmeza. Venceremos con la ayuda de Dios, nuestro señor…

No sentía la seguridad que reflejaba en la carta. Seguía pensando que no debiera haberme abandonado, pero ocultaba mi zozobra para no preocuparle. Él también tenía problemas.

Al terminar, sellé la carta con cuidado y llamé a un paje para que saliera en la próxima nave. Después me arrodillé y me puse a rezar:

—Señor, tened piedad.

Buscaba alivio en la oración. Se avecinaba un terrible combate donde teníamos todas las de perder.

# 52

*Mesina, 15 de mayo de 1284*

—Ya tengo dos faltas, Brita. Y sabes que soy muy regular. ¡Estoy embarazada!

Se encontraban en la estancia privada de Macalda en el palacio que compartía con Alaimo. La baronesa de Ficarra estaba sentada mientras su doncella le peinaba su larga y brillante cabellera azabache. Era una sala lujosa decorada con tapices con motivos de caza, vegetales y geométricos y un hogar de piedra esculpida con cabezas de leones. Tenía un amplio ventanal que daba al patio del edificio y que mostraba un día luminoso.

Brita soltó el peine, palmoteó contenta y, situándose frente a su ama, le dio dos largos besos en cada mejilla y un tierno abrazo. Sin levantarse, Macalda correspondió apretándola contra su pecho. La baronesa era consciente de que su atractivo no se limitaba solo a los hombres. Y del enorme cariño que su fiel doncella sentía hacia ella.

—¡La hechicera no erró en sus conjuros! —dijo la rubia—. ¡Cuánto me alegro!

—Ni yo tampoco en mis cálculos —repuso Macalda sonriente.

—¿De quién es?

—No lo sé ni me importa. —La baronesa elevaba una de sus cejas apuntadas manteniendo la sonrisa—. Y ese era precisamente el cálculo. Que ni yo misma pudiera saber de quién es.

—¿Y qué le diréis a vuestro marido?

—Que es suyo.

—¿Y al infante?

—Lo mismo.

Brita apretó los labios afirmando con la cabeza.

—¿Y os creerán?

—Aquí está mi arte, Brita. En hacérselo creer a ambos.

—Puede ser arriesgado, señora —apuntó la doncella temerosa.

—Sin riesgo no hay ganancia, querida.


—¿Me amáis, señor? —inquirió Macalda.

—Con toda mi alma y mi corazón, mi señora —repuso vehemente Jaime.

La conversación se desarrollaba en la estancia privada del infante en el castillo de Matagrifone. En el exterior montaban guardia Brita y el escudero de Jaime. Y en el patio de armas esperaban los caballerizos y la escolta que había acompañado a la baronesa desde su palacio.

La excusa para el encuentro había sido la reunión del consejo del infante. A instancias de Macalda, Jaime decidió que, en su calidad de heredero del reino, debía tener su propio consejo y corte.

Obviamente, la baronesa era el eje fundamental de dicho consejo. Jaime, en un gesto de rebeldía, lo decidió sin pedir opinión ni consentimiento a su madre. Cuando la reina se enterara, sabría que su hijo había dejado de ser un niño.

Aparte de la propia Macalda, el reducido consejo lo completaba un caballero siciliano del entorno de esta que supo retirarse oportunamente una vez acabada la charla. La reunión pasó a ser privada y siguió en el dormitorio del joven con un fogoso encuentro de violenta pasión.

Terminado el primer envite, y abrazados en el lecho, Macalda le preguntó y él le reafirmó su amor apasionado. La baronesa estaba más que satisfecha del control que ejercía sobre el muchacho. El joven era listo, decidido y autoritario. Prometía como monarca. Pero había caído en sus redes.

—Pues sabed que me habéis embarazado —prosiguió ella—. Y voy a tener un hijo vuestro.

—¿Qué? —se sorprendió él.

Y se apartó para mirarle los ojos. La oscuridad de las pupilas de Macalda guardaba reflejos dorados. Ella le sonrió dulce.

—¿Y qué esperabais, mi señor? —susurró felina—. Soy mujer fértil, y vuestra semilla, que tan generosamente me habéis prodigado, tenía que germinar en mí, por virtud de nuestro gran amor e inmensa pasión.

—Pero estáis casada.

—Os he dicho mil veces que no amo a mi esposo. Y que hace más de un año que no compartimos lecho ni holgamos. Nuestros hijos se crían lejos de la corte, en mi baronía de Ficarra. Todo mi amor, todo mi cuerpo y todo mi ser los guardo solo para vos.

—Sí, sí… —murmuró él—. Estoy seguro. Pero pensarán que el niño es su hijo.

La baronesa frunció el cejo.

—No si vos lo reconocéis. —Y cambió el tono de voz para mostrar escándalo e indignación—. Porque no permitiréis que otro se quede con nuestro hijo, ¿verdad?

—¡Claro que no! —se exaltó él—. Ya es momento de que vuestro esposo Alaimo sepa que sois mía.

Macalda abandonó su expresión autoritaria y volvió a sonreírle con ternura.

—Lo sabe, amor mío. Y respeta mi libertad. Ese es un trato que hicimos hace ya muchos años.

La baronesa se felicitaba por su buen hacer. Aquel bebé sería su arma decisiva.

# 53

*Mesina, el mismo día*

—No embarques mañana, Súria —le pidió Roger cuando ya se despedía, cogiéndola de las manos para hacer más intensa su demanda.

Se encontraban en la planta baja de la casa, en la que habitaban las dos mujeres. Olía a leña y a puchero, y él estaba a punto de abrir la puerta de la calle. Fuera le esperaba su escudero. Habían pasado una agradable velada los tres juntos charlando, cenando y después con canciones y juegos de dados.

A pesar de la seguridad mostrada en el consejo real, Roger sabía que, a no ser que jugara sus cartas con gran habilidad y le acompañara la suerte, la expedición del día siguiente terminaría en un desastre. No había sufrido aún la derrota, pero conocía bien lo que esta comportaba; cientos, miles de muertos despedazados o ahogados. Lamentos de heridos sin esperanza y prisioneros aguardando la muerte o la mutilación. Porque los angevinos acostumbraban a ajusticiar o mutilar a sus prisioneros y así incapacitarlos para el combate. Imaginaba a Súria muerta o sin un pie o una mano y se estremecía. Mantenía en secreto lo arriesgado de la misión del día siguiente. Solo unos pocos conocían los peligros de aquella aventura contra fuerzas tan superiores. Súria lo ignoraba y él, a pesar de anticipar su reacción, quiso convencerla para que se quedara en tierra. La amaba demasiado.

—¿Otra vez con que no me embarque? —inquirió ella sorprendida—. Ya tuvimos esa discusión. Y os dije que no.

—Fue antes de la batalla de Malta —recordó él—. En aquella ocasión, los angevinos solo nos aventajaban en una galera. Ahora la situación es tan difícil que quizá nadie regrese.

—Pero ¿qué decís, señor? —se extrañó Súria—. Llevamos dos años atacando la costa angevina. Obtenemos un buen botín, la gente está contenta. Todos quieren volver al mar.

—Porque no saben lo que ahora les espera.

—¿Qué es? —inquirió Beatriu arrugando la frente preocupada.

—Os pido que juréis ambas, ahora mismo, guardar el secreto.

Y miró severo a Súria, que afirmó con la cabeza, y después a Beatriu.

—Lo juro —dijo la morena—. Y que Dios me castigue si no cumplo.

—Vamos a enfrentarnos a una flota dos, tres veces, quizá cuatro veces mayor —explicó Roger—. Lo ocultamos para que no cunda el temor en la tropa y el pánico en la población.

La pelirroja intercambió una mirada de sorpresa con Beatriu e inquirió:

—Y si tan mal lo tenemos, ¿por qué vamos? ¿Me decís que vais a suicidaros, almirante?

—Puede ser.

—¿Y por qué lo hacéis?

—Por defender a Sicilia y a la reina —repuso firme—. Es mi deber y lo cumpliré con todas sus consecuencias. Combatiré al enemigo lo mejor que sepa, aunque sea mil veces más poderoso.

—Pues moriremos juntos. —Súria elevaba la barbilla orgullosa—. Es también mi deber.

—No digáis eso —intervino Beatriu poniendo la mano en su pecho. Sus ojos oscuros brillaban húmedos—. Me angustia.

—No temas —dijo Súria tomándole la mano para consolarla—. El almirante no es un suicida, sabe lo que hace. Ya lo ha demostrado con anterioridad.

—Lo de ahora no tiene nada que ver con lo ocurrido antes —insistió Roger—. Seremos afortunados si logramos regresar.

—Iré, almirante —concluyó Súria—. No puedo abandonar a mis hombres, y menos frente a semejante peligro.

—Enferma esta noche —insistió Roger—. Excúsate. Tus hombres pueden juntarse a los de otro clan.

—Sí, por favor —suplicó Beatriu—. Quédate conmigo y con los niños. ¿Qué haríamos sin ti?

—Iré, almirante —repitió Súria mirándole a los ojos, sin atender a su compañera—. No me lo podéis impedir.

—Te pido que no embarques mañana.

—Iré, almirante —repuso ella elevando la voz.

—Te pido que no embarques mañana —repitió él, y su mirada se tornó tierna y vidriosa—. Ojalá supiera cómo disuadirte. Pero, si no puedo, ven a mi nave. Como siempre. Quiero tenerte cerca en el peligro.

—Si hay que morir, moriremos juntos —insistió Súria, que también se había emocionado.

Los tres callaron.

—Ya os lo dije hace tiempo, almirante. —La pelirroja rompió el silencio, al rato, con un murmullo—. Un general como vos no puede enamorarse de un soldado como yo.

—¿Qué nos va a ocurrir a los niños y a mí si mueres? —le espetó Beatriu cuando Roger abandonó la casa.

—Lo mismo que a cualquier mujer almogávar a la que le matan a su hombre —repuso Súria molesta—. Hemos tenido una buena temporada y sabes dónde está el oro.

—¿Y cuando se termine?

—Lo mismo que a cualquier viuda almogávar. El clan tratará de protegeros.

—¿Y si no queda clan? ¿Y si vais todos al matadero como nos advierte el almirante? Tus sobrinos y yo perderemos la libertad, volveremos a la servidumbre.

Súria se encogió de hombros.

—La vida y la muerte están en manos de Dios.

—¡La muerte de una suicida no viene de Dios! —repuso Beatriu con enfado—. ¡Di que estás enferma y quédate!

—No lo haré, Beatriu. En el clan, el valor y la lealtad están por encima de la vida. Y yo prefiero morir como un almogávar, joven, antes que de vieja y cobarde.

—¡Tú, tú y tú! ¿Te das cuenta de que solo piensas en ti, gran guerrera? En tu valor, en tu honor, en qué dirán tus hombres si te quedas embarazada… ¡Piensa en nosotros!

—Lo hago —murmuró Súria cabizbaja.

—¡No lo haces! ¿Por qué no quieres aceptar de una vez el trato al que llegamos con el almirante? Eso protegería a los niños. Y a nosotras.

Súria quedó en silencio. Se sentía culpable.

—Lo haré cuando regresemos —musitó.

—Si regresáis.

—Si regresamos.

Los ojos de Beatriu se llenaron de lágrimas y abrazó a Súria. La pelirroja también lloraba mientras se apretujaba tierna contra su compañera.

—Regresa, por favor —le suplicó Beatriu.

## 54

*Puerto de Mesina, 16 de mayo de 1284*

La despedida de la flota fue, como siempre, multitudinaria. Todos querían abrazar a familiares y amigos. Nunca sabían si aquella sería la última vez que los vieran con vida. Sin embargo, todos se mostraban alegres. Las incursiones habían obtenido, hasta el momento, suculentos botines. Aunque el dinero se iba rápido y todos esperaban que la suerte los siguiera acompañando.

Sonaba música militar de timbales y trompetas en la zona de embarque. Pero, entre el gentío, los músicos callejeros con flautas, laúdes y tamboriles cantaban pidiendo unas monedas. Y los aguadores y vendedores de pastelitos y frutas proclamaban a gritos sus mercancías. Era un día luminoso y la brisa hacía ondear los gallardetes de las naves. Las gentes lucían sus vestidos de fiesta.

—¡Fíjate qué contentos! —murmuró Beatriu, con el corazón encogido, al oído de Súria—. Como el rebaño que se dirige al matadero. Van engañados, creen que esta es otra razia sobre las costas enemigas que los hará ricos. Pero Roger los conduce, a sabiendas, a una sangrienta batalla donde no tenemos posibilidades.

—¡Que no te oigan! —repuso la pelirroja mirando a su alrededor.

Las acompañaban los niños. Pons, con doce años ya, y daga al cinto, vestía como un almogávar, y Senén, de ocho, imitaba a su hermano portando un cuchillo pequeño. Los seguían la cincuentena de hombres que comandaba Súria, y sus familias.

—Muchos no regresarán… —musitó Beatriu angustiada.

—Olvídate de eso. —Súria sonreía tratando de tranquilizarla—. En unas semanas estaremos felices de vuelta.

Entonces sonaron los clarines que ordenaban el embarque. Súria abrazó y besó a sus sobrinos, que la contemplaban admirados, y después a Beatriu.

—Regresa, por el amor de Dios —le dijo la morena en lágrimas.

—Lo haré.

Y con un silbido llamó a los suyos, les hizo seña para que la siguieran y se abrió paso entre la gente camino de las naves. Destacaba por su altura y cabellera roja, y llevaba su armamento completo, azcona, un par de dardos, espada y puñal. Y un zurrón por todo equipaje.

Una vez que embarcaron, las trompetas impusieron silencio. Y un sacerdote, a pesar de la excomunión papal que pesaba sobre la isla y sus reyes, celebró la santa misa después de bendecir las naves.

En el estrado donde se encontraba el consejo, Roger, rodilla en tierra, le entregó su espada a la reina Constanza, que se la dio al infante Jaime, que se la devolvió a Roger. Este la enfundó y besó primero la mano del infante y después la de la soberana.

—Que Dios, nuestro señor, derrame sus bendiciones sobre vos, hermano —murmuró ella para que solo él la oyera—. Libradnos del peligro que nos amenaza.

—Haré cuanto pueda, señora —repuso él emocionado.

Después, la reina se dirigió a las tropas.

—Luchad por Sicilia y Aragón —clamó Constanza—.

Pero, por encima de todo, pelead con bravura por vuestra libertad y por vuestras familias.

—¡Por Sicilia y Aragón! —gritó el infante Jaime, y la gente repitió el grito.

Era la primera vez que el joven se dirigía a la multitud. Y buscó con la mirada a Macalda. La baronesa afirmó con la cabeza en aprobación y le dedicó una tierna sonrisa. El muchacho pensaba en su hijo, que ella guardaba en su vientre sin que aún se notara. El gesto y las miradas no se le escaparon a Constanza, que encontraba raro a Jaime desde su regreso. Aunque nada había podido averiguar, intuía que la actitud de la baronesa no había mejorado. Anticipaba problemas, ignorando aún que su hijo tenía su propio consejo, dominado por Macalda.

Otro toque de trompetas y el almirante, erguido y gallardo, se dirigió a la galera capitana, donde fue recibido con sonido de silbatos y cornetines. Y al poco su embarcación se separó majestuosa del muelle. Roger, desde su nave, contempló como, una a una, el resto de las treinta galeras le seguían. Pocas, pero eran las que tenía.

En el muelle, el silencio se abatió por unos instantes sobre la muchedumbre conforme la última de las naves abandonaba la bahía. La gente rezaba. Aunque los que, como Constanza y Beatriu, conocían lo desigual del choque que se avecinaba lo hacían con más fervor.

La flota cruzó el estrecho para desplazarse hacia el norte siguiendo la costa de Calabria.

—Aunque dicen que el Cojo mantiene sus galeras en el puerto de Nápoles, no nos dejaremos sorprender —le dijo Roger a Giacomo—. Sería nuestro fin. Avanzaremos con precaución y con dos fustas por delante.

El muchacho afirmó con la cabeza. Se encontraban en el castillo de popa, junto al timonel y al piloto.

—Y seis de nuestras galeras navegarán en paralelo, sin ser vistas desde la costa —añadió.

—¿Y eso por qué?

—Quiero que Carlos el Cojo crea que solo tenemos veinticuatro.

—Controlamos aguas y tierra hasta más allá de la mitad de camino. ¿Por qué no esperamos a llegar a Nápoles para dividir nuestras fuerzas?

Roger rio.

—Ellos también tienen espías. Pronto le alertarán y quiero que le digan que solo tenemos veinticuatro.

Al cuarto día divisaron Scalea. Era la última de las grandes ciudades fiel a la reina Constanza y con guarnición aragonesa. Roger envió una lancha para informarse. Ninguna galera angevina se había dejado ver por la zona en las últimas semanas. Sin detenerse, la flota siguió su ruta hacia el norte.

Súria y Roger no habían hablado durante el tiempo que llevaban navegando. Pero se veían. Él acostumbraba a buscarla con la mirada desde el castillo de popa, y ella le observaba tomando el aire sobre la crujía. Eran miradas intensas, disimuladas, casi un diálogo. «¿Qué querrá decirme? ¿Qué pensará?», se preguntaban.

Al fin, a la quinta noche, Roger, que no conciliaba el sueño dándole vueltas a su estrategia, vio, a la tenue luz de la luna, una silueta que le era familiar dirigiéndose a proa. Le dio un vuelco el corazón. ¿Era quizá Súria? El crujir del maderamen de la nave se unía a los ronquidos de los galeotes, y sin preocuparse por el ruido de sus pisadas bajó la escalerilla de la carroza para dirigirse también a proa. Dio la vuelta a la protección frontal de la nave tanteándola en la oscuridad. Y allí vio, en la penumbra, una forma apoyada de espaldas en el castillete, mirando al mar. Estaba sola.

—Súria —susurró él.

Ella reconoció la voz y le observó sorprendida en la oscuridad.

—¡Almirante!

Él percibió su sonrisa en la exclamación y fue a acomodarse a su lado. A pesar de lo mucho que deseaban decirse, quedaron en silencio gozando de la fugaz e inesperada intimidad. Al poco, él buscó su mano y la asió acariciándola. Súria le dejó hacer.

—¿Regresaremos? —inquirió ella en un susurro—. ¿Sobreviviremos al encuentro con la gran flota angevina?

Las lágrimas de Beatriu, sus reflexiones, su angustia, y la despedida la afectaron. Por primera vez sentía temor y le abrumaba la responsabilidad. Aquellas emociones le eran nuevas y desconcertantes.

—Sí, si Dios quiere —dijo él fingiendo una seguridad que no sentía.

Hubo otro silencio. A pesar del duro maderamen en que apoyaba la espalda, Súria se sintió cómoda, confortada. Era el contacto de aquella mano cálida y su voz tranquila. Notó que recuperaba la confianza perdida. Se dijo que era la primera vez, desde que su tío la rescató a los trece años de Ampurias, que el contacto con un hombre la tranquilizaba. Ni siquiera antes, la vez que se acostó con el propio Roger. Aquel encuentro fue un juego para ella, un experimento que ni le importó ni le aportó. Sin embargo, aquella mano y la voz, queda y grave como un ronroneo de un gato, que provenía de un león, disiparon las tinieblas que ahogaban su alma. Aquello sí que tenía valor. Le estaba agradecida.

—Si ambos regresamos a Mesina con bien —musitó—, cumpliré con el acuerdo.

Debía hacerlo por Beatriu y los niños. Anticipaba que él respondería feliz, pero su silencio la decepcionó. Al rato oyó que Roger reía quedo.

—No me queda otra que ganar la batalla —musitó—. El botín merece la pena. No me lo perdería por nada del mundo.

En aquel momento, el fino oído de Súria percibió una variación en los crujidos del maderamen.

—¡Viene alguien!

Libró su mano de las de Roger y ágil como una gata se puso en pie de un salto para desaparecer por el lado contrario del que llegaba.

Al almirante no le importaba que los vieran juntos y solo guardaba las apariencias por ella. Si por él fuera, gritaría que la amaba. Que quería que fuera su mujer. Se quedó sentado en la misma posición tratando de adivinar, a través del mar en tinieblas, qué deparaba el futuro.

## 55

*Barcelona, 10 de mayo de 1284*

—Ramón, decidle a mi esposa Constanza cuánto lamento no poder embarcarme hoy con vos y regresar a su lado —murmuró Pedro.

Se encontraba en la playa de Barcelona donde estaban varadas las catorce galeras que acudían en ayuda de los sicilianos. Acababa de amanecer y el sol se elevaba, en un cielo despejado, sobre el mar. Las aguas estaban en calma, sería un buen día para navegar.

—Lo haré, señor —repuso Ramón Marquet—. Junto con Roger, combatiremos a los angevinos. Antes los vencimos y volveremos a hacerlo.

Pedro sonrió ante el optimismo del marino pelirrojo.

—Conocéis mejor que yo en cuánto nos superan —siguió Pedro—. Siento no poder daros más galeras.

—¡Solo faltaría! —intervino Jaume Sarroca, el obispo de Huesca—. Estáis desprotegiendo, señor, la costa catalana de los corsarios franceses por ayudar a vuestra esposa. ¡Demasiado que hacéis!

—Quisiera hacer más.

—¿Más con lo que tenéis aquí? —clamó el obispo.

Pedro miró resignado a Ramón, que le correspondió con

un gesto de comprensión. El hermano natural del rey no tenía pelos en la lengua y le gustaba ejercer de conciencia del monarca. Y este se lo permitía porque sabía que su temperamento audaz infravaloraba los riesgos y era bueno que alguien se los recordara.

—El señor de Albarracín, aliado del rey de Francia, se ha refugiado en Navarra y desde allí, junto a los franceses, ataca continuamente Aragón. —Jaume inició su lista.

—Mi hijo Alfonso está sitiando Albarracín —gruñó Pedro—. Y caerá en mis manos. No puedo dejar a semejante enemigo a mis espaldas.

—Sí, pero ¿a qué coste? ¿Y cuántos meses se precisarán? —inquirió el prelado—. La población es inexpugnable y habrá que rendirla por hambre. Entretenemos unos recursos valiosísimos.

—Pero tomaremos la ciudad —sentenció Pedro.

—¿Y lo del conde de Foix? —inquirió ahora el obispo.

—¡Qué traición! —exclamó Ramón.

—Sí —continuó Jaume—. ¿Os creíais que el conde seguiría vuestros modos caballerescos? No es como vos, Pedro.

—Ya lo he visto.

—En diciembre le liberasteis de la prisión con la promesa de seros favorable y dejando a su hija como rehén —siguió el hermano de Pedro—. Y en enero volvió a atacarnos. Ahora tenemos guerra abierta con él en el condado de Urgel.

—Es un miserable —sentenció Ramón.

—¡No! —clamó Jaume—. Actúa siguiendo las órdenes del papa y del rey de Francia. Sois un excomulgado, Pedro. ¡Entendedlo de una vez! El papa le libera, en nombre de Dios, de la palabra que os dio y de los tratados firmados con vos.

—Pagará por ello —afirmó el rey.

—O quizá no —continuó el obispo—. ¿Y qué ocurre con el conflicto con los nobles aragoneses?

Pedro suspiró y miró de nuevo a Ramón con gesto paciente.

—No quieren pagaros los mismos impuestos que catalanes y valencianos —siguió Jaume implacable— porque piensan que ellos no se benefician de las nuevas rutas comerciales del Mediterráneo y que tienen que soportar los ataques franceses por culpa de la guerra de Sicilia que vos provocasteis.

—No es solo eso —replicó Pedro—. Quieren imponerme unos fueros y privilegios abusivos que debilitan mi poder.

—Los consideran sus derechos ancestrales —repuso el prelado—. Y vos los desafiasteis al coronaros en Zaragoza sin jurar esos fueros y privilegios.

—¡Porque no son justos! Y porque los impusieron en momentos en que mis antecesores eran débiles. ¿No recordáis lo que nos contó nuestro padre? Esos nobles le humillaron burlándose y riéndose de él frente a su esposa castellana cuando era un adolescente huérfano de padres y apoyos.

—Serán lo justos o injustos que queráis, pero tendréis que pactar con los ricos hombres aragoneses —siguió el obispo—. En Francia se ha empezado a predicar la cruzada contra vos y el próximo año estará aquí invadiéndonos. Necesitaréis a esos nobles para que defiendan la tierra y os defiendan a vos. Porque el papa y los franceses tratarán de convencerlos para que se unan a la cruzada, con todos los perdones de Dios, mejorándoles esos fueros y privilegios que vos no les queréis dar.

Pedro gruñó y apartó la vista de la faz redondeada, mofletuda y extremadamente blanca de su hermano, cuyos labios se movían demasiado aprisa para él. Y mirando al marino le dijo:

—Ramón, he cambiado de idea.

—¿Señor?

—Me embarcaré con vos. Me voy a Sicilia solo para dejar de oír al obispo.

Y sonrió. Ramón se echó a reír y Jaume puso los ojos en blanco.

# 56

*Mesina, 20 de mayo de 1284*

—Estoy embarazada, señor —dijo Macalda.

Alaimo la observó desde el otro extremo de la mesa en la que cenaban iluminados por dos grandes candelabros. Su rostro no mostró expresión alguna. Miraba los oscuros ojos de su esposa, sus cejas ligeramente apuntadas y sus abundantes labios, que dibujaban el inicio de una sonrisa de triunfo.

—Me convencisteis para hacer que la reina consintiera en que tutelarais al heredero en su periplo alrededor de la isla —murmuró tranquilo—. Habéis convivido con ese muchacho más de dos meses. ¿Y ahora, señora, de regreso, me decís que estáis embarazada?

—Sí, marido mío.

El justicia del reino de Sicilia respiró hondo antes de continuar.

—¿Y qué esperáis que haga yo? —inquirió arrastrando las palabras.

—¡Alegraos, querido! El hijo es vuestro. —Sonreía ahora abiertamente.

—¿Y cómo puedo saber yo eso, esposa?

—Porque sé contar los días y sé también cómo evitar un

embarazo cuando no lo quiero —repuso ella triunfante—. Lo engendramos, esposo, antes de que partiera de viaje.

—Mi pregunta era cómo lo puedo saber yo, no cómo lo podéis saber vos. —Su tono era irónico.

Ella rio.

—¡Alegraos, dije! Y confiad en mí, el hijo es vuestro, pero el heredero cree que es suyo.

Una sonrisa triste se abrió en los labios de Alaimo. ¿Por qué se había tenido que enamorar de aquella víbora?

—Nuestro acuerdo aceptaba amantes, señora —dijo al fin—, pero no que alguno os preñara.

—No me he quedado embarazada de él. Os lo repito. —Ahora estaba seria—. Sino de vos. Y lo hice a propósito.

Se quedaron mirándose unos instantes. Había una interrogación en los ojos de él.

—Nuestro acuerdo era un pacto para alcanzar la cima del poder —continuó ella—. Vos lograsteis, con mi ayuda, vuestra parte. Ayudadme ahora a conseguir la mía. ¿Imagináis que un hijo mío y vuestro se convierta en el rey de Sicilia?

—¿Es ese vuestro plan? No os basta con ser la esposa del justicia del reino, ¿verdad?

—¡No! Quiero ser madre de rey. Y nuestro hijo será rey de Sicilia. ¡Os exijo vuestra ayuda!

—Ese hijo, sea de quien sea, será visto como bastardo —repuso él—. No podrá reinar.

—Sí que podrá, al igual que hizo el padre de Constanza. Él también lo era.

—Pero tan pronto como don Jaime se case con una princesa y tenga hijos, esos serán legales y tendrán preferencia sobre el vuestro.

—¿Casarse? —Ella volvía a sonreír—. ¿Con qué princesa podría casarse don Jaime? Ninguna princesa cristiana se emparentaría con una familia excomulgada. La única posibilidad sería una ortodoxa y aliar Sicilia con el Imperio bizantino.

—Eso no ocurrirá —repuso Alaimo—. Y vos lo sabéis porque os lo conté. El rey Pedro espera lograr una paz en la que el papa acepte a su hijo como rey de Sicilia. Y no tendría posibilidades casado con una griega ortodoxa.

—Precisamente por eso. —Ella volvía a sonreír—. Pasará mucho tiempo antes de que se logre esa paz. Habrá que esperar a que muera este papa y quizá el siguiente. El heredero solo podrá tener hijos bastardos. Y reconocerá a nuestro hijo como suyo. Y por lo tanto, bastardo o no, nuestro hijo pasará a ser el siguiente heredero.

—¿Cómo le habéis podido convencer? —Alaimo la observaba inquisitivo.

—¡Está muy enamorado! —anunció ella triunfal.

Como yo, pensó Alaimo.

—Y mientras no se case, pueden ocurrir muchas cosas —continuó Macalda—. Puede morir la reina o puede incluso morir él, una vez reconocido nuestro hijo como sucesor. Y con vuestro poder, como capitán general del ejército siciliano, y el de mis amigos, nuestro hijo será rey. Ahora se trata de socavar la autoridad de la madre de don Jaime. De desprestigiarla. Que el pueblo de Sicilia esté con nosotros y no con ella.

—¿Por qué la odiáis tanto? —inquirió Alaimo—. ¿Porque no lograsteis seducir a su esposo? A mí, doña Constanza me parece una reina prudente.

La baronesa de Ficarra soltó un bufido.

—Y atractiva, ¿verdad?

Le miraba ceñuda y él se preguntó cómo Macalda, a pesar de su conducta, podía sentir celos. Aunque estaba en lo cierto: la reina, en muchos aspectos, le parecía seductora. Sin que ella se lo propusiera. Sus maneras amables, a veces dulces, combinadas con su firmeza le atraían. Y también su belleza discreta. ¡Era tan distinta de la que se suponía que era su mujer! Calló.

—No es por el rey Pedro por lo que me desagrada tanto —continuó ella—. Es porque no puede haber dos reinas a la vez.

Hizo una pausa para dar mayor fuerza a sus palabras, e inquirió firme:

—Decidme, esposo, ¿con qué reina vais a estar? ¿Conmigo o con ella?

Alaimo sonrió, quizá demasiado, mostrando que conservaba casi toda su dentadura a pesar de su edad. Y siguió comiendo. Ella se dijo que sabía la respuesta. Ella, Macalda de Scaletta, baronesa de Ficarra, era la reina del justicia.

Terminada la cena, cuando se levantaron para despedirse antes de acostarse, Macalda le tendió su mano sonriente para que se la besara como acostumbraba. Sentía que ganaba una vez más y decidió invitarle a su lecho.

Sin embargo, él, en lugar de besarla, la sorprendió con un bofetón que la tumbó.

—Esto es por si mentís, señora —le dijo con la misma calma que había mantenido durante toda la cena.

Al caer al suelo, la falda de la gonela descubrió su pantorrilla derecha, donde llevaba sujeta una daga. Macalda le lanzó una mirada asesina y en un rápido movimiento desenfundó el arma y se incorporó de un salto cual leona furiosa. Alaimo la conocía bien y la esperaba. La volvió a derribar con un revés y de una patada alejó la daga. Después se quitó el cinto y empezó a azotarla con una furia fría. Ella se retorcía en el suelo tragándose los lamentos y maldiciéndolo.

—Por si mentís, señora —repitió cuando se hartó de golpearla—. Por si no es mi hijo.

Y pausado se puso de nuevo el cinto y abandonó la estancia. Macalda quedó tumbada hecha un ovillo.


—Corría ese riesgo. Está muy celoso —le decía a Brita—. Pero me sigue queriendo, le tengo en mi poder. Ahora le haré sentir culpable y tendrá que hacerse perdonar.

Se encontraba desnuda sobre su lecho y la doncella aplicaba cataplasmas calientes a los cardenales.

—Por suerte, no os ha marcado la cara —la consoló.

—Si no le necesitara, le mataba —gruñó la baronesa—. Lo juro.

## 57

*Costa Amalfitana y golfo de Nápoles, 30 de mayo y 1 de junio de 1284*

La flota no se detuvo los siguientes días ni para repostar agua. Llegaron a la escarpada costa Amalfitana, la parte sur de la península de Sorrento, cuando ya caía la tarde, y Roger quiso hacer noche antes de entrar en el golfo de Nápoles. Convocó a su galera a todos los capitanes.

—Tenemos que provocar a los angevinos de tal forma que abandonen la protección del puerto para darnos batalla —explicó—. La gran flota del norte está a punto de llegar y contamos apenas con unos días para lograrlo.

—¿Cuántos? —inquirió un tal Montoliu, uno de los capitanes veteranos, que había perdido un ojo en combate.

—No lo sé, tres o cuatro. Pero es nuestra única oportunidad de enfrentarnos a la flota de Nápoles en igualdad, con treinta galeras ambos. Aunque quiero que crean que solo tenemos veinticuatro.

—Si el Cojo no sale a por nosotros, cuando llegue su padre sumará a las suyas cuarenta y cinco galeras más y será imposible darles batalla —murmuró Giacomo.

—Primero capturaremos Capri —siguió Roger—. A continuación, tomaremos el resto de las islas del golfo, Isquia, Prócida y Nísida. Bloquearemos el tráfico marítimo. Ni los pescadores podrán salir a faenar.

Al día siguiente bordearon la bella costa Amalfitana, rocosa y llena de vegetación, hasta divisar en su extremo, separada por un brazo de mar azul intenso, la isla de Capri. Las naves que divisaban huían hacia la seguridad del puerto de Nápoles y ninguna galera angevina salió a hacerles frente.

La isla mostraba en su lado sur farallones y grandes escarpaduras. El desembarco se efectuó en el puerto de la costa norte, no encontraron oposición y los almogávares se lanzaron monte arriba a tomar el pequeño castillo que protegía la isla. Los defensores, italianos, sabiendo que no recibirían ayuda de Nápoles, se rindieron sin más para salvar sus vidas. Algo parecido ocurrió en el resto de las islas.

Roger convocó a los adalides almogávares en su nave y les dijo:

—No hay oposición por mar. Las galeras enemigas siguen en su puerto. Ahora toca devastar los alrededores de Nápoles.

—¿La estrategia de siempre, almirante? —inquirió Súria.

—Así es —afirmó Roger—. Os desembarcaremos al atardecer cerca del objetivo, que será asaltado durante la noche o a primeras luces del alba.

—¿Tomamos prisioneros? —quiso saber el Rubio Abdón.

—Solo italianos para sacarles información sobre los siguientes asaltos. A los franceses los quiero muertos. Y quemad todo lo que no podáis llevaros.

—Así se hará —dijo Galcerán.

## 58

*Castel Nuovo, Nápoles, 3 de junio de 1284*

—¡Comed algo, señor! —le suplicó María de Hungría a su esposo.

—¡No tengo hambre! —repuso Carlos, el contrahecho príncipe de Salerno. Y apoyó las manos con desánimo encima de la mesa.

Se encontraban en una de las grandes torres del Castel Nuovo, la gran fortaleza que apenas unos años antes el viejo Carlos hizo construir. Quería dejar constancia de su poder y gloria, y de la nueva dinastía de reyes que él iniciaba, cuyo continuador era precisamente aquel príncipe, cojo y de penoso aspecto, al que la zozobra quitaba el apetito.

La estancia servía de comedor a los príncipes y a sus numerosos hijos. Cinco de ellos se sentaban en la mesa de los adultos, y tres más, aún demasiado jóvenes, lo hacían en otra más pequeña acompañados de sus nodrizas. El bullicio de voces y entrechocar de vajillas hacía que solo la princesa percibiera el decaimiento de su esposo.

—Comed, Carlos —insistió ella—. Necesitáis tomar fuerzas. Y más ahora.

El príncipe hizo un gesto a los criados, que se apresuraron a abrir la puerta e invitaron a los pequeños príncipes, que ya habían tomado los postres, y a sus nodrizas, a abandonar la sala. María los acompañó para regresar enseguida. Una vez cerradas las puertas, Carlos se levantó y, cojeando, se acercó a la ventana, desde la que se divisaba toda la bahía.

—¡Ved! —dijo.

Abajo, a su izquierda, un bien protegido puerto albergaba treinta galeras atracadas contra sus tres muelles. Pero el resto de los embarcaderos y playas cercanas estaban repletos de naves de todos los tamaños, tanto mercantes como de pesca, que buscaban protección.

—Mirad allí —señaló.

Sobre el azul del mar se deslizaban libremente las galeras siciliano-aragonesas, y de las costas de uno y otro lado se elevaban densas columnas de humo.

—Desembarcan y nos atacan por todos lados —se lamentó—. Y cuando llega nuestra caballería, se han ido, dejándolo todo en llamas. ¡Es un desastre! ¡Si incluso se los puede ver desde las mismísimas murallas de Nápoles! Acabo de recibir una delegación ciudadana. Nadie navega. El comercio se ha paralizado. Los suministros escasean. Y es peor en el campo. ¡Devastan las cosechas! La gente está aterrorizada y furiosa. Se quejan de que no los protejo. ¡Habrá hambre y se sublevarán!

Hizo una pausa observando las naves enemigas que cruzaban muy cerca de la costa.

—No cuentan con más de veinticuatro galeras y nosotros tenemos treinta bien armadas en el puerto —continuó—. Nadie entiende por qué no salimos a por ellos.

—Porque vuestro padre ha ordenado que esperéis a su llegada —le recordó María.

—¡Mala excusa es esa para quienes sufren los asaltos! —exclamó—. Creen que además de cojo y malformado soy un cobarde.

—No digáis eso —le dijo ella tomándole la mano y besándosela.

A María le dolía en el alma que su esposo, siempre a la sombra y dominado por su autoritario padre, dijera eso. No era cobarde, sino un buen hombre tratando de hacer lo correcto. Intentando que su padre le reconociera algo bueno. Pero al gran Carlos de Anjou no le importaba que el joven Carlos fuera un buen marido y un buen padre. Una expresión de disgusto se reflejaba en su faz cada vez que contemplaba a su heredero.

—No aguanto más. —Y cerró los puños—. ¡Dicen que tengo miedo a los aragoneses!

—Sois un soldado que obedece órdenes.

—¡Soy un futuro rey al que nadie respetará!

María fue a llenarle la copa de un espeso vino tinto de Apulia, dulzón y especiado.

—Tomadlo, os despertará el apetito —le dijo—. Debéis recuperar fuerzas.

El príncipe de Salerno lo apuró de un trago. Quizá después tomara otro. Quería dejar de ver aquellas galeras desafiándole y las columnas de humo que anunciaban una desgracia tras otra.

—No podemos permanecer más en el puerto —le dijo firme el joven Carlos al cardenal Bianchi cuando se encontraron más tarde—. Tenemos que ir a por ellos.

—Vuestro padre ha ordenado que no lo hagáis —repuso el prelado tranquilo, observándolo con sus escrutadores ojos acuosos—. Viene hacia aquí con un enorme ejército y una gran flota. Ya leísteis su última carta. No quiere que os enfrentéis a las naves aragonesas.

Carlos le había llamado a su despacho para comunicarle su decisión y contemplaba a aquel hombre corpulento y con papada que, sin ser invitado, se había sentado en una silla frente a la suya.

—¡Mi padre no conoce los estragos que están causando! —Y el joven señaló la ventana que daba al mar—. La gente está asustada y cada vez más furiosa. Me acusan de no hacer nada. Si esto sigue así, tendremos una revuelta en Nápoles.

—Eso no importa —dijo el obispo descartando las palabras del príncipe con un gesto de su mano—. Si se rebelan, los someteremos y ahorcaréis a un puñado. Un castigo de cuando en cuando pone en su sitio al pueblo. Vuestro padre no quiere que deis esa batalla. Y el papa quiere lo que quiere vuestro padre. No os preocupéis tanto, que, cuando llegue, el rey lo arreglará todo.

—¿Cómo no me voy a preocupar si roban y matan a los nuestros? —Carlos se puso de pie. Su tono reflejaba su indignación—. ¿Cómo no me voy a preocupar si arrasan los campos de trigo antes de la siega? ¿Cómo no me voy a preocupar si tengo las galeras para acabar con ellos y no puedo usarlas?

—Haced lo que os decimos. —Bianchi continuaba impertérrito mirándole con sus ojos de pez—. Cuando llegue, vuestro padre lo arreglará todo.

—¡Cuando llegue mi padre!

El príncipe dio dos pasos hacia la ventana mostrando su cojera. Pudo ver en el mar azul un par de galeras, con las enseñas de sangre y oro y las águilas negras, cruzando a poca distancia. Aquello le indignó más.

—¡Cuando llegue mi padre! Aparecerá con cincuenta o sesenta galeras y los aragoneses huirán. Y los napolitanos dirán: aquí viene el gran rey a salvarnos. ¡Aleluya! Porque el cobarde de su hijo no se atreve.

—Eso es irrelevante —sentenció Bianchi.

—¿Irrelevante? —estalló el príncipe—. Lo que es relevante es que ni vos, ni el papa, ni mi señor padre me tenéis en la consideración debida. Me hacéis pasar por un cobarde frente al pueblo.

El cardenal se le quedó mirando sin parpadear ni mostrar la más leve emoción en su rostro.

—No tengo noticias de mi padre desde hace dos semanas —continuó Carlos más sereno después de mirar un tiempo por la ventana—. No sé cuánto se puede demorar. Mis consejeros dicen que, si esto se prolonga un par de días más, el pueblo se alzará en armas contra nosotros. Parece que en Nápoles hay muchos partidarios de la reina Constanza y de su marido. Y si los napolitanos se sublevan, nos veremos obligados a luchar en dos frentes distintos. Reuniré a mis capitanes. Y nos prepararemos para salir a por esos piratas aragoneses.

—Yo también tengo mis informadores. Muchos de vuestros marinos italianos estuvieron en Nicotera, fueron capturados y el rey Pedro, en lugar de castigarlos, los dejó en libertad con ropa nueva y dinero para que llegaran sanos y salvos a sus hogares. Le están agradecidos y no les apetece atacar a los aragoneses. Y después de sus últimas victorias les tienen miedo. Se negarán a embarcar. Pero cuando aparezcan las galeras de vuestro padre, recuperarán el valor. Esperadle.

—Embarcarán, aunque sea a punta de espada —gruñó Carlos—. Si así lo decido.

# 59

*Golfo de Nápoles, al día siguiente*

Una chalupa, cargada de remeros, llegó apresurada a la nave capitana. El emisario se encaramó por la escala de cuerda y a paso rápido subió a la carroza, donde se arrodilló frente al almirante. Roger conocía la barca. Era de las galeras de guardia en el norte, tras las islas de Isquia y Prócida. No le dejó que le besara la mano y le hizo levantar.

—¡Hemos capturado dos fustas provenzales!

—¿Cómo ha sido? —quiso saber Roger.

—Nuestros vigías en los montes de Isquia las vieron venir. Y cuando se dieron cuenta, las teníamos rodeadas. No pudieron escapar.

—¿Pero dos fustas solo? ¿No visteis galeras?

—Se trata de una avanzadilla —repuso el hombre—. Iban a avisar de la llegada de la flota y llevaban órdenes para el príncipe de Salerno.

Y le tendió unos pergaminos.

Roger tomó asiento y los leyó detenidamente. Después se los pasó a Giacomo.

—Le dice a su hijo que, cuando reciba la carta, la flota se encontrará a solo tres días de Nápoles —le explicó—. Y que no saque las galeras del puerto. Le da también órdenes de acopiar provisiones para la flota y el gran ejército que llega por tierra. —Y ordenó—: Llamad a los capitanes a consejo.

—La flota angevina estará aquí en tres días —informó Roger—. Y por mucho que nos superen en número, no podemos regresar a Mesina sin enfrentarnos a ella.

—No estaréis pensando en un choque frontal —inquirió Tomás, un capitán de unos cuarenta años de barba rubia y piel curtida por el sol—. Esto no es Nicotera. Esta vez están preparados y nadie huirá. Sería una locura.

—Mejor es hacer salir al Cojo antes de que llegue su padre —dijo Giacomo.

Hubo un gruñido de aprobación.

—Solo tenemos mañana para lograrlo, pasado será ya tarde —repuso pensativo Roger—. Tenemos a favor que Carlos no sabe que su padre está al llegar. Espero que no pueda soportar la provocación y los destrozos. Pero, si no sale, atacaremos a la flota que llega de Provenza.

—El riesgo es enorme —dijo Montoliu, el capitán tuerto—. Hay que hacer que el Cojo salga.

Los demás afirmaron.

—Ojalá lo logremos —concluyó Roger—. Pero repito que no regresaremos sin combatir. Hay que lograr alguna victoria que dé esperanza a quienes nos aguardan en Sicilia. Los siguientes meses serán durísimos.

Los semblantes de los oficiales mostraban su preocupación.

# 60

*Castel Nuovo, Nápoles, 5 de junio de 1284*

Al amanecer del día siguiente, el humo cubría la habitualmente clara y transparente bahía de Nápoles. Las llamas devoraban aldeas, casas aisladas y campos de trigo.

—No podemos aguantar esto —le dijo el joven Carlos a su esposa.

Había pasado la noche en vela, en una de las torres de la fortaleza, viendo como los fuegos crecían en los alrededores de la ciudad.

—Cuando llegue mi padre no quedará nada —continuó—. ¿Cómo alimentaremos a su gran ejército? Un ejército que quizá tengamos que usar para sofocar la rebelión de los napolitanos. Se supone que los impuestos que les cobramos son para protegerlos, no solo para pagar nuestras guerras.

—Eso lo creéis vos, señor marido —repuso María, que no sentía cariño por su suegro—. Pero no vuestro señor padre. A él le da igual el pueblo.

—Reuniré a los capitanes —concluyó Carlos—. No me importa mi padre.

—¡Hay que exterminarlos! —clamó Riccardo Riso—. ¡El pueblo cree que tememos a Roger de Lauria y a sus piratas! Tenemos treinta estupendas galeras bien armadas y con tripulaciones completas de marinos, galeotes y gente de guerra. ¿A qué esperamos? Démosles a esos aragoneses y sicilianos traidores un escarmiento.

Riso era un tipo voluminoso de unos cuarenta años con cara perruna, almirante de la flota de Mesina cuando la ciudad era angevina. Al estallar la revuelta de las Vísperas, fue a Palermo con siete galeras y el mandato de restablecer el orden a cualquier precio. Pero al llegar a la ciudad, los palermitanos elevaron estandartes con la cruz de Mesina como señal de hermandad y los mesineses se negaron a atacar. Y en esa incómoda situación se encontraba cuando llegaron cuatro galeras para apoyarle enviadas desde Nápoles por Carlos de Anjou. Y fue afortunado al poder huir en una de las dos galeras napolitanas que los rebeldes no capturaron cuando se supo que Mesina también se sublevaba. Para mayor ofensa, en Mesina ejecutaron a sus tíos como traidores, y ardía en deseos de venganza.

La reunión transcurría en una sala de arcadas apuntadas adjunta al patio de armas del Castel Nuovo. El príncipe cojo había impedido el acceso al cardenal Bianchi. Estaba harto del eclesiástico.

Allí se juntaron los capitanes de las galeras y todos los nobles angevinos, italianos y franceses de la ciudad. Iban armados y listos para embarcar.

—Nuestra pasividad envalentona al enemigo, señor, y deshonra a Francia —intervino un francés, un tipo de unos treinta años con una cicatriz en su rostro que cruzaba su mejilla—. Y también a Nápoles. ¡Vayamos a por ellos, señor!

Y del mismo modo se expresaron todos los que tomaron la palabra. El joven Carlos vio complacido el apoyo que le expresaban. Y no le dio importancia al silencio de muchos de los capitanes napolitanos. La sala estaba abarrotada y no podían hablar todos.

—Estad preparados y cerca de las naves —les dijo al terminar—. Esperad la orden de embarque.

Y todos se encaminaron hacia las galeras.

—No se os ocurra ir a por ellos —le advirtió Bianchi a Carlos.

El príncipe subía las escaleras que conducían a sus aposentos privados cuando el eclesiástico le sujetó de la manga para detenerle.

—Recordad las órdenes de vuestro padre —añadió.

El Cojo se quedó mirando unos instantes aquellos ojos de pez y de un tirón se libró de la mano del prelado.

—¡Idos a la mierda, cardenal!

—Preferiría no hacerlo, no desobedecer a mi padre —le dijo a María—. Pero está en juego mi honor de caballero.

—Sois el mejor caballero que jamás dama tuvo —repuso ella amorosa—. No necesitáis demostrar nada a nadie, y menos a vuestro padre. No necesitáis vestir armadura y embarcaros para perseguir a los aragoneses. Enviad vuestras galeras si lo creéis necesario y no os preocupéis por vuestro padre. Pero permaneced en tierra. Tenéis excelentes capitanes y vos no sabéis de navegación. No arriesguéis la vida.

Carlos se la quedó mirando. María tenía ojos claros y anchas caderas, era regordeta, algo más baja que él, y acostumbraba a sonreírle en los momentos más difíciles. Le daba paz y tranquilidad, pero aquel no era momento para la paz. Acababa de despedirse de sus hijos y ahora lo hacía de ella.

—Se duda de mi valor —repuso él—. Lo siento, María, pero no tengo más opción.

—Rezaré por vos, mi señor —se resignó ella.

Se besaron y se abrazaron antes de que él bajara al cuarto de armas, donde le esperaba su escudero para ayudarle a vestir la armadura.

# 61

*Golfo de Nápoles, el mismo día*

Mientras los jefes angevinos se reunían, la escuadra aragonesa cruzaba la bahía recogiendo a los almogávares que provocaron los incendios. El humo deslucía el sol que se elevaba por encima del monte Vesubio cuando las naves, sin encontrar oposición, formaron frente a Nápoles.

—Llega la hora de la verdad —le dijo Roger a Giacomo—. Es nuestra última oportunidad de hacerles salir.

Y, pausadamente, las veinticuatro galeras se situaron en semicírculo bloqueando la entrada del puerto. Entonces Roger ordenó que todas las trompetas y timbales sonaran a la vez. El estruendo hizo que quienes se encontraban en el puerto o el castillo, que se alzaba a pocos pasos del espigón, los observaran sorprendidos. Pronto las playas, frente a las murallas y las almenas de estas, se llenaron de curiosos; media ciudad se asomó al mar para ver qué ocurría.

Cuando Roger creyó que tenía suficientes espectadores, dio la orden. El cómitre la transmitió con un silbato, los remos se elevaron para hundirse de inmediato en el mar y el segundo cómitre empezó a golpear en el bombo el ritmo rápido de boga. La galera tenía en cada fila dos bancos, uno a cada lado de la crujía, y cada banco acomodaba dos galeotes. Pero en esta ocasión acogían a un tercer remero para obtener mayor velocidad.

El estruendo de cornetas y tambores cesó y la nave capitana, para asombro de los mirones, salió disparada hacia el puerto. La multitud profirió una exclamación de alarma y sorpresa. Otras tres galeras siguieron a la del almirante, mientras que el resto mantuvo la posición de semicírculo.

—Ahora los movimientos tienen que ser muy precisos —le murmuró Súria al Rubio Abdón—. El espacio es reducido y un choque sería desastroso.

Ambos observaban a los ballesteros, que esperaban sosteniendo un arma mientras mantenían las otras dos cargadas a sus pies. La nave capitana se introdujo en el interior del puerto y soltó una nube de flechas contra las galeras angevinas. Se detuvo un momento y la tripulación empezó a gritar todo tipo de insultos a los angevinos.

—¡No sois hombres! —chillaba Súria con su potente voz—. ¡Pandilla de gallinas! ¡Cobardes! ¡Carlos de Anjou, cobarde!

Los improperios de la pelirroja eran comedidos en comparación con los de sus colegas, que mentaban a las madres y al resto de las familias de los angevinos. Roger asistía con una sonrisa desafiante desde el castillo de popa y había aleccionado a Súria, en especial, sobre qué gritar. Una voz femenina aumentaba la humillación del enemigo.

Algunos de los almogávares se levantaron los faldones para mostrar sus traseros y colgantes al público. La galera capitana lanzó otra nube de flechas y después otra sin que los gritos de provocación cesaran. Las tres galeras que seguían a la capitana la imitaron en todo.

El joven Carlos, vestido ya de armadura, contemplaba atónito aquel despliegue.

—Esto es demasiado —farfulló con una mezcla de sorpresa y rabia. Y gritó—: ¡Embarque! ¡Todos a las naves!

Sonó la corneta y un intenso hormigueo se produjo en el puerto. Algunos ballesteros angevinos disparaban ya contra las naves aragonesas mientras los nobles y oficiales, furiosos, abordaban las galeras.

—¡Se van a acordar de esto! —rugía Riso, el antiguo almirante de Mesina, mientras corría furibundo hacia su nave—. ¡Hijos de puta! ¡Voy a colgar a ese malnacido de Roger del palo más alto de mi galera!

Los caballeros angevinos no estaban acostumbrados al mar, y vestidos de armadura completa abordaron sin orden ni concierto la primera nave que encontraron. Carlos, a pesar de su ostensible cojeo, apresuró el paso para dirigirse a la capitana, seguido de los nobles más importantes. Estar cerca del príncipe era una cuestión de rango y prestigio. Las cornetas sonaban y una alegría festiva acompañaba a los primeros embarcados. ¡Al fin les darían su escarmiento a aquellos insolentes! ¡Se habían tenido que tragar la rabia por tanto tiempo! No creían que los aragoneses se atrevieran a un enfrentamiento real. ¡Huirían como ratas!

Cuando la primera galera, la de Riso, salió del puerto, las cuatro galeras aragonesas, que apenas habían recibido el impacto de algunas flechas, se encontraban ya en la formación inicial de media luna.

El desatraque de las galeras angevinas no fue fácil, ya que el puerto estaba repleto y había que maniobrar con mucho cuidado para no chocar con otras, así que fueron saliendo de una en una. La de Carlos, que embarcaba lo más granado de la nobleza francesa e italiana de Nápoles, iba la quinta.

Cuando Roger vio venir a la nave de Riso directamente contra la suya, dio orden de virar. Las galeras aragonesas giraron de forma ordenada ciento ochenta grados y se situaron, sin deshacer la formación, mirando hacia la península de Sorrento, que cerraba la bahía por el sudeste. Y emprendieron la huida.

Y así se internaron en el mar; las galeras angevinas, en fila, una tras otra, compitiendo en velocidad, haciendo sonar trompetas y timbales entre gritos y cánticos de guerra, mientras las de Roger navegaban manteniendo la media luna, con la galera capitana adelantada en el centro.

—Están presos de rabia —le dijo Giacomo a Roger—. Felicidades, almirante.

—No nos felicitemos aún —dijo Roger—. Veremos cómo se comportan cuando les hagamos frente.

—¿Por qué navegamos paralelos a la costa, hacia Sorrento, y no mar adentro? —inquirió Giacomo.

—Quiero que tengan el sol de cara y no puedan adivinar nuestros movimientos.

El almirante observó a Súria y a Abdón, que se encontraban en cubierta armados, junto a su gente, listos para el combate. No podía evitar temer por la vida de su amada. La lucha sería feroz.

Y así navegaron un tiempo hasta que toda la flota angevina hubo salido del puerto, persiguiéndolos como una larga serpiente. La galera de Riso, queriendo alcanzar a la de Roger, había sobrepasado ya el centro del semicírculo que formaban las aragonesas. El noble angevino, al que la cólera no había abandonado, se encontraba en la proa de su nave sujetando una soga y gritaba:

—De esta cuerda colgarás, Roger, cobarde. ¡Atrévete ahora a luchar! ¡Hijo de puta!

Roger iba calculando las distancias y no cesaba de dar instrucciones, cuidando de mantener la formación. Cuando alcanzaron el punto preciso, hizo lanzar unas flechas de humo. Y entonces el centro de la medialuna se abrió y la flota aragonesa se dividió en dos líneas paralelas a las naves angevinas. Y así siguieron un tiempo, navegando hacia Sorrento, sin que los angevinos comprendieran la maniobra al tener el sol de cara.

—¡Nos están rodeando! —se percató el joven Carlos. Y añadió sorprendido—: ¡Y quieren presentar batalla!

—Los superamos en número —repuso su almirante.

—Sí, pero ellos están en formación de combate y nosotros no —intervino uno de los condes—. ¡Ved!

Y señaló la hilera de naves que los seguían a remo, sin orden y a distintas velocidades. Carlos notó un nudo en la garganta e intuyó su error.

Entonces, las galeras aragonesas viraron noventa grados dirigiendo sus proas a los flancos de las angevinas, mientras que las que habían formado los cuernos de la medialuna se aproximaban entre ellas para cerrar el círculo por el lado contrario. Por el extremo opuesto, que había quedado abierto, aparecieron, alertadas por las flechas de humo, las seis galeras que esperaban ocultas al sur, en la península de Sorrento.

Súria, que no perdía detalle de Roger, vio que sonreía al decirle algo a Giacomo. Respiró aliviada. Todo funcionaba según el almirante tenía planeado. Entonces él, que tampoco la perdía a ella de vista, amplió su sonrisa cuando sus miradas se entrelazaron.

No solo las galeras enemigas llegaban a distintas velocidades, sino también con distintos entusiasmos. Al frente iban las de los nobles franceses y napolitanos más fieles a Carlos de Anjou, rabiosos por las provocaciones e insultos. Y a la cola, aquellos a quienes no les complacía atacar ni a sus compatriotas sicilianos ni a los aragoneses, o que anticipaban una trampa del almirante vencedor de Malta. Así que cuando vieron a las galeras enemigas rodeando a las doce de vanguardia, entre las que se encontraba la del príncipe Carlos, se detuvieron. Se avecinaba una batalla y tenía muy mal aspecto.

Mientras, los atrapados trataban de preparar su defensa en total confusión, viendo que las galeras aragonesas apuntaban con sus espolones a sus costados, el lugar más vulnerable de la embarcación.

Carlos, a pesar de su falta de experiencia naval, vio venir el desastre. También lo vieron los nobles que le rodeaban y sus sentimientos pasaron de indignación e ira a perplejidad y temor. Murmuraban en grupos señalando las naves de Roger de Lauria.

—¿Qué ocurre, almirante? —inquirió el Cojo.

—Han aparecido más galeras aragonesas y nos rodean, señor.

No fue temor por su vida lo que sintió el joven Carlos al comprender su error, sino rabia; se veía obligado a aceptar que el maldito cardenal estaba en lo cierto. Después pensó en su padre. Toda su vida había soñado en alcanzar su respeto y cariño. En protagonizar hechos heroicos que borraran de una vez la expresión de desagrado que aparecía en el rostro del gran Carlos cada vez que le miraba a él. No quería vivir para sentir el peso de su próxima mirada. La seguridad de un inminente desastre y el recuerdo de su padre le producían dolor en el pecho. Después, sus pensamientos fueron a María y los niños. ¡Cuánto le gustaría poderlos abrazar por última vez! Porque él iba a morir aquella mañana espada en mano. No iba a rendirse. No quería sobrevivir a aquello.

# 62

*Golfo de Nápoles, el mismo día*

—No os preocupéis por las galeras que han quedado fuera del círculo —gritó Roger—. No intervendrán. ¡Estrechad el cerco!

Sus treinta galeras avanzaron hacia las desconcertadas doce angevinas, que pasaron de formar una hilera a apelotonarse alrededor de la del joven Carlos. Unas en busca de órdenes que nunca llegaron, otras para proteger al príncipe, y las más para evitar ofrecer sus flancos al enemigo que se acercaba. La confusión era total y, entre gritos y maldiciones, empezaron a chocar entre ellas partiendo los remos.

Cuando estuvieron a la distancia adecuada, las catapultas aragonesas lanzaron piedras y cal viva. Pero no fuego. Querían capturar las naves en el mejor estado posible. Por su parte, las embarcaciones angevinas trataban de defenderse como mejor podían.

Entre los proyectiles aragoneses había un buen número de vasijas que se rompían al caer sobre las cubiertas. Contenían agua jabonosa.

—Nos vamos a divertir cuando los abordemos —le comentó Roger a Giacomo con una sonrisa—. Van cargados de caballeros con sus pesadas armaduras. Valen poco sin su montura entre las piernas. Los que patinen para caer al mar se ahogarán con todo ese hierro. Y los que no, suerte tendrán si logran incorporarse con el suelo resbaladizo. No van a hacer más que entorpecer la defensa. En cambio, nuestros almogávares no llevan peso y saltan como gatos.

Lo siguiente fue, conforme se acercaban, lanzar una lluvia de flechas. Los ballesteros tenían instrucciones de no disparar sobre la carroza de la nave capitana. Carlos deseaba morir, pero Roger quería capturarlo vivo: era un tesoro. Al poco, las naves aragonesas abordaban a las angevinas.

Para alcanzar la embarcación de Carlos, Roger tuvo que sortear a varias que la protegían. Cuando llegó, vio que ya había sido abordada y se luchaba en cubierta. Los caballeros franceses y napolitanos presentaban una dura resistencia.

—*Desperta, ferro!* —gritaron Súria y los suyos—. *Au! Au!* ¡Aragón!

Tan pronto como se oyó el estrépito de los maderámenes chocando, los marinos lanzaron garfios para sujetar las naves, y los almogávares, una vez recuperado el equilibrio, saltaron como fieras sobre la embarcación contraria. Los franceses mantenían una feroz resistencia, pero tuvieron que retirarse hacia la popa.

—¡Mirad! —exclamó Giacomo—. Se hacen fuertes en la carroza.

En efecto, los grandes nobles y sus mejores caballeros se encontraban en el castillo de popa, hombro con hombro, rodeando al Cojo, vestidos con armaduras completas y protegidos por escudos. Formaban varios muros humanos de acero; no cabía nadie más en la carroza ni en sus accesos.

—Nuestros almogávares no pueden superar eso —comentó Giacomo—. Es una muralla de hierro. Se estrellarían contra ella.

—He ordenado que no lo intenten.

—¿Ballesteros? Un buen virote a corta distancia puede traspasar un escudo.

—Tampoco. —Roger hizo una pausa—. La mercancía de ese castillo de popa vale una verdadera fortuna. No quiero estropearla.

—No parece que tengan intención de rendirse.

—No, no la tienen —reflexionó el almirante—. Están doblemente ofendidos, por los insultos y por el engaño. Un buen número de ellos prefiere morir espada en mano antes que rendirse.

—¿Qué haremos? —inquirió Giacomo.

—Voy a hundirles el barco.

—¿Hundirlo? Una galera vale una fortuna.

—Ellos valen muchísimo más.

—¿Y cómo la hundiremos?

—Lentamente. —Roger sonreía—. Que vean como el agua va subiendo. Son gente de tierra firme. Lo suyo son los caballos. La mayoría estarán ya mareados y no saben nadar. Sienten pánico de morir ahogados. Para ellos perecer en una gran batalla por un lanzazo o espadazo es honroso. Pero el ahogamiento es la ejecución destinada a los traidores. Una muerte humillante.

Si Giacomo fuera capaz de reír, lo hubiera hecho.

—Es verdad.

—Y su galera ha empezado a hundirse.

—¿Ya?

—Sí, seis de nuestros marinos, acostumbrados a contener la respiración bajo el agua, están abriendo las tablas del casco, con barrenas, palancas y hachas, por debajo de la línea de flotación.

En efecto, los marinos habían logrado abrir brecha en uno de los respiraderos de la bodega de la galera y dos de ellos penetraron. Y mientras desde fuera agrandaban el boquete, dentro destrozaban los tablones a mazazos. El agua anegaba la nave a grandes chorros.

Los nobles del castillo de popa continuaban férreos e inamovibles, mientras que los caballeros, que resistían abajo en cubierta, daban una cómica demostración de patinaje y caídas que los almogávares aprovechaban. Eran valiosos y había que capturarlos vivos. La nave se hundía paulatinamente.

Los marineros napolitanos gritaban que la galera zozobraba, pero los nobles no comprendieron lo inminente del naufragio hasta que los vieron lanzarse al agua. La inquietud de los que esperaban en la carroza, espada en mano, creció hasta rozar el pánico. La proa se hundía ya ostensiblemente.

Sometida la cubierta de la nave, Roger la abordó y le gritó con voz potente al príncipe, que seguía en la carroza rodeado de nobles:

—Señor don Carlos, en unos instantes el mar se tragará vuestra nave. Y os arrastrará a todos a las profundidades. Sería una pena que tan altos señores murierais ahogados sin ningún mérito ni gloria. Como traidores. Y que los peces se comieran vuestros cuerpos, que jamás serían enterrados según el rito de la Iglesia ni velados por quienes os aman.

El agua ya cubría los pies en las partes más bajas de la cubierta.

—Entregadme vuestra espada y seréis tratado con los honores que merecéis. ¡Pero hacedlo antes de que sea demasiado tarde!

Hubo unos murmullos en la carroza mientras Carlos conferenciaba con los nobles de mayor rango. Y al poco el almirante francés gritó que se rendían sin condiciones. Todos bajaron las armas y Roger subió la escalerilla de la carroza. Allí el almirante angevino le entregó la espada del príncipe Carlos, frente al que Roger hincó la rodilla. Los dos hombres escrutaron el interior de los ojos de su enemigo. El almirante tenía muchos motivos para detestar al viejo Carlos, pero ninguno contra su hijo, que ofrecía tan pobre aspecto.

—Venid conmigo, señor —le dijo—. La nave se irá a pique en unos instantes.

El príncipe se irguió tratando de mostrar, en el infortunio, dignidad. Y avanzó hacia él con un cojeo acentuado por las oscilaciones de la nave. Y al ver sus dificultades, Roger tendió la mano al príncipe contrahecho para ayudarle.

Súria contemplaba la escena desde la crujía de la nave que se hundía.

—¡Qué desfile de grandes señores! —oyó que le decía Abdón—. Y qué pena que embarcaran a toda prisa y sin equipaje.

—No te preocupes —le dijo ella—. Solo sus armas, armaduras y vestidos valen una fortuna. Y otra, muchísimo mayor, el rescate que pagarán sus familias. El botín será enorme.

Aquel abordaje representó un simple paseo para ellos. Cuando llegaron, otros habían hecho casi todo el trabajo y la tripulación se rindió al poco. Así que los almogávares de Súria y Abdón se ocuparon, junto a los marinos y ballesteros de Roger, de despojar la galera de todo lo que tuviera algún valor antes de que se la tragara el mar.

El resultado de la batalla había sido inesperadamente favorable. Muy por encima del mejor de los sueños de Súria, que veía a Roger, su amigo, el hombre que la pretendía con tanta insistencia, victorioso de nuevo. Era alto, apuesto, y al cruzarse la miró con sus grandes ojos oscuros y un esbozo de sonrisa en sus bien formados labios. Y la pelirroja se dijo que no la olvidaba, que seguía pendiente de ella, incluso en su gran momento de gloria. Y se sintió orgullosa de que la amara.

—No mires tanto al almirante —le susurró divertido Abdón—, que se te empieza a notar.

Los nobles y caballeros angevinos subieron a la galera de Roger ya desarmados y allí los despojaron de armaduras y encadenaron. No había suficiente hierro para tantos y tuvieron que usar cuerdas.

Sin cadenas ni ataduras, el joven Carlos contemplaba melancólico, desde la carroza, cómo los marinos de Roger tomaban posesión de diez de sus galeras mientras la suya y otra también deteriorada se hundían. El resto había huido.

—Podemos regresar a Mesina más que satisfechos, señor

—le dijo Giacomo a Roger—. Nadie podía esperar que volviéramos con diez galeras capturadas y tan valiosos rehenes. Tendréis un gran recibimiento.

—No vamos a Mesina, sino que volvemos a Nápoles.

—Pero ¿qué pretendéis? —se asombró el muchacho sin sonrisa—. Las dieciocho galeras que escaparon se refugiarán en el puerto. Y de un momento a otro nos caerán encima las cincuenta de Carlos de Anjou. Tenemos las tripulaciones repartidas en las naves capturadas y vamos cargados de prisioneros. Algunas galeras están dañadas y no estamos en disposición de entablar un nuevo combate.

—La libertad de mi hermana Beatriz —repuso Roger.

—¿De vuestra hermana?

—En realidad, es la hermanastra de la reina Constanza. Cuando abandonamos la corte de Sicilia, era una niña preciosa de dos años, que se hacía querer. Ahora tendrá veinticuatro y sufre prisión en el Castel dell'Ovo desde hace dieciocho años. Y en aquella miseria vio morir a su madre. Esta es mi ocasión de liberarla.

—Regresar a Nápoles es muy peligroso.

El almirante se encogió de hombros.

—Es un asunto de honor y de corazón.

**Ver ilustraciones 8 y 9**

# 63

*Nápoles, más tarde*

La flota siguió el camino de las galeras huidas y volvió a presentarse frente al Castel Nuovo. Y repitió su formación de media luna, mucho mayor ahora con las galeras capturadas, e hizo sonar de nuevo clarines y timbales. La noticia de la derrota se había extendido por la ciudad y todos fueron a contemplar el despliegue desde las playas o encaramados en las murallas del mar. Era una impresionante muestra de poder.

—¡Viva Roger de Lauria! —empezaron a gritar algunos napolitanos—. ¡Muerte a los Anjou!

Más y más gente se unió a la turba que clamaba libertad.

—Señor —dijo Giacomo—, si desembarcamos, podríamos apoderarnos de Nápoles.

—¿Olvidasteis ya que Carlos de Anjou está al llegar con un gran ejército, amigo Giacomo? —repuso el almirante—. Controlar una ciudad de este tamaño requiere muchos soldados y tiempo, y, a pesar de los gritos, quedan muchos franceses e italianos angevinos en ella.

Se acercó al príncipe y le dijo:

—Os agradeceré, señor, que ordenéis la libertad de Beatriz de Sicilia. He pedido un escribano y solo tendréis que firmar.

—Beatriz no es mi prisionera, almirante —repuso el Cojo mirándole determinado a los ojos—. Lo es de mi padre, y por lo tanto no la puedo liberar.

—A cambio de vuestra vida y bienestar —le amenazó Roger en tono duro—. Muchos desean vuestra muerte. Como justa venganza a las muertes que vuestro padre ordenó. De Conradino, del rey Manfredo y de tantos otros.

—Tomad mi vida si gustáis. —Tenía los ojos acuosos—. En realidad, debía haber muerto en esa galera para no sufrir esta humillación, y hacérsela sufrir a mi familia. No firmaré esa orden. Ejecutadme, almirante.

Roger se lo quedó mirando. Le comprendía y le daba pena. Pero llevaba demasiados años empuñando una espada para que la compasión afectara sus decisiones. Escogió a unos prisioneros napolitanos, les dio una carta e hizo aparejar una chalupa.

—Llevadla a doña María de Hungría, la esposa del príncipe de Salerno.

María había seguido la batalla desde una de las torres del castillo y era conocedora de lo ocurrido. Y cuando la flota aragonesa apareció frente a la ciudad, pudo distinguir en la carroza de la galera capitana a una figura contrahecha que miraba triste hacia el castillo. Era su marido.

—¡Carlos! —murmuraba—. ¡Querido Carlos! ¿Por qué no atendiste a mis súplicas? ¿Podremos algún día abrazarnos de nuevo?

Vio la chalupa, recibió de inmediato a los emisarios y leyó ansiosa la carta.

—¡Hay que liberar a Beatriz de Hohenstaufen!

—¡No lo hagáis, señora!

Allí estaba el cardenal Bianchi, la voz del papa, mirándola con sus ojos de pez. Había seguido a los enviados.

—¡Pues claro que lo haré! No quiero que mi marido sufra maltrato.

—¡No le pasará nada!

A Bianchi le disgustaba que el Cojo estuviera vivo. Nunca le apreció, y ahora, en poder de Aragón, representaba un estorbo aún mayor.

—Me quiero asegurar.

—Es demasiado valioso como rehén —insistió el prelado—. Le tratarán como un rey.

—Aun así, voy a liberarla. ¡Dieciocho años de prisión para una chica inocente!

—Ningún Hohenstaufen es inocente. Son enemigos del papa. —El cardenal hablaba imperativo y enérgico—. Y de vuestro suegro. Del que ella es prisionera. Por lo tanto, no la podéis liberar. Además, el pueblo de Nápoles se está sublevando y su liberación se interpretaría como debilidad.

—¡Pues lo haré!

—¡Os lo prohíbo en nombre del papa y de vuestro suegro! —El cardenal tenía una voz potente y se le notaba alterado.

María le observó firme, irguiendo su redondeada figura frente al corpachón de su oponente.

—A falta de mi marido y de mi suegro, yo tengo la autoridad en Nápoles —le dijo.

—No es así —repuso el prelado firme—. Aquí no sois más que una extranjera. Yo tomaré el mando hasta la llegada de vuestro suegro. Represento al papa, el reino pertenece a la Iglesia y vuestro suegro lo gobierna en su nombre. Yo poseo, por lo tanto, la autoridad.

—¡Veremos quién la tiene! —Los ojos claros de María echaban chispas—. ¡Guardia!

Se presentaron dos soldados. Bianchi la miró atónito.

—Prended al cardenal y encerradlo en una mazmorra.

—¡No podéis!

—Claro que puedo —repuso ella—. La guardia de palacio me obedece. ¡Encerradle!

María montó a caballo y junto a una fuerte escolta y varias

de sus damas se dirigió al Castel dell'Ovo, situado fuera de la ciudad, en una isla unida a tierra por una pasarela.

—Señora, sois libre —le dijo a Beatriz—. Y os he traído uno de mis vestidos y joyas. Mis costureras os lo arreglarán de inmediato.

La prisionera, convencida de que nunca saldría de aquella prisión y que su destino era morir de miseria, como vio hacerlo a su madre, no podía creerlo. Cuando María le aseguró que era cierto, se arrodilló para besarle las manos.

—No me lo agradezcáis a mí, sino a mi esposo —le dijo haciéndola levantar—. Y os ruego, señora, que le habléis a vuestra hermana, la reina, en favor de Carlos, al que os suplico que le entreguéis esta nota.

Beatriz vio lágrimas en los ojos de María. Y supo que aquella era una carta de amor. Amor del que ella, hasta el momento, se había visto privada.

Beatriz fue recibida en la galera capitana con fanfarrias de trompetas y timbales. No se hacía a la idea de que la trataran como a una princesa. Encerrada en el calabozo, siempre en penumbra, viendo morir a su madre, había olvidado los azules de cielo y mar y el blanco de nubes y gaviotas.

El almirante puso rodilla en tierra y le besó la mano. Ella no pudo contener las lágrimas.

—Bienvenida, señora —le dijo—. Bienvenida a la libertad.

A Beatriz le costaba acostumbrarse a las lujosas ropas y a las joyas de María de Hungría. Buscaba con la mirada al joven Carlos y lo reconoció por su pose desgarbada, de un hombro más alto que el otro. Era el único de los prisioneros libre de cadenas. Se acercó a él y le dio la nota de María.

—Tomad, señor —le dijo—. Es de vuestra esposa, que el Señor bendiga.

Él reconoció en Beatriz el mejor vestido y joyas de María. Los sacrificaba por él.

«Os amo, señor —leyó ansioso, apoyado en una barandilla de la carroza, buscando, casi sobre el mar, una imposible intimidad—. Hicisteis lo que debíais, no tengáis duda. Y yo os esperaré hasta el mismísimo fin del mundo, rezando por vos y recordando los hermosos momentos vividos juntos. Regresad, os lo suplico».

Los ojos del Cojo se llenaron de lágrimas y contempló, preguntándose si era la última vez, el Castel Nuovo. Estaba seguro de que las personas en lo alto de una de sus torres eran María y sus hijos. Besó la carta y se puso a rezar.

La flota aragonesa reposó agua y víveres en Capri, donde se ejecutó a un par de traidores a Sicilia capturados en la batalla. Uno de ellos era el antiguo almirante de Mesina, el mismo que perseguía con una soga la nave de Roger. Allí llegaron emisarios de Amalfi, con canastas llenas de oro, sometiéndose para que los almogávares no cayeran sobre ellos. El almirante los recibió solemne, y cuando vieron al joven Carlos, que contemplaba descorazonado el acto de vasallaje, dijeron en voz bien alta, para que el príncipe lo oyera:

—Ojalá Dios hubiera permitido que capturarais al padre en lugar de a ese.

El Cojo se irguió elevando la barbilla para replicar:

—¡Qué buenos súbditos! —dijo con una risa forzada mirando a Roger—. Ved, almirante, lo que valen sus juramentos de fidelidad.

Roger afirmó levemente con la cabeza y después de despedir amablemente a los amalfitanos ordenó partir hacia Mesina.

# 64

*Nápoles, 7 de junio de 1284*

María liberó al cardenal tan pronto como vio que la chalupa que transportaba a Beatriz alcanzaba la galera de Roger de Lauria. Y al prelado le faltó tiempo para embarcarse en una nave rápida e ir en busca de la flota de Carlos de Anjou. La encontró a poco más de un día al norte de Nápoles. Cuando el rey supo lo ocurrido, estalló en un ataque de ira tal que Bianchi dio unos pasos atrás temiendo que le golpeara con su vara, tal como hizo con el mobiliario de la carroza y un par de criados que huyeron a toda prisa. Hasta el timonel se puso en cuclillas tratando de pasar desapercibido.

—¡Quien pierde a un necio no pierde nada! —rugía Carlos—. ¿Por qué no ha muerto? ¡Ahora es un estorbo incluso mayor del que ya era antes!

El de Anjou maldecía a los napolitanos, a su hijo, a su nuera, a los capitanes cobardes que huyeron, a Roger, a Pedro y Constanza, a los peces del mar y hasta a las gaviotas que cruzaban raudas por encima de su cabeza.

—¡Arrasaré esa maldita ciudad! —bramaba rabioso el rey angevino cuando supo de la sublevación—. ¡Arderá por sus cuatro costados!

Carlos apresuró la flota y al día siguiente se encontraba de pie, apoyando su corpachón en la barandilla de la carroza de su galera, contemplando Nápoles. Parecía un perro de presa a punto de saltar sobre su víctima. A pesar de no tener intención de desembarcar, vestía cota de malla bajo su sobreveste, y espada y daga al cinto. Veía las columnas de humo que se alzaban por encima de las murallas de la ciudad. Los insurrectos, hartos de impuestos, del impune acoso aragonés y de la arrogancia angevina, clamaban libertad y vitoreaban a Roger de Lauria y los reyes Constanza y Pedro. Y pedían la muerte para Carlos de Anjou. Repartidos en grupos armados, incendiaban y saqueaban edificios públicos y palacios de nobles angevinos. Mataban a todo francés que encontraban.

La nave del viejo Carlos se hallaba frente al puerto, y con ella toda la escuadra recién llegada, que constaba de casi setenta buques, de los cuales cuarenta y cuatro eran galeras que apuntaban sus catapultas a la ciudad amenazantes. Veía a su izquierda el Castel Nuovo, y más allá el Castel dell'Ovo, que se alzaba como un monte, en plena bahía. Ambos ondeaban las insignias angevinas de la flor de lis y la cruz de Jerusalén, al igual que las murallas de la ciudad que se podían distinguir desde su nave. Al menos, los edificios militares continuaban bajo su control.

—Buenas razones tenéis, señor —dijo el cardenal Bianchi—. Pero debéis usar mesura en los castigos. Esta es vuestra ciudad más importante.

Carlos se negó a desembarcar hasta que las tropas de sus galeras, junto a las angevinas de Nápoles, sofocaran la revuelta. Ocurrió al día siguiente, justo cuando llegaba el gran ejército que se desplazaba por tierra y tuvo que acampar a las afueras porque no cabía en la ciudad.

—Ahorcaré a los revoltosos, a sus familias y a los capitanes cobardes que huyeron abandonando a mi hijo —aseguró el rey.

Bianchi observó con sus ojos castaños de pez los azules enmarcados en oscuras ojeras de su interlocutor. Confiaba en hacerle recapacitar.

—No os aconsejo que ahorquéis a los capitanes —dijo—. Vuestro oro y el del papa pueden comprar galeras y tropas mercenarias. Pero los marinos expertos escasean. En las últimas batallas perdimos a muchos. Imponedles una multa si deseáis, pero quizá con su huida hayan salvado dieciocho galeras. No es su culpa, sino la de vuestro hijo, por desobedecer y por su falta de estrategia y liderazgo.

El de Anjou gruñó.

—Ahora debiera estar persiguiendo a la flota aragonesa y reconquistando Sicilia —se quejó—. En lugar de entretenerme aquí imponiendo el orden.

—No paséis cuidado, señor —le consoló el cardenal—. Id paso a paso. Primero hay que asegurar Nápoles y la retaguardia. Y después avanzaremos hacia el sur y recuperaremos Calabria. Roger deberá refugiarse en Mesina, no puede oponerse a nuestra flota. Nuestro ejército desembarcará en la isla de Sicilia y la recuperará para el papa y para vos. Estáis con el sumo pontífice y Dios está con ambos.

—Mal pago recibo de Él por mis desvelos en favor de su Iglesia —murmuró quejumbroso el viejo Carlos—. Porque...

—¡No os lamentéis, señor! —Le interrumpió el eclesiástico—. Que buen dinero os da nuestro papa para vuestras guerras. Os apoya excomulgando a vuestros enemigos y su diplomacia os consigue aliados, dejando solos a aragoneses y sicilianos.

—¡Como que estas no son solo mis guerras, sino también las suyas!

—Y las de Francia... —matizó el prelado.

—En todo caso, el Señor no me está haciendo justicia.

—Vuestra lamentación es sacrílega. —Ahora era el cardenal quien se mostraba enérgico—. El Señor os ha colmado de bendiciones... y hará justicia dándoos la victoria. Pero vos también debéis hacer justicia.

Carlos le miró extrañado.

—¿Justicia? ¿Quién os ha dicho que no voy a hacer justicia? Los napolitanos se acordarán de esto, y cuando termine con ellos, nunca más se atreverán a sublevarse.

—No me refiero a los napolitanos.

—¿Con quién, pues?

—Con vuestra señora nuera, por su desobediencia y por el mal trato que me dio. ¡A mí, que represento al santo padre!

El rey quedó pensativo.

—Cierto —murmuró—. No sé qué se ha creído esa húngara.

Pero más le preocupaba a Carlos el papa. Y se apresuró a escribirle.

Sepa vuestra santidad que en el sexto día de este mes, llegando a Gaeta, recibí la noticia de que Carlos, mi primogénito, en un acto de impaciencia y siguiendo el consejo de algún estúpido, decidió hacer frente, acompañado de muchos de nuestros nobles, a las galeras de los rebeldes sicilianos que recorrían el litoral napolitano. La flota enemiga era superior en número y armamento, y a pesar del valor que los nuestros desplegaron en feroz batalla, se hicieron con la victoria. Y después de raptar a mi hijo se refugiaron en la isla de Capri. Disgustado con la noticia, me dirigí a toda velocidad hacia allí, pero, advertidos de nuestra presencia, huyeron hacia Sicilia.

Este lamentable incidente en nada nos ha de afectar. Las naves perdidas son pocas y la sucesión del reino queda asegurada sin ese príncipe insensato, pues su heredero, Carlos Martel, ya tiene trece años, y tengo varios nietos varones más.

Pacificada Nápoles, el viejo Carlos hizo una entrada triunfal, y desde su montura presenció los trescientos ahorcamientos, sin juicio, con los que extinguió la sublevación proaragonesa de Nápoles. Reunió a los notables napolitanos y franceses y repitió lo escrito al papa, llamando a su hijo y a quienes le acompañaron «insensatos». También dijo que sus fuerzas, tal como podían comprobar, continuaban intactas.

No se alojó en el Castel Nuovo, del que solo estaban acondicionados los aposentos de los príncipes. Y se acomodó en su antigua residencia del Castel dell'Ovo.

En todo ese tiempo no quiso ver ni a María ni a sus nietos. Pero una vez satisfecho con el férreo control y la represión impuesta, la hizo comparecer.

—Señora, desobedecisteis al cardenal Bianchi y liberasteis a una valiosa prisionera —la acusó ceñudo.

Carlos se sentaba en su trono, de brazos terminados en empuñaduras de bronce que representaban cabezas de león y con patas del mismo animal, en la sala que había usado durante tantos años para audiencias. Una larga alfombra roja la cruzaba para terminar en el estrado. A la derecha, los ventanales dejaban ver el luminoso mar de Nápoles, y a la izquierda colgaban tapices con animales, árboles y caballeros armados portando banderolas angevinas. María había tenido que esperar en el cuerpo de guardia por dos horas. Ella, pequeña y de mirada de un dulce azul, estaba de pie frente a la enorme masa de su suegro.

—Señor —dijo ella elevando la barbilla—, soy la esposa de vuestro único hijo varón superviviente. Y la madre de sus herederos, que también son los vuestros. A falta de él y de vos, la autoridad en Nápoles era mía. No de ningún cardenal. Y tomé la decisión más adecuada en esas circunstancias.

—¡No era la decisión adecuada! —tronó él—. Beatriz de Hohenstaufen era mi prisionera, no la vuestra.

—Beatriz era prisionera del reino —repuso ella tranquila—. Y la liberé para proteger a vuestro hijo, el futuro rey. ¿O es que no os importa nada?

—¡¿Quién ha dicho que será el futuro rey?!

—Lo será si sobrevive —dijo ella firme—. Y yo quiero que sobreviva. ¿Vos no?

—¡En menudo brete nos ha puesto ese estúpido! —Carlos se levantó de su trono y bajó amenazante hacia María. Sacudía furioso su vara—. Hemos perdido naves, hemos perdido prestigio, Nápoles se ha sublevado y ahora los aragoneses tienen unos rehenes valiosísimos. ¡Entre ellos a mi propio hijo!

—¿Queréis que sobreviva o no? —inquirió impávida la princesa mirándole fijamente a los ojos.

Carlos trató de recuperar el aliento, su propia rabia le fatigaba.

—¿Por qué no obedeció? —inquirió sin responder—. ¡Menudo inútil! Mirad todas las desgracias que sufrimos por su culpa.

—No obedeció porque no podía.

—¿Que no podía? ¿Cómo que no podía?

—Y él no es el causante de esos males, sino vos —continuó, sin responder a las preguntas de su suegro.

El rey dejó caer sus brazos a lo largo del cuerpo y, encorvado, entreabrió la boca sorprendido. Parecía un oso frente a un cervatillo regordete. Nadie se atrevía a hablarle de aquel modo.

—¿Yo? —farfulló—. ¿Cómo que yo?

—Vos y ese cardenal. —Ahora María apuntaba al rey con el dedo—. Jamás le habéis mostrado la confianza debida. Manejó con eficiencia la retirada de Calabria, y si él no pudo parar el avance aragonés, tampoco puede ese Roberto de Artois del que tanto os fiais. Le impedisteis actuar cuando debía hacerlo, frente a las incursiones de las naves de Roger de Lauria. Los hubiéramos detenido antes de que causaran tantos destrozos. Y de que encresparan a la población hasta provocar la revuelta. La presión era insoportable y todos llamaban cobarde a vuestro hijo. Hizo lo que debía hacer por el honor de los Anjou. Y esa salida precipitada que nos llevó a caer en manos de los aragoneses ocurrió porque ya no podíamos más. Ni él ni la gente honorable de esta ciudad. De haberlos combatido antes, hubiera sido una batalla ordenada y quizá hubiéramos ganado. Y no una explosión de rabia como aconteció.

La princesa hizo una pausa durante la que Carlos, tratando de asimilar sus palabras, continuó mirándola confuso.

—¿Que hemos perdido naves y honor? —siguió ella—. Pues lo mismo que en las batallas de Nicotera y Malta. En las que no estaba vuestro hijo. Hubiéramos tenido que frenar a los aragoneses antes. Mi esposo no debiera haberos hecho caso, ni a vos ni a Bianchi. Y ahora vuestro hijo no estaría preso, y su honor y el vuestro estarían intactos. Vuestra desconfianza le ha perdido.

El viejo Carlos entendía aquellos argumentos. Era cierto, siempre había desconfiado de su hijo. Y el papa también. Pensativo, se dio la vuelta y volvió a encaramarse a su trono.

—¿Quién sois vos, mujer, para decirme lo que está bien o mal en cuestiones militares? —Se calmó una vez acomodado en su sitial. Jadeaba—. ¿Quién sois vos para hablarme así, mujer?

María le miró fijamente a los ojos. En su azul, normalmente dulce, brillaba una llama combativa.

—Yo soy vuestro futuro.

—¿Mi futuro? —Enarcó las cejas sorprendido.

—Sí, soy quien ha garantizado la continuación de vuestra estirpe. He parido nueve hijos, siete de ellos varones. —Hizo una pausa—. Y sabed que vuestro hijo hizo un gran trabajo. Todos están sanos y ninguno es cojo ni contrahecho. No como vuestros varones, de los que solo queda mi Carlos. Debierais agradecerle haber logrado lo que vos no pudisteis.

Carlos levantó su vara furioso. Para descargarla solo en la cabeza de león del apoyabrazos de su trono. El golpe hizo estremecer a la princesa. Y se quedó mirándola. Ella le sostuvo la mirada. Y él hizo una larga pausa.

—Podéis retiraros, señora —dijo al fin, ahora con suavidad—. Y seguid cuidando de mis nietos como hasta ahora.

Y le tendió la mano para que la besara. En lugar de eso, María dio media vuelta y se fue a paso tranquilo meneando, sin pretenderlo, su amplio trasero.

—Ojalá que esos nietos tengan vuestro valor, señora —murmuró el viejo Carlos sin que ella le pudiera oír.

Y se hundió encorvado en su trono, que por primera vez le era demasiado grande.

# 65

*Mesina, 17 de junio de 1284*

Cuando recibí la noticia, di mil gracias al cielo. Cada victoria era un golpe más, un acto de justicia divina contra Carlos de Anjou, el tirano asesino. Un rayo de luz que se abría paso en una noche oscura de temores y angustias. Y alentaba la esperanza de sobrevivir al enorme ejército angevino que se acercaba inexorable buscando nuestra destrucción.

Quise que mi hijo Jaime fuera el primero en saberlo. Movió la cabeza en un gesto de sorpresa. Y después sonrió feliz.

—Me consta que Roger es un gran almirante —dijo admirado—. Pero nunca hubiera esperado tanto.

—¡Alabado sea Dios, nuestro señor, que nos da la victoria! —exclamé.

Nos abrazamos con fuerza. Jaime me tenía preocupada. A sus diecisiete años había decidido formar su propio consejo como príncipe heredero de Sicilia, sin consultarme. Macalda era su principal consejera y con esa excusa entraba y salía del castillo vestida con gran lujo y pavoneándose como solo ella sabía hacer. Siempre me preocupó ese viaje y ahora comprendía mi error. Dijeron que se sentiría muy honrada al acompañar al heredero y presentarlo a la nobleza siciliana, y que su actitud hacia mí se tornaría amistosa. Nada de eso se cumplió.

Me preguntaba inquieta cuán grande sería la influencia que esa mujer había adquirido en él.

Pero aquel no era momento de preocupaciones. Reuní a mi consejo y todos celebraron con entusiasmo la noticia. Alaimo destacó que la victoria ayudaría a elevar la moral de una población atemorizada. Y Juan, el enorme valor del apresamiento del joven Carlos y sus nobles con vistas a negociar la paz.

—¡No queremos paz! —intervino mi hijo Jaime—. ¿Para qué? Estamos ganando.

Alaimo se sonrió condescendiente ante su arrogancia e ingenuidad.

—Aún no hemos ganado, estamos muy lejos de ello, ni creo que tengamos siempre la fortuna de derrotarlos con fuerzas tan inferiores —repuso Juan tranquilo—. Necesitamos la paz. Vos mismo la desearéis, y ese príncipe será una valiosa pieza para intercambiar.

—Tiempo habrá para hablar de eso —los corté—. Ahora hay que preparar un recibimiento apoteósico. Alegrará los corazones. Y os ruego que guardéis en secreto que uno de los prisioneros es el hijo de Carlos de Anjou. Los marinos que trajeron la noticia han jurado silencio.

—Hay mucho resentimiento —convino Alaimo apoyándome—. Atentarían contra su vida.

—¡No podemos perderle! —advirtió Juan—. ¡Es demasiado valioso!

Mi hijo Jaime mantenía una sonrisa en sus labios y contemplaba con mirada soñadora el estrecho a través de la ventana. Me pregunté en qué estaría pensando.

Dos días después llegaba la escuadra, y la bienvenida fue apoteósica. Superaba incluso la de la batalla de Malta. Las galeras, engalanadas con gallardetes y banderas, entraron en el puerto haciendo sonar trompetas y tambores. Las seguía una flotilla de naves locales, también adornadas, que habían salido a su encuentro. Como de costumbre, algunas de las galeras capturadas eran remolcadas con la popa por delante y las enseñas de los Anjou arrastradas por el agua. La gente aclamaba a sus soldados y marinos, pero de repente un grupo se puso a gritar pidiendo la muerte del príncipe Carlos.

—¡Muera el Cojo!

Y a esas se les unieron más voces hasta formar un clamor.

—¡Queremos venganza! ¡Que le ahorquen!

Empezaban a encolerizarse. Era lo que yo quería evitar, que la fiesta terminara en disturbios. No comprendía lo ocurrido. Seguro que los marinos que trajeron la noticia no habían hablado. Y tenía la certeza de que Juan no lo hizo. ¿Cómo, entonces, sabían del apresamiento del joven Carlos antes de que llegara la flota? ¿Fue Alaimo? Semejante traición, en alguien que había empezado a apreciar, era inadmisible.

El joven Carlos desembarcó rodeado de nuestros marinos y vestido como uno de ellos. Los acompañaban un grupo de fieros almogávares que capitaneaba aquella muchacha alta y pelirroja. Afortunadamente, a pesar del aspecto desgarbado de Carlos, quienes le esperaban, sin duda para matarle, no le pudieron identificar gracias a lo denso de la multitud y a que los almogávares, que infundían temor, apartaban a empujones a quienes se acercaban. Roger había dado órdenes para que tanto el príncipe como el resto de los prisioneros fueran trasladados de inmediato al castillo, y las tropas tuvieron que emplearse a fondo para protegerlos frente a una turba cada vez más alterada. Dada la cantidad de prisioneros, solo encerramos a los más valiosos en Matagrifone y hubo que habilitar varias casas para los demás. La gente estaba muy excitada y empecé a sospechar que aquello no era espontáneo y que alguien lo había orquestado. La ira de la multitud se dirigía contra los angevinos, pero también contra nosotros, que los protegíamos.

Hasta que todo estuvo en orden, no acudimos a la catedral para dar gracias por aquella gran victoria. Pero los gritos de «Mueran» contra franceses y angevinos de la exaltada turba se oían incluso en el interior del templo.

Recibí, junto a Jaime, a los prisioneros principales en el gran salón del castillo, aposentados en tronos sobre un entarimado cubierto de alfombras. Eran una treintena de condes y barones encadenados, y frente a ellos una figura con un hombro más elevado que el otro, no demasiado alto, y algo de joroba. Tendría unos treinta años, cabellos castaño claro, ojos oscuros en una tez muy clara y una nariz apuntada. Me dije que su rostro era agradable. Al instante supe que era Carlos de Salerno, el hijo de nuestro mortal enemigo.

—¡Arrodillaos frente a la reina de Sicilia y su heredero! —les ordenó Roger.

Los soldados golpearon sin contemplaciones a quienes se resistían, con excepción de Carlos, que permaneció desafiante a pesar de su pobre aspecto.

—Señora —me dijo—, no sois la reina de Sicilia, porque el rey proclamado por la Iglesia es mi padre Carlos de Anjou.

—La Iglesia se atribuye injustamente un derecho que no tiene —repuse—. Mi padre y mi abuelo fueron reyes legales de Sicilia y mi realeza no solo me viene de sangre, sino del refrendo del pueblo y los nobles que me coronaron. Mío y de mi familia es todo el derecho. En cuanto a vuestro padre, es un asesino y un usurpador.

El joven Carlos iba a responder cuando Roger le interrumpió:

—¡Callaos y arrodillaos ante la reina! —le gritó con su potente voz.

Y dos soldados se apresuraron a obligarle, aun sin llegar a los golpes. Comprendí que con su resistencia había querido salvar, en algo, su honor. Y que Roger se lo permitía al forzarle físicamente a ello. Me parecía bien. Pero quise intimidar a los prisioneros, acostumbrados al trato violento de Carlos de Anjou, para que no me creyeran blanda por ser mujer.

—Señores —continué cuando todos estaban de rodillas—, aquí no sois bienvenidos ni siquiera como prisioneros cargados de cadenas. Oíd el clamor del pueblo de Sicilia. Desean descuartizaros y darles de comer a los perros vuestros miembros. Tal es el recuerdo que vuestros abusos y crímenes han dejado en la isla. Y os entregaré al pueblo, y presenciaré vuestro desmembramiento con placer, si no obedecéis, en todo, las órdenes que os daré en los próximos días. Escribiréis a vuestras familias solicitando rescates en oro. ¡Y pobre del que no lo consiga! Nada más tengo que deciros. —Y me dirigí a Roger—. ¡Apartadlos de mi vista!

Y con sonido de cadenas y empujones, los soldados condujeron a los nobles a las mazmorras. A Carlos, el más valioso de nuestros rehenes, le hice acomodar en una estancia de una de las torres, sin cadenas, pero con vigilancia constante.

Aquella noche, cenamos en familia, con Beatriz, Roger y mis hijos Jaime, Violante y Federico. Veía cómo el almirante, sonriente a veces, trágico otras, recorría con sus expresivos ojos castaños los de cada uno de mis hijos relatando con gestos dramáticos sus hazañas. Le escuchaban boquiabiertos y admirados. Jaime le interrumpía preguntándole. Quería conocer todos los detalles, y él, paciente, le complacía. En cuanto a Beatriz, poco podía contar alguien que durante dieciocho años solo había visto las paredes de una oscura mazmorra. Pero fue motivo para que Roger y yo repasáramos los recuerdos de mi querido padre Manfredo y de su fastuosa corte, que desapareció a su muerte, cuando ella tenía seis años y fue encarcelada.

Y en esa feliz velada nos encontrábamos cuando apareció el mayordomo. Su expresión me alarmó.

—Señora —dijo—, acaban de asaltar una de las casas de los rehenes y los han matado a todos. Arrastran los cadáveres por las calles con gran jolgorio.

—¿Cómo? —inquirí sorprendida—. ¡Alaimo los protegía con sus tropas!

—Se han visto superadas por la turba —repuso el mayordomo—. O quizá no quisieron derramar sangre siciliana.

—Enviaré a ballesteros y almogávares para proteger al resto de los rehenes —dijo Roger levantándose de la mesa—. Mis hombres no dudarán en derramar sangre. Siciliana o de quien sea.

Aquellos asesinatos empañaban nuestra victoria. Era muy grave. Y me dije que una peligrosa mano negra actuaba en la sombra.

# 66

*Mesina, el mismo día*

Beatriu acudió a recibir a la flota junto a sus hijos. La noticia de una gran victoria se había propagado por la ciudad y todos querían gozar de la fiesta. Los niños iban correteando alegres, peleando con sus armas de madera. La compañera de Súria no podía evitar, sin embargo, la inquietud. Rezaba para que sus amigos regresaran ilesos.

Todas las calles que convergían en el puerto estaban cargadas de gente que cantaba vestida de fiesta. No eran tiempos fáciles, cualquier excusa era buena para celebrar y la victoria anunciada era una inmejorable. Algunas mujeres agitaban coloridos pañuelos para mostrar su alegría y otras, como Beatriu, portaban un gran ramo de flores. Vestía una gonela verde con un escote, que mostraba el inicio de sus senos, bordado en rojo, al igual que sus anchas mangas y el bordillo del vestido, que le llegaba hasta los tobillos. Apenas cubría su melena azabache con una breve toca que le permitía lucirla en todo su esplendor. La gonela resaltaba sus curvas y, coqueta, se sentía, a sus veintinueve años, hermosa y codiciada por los hombres. Temía que el almirante estuviera demasiado ocupado para verla, pero mantenía la esperanza de que lo hiciera. Quería que la deseara. Como ella a él. Todas aquellas noches que había pasado sola en su lecho esperando el regreso de la flota había anticipado el encuentro acordado con Roger. Y ansiaba que ocurriera de una vez.

Por el camino se encontraron con otros vecinos y, entre ellos, a Sans, el cura, y su mujer. Todos se saludaban sonrientes. Los niños se juntaron con otros y salieron corriendo para llegar antes al puerto. Con toda seguridad se colocarían, pasando entre las piernas de la gente, en las primeras filas, desde donde, a pesar del gentío, ellos podrían ver. Y pobre del que se les enfrentara; atacaban en pandilla con sus espadas de madera. Beatriu se preguntaba cómo sus hijos, siendo del mismo padre, podían ser tan distintos. Se decía que los quería por igual, pero sentía preferencia por Pons, el mayor. A los doce años, conservaba en su cabello castaño reflejos rubios y tenía un rostro sonrosado. Era pícaro, sonriente, y se le daban bien los estudios, que seguía con el cura. Aparte del siciliano que los chiquillos dominaban de jugar con los hijos de los pescadores, él chapurreaba latín. Beatriu tenía la esperanza de que, a pesar de su origen plebeyo, de destacar en hechos de armas, pudiera llegar a ser un caballero. En especial si el almirante decidía ayudarle. Pero quizá, demostrando que no era bastardo, con la ayuda de su amigo el cura podría seguir la carrera eclesiástica. En cambio, Senén, de nueve años, era otra cosa. Prometía mayor corpulencia que su hermano, pero menor estatura. Era rudo y, a veces, huraño. Su pelo oscuro y abundante pronosticaba un hombre velludo. Beatriu lo veía como un fiero almogávar atacando al frente de su tropa. Instintivamente se llevó la mano al vientre y sonrió al preguntarse: ¿Cómo serán mis hijos con Roger?

Súria y el Rubio Abdón desembarcaron con su gente acompañando a unos hombres vestidos de marinos que entregaron a un destacamento de ballesteros. Después la pelirroja abrazó a los niños y a Beatriu, que vio desilusionada como el almirante se dirigía hacia la reina sin reparar en ella. De camino a casa, Pons y Senén acosaron a Súria a preguntas que esta respondía con paciencia y cariño. Le encantaba el interés que mostraban. Serían buenos soldados.

# 67

*Mesina, 18 de junio de 1284*

—Mis agentes dicen que la baronesa de Ficarra está detrás de los disturbios —me dijo el día siguiente Juan, en privado.

—¿Ella? —No me extrañaba—. ¿Otra vez ella? ¿No me aconsejasteis que la dejara acompañar, según su deseo, a Jaime en su periplo por la isla? ¿Y que eso la apaciguaría?

El anciano se encogió de hombros acariciando pensativo su barba blanca.

—No sucedió —dijo—. Y, aunque parece apreciar a vuestro hijo, sigue contra vos.

A media mañana hice comparecer al justicia, a solas.

—Alaimo, ¿cómo ha ocurrido? —inquirí—. ¿Por qué vuestros hombres no contuvieron a esa muchedumbre? ¡Hemos perdido a unos rehenes muy valiosos!

Nos encontrábamos en la sala del consejo y le había invitado a sentarse al otro extremo de la mesa. Él me miró tranquilo con sus vivaces ojos oscuros, en los que adivinaba cierta insinuación, antes de responder.

—No pudieron, señora. Nunca creí que se juntara semejante muchedumbre y no tenía suficiente gente para detenerlos.

—Pero tampoco hicieron nada contra ellos —repuse severa.

—Como ya os dije, eran pocos, su intervención no hubiera cambiado nada.

No me convencía y, a pesar del respeto con el que me hablaba, intuía algo raro en él. Quizá fuera su aspecto de hombre creído de su éxito con las mujeres. Extraño contraste en alguien cuya esposa ejercía de seductora hacia otros hombres.

—Esos exaltados sabían, antes de que llegara la flota, a quién habíamos apresado —continué—. Pedían la muerte del príncipe de Salerno antes de que desembarcara. ¿Quién se lo dijo? Estoy segura de que no fueron los marinos y fuera de ellos solo nosotros lo sabíamos. ¿Cómo salió esa noticia del consejo?

—No fui yo, señora.

—Sin embargo, se dice que vuestra esposa está detrás de ello —insistí severa.

—Yo no le dije nada, señora.

Como siempre que aparecía el nombre de Macalda, le abandonó su aspecto relajado. Sin embargo, no la defendía, con lo que aceptaba la acusación.

—¿Quién fue, pues? —insistí.

—Yo no se lo dije —repitió él.

—¿Cómo lo supo? —insistí elevando la voz.

Él guardó silencio mirándome sin pestañear un tiempo para luego murmurar:

—Quizá debierais, señora, preguntar en vuestra propia familia.

Se levantó muy serio y, cortés, hizo una profunda reverencia sin intentar, esta vez, besarme la mano.

—Os ruego que me disculpéis, señora —dijo.

Y salió de la sala dejándome pensativa.

Alaimo sabía algo que insinuó sin querer nombrar. ¿De mi familia? Solo podía referirse a Jaime. Era fácil atar cabos. Mi preocupación con respecto a mi heredero aumentó. También le mandé llamar.

—Jaime —decidí ser muy directa—, ¿le dijisteis a la baronesa de Ficarra que la flota había capturado al hijo de Carlos de Anjou?

—Sí, madre.

Me miraba firme, elevando su fuerte mentón, que ya afeitaba, y enarcando ligeramente las cejas. Me pareció desafiante. Los adolescentes son difíciles. Los adolescentes futuros reyes lo pueden ser mucho más.

—¿Y por qué lo hicisteis? —inquirí enojada—. ¿No dejé claro que debía guardarse en secreto?

—La baronesa de Ficarra pertenece a mi consejo y merece mi confianza. —Continuaba desafiante.

—¡Fue ella quien lo divulgó! ¡Ella quien incitó esta revuelta!

—Los disturbios son contra los angevinos. El pueblo quiere justa venganza, la sangre de quienes tanto mal le hicieron. Los comprendo. *Vendetta!*

—Esos rehenes representan mucho dinero o concesiones que el enemigo nos tendrá que hacer. ¡No podemos dejar que los maten! ¿Pero es que no lo entendéis? La revuelta no es contra ellos, sino contra quienes los protegemos. Se enfrentan a mis órdenes, es una sublevación. Y esa mujer, que es una ambiciosa sin escrúpulos y que me odia, está detrás de todo.

—¡No os permito que habléis de la baronesa de ese modo! —exclamó levantándose de la mesa—. He aprendido mucho con ella durante el viaje y le estoy muy agradecido. Es muy inteligente y lo sabe todo sobre Sicilia. Confío en ella y por eso es parte de mi consejo.

Fruncía el cejo, sus ojos castaños echaban chispas y al terminar apretó las mandíbulas. Estaba realmente enfadado.

—Pues os equivocáis de lleno —repuse enérgica levantándome también—. Esa mujer no ha hecho más que conspirar desde que llegamos a Sicilia. Primero a favor de los Anjou con

Gualterio de Caltagirone, al que decapitamos, y ahora para matar al príncipe. Le es igual ir de un lado a otro, solo le importa incitar a los sicilianos contra nosotros. Y ganar poder. Despedidla de vuestro consejo. Cuanto más lejos esté, mejor.

—No lo haré, madre. —Y se me quedó mirando firme.

—¿Que no lo haréis? —me sorprendí.

Nunca se había negado a ninguna de mis peticiones, aunque le disgustaran.

—Pero ¿cómo os atrevéis? —insistí—. Es una orden.

—No lo haré.

—¿Hay alguna razón que yo pueda entender?

—Quizá.

—¿Cuál?

—Ella es mi dama, yo soy su caballero y estamos enamorados. —Hablaba con pasión—. Bajo ningún concepto la apartaré. Ni dejaré que vos la apartéis.

—¿Quééé…? —musité.

Y busqué asiento. Lo necesitaba. Algo me lo decía, lo sospechaba, pero hasta aquel instante no comprendí el alcance de mi error al aceptar la propuesta de Alaimo. ¡Jamás pensé que aquella mujer se atreviera a tanto! ¡Seducir a mi hijo! ¡Pero si le doblaba la edad! Necesitaba pensar. Él continuaba de pie firme mirándome.

—Pero, Jaime —le dije—, ella es de mi edad y está casada. No tiene sentido. ¡Quitáosla de la cabeza!

—No lo haré, porque nos amamos —insistió testarudo—. Ella no quiere a su marido y hace mucho que no tienen relaciones.

—¿No las tienen y él continúa protegiéndola como lo hace? —cuestioné escéptica—. ¡Vamos, no seáis tan ingenuo, Jaime! Alaimo de Lentini está muy enamorado y…

—¡No las tienen! —me cortó furioso—. Entre ellos solo queda amor espiritual, cariño fraternal.

—¡Amor espiritual, cariño fraternal! —repetí.

No pude evitar reír, aun sin ganas y sin que la cosa tuviera gracia. Aquello pareció desencajar a Jaime, que enrojeció.

—¡Sí, así es! —me espetó con un bufido—. Y doña Macalda está embarazada. ¡Es mi hijo y lo reconoceré como tal!

Me quedé sin palabras. Anonadada. De no estar sentada, creo que me hubieran fallado las piernas y habría caído al suelo. No podía creerlo. De ser cierto, las consecuencias podían ser terribles. ¿Cómo se atrevía aquella mujer a aquello? Se decía que era una gran jugadora de ajedrez. Pues bien, me lanzaba un jaque mate con todas sus consecuencias. Si ya era poderosa a través de su marido, ahora había adquirido un poder, difícil aún de evaluar, a través de mi hijo. Del heredero del reino. Si él reconocía a aquel hijo, a pesar de ser bastardo, pasaría a ocupar el primer lugar en la sucesión del trono de Sicilia después de Jaime. Por delante del resto de mis hijos. Su condición no le excluiría, puesto que mi propio padre era bastardo según la Iglesia, y con el apoyo de Alaimo y de la propia Macalda, la gran mayoría de la nobleza siciliana le aceptaría. Era una jugada maestra. La baronesa de Ficarra lograría lo que siempre pretendió, ser la reina, de hecho, de Sicilia. Por eso no quería llamarme reina, sino solo madre del heredero. Ella pasaría a ser lo mismo, la madre de otro heredero. Y si yo falleciera…

Todos aquellos pensamientos pasaron raudos por mi mente mientras Jaime me contemplaba de pie enarcando las cejas y elevando el mentón.

—No lo podéis reconocer —musité—. A pesar de sus muchos amantes, la baronesa siempre ha mantenido su relación marital con Alaimo.

—Ya no —repuso él irritado—. Ese hombre es veintitrés años mayor que ella y un anciano. Su relación es de padre e hija.

—Viven juntos —insistí—. Como marido y mujer. Y a los cincuenta y siete años, Alaimo está fuerte y sano. Un hombre es capaz de engendrar hijos a esa edad.

—¡Pero ese no es el caso! —Volvía a enfurecerse, su tono era ya irrespetuoso—. ¡Aceptad, madre, la evidencia!

Le hubiera cruzado la cara de un bofetón. Pero me contuve. Demasiado había aceptado ya, me dije. Pero supe que era inútil discutir con él en ese momento. Solo empeoraría la situación.

—Son marido y mujer —concluí—. Y os insto a que reflexionéis. Vos estáis destinado a casaros con una hija de rey de vuestra edad o más joven. Y tener hijos sanos que reinen en Sicilia.

—Sí, pero…

—No quiero oír nada más hoy —le interrumpí severa—. Reflexionad, os lo ruego. Podéis retiraros.

Obedeció y yo me levanté para acercarme a la ventana. Me faltaba el aire. Y traté de asimilar aquello contemplando la vista del azul del mar y las gaviotas y golondrinas surcando el cielo. La noticia del embarazo de Macalda era mala, pero mucho peor era la actitud de mi hijo y su enamoramiento. Esa mujer era terrible.

# 68

*Mesina, 21 de junio de 1284*

Súria y Beatriu no supieron nada de Roger durante un tiempo. Al tercer día, su escudero las informó de que su señor acudiría aquella noche, y ellas intuyeron que el almirante pretendía consumar el trato.

—Pues no va a ser —afirmó Súria.

Beatriu no dijo nada y sonrió, ambas lo habían acordado.

Roger se presentó después de tomar un baño perfumado con esencias de lavanda y limón. Caminaba erguido, victorioso, y en su rostro se insinuaba, pronta a asomar, una sonrisa. A la entrada del barrio de pescadores despidió a la escolta para seguir solo con su escudero, y al llegar a la casa golpeó la puerta. De inmediato oyó un bullicio inesperado. Eran Pons y Senén compitiendo en llegar primeros. Nada más abrir se colgaron de sus mangas asediándole a preguntas sobre la batalla. Unos pasos más atrás, sonrientes, estaban Súria y Beatriu.

—¿Pero…? —inquirió él sorprendido.

—Los niños pasarán la noche de mañana en el campamento almogávar de extramuros —anunció Súria—. Si llegamos a un acuerdo, claro.

—¿Acuerdo? —musitó él—. ¿Qué acuerdo? ¡Si ya tenemos uno!

—¡Salid a jugar a la calle! —les ordenó Beatriu a los chiquillos.

Ellos obedecieron, entre protestas, después de la firme insistencia de su madre. Les encantaba el victorioso almirante.

—Sentaos —le dijo Súria.

Los tres lo hicieron.

—Tenéis que firmar un contrato, frente a notario y testigos, en el que reconoceréis que los hijos que tenga Beatriu son vuestros.

—¿Un contrato de concubinato?

—Algo parecido que proteja a los hijos —repuso Súria.

—No me niego. Pero ¿qué ocurre con los que tenga contigo?

—Eso ni lo soñéis —se alteró Súria—. No tendréis hijos conmigo. A mí apenas me tocaréis.

Roger miró a Beatriu, que le sostuvo la mirada. Y le pareció adivinar algo en sus ojos de brillantes pupilas oscuras.

—Bien, hagámoslo cuanto antes —dijo él.

—¿Tenéis prisa, señor? —inquirió la morena con una sonrisa pícara.

—Sí —admitió él franco.

Aquella misma tarde, Roger firmó frente a un notario el contrato, redactado por el cura Sans, que fue refrendado por tres testigos: Giacomo de Flor, el propio Sans y Súria.

Terminado el trámite, la pelirroja despidió al almirante con un «Volved mañana».

Y Roger regresó mohíno, junto al muchacho que nunca sonreía, a su residencia con la impresión de que aquellas mujeres jugaban con él.

Al día siguiente no se sentía demasiado confiado. ¿Qué nueva treta, qué nuevo juego inventarían? Pero él no iba a desistir, y si tenía que regresar otro día, regresaría. Y pensaba hacerlo a pesar de las muchas damas, algunas muy bellas, educadas y de alcurnia, que tendría con solo molestarse en tender la mano y cogerlas. Pero él quería a Súria. Deseaba amarla y ser amado por ella. El acuerdo con Beatriu, que incluía la participación de la pelirroja, no colmaba sus ansias, pero al menos le acercaba un paso más a ella.

Cuando golpeó la puerta, escuchó atento. No, no se oía el griterío de los niños, aquello era una buena señal. Estarían en el campamento almogávar con amigos. Respiró hondo mientras esperaba. Y de pronto, con una amplia sonrisa, Beatriu abrió la puerta. Vestía su mejor gonela, la verde con bordados púrpuras que se ajustaba a su cuerpo, y su abundante cabellera azabache flotaba suelta. Más allá se encontraba Súria, que le observaba crítica con media sonrisa divertida. También vestía una gonela, ella azul con bordados dorados, menos ajustada que la de su amiga, pero que dejaba adivinar su bien formada figura. Ceñía su cabellera roja con una cinta, también azul, a la altura de sus sienes. Su presencia impresionó al almirante, estaba habituado a verla con una zamarra de pieles al estilo almogávar, y no de mujer y tan arreglada.

La mesa, en la planta baja, junto al hogar de la cocina, estaba preparada e iluminada con velas. Roger apreció el detalle. Ellas acostumbraban a usar las más económicas lámparas de aceite. Beatriu recordaba los tiempos de miseria y administraba eficientemente lo que Súria traía. También era una buena cocinera, aunque Roger apenas se enteró de la cena. Pero fue muy consciente del vino y de las miradas, cargadas de significado, que se cruzaban los tres. Al principio mostraban cierta timidez, pero fueron tornándose cada vez más insinuantes. En especial las de Beatriu. Roger decidió moderarse. No quería que el alcohol le impidiera gozar de lo que iba a suceder en el piso de arriba. A los postres, consistentes en requesón con galletas de almendras y miel, los tres estaban más distendidos. La conversación, gracias al vino, se hizo fluida; las sonrisas, frecuentes, y aparecieron las risas.

De pronto, Beatriu empezó a apagar las velas, se puso de pie sujetando la última y les dijo:

—Seguidme.

Y con paso pausado y solemne, y sin esperar respuesta, se encaminó hacia la escalera con un leve contoneo. Súria y Roger se mantuvieron sentados en la mesa, mirándose serios, hasta quedarse casi a oscuras. Entonces ella se levantó para seguir a su amiga y lo mismo hizo él. Durante el corto trayecto hacia el primer piso, y a pesar de la penumbra, Roger no pudo apartar la vista de las redondeadas formas del trasero de la pelirroja que se adivinaban tras la tela conforme subía peldaño a peldaño. Sentía una emocionada anticipación de lo que esperaba que ocurriera. Le faltaba la respiración.

Beatriu aguardó a que ambos llegaran para depositar la palmatoria que sostenía la vela sobre una repisa por encima del amplio camastro. Súria y Roger quedaron expectantes mirándola, ella les sonrió y dobló las rodillas para sujetar el borde inferior de su gonela, y lentamente, con estudiada elegancia, fue tirando de ella hacia arriba descubriendo, a pesar de su cabello azabache, una piel muy blanca. Fue mostrando las piernas, una buena mata de pelo en el pubis, amplias caderas, un vientre ligeramente redondeado, unos senos de tamaño mediano que se mantenían firmes, unos hombros de suave curvatura y un cuello armonioso. Roger se dijo que, aunque su objetivo era la pelirroja, el atrayente cuerpo de la morena, a pesar de sus dos maternidades, irradiaba una cálida sensualidad.

Ellos se quedaron mirándola y ella les volvió a sonreír e hizo un gesto con sus manos, enarcando las cejas instándoles a imitarla. Súria y Roger se miraron brevemente para desnudarse también. La almogávar, a sus veinticinco años, era casi tan alta como Roger, y sus suaves curvas disimulaban su fuerte musculatura. Sus senos eran reducidos; sus caderas, de tamaño mediano y armoniosas, y su entrepierna y bajo vientre mostraban el mismo rojo que su cabello. Roger se iba desvistiendo fijándose en ella, y al terminar dejó al descubierto su intensa excitación.

Beatriu, sin perder la sonrisa, les mostró con ambas manos el lecho invitándolos y se giró de espaldas para soplar la vela. La mirada del almirante se fue a su trasero, que se elevaba respingón.

Aquel era un juego muy sensual y Súria sintió que se impregnaba de la excitación de sus protagonistas, Beatriu y Roger. Calculó, en la oscuridad, la posición de cada uno. Su compañera quedaría en el centro del camastro; ella, a su izquierda, y Roger, a la derecha de su amiga. Así evitaría el contacto con él. Y así fue. Notó el cálido cuerpo de la morena al que tan acostumbrada estaba, lo acarició y buscó su mejilla para besarla. Ella le devolvió la caricia y Súria la empujó suavemente hacia el otro lado, hacia Roger. Era con él con quien debía tocarse. Y así lo hizo Beatriu, que se movió hacia él, pero como si no quisiera deshacer el contacto de sus pieles, tiró de ella. Y se desplazó un poco más hacia el almirante. Demasiado, se extrañó Súria. Entonces notó un movimiento en el lecho y que el espacio que ella había dejado libre al moverse lo ocupaba Roger. Se había levantado, en la oscuridad, de su lado de la cama para dar la vuelta y entrar por el otro. Ahora la pelirroja quedaba entre ambos. De inmediato, Roger la palpó buscando su rostro para besarla en la mejilla. Le fue agradable, pero Súria murmuró:

—No es a mí a quien…

—Nuestro trato dice que puedo —la cortó él.

Roger notaba su corazón acelerado y un pequeño vacío en la boca del estómago. Aquella era para él la más importante de las batallas y parecía que Beatriu le facilitaba, a propósito, el acceso a Súria. Rezaba para que esta no rechazara sus caricias.

—El almirante está en lo cierto —corroboró Beatriu—. Un rato cada uno. Ahora es tu turno.

Y, rodeada, Súria empezó a recibir besos y caricias de ambos. Ella trataba de corresponder, pero el placer que empezó a experimentar entorpecía sus movimientos. Beatriu la conocía bien, sabía lo que más la deleitaba, pero Roger no se quedaba a la zaga. La pelirroja, abrumada por el deseo, apenas podía pensar. Ambos competían en proporcionarle la mayor dicha y convirtieron el cuerpo de la muchacha en un dulce campo de batalla. Súria nunca había experimentado semejante arrobo, les dejaba hacer, no podía detenerlos. Boqueaba como un pez fuera del agua. El placer le llegaba a oleadas y no podía evitar gemir. Aquello no paraba y temía perder la conciencia. De repente se dijo que se trataba de una emboscada, que Beatriu la estaba traicionando. Quiso incorporarse, huir, pero el pensamiento se diluyó en su éxtasis.

Roger sintió un goce indescriptible acariciando el cuerpo de su amada, que, para su sorpresa, le dejaba hacer sin oponer resistencia. Parecía rendida y la sintió suya. Aquel sentimiento de posesión superó por un momento todo lo físico. Pero de inmediato el deseo de culminar aquel dominio se volvió irrefrenable. Y cuando Roger se le puso encima, Súria no pudo hacer nada por evitarle. Las caricias recibidas le hacían desear a sus compañeros de cama con locura, y ni siquiera cuando él la penetró dejó de desearle. Al notar su fluido en su interior y oírle gemir, recordó el peligro que aquello representaba. Pero aquel fue otro pensamiento fugaz. Sin poderlo evitar, se abrazó al cuerpo cálido y fuerte de aquel hombre para murmurarle al oído:

—Más.

Al rato, Súria quedó desmadejada, sumida en un dulce sopor. Un sopor que también le iba invadiendo a él, que se sentía pleno y feliz. Había logrado que ella le deseara, que le admitiera en su interior, y anhelaba que la semilla allí depositada fructificara en un hijo de ambos. Pero otras caricias le alertaron. Era Beatriu.

—Es mi turno, señor —le dijo al oído—. ¿No creéis que me lo he ganado?

—¡Claro! —murmuró él—. Gracias, Beatriu. ¡Que Dios te bendiga!

Era una mujer atractiva, le tenía cariño y le estaba muy agradecido. Y a pesar de su amor por Súria y del desgaste de la dulce batalla que acababa de librar, sintió que su cuerpo reaccionaba y comprendió lo mucho que le apetecía saldar su deuda con ella.

# 69

*Mesina, al día siguiente, 22 de junio de 1284*

Eran tiempos difíciles. Con su última jugada, Macalda no solo me desafiaba y acrecentaba su poder, sino que me hería en el corazón.

¿Qué podía hacer yo ante el jaque mate que me asestaba? ¡Con mi propio hijo! ¿Encarcelar a mi heredero para que no viera a esa mujer? ¿Encarcelarla a ella? Sentía que cualquier uso de la fuerza sería contraproducente. Decidí hablarlo con Juan, mi viejo condestable.

—Hacéis bien en ser prudente —me dijo pensativo acariciando su barba blanca—. Alaimo la protegerá a toda costa. Como justicia de Sicilia, comanda las tropas de la isla y es el gran héroe de Mesina. Los sicilianos le adoran. Nada podemos hacer contra él, de momento.

—Pero se trata de adulterio —repuse—. Es muy grave. Debería ofenderse y castigarla.

Juan se quedó reflexionando antes de responder.

—Si Macalda ha dado ese paso es porque lo tiene estudiado, y la reacción de Alaimo, bien calibrada —dijo al rato—. Quizá él crea que ese hijo es suyo y que el engañado es Jaime. Aun así, esa no sería la primera vez que le ha sido infiel. Como él lo ha sido con ella. Y ambos han consentido.

—Pero todos sabemos que la infidelidad masculina no se juzga igual que la femenina.

—En ellos, sí. Su relación es muy peculiar. Antes que amantes son aliados en la conquista del poder, y así han escalado las más altas cimas. No se puede ser más poderoso en Sicilia que Alaimo a no ser que se sea rey. O reina. Pero ella le supera ahora. Puede convertirse en la madre de un rey.

—¿Qué puedo hacer? —inquirí angustiada.

—Es difícil aconsejar —murmuró pensativo—. Su esposo la ama. Y últimamente se muestra celoso, como en el caso del rebelde Caltagirone, al que torturó con saña antes de que le decapitáramos. Le será fiel a ella antes que a vos.

En aquel momento se oyeron gritos que se aproximaban. Al poco, una enorme muchedumbre blandiendo lanzas, espadas, ballestas y simples garrotas rodeaba la entrada del castillo. Gritaban «Muerte a los franceses», el mismo grito de la rebelión que se inició en Palermo hacía poco más de un año y que exterminó a todos los angevinos de la ciudad. Y también vociferaban «*Vendetta*», «Muerte al Cojo», «Dádnoslo».

—Avisad a don Roger de Lauria y a don Alaimo de Lentini —le ordené al mayordomo—. Que acudan de inmediato. Y también a mi hijo Jaime.

—El almirante no se encuentra en el castillo —repuso el hombre—. Hemos mandado a avisarle a su casa.

—¡Pues al justicia, rápido!

Cuando el mayordomo salió, Juan y yo nos miramos mientras los gritos arreciaban en la calle.

—¿Estáis seguro de que ella está detrás de esta rebelión? —murmuré. Afirmó con la cabeza.

—Sin ninguna duda —repuso—. Busca desestabilizaros, indisponeros con el pueblo.

Al poco apareció Alaimo. Iba vestido para el combate, con cota de malla, daga y espada. Aunque sin casco. Su cabeza sin pelo se mostraba esférica, y sus rasgos, duros.

—Don Alaimo —le dije—, debéis disuadir a esa multitud. No consentiré que ni uno solo de nuestros prisioneros sea asesinado.

—Están furiosos, señora. Como bien podéis oír —repuso con el acostumbrado respeto con que se me dirigía, en el que yo notaba, quizá equivocada, cierto cariño—. Parlamentaré con sus líderes, pero quieren sangre. Y si no tienen la de los franceses, buscarán la nuestra.

En aquel momento apareció a sus espaldas Jaime. Iba también vestido de armadura, era más alto, pero no alcanzaba la envergadura del siciliano. A pesar de lo trágico de la situación, por un momento imaginé a ambos con Macalda. ¡Qué distintos eran! Lo más chocante era la diferencia de edad. ¡Más de cuarenta años!

—Disponed a vuestras tropas para repelerlos —le dije autoritaria a Alaimo—. Que sepan los de fuera que, si se derrama sangre, será la suya.

—No puedo responder por mis tropas —afirmó impávido Alaimo—. Mis hombres también quieren sangre francesa. Y no siciliana. Entre esa gente están sus hermanos y amigos. Se negarán a hacerlo.

—Hablad con esa turba, Alaimo, convencedlos —insistí.

Fuera arreciaban los gritos y noté un sudor de angustia.

—Obedeceréis a la reina, ¿verdad? —intervino Jaime.

Había un tono agresivo en su voz. Alaimo se giró y le contempló de cabeza a pies. Parecía evaluarle como un posible rival de armas, inferior a él. Ya eran rivales por amor y ambos lo sabían.

—Haced lo que os pido, Alaimo —le dije con una sonrisa que quería suavizar la situación y evitar el choque—. Estoy segura de que vuestra habilidad y reconocido prestigio lograrán convencerlos.

Me miró e inclinó la cabeza enérgico.

—Lo haré lo mejor que sepa, señora.

Dio media vuelta y salió marcial de la sala después de dirigirle una mirada desafiante a Jaime.

—Lo más probable es que no consiga nada —sentenció Juan.

—¿Qué pasará entonces? —inquirí preocupada.

Los gritos en el exterior cesaron. Alaimo debía de hablar con los cabecillas.

—Que vos tendréis que dirigiros a esa gente como reina e imponer vuestra voluntad —repuso el anciano.

—Lo haré yo —dijo Jaime.

—No, vos no, sino la reina —repuso firme Juan—. Ella es la máxima autoridad y ahora debe demostrarlo.

—¿Qué tropas españolas tenemos en el castillo? —pregunté.

Sabía que gran parte de los nuestros se encontraban luchando en la otra orilla del estrecho, dispersos en Calabria. Y los llegados con la flota estaban acuartelados en la zona del puerto, cerca de las naves, en el otro extremo de la ciudad. La defensa de la fortaleza, al igual que la de los muros de Mesina, correspondía a las tropas de Alaimo.

—Solo vuestra guardia personal, una docena de caballeros, apenas cincuenta ballesteros y una veintena de lanceros —repuso Jaime—. Con eso no los detendremos.

—No es con armas con lo que debéis apaciguarlos, sino con vuestra realeza. Mostraos a ellos y habladles, señora —insistió el viejo senescal.

Tragué saliva. ¿Mi realeza debía calmarlos, decía Juan? ¿A esa masa furiosa sedienta de sangre? ¡Señor, dadme fuerzas!

—Lo haré —dije firme.

De pronto se oyó un nuevo griterío y una piedra, seguramente lanzada por una honda, rompió uno de los ventanales de la sala del consejo y fue a parar a mis pies. Me sobresalté. El peligro era real.

—No les ha convencido —dijo Juan—. Y vuelven más violentos.

Los cantos de «Mueran los franceses» y «Venganza» se repitieron.

—¿Desde dónde les hablaréis? —quiso saber, preocupado, Jaime.

—Desde las almenas por encima de la primera puerta —dije.

—Allí os pueden alcanzar con una flecha o una simple piedra —me advirtió preocupado Jaime.

Conocía el peligro. Y tenía miedo. Por lo que me pudiera pasar a mí, pero más por mis hijos y por el destino de la estirpe aragonesa en Sicilia. Si la rebelión se consumaba, con la tibieza de Alaimo y las intrigas de su mujer, podríamos perecer todos. No podía permitirme vacilar.

—Cierto —repuse—. Pero es desde allí desde donde me haré oír a todos. Que nuestros ballesteros se sitúen en esas almenas con tres ballestas cada uno.

—Con tres virotes por ballestero suman ciento cincuenta sicilianos muertos antes de cargar sus armas de nuevo —murmuró Jaime.

—El Señor no permita que se llegue a eso —musité.

El griterío seguía cuando regresó Alaimo.

—Lo siento, señora —anunció—. No desisten. Exigen que les entreguemos a los franceses. Los quieren descuartizar.

Me estremecí. Aunque pude disimularlo.

—No los entregaremos. —Hice una pausa para escrutar sus ojos oscuros—. Escuchad lo que voy a hacer, Alaimo. Me dirigiré personalmente a la muchedumbre. Quiero que vuestros ballesteros se coloquen en la muralla exterior y que forméis a la caballería en el primer patio para repeler a los asaltantes por si logran entrar. Los ballesteros españoles estarán en las almenas por encima de la puerta, desde donde yo hablaré. Ellos no dudarán en matar a quien se muestre agresivo. No quiero a ninguno de vuestros ballesteros en la muralla interior. Esa la patrullarán mis lanceros.

—Queréis tener las espaldas cubiertas —murmuró el justicia del reino ceñudo—. No os fiais de mi gente.

—Así es, Alaimo —repuse enérgica—. Vos mismo apuntasteis a que os pueden desobedecer. ¿Cierto?

Mi relación con Alaimo siempre había sido buena. Pero últimamente era mucho mejor. Su trato hacia mí, en contraste con el de su esposa, había superado la cortesía, y yo percibía cariño e incluso insinuación. Reconozco que no me era indiferente y me costaba verle como traidor, a pesar de lo mucho que su esposa le debía de presionar.

—Cierto —admitió mirándome franco—. Cumpliré con mi parte y os deseo suerte, señora.

Y salió de la sala para situar a su gente según mis órdenes.

—Es un traidor —dijo Jaime después de contemplar ceñudo cómo abandonaba la sala.

—Pues yo creo que cumplirá —afirmé convencida—. Él no es el traidor, sino ella.

Y abandoné la estancia antes de que él pudiera responder. No era momento para discusiones.

Los gritos arreciaban fuera mientras Jaime disponía nuestras tropas y Alaimo las suyas según mis órdenes. Yo, por mi parte, me encerré en mi cámara para rezar frente a la imagen de la Virgen. Estaba temblorosa. Nunca me había enfrentado a una situación semejante. Sabía que entre aquella muchedumbre se encontraban agentes de Macalda. Que las almenas encima de la puerta eran bajas y que una piedra o una saeta podían matarme. Los rezos fueron breves y me serenaron algo. Después, mis damas trajeron la capa púrpura y la corona reales y me ayudaron a vestirlas. A continuación, me dirigí a las almenas encima del primer portal. Allí, tras ellas, cubriéndose de la lluvia de piedras que ya arreciaba, me esperaban Alaimo y Jaime, que, además de sus armaduras y escudos, se protegían la cabeza con celadas, aunque llevaban la visera levantada para ver mejor. El griterío y la rabia habían crecido y una muchedumbre mucho mayor llenaba la explanada frente al castillo.

Cuando Alaimo me vio, me dijo:

—¿Estáis lista, señora?

Yo afirmé con la cabeza y a una señal suya las trompetas reclamaron silencio. El tumulto, las voces y la lluvia de piedras cesaron y el gentío miró al lugar desde donde sonaban. En aquel momento, los ballesteros se dejaron ver apuntando a la muchedumbre. Alaimo gritó:

—Doña Constanza de Hohenstaufen, hija del rey Manfredo, reina de Sicilia y Aragón, va a hablar. —A pesar de su pequeño tamaño, el justicia poseía una voz potente—. ¡Exijo el respeto debido bajo pena de muerte!

El silencio se hizo aún más profundo. Entonces aparecí yo, revestida de los ropajes y atributos de la realeza, y me situé entre Jaime y Alaimo. Notaba el corazón batiendo en mi pecho. Me jugaba mucho en aquel envite. Quizá el reino, quizá mi propia vida y la de mis hijos.

—Compatriotas sicilianos...

A pesar de mis temores, mi voz sonó potente y firme. Dirigirme a aquella gente en su propia lengua, la mía, me daba confianza.

—La mayoría habéis perdido a seres queridos a causa de los invasores angevinos, que os han expoliado y humillado. Comprendo y comparto vuestros deseos de venganza. Porque yo soy una más de vosotros. Asesinaron a mi padre, vuestro rey. Y a mi primo Conradino. Y encerraron a mi madrastra hasta su muerte en un castillo, y lo mismo hicieron con mi hermanastra Beatriz, que ha pasado dieciocho años recluida. Y me robaron este reino de Sicilia que me pertenece por herencia. ¿Tengo motivos para odiarlos tanto como vosotros, o no?

Se oyeron afirmaciones desde la multitud.

—¿Queréis sangre francesa? —continué—. Pues podréis derramarla dentro de pocos días. Carlos de Anjou regresa con un ejército enorme. Quiere recuperar Calabria e invadir nuestra isla. Pelead entonces como los valientes sicilianos que sois y no os comportéis ahora como bandidos que asaltan casas. ¡Defended a vuestras familias! —Hice otra pausa. La multitud continuaba escuchando en silencio—. ¡Yo soy vuestra reina y lucharé con vosotros contra el invasor! Y derrotaremos al maldito Carlos como hasta ahora hemos venido haciendo. —Me detuve un momento para comprobar que el silencio se mantenía—. Pero sabed que no permitiré que dañéis a ninguno de nuestros prisioneros —seguí—. Y si alguien lo intenta, será ejecutado.

Hubo un murmullo de disgusto.

—Y os diré por qué. No es por piedad ni por misericordia, sino para ganar la guerra. Con ellos y con el joven Carlos podemos presionar a su padre. O intercambiar prisioneros para rescatar a los nuestros o conseguir oro para pagar el ejército. Mantenerlos vivos nos ayuda a ganar la guerra. Además, esa es la voluntad de mi esposo Pedro, al que coronasteis rey para que os librara de Carlos de Anjou, y es también la mía, que soy siciliana como vosotros y reina por herencia y derecho propio.

Hice otra pausa y la multitud continuó en silencio, esperando a que siguiera. ¡Lo estaba logrando!

—Así que os ordeno que regreséis a vuestros hogares, con vuestras familias, y os aprestéis a defenderlas, conmigo, de la gran invasión que viene del norte. Id con Dios, volved a vuestras casas, porque frente a estos muros solo encontraréis la muerte. La muerte como rebeldes traidores a la causa de Sicilia.

Por unos segundos, la turba quedó en silencio para después arrancar en murmullos que terminaron en discusiones. Yo los contemplaba desde lo alto de las almenas, expuesta a cualquier proyectil. Vi que alguno se retiraba. Pero que la mayoría continuaba en el lugar a pesar de que su agresividad había remitido. De pronto, las trompetas sonaron de nuevo. Y Alaimo se irguió cuanto pudo para gritar:

—¡La reina Constanza, vuestra soberana, ha hablado! ¡Cumplid sus órdenes y regresad a vuestros hogares!

Y con gran alivio vi que la gente empezaba a dispersarse. Sentí mi corazón lleno de gozo. Había ganado. Y Macalda perdía.

Pero fue entonces cuando oí, distante, el sonido de un resorte de ballesta, noté algo que venía hacia mí y a continuación sentí un terrible dolor.

—¡Dios mío, tened piedad! —atiné a musitar antes de que el mundo desapareciera.

# 70

*Mesina, el mismo día*

Un violento golpeteo en la puerta truncó lo que Roger esperaba que fuera un dulce despertar. Beatriu se incorporó del lecho
y, después de cubrirse con una bata, se asomó a la ventana.

—Es vuestro segundo de a bordo, Giacomo —le informó—. Está con vuestro escudero. Por sus gestos parece un
asunto grave.

Roger observó un momento a Súria, que se había despertado. ¡Cuánto le hubiera gustado holgazanear con ella en el
lecho! Y quizá jugar y volver a... Pero se vistió a toda prisa para
bajar a abrir la puerta; aquello tenía que ser muy grave para que
Giacomo se atreviera a interrumpirle sabiendo en qué asunto
estaba.

—Una muchedumbre enardecida sitia el castillo —informó el muchacho sin sonrisa—. Arrojan piedras, e irá a peor,
porque están armados. ¡Es una revuelta, la reina está en peligro!

—Hay que actuar de inmediato —murmuró Roger—.
No confío en que Alaimo los disperse por la fuerza. Y nunca se
sabe en qué pueden terminar esas revueltas. ¡Súria! —gritó.

Al poco apareció la almogávar en la planta baja; vestía su
zamarra de combate y no parecía demasiado feliz. En dos pa-

labras, Roger la puso al corriente y le pidió que alertara a sus compañeros almogávares que acampaban extramuros de la ciudad.

—Beatriu avisará a los míos —repuso ella—. Yo voy directa al castillo.

—Ni se te ocurra —le advirtió Roger—. Es gente exaltada, llevan armas y te verán como enemiga. No puedes ir sola, espéranos.

Súria le miró airada, no le perdonaba lo ocurrido en la noche. No iba a obedecerle.

—Idos a la mierda, almirante. Voy al castillo.

Al llegar a Matagrifone con sus tropas, Roger se estremeció al oír vocear que habían matado a la reina. Oyó también a Súria gritar *«Desperta, ferro»* y a sus hombres responder lo mismo a coro. Y vio como los que quedaban frente a la fortaleza huían al ver a los ballesteros y almogávares. Encontró a la pelirroja, sana y salva, junto a dos individuos que acababa de matar.

—Este le disparó a la reina —dijo señalando a uno de ellos.

—No podremos hacerles hablar —se quejó Roger.

Súria se encogió de hombros.

—No era momento para charlas —gruñó ella.

El almirante la observó unos instantes y, sin responderle, se dirigió de inmediato al castillo. Tenía el corazón encogido de angustia. Se había criado con la reina y la amaba incluso más que si fuera su hermana de sangre. No quería ni pensar que hubiera muerto. La tragedia se abatiría sobre su familia y sobre Sicilia. Súria y los demás le siguieron. Todos querían saber de la reina.

Recuperé la conciencia casi al mismo tiempo en que Alaimo me cogía en sus brazos evitando que mi cabeza golpeara el suelo. Y protegiéndome con su cuerpo y escondido tras las almenas me bajó hacia mis habitaciones seguido de un angustiado Jaime. Sentía dolor en el brazo a la altura del hombro, pero era consciente de lo que ocurría y de que era Alaimo quien me sostenía en brazos. Y me dije que la herida no sería tan terrible si el contacto físico con aquel hombre me complacía.

El justicia del reino me depositó en mi lecho rodeado de la agitación y exclamaciones de mis damas de compañía. De inmediato, Juan, que aparte de senescal era el médico de la familia real desde los tiempos de mi abuelo el emperador, se apresuró a atenderme.

—Es una herida superficial, señora —diagnosticó—. Poco más que un rasguño. Habéis tenido suerte.

—Oí el disparo y vi venir algo —recordé—. Fue muy rápido, pero creo que me aparté instintivamente.

—Pues os ha salvado la vida.

Al poco, ya con el brazo vendado, hice que los hombres, que esperaban tras la puerta de mi alcoba, entraran a verme. Después de manifestar su preocupación y sus buenos deseos, Alaimo me dijo:

—Señora, controlasteis la situación antes del ataque solo con vuestras palabras. Mi respeto y admiración.

Lo dijo con una voz recia en la que yo percibía sinceridad y cariño. Aunque sentía que aún no podía fiarme por completo de él. La sombra de Macalda se proyectaba sobre nosotros. Y también sobre mi hijo Jaime.

—Puedo vestir como de costumbre, con este vendaje —anuncié—. Por lo tanto, diréis que el disparo falló y que nunca fui herida.

A continuación, agradecí a todos sus muestras de cariño y fidelidad para después despedirlos, quedarme sola y meditar sobre lo ocurrido.

«Ha sido Macalda —me dije—. Pero necesito probarlo».

No podía ir contra la baronesa sin pruebas. Ella no solo tenía el respaldo de Alaimo, sino el de Jaime, y la algarada de aquella mañana probaba su gran influencia en la población. Tendría que tragarme la bilis y esperar el momento oportuno.

# 71

*Mesina, el mismo día*

Una vez que se supo que la reina estaba ilesa, las tropas se retiraron y Súria regresó a casa. Por el camino se sumió en sus pensamientos. Tenía emociones contrapuestas. A pesar de perder el dominio de sus sentidos y voluntad, recordaba muy bien lo ocurrido en la noche. Y había experimentado lo que nunca antes. Pero pasó lo que no quería que pasara y se sentía traicionada, mucho más por Beatriu que por Roger. Él nunca ocultó sus intenciones, aunque había faltado a su promesa. Deseaba discutir con su amiga lo ocurrido.

—¡Me has traicionado! —la increpó ceñuda al llegar.

La ciudad estaba en calma y los niños en las clases que Sans, el cura almogávar, daba por las mañanas.

—¿Yo? —Beatriu sonreía divertida—. ¿Qué hice yo?

—¡Ayudarle!

—No, a él no. Te ayudé a ti a saber lo que realmente quieres.

—¡Yo sé lo que quiero! —repuso la pelirroja con enfado—. ¡Que tú tengas un hijo suyo!

—Tú deseas ser madre, por mucho que lo niegues. Te gusta ese hombre y quieres que yo haga de Súria. ¿Por qué no te resististe ayer? El almirante no usó la fuerza.

—¡Porque no pude! Mi cuerpo no obedeció.

—¿Lo ves? No te resististe porque era lo que querías.

—No es cierto. Sucumbí a la lujuria.

Beatriu rio.

—Pues confiésate con Sans —le dijo—. Aunque, por si acaso, no le digas que éramos tres. Pero él te dirá que no es pecado. Algunos llaman lujuria a lo que Dios, con su infinita sabiduría, puso en hombre y mujer para que cumpliéramos el mandamiento de reproducirnos.

—Entonces, lo nuestro, lo tuyo y mío, ¿qué es? No tiene que ver con reproducirse.

—Amor.

—¿Amor? ¡No traicionas a quien amas!

—Él también te ama —siguió la morena—. Por eso ayer se olvidó de mí para ir a por ti.

—¿Es que encima no cumplió contigo? —inquirió la pelirroja airada.

—Sí, lo hizo —repuso Beatriu tranquilizándola—. Tú estabas ya dormida. Pero una vez no es suficiente para asegurar un embarazo. Ni para ti ni para mí.

—¿Qué quieres decir? —se alarmó Súria.

—Que debemos repetir.

—¡No!

Se miraban a los ojos y Súria descubrió en los de su amiga un brillo irónico.

—¡No! —repitió.

Solo pensar en ello le estremecía el cuerpo.

Roger tardó en regresar a visitarlas. Aunque feliz por la salud de la reina, lamentaba el brusco sobresalto de aquella mañana. Él esperaba que la perezosa dulzura de la cama le permitiera despertar a Súria con caricias y mitigar su más que probable enfado. La reacción de la pelirroja en el lecho la noche anterior, que se abandonara a él, que, al contrario que cuando se acostaron la primera vez, pareciera experimentar un gran placer, le llenaba de esperanzas. Claro que había gozado de la inesperada colaboración de Beatriu. Le estaba más que agradecido. Sin ella no lo hubiera logrado. La morena estaba de su parte. Él, gran estratega en combate, se preguntaba cómo actuar en ese asunto. Y se dijo que conocía el punto más sensible. El de ambas.

—¿Cómo os atrevéis a regresar por aquí después de faltar a vuestra palabra? —le increpó Súria hostil al abrirle la puerta.

—Pasad, almirante —le dijo Beatriu desde atrás—. Lo hablaremos con calma.

Le invitó a sentarse en la mesa del piso superior y puso una jarra de vino, unos vasos de arcilla cocida, tiras de carne ahumada para picar y pan. Se encontraban entre la ventana y aquel lecho que a Roger le traía tan buenos recuerdos.

—¡No cumplisteis nuestro pacto! —le reprochó Súria con una mirada dura en sus ojos azules—. ¡Bien sabéis que no quiero quedar embarazada!

Roger le mantuvo la mirada y tomó después un trago de vino antes de responder.

—Tú sabes bien cuánto te deseo y que ansío tener un hijo tuyo —dijo tranquilo—. Lo sabes desde hace mucho, nunca te lo oculté.

—Sí, lo sé. —Ella continuaba ceñuda y huraña—. Pero teníamos un trato.

—¿Y tú? ¿Qué hiciste tú?

—¿Yo? —inquirió ella asombrada.

—Sí, tú. No te resististe. ¿Por qué me dejaste?

Esta vez fue Súria la que le apartó la mirada para apurar su copa de vino.

—No contéis más conmigo —gruñó—. Me engañasteis y ya no hay trato.

—Pues no habrá embarazo ni bebé —concluyó Beatriu mirando acusadora a su amiga.

Súria se encogió de hombros.

—Pues que no lo haya.

Se hizo el silencio. Beatriu y Roger miraban a Súria, y Súria, agarrando su vaso con ambas manos, dejaba perder su mirada a través de la ventana, como queriendo huir por ella. Se sentía culpable.

—¡Qué pena! —exclamó al rato Roger.

—Sí, una pena —coincidió Beatriu.

—¿Pena por qué? —se rebeló Súria.

—Porque yo sentía que los cinco éramos ya una familia —repuso el almirante.

—¿Cinco? ¿Qué cinco? —quiso saber Súria.

—Vosotras dos, los chicos y yo.

Las mujeres le miraron extrañadas.

—¡Vos ya tenéis vuestra familia en España!

—¡Quién sabe si volveré a España! —repuso él—. ¡Quién sabe cuánto durará esta guerra! Mi matrimonio fue de compromiso, mi mujer y mi hijo están allí cuidando de nuestras posesiones de Cocentaina y no vendrán a Sicilia. Y quién sabe si yo moriré aquí. Muchos tienen familia en España y en Sicilia. Y vosotras ibais a ser mi familia siciliana.

Se hizo el silencio y Beatriu, como si lo necesitara para asimilar aquello, rellenó los vasos de vino y dio un trago.

—Podéis tener a Beatriu y a los niños de familia —propuso Súria, que empezaba a entender las implicaciones de aquello—. Yo… siempre estaré cerca.

—No me sirve. Tú debes ser tan mujer mía como Beatriu.

—Eso es poligamia, almirante, como los sarracenos.

—No, es la forma de tenerte a ti también. Porque, si quisieras, contigo me bastaba.

De nuevo se hizo el silencio. Las mujeres se miraron, después Súria a Roger, y al final contempló el fondo de su vaso. No solo se sentía presionada, sino que luchaba contra sus propias ansias. No podía olvidar aquella noche de pasión.

—Los chicos y en especial el mayor… —dijo él.

—¿Qué? —inquirió ansiosa Beatriu.

—Siempre habéis dicho que Pons tiene muy buena cabeza —explicó Roger—. Y que de haber nacido en cuna más alta podría llegar a ser un caballero importante o un eclesiástico de alto rango. Y yo coincido con vosotras, a sus doce años está muy espabilado y habla ya latín. Será un gran almogávar, pero con la ayuda adecuada puede llegar a mucho más.

—¿Habláis en serio? —inquirió la morena.

—Y tan en serio.

—No le hagas caso, Beatriu —intervino Súria—. Es otra de sus trampas, de sus promesas vanas.

—No lo es —dijo él firme—. Lo he hablado con la reina. Mañana mismo Pons podría entrar a su servicio como paje y empezaría a recibir educación militar en la corte.

—Pero… —balbució Beatriu—. Eso está reservado para la nobleza…

—Y para él si pasa a ser mi ahijado.

Roger se levantó y apuró de un trago su vaso. Las dos mujeres le miraban heladas por la sorpresa.

—Pensadlo —añadió él.

Y tomó las escaleras hacia la puerta de la calle. Por el camino les gritó:

—¡Que tengáis un buen día, señoras!

El almirante sabía que no lo tendrían.

# 72

*Mesina, 24 de junio de 1284*

—¡La madre de Jaime se salió con la suya y el tonto de mi marido la apoyó! —gruñó Macalda furiosa.

Se encontraba en su habitación privada, en el palacio que compartía con su esposo. Era una estancia lujosa, con chimenea de piedra labrada; tenía cama con dosel cubierto de sedas, armarios, baúles, y las paredes estaban cubiertas con espejos y lujosos tapices con motivos de caza, vegetales y geométricos.

El edificio se encontraba cerca del castillo y desde su cámara la baronesa veía la ciudad, la gran ensenada que contenía el puerto, el estrecho y las tierras de Calabria al otro lado. La rubia Brita la observaba de pie, con las manos sobre el regazo, mientras la baronesa de Ficarra se paseaba como un león enjaulado.

—Y lo que tenía que suponer su humillación, o su fin, ha terminado dándole prestigio.

—Pero casi le cuesta la vida.

Macalda gruñó.

—¡Lo tenía todo planeado! Pensaba que no se enfrentaría al populacho, pero estaba preparada por si acaso. Y cuando lo hizo, me alegré. Me dije que ya la teníamos.

—Lástima que ese hombre fallara el disparo.

—Lástima —coincidió la baronesa—. Se suponía que era muy bueno, pero resultó ser un inútil. Me alegro de que le mataran.

—Y el almirante apareció con su gente demasiado pronto…

—Lo peor fue que esa mujer se supo ganar a muchos con su discurso —repuso Macalda disgustada—. O al menos eso dice la gente.

—De no ser por el almirante, vuestros aliados hubieran proseguido los disturbios a pesar de la reina. Tendremos otras ocasiones. La flota zarpará y Constanza no contará con esas tropas.

—Estoy en mi mejor momento, nunca he sido tan poderosa —siguió Macalda reflexionando en voz alta—. La única que me frena es ella. Mis partidarios, que son muchos, me ven más reina a mí. Y tengo a Alaimo y al infante Jaime.

—Sí, pero está ella —repitió la doncella con toda intención.

—Sí, ahí está.

Brita llevaba mucho tiempo sirviéndola y la conocía bien. Hacía poco más de dos años, Alaimo, en pleno levantamiento de la isla contra los franceses, partió desde Catania, de donde era gobernador angevino, hacia Mesina con la intención de unirse a la revuelta. Y dejó a Macalda en su lugar. Cuando el motín llegó a Catania, la guarnición francesa se refugió en el castillo, y como la baronesa conocía bien al comandante, ya que eran amigos, negoció con él la rendición. Se pactó que las vidas de los franceses y de sus familias serían protegidas y que ella misma los conduciría al puerto desde donde partirían sanos y salvos hacia Francia. El comandante se resistía a entregar sus armas, pero Macalda le convenció asegurándole que los mantendría a salvo de la turba con sus tropas. Sin embargo, a la salida del castillo, la gente se amontonó exigiendo la vida de los angevinos. Una piedra golpeó la frente de la esposa del comandante derribándola con su bebé en brazos, y cuando el hombre reclamó ayuda a Macalda, que iba vestida de armadura y a caballo, la baronesa elevó su espada amenazante hacia la multitud solo para girarse y descargarla en la cabeza del militar gritando: «Mueran los franceses». La turba los linchó a todos, hombres, mujeres y niños, robándoles las ropas y cuanto llevaban para descuartizar después los cadáveres.

Y Macalda se convirtió en la heroína de Catania. Tenía una habilidad especial para hacerse admirar por el pueblo llano. Habilidad que usaba ahora en Mesina luciendo más que la reina y sublevando a su antojo a la población. Sí, la baronesa de Ficarra era capaz de cualquier cosa con tal de salirse con la suya.

—Algo habrá que hacer —dijo la doncella.

—De momento, esperar —repuso tranquila Macalda. La sombra de una sonrisa bailaba en sus labios—. A que nazca el niño. El heredero. Porque ha de ser varón.

—Lo será, señora. La hechicera de Palermo consumó el sortilegio. Lo garantiza.

## 73

*Matagrifone (Mesina), 25 de junio de 1284*

¡Cuántas veces había lamentado atacar a la flota del almirante Roger! El joven Carlos continuaba abrumado por la desgracia. Todo fue mal. Él sabía de cargas de caballería y batallas terrestres, pero apenas de mar. ¿Cómo el incompetente del almirante Bousson, también apresado, había permitido un ataque tan desordenado? Comprendía su error. Creídos en su superioridad y enrabietados, abandonaron el puerto alegremente, como yendo a una fiesta, hacia un enemigo que resultó igualarlos en fuerzas y superarlos en todo lo demás. Y lo peor fue su acto de rebeldía, su desobediencia. Su padre jamás se lo perdonaría.

Se acercó a mirar por la ventana. Tenía que agradecerle a la reina aquella estancia en una torre del castillo. Era un poco cálida ahora en verano, y tenía una única ventana enrejada, pero a través de ella podía ver la ciudad y el mar. Y respirar. Sabía lo cruel que podía ser una mazmorra. Conocía las del Castel dell'Ovo, casi subterráneas, húmedas y sin apenas luz. Nunca había estado en prisión y le costaba combatir el tedio. No había nada que le distrajera de sus tristes pensamientos. Así que cuando le dijeron que la reina le quería ver, se alegró. Al menos podría salir de su celda.

Constanza le recibió en la misma sala del trono en que la vio una semana antes. Se sentaba en una silla con pies de bronce que imitaban las garras de un ave y brazos terminados en cabezas de águila. Se encontraba elevada dos escalones al final de una alfombra púrpura y cubierta por un dosel del mismo color. A su espalda, pintado en la pared, un gran escudo heráldico con las barras de sangre y oro de la Corona de Aragón y el águila negra de Hohenstaufen.

Carlos, flanqueado por dos guardias, avanzó cojeando sobre la alfombra hasta que le hicieron detenerse a seis pasos de la reina.

—¡Arrodillaos! —le ordenaron.

La voz provenía de un hombre que se encontraba de pie al lado de la reina. Tenía el pelo y la barba completamente blancos, se mantenía erguido y su voz, al igual que su mirada, eran firmes. Debía de ser muy anciano. Carlos adivinó de inmediato quién era. Un viejo y tenaz enemigo de su familia.

El joven elevó la barbilla tratando de mostrar dignidad. Sabía que, como la vez anterior, le forzarían a hacerlo, pero no se iba a arrodillar por voluntad propia.

Pero cuando los soldados le obligaban, la reina los disuadió con un gesto.

—Sentaos, Carlos —dijo.

Y de inmediato los criados trajeron un escabel. Le siguieron unos momentos de silencio en los que el contrahecho observó a la reina. Era una mujer a la que calculó en la mitad de la treintena, cinco años más que los suyos. Vestía una gonela azul sin escote, un cinturón dorado y una capa púrpura. Y no portaba joyas fuera de la corona real, que lucía sobre una fina toca que transparentaba dejando ver su cabello castaño claro trenzado. Le observaba con unos bellos ojos verdes de largas pestañas, y sus bien dibujados labios no mostraban, en aquel momento, emoción. Se dijo que era una mujer hermosa, segura de sí misma y prudente con los maquillajes.

En una mesilla a su derecha, sobre un almohadón rojo, descansaba un pomo, la esfera símbolo de la realeza, con una pequeña cruz en su parte superior, y a su lado, una espada envainada, símbolo del poder. A su izquierda, a nivel del suelo, había tomado asiento en otro escabel el viejo senescal.

—El pueblo de Mesina asaltó una de las casas en que teníamos prisioneros a un grupo de vuestros amigos, los descuartizaron y arrastraron sus pedazos por las calles. —Juan de Prócida inició la conversación de esa guisa.

Carlos trató de no mostrar emoción, pero se preguntó estremecido quiénes serían aquellos desgraciados. Los conocía con toda seguridad. Aquella era una muerte horrible.

—Hace poco, la reina tuvo que enfrentarse a una turba que quería asaltar el castillo para daros muerte —siguió el senescal—. Clamaban vuestro nombre. Esa es la herencia de odio que las tropelías de vuestro padre y sus bribones dejaron en la isla. Nos cuesta demasiado manteneros vivo, y yo le digo a la reina que, si no cumplís con lo que os pidamos, os entregue de inmediato al vulgo. Toda la isla de Sicilia lo celebraría.

—No me humillaré pidiendo a mi familia que me rescate —repuso Carlos con emoción y voz entrecortada—. Entregadme a esa gente para que me maten. Estoy seguro de que el papa y mi propio padre lo celebrarán. Desobedecí, me equivoqué, les causé un gran mal y justo es que pague por ello.

A Constanza le apenaban aquel ser deforme y sus tristes palabras.

—No quiero un rescate por vos, ni tampoco que el pueblo de Mesina os haga picadillo —dijo Constanza pausada—. Lo que quiero es que me ayudéis a lograr la paz.

—¿La paz? —se sorprendió Carlos.

—Sí —afirmó ella contundente—. He oído de vos que no compartís ni la crueldad ni los desmesurados deseos de poder de vuestro padre.

El contrahecho apretó los labios y no dijo nada.

—Dejadnos la isla de Sicilia y Calabria, donde el rechazo a vuestro dominio es total, quedaos con el resto y detengamos esta matanza. Les ahorraríamos a esas pobres gentes toda esa miseria y sufrimiento.

—Señora, yo no puedo decidir eso —murmuró Carlos—. No soy más que un pobre prisionero, maldito de su padre. Si se lo propusiera, me volvería a maldecir. Ha reunido una gran flota y un enorme ejército que avanza sobre vosotros. Está seguro de que tomará la isla a sangre y fuego. Nada le detendrá. Y si mi padre dejara de ser quien es, tendría al papa por encima. Que desea venganza en nombre de la Iglesia, a la que habéis insultado al desobedecerla. Solo os ruego que me dejéis escribir a mi esposa para despedirme y a mi padre para pedirle perdón, y después podéis entregarme al populacho.

Tenía los ojos en lágrimas.

—La paz es imposible —añadió.

Constanza le observó en silencio.

—Os dejaré que escribáis a vuestra esposa y a vuestro padre. Y haré que vuestras misivas lleguen a su destino —dijo al rato—. Pero no os entregaré. Y defenderé vuestra vida por todos los medios. Quizá la paz sea hoy imposible. Pero mi corazón dice que llegará en su momento. Y que vos seréis protagonista de ella.

Carlos inclinó la cabeza levemente.

—Que Dios os bendiga, señora —dijo—. Y que os escuche.

—No creo que vuestro marido desee la paz —gruñó Juan cuando el prisionero hubo regresado a su celda—. Quiere el reino entero.

—Por un momento me ilusioné pensando que podríamos detener la invasión en Italia y la que se prepara contra Pedro en España —repuso Constanza—. Hubiera sido un milagro, pero yo habría pecado de no intentarlo. Tiempo tendría para convencer a mi real y aventurero esposo.

Aquella tarde, en su celda, Carlos recibió de la reina un hermoso libro de horas profusamente miniado. El Cojo lo contempló agradecido. Se aprendería de memoria no solo las oraciones, sino cada detalle de los dibujos y colores. Le quedaba mucho tiempo en prisión. Quizá la vida entera.

# 74

*Mesina, 30 de junio de 1284*

El embarazo de Macalda, el enfrentamiento de Alaimo y Jaime y la evidencia de que ella era la mano negra detrás de los disturbios me hicieron reflexionar. Aquella mujer me odiaba, estaba adquiriendo un enorme poder y yo debía hacer algo.

Sabía que mis posibilidades con Jaime eran nulas, estaba ciego, abducido. La defendería a muerte. Sin embargo, creía tener opciones con Alaimo. Hasta el momento, había cumplido escrupulosamente con sus obligaciones y percibía en él una marcada simpatía, cariño, o quizá algo más, hacia mí. Claro que tenía fama de seductor y ese podía ser su comportamiento natural con todas las mujeres. Pero estaba decidida a competir con su esposa. Obviamente, no a toda costa y manteniendo unos límites de decencia.

Era consciente de que virtudes como la religiosidad o la honestidad no eran demasiado apreciadas por Alaimo. ¿Qué podía ofrecer yo para atraerle? ¿En qué podía superar a Macalda, aparte de en mi realeza?

Entonces recordé los esplendorosos encuentros literarios de mi padre, que a su vez continuaban los de mi abuelo, el emperador, al que apodaban *Stupor Mundi* por su brillantez. En aquel tiempo se desarrolló una escuela poética siciliana que impresionó y fue copiada por los toscanos. Todo ello desapareció con el asesinato de mi padre, la invasión angevina y la imposición del francés no solo como lengua cortesana, sino también en la burocracia. No era ingenua y sabía que no podía resucitar todo aquello, pero sí apelar al orgullo siciliano y celebrar unas reuniones donde se recordara aquella gloria procurando placer, risas y entretenimiento. Recordaba los encuentros de mi padre en salones palaciegos en invierno y en jardines en verano. Recordaba las pérgolas, los emparrados, las rosas, las adivinanzas, los chistes, la poesía, las canciones y la música. Y las comidas al aire libre, y las damas y caballeros danzando, coqueteando y riendo. Y en especial a mi padre, su sonrisa y su atrayente personalidad. Algo de él había heredado yo.

Tenía mil razones para resucitar aquellos encuentros, aquellas cortes cultas al tiempo que placenteras. Y una de ellas era el agobio constante de la amenaza angevina. La gente necesitaba divertirse. Y Alaimo el primero.

No iba a esperar a que hubiera paz; no se vislumbraba ni en el horizonte más lejano. Ni siquiera tranquilidad.

Así que me puse manos a la obra y convoqué el primero de aquellos encuentros. Nadie se atrevería a rechazar mi invitación. Quince hombres y quince mujeres, seleccionados según mi criterio, que acudirían sin sus maridos o esposas. Hermosas damas con habilidades sociales o artísticas, junto a hombres ingeniosos, poetas, músicos o simples seductores de reconocida nobleza. Al ser yo la anfitriona, por muy celosos que fueran los maridos tenían que sentirse honrados por la distinción que concedía a su esposa al escogerla. Naturalmente, el primer invitado sería Alaimo, y a su mujer le daría con la puerta en las narices. Gozaba imaginando el ataque de rabia que sufriría Macalda al verse excluida, ella que quería ser siempre el centro de todo.

Era ya verano y convoqué el encuentro en las terrazas de

unos jardines situados en una de las colinas de la ciudad, con vistas al estrecho. Aparte de a Alaimo, también invité a Roger y a Juan. La reunión se inició a media tarde y cuando todos los citados, que acudieron con exquisita puntualidad, estuvieron presentes, les hice saber que el objeto de aquellas reuniones era el fomento de la cultura siciliana y que serían convocadas periódicamente con distintos asistentes.

Mis palabras fueron recibidas con grandes aplausos y, a continuación, Stefano de Protonotaro, uno de los más reputados poetas de Mesina, recitó unos versos que contaban cómo un juglar pedía amores a una campesina y las respuestas de aquella. Stefano tuvo una gran acogida y fue entonces cuando los criados colocaron un arpa sobre el escenario. Solo mis íntimos conocían de mis habilidades con aquel instrumento y sorprendí al subir a la tarima. Me recibieron con aplausos. Gracias a mi soltura, durante mi interpretación me permití observar a Alaimo y dedicarle alguna sonrisa. Me miraba embobado. Y sentí que mi música era un dardo hacia su corazón y que Macalda no podía competir en aquello. Mi actuación fue premiada con una ovación y la tarde siguió con algunos de los invitados exhibiendo sus habilidades poéticas, cantoras o musicales. Después de cenar y de un tiempo de conversación, aparecieron los músicos. Dije que eran las damas quienes debían invitar al baile y yo tomé la iniciativa sacando a Alaimo, que sonrió complacido. A la siguiente pieza lo cambié por el anciano Juan, para continuar con varios de los asistentes y regresar al rato al justicia.

Cuando poco después de la puesta de sol despedí la fiesta, tenía la seguridad de que había sido un éxito. Todos los invitados la alabaron al despedirse, pero al que yo quería oír era a Alaimo. Esperó a ser el último.

—Muchas gracias, señora —murmuró después de besarme y acariciarme cariñoso la mano—. Me he sentido muy feliz. No recuerdo cuándo lo fui tanto.

—Gracias, querido Alaimo —le dije—. Yo también lo he sido teniéndoos a vos aquí.

Y retuve sus manos entre las mías. Había dado ya el primer paso.

# 75

*Mesina, 1 de julio de 1284*

—Decidme, Roger —inquirí escrutando sus ojos oscuros para observar su reacción—, se llama Pons, ¿verdad?

—Sí, señora. Así se llama.

Adivinaba que su interés por el chico escondía motivos personales y sentía una gran curiosidad por sus amores. El secreto que mantenía sobre su vida privada me disgustaba.

—¿Por qué tenéis tanto interés en que tome a ese niño como paje?

—Es un chico almogávar. Sabéis la importancia que tienen esas gentes en nuestro ejército, y vos os halláis muy distante de ellos. Apreciarán que le concedáis esa gracia a uno de sus hijos. Vuestro esposo se supo ganar su admiración y afecto. Vos no debéis ser menos.

No pude evitar reír ante su habilidosa argumentación. Una sonrisa se abrió en su, a veces, pétreo rostro. Adivinaba mi pensamiento. Y yo el suyo.

—Todo eso está muy bien —le dije—. Pero lo que quiero saber es quién es la dama que dicen que visitáis con tanta frecuencia en el puerto. En una zona no demasiado recomendable. ¡Me ocultáis vuestros amores! ¿No os avergüenza, hermano?

—Es una zona de gentes honradas, pero humildes —se defendió—. Mis hombres no pueden permitirse vivir en palacios como vuestros nobles.

—¿Por qué me lo ocultáis? —insistí sin entrar en sus consideraciones.

Se mantuvo un momento en silencio escrutándome y al fin se sinceró.

—Lo oculto porque no os va a agradar.

—¿Y por qué ha de desagradarme?

—Porque no es una dama.

—¿Y qué es? —inquirí sorprendida.

—¡Un almogávar!

Me quedé mirándolo boquiabierta, sin palabras.

—Pero…, pero… —balbucí confundida.

—Una mujer almogávar —aclaró.

Hubiera sido muy extraño que Roger no tuviera una amante. Y me llegaban noticias, aunque poco concretas, a través del viejo Juan y sus informadores. Yo barruntaba que si lo ocultaba se trataría de un amor prohibido. Una dama casada. Lo que no podía sospechar es que fuera una mujer de una clase social tan baja. Esperaba una noble o una alta burguesa. Respetaba a los almogávares, pero ¿qué conversación podía tener un almirante con una hembra que se vestía con pieles y olía a cabra? El sexo es solo una parte, y por lo general no la más importante, en una relación de amantes.

—Una mujer almogávar… —repetí—. Tendrá que ser muy bella y muy lista.

—Es bella, es lista y lucha al frente de sus tropas.

—¡¿Qué?!

Y entonces hice memoria.

—¿Es esa pelirroja que embarca en vuestra galera? ¡La mujer almogávar!

—Lo es.

No podía estar más sorprendida. No sabía qué decirle.

—¿La amáis de verdad?

—Sí, con toda mi alma.

—Una mujer que lucha con armas de hombre —dije pensativa—. Como Macalda.

No me terminaba de hacer a la idea.

—Es muy distinta a Macalda. —De repente, Roger se me confió—. Es clara y directa. No esconde segundas intenciones. A pesar de ser almogávar, se ha preocupado de aprender a leer y escribir, y hasta sabe latín. Es hija natural del conde de Ampurias.

—¿Aquel gordo desagradable que murió de forma tan misteriosa y terrible? —Volví a sorprenderme.

—Sí.

Una sospecha me asaltó.

—¿No tendría ella algo que ver con eso?

—Aquel cerdo se lo merecía.

—Hermano, espero que sepáis lo que hacéis —musité impresionada.

Roger me empezaba a preocupar. Era un gran almirante, pero todo me decía que andaba perdido en su vida amorosa.

—Ayudadme, señora, haced al chico vuestro paje y tratadlo con cariño —me pidió—. Yo me encargaré de su instrucción militar para que llegue a ser un caballero.

—¿Es hijo vuestro?

Roger sonrió.

—No, es sobrino de Súria.

—¿Súria?

—Así se llama.

—Acogeré a ese niño con todo mi afecto —murmuré—. Aunque no lo entiendo. Debierais buscar una dama de categoría como amante.

—La quiero a ella.

—Y espero que ese amor os haga feliz —dije resignándome.

Le conocía, sabía que no le haría cambiar de opinión.

—Bueno, en realidad aún estoy pretendiéndola y esto me ha de ayudar.

Otra rareza.

—¿Que a vos, un hombre agraciado, fuerte, gentil y poderoso, os cuesta seducir a una villana?

—Voy por buen camino.

—Os deseo suerte —concluí confusa. Prefería no saber más.

El almirante me besó la mano despidiéndose.

—Gracias, señora —me dijo, y se fue.

Y me dejó tratando de reponerme de la sorpresa y preguntándome cómo podía terminar aquello y si aquel capricho del almirante afectaría al destino de Sicilia.

# 76

*Mesina, 22 de julio de 1284*

—Carlos de Anjou ya ha entrado en Calabria con su ejército —nos informó Roger en el consejo—. Se habla de diez mil caballeros y cuarenta mil infantes.

—A eso hay que sumarle las sesenta y dos galeras que trae de Nápoles, más fustas y naves auxiliares armadas que completan su flota —murmuró Juan acariciando su barba blanca.

—Y aquí, en el estrecho, se le unirán las naves que llegan de sus posesiones y aliados del mar Adriático —añadió Alaimo—. Habría que añadir quizá cuarenta o cincuenta galeras y numerosas naves de apoyo.

—No les podemos hacer frente —concluyó Jaime enérgico—. ¡Imposible!

Notaba que la rivalidad de mi hijo con Alaimo iba en aumento y que, a pesar de su inexperiencia, quería hacer valer su opinión frente al siciliano. O añadir algo. Eran celos. Sí, sin duda Macalda los controlaba, pero hasta cierto punto. La tensión entre ellos era evidente.

—No tenemos intención de hacerles frente —repuso Roger—. Nos estamos retirando en orden, sin presentar batalla.

—¿Y qué ocurre con las poblaciones que me juraron fidelidad? —quise saber.

—Tampoco resisten —informó Juan—. Se adelantan a la llegada del ejército enviando mensajeros proclamando fidelidad a Carlos, le entregan las llaves de la ciudad, abren las puertas de par en par y le reciben triunfalmente.

—¿Toman los angevinos represalias? —inquirí.

—La primera población importante ha sido Scalea —repuso Roger—. ¿Recordáis al embajador flaco que os pidió ayuda porque morían de hambre?

—Sí.

No había olvidado su patética llamada de socorro, su súplica por los suyos. Sus palabras me llegaron al corazón y aún las recuerdo: «Si en lugar de súbditos tenéis cadáveres, nadie cultivará los campos ni cuidará de los animales y reinaréis sobre una tierra yerma que guardará en sus entrañas huesos humanos en lugar de semillas. Y los huesos no crecen para dar trigo y frutos».

—Es uno de los ejecutados —me confirmó el almirante.

—Ahora sus propios huesos están bajo tierra —murmuré apenada.

—Ya os dijimos que de nada servirían sus juramentos —hizo notar Alaimo—. Que por mucho trigo que les enviarais, tan pronto como llegara el gran ejército angevino, cambiarían de bando.

—La reina hizo lo correcto —afirmó Jaime elevando el mentón desafiante—. Y la misericordia que mostró nos ha de valer en el futuro.

—Nadie la censura, señor —intervino Juan, que quería evitar conflictos—. Su acto de caridad, cuando tan empobrecidos estamos por la guerra, tiene un gran valor.

—Ese hombre ha pagado con su vida venir aquí, arrodillarse ante mí y pedir mi ayuda —razoné—. Sabía el riesgo que corría, pero salvó a muchos de una muerte terrible, quizá a sus propios hijos. Lamento, de corazón, su ejecución. Él hizo lo correcto y yo correspondí.

—Así es, señora —repuso Alaimo—. Pero es un lujo que no nos podemos permitir. También tenemos hambrientos en la isla. Y esos no culpan a Carlos de Anjou, sino que nos culpan a nosotros. Y al hambre le siguen las revueltas.

Vi que Jaime quería responderle y me apresuré a desviar la conversación.

—¿Qué planes de defensa tenemos, almirante? —inquirí elevando la voz al tiempo que miraba perentoria a Roger.

—No podemos hacerles frente ni por mar ni por tierra —respondió—. Ni siquiera resistiendo en poblaciones bien amuralladas. Son demasiado poderosos. Así que nos llevamos todo lo que podemos para que no tengan con qué abastecerse y nos concentraremos en Regio. Tenemos la ciudad bien aprovisionada, he reforzado sus muros y fosos, y acantonado allí a nuestras mejores tropas.

Tragué saliva. Roger me estaba diciendo que expoliábamos a los calabreses para evitar que Carlos de Anjou hiciera lo mismo. Era condenar al hambre a aquellas pobres gentes. Ya habíamos discutido eso varias veces con anterioridad. Y cuando le exponía mis reparos, Juan me decía, para tranquilizarme, que siempre escondían algo. Esperaba de corazón que lo hicieran. Aun así, sabía que el hambre azotaría Calabria. Pero no podía pedirles a Roger y Alaimo que actuaran de otra forma y dieran ventaja al enemigo. Era una guerra, y yo iba aprendiendo que, en la guerra, lamentablemente, siempre pierden los débiles. El pueblo. De cualquier bando.

—Dejaremos a partidas de almogávares en el interior montañoso para que hostiguen al ejército angevino —continuó explicando Roger—. Por fortuna, el puerto de Mesina está en el interior de una bahía casi cerrada donde podemos proteger todas nuestras naves. Regio es el puerto seguro del otro lado del estrecho, el resto apenas son pequeños fondeaderos. Si conservamos Regio, Carlos tendrá que anclar sus naves en precario. Expuestas a las tormentas y a la corriente del estrecho.

—¿Y vos, Alaimo? —inquirí.

—Tan pronto como empiece el sitio de Regio, Carlos invadirá la isla aprovechando su dominio del mar. Con toda seguridad. No se atreverá con Mesina, pero buscará un punto débil donde desembarcar. Estoy reforzando las guarniciones del estrecho y de sus proximidades. Venderemos caro cada palmo de nuestra tierra.

—No debieran conquistar nada —dijo Jaime enfático, con una mirada dura.

—Ahora toca ceder, señor —le corrigió Roger—. No tenemos fuerzas para hacerle frente. Pero sí para desgastarle. Poco a poco. Una pequeña herida aquí, otra allí. Hasta desangrarle en mil pequeños cortes.

Terminado el consejo, le pedí a Roger que se quedara.

—¿Qué opináis, hermano? —inquirí—. Sinceramente.

—En diez días, Carlos, su ejército y flota estarán en el estrecho. La situación es crítica y en nada más nos puede ayudar vuestro esposo con los problemas que tiene en España.

—Hay que agradecerle sus catorce galeras y los almogávares que nos envió.

—Sobreviviremos, señora —trató de tranquilizarme—. Los sicilianos no quieren sufrir, de nuevo, el yugo del tirano, y lucharemos hasta el último hombre.

Pensativa, me acerqué a la ventana para contemplar el brazo de mar que nos separaba de la península. Era un día claro, y al azul oscuro de las aguas se contraponía el azul claro de un cielo con nubes blanquísimas de vientres grises. Decenas de gaviotas y golondrinas volaban graznando y piando. La tierra parda y verdosa del otro lado era nuestra, pero lo sería por poco tiempo. Pronto contemplaría, a simple vista, un gran ejército amontonándose en la otra orilla. Después tendríamos que luchar a vida o muerte. Nada más podíamos hacer de momento. Solo rezar y esperar.

## 77

*Catona, 25 de julio de 1284*

Carlos de Anjou contemplaba desde una torre de defensa del pueblo de Catona la ciudad de Mesina, que se encontraba justo al frente, al otro lado del estrecho. Veía sus muros, los campanarios de las iglesias que sobresalían y, encaramado en una colina en el extremo opuesto de la ciudad, el castillo de Matagrifone. Desde allí gobernaba la isla Constanza, la hija del rey excomulgado al que él mató. Y en una de sus celdas se encontraba prisionero su hijo Carlos. ¡Qué decepción! Había recibido una carta suya pidiéndole perdón, pero él no se había dignado a contestarla. No quería comunicarse ni con él ni con sus captores. No movería un dedo por su hijo hasta tomar aquella maldita ciudad de Mesina y su castillo. Nada le detendría. Y menos la vida del joven Carlos. Para él estaba ya muerto. Tenía muchas ofensas que vengar, el papa le pedía mano dura con los rebeldes, e iba a ser un placer ejercerla con todo rigor.

—Debéis escribirle al santo padre —le recordó una voz a sus espaldas.

Se giró para contemplarle. Voluminoso y vestido de blanco, el cardenal Bianchi le miraba con sus ojos de pez.

—El papa sabe todo lo que ocurre, le escribís vos al menos dos veces al día —gruñó.

—Sí, pero le gusta que lo hagáis vos. —Y mostró una sonrisa protocolaria.

Carlos gruñó de nuevo. Aquel hombre osaba darle instrucciones. A él, señor de cuatro poderosos condados en Francia, rey de Sicilia, de Albania, de Jerusalén, senador de Roma, príncipe de Acaya y señor supremo de Túnez. Pero Gerardo Bianchi era el representante del papa y tenía que estar a bien con el pontífice. En especial en aquellos momentos en que tanto necesitaba el dinero, los créditos y las tropas que le proporcionaba. Y la excomunión de sus enemigos.

Al poco dictaba la carta a Martín IV. Y lo hacía en la estancia más amplia del pueblo, la misma habitación en la que su sobrino Pierre de Alençon había sido asesinado por los almogávares. La puerta de roble guardaba la muesca de la punta de la azcona que traspasó el cráneo del conde clavándolo en la madera. Otra ofensa que vengar. Por eso le gustaba aquella habitación, porque le recordaba un deber que cumpliría a sangre y fuego.

—Amadísimo padre —dictaba—, como bien sabéis, el recorrido de nuestro ejército hacia el sur ha sido triunfal. Todas las poblaciones se adelantaban a nuestra llegada con emisarios proclamando su fidelidad. Decían que se vieron ocupadas, contra su voluntad, por la fuerza de las armas aragonesas. He avanzado lento para no dejar enemigos a nuestras espaldas, deteniéndome para ajusticiar a todos los sospechosos de traición. Tampoco hemos encontrado oposición en el mar. La flota del de Lauria se ha refugiado en el puerto de Mesina, de donde no sale.

»He sitiado Regio, pronto caerá en nuestras manos y, cuando eso ocurra, habremos echado a todos los aragoneses de la península. Aprovechando nuestro dominio del mar, envié tropas a Siracusa y han tomado, gloriosamente, la ciudad. Ya tenemos, pues, un pie asentado en la isla de Sicilia. Espero que pronto, con la ayuda de Dios, nuestro señor, y la vuestra, tengamos la isla entera. Y los aragoneses y rebeldes pagarán muy caros sus pecados.

—Amén —pronunció solemne el cardenal, que había acompañado al rey hasta su cámara.

Carlos de Anjou le observó crítico con sus duros ojos azulones. Percibía poca fe en aquel «amén».

*Mesina, 2 de agosto de 1284*

No me arrepentí de aceptar la petición de Roger. Pons resultó ser un chiquillo alegre y simpático. Se hacía querer. Tenía unos ojos oscuros y vivaces en un rostro redondeado y sonrosado en el que se formaban hoyuelos al sonreír. Vestía con orgullo el atuendo de paje; jubón y calzones de seda verde con un cinturón rojo a juego con gorra del mismo color rematada con una pluma de faisán. Para él, aquel era un lujo inconcebible. Rápido, corría a cumplir los pequeños encargos que yo o mis damas le hacíamos, hasta que se le enseñó a andar más pausado en mi presencia. Lo que no impedía que saliera a la carrera cuando abandonaba la sala en la que yo me encontraba.

Tenía la misma edad que mi hijo Federico y era un año mayor que Violante. Como paje mío, era también el criadito de mis hijos, aunque, dado su carácter, les cayó bien de inmediato y jugaban juntos. Doncellas y damas le regañaban por eso, pero él hacía caso omiso y yo nunca le llamé la atención. Su presencia y su alegría aportaron consuelo en aquellos días difíciles.

Podíamos ver desde las ventanas del castillo los movimientos de tropas del otro lado del estrecho y las numerosas naves angevinas surcando el mar. Y más allá, hacia el sur, las columnas de humo que marcaban el sitio de la ciudad de Regio. Su resistencia era vital para nuestra supervivencia.

En el consejo de aquel día discutimos cómo defendernos de las tropas francesas que invadían ya la isla y habían tomado mi ciudad natal, Catania. La situación era desesperada, pero yo cerré la reunión con lo siguiente:

—Valor, señores. ¡Derrotaremos al tirano!

Corearon mis palabras con otras de ánimo y me retiré a mi cámara. ¿Qué más podía hacer? Me acerqué a la ventana para echar otra mirada al movimiento de naves y tropas enemigas. ¡Eran tantos! Después me arrodillé a rezar frente al altar. Y a continuación le escribí a mi esposo. Su última carta me había llegado dos días antes de que tuviéramos que cerrar el puerto de Mesina.

Me decía que continuaba sitiando Albarracín, que resistía gracias a sus muros y lo escarpado del terreno, y que él rechazaba los ataques franceses por Navarra y Alfonso los del conde de Foix por Urgell. La siguiente frase me alarmó:

> El papa ha enviado a un cardenal a Francia, a los Países Bajos y a Alemania para predicar lo que ellos llaman «la cruz». Y recluta, con el apoyo del rey de Francia, a los cruzados que la próxima primavera caerán sobre nuestros reinos.

La invasión que se preparaba contra la Corona de Aragón sería mucho mayor que la de Carlos sobre nuestra isla. A pesar de mi preocupación, le respondí:

> Con la ayuda de Dios, los venceremos, mi señor, tanto en Sicilia como en España.

Llevábamos quince meses separados y le hubiera confesado mi angustia de tenerle conmigo. Sin embargo, no lo tenía. Le expuse nuestra crítica realidad, pero evité expresarle mis miedos. Sentía la distancia, me dolía aún su abandono y sabía que debía apañarme sola. Y estaba aprendiendo. Incluso a hacerme con Alaimo, como él dijo. Me preguntaba con qué mujer andaría Pedro. Y a pesar de sus palabras amorosas, propias de un caballero a su dama, me costaba corresponderle.

Era de esperar que en un momento de crisis como el que vivíamos nos mantuviéramos unidos en la isla. Pero eso no iba con Macalda. Continuaba con sus desplantes. Me odiaba. Y más después de que yo empezara a celebrar mis reuniones, que la excluían.

La tensión de la guerra y de los problemas internos terminó afectándome y enfermé. Me dolía el cuerpo, tenía descomposición y fiebre. Pero no por eso iba a faltar a la misa de doce. Cada día acudía puntual a ella, a caballo, junto a mis damas y una escolta.

Pero aquel día no podía y encargué una litera que portarían un par de mulas. Era un vehículo austero y ligero cubierto de una tela azul con los escudos heráldicos de Aragón y las águilas negras de mi familia. Y en litera, con el cortejo habitual, y Pons portando un pequeño almohadón para cuando me arrodillara, me dirigí al templo. Macalda se presentó a caballo, como de costumbre, acompañada por sus doncellas, escoltas y algunos amigos. Aún no se apreciaba en ella el embarazo. Cuando me vio, ni siquiera inclinó ligeramente la cabeza; su expresión mostraba disgusto. Se situó altiva con los suyos en el otro lado de la iglesia y el oficio transcurrió como de costumbre.

Sin embargo, al día siguiente apareció en una gran litera, que acomodaba también a su doncella, portada por ocho hombres vestidos con libreas y decorada con telas púrpuras con bordados dorados. Los escudos de la baronía de Ficarra destacaban en el techo y las portezuelas. Desembarcó del vehículo orgullosa, luciendo una costosa gonela también púrpura, y con su cabellera azabache sujeta solo por una cinta y una corona de baronesa en lugar de la toca que correspondía a una mujer casada. Estaba realmente hermosa y el vulgo la aplaudió impresionado por tanto brillo. Era un despliegue majestuoso que dejaba a mi pobre litera de mulos como algo plebeyo. Un humillante desplante.

De saber aquello Pedro, se disgustaría. Él me decía con frecuencia: «Aparentar poder confiere poder». Y se mostraba poderoso en sus actos públicos. Yo era nieta de un gran emperador y había presenciado su esplendor y el de mi padre, y, sin embargo, Macalda, que decían que era nieta de una vendedora de verduras del mercado, me superaba en lujos y vanidades. No quería competir con ella, entrar en su juego. La idea me repugnaba. No obstante, la baronesa quería mostrar al pueblo que estaba por encima de la reina. Me sentía enferma y humillada. Pero había iniciado una guerra con Macalda, una guerra para controlar a Alaimo. Y estaba dispuesta a ganarla. Era consciente de que debía olvidar mis principios, y lo lamentaba. Pero la derrotaría por mucho que costara.

Aunque la guerra con Macalda no me impedía olvidar la otra. No podía librarme del temor y la angustia que Carlos de Anjou con su gran ejército y flota me producía cada vez que miraba por la ventana.

Mi vida aquellos días no era fácil.

# 79

*Mesina, 3 de agosto de 1284*

—¿Se creía esa boba que con sus serenatas de arpa, sus bailecitos y jolgorios me iba a eclipsar? —murmuró Macalda.

Se encontraba en el interior de su lujosa litera junto a Brita, de regreso de la catedral. Y rio.

—Esperaba la ocasión para devolverle el golpe —siguió—. Y ahora ya no se puede defender. Si encarga una litera mayor, quedará en ridículo.

—Es demasiado orgullosa para hacer eso —repuso Brita.

—O demasiado lista —replicó la baronesa—. En todo caso, yo seguiré brillando y siendo admirada por el pueblo sin que ella pueda replicar. ¿No has visto cómo me aplaudían mientras que ella les era indiferente?

—¡Claro que lo he visto! Los nuestros hicieron su trabajo y el pueblo los ha seguido con entusiasmo.

—Porque es a mí a quien quieren como reina, no a ella.

—Se dice que coquetea con Alaimo, señora —informó Brita.

—¿Con Alaimo?

—Sí, señora, en esas fiestas que organiza. En la primera de ellas fue la mismísima Constanza quien lo sacó a bailar a él.

El silencio siguió a la afirmación de la doncella. Después Macalda se echó a reír.

—Imagino que mi querido marido se pondría como un pavo real.

Brita calló prudente.

—¿Coquetea? —siguió al rato la baronesa—. Esa mujer no tiene la menor idea de lo que es eso. Ese es un juego que yo domino y del que ella es incapaz.

Otro silencio.

—Es una mujer, señora —dijo al rato Brita—. Y a Alaimo le sirve cualquiera con buen aspecto.

—Pero por muy guapa que sea y por mucho que se componga, la madre de Jaime jamás tendrá los arrestos de llegar a lo que hay que llegar.

—Vos sois una maestra en eso, señora —repuso con cuidado la rubia—. Pero bien sabéis que a veces es mejor no llegar.

Macalda gruñó.

—Además, el hecho de que sea reina la hace una pieza más apetecible para un cazador audaz como Alaimo —advirtió la doncella.

—¡¿Reina?! —exclamó furiosa la baronesa.

—¡Perdonad, señora! —se apresuró Brita—. Quería decir la madre del heredero.

—¡Yo seré la madre del heredero!

—La madre de Jaime —corrigió la doncella.

Otro silencio. Después Macalda volvió a reír.

—Alaimo es mío —afirmó—. Y por mucho que vaya por ahí olisqueando por debajo de las faldas y alzando la pata para mear y marcar territorio, cuando lo quiera hacer volver solo tendré que dar dos palmadas y acudirá corriendo como un perrillo faldero. Esa mujer pierde el tiempo. Fracasará y yo me carcajearé.

—Es cierto —dijo Brita después de un rato callada cuando llegaban ya al palacio de Alaimo—. Vuestro esposo es vuestro. Pero cuidad, señora, de vuestra propiedad.

# 80

*Mesina, 8 de agosto de 1284*

La tempestad rugía fuera en la noche, el viento sacudía furioso los portones que cerraban las ventanas y los truenos hacían temblar la casa de pescadores de Súria.

Roger se acurrucó en el lecho contra el cuerpo cálido de la pelirroja. Había rezado para que una tormenta de aquel calibre descargara sobre Mesina y el Señor escuchó sus ruegos. Estaba contento. Al otro lado tenía a Beatriu. Al notar que la morena se estremecía con un gran trueno se giró hacia ella para abrazarla.

Con la promesa de un futuro como caballero para Pons en la corte, Roger había ganado también aquella batalla y se sentía feliz al gozar de los favores de su amada, aun a regañadientes por parte de ella.

—Algunas mujeres nunca quedan embarazadas y a otras les cuesta años —le había dicho Sans a Súria—. Tu relación con el almirante es como un juicio de Dios. El ser supremo es quien decide si quedas embarazada o no. Que se haga su voluntad.

—Pero si mantengo las piernas cerradas, Él decidirá que no.

—Un poco tarde, ¿no crees? —repuso Sans con una sonrisa.

Sans era un cura poco ortodoxo y tolerante. La vida le había obligado a ello, y cuando supo de aquella relación a tres no la criticó. De hecho, él y su mujer cuidaban de Senén, el hijo menor de Beatriu, cuando Roger las visitaba. Otro aliado.

Con esos placenteros pensamientos y con el fresco de la lluvia, que penetraba por las rendijas de puerta y ventanas, Roger esperaba el amanecer. A las primeras luces del día, Giacomo y su escudero golpearon la puerta. Roger, que estaba ya listo, se echó un capote encerado por encima de la cabeza y, a pesar de la lluvia y el viento, salió a las calles embarradas.

—La tormenta afloja —dijo el muchacho sin sonrisa.

—Con este viento habrá buena visibilidad —comentó Roger.

Una vez en el puerto, subieron a la torre más alta. Allí se les unió Ramón Marquet, el vicealmirante, llegado de España antes que la flota francesa.

—La flota angevina ha desaparecido —dijo Roger—. Las pocas naves que se ven tienen velas arriadas y estarán dañadas. Carlos no ha logrado rendir Regio y la tempestad los ha pillado sin la protección de su puerto.

—Las nuestras solo tienen ligeros desperfectos —informó Ramón Marquet—. Nada que impida combatir. El puerto de Mesina es una bendición de Dios.

Los capitanes los esperaban abajo.

—¡Embarque! —ordenó Roger.

De inmediato sonaron los cornetines y un mensajero partió a caballo para alertar a los almogávares de extramuros. Al estallar la tormenta la tarde anterior, Roger advirtió que todos debían estar listos para el amanecer.

—La travesía será incómoda —le dijo Roger a Súria cuando embarcó con sus hombres—, pero le daremos a Carlos de Anjou una buena sorpresa.

Súria le miró de arriba abajo. Tenía sentimientos contrapuestos. Quería a Beatriu, pero se preguntaba si no estaría enamorada del almirante. Continuaba temiendo el embarazo y perder autoridad frente a sus hombres. Su liderazgo, su fuerza y el respeto que imponía formaban parte de sí misma; si dejaba de ser adalid, dejaría de ser Súria. Ella, que no retrocedía en la más feroz batalla, temblaba ante esa perspectiva. Y sentía que ya no era libre, que el amor la esclavizaba.

*Catona, al mismo tiempo*

Desde el otro lado del estrecho, en Catona, encaramado en una torre, Carlos de Anjou contemplaba también la dispersión de sus naves. Llovía, el viento había amainado, pero continuaba racheado.

—¡Hay que tomar de una vez esa maldita ciudad! —gruñó.

Llevaba dos semanas sitiando Regio sin ningún resultado y no había indicios de que fuera a capitular.

—Y ahora la tempestad ha dispersado la flota —continuó—. Tendremos naufragios.

—Dios no lo quiera —dijo el omnipresente cardenal Bianchi—. La flota se adentró en el mar abierto para evitar colisiones.

—¿Mar abierto, cardenal? ¿No veis que estamos en un largo estrecho?

—El Señor está con el papa —proclamó el eclesiástico—. Y vos sois su brazo armado. No dudéis que os colmará de bendiciones.

—¿Bendiciones? —murmuró Carlos—. Pues que se apresure. Está llegando tarde.

—¡Tened fe!

El cardenal le hartaba.

—La tendré, pero os ruego que me dejéis solo.

—Venceremos, majestad.

Carlos levantó amenazante su vara de mando.

—Sí, venceremos. Pero idos. ¡Ahora!

Y descargó un varazo sobre la piedra de la almena. El eclesiástico se apresuró a bajar de la torre, conocía la violencia de los enfados del rey. Una vez solo, Carlos contempló el escenario que lentamente se iba iluminando. Con las ráfagas de viento le llegaba el sonido de los cornetines del puerto de Mesina.

—Ahora saldrán —murmuró.

Y vio, una tras otra, dieciséis galeras siciliano-aragonesas abandonando, en perfecta formación, a pesar del viento y del oleaje, la seguridad del puerto para proseguir hacia la salida norte del estrecho.

—¿A dónde van? —se inquietó.

Tenía un negro presentimiento. ¿Por qué no atacaban a las naves que habían quedado aisladas en la tempestad? ¿Qué planes tendría el almirante?

Pero cuando las galeras de Roger se alejaron, otro contingente desafió el oleaje abandonando el puerto. Eran las naves de Ramón Marquet. Y esas empezaron a cazar a la flota angevina dispersa.

Carlos se giró para asegurarse de que se encontraba solo en lo alto de la torre. La lluvia mojaba su rostro a pesar de la capucha con que se cubría.

—¡Señor, Dios mío! —clamó—. ¿Por qué me hacéis esto? ¿No os he servido en todo momento? ¡Siempre he actuado conforme al papa! ¿No os representa él en la tierra?

Las naves del vicealmirante se movían rápidas y seguras, cual lobos en busca de sus presas. Y el gran Carlos de Anjou, el emperador del Mediterráneo, a pesar de su gran flota y de su enorme ejército, sintió, por primera vez en mucho tiempo, miedo.

A pesar de que aquel día se decidía nuestro destino, no hubo ni celebración ni misa ni discursos de despedida a la flota. Seguía enferma, me sentía débil y no hubiera podido dirigirme a las tropas y al pueblo como en ocasiones anteriores. Tampoco hizo falta. Apenas amainó la violenta tormenta, Roger ordenó el embarque inmediato y las cornetas empezaron a sonar perentorias llamando a marinos y soldados. Lo vi todo desde la ventana de mi cámara. La dispersión de la flota angevina, la salida de la de Roger rumbo a Nicotera y la del vicealmirante Ramón a perseguir a los navíos enemigos aislados y maltrechos. A pesar de que el día se iba iluminando, continuaba cubierto de nubes oscuras, con lluvia, rachas de viento y un mar inquieto de color azulón negruzco. Durante aquella jornada capturamos algunas naves angevinas, hundimos otras y, ante la ausencia del grueso de la flota enemiga, pudimos entrar y salir del puerto de Regio para suministrar pertrechos y relevar a los heridos. La ciudad asediada seguía firme y la llegada de nuestras naves elevó la moral.

Las galeras del vicealmirante Ramón Marquet regresaron con sus capturas antes de que los angevinos pudieran reorganizarse. Pero a pesar de los daños sufridos por la tempestad, continuaban superándonos ampliamente. Al mejorar el tiempo se concentraron en el estrecho y nosotros tuvimos que refugiarnos en el puerto. No podíamos evitar que sus navíos acosaran de nuevo Regio mientras el ejército de Carlos sitiaba y atacaba la ciudad por tierra.

Me preguntaba cómo le iría a Roger. Su éxito nos era vital. ¿Lograría sus objetivos? ¿Podría regresar a puerto ahora que la flota angevina se había reagrupado de nuevo?

Le escribí a mi esposo:

> Señor, nuestro futuro se decide en el asedio de Regio y en la batalla de Nicotera.

## 82

*Mesina y Nicotera, del 8 al 10 de agosto de 1284*

La nave capitana cruzó la bocana del puerto de Mesina para lanzarse a mar abierto. La proa chocaba contra unas olas negras de espuma gris azulona que alcanzaban a los empapados galeotes, que tenían que contener la respiración cuando el agua los golpeaba y cubría. Era un amanecer gris oscuro y aún tormentoso. Roger se mantenía en la carroza junto al piloto y el timonel, mientras que el cómitre, sentado justo donde la crujía llegaba al castillo de popa, marcaba el ritmo de boga golpeando potente un bombo.

El viento racheado no permitía izar las velas y el personal militar tenía órdenes de permanecer en la bodega.

—¿A dónde nos lleva el almirante? —se preguntó Súria.

Al abandonar la nave la protección del puerto, el incómodo balanceo se convirtió en violentas sacudidas y fuertes crujidos. Los escasos candiles sujetos al techo de la bodega se balanceaban locamente proyectando una tenue luz que dejaba ver los rostros adustos, muchos con los ojos cerrados. Se aferraban como podían a las cuerdas sujetas al maderamen para evitar golpearse contra las cuadernas y tablazones. A la pelirroja no le agradaba la bodega, donde la pestilencia natural de la nave se concentraba. Acostumbrada ya al mar, esperaba tener suerte y no marearse. Pero muchos lo harían, y al tufo de aquel lugar cerrado se añadiría el de los vómitos en su interior.

—Si tú no lo sabes, ¿quién lo va a saber? —repuso divertido Abdón.

El rubio adalid almogávar, que acostumbraba a viajar con los suyos junto a los de Súria en la nave capitana, habló quedo, para que solo ella lo oyera. La relación de Súria con el almirante era solo conocida por los más cercanos.

—Tiene que ser importante —repuso ella sin reparar en la pequeña pulla de su amigo—. Porque dondequiera que vayamos llegaremos molidos.

La fuerte corriente norte, habitual en el estrecho, les era favorable, y al internarse en el mar Tirreno, las aguas se apaciguaron y unos rayos de sol iluminaron a la flota, a pesar de los nubarrones plomizos de poniente.

Siguieron rumbo norte manteniendo a la vista la costa calabresa, y cuando cesó la tormenta, las tropas subieron a cubierta y se dio descanso a los galeotes para navegar solo a vela.

Entonces, Roger reunió a los capitanes y jefes militares en la carroza de su galera. Entre ellos se encontraban Galcerán, el adalid jefe, Súria y Abdón.

—Nuestro destino es Nicotera, y llegaremos mañana al mediodía —les dijo.

—¿Nicotera? —inquirió Galcerán.

Su rostro moteado de marcas de viruela expresaba extrañeza.

—Sí, Nicotera —afirmó Roger.

—No es una presa fácil —objetó el almogávar—. Es allí donde Carlos de Anjou ha establecido su capitanía general para Calabria. Y ha dejado al conde Pietro de Catanzaro protegiendo población y castillo con considerables fuerzas.

—En efecto —confirmó Roger—. Y al ser capitanía general han regresado los nobles angevinos. Y con ellos, el oro.

—Pero el oro no es nuestro único objetivo, ¿verdad, almirante? —intervino Súria.

—Cierto —afirmó Roger mirándola como si fuera uno más de sus capitanes—. Si derrotamos a los angevinos en Nicotera, le partiremos el espinazo al ejército de Carlos.

—¿Cómo es eso, almirante? —inquirió el capitán tuerto.

—Porque es el paso obligado por tierra hacia el extremo sur de Calabria, donde se halla Carlos con su gigantesco ejército —explicó Roger—, que se encuentra con tierras arrasadas por la guerra y campesinos hambrientos. Depende de los suministros de Nápoles. Y estos solo le pueden llegar por la franja llana costera, porque los montes Apeninos del interior impiden el transporte.

—¿Y no se abastecerá por mar? —quiso saber Súria.

Roger sonrió.

—Por poco tiempo —dijo—. No podrá proteger todos los transportes. Ya nos encargaremos nosotros de eso.

—Me gusta la idea, almirante —dijo Galcerán—. ¡Vayamos a por el oro de Nicotera!

Los demás le secundaron con síes.

Cuando advirtieron al conde de Catanzaro de que se divisaban unas velas en el horizonte, no sintió inquietud alguna; se dijo que serían parte de la gran flota francesa. Se encontraba a dos días de camino de Regio, que Carlos sitiaba con su gran ejército, tenía un buen contingente de tropas y creía a la armada de Roger encerrada en el puerto de Mesina. Se sentía seguro.

Supo que aquellas dieciséis galeras eran aragonesas al tiempo que le alertaban de la tropa almogávar que llegaba por el sur. Y, alarmado, trató de organizar la defensa con la máxima urgencia. Las campanas de las iglesias tocaban a rebato, convocando a tomar las armas, y cundió el pánico. Los habitantes de Nicotera, que ya conocían a los almogávares, ni siquiera se plantearon la defensa. Cargaron con todo lo que pudieron y se lanzaron al monte con sus familias. Y mucha de la soldadesca italiana, que no quería morir defendiendo a un tirano francés, los siguió en la huida. Los muros de Nicotera, que ya habían sido abatidos con anterioridad, estaban a medio reconstruir y mal defendidos, a pesar de hallarse sobre la colina. Y los almogávares que llegaban por tierra, junto a los que desembarcaban en el puerto y la playa, los superaron con facilidad.

Tras una corta lucha, el conde comprendió que todo estaba perdido, emprendió la huida con sus más fieles y la ciudad cayó. Entonces, los defensores del castillo, que se elevaba en el lugar más alto de la población, pactaron una rendición que les salvara la vida.

Cuando las galeras tomaron rumbo sur, cargando en sus bodegas el botín, densas columnas de humo se elevaban de Nicotera, la ciudad estaba arrasada y del castillo solo quedaban ruinas. El almirante había dejado contingentes almogávares para impedir el paso y la reconstrucción.

—A estas horas, Carlos de Anjou ya debe de saber que le hemos partido el espinazo —le dijo satisfecho Roger a Giacomo.

Se sentía feliz no solo por la victoria, sino porque Súria, a pesar de haber perdido a uno de sus hombres y tener dos heridos, aunque disgustada, regresaba sana y salva.

## 83

*Regio de Calabria, del 12 al 15 de agosto de 1284*

—¿Cuántos desertores se han apresado hoy? —inquirió Carlos de Anjou.

Se encontraba en su tienda de campaña, en el campamento que sitiaba Regio. Los muros de la ciudad aún se alzaban fuertes a pesar de los daños que producía el continuo bombardeo de piedras y fuego al que las catapultas los sometían. Grandes columnas de humo evidenciaban los incendios en el interior. Pero entre la soldadesca cundía el desánimo, la comida escaseaba y se rumoreaba que los almogávares caían sobre las unidades que penetraban en el montañoso interior en busca de provisiones.

—Veintidós italianos y un francés —repuso Pietro de Catanzaro.

El conde, descendiente de normandos, vestía armadura, era alto y delgado y su cara alargada de barba rubia recordaba a un equino. Tuvo el valor de presentarse al rey, después de huir de Nicotera, para explicarle lo ocurrido. Carlos montó en una terrible cólera, pero el conde era el noble calabrés más importante, contaba con muchas fidelidades en su tierra y le era imprescindible. Así que el de Anjou se tragó sus deseos de castigarle y se contuvo mordisqueando el extremo de su vara de mando.

Ahora el ancho rostro del rey, donde brillaban sus ojos azul sucio, mostraba hastío y cansancio. Se sentaba en una lujosa silla de tijera de ébano con incrustaciones de marfil que representaban plantas y animales. Tapices decorados con flores de lis y guerreros separaban las estancias de la gran tienda.

—¿Un francés? —se extrañó Carlos—. ¿Cómo se le ocurre desertar a un francés?

—Es un chico joven —informó el cardenal Bianchi, que estaba junto al conde.

—Quiero verle.

Al poco, unos soldados empujaban dentro de la tienda a un joven maniatado. Tenía un pelo oscuro revuelto, ojos verdes, largas pestañas y nariz achatada.

—¿Cómo se te ha ocurrido desertar siendo francés?

—No soy francés, sino provenzal de Marsella —repuso el chico en occitano.

—¡A ver si os enteráis de una vez de que Occitania pertenece a Francia y Provenza es uno de mis condados! —le espetó Carlos irritado.

El chico se encogió de hombros.

—No sé hablar francés, señor —murmuró.

—Tanto los almogávares como los sicilianos rebeldes te hubieran matado igual que si fueras francés. ¡Estúpido!

El desertor volvió a encogerse de hombros.

—¿Cuántos años tienes?

—Diecisiete.

—¿Y por qué te has escapado?

—Porque paso hambre y quiero volver con mi familia y mi mujer. —Tenía lágrimas en los ojos.

—¡Por Dios! —clamó Carlos—. ¡Qué ignorante! ¡Jamás hubieras llegado, infeliz! ¿Sabes dónde estamos?

—En un lugar horrible —sollozó el chico—. Esto es el infierno.

—¿Y sabes cómo castigo a los desertores?

—¡Sí! —Se puso de rodillas en lágrimas—. ¡Tened piedad, señor! ¡No volveré a huir!

El cardenal Bianchi observó inquieto la desmejorada faz del rey. Últimamente daba inquietantes síntomas de debilidad. No era el de siempre. Y negó con la cabeza como si a él le correspondiera decidir. El rey, que nunca hubiera dudado, lo hacía ahora.

—Haberlo pensado antes —sentenció al final—. ¡Estúpido gañán!

Y ordenó:

—¡Lleváoslo con los otros!

Poco después sonaron las trompetas para convocar a la soldadesca libre de servicio.

Un cadalso con horcas se elevaba en el centro del campamento, próximo a las tiendas de Carlos y sus nobles. Sobre la tarima se habían instalado una picota y un fogón con hierros candentes. Unos soldados arrastraron arriba a los reos. El primero se resistía pataleando, pero no pudo evitar que le sujetaran la pierna derecha sobre el tajo, el pedazo de madera sobre el que mutilaban. Los murmullos de la muchedumbre cesaron, se hizo un intenso silencio y el verdugo, de un hachazo, le cercenó el pie al desertor. Se oyó el crujido del hueso y el hombre soltó un aullido horrible, que repitió cuando con hierros candentes le cauterizaron la herida. Un fuerte olor a carne quemada impregnó el aire. Le bajaron del cadalso y le echaron al suelo. El hombre, desfallecido, quedó tumbado. La operación se repitió con los siguientes reos, entre súplicas y alaridos, y cuando le llegó el turno al muchacho, temblaba. Se desvaneció cuando le cercenaron el pie, con lo que se ahorró el dolor de la cauterización. Los soldados obligados a presenciar, como advertencia, cada día aquel espectáculo se mantenían en formación, pero sus rostros mostraban hartazgo, temor y asco.

—Dadle unas muletas de mi parte al chico francés —dijo Carlos de Anjou—. Por si sobrevive. Decidle que ahora ya le dejo volver a Provenza. ¡Andando!

El cardenal Bianchi movió la cabeza en negación, pero íntimamente satisfecho. Carlos de Anjou volvía a ser quien era.

—Hubiera sido más cristiano que le ahorcaras —murmuró ahora caritativo—. Le habríais ahorrado la agonía.

—¡No! —exclamó el rey—. Ese es el castigo de los desertores.

—Tampoco hoy hemos podido entrar en la ciudad —se lamentó el conde, sudoroso, dos días más tarde, al fin de una jornada de calor infernal.

Carlos de Anjou gruñó. No necesitaba que se lo dijera, ya lo había visto. Después de un intenso bombardeo, las torres de asalto rodaron sobre los fosos cubiertos de tierra y rocas mientras con largas escaleras los infantes trataban de conquistar las almenas. Los que las alcanzaron murieron en ellas o fueron lanzados al vacío. Y así llevaban ya demasiado tiempo mientras la estrecha llanura entre el mar y los montes se hacía más y más insalubre. De los pantanos de Catona, alimentados por las recientes lluvias, llegaban nubes de mosquitos hambrientos, y los chinches, las pulgas y el calor nocturno se les unían para hacer que los hombres, mal alimentados, no pudieran pegar ojo por la noche. El olor era nauseabundo, no había espacio para cavar tantas letrinas como aquel enorme ejército, embarrado en porquería, necesitaba.

—Desertan a cientos —informó el cardenal Bianchi—. Y apenas capturamos a dos o tres de cada diez.

El rey volvió a gruñir. También sabía aquello.

—Abandonamos Regio alegremente a los aragoneses, que tomaron la ciudad sin perder un hombre, y ved lo que ocurre —continuó el cardenal quejumbroso—. Ahora no hay forma de recuperarlo.

Recordaba cuando el joven Carlos decidió retirarse de la ciudad en febrero del año anterior.

—Se le hizo necesario —rezongó Carlos defendiendo a su hijo.

El cardenal se extrañó, Carlos nunca justificaba al príncipe.

—La situación se nos hace insostenible, señor —intervino el conde—. Los almogávares cortan las líneas de suministro por tierra, y por mar no podemos evitar que los piratas de Roger capturen nuestros transportes, aunque vayan protegidos. Este calor y la humedad pudren enseguida los alimentos, al igual que los cuerpos de los caídos bajo las murallas y que no podemos rescatar. El hedor es insoportable y muchos han caído enfermos con descomposición y vómitos. El descontento y desánimo cunden en las tropas.

—Mañana lanzaremos el ataque final —anunció Carlos tajante—. Caeremos sobre Regio con todo lo que tenemos, tomaremos la ciudad y nuestras fatigas se verán recompensadas. Retiraos, conde, y descansad.

Pietro de Catanzaro hizo una reverencia antes de salir de la tienda.

—Que el Señor todopoderoso os bendiga y nos dé la victoria —dijo el cardenal elevando ojos y manos hacia el techo de la tienda. Y se apresuró a seguir al conde.

El asalto del día siguiente fue tan sangriento como infructuoso. Carlos estuvo yendo de un lado a otro gritando órdenes y rezando al Señor para que le concediera una victoria de la que se consideraba deudor. Pero vio como el muro que los arietes hundieron encontraba otro muro detrás, y como sus soldados, que trataban de coronar las almenas, caían atravesados por flechas, abrasados por agua hirviendo o despeñados desde las alturas. Fue una matanza tan terrible como vana.

—Disponedlo todo para que mañana se levante el sitio —le dijo al conde con un hilo de voz cuando el sol se puso.

—¿Volvemos a Nápoles? —inquirió el noble calabrés.

—¿Qué aconsejáis?

—Conocéis tan bien como yo lo que ocurre —dijo el conde—. Roger burla nuestras naves y desembarca contingentes almogávares a lo largo de Calabria que asaltan nuestras guarniciones y arrasan con todo. Toda esa tierra está esquilmada. No podremos alimentar a lo que queda de ejército si seguimos ese camino. Os aconsejo que vayamos en sentido contrario, hacia Basilicata y Apulia. El país está más entero y tenemos un control razonable sobre él.

—Me parece sensato —aprobó el legado papal.

—Estoy de acuerdo —confirmó Carlos—. Disponedlo todo para salir de aquí lo antes posible.

Despidió a todos, incluso a sus criados, y cayó de rodillas frente al crucifijo que mantenía en un pequeño altar en un extremo de la tienda.

—¡Señor padre! —gimió—. ¿Por qué me castigáis así? Soy el paladín de la Iglesia. ¡El martillo de los rebeldes al papa! ¡Vuestro defensor! ¿Por qué me negáis una victoria que merezco?

Unas lágrimas de autocompasión llenaron sus ojos.

—¿Cuál es mi pecado?

No le remordían los cientos de miles de muertos de sus guerras ni los miles de ahorcados, ni los mutilados. Todos esos eran enemigos de la Iglesia de Cristo y lo tenían merecido por no seguir las órdenes del papa. Un papa que le perdonaba a él todos sus pecados. Por eso sus soldados muertos no le preocupaban. Serían premiados con el cielo.

Quien empezaba a venirle a la mente con frecuencia, después de tratar de olvidarle, era Carlos, su hijo, cojo y contrahecho. Ahora que se sentía fatigado y que le inquietaba el futuro, empezaba a comprenderle. Estaba prisionero de sus enemigos y él no había hecho el menor gesto por liberarlo. Ni lo haría. A pesar de ello, el destino del príncipe y el desdén con el que le había tratado empezaban a pesarle. Quizá el Señor le castigara por eso. Claro que ni el papa Martín IV ni su legado el cardenal Bianchi se habían mostrado más piadosos con el contrahecho. Y eran hombres de Dios. Se preguntó si no sería el trato a su hijo lo que le había hecho perder el favor divino. Y si no, ¿por qué el Señor se mostraba tan ingrato?

# 84

*Mesina, 16 de agosto de 1284*

Pocos días después de que Roger regresara, al observar a las tropas enemigas en la orilla opuesta, percibí movimientos desacostumbrados. Sospeché lo que ocurría.

—¿Se retiran? —murmuré.

Y me arrodillé en mi pequeño altar para dar las gracias. Después reuní al consejo.

—En efecto, Carlos se retira —informó Roger—. Limpiaré el estrecho de naves enemigas para después perseguirle.

—¿Cómo? —me asombré—. Si se da la vuelta y os hace frente, su flota nos destruirá.

—Carlos se retira por la falta de provisiones —explicó—. Tiene prisa por abandonar el estrecho y avituallarse. Le iremos siguiendo, que se sienta amenazado, y si alguna de sus naves se descuelga, la capturaremos. Y si da la vuelta para enfrentarnos y hay que huir, también lo haremos. No está en condiciones de perseguirnos.

—Tan pronto como desalojéis de naves angevinas el estrecho, desembarcaré en la otra orilla para reconquistar Calabria —advirtió Jaime.

A sus diecisiete años, camino de dieciocho, llevaba tiempo manifestando su deseo de participar en hechos de armas. Aunque empezaba a tener la edad, yo veía detrás de su petición la mano de Macalda. Como jefe militar, Jaime obtendría mucho más poder. Poder que pondría al servicio de la baronesa. Era triste tener a mi propio hijo con mi enemiga. Pero llegaba el momento de demostrar su valor y liderazgo como futuro rey de Sicilia.

—Recuperar esas tierras debe ser una acción bien planificada —advirtió Alaimo—. Y siguiendo la sabia política de doña Constanza, debemos beneficiar en lo posible a los calabreses para distinguirnos de los rapaces angevinos.

Vi la mirada que Jaime le lanzó. La observación del justicia del reino era fruto de una amplia experiencia tanto política como bélica, pero nuestro heredero lo interpretó como que le aleccionaba, mostrando desconfianza en sus habilidades. Y así era. Jaime tenía el entusiasmo y valor de la juventud, pero le faltaba estrenarse en el campo de batalla.

—¿Y qué os hace suponer que no será así, don Alaimo? —dijo elevando ofendido su cuadrado mentón.

De nuevo Macalda, y el bebé que crecía en sus entrañas, aparecían entre ambos. Alaimo le mantuvo la mirada desafiante sin responder.

—Y así será —intervine para evitar la confrontación—. Vuestra fuerza y valor, hijo, se verán beneficiados por la experiencia de nuestro almirante, de don Juan y de don Alaimo. Os conferiré el mando del ejército de Calabria, pero estaréis secundado por capitanes expertos.

Jaime me miró apretando las mandíbulas. Podía leer su pensamiento. Le complacía el nombramiento, pero le disgustaba el control, y en especial la presencia de Alaimo.

—En todo caso —intervino Alaimo—, debemos asestar golpes de mano. Nunca enfrentándonos con el grueso del ejército angevino. —Y recalcó—: Y los planes de don Jaime, y del resto de los capitanes, deben autorizarse antes en este consejo.

El justicia del reino no se amilanaba ni pretendía apaciguar al futuro rey. Jaime le miró con odio. La maldita Macalda me perseguía hasta en mi propio consejo.

—Me parece la estrategia adecuada —se apresuró a afirmar Roger.

Él también percibía la tensión, estaba de acuerdo con Alaimo y, sin dar tiempo a Jaime a replicar, le apoyaba para evitar el choque de los rivales amorosos. Después de varias consideraciones más, di por terminado el consejo. Todos aprobábamos los planes de Roger, y los rostros mostraban alivio y esperanza.

Todos menos el de Jaime, que después de recibir el nombramiento que ansiaba, veía limitados sus poderes. Y, me dije, también los de Macalda.

# 85

*Mesina, 26 de agosto de 1284*

Al regreso de Nicotera, Roger tuvo sus días, y gran parte de sus noches, muy ocupados. Sus responsabilidades incluían los astilleros y suministros de la flota. Había que repartir el botín de forma equitativa y mucho que reparar y reponer. Las naves en el mar, aun sin entrar en combate, se deterioraban con rapidez. Y quería preparar la flota para una larga travesía.

Aquel día, Roger se paseaba por los astilleros junto a varios de sus capitanes y encargados supervisando una actividad incesante. El martilleo y el ronroneo de las sierras era constante y los operarios se gritaban para hacerse oír. Con frecuencia cantaban a coro y marcaban el compás con sus martillos clavando maderos.

Cruzaron frente a una galera que habían remolcado con la ayuda de bueyes fuera del agua y se inclinaba sobre uno de sus costados. Las tablas del casco estaban llenas de algas y crustáceos adheridos que los peones limpiaban.

—Es increíble lo que esa porquería llega a frenar las naves —comentó el capitán tuerto.

—Cierto —murmuró Roger.

Más allá, una galera, tumbada también de costado, era calafeteada con brea y estopa para eliminar vías de agua. El olor de madera de pino de los fuegos, de la propia brea y de las pinturas colmaba el olfato.

—El agua que se cuela entre los tablones hace a las naves más lentas aún que las incrustaciones en el casco —afirmó Giacomo—. Un buen calafeteado es vital.

—Las vías de agua son lo peor —murmuró otro capitán de ojos azules, barba rubia y tez tostada por el sol—. Hay que achicarla continuamente y agota a la chusma.

Roger quería partir lo antes posible y azuzaba a los encargados para que el trabajo no cesara mientras hubiera luz. Y a finales de agosto los días eran aún largos.

—La flota de Carlos de Anjou no se puede permitir estos lujos —recordó Ramón Marquet—. Llevan ya meses en el mar sin un buen puerto ni astillero. Eso los ha de afectar.

Después de revisar los trabajos, Roger acudió a supervisar las tablas de contratación donde enrolaban a marinos y empleaban galeotes. A pesar de su frenética actividad, Roger se sentía aquella tarde feliz. Tenía la noche libre y ansiaba acudir a la casa de sus amigas en el barrio pesquero. Quería abrazarlas. Las noches anteriores había cenado, unas, con la reina, el heredero y los infantes, y otras, con sus capitanes y nobles locales. Invitaciones de compromiso que un almirante debía honrar.

Beatriu abrió la puerta con una gran sonrisa y un brillo intenso en sus ojos negros. Llevaba su pelo azabache suelto y el blanco de sus dientes superaba el de su tez.

—¡Almirante! —murmuró.

Y sin esperar su respuesta le abrazó amorosa. Roger notó la agradable presión de sus firmes senos y el olor a jazmín de su perfume. Su calor y el cariño que le demostraba le enternecieron y la retuvo sujetándola contra su cuerpo mientras su otra mano descendía a una de sus nalgas después de acariciarle la cintura.

—Estás muy hermosa, Beatriu —la saludó, e inquirió en voz baja—. ¿Y Súria?

—En el piso de arriba —le dijo al oído—. Está muy disgustada. Lleva casi un mes de retraso.

—¿El sangrado?

—¡Sí!

—¿Está preñada? —quiso saber ilusionado.

—No es seguro, pero la tiene muy inquieta.

—¿Y tú?

—A mí me vino en su momento, almirante. —Y se apartó para lanzarle una mirada pícara. En sus labios bailaba la sombra de una sonrisa—. No me dedicáis la misma atención que a ella.

Roger sonrió ante el reproche y, después de besarla en la mejilla, deshizo el abrazo para dirigirse al piso superior. Súria estaba sentada junto a la ventana aprovechando las últimas luces del día para recoser las ropas de cuero que usaba en el combate.

—¡Súria! —la saludó él desde la escalera.

La muchacha pelirroja vestía una gonela, pero sus cabellos no estaban tan bien peinados como los de su amiga; se notaba que no se había arreglado para el encuentro como sí había hecho Beatriu. Dejó elevado el largo punzón con el que cosía el cuero y él percibió una dura mirada en sus ojos azules.

—¡Menudo amante torpe! —gruñó—. ¡No sois capaz de acertar! ¡A la que teníais que preñar era a Beatriu, no a mí!

—No es aún seguro —intervino la morena—. Has tenido retrasos mayores que ese.

Súria blandió el punzón amenazante.

—¡Como esté embarazada, os corto los putos huevos, almirante! —dijo arrastrando las palabras.

Roger se sorprendió. La pelirroja usaba con frecuencia el lenguaje soez y su potente voz al dirigirse a marinos o almogávares en la galera, pero nunca lo hacía con él. Le respetaba en público, como todos, pero estaba visto que en privado era otra cosa. Debía de estar muy disgustada.

—No es aún seguro —repuso Roger—. Y si así ocurriera, me darías una gran alegría.

—Pues a mí me arruinaríais la vida.

—No lo creo en absoluto —la contradijo tranquilo—. ¿Qué les ocurre a tus hombres cuando caen heridos y tienen la suerte de recuperarse?

Súria no contestó.

—Pues que cuando se curan regresan —concluyó Roger triunfal—. Se quedan en casa un par de meses y vuelven. Esto es lo mismo. ¡No hay que dramatizar!

—No, no es lo mismo —gruñó ella.

Roger se giró hacia Beatriu como dando por terminada aquella conversación.

—¿Está contento Pons? —le preguntó—. La reina Constanza está encantada con él. Es muy simpático y ha caído bien en la corte.

Una amplia sonrisa iluminó el rostro de Beatriu.

—¡Mucho! —repuso ella con entusiasmo—. Se deshace en elogios hacia la reina, el ambiente de palacio le fascina, pero lo que más le gusta es aprender de un maestro de armas en el castillo, junto a los otros niños de su edad.

—Lleva camino de convertirse en un caballero importante —sentenció Roger empático lanzándole una mirada a Súria—. Está estableciendo valiosas relaciones personales y se comenta que será bueno con la espada.

La pelirroja gruñó. Conocía el juego del almirante. Tejía una tela de araña a su alrededor de la que no podía escapar. Y lo peor era que a ella le gustaban tanto Roger como su juego, aunque no lo admitiera. El porvenir de Pons, al que ella adoraba, se había convertido en parte del nuevo trato. Y el almirante insinuaba de forma sutil que, si ella no cedía, el espléndido futuro del niño se truncaría para volver a ser el de un simple almogávar.

La conversación sobre Pons y la corte siguió entre Beatriu y Roger mientras Súria, ceñuda, cosía en silencio dando violentas punzadas con la aguja. Cuando la charla languideció, la morena propuso:

—Aún falta para la cena. Almirante, por qué no tocáis algo para que los tres podamos cantar mientras Súria termina.

Acercaron unas sillas a la ventana y Roger tañó en el laúd una tonada popular. Al principio, Súria se mantuvo en silencio, pero al rato empezó, bajito, a acompañar el estribillo.

Después cenaron y el vino pareció relajar a la pelirroja, que se permitió sonreír cuando Roger contaba unas anécdotas divertidas ocurridas en la reciente incursión sobre Nicotera. Beatriu las celebraba con risas y la muchacha almogávar se decía que el almirante tenía gracia. Y que su amiga se lo comía con la mirada. Era un hombre galante y apuesto. Beatriu puso de postre queso, galletas de miel y almendra, y vino dulce de Marsala. La conversación languidecía y de pronto la morena abandonó su sonrisa, clavó su mirada en Roger, se levantó despacio, fue hacia él y le tomó de la mano para hacerle incorporar. Entonces le besó en la boca y, sin soltarle, cogió una de las palmatorias de encima de la mesa para iluminar su camino y tiró de él hacia la oscura escalera que subía al dormitorio. Roger correspondió al beso, sentía el fuego del deseo creciendo en su interior, y se dejó llevar unos pasos. Sin embargo, antes de subir el primer escalón se detuvo, miró a la pelirroja, que los observaba aún sentada en la mesa, tendió hacia ella su mano libre y la reclamó con una voz de pronto ronca.

—Súria.

—Id con Dios y con Beatriu, almirante —repuso la muchacha almogávar—. Que el trabajo pendiente lo tenéis con ella.

—Súria, ven, por favor —insistió él.

—No, almirante. Quizá esté preñada, y si no es así, no quiero que ocurra.

Roger soltó la mano de Beatriu, que se quedó un par de escalones más arriba iluminando la escalera, y se puso en jarras.

—¿Otra vez, Súria? —dijo disgustado—. Tenemos un trato. Y si tú no subes con nosotros, ese trato queda roto y me voy ahora mismo a mi casa.

Ella se quedó mirándole sin responder. Sentimientos contrapuestos la abrumaban. El temor al embarazo persistía intenso, pero no quería que el almirante, que parecía dispuesto a cumplir su amenaza, cruzara la puerta de la calle. El resultado sería desolador. Antes de que ocurriera, ya sentía en el corazón la amargura de una pérdida terrible. Veía a su amiga, más hermosa que nunca, esperando en la escalera. En los años que convivían jamás había percibido en ella un deseo tan potente, tan avasallador como el que transmitía ahora al mirar al almirante. Beatriu tenía un carácter dulce, pero se convertía en una fiera cuando lo que ella creía una injusticia la frustraba. Además, el deseo aquella noche no era patrimonio exclusivo de la morena. Lo había visto en cómo el almirante le devolvía las miradas a su amiga para después lanzárselas a ella. El abundante vino ingerido debía de afectarle, porque ella también había sentido el fuego creciendo en su interior, no solo por cómo el almirante la miraba, sino por el intercambio cruzado de miradas entre los tres. La pasión de su amiga y la de él excitaban la suya sin que pudiera evitarlo. Quería resistirse, pero una fiebre parecía invadir su cuerpo, que empezaba a reaccionar por su cuenta preparándola para el amor.

—Por favor, Súria —oyó a Beatriu suplicándole—. No lo estropees todo. Si ya estás preñada, no lo estarás más por venir con nosotros. Y si no lo estás, no te quedarás, si Dios no lo quiere. Tenemos un trato y cosas muy importantes dependen de él. ¡Por favor!

—Pero… —murmuró Súria ya sin convicción.

Roger se acercó a ella y suave, con una leve sonrisa en sus carnosos labios, le tomó la mano con delicadeza y la acarició para después besársela tierno.

—Te amo —musitó mirándola con intensidad a los ojos.

Ella vaciló y al observar a su amiga vio en ella una expresión de triste embeleso. Intuía lo mucho que la envidiaba en aquel momento. Beatriu estaba enamorada de Roger, deseaba con toda intensidad estar con él y no podía frustrarla. Y en realidad, en aquel momento, ella tampoco se sentía capaz de continuar negándose. La devoción que le mostraba el almirante le llegaba al alma.

Roger tiró de su mano con suavidad y ella se levantó siguiéndole sin resistirse hacia Beatriu. Se sentía como en trance, como si no fuera ella, y los tres subieron las escaleras hacia el lecho. El dulce combate se prolongó largo tiempo. Parecía que el deseo y el amor en los tres eran tan poderosos que nunca se iban a agotar. Y cuando los cuerpos se rindieron, ya con la luz diurna colándose por las rendijas de la ventana, Roger sentía su corazón lleno de un gozo intenso. Beatriu se había quedado dormida sujetándole el brazo y apoyando su cabellera azabache en su hombro, mientras que la fiera almogávar se acurrucaba en sus brazos y solo le faltaba ronronear como una leona feliz. Roger llevaba años deseando aquello.

Intuía que se trataba de solo una pequeña batalla ganada, que Súria aún no era suya y que tendría que volver a pelear por ella. Pero gozaba intensamente de aquel glorioso momento. Lo guardaría en su corazón, y en su memoria, para siempre.

## 86

*Costa del sur de la península, del 27 al 31 de agosto de 1284*

Tan pronto como sus naves estuvieron reparadas y aprovisionadas, Roger se hizo a la mar. Recordaba el consejo de Beatriu cuando Súria no la oía:

—Ni se os ocurra pedirle, otra vez, que se quede en tierra. Está muy sensible ante su posible preñez. Un trato especial la haría enfurecer.

Roger lo sabía y no quería estropear la buena relación alcanzada con la pelirroja, que le empezaba a aceptar sin la tenaz resistencia habitual. Así que al embarcar la trató como de costumbre.

La flota siciliano-aragonesa, fresca y bien aprovisionada, alcanzó el extremo sur, la punta de la bota de la península italiana, donde termina el estrecho, en un día y una noche. Y después de navegar casi otro día rumbo este, siguió la costa hacia el nordeste. Allí Roger tuvo noticias de la flota angevina. Carlos se encontraba frente a Castelvetere, a casi un día de distancia. Se desplazaba lento ante la necesidad de requisar alimentos.

Aquella tarde, el almirante reunió a sus capitanes.

—Estamos a menos de cuatro millas de la flota angevina —les informó—. Está debilitada, pero aún nos dobla en número de naves. Quiero debatir la posibilidad de enfrentarnos directamente a ella o persistir en el lento desgaste de Carlos y los suyos.

—Saben que los seguimos, no los vamos a sorprender —advirtió el vicealmirante Marquet acariciándose la barba pelirroja—. Los pisanos han regresado a su república y solo quedan los de Provenza, Nápoles y Apulia. Todos súbditos de Carlos. Esta vez estarán preparados para hacernos frente.

—Pero si atacamos sus bases del interior, los sorprenderemos —dijo Galcerán, el adalid jefe—. Allí abastece a su ejército. No lo esperan y dolerá.

—¡Cierto! —le apoyó Súria, mientras el Rubio Abdón afirmaba con la cabeza.

Roger recorrió con su mirada los rostros de sus oficiales sin mostrar aún su satisfacción. Aquel era el plan que él tenía en mente, pero quería que sus hombres lo hicieran suyo.

—¡Sea! —dijo al fin—. En Caulonia, Carlos acapara las vituallas de la zona. Y mantiene su flota en Castelvetere esperando aprovisionarse.

—Caulonia se encuentra a cuatro millas, sobre una colina amurallada con un castillo en un extremo, pero los muros son asequibles si los sorprendemos por la noche —informó Galcerán—. Me bastan trescientos hombres, almirante.

Roger afirmó con la cabeza. Ambos lo habían acordado antes.

Galcerán no escogió para aquella acción ni al grupo de Abdón ni al de Súria, que se quedaron en la galera capitana. Y Roger quiso ofrecerle a la pelirroja lo que para ella sería un regalo. Y demostrarle que, estuviera encinta o no, la respetaba igual como soldado. La hizo llamar.

—Voy a hacer una incursión contra la flota enemiga —le dijo—. Será peligrosa y necesito un voluntario con un buen manejo del arco.

Súria le observó. Le hablaba como almirante, pero también

era su amante. Y no podía evitar recordarle en el lecho acariciándola. Se esforzó en disipar el ensueño.

—Sé usar bien el arco, almirante —repuso—. Aunque no tanto como la azcona.

—Necesito la distancia que alcanza una flecha.

—Lo puedo hacer tan bien como el mejor de los almogávares.

—¿Te ofreces voluntaria?

—Por descontado —repuso con el inicio de una sonrisa en sus labios.

Había un brillo de excitación en sus ojos. Roger creía conocerla. Súria, como persona sensata, sentía prevención frente al peligro. Que podía convertirse en miedo. Pero, al igual que el propio Roger, pertenecía a esa categoría de seres humanos a los que el miedo les excita y los hace actuar con mente fría y mayor precisión. En suma, el miedo le era placentero, y en plena acción, Súria, normalmente, ni lo sentía.

Él sabía que iban a jugarse la vida y esperaba que compartir el peligro estrechara su vínculo. Deseaba abrazarla, besarla, y sufría al verse obligado a contenerse.

Escogió a los ocho mejores remeros y la más rápida de las lanchas para camuflarla como una barca de pesca. Y después, a vela y remo, se dirigieron a la flota angevina. Al rato aparecieron las primeras naves francesas, ancladas a distancia prudente entre ellas para que ni la marea ni el cambio de vientos las hicieran colisionar. Y, dado el gran número de embarcaciones, se extendían por un largo tramo de la costa. Era un día claro, el sol se ponía tras los montes Apeninos, y la lancha se desplazaba por mar abierto sobre unas aguas tranquilas de reflejos plateados. Roger se mantenía de pie en la proa observándolo todo.

—¿Qué buscáis? —inquirió Súria.

—La embarcación de Carlos de Anjou.

La pelirroja se estremeció entre sorprendida y excitada.

—¿Y cómo la conoceréis?

—Es la nave de un rey y será la mayor. Y mantendrá dos faroles encendidos en la popa.

—¿Vais a matarle?

Roger se contuvo para no reír. Nunca hubiera pensado que la almogávar le tuviera en tan alta estima como para creer que iba, desde una barquichuela, a asaltar una galera para matar a un rey.

—Sí —afirmó él.

Y observó los ojos azules de su amada agrandándose de sorpresa.

—Sí —repitió él—. Le voy a matar, pero despacio.

—¿Cómo? —inquirió ella intrigada.

No podía hacerse idea de lo que él tramaba.

—Ya verás. Escóndete.

Y se dirigieron hacia la flota, hasta que un grito en napolitano los detuvo al llegar a la primera nave.

—¿Quiénes sois y a dónde vais?

Tal como Roger esperaba, Carlos tenía centinelas en las galeras exteriores de su armada.

—Somos humildes pescadores que ansiamos servir al señor don Carlos —respondió Roger en el calabrés aprendido en su infancia—. Y regresamos al puerto.

Un par de hombres los observaron desde la borda, a la escasa luz del ocaso. Súria se escondía entre las redes y el escrutinio se le hizo eterno.

—¿Bajamos? —le preguntó uno a su colega.

—¿Qué habéis pescado? —inquirió el otro sin responder al primero.

—Poco —les dijo Roger—. Solo unas sardinas.

—Pues llenadnos el cesto.

Y les echaron un canasto de mimbre sujeto por una cuerda. Roger se los quedó mirando unos instantes, como ponderando la situación. Súria seguía bajo las redes, notando los latidos acelerados de su corazón, y sujetaba con fuerza uno de sus venablos lista para entrar en acción. Calculaba las distancias por las voces. De un empujón se libraría de las redes para incorporarse de un salto y traspasarle el pecho al primero. Y de inmediato tomaría su segundo venablo para matar al otro.

—Si os damos peces a todos los que pedís, nuestros hijos se morirán de hambre —objetó el almirante disfrazado de pescador.

—Dadnos algo al menos. —El tono perentorio de la voz del hombre había cambiado a súplica. Se inclinaba sobre la borda de la galera y mostraba una faz arrugada y tostada por el sol—. No encontraréis más guardias hasta el puerto.

—Tenemos poco.

—¿No decís que queréis servir a nuestro señor don Carlos? Pues dad de comer a quienes ayunan por su causa.

Roger se sonrió. Le caía bien el napolitano y tenía aquello previsto. E hizo un gesto con la cabeza a uno de los remeros que abocó parte de un cubo con sardinas en la cesta.

—¡Gracias, hermano! —le dijo el hombre—. Pasad y que Dios os bendiga. Ya quisiéramos nosotros poder volver a casa.

Lentamente, con solo un par de sus hombres remando, se fueron moviendo entre las naves. Roger adivinaba dónde estaría la galera de Carlos. Era una de las grandes, de las llamadas «taridas», solo que la de Carlos era mayor de lo habitual y concedía al rey comodidades palaciegas. El de Anjou, a no ser que atracaran en una ciudad de edificios suntuosos, hacía siempre noche en su lujosa galera.

La lancha se desplazaba entre las naves sin apenas ser percibida y Roger podía oír retazos de las conversaciones de los marinos y la tropa embarcada.

—No me gusta cómo va la guerra —se oía uno en provenzal.

El occitano provenzal era la lengua de los trovadores y Roger los entendía.

—¿Cuándo podremos volver a casa? —ansiaba otro.

Al fin, en la penumbra, descubrieron la silueta de una gran nave, que coincidía con la descripción y lucía dos farolas en su popa. Roger hizo maniobrar su chalupa hasta colocarse en la posición adecuada tanto para el tiro como para una rápida huida.

—¿Quiénes sois? —inquirió alguien desde la tarida en francés.

—Ahora quiero que coloques estas tres flechas en el centro de la carroza de la nave —le dijo Roger a Súria sin responder al guardia—. Rápido, pero con tino.

—¿Qué llevan? —quiso saber la almogávar.

—Veneno para el de Anjou.

El hombre volvió a gritar mientras Súria tensaba el arco con cuidado calculando la trayectoria de la flecha. Sonó la vibración de la cuerda y casi de inmediato un fuerte golpe en la madera de la gran nave. Roger, después de evaluar la trayectoria y el sonido, se dijo que la pelirroja había dado en el centro de su objetivo. Los gritos crecieron y casi de inmediato se oyó un segundo golpe. Las cornetas sonaban ya cuando la tercera flecha impactó en el maderamen.

—¡Vámonos! —ordenó Roger.

Ballesteros armados empezaban a aparecer en las cubiertas de los barcos cuando la chalupa salió disparada hacia mar abierto. Tuvo que sortear las naves ancladas y, aunque en su camino recibió varios impactos, lograron escapar sin heridos. Nadie parecía seguirlos y, como el viento era favorable, Roger ordenó izar la vela y remar a ritmo pausado hacia su propia flota. A lo lejos se veían los faroles de popa de las galeras, un leve resplandor anaranjado en los montes recordaba el ocaso, el cielo estaba cuajado de estrellas y sobre el mar lentamente iba asomándose una luna casi llena. Roger llevaba el timón, los hombres remaban de espaldas y, aprovechando el momento, Súria se sentó a su lado y sin que nadie la viera tomó la mano del almirante y la acarició. Le había encantado la aventura. Roger la besó y ella le dejó hacer. Aquel era un placer tan ansiado como imposible en la galera.

—Las flechas de ayer noche llevaban mensajes, señor —le advirtió a Carlos de Anjou, temeroso, su mayordomo.

Estaba desayunando en la carroza de su galera, bajo un lujoso templete, viendo cómo los primeros rayos del sol, que se elevaba sobre el mar, iluminaban los verdes y rocosos montes Apeninos. Su tarida flotaba sobre aguas transparentes con fondo de arena blanca y verde de posidonias. Estaba de mal humor. El incidente nocturno le había disgustado. ¿Cómo alguien se atrevía a atacarle? ¿Cómo, cuando su nave estaba atracada rodeada de decenas de galeras cargadas de ballesteros y tropas de asalto?

—¿Qué dicen?

El mayordomo tragó saliva.

—¿Queréis leerlos vos mismo por si reconocéis la letra? —inquirió prudente el hombre.

La mirada que le lanzó el rey le hizo estremecer. Y vio como los nudillos de Carlos palidecían al cerrar su puño con fuerza en su vara. Él conocía sus golpes.

—Está en latín.

—¡Traduce!

—Uno dice «Carlos, vuestro tiempo se acaba».

Carlos gruñó.

—El otro, «Carlos, pagaréis por vuestros crímenes», y el tercero, «Arderéis en el infierno, Carlos».

—¡Quemad esa mierda!

—Lleva firma.

—¡¿Quién es?!

—Roger de Lauria.

El rey tragó saliva. ¡Aquel maldito nombre! El de Malta. El que se apoderó de su hijo. El que destrozó en Nicotera su línea de abastecimiento desde Nápoles. El que ahora le perseguía. Sentía una angustiosa inquietud y con un gesto ordenó que retiraran el resto del desayuno. Se había quedado sin apetito. Pero apuró su copa de vino e hizo que dejaran la jarra.

Cerró los ojos apretando los dientes y cuando los abrió vio una humareda en las estribaciones de los Apeninos.

—¿Qué es aquello? —inquirió intuyendo alarmado la respuesta.

—Caulonia, señor —dijo el mayordomo—. Un mensajero espera a que lo recibáis.

El correo se echó a sus pies para besárselos, pero Carlos le apartó de una patada en la boca.

—¡Habla! —gruñó.

—Los almogávares han atacado Caulonia esta noche.

Carlos trató de encajar la noticia, pero le costaba. A pesar de saber que la flota de Roger había fondeado la tarde anterior a unas cuatro millas, consideraba a Caulonia segura. Se encontraba en el interior, sobre una colina fortificada. Convencido de su solidez, la había designado como el lugar de acopio de provisiones de toda la comarca. Y una fuerte guarnición francesa la defendía.

—Los habéis rechazado, ¿verdad? —inquirió.

—No, mi señor —gimió el mensajero de rodillas—. Escalaron las murallas, nos sorprendieron y mataron a todos los franceses. Perdonaron a los italianos, pero se lo llevaron todo y quemaron lo que quedaba.

El rey se mantuvo en silencio tratando de encajar aquello. ¡Era un desastre!

—De nada me sirve enviarles la caballería, estarán ya embarcados —murmuró rabioso—. Pero…, pero… ¿Cómo pudieron superar muros tan altos sin máquinas de asalto? —gritó—. No podían con esa rapidez transportar ningún artilugio.

—Ataron unas lanzas con otras, que al parecer tenían ya muescas preparadas, e hicieron escaleras —informó el correo, que temblaba como una hoja.

Carlos mordisqueó el extremo de su vara. Nunca había oído algo parecido. Tumbó de otra patada al mensajero, que continuaba de rodillas, y le gritó:

—¡Vete!

El hombre se incorporó de un salto y salió como alma que lleva el diablo. Había temido ser azotado. Pero no se libró del impacto en la espalda de la jarra de vino que el rey le lanzó mientras huía. Carlos, en un ataque de ira, se puso a golpear con su vara todo aquello que tenía a su alcance.

Cuando se calmó, el de Anjou observó la línea de la costa hacia el oeste. No se atrevía a atacar a la flota aragonesa a pesar de su superioridad. Sospechaba que le esperaba una emboscada.

—Ese hombre es un maldito demonio —gruñó.

## 87

*Costa del sur de la península, 31 de agosto de 1284*

Aquel mismo día, Carlos de Anjou ordenó levar anclas y que su armada siguiera paralela a la costa hacia Apulia, el tacón de la bota de Italia, en busca de puertos y tierras más seguros. Su ejército se desmoronaba. Los mensajes en las flechas y la toma simultánea de una población amurallada que creía segura, prácticamente delante de sus narices, le habían abatido. El almirante aragonés se había convertido en su obsesión, y su ansia de venganza y conquista se había tornado en temor y deseo de protegerse reforzando sus posiciones. Y para ello debía poner distancia con el enemigo.

—Hay que reagruparse para pasar el invierno —le decía al cardenal Bianchi—. En primavera regresaré con un ejército y flota mayores. Por entonces, la cruzada del papa y de mi sobrino Felipe contra Aragón caerá sobre Pedro mientras nosotros los atacamos en Italia. No podrán defenderse en ambos frentes.

El legado papal le contemplaba con su mirada acuosa y afirmaba con la cabeza. Se decía que aquel no era el Carlos de hacía unos meses y le preocupaba el deterioro del paladín de la Iglesia.

—El papa os dará todo su apoyo —afirmaba—. Y recibirán, con la ayuda de Dios, un terrible escarmiento.

—Rezad por que así sea, monseñor.

Durante la noche siguiente, las tropas de Roger conquistaban una población mucho mayor a quince millas de distancia. Las naves vigía informaban de que los angevinos no tenían intención de dar batalla y Roger reunió a sus capitanes.

—Carlos se retira —les dijo—. Se terminaron los asaltos y los grandes botines. Hay que consolidar lo ganado y establecer guarniciones en los pueblos y ciudades conquistadas. No podemos empobrecer más a los calabreses, que, como vasallos de nuestros reyes, pasarán a pagar impuestos.

—Esas son buenas noticias para la corona, y me alegro mucho —intervino Galcerán—. Pero nosotros no nos jugamos la vida por nada. Y mis hombres no van a luchar si no hay botín. ¿Es que nos van a pagar los reyes?

—No —repuso Roger tajante—. Las arcas están vacías y no habrá soldada para almogávares.

—Tenemos que vivir, almirante. —El adalid de las marcas de viruela mostraba un semblante adusto—. Y si no hay oro, buscaremos otro señor y otra guerra.

Había una amenaza en sus palabras. Y el almirante sabía que Galcerán no hablaba en vano y no pudo evitar cruzar una mirada con Súria. La expresión de la pelirroja era grave, había preocupación en su mirada. Convertirse en enemigos era lo último que ambos deseaban.

—Encontraré una solución, Galcerán —afirmó Roger.

Súria se preguntó inquieta qué iba a ocurrir.

—¿Qué pensáis hacer? —preguntó poco después Ramón Marquet atusándose su barba.

El vicealmirante se encontraba reunido con Roger y Giacomo de Flor en la carroza de la galera capitana.

—Si no podemos cobrar botines y si la reina Constanza no puede subir impuestos, ¿cómo mantendremos la flota y toda la gente que cargamos en ella? —inquirió Giacomo con su acostumbrada gravedad.

—El rey Pedro no puede enviar dinero y nos lo está pidiendo a nosotros —informó Ramón—. Se prepara para la invasión francesa.

Roger se acarició el mentón pensativo.

—Yerba —dijo.

—¿La isla de Yerba? —inquirió Ramón.

—Sí.

—No entiendo —dijo Giacomo.

Los otros dos le miraron condescendientes. Ramón era un avezado marino y, al igual que Roger, conocía bien la isla.

—El emir de Túnez tiene cuentas pendientes con Aragón y ha llegado el momento de cobrarlas —dijo el almirante.

—¿Qué cuentas? —quiso saber Giacomo.

—En tiempos de don Jaime, el emir de Túnez le pagaba un tributo. Pero a raíz de la cruzada en la que murió el rey Luis de Francia y que debía ir a Tierra Santa, pero que Carlos de Anjou desvió a Túnez, el emir pasó a pagarle a él. En represalia, ayudamos al emir actual a conquistar su cetro destronando al antiguo. Pero en lugar de pagar el tributo a Aragón, decidió pagárselo a Carlos, al que veía más poderoso. Y después de echar al de Anjou de Sicilia y Malta, le volvimos a exigir el pago. Pero se rio de nosotros.

—Yerba es una isla muy rica —recordó Ramón—. Tiene un tamaño semejante a Ibiza, pero es muy llana y está llena de pozos de agua dulce que viene del continente, a solo un par de millas de distancia. Posee muy buenos dátiles, higos, uvas y trigo, además de cría de gusanos y un espléndido comercio de seda.

—Pues será nuestra —sentenció Roger.

# 88

*Isla de Yerba, 12 de septiembre de 1284*

Doce días después, al amanecer, las naves de Roger y de Ramón desembarcaban a los almogávares en Yerba, apoyados por caballería y ballesteros. Antes habían posicionado una galera y fustas armadas en los estrechos que separaban la isla del continente para que los locales no pudieran escapar ni recibir ayuda.

El asalto tomó a los isleños por sorpresa y no hubo piedad para quienes resistían, ya fueran militares o civiles. Los muertos superaron los tres mil y los esclavizados triplicaban esa cifra. Solo los campesinos y comerciantes, que se sometieron a cambio de su trabajo, pudieron permanecer en régimen de servidumbre en la isla. En pocos días, Yerba había sido conquistada.

—¿Qué me dices, Galcerán? —inquirió Roger en la reunión de jefes que tuvo lugar una vez pacificada la isla—. ¿Vais a buscar otro señor?

—No, almirante. —Una sonrisa asomaba en la enmarañada barba del almogávar—. Seguiremos fieles a los reyes Pedro y Constanza. Y a vos.

Las bajas cristianas habían sido escasas, y el botín, fabuloso. La Iglesia prohibía esclavizar a cristianos, pero no a los infieles, y aquel era un negocio muy lucrativo del que no se habían podido beneficiar en la guerra de Italia.

Roger observaba a Súria disimulando su interés. Contra su costumbre, se mantenía silenciosa y no la veía compartiendo la alegría de sus colegas. Le preocupaba.

—Con lo logrado podremos pagar las deudas atrasadas de la flota, financiarla por otro medio año y ayudar a nuestro señor el rey don Pedro —comentó el vicealmirante Ramón.

—Pienso mantener la isla bajo nuestro control —informó Roger—. Los edificios apenas han sufrido daños y la producción agrícola y el comercio seguirán con los musulmanes y judíos que nos han jurado fidelidad. Esta será una fuente estable de ingresos.

—Algunos de mis hombres quieren quedarse y traer a sus familias —dijo Galcerán—. Y vos necesitaréis una fuerte guarnición, porque el emir de Túnez querrá reconquistar la isla.

—Tu gente será bienvenida si quiere establecerse aquí —dijo Roger.

El gobernador tunecino de la isla había pasado a habitar un calabozo y Roger ocupaba su palacete. Era una construcción árabe de paredes encaladas, muros cerrados por el exterior, estancias alrededor de un patio central con columnas y un jardín con fuente y estanque. Fue al caer la tarde cuando su escudero le anunció:

—Súria quiere veros, señor.

A Roger le dio un vuelco el corazón. Ella trataba de ocultar su relación y llevaban semanas sin verse a solas. La esperó de pie en el vestíbulo a la entrada del jardín y el escudero desapareció tan pronto como estuvieron frente a frente.

—Bienvenida, Súria —dijo él sonriente abriéndole los brazos.

La pelirroja se quedó inmóvil mirándole sin corresponder a la sonrisa. Vestía su zamarra de cuero, que se abría en el cuello sin mostrar el inicio de los senos. Calzaba unas abarcas de esparto con refuerzos de cuero y cubría sus pantorrillas con antiparras de piel. No llevaba ni sus dardos ni la azcona, pero ajustaba su fino talle con un ancho cinturón también de cuero de donde pendían una daga y una espada corta.

—¿Qué ocurre? —inquirió él inquieto.

Sin mediar palabra, Súria le propinó un bofetón que casi le derriba y que le hizo retroceder varios pasos. Él la miró sorprendido y puso instintivamente la mano en la mejilla herida. Notaba el sabor de la sangre en sus labios. La pelirroja se adelantó dos pasos y le soltó un durísimo revés en la mejilla derecha. Roger tuvo que apoyarse en una pared y extendió el brazo para evitar que le golpeara de nuevo.

—He puesto las dos mejillas —rugió ceñudo—. Como buen cristiano. Ya basta. ¡Si vuelves a intentarlo, te daré una paliza!

Ella bajó los brazos y se le quedó mirando con sus ojos azules ahora acuosos.

—¡Me habéis preñado! —gimió—. ¡Maldito seáis! ¡Me habéis preñado!

—¿Cómo lo sabes? —inquirió él ansioso.

Disimulaba por prudencia la inmensa alegría que le producía la noticia. Lo deseaba. ¡Un hijo que tendría parte de los dos! Sería un vínculo indestructible entre ambos.

—¡Porque aún no me ha venido! —murmuró ella ahora aparentemente apaciguada—. Tengo dos faltas. Y en el viaje me he mareado y vomitado varias veces.

—Pero, Súria, tú sabías que eso podía pasar. Ya tenías retraso al salir de Mesina.

—¡Sí! Pero rezaba para que no ocurriera.

—Pero ya ves, Dios, nuestro señor, tiene otros planes y no ha escuchado tus rezos, sino los míos.

Roger sonrió levemente y Súria se le acercó amenazante, con el puño por encima de su cabeza. El almirante le sujetó con facilidad el brazo y la atrajo para abrazarla. Ella lo rechazó apartándolo de un empujón.

—¡Si al menos tuviera a Beatriu aquí! —se lamentó.

Aquella afirmación sorprendió al almirante. La pelirroja se había mostrado siempre independiente, parecía que solo estaba con Beatriu para protegerla, que ella en realidad no necesitaba a nadie más que a sí misma. Pero de repente todo eso se derrumbaba y aparecía una faceta vulnerable que Roger jamás sospechó.

—Beatriu está muy lejos, pero yo muy cerca. —Su voz quería ser dulce—. No estás sola con tu secreto, me tienes a mí. Quédate conmigo, y disfrutemos juntos de este palacio, te lo ruego, Súria.

—¡No quiero ser vuestra amante, vuestra barragana! —se exaltó—. Que me señalen con el dedo y digan: «Ahí va la puta del almirante».

—No eres nada de eso —repuso él calmado—. Eres la mujer que amo. Y si pudiera, te haría mi esposa. Te amo y deseo que me correspondas.

—¡Me ha costado mucho ganarme el respeto del clan! —se quejó ella—. ¿Qué dirán mis hombres al verme embarazada? ¿Y qué dirán cuando sepan que es vuestro? ¿Que soy una advenediza que busca poder ofreciendo su cuerpo?

—¿Y no sabes qué dirán de mí? —Él la miraba firme.

—¡No!

—Pues yo sí lo sé.

—¿Qué?

—¡Qué suerte tiene el almirante! Me envidian. No seas ingenua, todos te desean. Pero te respetan demasiado para insinuarse.

Súria gruñó. Había matado a más de un valentón que se había propasado. Y muchos otros se volvieron atrás al verla no solo poco receptiva, sino agresiva como una leona.

—Y te respetarán con tu embarazo, ya verás. —Él continuaba dulce—. Y cuando tengas el niño o niña, que será precioso, te respetarán igual. Y al poco volverás a ser el mismo adalid que eres ahora.

Roger vio una mirada soñadora en ella cuando le mencionó al bebé. Y supo que las cosas iban por buen camino. Se acercó un poco.

—Y ese bebé, tuyo y mío, tendrá todo cuanto pueda necesitar, ya verás. Será un crío feliz.

—Un general y un soldado no pueden enamorarse —se lamentó ella como despertándose de un hermoso sueño—. Ya os lo dije hace tiempo.

—Sí que pueden —dijo él firme.

Y suavemente la tomó de la muñeca para atraerla hacia sí. La abrazó y ella le dejó hacer.

—Daría mi vida por ti, Súria —murmuraba él—. No estás sola, me tienes a mí, que te amo. Serás feliz con nuestro hijo. Le verás reír, corretear y crecer…

Trataba de hacerla soñar de nuevo. Y le fue hablando de un futuro de amor y felicidad. Súria, abrazada a él, empezó a notar las lágrimas deslizándose quedas por sus mejillas. Era la otra Súria que ella mantenía oculta. Roger tiró suavemente de ella y la llevó a unos almohadones que se apilaban bajo las arcadas del patio, frente a la fuente, y la hizo acomodar. El olor a jazmín era intenso, las altas palmeras se balanceaban suavemente y el rumor del agua los arrullaba. Él la besó y ella correspondió. La pelirroja se sentía confortada, la angustia que la atenazaba al llegar se había convertido en una dulzura adormecedora. Los besos sabían a sangre, pero Súria no se arrepentía de haberle golpeado.

—Mirad —dijo ella al separarse de un largo abrazo.

La luna aparecía en el cielo.

—La luna nos bendice —dijo él, y la volvió a besar.

La acariciaba y ella trataba de corresponder, aunque torpe. Al rato de besos, de caricias y promesas de amor, él deslizó la mano bajo la zamarra de ella para acariciarle el muslo. Y cuando fue más arriba la encontró húmeda. Hicieron el amor una y otra vez.

Pero cuando él despertó, ella se había ido. Roger se preguntó si había sido un sueño. Sin embargo, al pasar la lengua por sus labios supo que, al menos la primera parte, fue real. Y de pronto su corazón le dio un vuelco al recordar. ¡Sería el padre del hijo de Súria!

# TERCERA PARTE

## 89

*Melfi, últimos días de 1284, y Foggia, principios de enero de 1285*

Aquella fue la Navidad más triste de Carlos de Anjou. La pasó en Melfi, al norte de su reino, en el interior de Apulia, lejos de los aragoneses. Se encontraba a veinte millas tanto de la costa del mar Adriático como del mar Tirreno. Allí, en su poderoso castillo, que se alzaba sobre una colina, Carlos se sentía a salvo de las incursiones de Roger de Lauria y de sus diablos almogávares. Por muy audaces y locos que fueran, antes de llegar hasta él tendrían que andar veinte horas desde el mar. Contaba con buenos vigías y correos a caballo; dispondría de tiempo para escapar.

El gran Carlos, hijo del rey de Francia, que de conde había llegado a convertirse en más que rey, en un verdadero emperador del Mediterráneo, se sentía ahora derrotado. Y peor aún, él, el audaz conquistador, se notaba sin fuerzas, enfermo, y experimentaba la tortura del miedo. Verdadero miedo físico. Por la noche le despertaban pesadillas en las que veía una turba de salvajes desarrapados asaltándole para clavarle en una puerta de roble, traspasándole un ojo de un lanzazo, como hicieron con su sobrino. Y a veces era un Roger de Lauria con fauces de león persiguiéndole, aullando como un lobo, encaramado en la proa de una nave fantasma blandiendo un tridente.

Su gran ejército de cuarenta mil infantes y diez mil caballeros se había ido diluyendo. A las bajas en combate, se añadían las muertes por enfermedades, las deserciones y la necesidad de licenciar a los mercenarios, pues se acababa el oro. Aquel oro que le habían proporcionado el papa y los onerosos créditos de los florentinos. Lo mismo ocurría con las naves pisanas y otras aliadas que habían regresado a sus bases de origen.

La situación era peor que la que se encontró al llegar con su gran ejército a Nápoles. Los aragoneses le habían arrebatado de nuevo toda Calabria, la punta de la bota italiana. Y atacaban Basilicata y Apulia, la planta y el tacón de la bota. También habían reconquistado las islas de Capri, Isquia y Prócida, y desde allí, otra vez, asfixiaban a Nápoles impidiendo el tráfico marítimo.

Su imperio se desmoronaba. Luchaba desesperadamente por consolidar fidelidades en el reino de Sicilia, del que había perdido una buena parte. Y desde que los aragoneses le arrebataron el archipiélago maltés y tomaron la isla de Yerba, Túnez no le pagaba su sustancioso tributo. Ya no era su señor supremo. El reino de Jerusalén, amenazado por los musulmanes, dejó de aportarle ingresos cuando retiró tropas para defenderse en Italia, y los ricos mercaderes de Oriente, al verle debilitado, se olvidaron de pagar. El principado de Acaya continuaba fiel, pero no daba oro. De su reino de Albania, sometido a la presión bizantina, casi no quedaba nada. Y a pesar de su necesidad, tuvo que bajar impuestos en Italia, so pena de que la parte del reino que aún controlaba se sublevara y se pasara a Aragón. Solo podía contar con sus cuatro ricos condados franceses.

Y para colmo de males, el joven Carlos, su heredero, era rehén de la reina Constanza desde hacía ya medio año.

Aquellos pensamientos le presionaban en el pecho, sus oscuras ojeras se habían acentuado, tenía palpitaciones y a veces no podía dar dos pasos sin sentir que su corazón iba a estallar. Las sangrías de los médicos le debilitaban sin aportarle alivio.

Su otra obsesión era Pedro. Él era el origen de todos sus males. Y deseaba con todas sus fuerzas un castigo ejemplar para el rey de Aragón. Cuando pensaba que lo había tenido en sus manos en Burdeos y la burla que le infligió, sentía un retortijón de rabia en sus entrañas.

—Santo padre —le decía al papa, a pesar de la fatiga que incluso el dictado le producía—, el Señor no nos ha sido propicio este año de 1284, pero lo será el próximo. Pedro de Aragón caerá, así como su almirante y la reina Constanza.

»Mi sobrino el rey de Francia dice que la prédica de la cruzada es un éxito, que nobles y plebeyos de Francia, Alemania y los Países Bajos se unen a ella para defender a la santa madre Iglesia. La próxima primavera atravesará los Pirineos para caer sobre Cataluña y Aragón con fuerzas diez veces mayores a las de Pedro. Y que su hijo Carlos, aún niño, al que coronasteis rey de esas tierras, reinará sobre ellas. La situación de Pedro es desesperada. Los grandes eclesiásticos de sus reinos están con vos, santidad. Y muchos de sus nobles, en especial los aragoneses, no quieren ayudar a un excomulgado arrogante como él y terminarán viniendo a nosotros. Como su propio hermano, el rey de Mallorca, que se nos ha unido. Cuando la cruzada pise tierra aragonesa, yo regresaré a Calabria y a la isla de Sicilia con todas mis fuerzas, Pedro tendrá que escoger entre Sicilia o sus reinos de España. Y terminará perdiéndolos todos.

Esos pensamientos le animaban, y una sonrisa, que mostraba sus caninos, aparecía en sus finos labios. En efecto, era imposible que Pedro resistiera; sucumbiría ante aquel enorme poder. Y se sumergía en una febril actividad emitiendo decretos y dictando cartas a sus aliados para obtener contingentes militares y préstamos para la campaña de primavera.

El cardenal Bianchi le observaba con preocupación. A veces le veía al borde del colapso.

—Debéis cuidaros, señor —le decía—. Estáis cercano a los sesenta años y vuestra salud le preocupa al papa Martín. Cada día reza por vos.

—Solo tengo cincuenta y ocho —gruñía el rey—. Y yo también rezo cada día por él.

¿Cómo no iban a rezar el uno por el otro?, se preguntó Bianchi. Martín era papa gracias a la intervención armada de Carlos. Y él era rey de Sicilia, Albania y Jerusalén gracias al apoyo incondicional del papa.

—Moderad vuestra actividad —insistía Bianchi mirándolo con sus ojos húmedos.

—¿Y qué queréis? ¿Que le deje a Constanza de Hohenstaufen el reino que el papa me dio a mí? Debo asegurar la fidelidad de las ciudades y nobles de los territorios que aún conservo de cara a la campaña del próximo año.

Y con ese motivo, a principios de año abandonó la seguridad del castillo de Melfi para dirigirse a Foggia, en el extremo norte de su reino, muy lejos de los almogávares y de Roger de Lauria, que le perseguían en sueños. Se trataba de un trayecto de catorce horas que le llevaría de la cordillera de los Apeninos a las llanuras costeras del mar Adriático. Sin embargo, el camino montañoso, nevado al principio, el frío y su propia vulnerabilidad hicieron mella en él; sentía peso en el pecho, le costaba respirar y le atacaron unas fiebres.

El 2 de enero de 1285, ya en Foggia, Carlos de Anjou emitía su última ordenanza, y el 6, el cardenal Bianchi insistía en que hiciera su testamento.

—Desheredad a vuestro hijo Carlos el Cojo —le decía—. Es prisionero de Aragón por su mala cabeza, y el papa no lo aceptará como rey. Nombrad sucesor a vuestro nieto Carlos Martel, que cumplirá este año los catorce.

Carlos cerraba los ojos y veía a aquel hijo suyo prisionero del enemigo, su único varón superviviente, cojo, mal formado, inseguro, siempre temeroso ante su poderosa presencia. Ahora él también se notaba débil y conocía el miedo. Y se sintió, por primera vez, cercano a aquel hijo que tanto le había decepcionado. No movió un solo dedo por él, ni siquiera le había escrito, y ahora lo lamentaba. El viejo Carlos había recibido ya la extremaunción y decidió, por el bien de su alma, hacer algo por el joven.

—No, cardenal —musitó—. El heredero del reino de Sicilia será mi hijo Carlos, y mi nieto, Carlos Martel, será el suyo.

—El papa se negará a coronarle.

—Este es mi testamento —concluyó Carlos—. Y así lo firmaré. Mi hijo me hereda.

Aquella madrugada tuvo otra de sus pesadillas, en la que le perseguían los almogávares vestidos con sus zamarras de pieles. Eran como un cruce de lobos y jabalíes, corrían a cuatro patas y eran tantos que cubrían montes y llanos. Él jadeaba, le faltaba aire y sentía una terrible presión en el pecho. Y de repente el fantasma de Roger de Lauria, que capitaneaba aquella jauría, le alcanzó. Su rostro era el que recordaba de Pedro de Aragón en Burdeos. Aquel ser sonrió feroz, levantó el tridente que portaba en la mano y se lo hundió en el pecho. Carlos soltó un gemido y sintió que agonizaba ensartado en una puerta de roble, como su sobrino.

—El rey ha muerto —dijo el cardenal Bianchi, que le velaba sentado junto a su lecho.

Y se santiguó. Era el 7 de enero de 1285.

## 90

*Perugia, 20 de enero de 1285*

Al cardenal Bianchi le costó diez días llegar por el camino de la costa a Perugia, tras cuyas fuertes murallas se refugiaba ahora el papa Martín IV. Quería darle la noticia en persona y discutir la estrategia a seguir. El pontífice había perdido mucho dinero y poder con las sucesivas derrotas sufridas por Carlos. Desde su ascensión al papado, Martín IV había permanecido en Orvieto, un nido de águilas donde se refugió dada la hostilidad de Roma hacia él. Pero a finales de junio dejó de ser bienvenido a causa de las luchas entre gibelinos y güelfos, los partidarios de la Iglesia, debilitados por las derrotas de Carlos, y tuvo que huir para buscar refugio en Perugia, una ciudad güelfa bien fortificada.

Martín se encontraba en su palacio fortaleza y recibió de inmediato al cardenal en sus estancias privadas.

—¡Carlos ha muerto! —se lamentó el pontífice—. ¡Nuestro más fiel servidor!

Bianchi lo encontró desmejorado. Sin duda, los disgustos y su avanzada edad de setenta y cinco años le afectaban. Había engordado y, encajado en su silla trono, tenía un aspecto redondeado. Se cubría la cabeza calva con un grueso bonete de piel. Pero Bianchi observó preocupado algo más que ya conocía. Martín siempre le tuvo afición al vino, pero nunca le vio con mejillas y nariz tan rojizas o que su potente y enérgica voz vacilara. Sin duda había bebido, y, a pesar de ello, el mayordomo les trajo un frasco y dos copas, que llenó.

—Ha dejado a su hijo como heredero del reino —le hizo saber el cardenal.

—¡Ni pensarlo! —clamó el papa—. ¡No lo consentiré! No solo es cojo y contrahecho, sino que demostró ser un estúpido, como yo sospechaba. No lo quiero como rey de Sicilia.

—¿Y qué pensáis hacer?

—Nombraros a vos y a Roberto de Artois regentes hasta que su hijo Carlos Martel pueda reinar.

—Carlos Martel tiene solo catorce años. ¿Pensáis saltar la línea sucesoria?

—Eso haré. No puedo permitir que ese inútil sea rey, y menos estando prisionero de los aragoneses.

Y Martín dio un trago de su vino. El cardenal le imitó.

—Dominábamos el Mediterráneo y estábamos a punto de conquistar el Imperio bizantino y someter a los ortodoxos a nuestra Iglesia —se lamentó el papa recordando las antiguas glorias de Carlos—. Teníamos el reino de Sicilia y desde que le nombré cónsul de Roma sometimos el resto de Italia. Poseíamos Albania, Acaya, el reino de Jerusalén, y éramos señores de Túnez.

Bianchi afirmó con la cabeza sin intervenir.

—¡Todo ha sido culpa de ese maldito Pedro! —continuó el pontífice—. ¡Y de su mujer, una Hohenstaufen, raza de escorpiones!

—Pero se lo haremos pagar —afirmó el cardenal.

—¡Lo destruiremos! Francia es quince o veinte veces más poderosa que la Corona de Aragón. Y Jaume, el rey de Mallorca, está con nosotros.

—Además, hay que sumar a las gentes de Alemania y los Países Bajos que vienen atraídas por la prédica de la cruzada y el perdón de todos los pecados.

—Y también por el botín —se sonrió Martín.

—Cierto —convino Bianchi—. La cruzada contra Occitania enriqueció a muchos e hizo más grande a Francia. Y la decretada contra el padre de Constanza, también.

—La Corona de Aragón ya tiene un nuevo rey, el hijo del rey de Francia, y Pedro es un paria, un desposeído —siguió el pontífice—. Hoy mismo escribiré a Felipe III para darle cuenta de la muerte de su tío. Un motivo más para que acabe con Pedro. Le haremos pagar por todo lo que nos hizo.

Bianchi afirmó con la cabeza. Y Martín dio otro sorbo a su vino.

# 91

*Palermo, 28 de enero de 1285*

Después de la conquista de la isla de Yerba, Ramón Marquet regresó a España con sus naves para defender las costas catalanas. Los corsarios franceses las expoliaban como preludio de la cruzada promulgada por el papa contra la Corona de Aragón.

Por su parte, Roger ordenó la construcción de un castillo en la isla de Yerba, dejó suficientes tropas para mantener el control y se vino con el botín a Palermo. La capital del reino celebró, al igual que lo hacía Mesina, su victoria. Y tanto mi hijo Jaime, por tierra, como Roger, por mar, siguieron consolidando la reconquista de Calabria. Con intención de permanecer en ella, Roger regresó a Nicotera para reconstruir la ciudad y el castillo que había destruido cinco meses antes. Sus acciones ahora ya no se limitaban a Calabria, sino también al Adriático, y un día regresó con la noticia que dejó caer en el consejo que celebrábamos en el palacio de mis antepasados.

—El día 17, la ciudad de Galípoli, en Apulia, se nos entregó sin lucha —informó nuestro almirante—. Y sus embajadores nos dieron la noticia.

—¿Qué noticia? —inquirió Alaimo.

—Que Carlos de Anjou murió en Foggia diez días antes.

No dije nada porque Roger me había informado previamente.

—¡Bendito sea Dios! —exclamó Juan.

Cerró los ojos y se santiguó lentamente en gesto de agradecimiento a la divinidad. Y las lágrimas se deslizaron hasta su blanca barba. Él había sido el mayor de los enemigos de Carlos de Anjou desde que los angevinos, después de matar a mi padre, invadieran su isla de Prócida y asesinaran a uno de sus hijos, humillaran a su esposa y deshonraran a su hija. Y después de recoger el guante de Conradino y dármelo, orquestó la conjura junto a los bizantinos y los nobles de la isla de Sicilia que desembocó en la revuelta del pueblo de Palermo contra Carlos de Anjou. Ese fue el origen de todo.

Ahora Prócida era nuestra, y con su isla recuperada y el tirano derrotado y muerto, Juan se sentía vengado.

—Cuando se extienda la noticia, todo será más fácil —dijo Jaime con una sonrisa—. Habrá más lugares como Galípoli, que, sin el temor a Carlos, se nos entregarán.

—Los ha habido —confirmó Roger—. Y espero que haya más. Ante nuestra proximidad prefieren someterse a sufrir un asalto. Y después de la toma de la isla de Yerba no necesitaremos botín por una buena temporada.

—No os engañéis —advirtió Alaimo mirando a Jaime—. Con la muerte de Carlos no se acaba la historia. Ni teniendo preso a su sucesor. Es la Iglesia, aliada de Francia, la que está detrás de todo esto. Y son mucho más poderosos que nosotros. Su siguiente paso será la cruzada contra la Corona de Aragón.

—No les tenemos miedo —saltó Jaime.

—No tenemos miedo, pero hay que ser prudentes —intervine yo para evitar el enfrentamiento.

Siempre tenía que templar los ánimos. La relación entre ambos se había agravado desde el nacimiento, a principios de enero, del hijo de Macalda. El parto, que al parecer fue fácil, trajo, para empeorar las cosas, un varón. Ella y su hijo residían en la casa que Alaimo tenía en Palermo, pero Macalda, que recuperó casi de inmediato su brillo, frecuentaba las estancias de Jaime en el palacio. Mi hijo quería reconocer al niño como suyo, pero yo le frenaba. Estaba muy ilusionado con el pequeño y la baronesa lo traía a veces a palacio. Me enteré de que Jaime incluso los visitaba en la casa de Alaimo en ausencia de este. ¡Era escandaloso! No comprendía cómo el justicia lo permitía. Tal era el poder de esa mujer sobre él. La baronesa parecía engrandecerse en el conflicto y su altanería crecía día a día. Hice un último gesto de buena voluntad. No porque creyera que fuera a aceptarlo, sino porque quería poner en evidencia, una vez más, su orgullo. Así que me ofrecí a apadrinar a su hijo. Se negó diciendo que aún era demasiado delicado para el agua y lo bautizó tres días después en mi ausencia. Me odiaba y me veía como un estorbo para sus planes. Pero yo no cejaba y seguía con las fiestas culturales en los jardines o en el interior de nuestro magnífico palacio de Palermo. Alaimo continuaba siendo mi principal invitado y ella estaba excluida.

Por primera vez en mucho tiempo me sentía aliviada, aunque fuera por poco tiempo, en cuanto a la situación militar. Le escribí a Pedro:

> Esposo. Vos me coronasteis reina de Sicilia, título que me correspondía por herencia, pero que Carlos y el papa me habían robado. Y me dejasteis sola al frente de esta guerra para ir a defender vuestro honor y vuestros reinos de España. Hoy os puedo decir con orgullo que he cumplido hasta el momento con mi misión. Sabed que Carlos de Anjou, nuestro mayor enemigo, murió huyendo y derrotado. Y que mis dominios en Italia son ahora mayores que los que vos me dejasteis. Se extienden no solo a Calabria, sino también a zonas de Apulia y de Basilicata. Pero esto es solo una breve pausa en esta guerra que libramos en gran parte del Mediterráneo. Y temo a la invasión francesa que caerá sobre nuestros reinos de España.

Sé que no os someteréis, que os defenderéis con bravura. Esa es ahora, señor, vuestra misión.

Era consciente del tono altanero de mi nota, que en nada correspondía a los cariñosos escritos de Pedro, en los que me titulaba su dama y su amor. Pero no podía evitar seguir resentida por su abandono. Aunque a veces me preguntaba si ese resentimiento era verdadero o una justificación del siguiente paso en mi guerra con Macalda. La conquista de Alaimo. Pero ¿no dijo Pedro que me hiciera con él?

# 92

*De Zaragoza a Sigena, 5 de marzo de 1285*

Pedro no recibió aquella carta hasta principios de marzo. Su aspecto había cambiado. Se había dejado crecer una barba castaña, como su cabello, y en su frente se pronunciaban las arrugas. Tenía ya canas. Ahora se asemejaba más a sus almogávares. A sus cuarenta y cinco años y con una estatura que superaba el metro setenta, muy por encima de la de sus contemporáneos, se sentía fuerte y listo para entrar en batalla. De hecho, prácticamente no había dejado las armas desde su regreso de Burdeos, pronto haría dos años.

Primero fue contra Juan Núñez, señor de Albarracín, el aliado del rey de Francia. Llevó varios meses la conquista de sus feudos, pero quería tener las espaldas cubiertas ante la invasión francesa que se avecinaba. Luego fueron las incursiones galas contra Aragón desde Navarra, algunas protagonizadas por el mismo Juan Núñez. Pedro no se conformó con rechazar a los invasores, sino que entró en Navarra y asoló la huerta de Tudela. No podía dejar impunes los ataques sobre sus reinos.

—Pero hay otros conflictos peores que esos —le comentaba a Alfonso.

—La Unión —murmuró el joven.

—La Unión —ratificó Pedro.

La hueste del rey mostraba, altos, los pendones de Aragón y el personal del soberano con la cruz de san Jorge y con una cabeza de rey moro decapitado en cada cuarto. Salían de Zaragoza después de discutir, de nuevo, con los grandes nobles aragoneses coaligados. El rey era un duro negociador. Pero, a las puertas de la cruzada francesa, había tenido que hacerles concesiones. Su hermano el obispo le presionaba en ese sentido, porque temía que, liberados por el papa de los juramentos de fidelidad, se pasaran al rey francés, que no limitaba sus fueros y derechos como Pedro. Seguían descontentos, pero el rey esperaba que se mantuvieran fieles y defendieran Aragón de los cruzados.

—¿No os alegráis, padre, de la muerte de Carlos? —le preguntó Alfonso mientras cabalgaban en dirección a Huesca.

—No creáis que con su muerte termina la partida —repuso—. Era un formidable enemigo, muy listo, duro, valeroso, y con grandes dotes para la diplomacia. En eso, aunque te extrañe, lamento su pérdida. Era un contrincante fenomenal. Pero la trampa que preparó en Burdeos no era propia de un caballero. Creía que con la bendición papal le estaban permitidas las mayores crueldades y bajezas.

—¡Pero si fue él quien hizo elegir, gracias a la violencia, al papa!

—Cierto, pero la alianza de los papas con Francia viene de lejos, y en unos días tendrás la prueba.

—Sin embargo, su muerte es una buena noticia. ¿No es cierto, padre?

—Lo es, pero su obra sigue viva en esa cruzada que pretende exterminarnos. Podría vencer después de muerto.

Y siguieron el viaje hasta Huesca. Alfonso iba a quedarse allí para supervisar las fortificaciones del Pirineo.

—Venid conmigo hasta el monasterio de Sigena —le pidió Pedro.

—¿Por qué, padre?

—Porque voy a recordaros algo que, aunque ya sabéis, quiero que siempre tengáis presente.

Alfonso le miró extrañado.

—¿Es por la hija del conde de Foix?

—No tiene que ver con ella, pero aprovecharemos el viaje para trasladarla a un lugar seguro. La fortaleza de Lérida.

—No parece importarle mucho al conde que la tengamos de rehén.

—En efecto —constató Pedro—. Traicionó nuestro acuerdo y nos combate en Urgel. Sabe que respetaremos a una dama.

—Es por la excomunión papal —dijo el infante.

—Un verdadero caballero jamás faltaría a su juramento por mucho que lo diga el papa.

—Pero lo hacen.

—Esos no son de los nuestros, hijo —remarcó con voz potente Pedro—. Ese no es el espíritu de la caballería. Montarán a caballo, serán jinetes, pero no caballeros.

Cuando llegaron a Sigena fueron recibidos con todos los honores por la abadesa y varias de las monjas principales. Aquel era un convento femenino de la orden del Hospital y vivían recluidas, acompañadas de sus sirvientas, grandes damas de la corona. También era un lugar donde se educaba a jóvenes nobles, como la hija del conde de Foix.

—Venid, quiero mostraros algo —le dijo Pedro a su hijo una vez honrada la hospitalidad de las monjas.

Y lo condujo a una capilla lateral del templo. Vieron cuatro tumbas sencillas, sin adornos ni identificación, propias de monjas nobles.

—Es aquí —le dijo al joven.

—Aquí, ¿qué?

Pedro señaló una de las tumbas.

—Aquí está enterrado mi abuelo, Pedro II de Aragón y primero de Barcelona.

El infante contempló el lugar por unos instantes para después mirar a su padre con asombro.

—Sabía que estaba enterrado en este monasterio, pero pensé que sería de forma más digna —balbució—. Esa no es la tumba de un rey.

—Es la tumba de un enemigo del papa. Y podemos dar gracias porque su cuerpo fuera enterrado.

Alfonso continuó mirándole, esperando una explicación.

—Todo empezó cuando otro papa decretó una cruzada como la que ahora predican contra nosotros. En aquel tiempo, gran parte de las tierras de Occitania, y en especial el condado de Provenza, eran vasallos de la Corona de Aragón. Pero la herejía cátara se extendió por esas tierras. El papa conminó a los nobles occitanos para que la persiguieran, pero ellos no pudieron, o no quisieron, e Inocencio III proclamó la cruzada. Por aquel entonces, los dominios del rey francés no llegaban más abajo de Lyon, y allí se juntaron caballeros de Francia, Alemania y los Países Bajos sedientos de oro y títulos, y chusmas deseosas de sangre y de llevarse algo que comer a la boca. Mi abuelo trató de detener la masacre negociando con el papa. Pero el pontífice quería el sometimiento absoluto por las armas. Y lo que siguió fueron grandes matanzas, saqueos, destrucciones, violaciones y desposeimiento a los nobles occitanos de sus feudos, que iban a parar a los franceses. Al no lograr nada negociando, e indignado por tales atrocidades, tu bisabuelo tomó las armas para defender a sus vasallos. Y lo hizo como digno caballero, cumpliendo su deber de acuerdo con las leyes feudales.

»No tuvo fortuna en el combate y los cruzados franceses le mataron. Y con su muerte llegó el desastre para la Corona de Aragón. Perdimos toda Occitania con excepción de Montpellier, herencia directa de mi abuela, y Jaime, mi padre, con solo cinco años, quedó prisionero del asesino de mi abuelo.

Alfonso afirmó con la cabeza mirando al suelo. Había escuchado la historia muchas veces y cada vez le dolía más.

—¿Te recuerda eso algo, hijo?

—Me recuerda lo que ahora nos quieren hacer con esta nueva cruzada.

—Es lo mismo que otro papa francés le hizo a tu abuelo Manfredo de Sicilia.

—También lo sé. Coronó a Carlos sin derecho alguno, proclamó la cruzada, mi abuelo murió en batalla y ese francés se apoderó del reino.

—Es la tercera vez que el papa y Francia se lanzan a despojarnos.

—¡No lo harán, padre! Esta vez no. Y vengaremos a los abuelos.

Pedro sonrió ante la pasión de su hijo. Le puso la mano en el hombro y le dijo:

—Esta vez son más fuertes que las anteriores. Francia tiene mucho más poder y llega con voluntarios alemanes, borgoñones, flamencos y de otros muchos lugares, todos ansiosos de sangre y de botín. —Le miró a los ojos y vio como las pupilas de Alfonso se agrandaban expectantes—. Pero esta vez ganaremos —continuó elevando la voz—. Y, como bien dices, vengaremos a los abuelos.

—Así será, padre —respondió el muchacho con la voz emocionada.

—Si Dios quiere —añadió Pedro—. Él da la victoria y la derrota. Y nos dice que sus deseos no son los del papa.

—¿Y por qué no enterramos a vuestro abuelo en una tumba más digna?

—Porque el papa ordenó que no se enterrara en tierra santa por enfrentarse a sus cruzados. Demasiado hicieron las monjas depositándolo aquí y no en una tumba anónima fuera del recinto.

—Pero si no obedecemos al pontífice, ¿por qué lo hacemos en esto?

—Porque somos caballeros, gente de honor.

—¿Y qué tiene que ver el honor con el entierro de vuestro abuelo?

—Su cuerpo quedó en tierras enemigas y, para que pudiera descansar aquí, mi padre tuvo que pedírselo al papa y jurar que seguiría sus deseos. Era un caballero y cumplió. Yo, como caballero, respetaré el juramento de mi padre, y vos, que sois también un caballero, lo respetaréis igualmente. Por el honor de la familia.

Alfonso afirmó con la cabeza, cayó de rodillas juntando las manos en oración y agachó la cabeza. Tenía los ojos húmedos. Pedro le imitó, y al rato de rezar, le dijo:

—Alfonso, quiero vuestra promesa.

—Decidme, padre.

—Si muero luchando contra la cruzada, como hizo mi abuelo, quiero mi cuerpo enterrado en la tierra santa del monasterio de Santes Creus, a pesar del papa.

—Así lo haré, padre, si sobrevivo.

Al día siguiente, Alfonso, con diecinueve años, ya casi tan alto y gallardo como su padre, se fue hacia el norte para continuar atendiendo la defensa de la frontera. Pedro siguió a Lérida y, de camino a Barcelona, se detuvo en el monasterio de Poblet, donde rezó en la tumba de su padre Jaime. Allí, en soledad, libre de cualquier fingimiento, lloró suplicando al Señor que protegiera a la casa de Aragón frente a lo que se avecinaba. Y también a Constanza y sus hijos en Italia.

Al día siguiente de nuevo rezó en el cercano monasterio de Santes Creus, lugar donde iba a reposar su cuerpo.

Sus pensamientos se alternaban entre su amor por Constanza, que notaba distante en sus últimas cartas, y la venganza que la casa de Aragón y Barcelona debía cobrarse contra los franceses y contra una Iglesia injusta. Cada victoria en Italia era como si un ángel le trajera un mensaje del cielo que decía «Dios te bendice porque obras con justicia». Y, a su entender, Dios no podía tomar dos partidos a la vez, el suyo y el del papa.

# 93

*Palermo, 10 de marzo de 1285*

A Pons le gustaba la vida de palacio y aquel invierno conoció Palermo. La ciudad había sido la capital del imperio siciliano-alemán de Federico, el abuelo de Constanza, y conservaba gran parte de su esplendor. Un ejemplo era la calle Balat, empedrada con hermosos mármoles y flanqueada de mansiones, que cruzaba toda la ciudad en línea recta desde el puerto al imponente palacio real situado junto a la muralla, en el lugar más elevado de la ciudad. Era un castillo de un lujo asombroso, con una capilla palatina cubierta de extraordinarios mosaicos de teselas multicolores que formaban bellísimas imágenes sagradas y salas con mosaicos y tapices de temas profanos. Con doce años recordaba cuando, hacía poco más de dos, vivía con su madre y Súria en el monte, siguiendo al clan almogávar y durmiendo al aire libre o en cuevas. Vestía harapos y a veces tocaba comer hierbas, caracoles u otros bichejos, y el pan duro era un manjar. Cuando su clan se incorporó a la cruzada del rey Pedro, vio por primera vez el inmenso mar, y después pisó su primera ciudad: Collo, en el norte de África. Pero sus habitantes habían huido y no era gran cosa frente al esplendor de Palermo.

No dejaba de comparar y de decirse cuán afortunado era. De cubrirse con ropas remendadas cien veces y confeccionadas de retazos de ropas viejas de los adultos, ahora vestía de seda verde y tenía un cinturón rojo y una gorra con pluma de faisán. Y cuando antes andaba siempre descalzo, ahora lo hacía sobre unos hermosos borceguíes de cuero.

Acostumbraba a comer las sobras de los infantes. Eran verdaderos manjares y las había en abundancia. Pero si le entraba el hambre entre horas, se colaba en la cocina de palacio. Había hecho amigos allí y siempre le daban algo rico que picar. Sin embargo, lo que más le gustaba eran las pastitas de miel y almendra con un toque de limón que tomaba la reina a media tarde. Él las llevaba, en bandeja de plata, de la cocina a la sala donde doña Constanza merendaba, generalmente con sus hijos menores o con sus damas, y siempre se echaba un par al coleto. Pero una vez que andaba despistado le pilló la mismísima reina tragándose el botín al estilo almogávar. Se la quedó mirando temeroso esperando, como poco, una reprimenda, pero ella le sonrió, soltó una risa ahogada y le acarició la mejilla.

Doña Constanza era guapa, tenía unos bellísimos ojos verdes de largas pestañas, cabello castaño largo, que siempre cubría con una pequeña toca bordada, unas facciones regulares y labios bien dibujados. Podía haberlas más hermosas, pero ninguna tenía su dulzura. ¡Y era una reina! Sabía que él gozaba de su envidiable situación gracias al almirante Roger y a ella. Le debía mucho. Ya andaba fascinado por tan alta dama llena de gracia y belleza cuando ella le descubrió zampándose las pastitas. La reacción de la soberana le hizo terminar de enamorarse perdidamente de ella. Era su primer amor.

También le gustaba la infanta Violante, que se parecía a su madre y acababa de cumplir doce años. A veces jugaban, pero en ocasiones Violante elevaba la barbilla, le recordaba que ella era la princesa y él el criado, y se ponía a darle órdenes que él debía cumplir. Pero no le importaba. Sabía cuál era su sitio y resultaba ser un lugar privilegiado.

Pero la mejor parte del empleo de paje era la educación para caballero que el almirante Roger había exigido a la corte. Se le daban bien el latín y el laúd, mucho mejor que a otros muchachos de su edad, y también los caballos, la espada y el resto de los juegos de armas.

Lo único malo de su estancia en Palermo era la lejanía de su madre y hermano. Aunque cuando el almirante atracaba en su puerto y visitaba a la reina, le sonreía y le preguntaba cómo le iba. Lo mejor era que podía abrazar a Súria, pues viajaban en el mismo barco. Aunque ella llevaba casi todo el invierno sin aparecer por Palermo. Esperaba un bebé para finales de mayo y no quería lucir su avanzado embarazo en la galera.

Y no era la única embarazada en la familia. Su propia madre también lo estaba. No se le notaba cuando la corte abandonó Mesina, pero Súria, en su última visita antes de Navidades, le dijo que tendría otro hermanito en verano, seguramente en julio.

Aquel aumento súbito de la familia le tenía ilusionado a la vez que desconcertado. Sabía que para tener hijos se necesitaba un hombre y una mujer. También sabía quiénes eran las futuras madres, pero en sus cuentas solo salía un hombre. El almirante. Siempre le había caído bien, pero ahora sus sentimientos con respecto a él eran encontrados. Y sospechaba que su privilegiado empleo en la corte tenía que ver con los bebés en camino.

Pero no se iba a aturullar dándole demasiadas vueltas a eso. Sabía que la estancia en Palermo era temporal y disfrutaba de la ciudad siempre que sus obligaciones lo permitían. La guerra se retomaría con toda intensidad en primavera y la corte iba a regresar en pocos días a Mesina. Podría abrazar a su madre, a su hermano y a Súria. Esperaba con ansia ver a sus amigos y que ellos le vieran con su lujosa vestimenta. Le iban a tomar por un conde o marqués.

## 94

*Cefalú, 20 de marzo de 1285*

—Vuestro padre murió en Foggia hace ya tres meses, el 7 de enero —le dije al joven Carlos.

Me observó unos instantes con sus ojos oscuros y me pareció que su tez, que acostumbraba a ser pálida, palidecía aún más. Después apoyó los codos en sus rodillas y ocultó su rostro entre las manos.

Me encontraba en el castillo de Cefalú, sobre el monte que domina aquella ciudad, a orillas del mar. Habíamos viajado jornada y media desde Palermo y nos faltaban cuatro para llegar a Mesina, donde trasladaba a mi corte. Las hostilidades se intensificarían en primavera y era en la ciudad del estrecho desde donde yo dirigía la guerra.

No era prudente dejar a Carlos en Mesina al abandonar la ciudad en otoño, ni tampoco trasladarlo a Palermo. La hostilidad hacia el heredero de Carlos de Anjou era extrema y querían su muerte. Así que, para evitar nuevos tumultos, lo dejé de camino a Palermo en el poderoso castillo de Cefalú. Su estancia allí solo la conocían unos pocos de toda confianza.

Había dado órdenes para que se suavizara su prisión y que se le permitiera tener libros y escribir. También pasear por el patio y las almenas del castillo, siempre bien custodiado para evitar que se suicidara precipitándose al vacío. Y ahora lo visitaba en su estancia, que disponía de una ventana enrejada que permitía ver la población y el mar. Eran unos privilegios nada frecuentes.

En aquel momento nos encontrábamos sentados frente a frente, con dos soldados vigilándonos a distancia. Al rato de ocultar su rostro, durante el que mantuve un respetuoso silencio, viendo como su cuerpo se estremecía en contenidos sollozos, el joven Carlos me miró con ojos enrojecidos y húmedos.

—¿Por eso no he recibido cartas en los últimos meses? —inquirió.

—Así es, quería daros la noticia en persona.

—¿Le hicisteis llegar mi carta a mi padre?

—Sí. El escrito en que le pedíais perdón —le recordé—. Lo recibió, con toda seguridad.

Carlos suspiró. No pude interpretar si era de alivio o de pesar. Leíamos con cuidado la correspondencia del heredero angevino antes de ser enviada, y lo mismo con la que recibía. Él sabía que lo hacíamos y que podíamos censurarla. Pero llevaba ya casi nueve meses de encierro y nadie le había escrito excepto su esposa.

—¿Me respondió antes de morir? —quiso saber ansioso.

—No. Lo siento.

Se quedó mirándome con la decepción dibujada en su semblante.

—Murió sin perdonarme —concluyó en un murmullo.

Carlos transmitía el pesar de un hijo no querido y despreciado. Me daba pena. Amaba y admiraba a su progenitor a pesar del desdén con que le trató en vida. Me cuesta entender cómo algunas personas llegan a querer a sus verdugos.

—¿Me escribió el papa? —inquirió sin esperanzas.

—No. Solo lo hizo vuestra esposa. He mandado retener sus cartas a partir de la que os comunicaba la muerte de vuestro padre. María de Hungría está luchando para que el papa os corone rey aun estando ausente.

—Mi buena María. —Carlos sonrió por primera vez al recordar a su mujer. Sin embargo, su semblante se oscureció casi de inmediato al añadir—: No lo logrará. El papa me desprecia.

—He venido a retomar con vos las conversaciones de paz —le dije cortando sus tristes cavilaciones.

—¿No me habéis oído, señora? —repuso de inmediato.

No estaba acostumbrada a aquel tono agresivo y me mantuve en silencio, molesta.

—El papa me desprecia —aclaró ahora con dolorosa suavidad.

—¿No deseáis recuperar la libertad? —inquirí tentadora—. ¿Regresar junto a vuestra esposa e hijos?

—Nada deseo más, señora.

—Pues solo la paz os lo concederá.

—Lo sé. Pero el papa no va a querer hablar de paz. —Transmitía pesadumbre—. Quiere vencer de forma aplastante. Ni tampoco me va a coronar rey. Y solo él puede hacerlo.

Nos quedamos mirándonos en silencio. No sabía qué decirle. Me enternecía y deseaba poder consolarle.

—¿Por qué no le escribís? —dije al rato—. Quizá podamos encontrar una propuesta que complazca al papa.

Carlos rio sin ganas.

—Vos no le conocéis, señora —murmuró—. Creedme cuando os digo que es inútil. Lo único que obtendría de él sería más desdén. Y ya he sufrido bastante. Nadie desea tanto como yo la libertad. Pero seguiré cautivo.

Un nuevo silencio se abatió sobre ambos.

—Tenéis en mí un aliado, señora —dijo al rato—. Pero habrá que esperar un momento más propicio.

Pensé que estaba en lo cierto.

—Imploremos, pues, a Dios, nuestro señor, para que ocurra —concluí.

Y me levanté. Él hizo lo mismo de inmediato, mostrando una pobre figura que trataba de mejorar enderezándose todo lo posible. Le tendí la mano no para que la besara, sino para que la estrechara. Y lo hizo con una fuerza agradable, firme y suave a la vez, al tiempo que me dedicaba una inclinación de cabeza. El contrahecho me producía una gran ternura. Era un extraño enemigo al que empezaba a querer.

—Así lo haré, señora —dijo.

Mis esperanzas de detener la cruzada contra la Corona de Aragón se esfumaban. Sabía que las posibilidades de frenar aquella máquina terrible eran escasas, pero al menos lo había intentado. Y al salir de la cámara, ante lo inevitable, supliqué a Dios, nuestro señor, que amparara a mi esposo. Y a mis hijos.

## 95

*Barcelona, 24-25 de marzo de 1285*

Era Sábado Santo y Pedro llegaba a Martorell desde el monasterio de Santes Creus. Las malas noticias se acumulaban. Al día siguiente, Domingo de Pascua, estaban convocados los cruzados en Toulouse para marchar sobre sus reinos. Y, según sus espías, la prédica de los legados papales había sido un completo éxito. Hablaban de diecisiete mil caballeros, dieciocho mil ballesteros y cien mil gentes de a pie. Eran soldados de las mesnadas reales, o de la nobleza, a los que se sumaban los terribles ribaldos, que mostraron una crueldad sin límites en la anterior cruzada contra Occitania. Gentes que iban por su cuenta, a veces armados con apenas una garrota con pinchos, y que eran tan incontrolables y destructivos como una plaga de langosta. Si los nobles ya eran rapaces y violentos, ellos lo eran mucho más.

Pedro no podría reunir ni una décima parte del ejército cruzado para hacerles frente. Tampoco podía contar con un apoyo entusiasta en sus reinos. Al conflicto con la unión aragonesa se añadían los disturbios en Barcelona, que amenazaban extenderse al resto de Cataluña.

Un tal Berenguer Oller había sublevado a las clases populares contra los grandes eclesiásticos, burgueses y nobles. Exigía juramento de fidelidad a los suyos, que se juntaban en grandes multitudes y recurrían a la violencia. Había habido muertos. Se apropiaban de rentas de distintos estamentos sociales y ocupaban casas de las que expulsaban a sus habitantes para acomodarse ellos. Ni los oficiales reales ni las milicias ciudadanas lograban frenarlos, y Oller era el amo de Barcelona. ¡En qué mal momento!

Si los disturbios se extendían, Pedro tendría una guerra civil al tiempo de la invasión francesa. Porque estaba convencido de que Felipe III de Francia escogería los pasos de los Pirineos por Cataluña, mucho más asequibles que los aragoneses.

Debía actuar de forma enérgica. No podía entretenerse. Era una noche de luna llena y cabalgó, junto a su comitiva, hasta Barcelona para entrar sin que le vieran. A la mañana siguiente, con una reducida escolta, se paseó a caballo por la ciudad para sorpresa de todos. Al rato, un grupo de hombres le cortó el paso, y uno de unos cuarenta años, corpulento, cejas gruesas y pelo y barba oscuros y enmarañados, se le acercó a pie con la pretensión de besarle la mano.

Alguien de su comitiva le advirtió de que se trataba del líder de la revuelta. Pedro apartó la mano y le preguntó:

—¿Sois vos Berenguer Oller?

—Lo soy, señor.

—Pues sabed que nosotros, los reyes, no nos besamos las manos al encontrarnos.

—No soy rey, señor.

—¡Ah! ¿Pero no sois el rey de Barcelona? ¿No os juran fidelidad?

—Lo siento, señor. —La mirada del hombre era franca y su voz firme—. No soy ni rey ni nada que se le parezca. Mi padre y mi madre eran gente del pueblo y el pueblo me ha elegido para defenderlo frente a los abusos de los grandes. ¿Podemos hablar, señor? Hay asuntos que lo requieren con urgencia.

—Defender al pueblo es también mi cometido —murmuró Pedro—. Bien, podéis venir conmigo a palacio, pero solo vos y media docena de los más cercanos.

Aquel hombre le cayó bien, pero había recibido por la mañana a una comisión de la alta burguesía, nobleza y clerecía, y, a pesar de lamentarlo, la suerte de Oller estaba ya echada.

Una gran multitud se reunió frente al palacio real gritando. No cabían en la plaza y llenaban las calles circundantes. A media noche, los que permanecían en la calle fueron dispersados por la fuerza poco antes de que Oller y sus seis compañeros salieran del palacio para ser ahorcados de un gran olivo centenario, a la luz de la luna.

A la mañana siguiente, los pregoneros despertaron a la ciudad con sus cornetines y su potente voz.

—El rey don Pedro ha hecho justicia y Berenguer Oller y sus más cercanos han sido ajusticiados. Id y ved sus cuerpos colgando de un olivo en Montjuic —cantaban—. Todos aquellos implicados en su revuelta deben presentarse a los oficiales reales para ser juzgados.

Muchos huyeron y sus bienes fueron embargados. La ciudad quedó en paz, y los potentados, agradecidos.

Señora, no ha sido un juicio justo —le escribía Pedro a Constanza. Su letra, normalmente regular y enérgica, denotaba sentimiento—. Y lamento la muerte de ese hombre y de los suyos sin escucharlos. El pueblo tiene sus razones. Pero necesito a los eclesiásticos, a los nobles y sus armas, y a los burgueses que financian la flota y me prestan un dinero del que carezco. Con los franceses a punto de cruzar los Pirineos no me puedo permitir el lujo de la justicia.

# 96

El Domingo de Pascua era día de alegría, y aquel amaneció soleado y con la primavera estallando en verdor y millones de flores alrededor de Perugia. Se celebraba la resurrección del Señor, la mayor fiesta de la cristiandad junto con la Navidad. Las campanas de la catedral doblaban cantarinas llamando a los fieles, que al poco la abarrotaban luciendo sus mejores galas. El templo estaba iluminado por cientos de cirios, perfumado con incienso y decorado con flores, y, al poco, el papa Martín IV, secundado por dos de sus cardenales y cuatro monaguillos, oficiaba la santa misa. A pesar de su corta talla, su potente voz en latín, con fuerte acento francés, se imponía autoritaria en la catedral. Cuando se giró para bendecir a los fieles, extendió primero los brazos en cruz con gesto poderoso. Mostraba su casulla blanca bordada en oro y sonreía feliz. Era la celebración del triunfo de Jesús sobre la muerte. Pero él celebraba algo más. La predicación de la cruzada por parte de su legado para Francia Jean Cholet había sido un éxito total y aquel mismo día más de cien mil peones y diecisiete mil caballeros se reunían en Toulouse para marchar contra la Corona de Aragón y desposeer al excomulgado Pedro, que aún se hacía llamar rey.

Los argumentos para una cruzada contra un rey cristiano no eran tan obvios como los predicados ochenta años antes contra los herejes cátaros de Occitania. Jean Cholet había tenido que robustecer sus razones diciendo que Pedro no solo desobedecía al papa, sino que quemaba iglesias, deshonraba monjas y se aliaba con los musulmanes y judíos contra la cristiandad. Que sus vasallos eran gentes pobres y miserables, que Francia tenía cincuenta grandes condes, cada uno tan poderoso o más que Pedro, y que la cruzada sería un glorioso, y lucrativo, paseo militar. Pequeñas exageraciones, con un buen fin, para perdonar en confesión.

Ese día, Martín IV no solo celebraba la gloria del Redentor, sino también su propia gloria, la de la Iglesia por él representada y su próximo triunfo sobre Pedro.

Las gratas noticias sobre la cruzada le consolaban del disgusto que representó la derrota de Carlos y su muerte. A finales de febrero, se vio obligado a conceder audiencia, dadas sus insistentes súplicas, a María de Hungría. Venía con la pretensión de que coronara rey de Sicilia a su estúpido y contrahecho marido, deseo que Carlos de Anjou había expresado en sus últimas voluntades. En la opinión del cardenal Bianchi, el viejo Carlos había perdido la razón a causa de su enfermedad, y el papa Martín coincidía.

—Pero ¿cómo se os ocurre que yo pudiera consentir semejante sandez? —inquirió iracundo con su voz tronante cuando ella se lo pidió en persona.

Y aquella mujercita redondeada de claros ojos azules, lejos de amedrentarse, repuso:

—Porque es su derecho como hijo de su padre y para cumplir el último deseo del viejo rey.

—Señora, ya os lo tengo dicho —sentenció el cardenal Bianchi, también presente en la entrevista—. Está prisionero de nuestros enemigos por su mala cabeza. Y sería una majadería coronarle. Es a vuestro hijo primogénito, a Carlos Martel, a quien hay que hacer rey.

—Tutelado, por supuesto —intervino el papa Martín—, por el cardenal Bianchi y por Roberto de Artois, los regentes que he nombrado.

—¡A eso me niego yo! —repuso firme y desafiante María—. Es mi hijo y no aceptará la corona. O coronáis a mi esposo Carlos o a nadie.

Y así quedó el asunto ante la firmeza de la princesa. Martín estuvo ponderando expulsar a María del reino de Nápoles, pero el escándalo hubiera sido excesivo. Así que decidió mantenerle su estatus de madre del heredero del reino.

Y en cuanto a la situación militar, estaba satisfecho con Roberto de Artois, antigua mano derecha de Carlos de Anjou para el norte de Italia. Se sentía optimista. La solución llegaría con la cruzada que iba a destruir a Pedro de Aragón.

Después de la misa, aquel glorioso día, Martín presidió un gran banquete con sus eclesiásticos en el que rompían el obligado ayuno desde el Viernes Santo. Se sirvieron todo tipo de panes, pasteles de verduras, carnes braseadas y cocidas de buey, cordero y aves, con una amplia selección de salsas y especias. Pero destacaban las anguilas del lago de Bolsena, a dos jornadas de camino de Perugia, que enloquecían al pontífice. Y todo ello regado con el famoso vino de Vernaccia, el favorito del papa.

Cuando aquella tarde se sintió indispuesto, se dijo que quizá, con el entusiasmo del día, se había excedido en la comida y bebida. Empezó a tener fiebre y dolores de tripa.

A pesar de los mejores doctores de Perugia, Martín IV fallecía después de poco más de dos días. Era la madrugada del 28 de mayo. El diagnóstico fue de indigestión severa.

—Quizá debiéramos buscar una solución negociada con Pedro de Aragón —propuso tímidamente Ordoño Álvarez, el asturiano decano del colegio cardenalicio y único español.

El resto de los cardenales le miraron como si hubiera pronunciado una herejía. Alguno se sonrió condescendiente pensando que el decano, a su avanzada edad de ochenta y siete años, no estaba en el pleno dominio de sus facultades.

Era el 1 de abril, tres días después de la muerte de Martín IV. De los quince cardenales reunidos, seis habían sido nombrados por el papa fallecido y nueve presenciaron la violencia con la que Carlos de Anjou impuso a su compatriota en la anterior elección papal. Entre ellos, los tres cardenales Orsini, las víctimas en aquella ocasión. Y precisamente fue uno de los Orsini, Matteo Rosso, quien le respondió.

—Demasiado tarde, su eminencia. —Su tono era cariñoso—. Algunos no estábamos de acuerdo con nuestro fallecido padre. Pero ahora ya no importa. Martín puso el prestigio de la Iglesia en juego y todos nosotros debemos defenderlo. Pedro de Aragón debe ser vencido. ¿Comprendéis? Ha desobedecido, ha desafiado a la Iglesia. Y ya no importa si tenía o no razón. Debe perder. Hay que vencerle y acabar con él, que no quede duda de su derrota. Dios, nuestro señor, tiene que estar con nosotros, sus fieles servidores, y no con ese aventurero. Todo el mundo debe ser testigo de su humillación.

Carlos de Anjou estaba muerto, Roberto de Artois no había llegado aún a Perugia y, antes de que lo hiciera, y dado lo aprendido en la anterior elección papal, no hubo guerra de facciones. La Iglesia estaba en peligro y debían permanecer unidos. En la primera votación del día siguiente, Giacomo Savelli fue elegido papa por unanimidad. No habían transcurrido ni veinticuatro horas. La anterior elección se demoró medio año.

El nuevo papa, educado en Francia, era profrancés, pertenecía a la nobleza romana y tomó el nombre de Honorio IV. Solo que tenía setenta y cinco años y una severa artritis, hasta el punto de que precisaba desplazarse en muletas o en brazos. Para oficiar misa disponía de una silla especial, y cuando alzaba la santa forma, necesitaba que un ayudante le sostuviera los brazos. Duraría poco.

—Defenderé a la santa Iglesia de sus enemigos —manifestó enérgico—. Y el primero es ese Pedro de Aragón. Acabaremos con él y arderá en el infierno.

## 97

*Barcelona, 12 de abril. Perpiñán, 24 de abril de 1285*

Ni la muerte de Martín IV, ni la de Carlos de Anjou, ni la prisión de su hijo y heredero tranquilizaban a Pedro. Sus intentos por negociar con el nuevo pontífice o con su cuñado, el rey de Francia, fracasaban. Sus embajadores eran apresados antes de que ni siquiera pudieran presentar sus credenciales. Tanto el papa como Felipe III de Francia estaban decididos a darle un castigo ejemplar y a sentar en el trono de Aragón a un adolescente francés.

La cruzada se movía lenta, como un gigantesco río, imparable y letal, que avanzaba en paralelo a los Pirineos hacia el Mediterráneo. En un principio, Pedro pensó que atacarían por dos frentes: Aragón, desde Navarra, y Cataluña, penetrando por los condados de Rosellón y Cerdaña, del reino de Mallorca. Pero ahora comprendía que llegaba en un único y masivo ataque sobre Cataluña.

Se preguntaba inquieto por qué no sabía nada de su hermano Jaume. No respondía a sus cartas. Tenían un pacto de vasallaje y estaban obligados a defenderse mutuamente. Dado que las tierras de Jaume se encontraban entre Francia y las del resto de Cataluña, serían las primeras en sufrir el golpe brutal de los cruzados. Pedro estaba dispuesto a situar a sus hombres en los castillos de su hermano y a resistir en ellos hasta el fin.

—Me preocupa el silencio de vuestro tío Jaume —le dijo a Alfonso, al que había pedido que, después de asegurar los pasos del Pirineo aragonés, se reuniera con él—. No es un buen presagio.

—Jaume nunca juró de buen grado el vasallaje —recordó el obispo de Huesca—. Le tiene demasiado miedo a Francia.

—Mi tío es pacífico y tiene un reino pequeño —advirtió el infante—. Debe de temblar cada vez que piensa en la cruzada que se le viene encima.

—Razones tiene para temblar —afirmó el obispo—. Devastarán su reino. No puede resistirse a Francia.

—Le daré toda mi ayuda —afirmó Pedro.

Jaume Sarroca meneó la cabeza.

—Ni con vuestra ayuda —dijo—. Arrasarán sus tierras camino de las vuestras.

—El miedo que le tiene a Francia no es excusa para que no responda —gruñó Pedro.

—Quizá le deis más miedo vos —afirmó el obispo.

—¿Me estáis diciendo que se ha escondido?

—Conocéis a nuestro hermano de Mallorca tanto como yo.

—¡Tengo que saber si puedo contar con él! Es asunto de vida o muerte.

—Sin duda lo es —el obispo afirmaba con la cabeza—. En especial para él.

Pedro salió de Barcelona el 12 de abril sabiendo que cada día aquel río devastador se aproximaba inexorable.

Le acompañaban el infante Alfonso y un grupo de nobles fieles con sus mesnadas. Y llegado a los Pirineos supervisó la confección de trampas, provisión de hombres, armas y proyectiles para detener a los invasores en los pasos. No por ello cesó de enviar correos a su hermano, del que no recibía respuesta.

Y de pronto inició una marcha hacia el norte que sorprendió a los nobles de su hueste. ¿Pretendía entrar en Francia y arrasar alguna población antes de la llegada de los cruzados? Las respuestas que Pedro daba a sus preguntas eran irónicas y evasivas.

—Será una hazaña que recordaréis —les decía con una sonrisa.

Todos conocían el secretismo del rey sobre asuntos militares. Quería que le siguieran sin más. Pero cuando fue obvio que se dirigían a Perpiñán, la capital del reino de Mallorca, el vizconde de Cardona le dijo:

—Os ruego, señor, que me excuséis de esta aventura. Soy primo de la reina doña Esclaramunda de Mallorca, a quien aprecio. Os pido licencia para esperaros aquí con mi mesnada y serviros en cualquier otra cosa que preciséis.

Pedro le sonrió.

—Estáis excusado, vizconde. Agradezco vuestra lealtad.

Pedro contaba con fidelidades en el reino de Mallorca. Y aquella noche, unos guardias de la muralla de Perpiñán lanzaron escalas para que los de Pedro se encaramaran, y, sin violencia, abrieron las puertas. Al día siguiente, Pedro se paseaba a caballo, sonriente, recibiendo las aclamaciones del pueblo, como si de un invitado de su hermano se tratara. Pero esa aparente cordialidad no le privaba de lo esencial. Había ocupado los lugares claves de la ciudad, entre ellos el castillo del Temple y el palacio de los reyes de Mallorca. Este estaba aún en construcción, y en un conjunto de estancias de la planta baja se encontraba atrincherado, junto a su familia y protegido por un puñado de fieles, el rey Jaume de Mallorca.

Cuando un mensajero llamó a su puerta y anunció que el rey de Aragón le esperaba fuera, Jaume miró a su esposa con ojos desorbitados y le dijo:

—Estoy muerto, señora.

Era ella, junto a su hermano, el conde de Foix, quienes le habían convencido para que se aliara con Felipe III y el papa, so pena de que su reino fuera arrasado y pasara a formar parte de Francia. El consejo tenía todo el sentido del mundo. El poder francés era tan superior que por mucho que su hermano Pedro quisiera ayudarle, el resultado sería el mismo: la destrucción del reino de Mallorca. Jaume se dejó caer abatido en una silla y cerró los ojos.

Él había soñado con un reino independiente, feliz y próspero, de navegantes cruzando el Mediterráneo. Era un trabajador incansable, un gran organizador decidido a crear una prosperidad inaudita para su pequeño reino. Pero todo se había ido al traste por la locura de su hermano al provocar a Francia y a la Iglesia con el asunto de Sicilia. Y él se encontraba en medio. Entre dos rocas que chocarían irremisiblemente aplastándole.

—Decidle que estáis muy enfermo y no podéis verle —repuso Esclaramunda.

Y era verdad. La inquietud que le producía la cruzada, cargada de indeseables, acercándose a su reino y los requerimientos de su hermano le tenían postrado.

—Cuando sepa que he pactado con Francia, me matará por traidor como hizo con nuestro hermano bastardo Ferrán Sánchez, al que ahogó en el Cinca —murmuró.

—Aquello era distinto, Ferrán le disputaba su herencia.

—Él lo verá igual.

Esclaramunda fue al mayordomo y le ordenó:

—Decidle al mensajero que el rey de Mallorca se encuentra muy enfermo y no puede ver a su hermano.


—Esa enfermedad de mi tío es muy sospechosa, padre —dijo Alfonso.

—Ha pactado con Francia —repuso Pedro.

—Todo lo hace sospechar.

—Ya no es sospecha, sino certeza.

—¿Certeza?

—Sí. Hice ocupar el castillo del Temple, donde los frailes custodiaban el tesoro de mi hermano. Y mis oficiales han encontrado un documento con sellos de plomo del papa y de Felipe III donde ratifican su pacto.

—Y así ¿a qué aguardamos? ¿Por qué no entramos por la fuerza?

—Porque quiero darle la oportunidad de contármelo con sus palabras. —Pedro estaba dolido—. Es mi hermano y prefiero evitar la violencia. Tu tío es un buen hombre y esta situación le supera. Su pueblo le quiere y necesito tener a su gente de mi lado. Le voy a pedir que me entregue sus castillos de grado para detener la cruzada aquí, como primera línea, antes de los pasos de los Pirineos.

El día transcurrió con mensajes de ida y vuelta con promesas a Jaume de que ningún daño recibiría. Y respuestas de que la fiebre le tenía delirando y que no podía ver a nadie. Los sirvientes entraban y salían de las estancias reales con toda libertad.

Aquella noche sonaron unos golpes sordos que hicieron que los guardias dieran la alarma.

—¡Verificad los alrededores del castillo y los muros! —ordenó Pedro cuando le despertaron.

Al rato le dijeron que, revisado el edificio y sus cercanías, no se encontraba nada sospechoso. La alarma se repitió y la inspección dio el mismo resultado, lo que malhumoró a Pedro.

No sabía que un maestro de obras y sus ayudantes estaban levantando las losas de las estancias reales para llegar a la cloaca general, por donde desaguaban cocina y letrinas y que conducía al exterior de la ciudad.

—Es una inmundicia —murmuró Esclaramunda arrugando la nariz cuando acercaron un candil al conducto.

—No importa, que lo limpien como puedan —dijo Jaume, que se sentía resucitado.

Y por allí huyó el rey de Mallorca, con un escudero y un par de fieles, hacia un castillo colgado de los Pirineos llamado de Sa Roca, desde donde mandó un mensajero al rey de Francia contándole lo sucedido y pidiéndole que se apresurara, pues temía por su familia.

Al día siguiente, cuando se le permitió la entrada, Pedro se encontró a su cuñada Esclaramunda llorando rodeada de sus hijos.

—¿Dónde está mi hermano? —inquirió.

Y la reina le mostró un agujero en medio de la estancia.

—¿Y por qué ha huido?

—Porque le queréis matar.

—No es cierto, señora —repuso Pedro—. No le quería mal alguno, sino todo lo contrario. Quería protegerle de la cruzada.

—Vos sabéis que eso no es posible. O la cruzada lo mataba o lo haríais vos.

Pedro, en jarras, miró el agujero, apretó los labios y cerró los ojos. Le habían burlado.

—Vos, señora, y vuestros hijos vendréis conmigo como rehenes —dijo.

—¡Son muy pequeños y yo estoy embarazada!

—Son mis sobrinos y tendrán los mejores cuidados. Y un embarazo no es una enfermedad.

—Padre, las cosas se complican en la ciudad —le advirtió entonces Alfonso—. Han hecho correr el rumor de que habéis matado a vuestro hermano y se está formando un tumulto armado.

—Lo último que quiero es tener que luchar contra nuestra propia gente. ¡Salgamos de aquí de forma ordenada!

Y la hueste de Pedro abandonó Perpiñán, donde tan bien había sido recibida, ante la hostilidad de muchos de sus habitantes, llevándose a la familia real, el tesoro de su hermano y el tratado con Francia y el papa que certificaba su traición.

Cuando llegaron donde esperaba el vizconde de Cardona, Esclaramunda se echó llorando a los brazos de su primo, que le suplicó a Pedro que la liberara por razón de su embarazo. Pedro, que había ido asimilando por el camino la burla sufrida, aceptó. No necesitaba a las mujeres.

—Sois libre, señora —le dijo—. Y decidle a mi hermano que tenía buenas intenciones. Os podéis llevar con vos a vuestra hija y haré que una escolta os acompañe hasta donde preciséis. En cuanto a mis tres sobrinos varones, quedan bajo mi custodia, pero no paséis cuidado, que serán tratados y educados como personas reales que son.

Esclaramunda se irguió, inclinó la cabeza levemente y, con los ojos llenos de lágrimas y sin responder, fue a abrazar a sus hijos. Después de besarlos y susurrarles dulces palabras durante un buen rato, dio media vuelta y se fue, en llanto, pero altiva, sin ni siquiera lanzarle una mirada a su cuñado.

La cruzada estaba ya más cerca.

*Castillo de Sa Roca, 30 de abril de 1285*

En aquel castillo encaramado en las rocosas estribaciones de los Pirineos, Jaume desgranaba las horas y su ansiedad. Era un lugar pobre, pero prácticamente inaccesible a un asalto. Le había llegado la noticia de la salida de su hermano de Perpiñán llevándose a su familia y su tesoro. Lo había temido.

Sabía que tenía a Pedro en contra y que era un mal enemigo. No podía esperar nada bueno de él. Pero de la cruzada esperaba cosas mucho peores. Era un aluvión de gentes armadas, de baja catadura en su mayoría, que se habían unido a ella porque el rey les perdonaba sus delitos, y el papa, sus pecados. Ansiaban rapiñar y satisfacer sus instintos más bajos aprovechando la impunidad. Tampoco esperaba nada de su antiguo cuñado Felipe, el rey de Francia. Jaume solo pretendía que les dejara sobrevivir a él, a su familia y a su reino.

Oyó el grito de alerta de un vigía y se asomó para ver quién llegaba. Una pequeña comitiva remontaba, entre pinos y roquedos, el serpenteante camino que conducía a la fortificación. Al poco reconoció a su esposa Esclaramunda y a su hija. Las abrazó feliz. Al menos podría compartir con ellas la soledad de aquellas altas cumbres y la angustia del futuro.

*Reino de Mallorca, del 2 al 22 de mayo de 1285*

Mientras, la cruzada salía de Narbona y penetraba en el condado del Rosellón, perteneciente al reino de Mallorca. El cuerpo principal del ejército lo capitaneaba Felipe III de Francia, con Felipe, su heredero, y su hijo menor Carlos, nuevo rey de Aragón. Junto a las flores de lis se elevaba la oriflama, la divisa de guerra de la monarquía francesa. Era una banderola roja alargada, terminada en tres puntas, en cuyo extremo superior tenía un gran sol bordado en oro que desprendía llamas a su alrededor. En tiempo de paz se atesoraba en la abadía de Saint-Denis, lugar de reposo eterno de los monarcas franceses. El terrible significado de la oriflama era bien conocido. Si el rey la elevaba en batalla, no se tomaban prisioneros. Todo enemigo, hombre, mujer o niño debía morir.

Otro de los cuerpos del ejército se distinguía por la enseña del papa, las llaves de san Pedro cruzadas, las de las puertas del cielo, en alusión al poder del pontífice de escoger quién iba al paraíso. Consistía en seis mil caballeros a sueldo de la Santa Sede capitaneados por el cardenal Jean Cholet, que vestía armadura completa. Era alto y delgado, de unos sesenta años, y su faz afeitada mostraba pronunciadas ojeras y unos ojos de acero. Él era el único que se permitía decirle al rey de Francia qué debía hacer. Como legado papal, hablaba en nombre del papa y, por extensión, en nombre de Dios.

Salses fue la primera ciudad del reino de Mallorca que se encontró la cruzada. Edificada cerca de unas marismas, estaba escasamente fortificada. Parecía abandonada y el rey detuvo la marcha para enviar un destacamento que la ocupara. Pero, temiendo el saqueo, los ballesteros locales descargaron una andanada de advertencia sobre los cruzados cuando llegaron a sus puertas.

—¡Traición! —exclamó el rey.

Y se encaró con el conde de Foix.

—Vuestro cuñado Jaume nos ha traicionado —le dijo furioso—. Acordamos que rendiría sus ciudades y castillos.

—Ha dado las órdenes —repuso el de Foix—. Solo que hay poblaciones favorables al rey de Aragón que no le obedecen. Temen los estragos de los cruzados.

—¡Pues entonces asaltad ese pueblo! —dijo Felipe—. ¡A muerte! Y haced venir a ese rey de Mallorca.

Y elevó la oriflama. La población cayó y todos sus habitantes fueron masacrados.

Los franceses que fueron a buscar a Jaume de Mallorca le besaron la mano, pero sus miradas denotaban su sorpresa y desdén al verle en un entorno tan humilde. Acostumbrados al palacio de la Cité, no concebían un rey tan pobre. Antes del amanecer, Jaume se despidió de su mujer e hija.

—Ni siquiera sé si voy a regresar —le dijo—. Estoy en sus manos. Con chasquear los dedos se puede quedar con todo.

—Obedecedle —le aconsejó ella llorosa.

Sus ojos verdes se abrían alarmados; sus abundantes mejillas, generalmente rosadas, estaban pálidas, y protegía su vientre embarazado con una mano. Él la abrazó. ¡Cuánto le hubiera gustado quedarse con ella!

—Bien hizo mi hermano al aconsejaros que os sometierais a Felipe —murmuró ella—. Si os hubierais mantenido junto al loco de Pedro, estaríamos acabados.

Jaume evitó responderle: «Quizá esté acabado de todos modos».

—¡Querido cuñado! —le recibió Felipe III afectuoso en su tienda.

Su blanco rostro enjuto mostraba una sonrisa de dientes desiguales que animó a Jaume.

—Felipe —le dijo cogiéndole las manos—, bienvenido seáis a mi reino.

Y se besaron en la boca.

—He sabido por vuestra carta la felonía que perpetró vuestro hermano contra vos —continuó el francés—. Pero no paséis cuidado, que yo os repondré el tesoro que os robó. Y le daré el castigo merecido.

—¡Bendito seáis, Felipe! —exclamó Jaume.

—Pero tendréis que cumplir antes con vuestras obligaciones con el rey de Francia —intervino el legado papal, que había permanecido en silencio.

—¿Y cuáles son esas? —inquirió Jaume inquieto.

El cardenal Jean Cholet le lanzó una de sus miradas de acero antes de hablar.

—Nos entregaréis todos vuestros castillos y ciudades, y vuestro ejército se disolverá para integrarse en el nuestro. La moneda pasará a ser la francesa y los precios de lo que compremos los decidiremos nosotros.

Jaume enarcó las cejas y se acarició nervioso su gran barba castaña. Estaba lívido. ¿Qué más le podía pedir? Le exigía el reino entero.

—Y de Perpiñán, la capital, queremos cien rehenes que nosotros escogeremos —concluyó el cardenal.

El rey de Mallorca miró a su cuñado, el conde de Foix, en busca de ayuda. Si aceptaba, de rey solo le quedaría el título. Pero su alto y rubio pariente solo entornó los ojos e hizo un leve movimiento de afirmación con la cabeza. No había negociación posible.

—Lo lamento, su eminencia —repuso Jaume—, pero solo os puedo dar lo que tengo. Las guarniciones de los castillos me son fieles. Pero los burgueses son muy celosos de sus libertades, temen a los cruzados, y los hay fieles a Aragón. De las ciudades no puedo responder. Habrá que negociar.

El legado papal levantó la barbilla orgulloso.

—Nosotros no negociamos. Dios no negocia. Y yo le represento.

Jaume de Mallorca abrió los brazos en gesto de desamparo.

—Os doy cuanto tengo. Más no puedo.

Jaume cursó órdenes a las ciudades para que abrieran sus puertas a los franceses y Felipe le despachó a desalojar los castillos donde los galos se aposentarían. Y envió a mil caballeros y varios miles de ribaldos a Perpiñán para que tomaran el control de la ciudad. El debate por parte de la burguesía y la nobleza de la ciudad era acalorado.

—No les podemos dejar entrar sin más por mucho que lo diga el rey —clamaba un rico comerciante, gordo, de unos cincuenta años—. ¿Les habéis visto las pintas? Una panda de ladrones y pordioseros.

—¡Negociemos! —dijo un pequeño noble—. Que el rey de Francia jure respetar nuestros derechos, prometa orden y castigo a los delincuentes.

La tropa francesa vio, al acercarse a Perpiñán, la misma ausencia de gentes en las murallas de Salses, la primera población devastada. Pero cuando se encontraban a medio tiro de ballesta, los defensores se dejaron ver mostrando sus armas y gritando a todo pulmón. Los franceses se dieron la vuelta para contarle al rey lo sucedido y por el camino descargaron su frustración en el convento femenino del Císter de Eula, cuyas puertas no resistieron el envite de la tropa furiosa. Lo robaron todo y se divirtieron violando y torturando a las monjas. Eran cruzados y sus pecados serían perdonados.

—Queremos que Perpiñán tenga guarnición francesa y escogeremos a los cien ciudadanos más relevantes para llevarlos a Francia como rehenes en prevención de revueltas —les dijo Felipe a los treinta ciudadanos que acudieron a negociar.

Se encontraban en el exterior de la tienda real del campamento francés.

—Aceptaremos la guarnición francesa si son gente de bien que aseguren el orden, pero siempre bajo la supervisión del concejo ciudadano —dijo el comerciante gordo—. Y no permitiremos que os llevéis a nadie a Francia.

Felipe III sonrió contemplando al hombre como un gato miraría a un ratón.

—No lo entendéis —dijo el conde de Foix—. Es lo que quiere el rey. Y no hay rebajas. —Y añadió con desprecio—: Esto no es un regateo de vendedor de zoco.

El mercader se irguió ofendido.

—Pues si no hay acuerdo, Perpiñán resistirá —dijo.

—Si no hay acuerdo, os ejecutaremos a los treinta ahora mismo —sentenció el de Foix—. Y devastaremos la ciudad.

—El rey de Francia nos ha prometido inmunidad —protestó el mercader—. Su honor está en juego. Debemos regresar sanos y salvos a nuestra ciudad.

—Si os oponéis a la cruzada, pasáis a ser unos excomulgados enemigos de la Iglesia y de Dios —intervino solemne y amenazante el cardenal—. Y la Iglesia libera de las promesas hechas a ese tipo de gente. Obedeced o morid. El rey de Francia no os debe nada.

No hubo más resistencia y las tropas francesas penetraron en la ciudad. Aquella noche, decenas de ciudadanos de Perpiñán huyeron con sus familias y con todo aquello que pudieron cargar rumbo a los pasos de los Pirineos. Unos, por temor a ser enviados a Francia, y otros, por fidelidad a Aragón.

Por su parte, los que se quedaron tuvieron que alojar y alimentar en sus casas a la soldadesca francesa, y cien rehenes, escogidos entre los ciudadanos más relevantes, fueron apresados y enviados a Francia.

Felipe III avanzaba asegurándose de tener las espaldas cubiertas. Y cuando llegó a Elna, la mayor población del sur del reino, había empleado dos semanas en recorrer lo que un caminante haría en menos de un día. La cruzada llevaba ya siete semanas desde su inicio.

En Elna topó también con la resistencia de sus habitantes. Se encontraba en una colina y estaba bien amurallada. Conocedores de lo ocurrido en Perpiñán, se negaron a salir a negociar, y cuando Jaume, que se había incorporado a la cruzada después de entregar sus castillos, les envió un mensajero, repusieron que no confiaban en la palabra del rey de Francia y que no le iban a regalar su patrimonio y libertad. Y así transcurrieron tres días con la ciudad asediada, entre asaltos fallidos y tentativas de negociación.

—No podemos seguir a este ritmo —le advirtió el cardenal a Felipe—. Así no conquistaremos Aragón.

—Estoy de acuerdo —gruñó el rey—. Les daremos un escarmiento para que nadie más se nos resista.

—No es una ciudad aragonesa, señor, sino mallorquina —intervino Jaume—. Son testarudos, pero no vuestros enemigos. Seguid adelante y dejadme un cuerpo de ejército, que yo los haré claudicar.

—Ya he visto qué autoridad tenéis, Jaume —gruñó el legado papal.

—Os lo suplico.

—La decisión está tomada —concluyó el cardenal.

—Elevaré la oriflama —sentenció Felipe.

—¡Esto no es Béziers! —protestó Jaume—. Aquí no hay herejes. Son todos buenos cristianos. ¡Dad tregua!

—Si apoyan a Pedro de Aragón, están excomulgados —le espetó el cardenal Cholet—. Son rebeldes al papa y a Dios. Igual que herejes.

El episodio que Jaume recordaba ocurrió ochenta años antes, cuando la cruzada contra los cátaros se encontró con la ciudad occitana de Béziers, que se negaba a entregarse.

«¿Cómo vamos a distinguir cuando entremos a los herejes de los buenos cristianos?», le preguntó uno de los nobles al legado papal de aquel momento. «Matadlos a todos, hombres, mujeres y niños —respondió el eclesiástico—. Dios sabrá escoger a los suyos en el cielo».

La brutal matanza fue total y absoluta.

La mirada de Jaume se cruzó con la de su cuñado de Foix, que asistía a la discusión sin intervenir. Negó con la cabeza indicándole que desistiera.

—No son rebeldes al papa —insistió Jaume—. Dejad que hable con ellos, que lo intente por última vez.

—¡Callad! —le ordenó despectivo el legado.

Dio media vuelta y se fue. Lo mismo hizo el rey.

El asalto tuvo lugar desde varios flancos a la vez. Una colosal masa de gentes armadas hasta los dientes, con justo furor, convencidas de poseer la gracia divina y de que la muerte las llevaría directas al paraíso, escalaron los muros y reventaron las puertas. La oriflama ondeaba alta junto a las llaves de san Pedro. No habría piedad.

Los hombres defendían los muros de la ciudad mientras las mujeres y los niños, refugiados tras las gruesas puertas de la catedral y las iglesias, rezaban. El sonar agónico de las campanas de los templos pidiendo en vano socorro se imponía sobre el enorme griterío.

Los varones fueron cayendo, y cuando los cruzados penetraron en la ciudad, fueron casa por casa matando y desvalijando. La oriflama estaba aún en lo alto al ceder las puertas de la catedral, la última resistencia, y la asaltaron a caballo. Las mujeres y los niños, de rodillas, rezaban y suplicaban piedad.

Jaume entró en la ciudad con la única compañía de su escudero y ataron sus caballos a la puerta de la catedral. Olía a humo y la visión en el interior era espeluznante. El suelo estaba cubierto de sangre y de mujeres, muchas desnudas, junto a sus hijos. Las columnas de los altos arcos románicos estaban manchadas también de sangre. Contra ellas habían reventado las cabezas de muchos de los niños que allí yacían. Los vasos sagrados y objetos de valor habían desaparecido y las imágenes estaban rotas. No podía quitar la mirada de aquellos rostros desfigurados por el terror y la agonía, ni de los cuerpos mutilados, ni de los cráneos machacados.

El rey de Mallorca cayó de rodillas sin importarle la sangre. Tenía el corazón desgarrado. Soltó un gemido. Abrió los brazos en cruz para luego cubrirse los ojos con las manos y dejar de ver aquello. Se puso a llorar. Aquel era su reino. Aquellos, sus súbditos.

Las llamas devoraban la catedral y el escudero tuvo que arrastrarle fuera para que no muriera abrasado. Aunque se resistía.

## 100

*Mesina, 25 de mayo de 1285*

Súria tuvo a su bebé en la cama del primer piso de su casa del barrio marinero de Mesina. Todo un lujo para una almogávar, ya que las del clan acostumbraban a parir en el monte, al aire libre. La acompañaban Beatriu, que estaba de siete meses, el cura Sans y un par de mujeres almogávares con amplia experiencia como parteras.

—Para la mujer lo de parir es como entrar en batalla para los hombres —dijo una de ellas.

—Peor —dijo otra dando ánimos—. Ellos pueden salir corriendo, nosotras no. Y pariendo, o ya paridas, morimos tanto o más que ellos en las guerras.

—¿No podéis cantar una canción o contar algún chiste? —las increpó Beatriu.

—Pues yo batallo y paro —repuso Súria arrastrando las palabras, conteniéndose para no chillar.

Porque aquello dolía mucho y la gran guerrera no pudo evitar quejarse y gritar en el proceso. Pero al fin, el niño llegó felizmente, y Súria descansó dolorida y agotada.

—Tiene la cosilla colgando —dijo una de las parteras—. Es un varón.

El primer pensamiento que tuvo la pelirroja fue que un

chico le haría feliz a Roger. El segundo fue que le dieran al almirante, pues por su culpa se encontraba ella en aquel trance. Pero luego, cuando le pusieron el niño encima del pecho, al notar su contacto y calor y amamantarlo, sus pensamientos fueron otros. Se extasió contemplándolo, asombrándose del milagro de la vida, observando sus movimientos, oyendo su llanto y apreciando sus diminutos dedos pasmosamente perfectos.

—¿A que es hermoso? —le preguntó a Beatriu, que la atendía solícita.

—No, no lo es —dijo ella—. Es más bien feo. Pero ocurre con los recién nacidos. Ya se pondrá guapo.

Cuando diez días después la flota atracó en el puerto, Roger se apresuró a visitarlas cargado de regalos. Y, feliz, elevó al niño por encima de su cabeza sonriente.

—¡Gracias, Súria! —Y después de dejar al bebé en la cuna, la besó con cariño.

—Podéis visitarnos, almirante, pero las noches que restan hasta que parta la flota las dormiréis en vuestro palacio, no aquí —le dijo ella.

Beatriu arrugó el cejo.

—¿Decides tú por las dos?

—¡Por el amor de Dios! —exclamó la pelirroja—. ¡Si ya estás de siete meses!

A pesar de la aparente hostilidad de Súria, Roger se apresuró a reconocer notarialmente al niño, que fue bautizado en su presencia también con el nombre de Roger. Solo que para distinguirlo le llamaban cariñosamente Rogeró.

El almirante estaba enternecido y exultante. ¡Ponía tantas esperanzas en aquel varón! Si heredaba lo mejor de él y lo mejor de la pelirroja, sería un gran hombre. Deseaba vivir para verlo junto a ella.

# 101

*Palau del Vidre, Peralada, del 10 al 14 de junio de 1285*

Pedro recibió dos malas noticias a la vez. La masacre perpetrada por los franceses en Elna y que sus autores habían cruzado ya los Pirineos. Algún traidor los guio por un paso secreto en la zona bajo control de Ampurias y que unos picapedreros franceses acondicionaron para tránsito de caballerías y carros. Y, acompañándolas, llegó una carta:

> Don Pedro, antes llamado rey de Aragón —escribía el cardenal Cholet en latín—. Os conmino, en nombre del rey de Francia, del papa, de la santa madre Iglesia y de Dios, a que abandonéis los reinos y condados de la Corona de Aragón y los entreguéis a su verdadero propietario, don Carlos de Valois, a quien el santo padre ha coronado...

Pedro debía ordenar un rápido repliegue, las posiciones establecidas en los pasos pirenaicos se habían hecho inútiles y se arriesgaba a que le cortaran la retirada. Sin embargo, escribió antes la respuesta:

> Cardenal Jean Cholet de Francia, legado papal, y don Felipe, rey de Francia. El santo padre no puede dar lo que no es

suyo ni de la Iglesia. La Corona de Aragón me corresponde por herencia legítima de mi padre, el rey don Jaime, y de generaciones de reyes precedentes. Al igual que la Corona de Sicilia le pertenece a mi esposa Constanza por herencia y por decisión de los sicilianos, que rechazan la tiranía francesa.

Solo Dios, nuestro señor, creador del cielo y de la tierra, puede otorgar la victoria en las batallas. Y se la da a Aragón, a Sicilia y a sus reyes. Prueba de vuestro error. Rectificad, volved a Francia y quitad vuestros sucios pies de nuestra tierra si no queréis verlos cercenados.

PEDRO, REY DE ARAGÓN Y SICILIA

Cuando el cardenal Cholet leyó la respuesta, Felipe III murmuró:

—Ese Pedro es un loco. Ya he cumplido advirtiéndole. A partir de ahora, lo que ocurra es su única responsabilidad. —Y se santiguó—. Que sea lo que Dios quiera.

El legado papal también se santiguó.

—Se condena con su desobediencia al papa, el apóstol vivo de Cristo —dijo. Y echó el mensaje a la lumbre—. Responderá ante Dios de lo que les ocurra a los suyos. ¡A sangre y fuego!

—¡Sangre y fuego! —repitió el mofletudo Carlos de Valois.

Sin embargo, su hermano mayor mantuvo el silencio y su expresión impasible. Él había recibido, al mismo tiempo, otro mensaje de Pedro en el que le contaba sus motivos. Desde que, hacía ya años, Pedro, siendo aún infante, visitó a sus sobrinos en París, una extraña simpatía se estableció entre ambos. Simpatía que no cesó ni siquiera con las incursiones francesas desde Navarra sobre Aragón.

Señor tío —respondía Felipe—. Escucho con atención vuestras razones. Pero me debo a mi señor padre, el rey de Francia, y al legado del santo padre, Jean Cholet.

FELIPE, REY DE NAVARRA

Cuando Pedro llegó a Figueras, todos habían huido menos su hermano el obispo de Huesca, que le aguardaba con sus tropas.

—Hay quienes se dedican a contar historias de terror —murmuró el prelado—. Fomentan el pánico. Quizá estén a sueldo de los franceses.

—Razones tenemos para temer —dijo Alfonso.

—Es mejor que huyan —dijo Pedro—. Solo quiero resistencia donde podamos detenerlos. Con muros sólidos, soldados expertos y provisiones para medio año. De lo contrario, hay que llevárselo todo para que no se aproveche el enemigo.

# 102

*Peralada, 13 de junio de 1285*

Doña Constanza, mi señora, mi dama —escribía Pedro de su puño y letra—. Los franceses han cruzado los Pirineos y pisan nuestra tierra. Encontraron un paso no por donde los esperaba, sino en un lugar cercano a la costa donde los montes son más bajos. Sospechamos que fueron los monjes de Sant Pere de Rodes, obedientes al papa, quienes los informaron. La invasión era inevitable, pero lamento que cruzaran los montes sin pérdidas. Esperaba retenerlos para dar tiempo a la siega; las últimas cosechas han sido malas y hay hambre. Ahora arrasarán cuanto puedan y destruirán viñas y árboles. Hay que retirarse. Conocemos la crueldad de los cruzados con los débiles. Y no hay nadie tan fuerte como el rey de Francia y el papa juntos.

¡Quisiera tanto teneros a mi lado! Lucharé hasta el fin. Sé que Dios está en contra de la injusticia. Y por lo tanto de nuestro lado. Y que venceremos. Sin embargo, a veces me siento desfallecer, y sois vos la única con la que puedo compartir mi angustia. Nadie más sabrá de mis temores o dudas. Rezad por mí, señora, como yo también hago por vos. Y enviadnos cuanto trigo podáis, al menos cuatro galeras taridas. Sois mi señora y mi dueña. Y yo vuestro trovador.

PEDRO

Era una brillante mañana de junio cuajada de nubes blancas y daba una sensación, idílica y engañosa, de paz. Al norte se elevaban imponentes los Pirineos. Desde los muros de Peralada, Pedro contemplaba su fértil llanura verde cruzada por dos ríos.

—¡Mirad! —señaló Alfonso—. Ya llegan.

Y apuntó con su índice a la distancia. Lo primero que distinguió fue la nube de polvo, y al rato, los estandartes y las grandes cruces negras que portaban los invasores. Conforme se acercaban, se veía el gran río humano de decenas de miles. Iban cantando letanías, imbuidos de la inquebrantable fe, convencidos de la bendita misión divina que protagonizaban. Y que los predicadores no cesaban de recordarles mañana, tarde y noche. Observaron como aquella masa humana se situaba al norte de la ciudad. Hasta que al fin distinguieron las enseñas de las flores de lis y de las llaves de san Pedro.

—¡Pedro nos espera aquí! —dijo el cardenal al divisar los estandartes de Aragón y del monarca en los muros de la ciudad—. Como dijeron los espías.

Pedro había ordenado atacar a quienes quisieran cercarlos por el sur. Y los primeros combates hicieron creer al legado papal que iba a presentar batalla.

—No es esa una gran fortificación. Y está en llano —comentó el rey Felipe—. Hoy nos asentaremos para asaltar mañana. No durarán un día.

—No creo que mi tío, el rey, se quede a esperarnos —sentenció el joven Felipe.

Y su faz restó inexpresiva con aquellas facciones suyas que, a pesar de su larga nariz, eran casi perfectas y que le habían valido el apodo de el Hermoso.

Mientras que su hermano, el gordito y ruidoso adolescente Carlos, nuevo rey de Aragón, se refería a Pedro como «el falso rey», Felipe siempre le llamaba «mi tío el rey» con cierta admiración. Nunca le había gustado Carlos de Anjou, ni la influencia que poseía sobre su padre y su nueva esposa. Por el contrario, se enorgullecía de las hazañas de Pedro en el norte de África y Sicilia.

—Cuidad vuestro lenguaje, joven Felipe —le reprochó el cardenal—. Como volváis a llamar a ese excomulgado rey, os tendré que amenazar con la excomunión. El único rey de Aragón es vuestro hermano.

El príncipe le observó con una mirada gélida sin pestañear hasta que el cardenal desvió la suya. El joven Felipe consideraba inaceptable que la Iglesia mandara sobre los reyes. Y estaba decidido a ser él quien en el futuro controlara a la Iglesia.

—Yo tampoco creo que nos espere —dijo el conde de Foix para romper el incómodo silencio—. Sabe que no tenemos ni para empezar con sus tropas.

—No importa —repuso Felipe III—. Peralada es una excelente base para nuestro avance y la tomaremos mañana con excomulgado en su interior o sin él.


—¿Qué tal avanza la evacuación? —inquirió Pedro.

—Lenta, los villanos tratan de cargar con todo lo que pueden —repuso el vizconde de Cardona.

—No es extraño —dijo Alfonso—. Lo que dejen se lo llevarán los almogávares. Y el resto arderá. Si algún día pueden regresar, no encontrarán nada.

—Solo ruinas —murmuró Pedro—. Dadles prisa —le dijo al vizconde—. No sea que pierdan incluso la vida.

A medianoche, Pedro y los caballeros de su hueste abandonaban Perelada protegiendo la huida de los refugiados. Mujeres, niños y hombres, a pie en su mayoría, cargando con todo lo que podían, lloraban su destierro y miseria. En silencio, para que los franceses no los oyeran.

Toda la zona quedaba en manos de los almogávares, que ya habían terminado con la vida de varias docenas de cruzados que se separaron demasiado del grueso del ejército. Algunos eran viejos bandidos de aquellas tierras y las conocían como la palma de su mano. Se trataba de ir mermando poco a poco al invasor.

También tenían la misión de destruir Peralada. Al poco, la ciudad ardía por sus cuatro costados. Los techos de madera y tejas se desmoronaban, incluso los de las iglesias. Y de aquella hermosa ciudad, fruto de tanto trabajo, solo quedarían ruinas inhabitables.

# 103

*Mesina, 14 de junio de 1285*

En aquellos días, estábamos más pendientes de lo que ocurría en España que de nuestra propia guerra. Quizá porque sabíamos que nuestro futuro dependía de la terrible cruzada que ya había superado los Pirineos. Esperábamos impacientes unas noticias que llegaban con mucho retraso. Los frentes en Italia se habían estabilizado. Roger terminaba de consolidar posiciones en las costas de Calabria, Apulia y Basilicata, y preparaba a la flota para una larga ausencia.

La guerra que no daba tregua era la que manteníamos Macalda y yo. Ella seguía con sus exhibiciones públicas de esplendor, en especial en la catedral, cosechando aplausos. Apariciones en las que en alguna ocasión mostraba a su hijo, que debía de tener ya seis meses, sostenido por niñeras y ataviado con brocados y puntillitas, más que si fuera un príncipe real. Macalda adoraba a aquella criatura y no se recataba en mostrar su devoción. Le había puesto Pedro, decía que como su abuelo. Aquello me sentó fatal.

Yo trataba de frenar por todos los medios el reconocimiento público de aquel bebé como mi nieto, a pesar de los documentos firmados, en privado, por Jaime declarándolo hijo suyo. Chocaba con mi hijo cada vez que tratábamos sobre esa mujer y el diálogo se hacía imposible. Decía que la amaba con locura y no quería saber nada más. Y le pedí ayuda a Roger. Jaime le admiraba y le llamaba tío. Y Roger, que hacía tres años se había acostado con Macalda, era un buen testigo de la promiscuidad de la baronesa.

No le hizo desistir de su amor, pero sí reflexionar sobre el escándalo de reconocer como propio el hijo de una mujer casada con otro. Y más siendo ese otro la mayor autoridad de la isla después de la reina. Y así logré parar aquel golpe.

Yo seguía con mis encuentros literarios, en los que Alaimo era invitado permanente. Aquellas fiestas gozaban de un enorme prestigio y todo el mundo quería acudir. Algunos estaban dispuestos a hacer una semana de camino y cruzar toda la isla con tal de estar allí. Sabía que Macalda rabiaba al verse excluida y que trató de organizar sus propios encuentros, pero no pudieron competir con el prestigio de los míos.

Y allí, en la perfumada rosaleda de aquellos jardines que miraban a las aguas azules del estrecho, ocurrió. Se ponía el sol, las sombras lo iban ocultando todo y los invitados se habían despedido. Estábamos solos Alaimo y yo. Habíamos bailado, habíamos bebido, habíamos reído… Me besó la mano para despedirse. Mis damas se encontraban alejadas y yo noté el tierno contacto de sus labios. Y sin más, pasó lo que yo había imaginado muchas veces antes. Tomé su barbilla con mi mano derecha y le besé en los labios. Él tardó en reaccionar, pero cuando lo hizo noté que su fuerte mano me sujetaba de una nalga para empujarme hacia él y hacer el beso más profundo. Sentí su cuerpo contra el mío y su pasión creciendo. Nunca me había besado, ni abrazado, un hombre que no fuera Pedro. Me alarmé sintiendo su excitación y la mía, y le empujé suavemente para apartarlo.

—Adiós, Alaimo —le dije.

—Adiós, señora —murmuró—. Gracias.

Hizo una profunda reverencia, dio media vuelta y se dirigió a la salida. Y yo me quedé gozando aún de mis sensaciones, evaluándolas y sintiéndome culpable. No estaba bien hacerle aquello a Pedro. Pero había sido muy placentero. En especial porque sentía que le asestaba un nuevo golpe a Macalda.

# 104

Al día siguiente, los refugiados siguieron su camino a salvo y Pedro se dirigió con su hueste a Castellón de Ampurias, capital del condado, para organizar la resistencia tras sus fuertes muros. Allí supieron que el gran puerto del Ampurdán, Rosas, se había perdido, y que la flota francesa se encontraba ya en su amplia bahía.

—Pretenden encerrarnos en la villa y entregarnos al rey Felipe para obtener así su gracia —le advirtió el joven conde de Ampurias el segundo día de su estancia.

La milicia ciudadana de Castellón ya los cercaba y escaparon de milagro, no sin antes perder a varios caballeros en feroz combate. Los fieles al rey en poblaciones cercanas se encontraron con lo mismo. Solo los afortunados lograban huir.

Pedro se dirigió a la bien amurallada Gerona, pero a su llegada se había desatado el caos. Las gentes abandonaban la ciudad, en largas caravanas, asustadas, confundidas y llorosas, con todo cuanto podían cargar.

—¡Los almogávares asaltan el barrio judío, el *call*! —le gritaron.

El cansancio de Pedro después de su accidentado camino

se disipó de repente. Los judíos eran uno de los sostenes económicos de sus empobrecidos reinos.

—¡Seguidme! —ordenó a sus hombres.

Y sin apearse de su montura, y descolgando su maza de guerra, se lanzó hacia la zona hebrea, donde sus habitantes se defendían como mejor podían, y empezó a partir cráneos almogávares a mazazos. Al poco, los asaltantes huían y Pedro mandó ahorcar de inmediato, bien alto, a los capturados, para que todos los vieran.

—Orden restablecido —dijo Alfonso admirado.

—Era imprescindible, hijo, aun a costa de matar a nuestra propia gente —repuso Pedro—. La anarquía lleva a la descomposición. Y el orden es vital en momentos críticos como los que vivimos.

Y, ciertamente, la presencia firme y autoritaria del monarca parecía tranquilizar a la ciudad a pesar del peligro que se cernía sobre ella.

Constanza, mi señora, mi bien —escribía Pedro reflexivo en su aposento en el castillo de la Força de Gerona, solo, frente a la lumbre—. Todo parece derrumbarse, hundirse, deshacerse, ante el avance de la cruzada, pausada pero devastadora, cual río de lava de vuestro monte Etna. Sin embargo, la mayor destrucción ocurre en el espíritu antes que en los cuerpos. Los juramentos por Dios, nuestro señor, base de ley que estructura nuestra sociedad, dejan de valer a capricho del papa. Cualquiera puede ser perjuro contra mí o los míos y recibe el aplauso de la Iglesia. ¡Qué difícil es con los grandes eclesiásticos! Bien sabéis lo poderosos que son y que poseen sus propias tropas. ¿Están conmigo? ¿O en mi contra, a pesar del sagrado juramento de fidelidad que nos une y por el cual poseen sus feudos?

La otra destrucción del espíritu la produce el miedo, el pánico. La noticia de la masacre de Elna y del avance de la cruzada se ha extendido con gran rapidez. Nadie, sea noble o villano, quiere ver a su familia muerta por la espada o por el fuego.

Todo, hasta lo más sólido, se desmorona, pero yo debo aparentar tranquilidad y control. Aunque siento un gran pesar en el corazón. Los cruzados avanzan mucho más rápido de lo esperado. Parece como si no hubiera oposición posible a ese inmenso ejército. Y mucha de mi gente se descompone y me traiciona. Los infelices refugiados tratan de salvar a sus familias huyendo, pero los caminos se han convertido en trampas llenas de bandidos y asesinos.

Pedro releyó el texto. Escribirle a Constanza le ayudaba en aquellas horas oscuras. Sentía como si estuviera a su lado y le hablara. Pero no podía contarle la precaria situación en la que se hallaba. Sería causarle una angustia innecesaria. Suficiente tenía ella con la guerra de Sicilia. Tomó su escrito, lo lanzó al fuego y estuvo contemplando cómo las llamas lo devoraban.

Señora, mi dama y esposa —escribió de nuevo—. Os sentiríais orgullosa de nuestro hijo Alfonso y de su comportamiento. Me gustaría que pudierais verle. Será un gran rey…

Al día siguiente, Pedro convocó en asamblea a quienes habían acudido en su ayuda. Allí estaban sus hermanos bastardos, el obispo de Huesca y Pedro de Ayerbe, llegados de Aragón junto a una buena representación de la nobleza catalana y valenciana y varios concejos ciudadanos.

—Señores —les dijo con voz potente y decidida—, no es momento de grandes discursos. Los franceses han superado los pasos pirenaicos sin sufrir daños debido a una traición. Y sabéis que hemos dejado a su merced muchos lugares del Ampurdán. Pero no ha sido por temor. Más vale abandonar las plazas que nos iban a quitar y no perder en ellas hombres y provisiones. Los franceses no saben aún que la muerte los acecha, señores. Unos caerán por hambre; otros, por las enfermedades de verano, y los más, por el acoso de nuestras tropas y almogávares. Y con la gracia de Dios, en dos o tres meses podremos darles batalla y expulsarlos.

Pedro observó a los asistentes, que se mantenían en silencio esperando que continuara.

—Estaremos al acecho en los enclaves de resistencia, donde solo quiero a militares expertos. Y ahora os solicito que me proporcionéis lo mejor de vuestras huestes y provisiones, puesto que carezco de recursos. Cada enclave tendrá al menos cinco meses de comida para su guarnición. De lo contrario, será destruido y abandonado.

Hubo murmullos.

—Para empezar, Gerona con sus altos muros es la clave. Y pido un voluntario, entre vosotros, para liderar su defensa.

Se hizo el silencio. Dada su importancia, Gerona recibiría el impacto más brutal de la cruzada y Pedro exigiría la resistencia hasta el último hombre. Los nobles se miraban entre ellos. Hasta que Ramón Folch, el vizconde de Cardona, avanzó un paso.

—A mí me corresponde, señor. Os estoy en deuda porque me dispensasteis del asalto a Perpiñán y de ofender a mi prima Esclaramunda.

—No esperaba menos de vos, Ramón Folch.

Pedro mandó evacuar la ciudad, donde solo permanecerían ochenta caballeros, veinte ballesteros a caballo y dos mil quinientos infantes, entre los que se encontraban seiscientos ballesteros, ciento cincuenta de los cuales eran sarracenos valencianos muy reputados por su puntería. Aquellas menguadas tropas debían frenar a más de cien mil franceses.

Mientras los habitantes de Gerona abandonaban apenados su ciudad, esta iba recibiendo provisiones de carne salada, gallinas y cerdos vivos, trigo y otros. La destrucción de las viviendas situadas en el exterior de la muralla y el refuerzo de las defensas de los muros de la ciudad eran continuos.

—En vuestras manos dejo el futuro del reino —le dijo Pedro al vizconde al despedirse de él.

Le dio un abrazo y partió con sus mesnadas. La resistencia de Gerona era vital. Si cayera, los invasores tendrían vía libre hasta Barcelona, que estaba pobremente amurallada. Sería el desastre.

# 105

*Mesina, 21 de junio de 1285*

Pons se sentía feliz. Con la llegada de la primavera, la corte se instaló en Mesina para seguir mejor las operaciones militares del otro lado del estrecho. Allí estaba cuando Rogeró, el hijo de Súria, nació, y tuvo ocasión de celebrarlo con la familia. También podía disfrutar en su tiempo de asueto con sus amigos y olvidar los desplantes de la princesa Violante, que tan pronto era su amiga como elevaba la naricita orgullosa y le daba órdenes para que supiera quién era quién.

Pero su verdadero amor era la reina Constanza. Lo suyo rayaba en la adoración. Ella siempre le trataba bien y él se desvivía por servirla. Violante también estaba allí, pero quedaba muy lejos de su madre. Su pasión por la infanta ni siquiera superaba la que sentía por las galletitas de almendra con miel y limón que él se encargaba de servir a la reina por la tarde.

Aquel día, después de comer, fue furtivamente a la alacena donde se guardaba la bandeja de las galletas y se zampó un par. Pero no le sentaron bien. Al rato sintió dolores de tripa y tuvo que correr a las cuadras, lugar donde los criados hacían sus necesidades. Al salir se sentía mareado y notaba un fuerte dolor de cabeza. Regresó a la zona noble del castillo, pues al rato tendría que servir la merienda. Pero el dolor de estómago retornó acompañado de mareos y una sensación en la piel como si la recorrieran mil hormigas. «¿Qué me pasa?», se interrogó angustiado.

Justo entonces se encontró con la infanta Violante. Ella le sonrió y empezó a hablarle. Quería pedirle algo, pero se interrumpió al verle el aspecto.

—¡Pons! —exclamó—. ¡¿Qué te pasa?!

Y el chiquillo se desplomó.

—¡Pons! —chilló la princesa asustada. Y se arrodilló junto a él acariciándole la mejilla—. ¿Qué te pasa?

A pesar de su dolor y angustia, el chiquillo comprendió que Violante le apreciaba mucho más de lo que él creía.

—Me siento muy mal —dijo en un sollozo. No quería llorar.

—¡Socorro! —gritó la princesa—. ¡Socorro! ¡Algo muy malo le pasa a Pons!

Se armó un revuelo en el palacio y unos criados acomodaron al pequeño paje precisamente en la cama de Violante. La habitación se llenó de gente y de inmediato apareció la reina Constanza. Pons vio la preocupación en su rostro. Pero enseguida llegó Juan y echó a todo el mundo menos a la reina de la habitación.

—¿Qué sientes? —inquirió.

Balbuciendo, Pons se lo contó.

—¿Qué has tomado que nadie más haya comido hoy?

Tuvo que reconocer la sustracción de un par de aquellas galletitas.

—¿Cuánto hace?

—Después de la comida.

De inmediato, Juan le hizo abrir la boca y le introdujo el dedo índice más allá de la campanilla, hasta el fondo. El niño sintió por un momento que se ahogaba, pero de inmediato su cuerpo reaccionó con arcadas. Quería vomitar, pero apenas soltó unas gotas. El viejo médico repitió la operación una y otra vez. Eso solo agotaba al infeliz paje, que se sentía frío, sin fuerzas ni siquiera para mover las piernas. Mientras, el dolor de tripas no cesaba.

—¿Qué le pasa, Juan? —inquirió Constanza cuando, cansado, el médico desistió.

—Me temo que eso ya lo he visto antes.

—¿Qué es?

—¡Cicuta!

Constanza se estremeció y de inmediato comprendió que era a ella a quien querían envenenar. Juan salió de la habitación para dar órdenes y ella se arrodilló junto al lecho para tomarle la mano al niño.

—Pons, mi pobre Pons —musitó llorosa—. ¡Ponte bien!

El chiquillo trató de sonreír valiente, pues no le quedaban fuerzas para hablar. Vio las lágrimas en aquellos ojos verdes que le fascinaban. A pesar del dolor, se emocionó. ¡La reina se había arrodillado a su lado! Justo entonces regresó el médico.

—¡Haced algo, buen Juan! —suplicó Constanza—. ¡Haced algo!

El doctor se acarició su barba blanca.

—Si es lo que creo, lo único que podía hacer era lograr que vomitara —murmuró—. No lo he conseguido y es demasiado tarde.

—¡No me podéis decir que…! —la reina interrumpió la frase.

—¡Sí! —dijo él enfático.

Y afirmó con la cabeza para dar más fuerza a su aseveración. Constanza se le quedó mirando con los ojos llenos de lágrimas.

—El niño os ha salvado la vida —siguió Juan—. Estoy seguro de que esas galletas y ese veneno eran para vos, señora. Su vida por la vuestra. Muere por vos.

Pons no podía hablar, pero sí oír. Y a pesar de lo mal que se encontraba, sintió un extraño orgullo. ¡No era inútil su muerte! Salvaba a la reina. Entregaba la vida por su dama, como el caballero que nunca llegaría a ser. Y si tocaba morir, moriría con el valor de un almogávar. El valor de algo extraño y absurdo que en su delirio acababa de inventar. De un caballero almogávar.

# 106

*Mesina, el mismo día*

Ver morir a aquel pobre niño fue terrible. Tenía sentimientos contrapuestos: una gran pena a la vez que un enorme alivio. Era yo quien debía estar en aquellos momentos tumbada en el lecho, quedándome helada, sin apenas fuerzas, respirando tan pronto de forma acelerada como dejando de hacerlo. Le daba gracias al Señor, pero de inmediato me avergonzaba. ¿Podía dar gracias de que un niño inocente muriera en mi lugar? Porque no tenía duda alguna de que yo era la destinataria del veneno. Aquellas galletas las hacían para mí. ¿Quién me iba a decir que mi permisividad con Pons dejándole como pequeño botín alguna de aquellas galletas terminaría salvándome la vida?

La pena me desgarraba. El chiquillo se había hecho querer y yo le tenía un especial aprecio. No solo representaba un vínculo entre nuestra familia y un estamento tan crucial como eran los almogávares, sino que Roger lo había puesto bajo mi cuidado y me sentía responsable.

De inmediato mandé buscar a su madre. Sabía dónde vivía porque yo seguía con interés las noticias tanto de ella como de su amiga pelirroja. La mujer de la que Roger decía haberse enamorado y de la que ya tenía un hijo. Aunque a mí me costara creerlo.

A Pons le quedaba aún un hilo de vida cuando aparecieron las dos. La madre era una mujer bonita, de cabello azabache, aunque con el rostro contraído por una mueca de dolor. Estaba en avanzado estado de gestación, y llorando y gritando se abalanzó sobre su hijo para cubrirle de besos.

La otra era muy distinta. La había visto antes embarcando vestida de almogávar, pero nunca de mujer como ahora. Era alta y su gonela mostraba un cuerpo femenino tan bien formado que me pareció increíble que hubiera dado a luz no hacía aún un mes y estuviera amamantando. Sin duda, estaba acostumbrada al ejercicio y lo había practicado durante su embarazo. Recogía su melena roja en una coleta, no tenía rastro alguno de maquillaje, su rostro mostraba unas ligeras pecas y sus penetrantes ojos azules estaban enrojecidos por el llanto. Aun así, era hermosa. Contenía su emoción y sus movimientos eran comedidos y seguros, yo diría que casi felinos. Se quedó mirándome intensa unos momentos sin ni siquiera inclinar la cabeza como saludo. En su mirada no había acatamiento y me pareció más bien una silenciosa petición de unas explicaciones que yo no podía dar. De inmediato fue hacia el lecho a cuya vera se había arrodillado sollozando su compañera para abrazar al niño. Ella, sin pronunciar lamento alguno, hizo lo mismo, y con su mayor envergadura pareció cubrir a madre e hijo protegiéndolos con sus brazos. Su dolida serenidad era propia de alguien acostumbrado a la muerte, y aun así pude ver como su cuerpo se agitaba en un silencioso llanto.

Pero había más cosas de las que preocuparse. Las dejé con su dolor, sufriendo la agonía de nuestro querido Pons, para comprobar que mis órdenes y las de Juan se hubieran cumplido. Aquello era un atentado, sin duda sustentado por una conspiración, y el peligro seguía. Había dispuesto reforzar la guardia del palacio, envié un destacamento de ballesteros a buscar a Jaime, que estaba fuera del castillo, y ordené que el resto de mis hijos se reunieran en una sala segura. Por suerte, Roger estaba en el puerto, y con él gran parte de nuestras tropas. También lo mandé llamar.

—Esto no tenía como objetivo una insurrección —me comentó Juan—. No espero que aparezca gente armada para atacarnos. Buscaba mataros a vos. Es alguien cercano.

—¡Macalda!

—Eso creo —siguió mi viejo senescal—. Y no os aconsejo expresar abiertamente nuestra sospecha en el consejo. Tanto vuestro hijo como Alaimo la defenderían. No podemos acusarla sin pruebas.

—Cierto —coincidí—. Y os encargo que investiguéis y encontréis esas pruebas.

—Lo haré, señora —dijo él, para proseguir de inmediato—: Macalda debe de tener alguien en el palacio. Y ese alguien podría morir si cae en sus manos, para eliminar testigos. He prohibido que nadie salga sin antes ser interrogado. Los sospechosos se limitan a quienes tienen acceso a la cocina y a vuestras estancias. No son tantos. También he pedido una lista de visitantes externos en la mañana.

—Gracias por vuestra diligencia, viejo amigo.

—Necesitaré recurrir a la tortura si alguien calla lo que no debe. —Me miraba ahora firme y ceñudo.

Me dije que un médico experto como él debía de saber dónde más dolía…

—Buscad la verdad por todos los medios.

Cuando Roger llegó, Pons había recibido ya la extremaunción y estaba en las últimas. Se aferraba a un tenue hilo de vida. Ambas mujeres abrazaron al almirante, cada una a su estilo, en llanto, y él les correspondió sujetándolas contra su pecho con cariño. Después besó al chiquillo. Al poco, Juan, que había regresado junto al moribundo y que le tomaba el pulso, pronunció la sentencia.

—Ha muerto. Lamento no haber podido hacer más.

Las dos mujeres volvieron a arrodillarse abrazando en llanto el cuerpo inerte del chiquillo, pero de repente la pelirroja se incorporó, se irguió tan alta era y me increpó con una mirada azul asesina.

—¿Quién ha sido?

Yo quedé en silencio sorprendida, y reconozco que intimidada. Nadie se dirigía a mí de aquella forma. Vi que Roger hacía un gesto con la cabeza a Juan y él se encargó, también por gestos, de vaciar el dormitorio de curas y criados. Nos quedamos la madre, que seguía aferrada al cadáver de su hijo, Roger, la pelirroja y yo.

—¡Muestra más respeto, Súria! —la reprendió él cuando estuvimos solos—. ¡Es la reina!

—Respeto a la reina —repuso ella tranquila—. Pero también exijo respeto al clan. El asesinato de Pons es una terrible ofensa. Una agresión a los almogávares que no quedará impune. Nuestra ley exige venganza. Quiero saber quién ha sido.

—Sea quien sea el asesino, no quería matarle a él —la informé—, sino a mí. Y Pons me ha salvado la vida.

—Lo sé, señora —repuso ella—. Pero eso no cambia las cosas. Y creo saber quién es la asesina.

En el lecho, una pareja se cuenta muchas cosas, y me dije que aquella mujer, que parecía inteligente, sabía muchas por Roger. Coincidíamos en la culpable.

—Las sospechas no valen —le dije—. Cuando tengamos la certeza, se lo diré a Roger.

—Gracias, señora. —Y por primera vez inclinó levemente la cabeza como saludo—. Entonces haremos justicia.

Asentí levemente, me di la vuelta y abandoné la estancia. Empezaba a entender por qué mi hermano de leche se había enamorado de aquella mujer. Siempre le gustaron las empresas difíciles.

## 107

*Castillo de Llers, 24 de junio de 1285*

—Por el poder que me conceden la Iglesia y el papa Urba-
no IV, su apóstol, representante único de Dios todopoderoso
—pronunció con voz potente y solemne el cardenal Jean Cholet—, os corono a vos, Carlos de Valois, hijo del rey de Francia,
como rey de Aragón y de Valencia y conde de Barcelona, de Urgel
y de todos los demás territorios catalanes al sur de los Pirineos.

Y elevó la corona por encima de su propia cabeza para de-
positarla sobre la media melena rubia del rollizo muchacho de
quince años que se erguía tratando de mostrarse solemne y disimular su sonrisa entre emocionada y satisfecha. Había sido
ya coronado en París, pero esta segunda coronación tenía un
mayor valor, pues se producía en sus reinos y con la presencia
de algunos de sus súbditos.

Se encontraban en el abarrotado patio del castillo de Llers,
al norte de Figueras y cercano a los Pirineos. Era el primer enclave, dentro de la Corona de Aragón, del que la cruzada se había apoderado después de un combate. La coronación se producía en el patio, pues la muchedumbre no cabía en la sala
principal. Esta estaba formada por nobles franceses, navarros,
alemanes y flamencos junto a algunos eclesiásticos y villanos de
poblaciones que se habían entregado al invasor.

La ceremonia, que había empezado con una solemne misa, culminó una vez que el joven Carlos recibió su cetro y fue investido por el cardenal con una capa púrpura. Atronadores vivas al nuevo rey de Aragón lo celebraron y le siguieron los besamanos y juramentos de fidelidad. La mayoría de los nobles invasores esperaban obtener feudos y títulos en las tierras por conquistar a costa de los fieles a Pedro.

—Debéis convencer, a toda costa, a vuestro primo el vizconde de Cardona para que nos entregue Gerona —le dijo el rey francés al de Foix—. Prometedle lo que haga falta. Privilegios, posesiones, lo que sea...

—Juntos lideramos las revueltas de los nobles catalanes —murmuró el conde—. Y Ramón Folch juró fidelidad a Pedro a cambio de salir de prisión.

—¡También se la jurasteis vos y aquí estáis! —La mirada de acero del cardenal tenía una chispa de irritación—. ¡Los juramentos a un excomulgado no valen para nada! Bien que lo sabéis. ¡Que se deje de tonterías y se preocupe de su futuro y el de su familia!

—Mantenemos una estrecha relación —siguió el conde—. Mi madre era una Cardona. Y defendió a mi hermana, la reina de Mallorca, enfrentándose a Pedro.

—Que nos entregue la ciudad —dijo Felipe—, y le colmaremos de honores y privilegios. De lo contrario, lanzaremos todo nuestro poder sobre Gerona y, cuando la tomemos, le arrancaremos la cabeza a él y a todos sus defensores.

El conde de Foix le lanzó una mirada recelosa. Aquello no era una bravata. Debía convencer, a toda costa, a su primo.

—Nos dará la ciudad —afirmó.

—Cuando tengamos Gerona ya nada nos detendrá —dijo alegre el rey adolescente.

Su hermano le miró inexpresivo, sin mover un músculo del rostro. Parecía indiferente. Pero solo lo parecía.

Señora, hemos abandonado todos los lugares sin defensa posible —le escribía Pedro a Constanza—. Los franceses ocupan ya gran parte de Cataluña y su flota domina toda la costa hasta casi llegar a Barcelona. En su playa mantengo once galeras, al mando del vicealmirante Marquet, que protegen la ciudad. Es todo cuanto tengo. Varias de las que regresaron de Sicilia tuvieron que ser desmanteladas por su mal estado. Los franceses tienen cien. Si caen sobre nosotros, nada podrá hacer Marquet.

La debilidad francesa se encuentra en el difícil abastecimiento a través de los Pirineos y en el uso de su flota para suministrar provisiones a su gigantesco ejército. Allí los voy a golpear. Los pregoneros de todos los pueblos de la costa mediterránea vocean que la Corona de Aragón concede patentes de corso cobrando solo un quinto del botín. Que ofrecemos protección y mercado libre en Barcelona para vender lo obtenido de los franceses. Y proclaman las inmensas riquezas que cruzan esas aguas. Cualquiera con valor y una barca armada rápida puede esconderse mar adentro, o en las rocas e islotes de la costa, y apresar un buen carguero. Ni con cien galeras podrán protegerlo todo.

Hay escasez, señora. Enviadme con urgencia, tal como os pedí, esas naves con trigo y al almirante y sus galeras antes del 1 de septiembre. Y rezad por mí, por nuestros hijos y nuestros reinos en estos momentos de apuro. Tanto como yo rezo por vos. Mi dama, mi señora.

# 108

*Gerona, 28 de junio de 1285*

Los primeros cruzados llegaron a Gerona el 26 de junio. No encontraron oposición por el camino y aseguraron el territorio para establecer el campamento e iniciar el asedio de la ciudad. Hasta el 28 no apareció el cortejo real que se instaló en un promontorio seguro entre el río Oñar, que bordeaba los muros de la ciudad, y el río Ter. Era un día agradable, de cielos azules surcados por pequeñas nubecillas blancas.

—Gerona se encuentra en una colina fortificada —les explicaba el conde de Foix señalándola—. Al frente está la catedral, y al sur, el palacio del obispo. Más atrás, por encima de todo, se halla la torre Gironella, el castillo.

—Este es un lugar húmedo y pantanoso —observó el joven Felipe con su habitual seguridad carente de expresión—. Veo tres ríos.

—Son cuatro, señor —le corrigió el de Foix—. Y todos confluyen aquí.

—Con el calor, el campamento será insalubre —siguió el heredero.

El cardenal Cholet le lanzó una de sus coléricas miradas aceradas.

—Para cuando llegue el calor ya tendremos la ciudad —afirmó—. Dios está con nosotros.

—Encargaos de eso, conde —intervino el rey de Francia.

—Eso haré, señor —repuso el de Foix—. Pero primero debiéramos montar las catapultas, enviarle unas cuantas piedras, tomar la iglesia que protege la puerta principal y lanzar un primer asalto. Que sepa que no le daremos tregua.

El joven rey de Navarra observó que el alcance de las catapultas apenas llegaba a los muros superiores de la ciudad. Pero en esta ocasión calló.

Ramón Folch, de Cardona, observaba desde las almenas de Gerona la llegada de aquella muchedumbre y cómo se iba aposentando. Llenaban las llanuras entre ríos y parecía que aquello no iba a terminar nunca. Calculaba que Felipe III había destinado al menos cuarenta o cincuenta mil soldados para el sitio, mientras que él se defendía con solo dos mil seiscientos entre infantes y caballeros.

—Entregadnos la ciudad, primo —dijo el de Foix—, y tendréis todo aquello que podáis soñar. Pero, si os oponéis a la voluntad de Dios y a su cruzada, vuestra cabeza terminará en estas almenas clavada en una pica.

Se encontraban en la torre Gironella, desde donde se divisaban la ciudad, el valle y los ríos.

—Pedro es un tirano y ha sido nuestro enemigo durante años —insistió el de Foix—. Entregad la ciudad a Felipe, que es mucho mejor rey, y tendréis lo que pidáis.

—Pero es a Pedro a quien le juré fidelidad.

—El legado papal, el propio pontífice y Dios mismo os eximen de ese juramento —repuso el conde—. Nunca ha existido.

—Quizá Dios me perdone como decís, primo. Pero ni lo harán los hombres ni me perdonaré a mí mismo. No deshonraré a los Cardona con una traición.

—No es deshonra obedecer al pontífice, sino todo lo contrario. Es el apóstol de Dios en la tierra y nuestro deber es obedecerle.

El de Cardona sonrió.

—No pienso así, primo —repuso firme—. Pero, si eso creéis vos, entonces, id con Dios y con el papa. Yo me quedo aquí defendiendo Gerona.

# 109

*Mesina, 29 de junio de 1285*

Había que actuar con cautela. Aunque sospechábamos de Macalda, no teníamos prueba alguna. Y ella dominaba a dos de los hombres más poderosos de la isla, a su marido y a mi hijo Jaime. Aunque, de tener pruebas, seguramente ellos se negaran a aceptarlas. Tan embrujados estaban por los encantos de aquella mujer. Sin embargo, confiaba en haber debilitado su posición en Alaimo.

El viejo Juan, encargado de la investigación, empezó comprobando sus sospechas. Antes de entregar el cadáver a las mujeres almogávares, hizo una pequeña incisión en la tripa del pobre Pons, extrajo un trozo de estómago y se lo dio a comer a un perro callejero que había hecho capturar. Al poco, el animal moría tal como lo hizo mi querido paje. Después cosió con tal habilidad el cadáver que apenas se podía ver el corte.

—Ya no cabe duda alguna —me explicó—. Pons murió envenenado. Y los síntomas que presencié son los propios de la cicuta. Y muy potente. Posiblemente un destilado de la raíz.

—Que ni Alaimo ni Jaime sepan nada de la investigación —le recordé—. Si preguntan, decidles que creéis que era veneno, pero que no encontráis ninguna pista. Aunque la tengáis.

—Así lo haré, señora. Hoy interrogaré a quienes conocían la existencia de las galletas y tenían acceso a ellas. Los he tenido encerrados y completamente incomunicados. No quería que asesinaran al cómplice antes de que hablara.

—Bien hecho —murmuré—. Creía que todo el personal de cocina y de servicio era de confianza. Pero alguno tiene que ser el culpable.

—Comprobé el resto de las galletas de la bandeja, señora.

—¿Y bien?

—Ninguna contenía veneno.

—¿Y cómo lo explicáis?

—Solo una, o a lo sumo dos, serían las envenenadas —dijo acariciándose la barba blanca—. No creo que se hornearan con las otras, sino que alguien se llevó una muestra, las imitaron cocinándolas fuera de palacio y ese alguien las puso encima del resto.

—No puedo dejar de dar gracias a Dios —musité—. Y a ese pobre niño. Estoy viva de pura casualidad.

—En efecto. Alguien poderoso os quiere muerta. Y quizá no sea quien creemos. Voy a intensificar la cata de vuestros alimentos y los del heredero.

La sonrisa pilla de Pons me vino a la mente con dolorosa nostalgia. Y regresó la pena. Pero esta vez acompañada de rabia.

—No dudéis que por alto que esté acabaré con él —dije elevando la voz. Y añadí, descendiéndola a un susurro—: O ella.

—Sí, señora —repuso, también en voz baja, mirándome fijo con sus oscuros ojos—. Pero con cautela.


—Hermano, quedaos aquí unos días —le pedí a Roger a la mañana siguiente cuando me vino a ver para despachar asuntos del astillero—. No embarquéis aún.

—Pensaba salir mañana con la flota —repuso él—. Tengo varios castillos que tomar en la costa de Apulia. Quiero dejar nuestra presencia asegurada antes de acudir a España en ayuda de nuestro señor don Pedro.

—Esperad.

—¿Es por alguna novedad sobre el envenenamiento?

—No la hay aún, pero os necesito aquí con vuestras tropas listas para intervenir.

—¿Alaimo?

—Venid mañana. Tendremos un consejo muy privado, nosotros dos y Juan. Nos tiene que dar el resultado de su investigación.


—Es una de vuestras camareras —anunció Juan al día siguiente—. Una tal Marcia.

—¿Marcia? —inquirí asombrada—. ¡No me lo puedo creer! ¿Por qué me querría envenenar Marcia? La habéis torturado, ¿verdad? Igual se lo inventó al no poder soportar el dolor.

—Lo que ha contado tiene sentido —repuso Juan—. No lo inventó. Y no necesité hacer sangre. Le mostré los instrumentos de tortura, le expliqué con detalle qué hacía cada uno y qué le ocurría al cuerpo. Se echó a llorar y lo soltó todo.

—¿Y qué ha contado? —quiso saber Roger.

—Una tarde que libraba, alguien la secuestró junto a su hija de dos años —explicó el viejo senescal—. Y la amenazaron con matar a la pequeña si no colaboraba. Se vio obligada a relatarle a una persona enmascarada vuestros hábitos hasta en sus menores detalles. Al fin, le pidió unas muestras de las famosas galletitas y la soltaron, pero se quedaron con la pequeña. Y unos días después le ordenaron que recogiera un par de galletas que dejarían envueltas en el alféizar de una ventana, dentro del castillo. Marcia recogió las galletas y, siguiendo instrucciones, las dejó encima de las otras en la alacena.

—¿Qué foráneos visitaron ese día el castillo? —inquirí—. ¿Tenéis nombres?

—No hacen falta.

—¿Por qué?

—Ese día, vuestro hijo Jaime tuvo consejo en sus estancias antes de partir a luchar en Calabria.

—¡Macalda! —exclamó Roger.

—En efecto, Macalda estuvo en ese consejo —afirmó Juan—. Pero no fue ella quien las dejó.

—¿Por qué no? —inquirí.

—Porque llegó, estuvo en el consejo y se fue.

—¿Quién fue, pues? —quiso saber Roger.

—Macalda llegó con su escolta de caballeros, que la esperó en el patio del castillo. Y se fue con ellos al terminar.

—Entonces tampoco pudo ser ninguno de sus caballeros —razoné.

—No. —Juan hablaba pausado ante nuestra impaciencia. Parecía disfrutar del momento—. Pero sí pudo ser su doncella, Brita, que la acompañó hasta la sala de reunión y luego estuvo rondando por la parte de acceso abierto del castillo. Allí, en el alféizar interior de un ventanal, dejó las galletas envenenadas. Y allí las recogió Marcia para introducirlas en la zona restringida y ponerlas con las que aguardaban en la alacena vuestra hora de merienda.

—Todo está muy bien razonado, Juan —intervino Roger—. Macalda odia a la reina y su hijo es heredero, aunque bastardo, del reino. Tenemos motivación. Y por lo que nos habéis contado, también tuvo el acceso. Pero no habéis presentado ninguna prueba firme. Todo son suposiciones. No creo que podáis convencer ni a Alaimo ni al infante. Están demasiado obcecados. Los tiene atrapados en su red de seducción.

Juan no respondió y se limitó a mirarme. Y lo mismo hizo, a continuación, Roger.

Me quedé pensando. La posición de Macalda ya no era tan sólida, y esperaba persuadir a Alaimo. Me levanté y de inmediato lo hicieron ellos.

—Yo sí que estoy convencida y no necesito pruebas —les dije firme—. Me gustaría que ellos lo estuvieran también. No lo veo factible con Jaime. Pero voy a tener una conversación con Alaimo. Cualquier hombre se mostraría ofendido con el comportamiento de su esposa con otro hombre.

Vi que me miraban escépticos. No sabían de nuestra relación.

# 110

*Mesina, 2 de julio de 1285*

Cité a Alaimo en mis estancias privadas, después de tomarme un tiempo de reflexión. Mis doncellas se encontraban en una salita anexa separadas por un tapiz que nos confería intimidad. A aquella distancia no podían oír la conversación.

Nos sentamos en una mesilla frente al ventanal, que dejaba ver la ciudad, el mar y un cielo azul. Después de que nos sirvieran unas infusiones de jazmín, junto a las infaustas galletas y unas copas de vino especiado de Marsala, inicié la conversación. Le veía expectante.

—Don Alaimo, hace ya más de dos años que nos conocemos.

Él afirmó con la cabeza.

—Y aunque últimamente nos hemos frecuentado en ambientes más distendidos, hay asuntos que no hemos tratado, quizá por su naturaleza íntima. Y creo que ha llegado el momento de abordarlos.

—Vos diréis, señora.

—Se trata de vuestra esposa.

Volvió a afirmar con la cabeza; sin duda, sospechaba por dónde iba yo.

—Os escucho.

—Me pedisteis que acompañara a mi hijo Jaime en su periplo alrededor de la isla. Y yo accedí creyendo lo que me dijisteis. Que agradecería ese honor y que dejaría de mostrarse agresiva y desafiante hacia mí.

—Es cierto, señora.

—Nada de eso ocurrió, sino todo lo contrario. —Trataba de contener la indignación que afloraba en mi voz—. Regresó embarazada y sabéis que mi hijo Jaime ha reconocido a ese niño, al que llaman Pedro.

—Lo sé, señora —musitó—. Lo siento. Me equivoqué y lamento las molestias que esto os causa.

Me miraba franco, le conocía y me parecía a la vez incómodo y honesto.

—¿Y solo eso tenéis que decir? —No pude evitar exaltarme—. ¿Vuestra esposa comete adulterio y lo único que tenéis que decir es que lo lamentáis? ¿Permitís semejante ofensa? En todo me parecéis un varón cabal y honrado, Alaimo. Menos en eso.

Alaimo enrojeció, tragó saliva y se tomó el vino antes de responder.

—Disculpadme, señora, pero mi relación con Macalda es un asunto privado.

—¿O es que vos creéis que Pedro es hijo vuestro? —insistí.

—No importa lo que yo crea, señora —repuso.

—Vuestro matrimonio no es un asunto privado, sino de Estado cuando vuestra esposa alardea de haber parido un nieto mío.

El justicia observó por unos instantes pensativo la vista de la ventana antes de retomar mi mirada.

—Cuando Macalda y yo nos casamos, no había amor —me dijo—. Era una transacción, un acuerdo político. Que no incluía la fidelidad. No puedo exigir hoy lo que no pactamos ayer.

No respondí y nos mantuvimos de nuevo en silencio.

—Bien, pues vayamos al asunto principal que quería tratar hoy —dije al rato.

Él me observó expectante.

—Como bien sabéis, han intentado envenenarme y un pajecillo ha muerto en mi lugar.

—Lo sé, señora.

—Se ha llevado a cabo una investigación —proseguí—. El veneno era cicuta y venía en unos pastelitos como esos.

Se mantuvo en silencio esperando a que siguiera.

—Y todo apunta a vuestra esposa.

La expresión de su rostro no cambió.

—Macalda trató de envenenarme —proseguí ante su silencio—. Y eso es un crimen de Estado.

—¿Tenéis pruebas?

—No me hacen falta. Sé que es ella.

—Es una acusación muy seria, señora. —Había un toque de alarma en su voz, a la vez que de desafío—. Demasiado seria para no tener pruebas.

Le miré fijamente.

—Alaimo, os he dicho que no necesito pruebas. Soy la reina de Sicilia. Y no tengo que probar nada ni convencer a nadie. Yo soy la justicia. Porque la justicia es mi obligación y mi privilegio. Me basta con mi convicción, con lo que dicta mi conciencia. Porque por encima de mí solo está Dios, y él es el único al que debo rendir cuentas.

Se quedó en silencio sorprendido. Aquel no era el estilo al que estaba acostumbrado.

—Quiero que detengáis a Macalda y la encarceléis —añadí.

Me miraba sin reaccionar. Y yo sentía que a través de Alaimo le echaba un pulso a la baronesa. En los últimos meses había luchado por ganarme la fidelidad de aquel hombre. ¿Quién la tenía?

—No puedo hacer eso, señora —balbució—. Es mi esposa. Y la estáis acusando sin pruebas.

—Os lo estoy ordenando, Alaimo —insistí.

—Lo lamento, señora —repuso ahora firme—, pero esa orden no la voy a cumplir.

Sentí una profunda decepción y tristeza. De nada sirvieron los encuentros literarios, mis sonrisas y el beso. ¡Qué estúpida ilusión me hice! ¡Y qué estúpida fui al dejarme besar y abrazar por él! Un cretino que había tenido una reina en sus brazos y no sabía agradecerlo. Sentía también rabia. Aquel hombre era de Macalda. La baronesa volvía a ganar y yo perdía. Hubo otro silencio. Un largo silencio durante el que él me mantuvo firme la mirada.

—Por cierto, Alaimo, se me olvidaba algo —le dije al fin.

—¿Qué es, señora?

—Mi esposo el rey reclama urgentemente vuestra presencia en España. Como bien sabéis, sufre una invasión y requiere de vuestro saber militar.

Se me quedó mirando unos momentos sin decir nada.

—¿Se me acusa a mí de algo, señora? —inquirió después.

—No. Solo es que el rey solicita vuestra presencia.

—¿Hice algo mal? ¿Algo que no os complaciera? Os he sido siempre fiel.

Sentí pena. Alaimo hizo un excelente trabajo y su apoyo y fidelidad me fueron esenciales en los primeros tiempos de mi reinado. Solo que ahora, después de las victorias de Roger, yo tenía el suficiente poder. No era ya la mujer temerosa e insegura de hacía dos años y no le necesitaba para reinar. Sentía que le debía gratitud, pero lo había estropeado todo con su negativa a arrestar a Macalda. Él lo sabía, y yo no me iba a rebajar explicándoselo.

Di un par de palmadas, se abrió la puerta y apareció Roger acompañado de seis ballesteros.

—Todo lo hicisteis bien —le dije—. Y ahora os necesitamos en España.

—Dadme una semana para arreglar mis asuntos.

—Lo siento, Alaimo. Debe ser ahora. Partiréis junto a vuestro escudero en este mismo momento hacia el puerto.

—¿Voy como prisionero?

—No sois un prisionero, sino un invitado del rey.

Sonrió triste.

—Una invitación de un rey que no se puede rechazar, ¿verdad?

—¡No! —repuse escueta dando por terminada la conversación.

—Tampoco la de una reina —murmuró.

—Así es —respondí manteniéndole la mirada—. Os deseo un buen viaje.

Alaimo era un hombre elegante. Y un valiente soldado, pero sabía cuándo era inútil luchar. Se levantó, vino hacia mí, puso rodilla en tierra y tomó mi mano para besarla.

—Señora —dijo.

Yo se la concedí y la besó con aquella pausa y caricia que acostumbraba últimamente. Tragué saliva apesadumbrada. Después me dedicó una profunda reverencia.

—Id con Dios, Alaimo —susurré emocionada. Notaba mis ojos húmedos—. Os deseo lo mejor.

No dijo nada, se dio la vuelta y asumió con dignidad y entereza su destino. Y seguido por Roger se dirigió a la puerta. Aun pequeño de tamaño, era un gran hombre. Sometido, por desgracia, a una mujer que quería ser más grande que él sin poseer ni su mérito ni su honradez. Abajo le esperaba un destacamento de ballesteros que le condujeron hacia la nave que Roger le había asignado. Poco después la tarida soltó amarras y, junto al resto de los barcos cargados de trigo, salió para España. Su destierro.

Los días siguientes, los pregoneros celebraron por calles y plazas el nombramiento de Alaimo como senescal del rey Pedro. Porque había sido requerido, gracias a sus grandes virtudes, para ayudarle en la guerra contra el francés en España.

Gran parte del pueblo de Mesina creyó que su héroe era objeto de un gran honor. Aun así, la nutrida presencia en las calles de ballesteros y almogávares de Roger aseguró la calma.

# 111

*Barcelona, del 18 al 28 de julio de 1285*

A su llegada a Barcelona, la flotilla, cargada de trigo de Sicilia, tuvo un recibimiento apoteósico. La ciudad pasaba hambre.

Pedro se sorprendió con la presencia de Alaimo. Le había nombrado justicia de Sicilia y le confió su caballo y sus armas para que defendiera a su familia. En su carta, Constanza le decía que él debía juzgarle en Barcelona, puesto que hacerlo en Sicilia provocaría una revuelta. Aquello le enfadó. Conocía lo peligrosa que era Macalda, pero confiaba en Alaimo como caballero y compañero de armas. Y lo recibió en el palacio con un gran abrazo. Le vio desmejorado, pero firme, y escuchó su relato con atención.

—Cuando termine con la invasión de los franceses y del papa, regresaré con vos a Sicilia, amigo Alaimo, y me encargaré de que tengáis un juicio justo.

—Gracias, mi señor —repuso Alaimo conteniendo la emoción—. No deseo otra cosa.

Pedro le asignó un alojamiento digno y una generosa pensión para él y su escudero. Le concedió también completa libertad de movimientos después de que el siciliano le diera su palabra de no regresar a la isla por su cuenta.

A continuación, le escribió a Constanza prescindiendo de su cariñoso tono habitual.

Señora —decía directo y sin florituras—, ¿me mandáis a Alaimo solo por sospechas? ¿Qué ha hecho mal? ¿Cuál es su delito? ¿Cómo podéis pretender que yo le juzgue? ¿Hay alguna prueba? A vos os correspondía juzgarlo si creéis que ha cometido delito. Me niego a juzgar y condenar lo que desconozco. Lo que yo sé de Alaimo es que es un hombre de gran valía, al que le debemos mucho y al que considero leal. Por lo tanto, vivirá libremente en Barcelona con los honores que merece.

Y si insistís, lo juzgaré, pero con todas las garantías cuando regrese a Sicilia.

Y terminaba con letra mayor que el resto del texto:

No se puede condenar a un hombre por amar a una mujer.

La invasión seguía extendiéndose como una mancha de aceite, y también la angustia cada vez que llegaban noticias de las atrocidades cometidas por los cruzados. El verano avanzaba, el calor crecía, pero los franceses no se debilitaban. Y las capturas de los corsarios no parecían afectar ni el suministro de víveres ni la inmensa riqueza de Francia.

Pedro rezaba para que su estrategia de tierra quemada funcionara. No tenía medios para enfrentarse a la cruzada y ponía su esperanza en que Gerona y el resto de los enclaves, como Besalú u Hostalrich, resistieran hasta pasado el verano.

Quería que nobles y villanos le vieran tranquilo y confiado en la victoria. Un caballero debía mostrar desprecio al peligro. Y aparentaba seguridad, e incluso indiferencia por el desarrollo de la guerra, dedicando el tiempo de obligada espera a cazar en los montes de Collserola. A veces con Alaimo de invitado.

Y a finales de julio ocurrió lo que esperaba. Una delegación de nobles, presidida por su hermano el obispo de Huesca, se presentó en su palacete de caza para reprocharle su actitud. Les agradeció su interés y les prometió que a partir de ese momento retomaría las armas. Después despachó mensajeros a todos los lugares de la corona convocando a las huestes para el 1 de septiembre.

Pero su hermano le trajo una noticia de consecuencias desastrosas. El vizconde de Cardona informaba que la mayor parte del trigo de Gerona estaba podrido. Y que sin comida no podría resistir. Aquello lo cambiaba todo. Los planes de Pedro se iban al traste.

# 112

*Bahía de Rosas, 28 de julio de 1285*

Ante las súplicas de Ramón Marquet, Pedro le autorizó a abandonar la vigilancia de Barcelona para navegar hacia el norte con sus once galeras en busca de una oportunidad para herir a la gran armada francesa. Sus conciudadanos se mofaban de él viendo sus galeras varadas en la playa mientras los corsarios forasteros volvían con todo tipo de riquezas arrebatadas a los franceses. Por tres veces regresó el pelirrojo vicealmirante sin entrar en combate, con lo que las burlas arreciaron y empezaron a insultarle diciendo que el rey francés le pagaba para pasearse por la costa sin enfrentarse a sus naves. La comparación con los corsarios era tan odiosa como injusta. Ramón buscaba naves de guerra, mientras que los corsarios querían barcos desprotegidos.

El 27 de julio partió de nuevo ante el escepticismo de la mayoría. Buscaba una flota francesa de tamaño accesible. Evitó el grueso de las naves enemigas navegando mar adentro y, al llegar a la altura de Rosas, envió una fusta rápida para recabar información. Y los espías que mantenía en la costa le informaron de la partida de cincuenta galeras hacia el sur. Quedaban solo veinticuatro en el puerto.

—Son demasiadas —dijo Bernat Mallol, su segundo.

—No regresaré con las manos vacías —repuso Ramón—. Nuestra gente es veterana y, después de los descalabros sufridos en Italia, esta será la primera batalla para la mayoría de los franceses. Son novatos. ¡Vayamos a por ellos!

Bernat le miró dubitativo.

—Sea —dijo al fin.

Y navegaron hacia la bahía, consciente de que las naves francesas eran más del doble de las suyas. Cuando el almirante provenzal supo que se acercaban, se relamió pensando en una apetitosa presa y ordenó la salida del puerto de sus veinticuatro galeras. Catorce atacarían de frente, mientras que diez rodearían a la flota aragonesa para caer sobre los costados de sus naves.

Ramón adivinó sus intenciones y siguió una táctica parecida a la de Roger en Malta. Ordenó amarrar sus galeras unas a otras formando una amplia plataforma que los franceses trataron de abordar. Pero de nuevo la solidez de las protecciones de las naves aragonesas venció a la mayor rapidez de las francesas. Los hábiles ballesteros de Ramón, con sus famosas ballestas de taula, como si se encontraran en un castillo anclado en el mar, arrasaban las cubiertas de las galeras que trataban de abordarlas con una lluvia tras otra de virotes. Las naves francesas no lograban atacar por los flancos como deseaban, pues las de Ramón formaban un sólido bloque. Y los infantes de asalto franceses que lograban superar las defensas de las naves eran abatidos de inmediato por los almogávares. Pronto el desconcierto cundió en aquellas tripulaciones inexpertas.

Entonces, Ramón hizo sonar las cornetas. De repente, sus galeras se liberaron de los cabos que las sujetaban y pusieron los remos al mar para lanzarse sobre las francesas. Unas cargadas de muertos y heridos, trataron de escapar, mientras que otras quisieron resistir. Cuando Ramón abordó la galera capitana, los almogávares saltaron sobre ella como lobos hambrientos y el almirante francés fue apresado junto con varios nobles de alcurnia. Una humillante y sorprendente derrota para los cruzados.

El pelirrojo vicealmirante y su socio Bernat se internaron en el mar para evitar el resto de la flota francesa y regresaron a Barcelona con varias galeras capturadas. El viejo marino fue recibido en triunfo en su ciudad natal. Había recuperado su honor.

—¿Cómo once galeras suyas pueden vencer a veinticuatro de las nuestras? —inquirió Felipe III cuando un tembloroso almirante llegó a Gerona con la mala noticia.

Le anunciaron la presencia del marino al final de la comida, no quiso esperar a terminar y, cuando oyó lo ocurrido, colérico, tumbó la mesa de una patada, y, con gran estrépito, la vajilla de plata y oro se fue al suelo. El legado papal y sus hijos se levantaron precipitadamente para que las salsas y el vino no los mancharan.

Comían en el interior de una tienda para evitar el enjambre de moscas que zumbaba en el exterior, y el criado, que espantaba con un largo abanico a las que se habían colado, se detuvo intimidado.

—Las tripulaciones eran novatas, señor —murmuró el hombre, que seguía de rodillas—. Estaban mucho mejor armados que nosotros. Sus ballesteros lanzaron nube tras nube de proyectiles y barrieron las cubiertas de nuestras naves.

—¡Quiero que destruyáis esas once galeras! —rugió el rey.

—¡Las buscaremos, señor!

—¿Para qué las vais a buscar? —inquirió agresivo el legado papal—. ¿Para que nos vuelvan a derrotar?

El marino bajó la cabeza confuso.

—¿Qué haréis esta vez distinto? —preguntó calmado el joven Felipe.

El almirante observó su faz tranquila, inexpresiva, con alivio.

—Cambiaremos.

—¿Qué?

—Concentraré en veinticinco galeras a los mejores marinos, ballesteros y tropas de asalto de cuarenta de nuestras galeras —explicó el hombre—. Tendrán el doble de virotes de ballesta y venablos que cualquier otra nave. Y también munición de catapulta. Además, alertaremos a nuestros informadores para que estén atentos al paso de la flotilla del almirante Marquet.

—Quiero la cabeza de ese hombre —dijo el rey, que parecía haber recuperado la calma—. De lo contrario, lo pagaréis caro. Desapareced de mi vista.

El hombre se incorporó para hacer una reverencia e ir a arrodillarse de nuevo frente al monarca y besar su mano. Aquel se la apartó.

—¡Fuera de aquí! —rugió.

—Os traeré su cabeza, señor —prometió el marino—. Aunque sea lo último que haga.

# 113

*Mesina, 28 de julio de 1285*

A pesar de la ausencia de Alaimo, Macalda siguió su rutina de exhibirse en la catedral, aunque disimulaba su inquietud. Ya nadie la aplaudía.

—Detuvimos a un correo con una carta de la baronesa pidiéndole al infante Jaime que regresara a Mesina lo antes posible —me informó Juan.

—Es solo una, pero, conociendo a la dama, habrá enviado más por distintos conductos —dijo Roger—. Es posible que el heredero regrese pronto.

—Hay que interceptarlas todas —dije—. No quiero a Jaime aquí hasta agosto.

—Mis almogávares tienen cuentas pendientes que saldar, señora —informó Roger—. Y no son nada pacientes.

Recordaba bien las palabras de la pelirroja.

—Pues tendrán que aguardar. Contenedlos, Roger.

El almirante gruñó, pero yo gozaba prolongando la situación. Sabía que la baronesa se sentía desamparada y que tenía miedo. La contemplaba sonriente en la catedral y ella se apresuraba a devolverme el saludo. Pero no se apeaba de su orgullo.

En uno de los consejos, a finales de julio, Roger insistió.

—Partiremos para España, señora, antes de dos semanas —anunció—. Y los míos tienen cuentas pendientes.

—Que no esperen más —concedí sabiendo lo que aquello implicaba—. Pero decidles que quiero a la baronesa viva.

Un golpetazo despertó al vecindario del palacio de Alaimo. Era de madrugada y un grupo de almogávares acababa de reventar con un ariete la puerta del edificio. Al mismo tiempo, otros se encaramaban a las ventanas superiores con unas largas escaleras. Y el grito de los fieros guerreros heló la sangre en las venas a quienes lo escuchaban.

—*Au! Au! Desperta, ferro!*

¿Cómo era posible que asaltaran Mesina? ¡Era terrible! El pavor hizo presa del barrio y sus habitantes se mantuvieron alerta el resto de la noche.

Macalda había reforzado la guardia del edificio con caballeros y peones de su baronía de Ficarra. Pero de nada le sirvió. Todo fue muy rápido. Quienes estaban de guardia no supieron qué ocurría hasta notar el filo de una daga en la garganta, y los que dormían despertaron viendo las puntas de hierro de las azconas y venablos de aquellos salvajes apuntándoles demasiado cerca de sus ojos. Solo mataron a dos que quisieron resistirse, y el resto, al comprender que no tenían alternativa, se rindieron. Aquel palacio fortificado no presentaba dificultad alguna para los almogávares, acostumbrados a asaltar verdaderos castillos, y actuaron con toda seguridad, rapidez y precisión.

El grupo pertenecía a los clanes de Súria y del Rubio Abdón y, según su costumbre en batalla, tenían información exhaustiva sobre su objetivo. Así que, instantes después, la puerta de la habitación de Macalda sufría la misma suerte que la de la calle.

Macalda se despertó sobresaltada con el primer golpetazo y los gritos. Después oyó chillar a Brita, que dormía junto al bebé, en una parte de la amplia alcoba separada solo por un tapiz.

—¡Han entrado en la casa!

Y el niño se puso a llorar.

—¡Pon luz! —ordenó Macalda mientras buscaba a tientas sus armas.

Brita prendía con la pequeña llama del candil, que siempre mantenía encendido en la noche, la mecha de otro mayor cuando el estruendo de la puerta rota de la habitación y la luz de las antorchas la dejaron inmóvil.

No así a la baronesa, que, sin tiempo para vestir su armadura, se enfrentó a los asaltantes espada en mano, sosteniendo un pequeño escudo.

—¡Deteneos! —ordenó poniéndose en guardia.

Al frente tenía a una mujer pelirroja, alta, en la que ya había reparado con anterioridad embarcando en la galera del almirante. Vestía como un almogávar y sostenía una azcona. A su lado, otra mujer, morena, que mostraba un estado avanzado de gestación. Junto a ellas, un hombre alto de una gran barba y pelo revuelto de un rubio muy claro, y detrás, varios almogávares más. Por un momento, obedecieron y se quedaron quietos observándola.

—Soy Macalda, baronesa de Ficarra, la mujer del justicia de Sicilia —les recordó altiva y con voz firme—. Y tengo la protección del infante Jaime, el heredero del reino. Os ordeno que salgáis de inmediato de aquí y abandonéis mi palacio. De lo contrario, haré que os ahorquen a todos.

Los asaltantes, sorprendidos por su gallarda actitud, se mantuvieron inmóviles. Súria la evaluó. Macalda iba descalza, tenía el pelo azabache alborotado, vestía una bata de dormir llena de encajes y, a pesar de su despertar sobresaltado, desprendía un indudable atractivo. También valoró la espada y el escudo que portaba y la posición en guardia que había adoptado, propia de alguien que sabía usar las armas.

—Yo soy Súria, este es Abdón, y los de atrás, nuestros hermanos —repuso la pelirroja sosteniendo amenazante su azco-

na—. Y esta mujer es Beatriu, la madre del paje que vos envenenasteis en lugar de a la reina.

Por un instante, la expresión de Macalda fue de sorpresa, y
Brita, que acunaba el bebé para que dejara de llorar, soltó un
gemido y empezó a temblar.

—Yo no tengo nada que ver con eso.

Súria anticipó los siguientes movimientos. Sin necesidad
de desenfundar su espada, solo con la azcona y a pesar de su
reciente parto, que le restaba agilidad, podía traspasar con
su arma a la baronesa. Quizá aquella mujer, tal como se contaba, había matado franceses al frente de sus tropas, pero la
veía con una pose más teatral que de un verdadero guerrero.
Era como una de aquellas marionetas con espadas que hacían
combatir en los teatrillos populares. Por otra parte, Roger le
había ordenado no matarla. No se sentía obligada a obedecerle, pero sabía que era lo más conveniente.

—Mentís —dijo la pelirroja.

E hizo un amago de ensartarla con su azcona. La baronesa
desplazó su escudo para parar el golpe y se puso de nuevo en
guardia. Era verano, la escueta camisa de dormir permitía adivinar el movimiento de sus senos y mostraba unas hermosas
piernas.

—¡Salid de aquí! —chilló Macalda—. ¡Os lo ordeno!

—A los almogávares no nos gustan las órdenes, señora…
—dijo Abdón con una sonrisa lasciva y arrastrando la palabra
«señora».

—Pagaréis por lo que hicisteis, baronesa —afirmó Súria.

Y, rápida, le dio la vuelta a la azcona y acometió a Macalda
con la parte de madera roma y sin filo del otro extremo. La
baronesa golpeó el astil con su espada sin hacer más que una
pequeña muesca y se entabló un duelo entre ellas, desigual en
cuanto a armas. Golpes y amago de golpes, que una y otra es-
quivaban. Y de repente, después de una finta, Súria rompió la
guardia de su oponente golpeándola fuerte en la tripa con el

extremo de su azcona. Macalda soltó un resoplido y se inclinó hacia delante sin soltar ni la espada ni el escudo, pero descuidando su defensa. Súria movió rápida su lanza y esta vez el golpe fue a la cara de su rival. La baronesa cayó al suelo soltando la espada y mostrando el resto de las piernas y el pubis. Macalda oyó a Abdón gruñendo a su espalda. Un par de almogávares la desarmaron y la hicieron incorporarse sujetándola. Estaba aturdida. La nariz le sangraba profusamente.

—Habéis perdido, baronesa —le dijo Súria—. Y ha llegado el momento de la justicia almogávar.

—¿Ah, sí? —repuso Macalda, que a pesar de la sangre recuperaba la plenitud de sus sentidos y de su orgullo—. ¿Y cuál es esa justicia? —Y le lanzó una mirada a Abdón—. ¿Me violaréis antes de matarme para después saquear mi casa?

Entonces intervino Beatriu con firmeza.

—Nuestra justicia dice: Ojo por ojo e hijo por hijo. Vos matasteis el mío. Ahora le toca al vuestro.

—¡No! —gritó Macalda perdiendo por primera vez la compostura—. ¡Él no tiene nada que ver!

Abdón se acercó a Brita, que sostenía al bebé en brazos, y trató de arrebatárselo. Pero la doncella se resistió, primero dándole una patada y después tratando de arañarle.

—¡No! —chillaba—. ¡Dejadle!

Abdón la tumbó de un puñetazo. Y recogió al niño, que continuaba llorando. Iba desnudo de cintura para arriba y llevaba un pañal consistente en unas telas enrolladas en la cintura y parte superior de las piernas.

—¡Él no! —aulló Macalda—. ¡No podéis tocarle! Es una persona real. Es el hijo del infante Jaime. Es el heredero de Sicilia.

Aquel niño era su amor, su vida, su esperanza de reinar, su futuro.

El rubio elevó al niño, que lloraba desconsolado, sujetándolo de una pierna, y le observó un momento enarcando las cejas.

—Sí que sois importante, señor —le dijo.

Y tomando impulso le golpeó con todas sus fuerzas contra una columna. Una, dos veces, tres. Los chillidos horrorizados de Macalda, a los que se unieron los de su doncella, eran desgarradores. Y la cabecita quedó reducida a un amasijo de carne y sangre, que dejó impregnada la columna de una mezcla de restos rojos y blancos.

—Pues ya no lo es —concluyó Abdón dejando caer al suelo el cuerpecito inerte.

Por un momento, todos permanecieron inmóviles, sobrecogidos, en un silencio que solo rompían los sollozos de Macalda y Brita. La baronesa estaba de rodillas, con su melena azabache suelta, ocultando su rostro con las manos.

Abdón se acercó a ella de un par de zancadas y de un tirón le arrancó la liviana camisa y la tumbó desnuda boca arriba. Macalda continuaba llorando, ahora en silencio, y no se resistió. El rubio se subió el faldón de la zamarra, le abrió las piernas y se puso encima.

—¡Abdón! —gritó Súria—. ¡No!

Pero él no le hizo caso y siguió con lo suyo.

—¡Abdón!

Y esta vez el grito fue acompañado de un golpe del astil de la azcona que lo tumbó boca arriba. Macalda seguía llorando y quedó inerte, con el rostro vuelto de un lado sobre una mancha de sangre y las piernas abiertas, tal como él la había dejado.

—Pero ¿qué haces, Súria? —inquirió Abdón entre furioso y sorprendido.

—¡Dije que a ella solo la tocaba yo!

El rubio se incorporó a medias. Bajo el faldón de la zamarra se notaba su erección.

—Pero ¿no te das cuenta de que es lo que ella quiere? —dijo él—. ¿No has visto cómo nos provocaba? ¿No conoces su fama?

—Ahora no quiere eso.

—Sí que quiere. ¿No has visto que se abría de piernas?

—¡No! No lo he visto —insistió Súria elevando la voz y sujetando amenazante su azcona—. No quiere eso. ¡Déjala!

Abdón terminó de levantarse mirándola furioso. Eran amigos desde hacía muchos años y, como adalides, colegas. Y aparte de algunas insinuaciones sexuales, medio en broma y elegantes, rechazadas en el mismo tono, jamás habían tenido un enfrentamiento.

—No me retes, Súria —dijo él con el cejo fruncido.

—No te reto, Abdón —repuso ella con la misma gravedad—. Pero me hicieron responsable de su seguridad. Y eso incluye evitar lo que tú ibas a hacer.

—Pero ella…

—¡No! —le cortó la pelirroja—. No quiere. No, bajo mi responsabilidad.

—Tú ganas, Súria —le dijo él al rato de pensar—. Pero ganas solo por lo mucho que te quiero.

—Gracias, Abdón —repuso ella sonriéndole cariñosa.

Nadie hizo caso a los gritos de la doncella ni a lo que le ocurría. Amanecía cuando los almogávares abandonaron la casa llevándose solo lo que encontraron en las estancias de Macalda. Súria impidió el saqueo del resto del palacio.

# 114

*Castillo de Matagrifone, Mesina, 29 de julio de 1285*

—Señora, reclamo justicia.

Enfrente tenía a la orgullosa conspiradora, la seductora Macalda. La recibí en la sala del trono apoltronada en un asiento sobre un entarimado dos escalones más alto, al final de una larga alfombra púrpura. Y ella estaba de pie, allí abajo, aún altanera. Aunque no tenía el aspecto habitual. Lucía en su rostro un vendaje que cubría una nariz rota y su vestimenta no tenía su proverbial elegancia. Luego supe que tuvo que pedirla prestada, pues los almogávares la habían desvalijado. Me dije que tardaría en recuperar su belleza.

—Decidme, señora, en qué os puedo ayudar —repuse cortés.

—¡Ejecutando a los asesinos! —Su voz sonó quebrada, haciéndole perder su altiva compostura.

—¿Asesinos? Contadme.

Lo sabía todo a través de Roger, pero quería oír su versión. Y admito que después de sufrir tantos desplantes y humillaciones por su parte anticipaba una malsana satisfacción oyendo sus quejas. No debiera. Pero no podía hacer otra cosa. Soy humana.

Y Macalda relató más o menos lo que yo sabía y terminó exigiendo venganza.

—Señora, debéis hacer ahorcar a todos los que asaltaron mi casa —me instó—. En especial a esa mujer pelirroja y a ese individuo rubio de ojos azules a los que he visto varias veces embarcar en la galera de Roger de Lauria. Pero antes que me devuelvan a mi doncella Brita, a la que se llevaron.

Sabía que aquella mujer fue sometida a tortura para que confesara los crímenes de su ama.

—No veo por qué debiera ahorcarlos —repuse tranquila.

Se me quedó mirando con sus oscuros ojos que parecían brasas. De haber podido, me hubiera fulminado con un rayo.

—¡Porque asesinaron a vuestro nieto! —chilló—. ¡Al heredero del trono de Sicilia!

—No creo que fuera mi nieto —le dije con frialdad—. Si atiendo a vuestra fama, podría ser nieto de cualquiera.

Me miró boquiabierta. Jamás le había hablado de aquella forma y no lo esperaba.

—Vuestro hijo firmó su reconocimiento —dijo.

—Ese documento ya no sirve para nada. Y nunca le di crédito.

—Me ofendéis, señora —repuso elevando la barbilla—. Ya veréis lo que dice Jaime cuando regrese. ¡Exigirá justa venganza!

—Nada va a cambiar mi hijo, baronesa. Aunque lo tengáis hechizado como lo tenéis, Jaime no podrá resucitar a los muertos. Ni a vuestro hijo ni a Pons, el pequeño paje que vos envenenasteis tratando de hacerlo conmigo.

—¡Eso es mentira!

—Vuestra doncella ha confesado.

—¡No! No puede ser. —Se había quedado lívida.

La estaba engañando. Brita soportaba estoicamente la tortura sin denunciar a su ama. Su amor por Macalda rayaba en la adoración.

—Sí lo es.

—¡Mentís!

Era cierto, mentía contra mi costumbre.

—No. Ha confesado frente a testigos —insistí—. Explicó cómo compró cicuta a una hechicera, cómo cocinasteis las galletas y cómo ella las hizo llegar a la alacena gracias a la pobre Marcia, cuya niña secuestrasteis.

—¡No! —tartamudeó—. No, no. No es cierto. Si Brita participó en semejante villanía, lo hizo sola. Y debe pagar sola por ello. Aunque no lo creo.

Hice una larga pausa.

—Y bien, ¿a qué decíais que habíais venido?

—¡Vine a pedir justicia! —Tenía el rostro contraído y una inusual arruga había aparecido en su frente—. ¡Por mi hijo muerto! ¡Por el asalto, por el robo, por el intento de violación que he sufrido! ¡Por mi doncella violada!

—Pues bien, haré justicia. —Me detuve para mirarla severa—. Y os condeno a cadena perpetua que cumpliréis en la cárcel de este mismo castillo. Por traición y atentado contra la reina.

—¡Señora! —gritó—. ¡No podéis!

—Sí puedo.

—¡Cuando llegue vuestro hijo me liberará!

—No lo hará, Macalda —le aseguré—. Ya me encargaré yo de que no lo haga.

E hice una seña al sargento de guardia.

—Lleváosla. Ya tiene asignada mazmorra.

Los soldados la tomaron de los brazos y se la llevaron.

—Tenéis suerte —oí que la consolaba guasón el sargento—, es una celda de lujo.

No respondió. Por una vez, Macalda se había quedado sin palabras.

# 115

*Montserrat, 11 de agosto de 1285*

Pedro alzó la vista hacia las altas cimas iluminadas aún por el sol. Redondeadas y de formas caprichosas, se elevaban por encima de profundos barrancos boscosos y umbríos, parecían gigantescas cúpulas y altas torres de una ciudad encantada. Era el monte sagrado de Montserrat, lugar de milagros, como el que él precisaba.

Azuzó su montura por el estrecho y empinado sendero que serpenteaba entre aquellas extrañas rocas, pulidas por el tiempo, que contenían cantos rodados en su interior. Le seguía un único acompañante, su fiel escudero. Aquel era un lugar de soledad, un sitio de espíritu, que movía el alma. Donde los ermitaños habitaban cuevas y precarios refugios para compartir sus horas con Dios y las fieras salvajes que pululaban por aquel extraño monte.

Llegados a la abadía de Santa María, fueron recibidos por el abad benedictino, y Pedro y su escudero se despojaron de sus ropajes y de sus armas para vestir uno de los negros hábitos de la orden. A continuación, el abad ofició misa y compartió una austera cena, junto al resto de la pequeña comunidad, en el refectorio. Después, Pedro salió al exterior para contemplar las últimas luces del atardecer. Pero no miró a poniente, sino, a través de la calima de aquella tarde de verano, hacia levante. Hacia Sicilia. Y deseó ser un ave marina para llegar de nuevo a la isla y ver a su dama, a Constanza.

El espíritu, el hechizo que flotaba en aquel lugar, le había llenado el alma de una difusa tristeza. De un presentimiento. De una certeza. Nunca más vería Sicilia ni a su amada.

Asistió al rezo de vísperas con los frailes y después, cuando estos se recogieron en sus celdas, quedó solo en la capilla de la Virgen. Clavó su espada en un madero frente al altar, dejándola de pie como una cruz, y se arrodilló. Aquella noche la pasaría velando armas, como un joven pretendiente a caballero, rezando a la santísima Virgen y al niño Dios que acomodaba en su regazo. Un par de velas rompían la densa oscuridad y Pedro contempló la expresión dulce de la imagen y la del niño que le bendecía. De rodillas, cubierto de su hábito negro, extendió los brazos en cruz y musitó:

—¡Gracias, Señora! ¡Gracias, Señor!

Tenía mucho que agradecer. La pequeña escuadra de Ramón Marquet había entrado al fin en combate venciendo a una flota mucho mayor.

—¡Bendito seáis, Ramón! —murmuró Pedro—. Es un milagro.

Otro milagro era la heroica resistencia de Gerona. Los franceses lo intentaban todo, sin éxito hasta el momento.

Quisieron derrumbar los muros de la ciudad socavando sus bases. Para ello construyeron las gatas. Las gatas eran enormes protecciones con ruedas fabricadas con fuertes vigas, resistentes a las piedras que lanzaban los defensores y al fuego, gracias a sus inclinados tejados cubiertos de cuero mojado en orines. Las acercaban a las murallas mediante rampas para que los peones pudieran trabajar protegidos mientras cavaban los cimientos. Pero el de Cardona ordenó una sorpresiva salida nocturna en la que quinientos almogávares provistos de jarras de aceite inflamable rociaron el interior de gatas y catapultas, a las que después prendieron fuego con teas. Junto a las máquinas, ardieron también varios de los sorprendidos operarios que dormían cerca, incluido el ingeniero que las diseñaba.

También construyeron torres de asalto, pero dada su envergadura solo podían ser usadas en puntos muy concretos donde el vizconde concentró a tantos, y tan buenos, ballesteros que los asaltantes caían ensartados antes de pisar las almenas de la ciudad. Y por fin decidieron usar largas escaleras y atacar por muchos lugares a la vez. El de Cardona hizo montar unos artilugios consistentes en ruedas de molino, grandes piedras planas, redondeadas por sus extremos y con un agujero central, sujetas con cadenas a vigas. Esperaban a que los franceses, animados por el estruendo de gritos, trompetas y tambores, treparan. Entonces asomaban aquellos péndulos gigantes por las almenas y los hacían bascular partiendo las escaleras y precipitando al vacío a los asaltantes.

—Gracias, Señora; gracias, Señor —murmuraba Pedro—, porque castigáis al orgulloso y al prepotente y protegéis al humilde que defiende a su familia y a sus tierras. Gracias, Señora; gracias, Señor, porque en vuestra infinita misericordia y justicia azotáis con una plaga, como hicisteis contra el faraón de Egipto, a esos asesinos de mujeres y niños. Que, porque son ricos y tienen poderosos ejércitos, nos quieren imponer sus caprichos a sangre y fuego.

Y, efectivamente, una verdadera plaga de moscas había caído sobre los sitiadores de Gerona. En su estrategia, Pedro ya había anticipado que muchos de los cruzados enfermarían. Lo propiciarían la humedad del lugar, el calor del verano y el hacinamiento de tantos hombres y caballerías en aquel limitado espacio entre ríos.

Pero no contaba con que, gracias a la acumulación de estiércol de caballos y humanos, basuras y cadáveres mal enterrados y en descomposición, se formarían semejantes nubes de moscas. Eran enormes, negras, azulonas, asquerosas, de un tamaño nunca visto. Y también había tábanos de dolorosa picadura. Criaban en el estiércol y en los cadáveres llenándolos de gusanos que después se hacían moscas. No se podía comer sin que bandadas de ellas se apelotonaran zumbando sobre los alimentos; buscaban los ojos, estaban en todos lados. Pero lo peor lo sufrían las caballerías. No solo se les metían en los ojos, sino que penetraban en sus hocicos, las respiraban y enloquecían. Había quien decía que se arremolinaban en sus anos y se introducían en ellos para llenarlos de gusanos. La mortandad de equinos era enorme. Pero también la de los cruzados acosados por fiebres y vómitos.

Los defensores de Gerona, al encontrarse en un lugar más elevado, se libraban de gran parte de aquello, pero el ambiente malsano había podrido el trigo, el principal alimento que aseguraba la resistencia. Las noticias que le llegaban a Pedro eran alarmantes. La ciudad se rendiría por hambre.

—Señor, Señora, ¡ayudadnos! —rezaba—. Si cae Gerona, en tres días la cruzada llegará a Barcelona, que no tiene buena defensa. ¡La matanza será terrible!

Rezaba por su gente, por sus súbditos y, en especial, por sus hijos y por Constanza.

Durante aquella noche en vela, con las rodillas despellejadas, ronca la garganta de rezar a media voz, repitió una y otra vez las mismas oraciones, las mismas súplicas. Pero cual mensaje del más allá, la intuición habida al atardecer se fue convirtiendo, poco a poco, en una convicción trágica. Su fin estaba cercano. Oía aquellas mismas palabras, aquella voz. Era la maldición que años atrás le lanzó aquella bruja, la madre de su hermanastro Ferrán, al que ahogó en el río Cinca por traidor.

«Vuestra vida será una lucha constante. Nunca hallaréis la paz y moriréis joven sin encontrar descanso. Porque cuando creáis ganar, perderéis la vida, sin poder disfrutar de la victoria».

Muchas veces antes le vinieron a la mente aquellas frases. Y las carcajadas de la mujer que aún retumbaban en sus oídos.

Pero nunca las había tomado demasiado en serio. Hasta ahora. Sentía que la vida se le iba. Que su fin estaba próximo.

—Señor, Dios padre, santa Virgen María, hágase vuestra voluntad —murmuró—. Si he de morir, que así sea. Pero dadme antes la victoria. No por satisfacer mi vanidad, sino por mi familia. Si me derrotan, la Corona de Aragón se perderá a manos de los franceses, que después se apoderarían también de Sicilia. No tendrían piedad para con mi esposa Constanza ni para nuestros hijos. Exterminarán a nuestros herederos legales. Os lo pido por ellos. Dadme la victoria y tomad mi vida si así ha de ser. Os lo suplico.

Pedro pasó el día siguiente cumpliendo con la rutina monástica y descansando. Y al tercero tomó sus armas y descendió, junto a su escudero, de la montaña, en cuya base le esperaba su hueste. Estaba listo para enfrentarse a su destino.

# 116

*Norte de Gerona, 15 de agosto de 1285*

Amanecía y una leve neblina se elevaba de los ríos que discu-rrían a los pies de la elevada mole de la ciudad de Gerona. El campamento francés se desperezaba cuando los centinelas die-ron la alarma. Del otro lado del río Ter, a una distancia menor que la de un tiro de ballesta, a la incierta luz del alba, discurría rumbo norte una tropa silenciosa envuelta por la bruma, de aspecto fantasmal, pero desafiante, de la que solo se oían los cascos de los caballos contra el camino. Los franceses se que-daron observándola atónitos, como si presenciaran una apari-ción.

—¡Es el rey de Aragón! —exclamó uno de los nobles, que corrió hacia la tienda real.

En efecto, la comitiva no solo mostraba las enseñas de oro y sangre de Aragón, sino la de la cruz de san Jorge con las cua-tro cabezas moras decapitadas del rey Pedro.

El de Cardona, avisado por sus centinelas, corrió lleno de alegría hacia las almenas de la ciudad. Supo que el rey estaba entre aquellos caballeros y se puso a gritar:

—¡Aragón! ¡Aragón!

Su gente le imitó ante el desconcierto de los franceses, que buscaban sus armas para repeler el posible ataque. Sin embargo, Pedro se limitó a saludar mientras su comitiva respondía al grito de Aragón. El río impedía un ataque y sus fuerzas eran demasiado reducidas para intentarlo con éxito. Se detuvo unos momentos y contempló el campamento francés y la ciudad sitiada para después proseguir su camino.

Los correos conocedores de la zona eran capaces de entrar y salir de Gerona, y dos días antes le había llegado a Pedro otro mensaje recordando que pasaban hambre. Y quiso dejarse ver para que el vizconde y su gente supieran que no estaban solos. También quería comprobar las condiciones del sitio. Rumiaba un golpe audaz que permitiera hacer llegar a la ciudad soldados cargados con pequeños sacos de trigo.

Desde el promontorio donde tenía su tienda, Felipe III, junto a sus hijos, el legado papal y varios de sus nobles, observaba a la tropa aragonesa del otro lado del río.

—¡Es él! —advirtió el cardenal—. Allí está su enseña. ¡Es nuestra oportunidad para acabar con Pedro de Aragón!

—No de inmediato, su eminencia —objetó tranquilo el joven Felipe—. De aquí a que nuestra caballería esté bien armada y pueda vadear el río, mi tío Pedro se encontrará lejos. Y no sería de extrañar que espere a que le sigamos para tendernos una emboscada, como tantas otras hemos sufrido.

—¿A dónde irá? —inquirió Carlos, el recién coronado rey de Aragón.

—Quizá trate de atacar nuestras líneas de suministro —murmuró el rey Felipe—. Con las tropas que le hemos visto no puede tomar ni Castellón ni Rosas.

—¡Es nuestra oportunidad! —insistió el legado Cholet—. Si capturamos o matamos a Pedro, tendremos la partida ganada. El enemigo se derrumbará. Enviad lo mejor de vuestras tropas.

—Bien decís, cardenal —aprobó el rey—. Desplegaremos diez veces más gente que la que él lleva y pondré precio a su cabeza. ¡Se inicia la caza!

*Norte de Gerona, por la tarde*

Pedro supo que iba a morir. Conocía lo suficiente de heridas para saber cuándo una era mortal. Y aquella lo sería. El mundo se detuvo en el momento en que aquel caballero navarro de la hueste francesa elevó el brazo para echarlo hacia atrás e impulsar una azcona montera que iba directa a su bajo vientre.

—¡Tan pronto no, Señor! —suplicó en aquel instante eterno en que el arma volaba hacia su cuerpo.

Acababa de perder su escudo en un choque anterior. No tenía ni forma ni tiempo para eludir el impacto y sus músculos se tensaron en espera del golpe.

—Nos hemos confiado demasiado —musitó Pedro cuando, momentos antes, los franceses los sorprendieron desbaratando a la infantería aragonesa, demasiado adelantada.

Los infantes que los acompañaban no eran almogávares, sino milicias ciudadanas que trataron de defenderse lanzando piedras y venablos contra aquel muro de acero, que avanzó con la precisión y disciplina propia de la caballería francesa. Fueron arrollados y masacrados.

—¡Señor, nuestros infantes están perdidos! —avisaron a Pedro.

Y cuando comprendió la situación, no pudo evitar murmurar para sí:

—¡Qué desastre! ¡Qué terrible error!

El peso de las armaduras era excesivo en una marcha y los caballeros no las vestían al completo si no era para entrar en combate. Y no estando armados con sus cotas de malla y celadas, no pudieron acudir de inmediato en ayuda de los infantes, que se habían distanciado. Pedro de Montcada fue el primero en enfrentarse con los franceses capitaneando un grupo de ochenta, mientras los demás, a toda prisa, trataban de aprestarse lo mejor posible para la lucha. Le siguió después Ramón de Montcada, señor de Fraga y senescal de Cataluña, con setenta caballeros más. Y, al final, Pedro con los cien restantes. La carga con lanzas fue terrible, y los franceses, ordenados, lograron desbaratar al primer grupo. Muchos de los caballeros cruzados que caían, a falta de infantería aragonesa que los rematara en el suelo, volvían a incorporarse ayudados por sus infantes, al contrario de lo que les ocurría a los aragoneses. Después de la carga, la lucha cuerpo a cuerpo se hizo desordenada y confusa. Pedro asestó un mazazo al pecho del abanderado, que se desplomó herido de muerte, pero de inmediato se elevaron varias enseñas francesas más. En el siguiente encuentro derribó también a su oponente, pero perdió el escudo, y fue entonces cuando aquel caballero le lanzó con gran fuerza la azcona.

El ruego de Pedro se vio atendido y el lanzazo fatal impactó en el arzón de su silla de montar. La punta lo traspasó casi en su totalidad, quedándose clavada a menos de dedo y medio de su cuerpo. Le hubiera matado. Pedro logró arrancar el asta, que se desprendió de la punta, y espoleando su caballo le asestó un mazazo a su enemigo en la cabeza. El navarro se desplomó, y Pedro llamó a un jinete auxiliar, una especie de almogávar a caballo, y le ordenó terminar con el caído. El hombre descabalgó y le hundió la daga en el cuello, entre la celada y la cota de malla. Pero entonces apareció otro francés que alanceó al almogávar. Pedro cargó contra él con su maza sin poder acertar al jinete, aunque le dio a la cabeza del caballo, que se derrumbó arrastrando al hombre.

En la confusión del combate, se vio entonces atacado por varios infantes y notó que le herían en un costado. Uno de ellos le sujetó las riendas para que no pudiera escapar al tiempo que se agachaba para no recibir el mazazo del rey. La situación era apuradísima y Pedro se vio perdido. Pero, rápido, desenfundó su daga con la izquierda y de un corte cercenó las riendas para abrirse paso a mazazos y escapar de la trampa.

El campo estaba cubierto de cuerpos de uno y otro bando y las fuerzas empezaban a escasear. Poco a poco, los contendientes se fueron separando. Pedro tenía más caballeros, pero los franceses conservaban sus infantes. Y ambos temían que llegaran refuerzos enemigos.

Mientras hacían balance de muertos y heridos, Pedro daba gracias a Dios. Le había regalado vida. La herida causada por el infante enemigo era más un golpe, pues su cota de malla había impedido que el arma penetrara en su cuerpo.

Pedro censuraba su imprudencia al deambular confiado al estilo caballero andante. La caballería francesa era temible.

# 118

*Gerona y Hostalrich, del 16 al 22 de agosto de 1285*

—Decidle a vuestro primo que nuestra caballería hirió al excomulgado de Pedro y que está muerto —le dijo el legado papal al conde de Foix—. Que no recibirá ayuda. Y que o rinde ahora la ciudad o pasaremos a todos a cuchillo cuando abran las puertas muertos de hambre.

Las ojeras del cardenal se habían pronunciado y parecía más delgado, pero su mirada de acero era tan dura como siempre. El de Foix se mantenía de pie con los brazos cruzados frente al rey, que se acomodaba en su trono rodeado del legado y los príncipes, sentados en lujosas sillas de tijera. Se encontraban en el interior de la suntuosa tienda del monarca y unos criados los abanicaban para espantar las moscas que cruzaban raudas con su molesto zumbido y los torturaban posándose en sus personas sin temor alguno. Acababan de asistir a la misa de la hora prima y ni allí dentro podían librarse de aquella asquerosa plaga, algo menos activa a primera hora de la mañana.

—Ayer noche capturamos un correo que el de Cardona enviaba a su rey —informó Felipe III.

—¡Ya no es rey! —intervino el joven Carlos—. ¡Yo soy el rey!

Felipe observó al adolescente por un momento para después continuar.

—No le quedan provisiones y pide ayuda —siguió—. En la ciudad se comen ya a los caballos. Y para llegar a eso hay que tener mucha hambre.

—¡No hay nada tan deshonroso, nada, como que un caballero se coma a su caballo! —insistió Carlos—. ¡Qué miserables!

—Os recuerdo, hermano —intervino el joven Felipe—, que, aunque vos comáis y bebáis a placer, nuestra chusma tiene la comida racionada. También se pasa hambre en este campamento. Les encantaría comer caballo.

—Volved y negociad con vuestro primo —continuó el rey sin, en apariencia, escuchar a sus hijos—. Decidle que hoy me siento generoso, que ha demostrado ser un hombre de valor, que no debe probar nada más y que esta es su última oportunidad para salvar la vida.

El de Foix inclinó la cabeza en afirmación.

—Así lo haré, señor.

Y después de una reverencia salió de la tienda para ordenar una bandera de parlamento.

—¿No será el conde más fiel a su primo que a vos? —inquirió el cardenal ceñudo una vez que el de Foix se ausentó.

Felipe se encogió de hombros.


—El vizconde quiere el permiso de su señor para rendir la ciudad —le comunicó el de Foix al rey después de una mañana de negociación con su primo.

—Pero ¿está loco? —inquirió el cardenal—. No tiene qué comer.

—Dice que aún puede aguantar un par de meses y que después se comerán las piedras —repuso el conde—. Y que no podréis tomar la ciudad hasta que el último de sus hombres haya muerto.

El rey miró al cardenal y después a su hijo mayor. Nadie abrió la boca.

—¿Qué opináis, conde? —inquirió al fin.

—Que está dispuesto a rendir la ciudad —repuso el de Foix enérgico—. Que desea hacerlo. Pero que antes de deshonrarse prefiere el sacrificio. Dejad que pida permiso. Pedro tendrá que dárselo. Solicitará los veinte días de honor y Gerona será nuestra.


—Tengo que dejar que el vizconde rinda Gerona —murmuró Pedro.

Se encontraba en el poderoso castillo de Hostalrich, a un día de camino al sur de Gerona, uno de los lugares desde donde se resistía y se hostigaba a las tropas francesas. Y había reunido el consejo de nobles de la hueste. Allí se encontraba su hijo Alfonso, sus hermanos el obispo de Huesca y Pedro de Ayerbe, y una representación de la nobleza que acudía por anticipado a la convocatoria para el próximo 1 de septiembre.

—Se ha comportado como un hombre de honor, padre —dijo Alfonso.

Hubo un murmullo de aprobación.

—Vuestros planes eran mermar a los franceses con ataques sorpresa y los rigores y enfermedades del verano —dijo el obispo—. Y se han cumplido con creces. Ahora también ellos están en apuros.

—Dadle los veinte días —sugirió Alfonso—. Si en ese tiempo no le hemos podido socorrer, que rinda Gerona.

—Veinte días nos pone en septiembre —calculó Pedro—. Y pienso contraatacar a principios. Cada día que pasa los debilita. Haré lo posible por socorrer a Ramón Folch, y si no lo consigo, que entregue Gerona con honor.

Hubo síes. Todos apreciaban la gesta del vizconde.

Recibido el permiso de Pedro, el de Cardona y el de Foix

acordaron veinte días con un margen de seis más para que los defensores retiraran sus armas y enseres. Durante ese tiempo de tregua, la ciudad no sería atacada y el ejército sitiador se limitaría a frustrar cualquier intento de ayuda. El acuerdo se firmó con cartas públicas notariales.

Pedro trazaba un plan tras otro para suministrar víveres a los sitiados, discutiendo con su hijo Alfonso sobre un mapa donde se representaban la ciudad, los ríos y el campamento francés.

—En unos días podremos lanzar un ataque de caballería por aquí. —Mostraba en el plano—. Mientras, unos mil peones, con pequeños sacos de trigo y víveres, entrarán por ese otro flanco para depositarlos a los pies del muro. Y los de Gerona podrán recogerlos protegidos por sus ballesteros.

Alfonso movía la cabeza dubitativo.

—Ellos siguen superándonos en mucho —decía—. Y bien sabéis lo poderosa que es su caballería. Me temo que ese plan conduciría al desastre.

Pedro apretaba los labios. Su heredero tenía razón, era una locura. Pero había que intentarlo. Mientras, las horas avanzaban inexorables hacia el 8 de septiembre, día pactado para la rendición.

Pero el 24 de agosto apareció un mensajero.

—¡Ha llegado una fusta a Barcelona! —anunció después de arrodillarse y besarle la mano a Pedro—. En dos días la flota de Sicilia arribará a la ciudad.

—Cancelad los planes para Gerona, Alfonso —le dijo aliviado a su hijo—. Que se la queden, que pronto la recuperaremos.

Y después de comer hizo ensillar su caballo y partió hacia Barcelona.

# 119

*Mesina, 18 de agosto de 1285*

No estaba acostumbrada a recibir reprimendas de mi esposo. Él, imbuido de su espíritu de caballero trovador, me proclamó pronto en nuestra relación como su dama. A veces, la devoción y pasión trovadoresca de sus misivas me llegaban al corazón y otras me parecían excesivas. Pero le seguía la corriente asumiendo el papel de gran dama, porque, además, lo era. Entraba en su juego de amor cortés, y en ese juego el único reproche que se le hace a la dama es por su ingratitud hacia el trovador que la corteja. Pero en el asunto de Alaimo, Pedro dejó el laúd a un lado para escribirme en lenguaje llano.

Estaba muy molesto por habérselo enviado, casi como a un preso, sin consultarle. Pero yo me decía que, le sentara bien o mal, él estaba en España y yo en Italia, y que yo tenía que hacer lo que tenía que hacer. Constanza de Hohenstaufen, reina de Sicilia y Aragón, ya no era la dama llorosa e insegura a la que él abandonó en Trapani, hacía ya más de dos años, para ir a correr sus aventuras.

Sin embargo, me alegraba el trato que le daba a Alaimo. El justicia siempre me cayó bien y le tenía afecto. Y si Pedro lo hubiera encarcelado, la noticia, tarde o temprano, hubiera llegado a Sicilia. Mejor así. Me sentía culpable del exilio de Alaimo.

Pero también lo era él. Le di a escoger y él escogió a Macalda. Y la única forma de librarme de la baronesa era librándome antes de él.

Alguna vez me asaltó el temor de que Alaimo, amigo de mi esposo, pudiera contarle lo de aquel beso furtivo. Pero esa inquietud se desvanecía al instante. Alaimo era un caballero y jamás delataría el desliz de una dama.

El frente en Italia seguía estable, a la espera de noticias de España, y Jaime continuaba con pequeñas escaramuzas en Calabria. Parecía que yo había logrado interceptar las cartas de Macalda. Pero a esas alturas tampoco me importaba. Pensaba persuadirle. Y se convenciera o no, la suerte de la baronesa seguiría siendo la misma.

La flota de Roger había partido hacía unos días hacia España con mis oraciones y las de Sicilia entera. Nuestro futuro dependía de ellos.

Un futuro en el que muchos deseábamos la paz. Y con ese propósito fui a ver, en uno de mis viajes a Palermo, a Carlos el Cojo en su prisión de Cefalú.

—Señor —le dije—, creo que en esta apartada fortaleza no sois de utilidad.

—¿Utilidad, señora? —inquirió extrañado.

—Y además vuestra vida sigue corriendo peligro en Sicilia.

—¿Y dónde podría ser útil?

—Vendréis conmigo a Palermo y, después, embarcaréis para España. Quiero que ayudéis a mi marido, una vez que la guerra lo permita, a preparar la paz.

Aunque su opinión contaba poco, al joven Carlos de Anjou le pareció bien. No era solo la paz. Carlos era un rehén muy valioso que Pedro podría usar si las cosas iban mal.

# 120

*Barcelona, 24 de agosto de 1285*

Súria contempló una franja gris en el horizonte entre el azul del cielo y del mar. El vigía había gritado «¡Tierra!» y todos se precipitaron a verla. La tripulación española estaba alborozada; hacía más de dos años que aquellos hombres abandonaron sus hogares y al fin regresaban. Vitoreaban alegres. Y los sicilianos, aunque solo curiosos, se unieron al alborozo de sus camaradas. Era una mañana calurosa, sin nubes, con un viento agradable que permitía navegar a vela, las gaviotas sobrevolaban la flota graznando y unos delfines traviesos los acompañaban saltando a proa y a los costados de las naves.

Ella no sintió nada especial. Nada tenía en las tierras que la vieron nacer, ni siquiera amigos, nadie la esperaba. Como a la gran mayoría de los almogávares. Su familia se encontraba ahora en Sicilia y nunca le había costado tanto embarcarse y dejarla atrás. Acariciaba continuamente el recuerdo de Rogeró, su bebé, que tenía ya tres meses. Su pataleo alegre en la cuna, los hoyuelos que se le formaban al reír mostrando las encías, o su boquita amamantándose de su pecho. El corazón se le partía de nostalgia. Había sido una tediosa travesía de casi veinte días plagada de recuerdos, y cuando por unos momentos su atención se centraba en lo que la rodeaba, sus pechos abultados por la leche destinada a su bebé los hacían regresar. También echaba de menos a Beatriu, que había parido una niña un mes antes, y a su sobrino Senén. Y las lágrimas acudían a sus ojos al recordar al pobre Pons. Nunca sus sentimientos habían sido tan poderosos.

Claro que parte de su familia navegaba con ella. Estaba el Rubio Abdón, su amigo. Y sus hombres, que la habían aceptado de nuevo como su líder después del parto, aunque ella sentía que algo había cambiado entre ellos. Y también estaba Roger. El almirante no se privaba ahora de mirarla con cariño y sonreírle. Y a veces, cuando la exigua intimidad de la nave lo permitía, le musitaba un «Te quiero» al oído. Y lo que antes la hubiera encolerizado ahora la confortaba y llenaba su corazón de gozo. Al pensarlo se extrañaba. Sentía que el almirante era algo suyo. Claro que su llegada a España cambiaría su relación. Porque él, en el sur, en Cocentaina, en el reino de Valencia, tenía a su esposa Margarita y a su otro hijo. ¡Con lo fácil que le resultaba la vida a Súria antes de complicarse con el almirante! Y ahora, en cambio, era un torbellino de sentimientos.

Pero llenaba sus pulmones de aire y se erguía. Ella era Súria, la adalid almogávar. La feroz guerrera. Continuaba siéndolo.

Roger se sintió feliz al oír al vigía. Le complacía regresar y ponerse a las órdenes de Pedro, al que apreciaba y admiraba. Hubiera deseado acudir en su ayuda antes, pero quería acogotar al enemigo en Calabria y Apulia y consolidar la situación en Sicilia, para que Constanza y su hijo no tuvieran que afrontar rebeliones o problemas militares en su ausencia. Era consciente de los peligros de una guerra contra un enemigo tan poderoso como era Francia. Pero le atraía la aventura. Y llevaba consigo a Súria. Ninguna batalla ganada le produjo mayor placer y plenitud que lograr que ella, al fin, le amara. Y que le diera un hijo. La maternidad la hacía más atractiva para él. Y ansiaba abrazarla, estrecharla contra su cuerpo, besarla. Todo lo que precisamente no podía hacer en la galera por muy almirante que fuera. Aunque ahora se permitía mirarla sin demasiados disimulos. Era para él un placer constante y continuo.

Al divisar tierra, la tripulación se afanó en terminar de engalanar las naves. Los mástiles estaban unidos por cuerdas de donde colgaban pendones y banderolas, y las carrozas, decoradas con ricas telas. Roger había aprendido de Pedro a impresionar al pueblo con una aparición brillante, que mostrara poder y confianza.

Súria vio la montaña de Montjuic, y después la ciudad que se definía conforme se aproximaban. Primero los muros y torres elevados sobre un promontorio de la muralla romana y los campanarios de las iglesias, y poco a poco fue distinguiendo una abigarrada multitud de casas, lo que parecía un mercado y muros defensivos. Y, al fin, las gentes que se apretujaban en la playa para recibir a la flota de Sicilia. Cuando se encontraron a un tiro de ballesta, Roger hizo sonar trompetas, chirimías y timbales, y la muchedumbre los aclamó entusiasmada. Todos querían ver a aquellos que tantas victorias le habían dado a la Corona de Aragón.

En paralelo y en perfecto orden, las galeras hundieron sus quillas en la arena y las tripulaciones permanecieron de pie, en posición marcial, en silencio. La música calló. El rey abordaría la nave para recibirlos. Era un gran honor.

Unos marinos montaron una pasarela desde la playa hasta la galera capitana y Pedro anduvo por ella pausado y solemne entre «vivas» y aclamaciones. Tan pronto como inició el ascenso a la nave, empezaron a sonar de nuevo trompetas, timbales y chirimías en su honor. Sin embargo, al alcanzar el rey la cubierta, la música calló de nuevo y se hizo el silencio.

Roger se arrodilló, tomó la mano del monarca y la besó.

—Mi señor, mi rey —dijo.

Pedro le hizo levantar para estrecharle con fuerza en sus brazos.

—Sed bienvenido, querido Roger.

Transmitían el gran afecto que se profesaban y todos los aclamaron.

Pedro y Roger desembarcaron juntos, montaron a caballo y, precedidos por un cuerpo de ballesteros y seguidos de un gran cortejo de nobles y músicos, se dirigieron al palacio real. La gente los vitoreaba entusiasmada. Estaban llenos de esperanza. El héroe del mar había llegado.

La marinería, tropa y almogávares desembarcaron a continuación. Todos debían regresar a dormir a las naves. En dos o tres días, cuando las galeras estuvieran aprovisionadas, partirían, y no se podía permitir la dispersión de los tripulantes. Sin embargo, Giacomo, el muchacho sin sonrisa, le dijo a la pelirroja cuando la encontró sola:

—El almirante desea veros en tierra. Y os suplica que os encontréis con él.

Súria sonrió. Roger le proponía una cita clandestina. Y después de las miradas, las sonrisas y palabras furtivas del disimulado cortejo que Roger le había dedicado durante la travesía, le apetecía abrazarle. Mucho. Pero no quería que su gente la viera como la amante de turno.

—Decidle que no es apropiado —repuso seria—. No quiero escandalizar a los míos.

—No escandalizaréis a nadie, señora. Al atardecer cambiaréis vuestra ropa de almogávar por una gonela de dama de calidad en un lugar de confianza, una toca de seda os cubrirá el cabello y, si así lo deseáis, parte del rostro. Nadie sabrá que sois vos quien entra y sale del palacio donde se aloja el almirante.

Súria quedó pensativa. La aventura y el encuentro furtivo con Roger la tentaban. Y sus deseos de abrazarle aumentaban con la propuesta. Mucho.

—El almirante me ha pedido que insista, que os suplique. Que os diga que él estaría encantado de hacer pública vuestra relación. Que esas precauciones son solo para complaceros a vos. Y que muy pronto volveremos a embarcar y necesita veros.

La pelirroja sonrió.

**Ver ilustración 10**

# 121

*Islas Formigues, 28 de agosto de 1285*

—Si tomamos Rosas, cortaremos el suministro de los cruzados —le decía Pedro a Roger—. Su puerto recibe las provisiones y los pertrechos que los sostienen.

Se encontraban en el palacio real, donde Roger pasaba la mayor parte del día poniendo al corriente al rey de los hechos de Sicilia, informándose de la situación en Cataluña y discutiendo la estrategia junto con el infante Alfonso.

—Pero antes de recuperar Rosas precisamos controlar el mar —apuntaba Roger—. ¿Con cuántas galeras cuentan los franceses?

—Después de la victoria de Ramón Marquet, podrían ser unas ochenta —explicaba Alfonso—. Pero están repartidas por todo el litoral, desde Marsella a Blanes. Nuestros corsarios los obligan a escoltar a sus naves de carga.

—Esas son buenas noticias. —Roger sonreía—. Podemos atacar a pequeños grupos.

—Mientras ignoren que habéis llegado de Sicilia, estarán confiados —advirtió Pedro—. Debéis partir cuanto antes. Hay que adelantarse a sus espías; de lo contrario, todas esas galeras se unirán en una gran flota para acabar con la nuestra.

—Cierto.

Ramón Marquet había partido días antes ignorando la próxima llegada de las naves de Sicilia, después de armar sus diez galeras en mejor estado. Y se detuvo en San Pol, a un día de navegación al norte de Barcelona, para varar las naves y repararlas mientras enviaba fustas de reconocimiento a informarse. Deseaba repetir lo logrado unas semanas antes.

Sin embargo, Ramón no era el único que precisaba información, y muchos eclesiásticos estaban de parte del papa y su cruzada. Así que el prior de la cartuja de San Pol envió mensaje al cardenal Cholet y al rey de Francia alertándolos de que las galeras que tanto buscaban estaban varadas en la playa de San Pol. De inmediato, las veinticinco galeras francesas, con la potencia y armamento de cuarenta, se dirigieron a destruirlas.

Pero, mientras, Ramón recibió el aviso de la llegada de la flota siciliana. Lleno de alegría, el viejo vicealmirante ordenó reflotar sus galeras y salió en busca de Roger.

El encuentro, el día 27 de agosto, fue emocionante. Las tripulaciones gritaban alborozadas saludándose. Ramón tomó una chalupa y subió a la nave capitana, donde Roger le recibió con un abrazo.

—Internémonos mar adentro para que no nos detecten y desde allí enviaremos vigías para ubicar al enemigo —le aconsejó—. Hay que pillarlos por sorpresa.

—Bien decís, Ramón —aprobó el almirante—. El primer golpe tiene que ser decisivo.

Sin embargo, el mismo día 27 llegaban a Barcelona cuatro galeras retrasadas de la flota de Sicilia.

—Reponed agua y provisiones y partid de inmediato para uniros al resto de la flota —le ordenó Pedro al capitán jefe, el tuerto Montoliu—. Una gran batalla se avecina y vuestro almirante os necesita.

Y a las cuatro galeras se unieron varias naves corsarias que preveían beneficios en la batalla.

Montoliu navegó hacia el norte siguiendo la costa en busca de Roger, y al doblar un cabo rocoso le aparecieron las veinticinco galeras francesas que iban a la caza de las diez de Ramón. Incapaz de hacerles frente, emprendió una desesperada huida rumbo noroeste, a remo y vela, con la esperanza de encontrar a Roger. Las veinticinco galeras francesas creyeron que aquellas naves eran las de Ramón y se fueron tras ellas.

Caía la tarde y continuaba la persecución cuando el almirante francés decidió regresar a la costa, anclar y pasar la noche en lugar seguro. Pensaba reemprender la caza con la luz del día. Y se fue hacia Palamós, puerto controlado por los cruzados.

Montoliu siguió navegando rumbo norte y, al fin, cerca de las islas Medas, se topó con la flota de Roger, que de inmediato convocó un pequeño consejo.

—Vamos a por ellos —dijo Roger cuando supo de las veinticinco galeras.

—En el mar no se acostumbra a pelear de noche —advirtió Montoliu.

—Podemos hacerlo. Hay algo de luna —dijo Ramón—. Solo que corremos el riesgo de terminar abordando una nave amiga.

—Por la noche es cuando mejor luchamos los almogávares —intervino Súria con una sonrisa—. Aprovechamos la confusión de los que no están acostumbrados.

—Se habrán refugiado en Palamós —intervino Roger—. Y aunque se les unan varias de las galeras del puerto, por primera vez estamos en superioridad. No dejaré que escapen. Vamos a por ellos.

Con las últimas luces del día divisaron en el horizonte, cerca de las islas Formigues, un poco al norte de Palamós, las galeras del rey de Francia fondeadas con una luz en su popa cada una. Desconocían la presencia de la flota siciliana y estaban confiadas.

Roger dio las órdenes. Atacarían en dos grupos, uno por cada flanco. Y para diferenciarse encenderían tres faroles, uno en proa, otro en popa y el tercero en el palo mayor. Rodearon con sigilo a las naves cruzadas y de pronto encendieron las tres luces, con lo que la superioridad numérica aparentaba ser aún mayor. Al mismo tiempo empezaron a tocar trompetas y timbales gritando «¡Aragón! ¡Aragón!».

Los sorprendidos franceses entraron en pánico al ver aparecer de la nada, en plena noche, una flota desconocida que los superaba ampliamente en número. Y tratando de confundir, aprovechando la oscuridad, también gritaron «¡Aragón! ¡Aragón!» para no ser identificados. Entonces los galeotes y marinos sicilianos se pusieron a gritar «¡Sicilia! ¡Sicilia!», y los franceses hicieron lo mismo. Y en su intento por camuflarse, empezaron a encender más faroles.

Roger no esperó más y, lanzando una nube de virotes de ballesta, embistió por el flanco una galera provenzal produciendo tal impacto que una gran parte de los ballesteros y la tropa enemiga fue a caer al mar. De inmediato, Súria, el rubio Abdón y sus almogávares se lanzaron al abordaje gritando a todo pulmón.

—*Au! Au!* ¡Aragón! *Desperta, ferro!*

A pesar de la tensión y el peligro, la pelirroja se sentía feliz. Volvía a ser la misma. Y se sentía cómoda luchando de noche.

El resto de las naves de Roger y Ramón se lanzaron sobre las que pudieron identificar en una batalla tan dura como confusa que terminó con la huida de doce de las galeras provenzales, aunque con sus tripulaciones diezmadas por los ballesteros españoles. Las otras trece fueron capturadas. El primer impulso de Roger fue perseguirlas, pero las galeras francesas acostumbraban a ser menos sólidas, pero más rápidas que las suyas, y desistió.

—Ya los cazaremos en otra ocasión —le dijo a Giacomo.

Aquella misma noche reunió a los capitanes.

—Vamos a desarmar nuestras trece galeras más deterioradas para armar a las trece capturadas —les dijo—. Las suyas son nuevas, tienen un año o menos, y las nuestras cargan con años y batallas.

Hubo murmullos de aprobación.

—Empezaremos justo al amanecer —continuó—. No nos podemos entretener. Terminaremos con lo que quede de la flota francesa antes de que se reponga.

Al día siguiente desembarcaron en Palamós, capturaron varias embarcaciones y tomaron la ciudad, que, al ver a la armada aragonesa, se rebeló contra la guarnición francesa. Después se procedió afanosamente a acondicionar las galeras y a inventariar el botín. Roger envió las trece galeras viejas desarmadas a Barcelona, y volvió a reunir a sus capitanes.

—Señores —dijo—, ha llegado el momento de que los cruzados franceses prueben su propia medicina. El terror.

Hizo una pausa. Todos le escuchaban con atención.

—Hace ochenta años, en la anterior cruzada contra Occitania y la Corona de Aragón, los cruzados demostraron su crueldad. En ciudades como Béziers asesinaron sin piedad a hombres, mujeres y niños, a cristianos y a herejes. Aquí hicieron lo mismo en Salses y Elna. Y todos eran buenos cristianos. Al rey Felipe le gusta ondear su oriflama de muerte. Ahora le demostraremos que nosotros no matamos a mujeres y niños, pero que damos un castigo ejemplar a quienes, prepotentes y arrogantes, se atreven a invadir nuestra patria. Varios miles de franceses y provenzales han muerto en la batalla. Y capturamos a seiscientos. Son gente de mar que no dejaré que vuelvan a embarcar. Le enviaremos al rey Felipe un mensaje que no olvidará.

Roger hizo apartar a los cincuenta prisioneros nobles susceptibles de cobro de rescate.

—Seréis testigos del destino que les espera a quienes invaden la Corona de Aragón —les anunció.

E hizo separar a los trescientos prisioneros heridos y ordenó que los ataran en largas cuerdas sujetas a la popa de una galera. Al toque de trompeta, la nave hundió sus remos en el mar y partió arrastrando a los heridos hasta que todos se ahogaron. Después les tocó el turno a los doscientos sesenta prisioneros ilesos. Con una cuchara, se les extrajeron los ojos a todos, con excepción de uno, al que se le perdonó un ojo. Su misión era guiar al resto hasta Gerona para darle la noticia al rey Felipe. Y así, con el tuerto de guía y los demás en una larga hilera, apoyando la mano en el hombro del que le precedía, los puso en el camino. Un camino de un día, aunque Roger estaba seguro de que la caballería francesa los encontraría antes.

—Si lo que pretendéis es impresionar a los franceses, quizá lo logréis —le reprochó Súria en un momento que le encontró a solas—. ¿Es esa una competición de crueldades?

—Lo de los ojos no es mérito mío, Súria —respondió él sonriéndole—, sino que lo inventaron los franceses en la cruzada contra los cátaros y Occitania. Hoy prueban su propia medicina.

Con la misma rapidez que acostumbraban en sus ataques en Italia, embarcaron de inmediato hacia el golfo de Rosas, donde sorprendieron a media docena de galeras que custodiaban el puerto y que desconocían lo ocurrido en la batalla nocturna de las islas Formigues. Las galeras francesas huidas de la batalla, temiendo ser perseguidas, habían continuado hacia el norte sin detenerse a avisar. Roger se apoderó de las naves del puerto y desembarcó a sus tropas para tomar la ciudad y el castillo, que alojaban una importante guarnición francesa. La población de Rosas, al ver la escuadra, también se sublevó contra los galos. El combate fue duro e intenso, pero al final los franceses huyeron, no sin antes incendiar la población.

Roger no se detuvo en Rosas, sino que siguió hacia el norte en busca de las galeras francesas huidas, y al no encontrarlas, penetró en la bahía de Cadaqués, otro de los puertos usados por los franceses, y allí se apoderó de tres naves cargadas con las pagas del ejército galo.

—Dominamos el mar —le dijo Roger a Giacomo—. Ahora toca vencerlos tierra adentro.

# 122

*Gerona, 30 de agosto de 1285*

—Señor. —El mensajero se arrodilló para besarle los pies a Felipe III.

Después del rezo de la hora prima, el rey se encontraba junto al legado papal Cholet y a sus hijos desayunando al aire libre un costillar de cordero, pastel de ciervo y unas codornices, todo bien regado con buen vino borgoñón. Nubes de moscas los asediaban a pesar de las horas frescas de la mañana. Aprovechaban el momento para comer en el exterior. Unos criados los abanicaban para ahuyentar a los dípteros. El abigarrado campamento de cientos de tiendas y miles de hombres que dormían al aire libre desprendía ya un olor nauseabundo. El calor del día lo iba a empeorar. La actividad se reducía a mantener el sitio y a asegurar que el rey Pedro no suministrara alimentos a los defensores. La espera a que el de Cardona cumpliera el pacto rindiendo la ciudad era tediosa y aún faltaban diez interminables días.

—¡Habla! —urgió al emisario empujándole con el pie.

—Señor, nuestros vigías en la costa vieron galeras aragonesas en mal estado regresando a Barcelona —dijo el hombre—. Creen que huían derrotadas.

Ignoraban que eran las naves deterioradas que Roger enviaba a Barcelona después de la batalla de islas Formigues.

—¡Alabado sea el Señor! —exclamó el cardenal.

—¿Las perseguía alguna nuestra? —quiso saber el joven Felipe.

—No vieron naves nuestras.

—Nuestro almirante debió de alcanzar al fin a esas galeras —murmuró el rey—. Tenemos vía libre por mar a Barcelona.

—¡Qué ganas tengo de dejar este sitio asqueroso! —dijo el joven Carlos—. Espero que mi reino tenga lugares más agradables que este pantano.

—Una vez que rindamos Gerona y la dejemos bien guarnecida, caeremos sobre Barcelona por tierra y mar —dijo el legado papal.

El joven Felipe los miraba impasible, sin pestañear, pero no dijo nada.

—Necesitamos conocer lo ocurrido —dijo el rey—. Y reagrupar nuestras fuerzas en una gran flota. No esperaré a que se rinda Gerona. Dejaremos aquí a unos seis mil y marcharemos hacia el sur. Las murallas de Barcelona son débiles por tierra y carece de ellas por mar. Desembarcaremos en sus playas.

—Que así sea —dijo el cardenal—. Y ahora oremos para dar gracias y pedir la ayuda divina.

La alegría duró hasta después de la cena, cuando empezaban a apagarse las últimas luces del día.

—¡Señor, perdonadme! —le suplicó uno de los nobles más cercanos a Felipe hincándose de rodillas frente a él.

—¿Perdonaros? —inquirió extrañado el rey—. ¿Por qué debo perdonaros, mi fiel Jean?

—Porque he de daros una mala noticia. ¡Una noticia terrible!

—¿Cuál? —inquirió el monarca poniéndose de pie alarmado.

—Salid y vedlo vos mismo, mi señor.

Felipe se precipitó fuera de su tienda seguido del legado papal y de sus hijos. Y bajando el pequeño promontorio sobre el que se asentaban la tienda real y las de los grandes nobles, los vio. Eran trescientos hombres de lamentable aspecto y sin ojos, unos sentados en el suelo y otros tumbados. Los auxiliaron antes de llegar al campamento, pero la noticia se retrasó porque nadie se atrevía a dársela al monarca.

—Son los marinos de nuestra armada —murmuró el noble.

Horrorizado, el rey Felipe notó como si un puño de hierro le retorciera los intestinos, las piernas le flaquearon y tuvo que apoyarse en su heredero para no caer.

—¿Qué ha pasado? —inquirió con un murmullo.

—¡Habla! —ordenó el noble a un marino que miraba al rey con un único ojo asustado y se cubría el otro con un parche.

Y relató a trompicones el asalto nocturno, el ahogamiento de los heridos y el cruel castigo que el almirante aragonés había infligido al resto de los supervivientes sin recursos para pagar un rescate.

—Gritaban «¡Sicilia!». Se trata de la flota de Roger de Lauria —anunció el joven Felipe.

Los demás le miraron en silencio consternados.

—Padre, regresemos a vuestra tienda para discutir la estrategia —prosiguió el heredero tomándole del brazo—. ¡Haced llamar al conde de Foix! —ordenó de camino.

—Seguramente el de Lauria estará atacando Rosas en estos momentos —dijo el joven Felipe una vez que se acomodaron dentro de la tienda real.

—¡No podemos perder Rosas! —exclamó el rey—. Enviaré tropas para reforzarla.

—¡Que salgan de inmediato! —ordenó el legado papal.

Sonó como si quisiera tomar el mando ante el aspecto atribulado del monarca.

—Es una buena idea —aprobó el conde de Foix—. Solo que está anocheciendo y de aquí a Rosas hay día y medio de camino.

—Si el de Lauria ha ido contra Rosas, cuando lleguemos ya habrá tomado la ciudad —murmuró el joven Felipe.

—Quiere cortarnos los suministros por mar —se lamentó el rey.

Se sentía fatal y a los retortijones de tripas se les unieron náuseas y deseos de vomitar. Se internó a toda prisa en la parte privada de su tienda y fue directo a donde los criados tenían dispuestas las bacinas. El ruido que producía el monarca era inconfundible. Los demás quedaron en silencio mirándose.

—Si nos cortan los suministros por mar… —repitió al rato el cardenal como tratando de asimilar la situación.

Sus ojeras parecían haberse acentuado y su mirada gris había perdido su dureza.

—Nos tendremos que retirar, su eminencia —dijo Felipe—. A no ser que aprendamos a comer piedras.

—Dios nos ha de proveer —afirmó el eclesiástico.

—Pues debéis rezarle más, cardenal —repuso rápido Felipe—, porque parece que de momento provee mejor a nuestros enemigos.

A pesar de la habitual inexpresividad del heredero, su mirada y su tono denotaban un profundo desdén.

—Tenemos que encontrar soluciones —intervino el joven Carlos—. Estamos a punto de tomar Gerona y nuestro ejército es mucho más poderoso.

—La única solución es que os olvidéis de Barcelona y que regresemos a Francia —sentenció Felipe.

—¡No puede ser! —sollozó el adolescente.

Sonaba a olvidarse del reino cuya corona ficticia portaba.

En los días siguientes se confirmó la pérdida de Rosas, de Cadaqués y, para empeorarlo, la de las tres naves con la paga de la tropa. A las enfermedades, a las moscas, a los olores fétidos, al calor del verano y a la escasez de alimentos se sumaba ahora la pérdida de la soldada.

—No nos iremos de aquí hasta tomar Gerona y dejarla

bien aprovisionada de gente, víveres y armas —prometió el rey Felipe—. Pedro de Aragón no podrá socorrerla y será nuestra.

Pero a pesar de las atenciones médicas, la indisposición del monarca persistía.

# 123

*Cadaqués, 4 de septiembre de 1285*

—No le concederé tregua alguna al rey de Francia —dijo Roger—. Ninguna en absoluto.

Se encontraba en Cadaqués, donde su escuadra llevaba unos días anclada en su amplia y bien protegida bahía. Antes había llegado hasta Narbona en busca de las galeras francesas huidas sin encontrarlas. Mientras, el vicealmirante Marquet terminaba de limpiar la costa catalana de cualquier presencia francesa. Y también de los corsarios, que ahora se habían convertido en una molestia. A falta de naves francesas, atacaban las genovesas y venecianas que, haciendo caso omiso a la prohibición del papa, comerciaban con la Corona de Aragón.

Desde Cadaqués, Roger bloqueaba la llegada de suministros para los cruzados. En el puerto de aquel pueblo blanco de pescadores, con un pequeño castillo en el promontorio que lo dominaba, se encontraba el almirante, al aire libre, sentado en una silla de tijera, con las galeras de fondo. Una brisa marina movía las jarcias de las naves y las hojas de los árboles.

Frente a él, se hallaban dos personajes que habían llegado a través de los serpenteantes y abruptos caminos de la península del cabo de Creus con un salvoconducto previo y una nutrida escolta. Eran el conde de Foix y el hermano del conde de

Pallars, que, al igual que el de Foix, era un antiguo enemigo de Pedro, ahora al servicio del rey de Francia. Habían acudido a parlamentar en nombre del monarca galo. Un grupo de curiosos los rodeaban, entre los que se encontraban algunos capitanes de galeras, Galcerán, Súria y su amigo Abdón.

—No seáis tan altanero y mal educado, Roger, al negarle tregua a tan gran señor como es el rey de Francia —repuso airado el conde de Foix—. Cuidad, que os arrepentiréis. Hasta el momento habéis tenido una buena estrella, pero no durará siempre. Porque el rey de Francia construirá en solo un año trescientas galeras, mientras que vuestro rey Pedro, que es pobre, no podrá armar ni veinte. Y entonces veréis a quién le sonreirá la fortuna.

—No es altanería ni mala educación, conde —repuso Roger tranquilo y con la sombra de una sonrisa en sus labios—. Solo que no deseo darle tregua al rey de Francia. Porque mi señor el rey de Aragón y Sicilia tampoco lo haría. Y ya puede construir vuestro señor cien galeras, que yo con apenas diez las vencería. Y si construye mil, las venceré con cien. Y desde ahora ninguna nave se atreverá a cruzar este mar sin licencia del rey de Aragón y ni siquiera los peces osarán asomarse fuera del agua sin la enseña de sangre y oro marcada en su cola.

Los embajadores franceses quedaron mudos ante semejante respuesta, mientras los testigos, en especial Súria, celebraban su contundencia con murmullos y risas apagadas. Aun conscientes de la exageración, la respuesta los complacía. Era lo que querían oír de su líder. El de Foix comprendió que nada podía hacer y se limitó a sonreír burlón ante la respuesta. Pero el desastre para Francia le era evidente.

La pelirroja observaba al almirante como si lo viera por primera vez. Su altura, su apostura y seguridad, su rostro anguloso, sus grandes ojos oscuros y el hoyuelo en la barbilla. Nunca había sentido el orgullo de poseerlo de la forma en la que una mujer puede poseer a un hombre. Era suyo. Buscó con la mirada a Giacomo de Flor. Estaba allí, entre los espectadores. Le daría recado para que le dijera al almirante que aquella noche deseaba dormir con él.

# 124

*Vilanova de la Muga, 28 de septiembre de 1285*

—«Señor don Pedro, rey de Aragón, estimado y respetado tío mío —dictó el joven Felipe—. Mi padre el rey de Francia sufre una grave enfermedad y está viviendo sus últimos días. Debemos regresar a Francia y os ruego que nos permitáis el paso por el puerto de Panissars. Porque más os vale que yo sobreviva para ser el próximo rey y no otro. Si decidís acceder a mi ruego, Dios, nuestro señor, os bendecirá por ello y grandes bienes redundarán en nuestras naciones. Vuestro sobrino, Felipe, rey de Navarra».

E hizo mandar la carta y dos copias a Pedro por tres mensajeros distintos. Ni su padre, que había delegado su autoridad en él, ni el cardenal Cholet lo supieron.

A pesar de su enfermedad, el rey Felipe no quiso abandonar el pantanoso lugar entre los ríos Ter y Oñar hasta que el vizconde de Cardona le entregó la ciudad, lo que ocurrió dieciocho días antes de la carta escrita por su heredero.

El de Cardona apuró al límite el tratado, a pesar de la falta de alimentos, solicitando carruajes para llevarse de la ciudad todo aquello que pudiera ser de utilidad a los franceses. Y al fin, el día 10 de septiembre, el vizconde, como último defensor de la plaza, le entregó las llaves al joven Felipe. Este designó una fuerte guarnición para defender la ciudad y la proveyó de abundantes víveres y armas. Y de inmediato ordenó la retirada, que dijo era solo táctica, para pasar el invierno al otro lado de los Pirineos y regresar en primavera con una fuerza aún mayor. Y el día 13 de septiembre el ejército cruzado abandonó Gerona, y sus moscas, para tomar el camino de Francia.

Pero para colmo de males, a pesar de los rezos continuos del cardenal Cholet y su corte de eclesiásticos, solo iniciado el camino empezó a caer un verdadero diluvio. El agua penetraba en el interior de las tiendas, y caballos y personas se hundían en el barro de los caminos. Peor era para la litera que transportaba al rey, que aquejado de diarreas, vómitos y fiebres no podía montar a caballo. Las ruedas de los carros, que cargaban pertrechos, heridos y enfermos, se atoraban en los lodazales y no había forma de avanzar. Los franceses enfermos morían a cientos y apenas eran enterrados en las cunetas. La mortandad de caballerías era peor aún y había que abandonar carros y fardos en los caminos. Los franceses no conservaban ni una cuarta parte de las acémilas con las que entraron en España. Al llegar a Vilanova de la Muga, el joven Felipe dio unos días de descanso a su ejército para reponer fuerzas e informarse de cómo salir mejor de España.

El futuro rey envió órdenes al otro lado de los Pirineos para que todas las tropas disponibles del sur de Francia acudieran en su ayuda, socorro que también solicitó a su tío Jaume de Mallorca.

Pero el paso por el que habían entrado estaba bloqueado, al igual que todos los demás. La única opción de escape era Panissars, donde Pedro había esperado, con todo tipo de fortificaciones y trampas, al ejército cruzado unos meses antes. Era una ratonera. En una acción desesperada, Felipe ordenó a sus huestes tomar Besalú para proteger su retirada, pero fueron derrotadas. Y sospechó que no recibiría ayuda. Las tropas que acudían en su auxilio no se atrevieron a cruzar los Pirineos.

El joven Felipe se había opuesto sin éxito a la cruzada y su misión ahora era tratar de minimizar el desastre, aprovechando su buena relación con su tío. Fue desde Vilanova, al comprender lo desesperado de su situación, desde donde envió las cartas a Pedro. Su súplica era humillante para Francia y para el papa, pero sin el consentimiento de Pedro no podrían salir de España con vida él y su familia.

Pedro recibió las cartas en Darnius, muy cerca ya del paso de Panissars, desde donde vigilaba al ejército francés, que se encontraba detenido a solo medio día de camino.

Después de que Roger de Lauria bloqueara a los franceses por mar, sabía que tendrían que retirarse. Y ordenó que su gente se dirigiera a los Pirineos para hacerle pagar caro a los restos del ejército cruzado su invasión y sus crueldades.

Calculaba que los supervivientes eran menos de un tercio del ejército original y decidió no sacrificar a sus hombres, en una lucha a campo abierto, contra un ejército derrotado que se moría por el camino. Y reunió a su consejo para tratar la súplica de su sobrino.

—No podemos dejarlos ir sin más —dijo Alfonso—. Deben sufrir un castigo ejemplar. Que conozcan el coste de su orgullo, de su prepotencia y crueldad. Yo no aceptaría, padre.

—Si perpetramos una matanza indiscriminada y mueren el cardenal Cholet y su corte de eclesiásticos papales, Roma demonizará a la Corona de Aragón —argumentó el obispo de Huesca.

—¿Más aún? —inquirió Pedro con una sonrisa que iluminó su barba castaña—. ¿Nos puede Roma odiar más?

—Sí que puede —afirmó el obispo—. La actitud del nuevo papa no es tan cerrada como la del anterior. Concede rebajas de impuestos y mejor trato a las gentes del reino de Sicilia que siguen bajo el poder de los Anjou.

—No será por piedad, sino para que no se rebelen y se nos unan —gruñó Alfonso.

—Pues no pienso dejar sin castigo a los clérigos que nos han traicionado —anunció Pedro dirigiéndole una dura mirada a su hermano—. Empezando por el obispo de Gerona. Como nobles y súbditos míos, están obligados por la ley de esta tierra a defenderla. Pero muchos apoyaron al invasor.

—Sed piadoso con ellos. Tenían un difícil conflicto de fidelidades. Además, debéis mirar a largo plazo, hermano, y no dejaros llevar por vuestra justa cólera. —El obispo tenía tonos suaves, conciliadores, untuosos—. No podemos enfrentarnos eternamente a poderes tan superiores y esperar ser tan afortunados como ahora y ganar. Llegará un momento en que habrá que pactar, por nuestra parte y por la suya.

—Veo difícil el pacto —murmuró Pedro—. El papa quiere que devuelva Sicilia. Y Sicilia es, por derecho, de mi esposa la reina Constanza. No la devolveré.

—Habrá que pactar, hermano —insistió Jaume—. Si el cardenal Cholet y los suyos mueren cruzando el Pirineo, Roma clamará venganza. Y venganza tomará también el próximo rey francés si matamos a su rey actual y a sus herederos. Por muchos franceses que caigan estos días, Francia seguirá teniendo quince veces más habitantes que vuestros reinos. Se sentirán obligados, por su orgullo y su honor, a volver a invadirnos.

Pedro quedó pensativo.

—Pues salvad a la familia real y a la legación papal —aconsejó Alfonso—. Y que caigan los demás para que escarmienten y tarden muchos años en reponerse.

—Bien decís, hijo —afirmó el rey después de pensarlo—. Hay que condenar a los más para salvar a los menos. Porque nuestra gente, que espera en el paso de Panissars, no dejará que los franceses se vayan sin más. Quieren venganza, arrebatarles sus vidas y sus pertenencias.

Ejerceré la piedad, señora —le escribió a Constanza—, y no solo porque aprecio a mi sobrino Felipe, sino porque mi hermano el obispo tiene razón. Me interesa que el futuro rey de Francia nos deba un gran favor. Y porque la matanza de la nobleza y eclesiásticos nos daría mala fama frente al resto de la nobleza europea, que el papado se encargaría de transmitir y multiplicar. Mi cuñado y el cardenal escaparán sin el castigo que merecen.

Señor Felipe, dilecto sobrino mío, ilustre primogénito del rey de Francia —respondió Pedro, sin mencionar el título de rey de Navarra del joven, pues no aceptaba que los galos se quedaran con aquel reino que consideraba que le pertenecía por herencia. Mantenía su intención de recuperarlo—. Por el amor que os tengo a vos y por la misericordia que Dios, nuestro señor, nos exige, os concedo la merced que me solicitáis. Enviaré un mensaje a mi hermano el rey de Mallorca para que os espere con su caballería al otro lado del paso. Y haré todo aquello que esté en mi mano para que mis caballeros os respeten y protejan. Pero no os puedo garantizar lo que hagan los almogávares y gentes de mar llegadas con la flota, ya que seguirán sus instintos. Usad la oriflama, que alzasteis como enseña de muerte, como señal de vida y agruparos a su alrededor. Ondeadla, y los que os encontréis junto a ella seréis protegidos. Que Dios, nuestro señor, se apiade del resto. Vuestro tío

PEDRO, REY DE ARAGÓN Y SICILIA

## 125

*Coll de Panissars, 30 de septiembre de 1285*

Tan pronto como el joven Felipe recibió respuesta, ordenó reemprender la marcha. En un penoso avance lograron acampar al día siguiente en la Junquera, vigilados de cerca por la hueste de Pedro. Y el día 30 de septiembre los franceses iniciaron el agónico cruce del paso de Panissars.

Allí, al borde del largo y estrecho camino, emboscados en la maleza, trincheras y fortificaciones, los esperaban milicias ciudadanas, las huestes del rey y de los nobles, ballesteros de la flota de Roger y almogávares, tanto llegados de Sicilia como locales.

Desde un altozano que permitía una amplia vista del paso, se erguía orgulloso el rey Pedro, apoyándose amenazante en su espada, junto al almirante Roger de Lauria, secundado por nobles de sus reinos y condados. Era su gran momento de gloria. Iba a contemplar el fin de aquel enorme y temido ejército que pretendía acabar con él y su familia y arrebatarle sus reinos. Solo le importunaba una insistente tos.

Más abajo, cerca del camino, aguardaban Súria, el Rubio Abdón y Galcerán, junto a otros adalides almogávares y sus hombres, que esperaban ansiosos el momento de caer sobre los vencidos. Tenían órdenes tajantes de Roger. No solo no podían atacar al grupo de caballeros que avanzaba rodeando aquella enseña que representaba oro y fuego y que llamaban «oriflama», sino que debían protegerlos.

La discusión, unas horas antes, había sido acalorada.

—¿Por qué siempre salváis a los vuestros, a los nobles, y sacrificáis a la gente del pueblo? —le increpó Súria airada. Como hija de siervos de la gleba, había sufrido la esclavitud y los abusos de la nobleza—. ¿Por qué los pobres tienen que pagar por los pecados de los ricos que los llevan al matadero? Después de la batalla de las Formigues perdonasteis a los cincuenta nobles y a los demás los ahogasteis o les arrancasteis los ojos.

—Lo de los cincuenta hasta podemos entenderlo —dijo Galcerán, que no parecía compartir la inquietud de la pelirroja—. Representan oro en rescates. Y ese lenguaje lo comprendemos. Pero no nos haréis tragar que debemos permitir que los grandes nobles franceses salgan de España llevándose sus riquezas. ¡Y encima nos exigís que los protejamos! ¿Con quién creéis que estáis hablando, almirante?

—¡Que el rey de Francia, sus hijos y ese cardenal cruzado se lleven su merecido! —exclamó Súria—. Ellos han sido los responsables de tanta angustia, dolor y muerte. ¡Que paguen por ello! Y recibamos nosotros justa compensación por nuestro trabajo llevándonos los tesoros que cargan.

—No te enfades con el rey y el cardenal, Súria —rio el Rubio Abdón—. Provocaron esta guerra que nos da trabajo. Les tienes que agradecer el botín que guardamos en las naves al que sumaremos el que hoy y mañana saquemos de aquí.

La pelirroja soltó un bufido como respuesta y se quedó mirando a su amante ceñuda. Roger se mantenía erguido. Los observaba elevando sus cejas, evaluándolos.

—El rey Pedro lo ordena —dijo al fin—. Y tiene razones que vosotros ni comprendéis ni tenéis por qué comprender. Todos aquellos que quieran volver a embarcar en mis naves obedecerán. Llevamos años juntos y nunca nos hemos defraudado. Confío en vosotros y espero que vosotros hagáis lo mismo conmigo.

—Vivimos de lo que le arrebatamos al enemigo, almirante —repuso Galcerán—. No nos pidáis que dejemos escapar a los cerdos más gordos.

—Una vez que pasen esos, quedarán aún miles y miles de franceses —explicó Roger—. Las mulas van cargadas de equipajes y los soldados llevan consigo todo lo que tienen; la paga de esta primavera y de verano, más aquello que robaron en nuestras tierras. Tendréis tanto que no podréis cargar con ello y vuestras sobras harán ricos a otros. Confiad en mí y obedecedme.

Galcerán gruñó y miró a Súria y a Abdón. Después respondió:

—Si otro se atreviera a darnos esa orden, le degollaríamos de inmediato —arrastraba las palabras—. Aunque bien decís. Llevamos mucho tiempo luchando juntos. Yo confío en vos. Pero quiero saber qué opinan mis camaradas.

—Acepto —dijo el Rubio Abdón.

Los tres miraron a Súria, que se mantenía ceñuda.

—Es injusto —repitió—. Deben ser castigados. Con más razón los nobles que los plebeyos.

—No es el momento de cambiar el mundo, Súria. —Roger suavizó su expresión para mirarla con cariño y sonreírle—. El tiempo acucia.

—Sea —dijo ella al fin—. Pero es injusto.

—Ahora debemos convencer a nuestra gente —dijo Galcerán—. Y no creo que nos sea tan fácil como os ha sido a vos. Tenéis nuestra palabra de que lo intentaremos. Pero no os asombréis si algún rey muere hoy.

—¡Quien con toda seguridad morirá hoy es quien ataque a la oriflama! —repuso Roger elevando la voz—. ¡Ahorcaré a quien lo haga! Hacédselo saber a los vuestros.

Y fue a reunirse con Pedro.

El rey de Francia se encontraba inconsciente en su litera y había que cambiarle los paños con frecuencia. Y el futuro rey dispuso a su ejército con los quinientos mejores caballeros en la vanguardia seguidos de mil que protegían a la familia real, al legado papal y sus eclesiásticos, junto a los grandes nobles supervivientes, que avanzaban portando la oriflama. Y atrás se movía a pie la gran masa de soldados, ribaldos y conductores de largas filas de acémilas que arrastraban carros y portaban en sus lomos todo tipo de cofres y fardos. Cerraban el desfile tres mil quinientos caballeros que protegían la retaguardia.

Tan pronto como los primeros penetraron en el paso, los almogávares empezaron a golpear el metal de sus armas a compás y a gritar:

—*Desperta, ferro! Au! Au!* ¡Aragón! ¡Aragón!

Pronto los imitó el resto, produciendo un sonido espeluznante que retumbaba en las paredes rocosas. El heredero de Francia sintió un escalofrío y por un momento dudó en seguir a su vanguardia, que, temblorosa, había penetrado ya en el paso. Pero no tenía otra opción que confiar en la palabra de su tío, regresar sería peor. Miró a su hermano Carlos, encorvado sobre su caballo, que le observaba acongojado con sus redondeadas mejillas cruzadas de lágrimas. El sueño de su reino en España se había convertido en una pesadilla. Más allá, el cardenal Cholet, también encogido sobre su mula, había perdido la dureza de su mirada, que ahora deambulaba inquieta y temerosa hacia aquellos malcarados que los vigilaban, gritando desde las rocas y trincheras, listos para saltar sobre ellos. No paraba de recitar salmodias y súplicas que sus canónigos coreaban.

Al aproximarse la oriflama y su séquito, los gritos cambiaron. Ahora clamaban al rey Pedro, al que podían ver impávido sobre la elevación desde donde lo controlaba todo.

—¡Qué vergüenza, señor! —aullaban—. ¡Hiramos! ¡Matemos! ¡Vergüenza!

Había ordenado que nadie se moviera antes de que él hiciera ondear su enseña. Pero cuando los de la oriflama empezaron a cruzar, el griterío se hizo colosal.

—¡Vergüenza! ¡Qué vergüenza! —vociferaba la tropa—. ¡Hirámoslos! ¡Matémoslos!

Pero Pedro, acompañado de Roger, se mantenía erguido, con los pies bien plantados en el suelo contemplándolo todo sin ondear su enseña.

El adolescente coronado rey de Aragón cerró los ojos para dejar de ver aquellas miradas deseosas de sangre que le observaban desde los bordes del camino y confió en que su caballo siguiera al de su hermano. Oía como el cardenal subía el volumen de sus súplicas y se unió a ellas. Y prometió grandes donaciones a san Denis si le permitía salir con vida de su fantasmal reino.

Los almogávares de Súria, Abdón y Galcerán se encontraban al final del paso. Esperaron a que el último de los caballeros que seguían la oriflama enfilara la salida y a que llegara la primera mula la larga fila que los seguía. Entonces Galcerán gritó:

—*Desperta, ferro! Au! Au!* ¡Matemos!

Saltó al camino y con su azcona ensartó al soldado que conducía la primera de las acémilas. De inmediato, Súria, Abdón y todos sus almogávares se abalanzaron sobre la soldadesca cruzada lanzando azconas y venablos con sorprendente precisión. El rugido era inmenso y parecía como si una avalancha a cada lado del paso se desprendiera de los montes. Los franceses trataron de defenderse reagrupándose, pero su resistencia era inútil y la matanza se extendió a lo largo del desfiladero desde el final al inicio. Cuando Pedro la vio venir, hizo ondear su enseña de la cruz de san Jorge con sus cuatro cabezas decapitadas en cada cuarto y de inmediato su caballería se lanzó a por los caballeros de la retaguardia francesa.

—Dudo que alguien sobreviva —le dijo Pedro a Roger.

Al rugido de los atacantes y a los alaridos de los moribundos se unió el crujido de los hachazos que reventaban las cajas y baúles donde los franceses guardaban sus pertenencias. La sangre corría en riachuelos.

El rey Jaume de Mallorca y su menguada caballería esperaban al rey de Francia y su familia para protegerlos de una posible persecución. Pero los almogávares estaban demasiado ocupados rematando al resto de los invasores y apoderándose del copioso botín para seguirlos. La matanza se prolongó hasta el día siguiente.

Cuatro días después, el rey Felipe III de Francia moría en el palacio real de Perpiñán y su heredero se convertía en el rey Felipe IV, al que se apodó «el Hermoso».

# 126

*Barcelona, 12 de octubre de 1285*

El día 12 de octubre, las puertas de Barcelona se abrieron de par en par para acoger el brillante desfile de los vencedores. A los primeros portaestandartes los seguían trompetas y timbales; después, más caballeros abanderados, y Pedro y su hijo Alfonso sobre briosos corceles. Ambos saludaban sonrientes al pueblo que los aclamaba entusiasmado. La ciudad se había engalanado para la ocasión; en todas las ventanas colgaban coloridos paños, y en las torres de defensa, murallas y palacios, ondeaba la enseña sangre y oro de la Corona de Aragón. Era el tipo de entrada triunfal que tanto gustaba a Pedro. A él y a su heredero los seguía la caballería portando los pendones de las grandes casas nobiliarias y de nuevo timbales y trompetas. Y después, un interminable desfile de ballesteros, lanceros e infantes de distintos tipos, almogávares incluidos, junto con arrieros que conducían los carros y mulas cargando el enorme botín arrebatado a los franceses. Como parte de lo capturado, marchaban unos doscientos prisioneros encadenados. Eran nobles y caballeros que podían pagar un rescate y que tuvieron la fortuna de librarse de la masacre al caer en manos de la hueste real o de algún noble. La ciudad pasaría meses comerciando con todas aquellas riquezas y recibiría a quienes negociarían los rescates. El júbilo ciudadano no se debía solo a la victoria, sino también a la esperada bonanza económica.

Pedro se sentía feliz mientras saludaba. Celebraba la mayor de sus victorias y lo hacía compartiéndola con su heredero. A sus veinte años, era un buen mozo que ya le había alcanzado en altura y complexión física, y que tenía unos ojos del mismo verde que los de su madre. Se había comportado como el perfecto lugarteniente durante la guerra y confiaba plenamente en él. Pedro gozaba intensamente de aquellos vítores sintiendo que quizá fueran los últimos que recibiera. Había tenido una intensa actividad en los últimos días, recorriendo junto al conde de Ampurias las poblaciones que se entregaron a los franceses durante su invasión, concediendo perdones e imponiendo castigos. Y entre los sancionados se encontraban los eclesiásticos que colaboraron con el invasor, siguiendo las órdenes de Roma, y aquellos que habían vendido víveres a los galos.

Pero a pesar de su fuerte naturaleza, Pedro sentía un cansancio impropio de él y una tos que le acuciaba y que trataba de disimular cuanto podía. Había hecho llamar a Arnau de Vilanova, el famoso médico profesor en la Universidad de Montpellier, que atendió a su padre en sus últimos días. Sentía que los suyos llegaban y que la maldición de la bruja se cumpliría.

—Quizá no debiera haber matado a mi hermano Ferrán —se repetía—. Pero no tuve más remedio, le hice ahogar no solo en mi propia defensa, sino en la de mi familia.

Al día siguiente llegó la flota de Roger y la ciudad le dispensó otro recibimiento triunfal. Y se decretaron ocho días de fiestas para las celebraciones. Había música, bailes, teatro callejero, comida gratis y juegos populares como la cucaña, caza del cerdo engrasado, carreras de sacos, competición de ballesteros y tiro de cuerda. Pero el gran espectáculo eran las justas. La gente se apiñaba en la plaza de Santa Ana y en la del Born para ver cómo reputados caballeros se enfrentaban en busca de gloria y honores. Pedro quería que las celebraciones fueran lo más brillantes posible y que aquellas fiestas resultaran inolvidables.

Y con ese propósito le pidió a Roger que se ofreciera como caballero mantenedor de un torneo en la plaza del Born.

—Roger —le dijo—, vos os habéis criado en mi casa, donde aprendisteis a luchar. Quiero que escojáis a cinco caballeros de la hueste real y retéis al resto de la nobleza para que otros seis caballeros se ofrezcan voluntarios y os combatan. Aunque ahora peleéis en el mar, sé que no habéis perdido la caballería que aprendisteis conmigo. Demostradlo en la celebración, y venciendo me honraréis.

—Espero ser digno —repuso Roger preocupado con una inclinación de cabeza—. Pero, como bien sabéis, no tengo aquí un caballo de combate apropiado.

Aunque aquel tipo de justas se consideraban un juego y no se luchaba con la intención de herir o matar, era un deporte peligroso. No solo en lo físico, ya que los accidentes con heridos o muertos eran frecuentes, sino en lo concerniente al honor y la dignidad de los caballeros. El equipo era fundamental, y en especial el caballo. No servía cualquier animal, sino que se requería uno con unas características de fuerza y adiestramiento especiales. Los llamaban *destrers*. El almirante tendría que pedir prestado uno y apenas dispondría de tiempo para congeniar con su montura.

—Lo seréis —afirmó convencido Pedro—. Os proporcionaré un buen *destrer*.

—Padre —dijo el infante Alfonso—, deseo participar en el combate junto al almirante, como uno de los caballeros mantenedores.

Pedro frunció el cejo y quedó un instante pensativo.

—Otra vez será, Alfonso —le dijo al fin—. Le he pedido a Roger que defienda los colores reales y ha aceptado. Estaría muy mal visto que participarais vos bajo sus órdenes, puesto que como heredero del trono poseéis mayor rango. Sois joven y gozaréis de muchas más oportunidades de justar.

Alfonso apretó los labios y movió la cabeza en gesto de disgusto, pero no replicó. Comprendía a su padre. El régimen feudal tenía normas estrictas que ni siquiera el rey debía romper.

—Puesto que no puedo participar, os ruego, Roger, que incluyáis entre los vuestros a mi amigo Giacomo de Flor —solicitó entonces el infante—. Aprendimos juntos el oficio de caballero y él me representará.

—Pensaba hacerlo, señor —informó Roger inclinando ligeramente la cabeza—. Giacomo me ha acompañado, como segundo de a bordo, en muchos lances y conozco su valor.

# 127

*Barcelona, 16 de octubre de 1285*

—Hoy me apetece vestir una gonela —le confesó Súria a su colega el Rubio Abdón.

Se encontraban en la cubierta de la galera capitana, varada en la arena de la playa de Barcelona. Allí pernoctaban los almogávares de la flota y era donde guardaban, aparte de su botín, su reducido equipaje. La gente de la ciudad vestía de fiesta, y las mujeres, sus mejores galas. Querían aparecer lo más hermosas posible. Súria había recuperado casi en su totalidad la figura después de su maternidad, sabía que podía competir con la que más, y de repente, sorprendida, comprendió que sentía el deseo de hacerlo. Le ocurría algo extraño, estaba cambiando.

—Pues póntela.

—No puedo.

—¿Y por qué?

—Bien lo sabes. Si visto una gonela aquí, escandalizaré.

Súria ya había vestido en Barcelona como una dama, pero para sus encuentros secretos con Roger. Entonces se cubría con una toca que ocultaba su pelo rojo y la boca, de forma que nadie pudiera reconocerla. Y también en Mesina, cuando se encontraba lejos de las naves y de sus hombres.

—Tu gente te respeta sabiendo que eres mujer, Súria —le dijo su camarada con el tono cansado de quien ha repetido lo mismo muchas veces—. Todos saben que has sido madre y, ya ves, te obedecen y te siguen igual que antes.

—Pero he tenido cuidado de no vestir de mujer frente a ellos, y menos en la galera —murmuró ella.

—Déjate de pamplinas —la cortó Abdón—. Todos sabemos que eres una mujer y no tienes que parecerte a un hombre para que se te respete. Solo tienes que ser tú, Súria. Eres la líder de los tuyos. Te lo has ganado a pulso. Anda, viste esa gonela y ven a disfrutar de la fiesta. Yo te acompaño.

—¡Gracias, Abdón! —dijo ella contenta.

Y se puso una gonela azul, a juego con sus ojos, con bordados de oro en mangas, escote y borde de la falda. La complementó con un cinto de seda rosa, donde escondía una pequeña bolsa, y una toca del mismo color que, en lugar de cubrir con ella su cabeza como una mujer casada, se ató a la cintura. Como sin armas se sentía desnuda, llevaba bien sujeta en la parte interior de la pierna, cubierta por la larga falda, una daga. Y calzó, en lugar de sus toscas sandalias, unos escarpines sin apenas tacón. Guardaba el vestido y sus complementos desde el asalto a la isla de Yerba, donde lo tomó, junto a otras muchas cosas, como botín. Antes jamás hubiera conservado una prenda femenina tan lujosa. Y lo hizo a pesar de que entonces le iba ajustada de cintura. Atribuyó su acto a un capricho de su embarazo. Sin embargo, ahora comprendía que era mucho más que eso. También cepilló su larga melena, que llevaba suelta, y la sujetó, a la altura de las sienes, con una cinta. A sus veintiséis años estaba espléndida.

—*Au! Au!* —exclamó Abdón al verla, usando guasón el grito almogávar de guerra. Y después silbó admirado—. ¡Qué guapa!

—¡Calla, tonto! —le dijo ella secretamente complacida.

No fue el único silbido que se oyó en la nave. Expresiones admiradas que cesaban de inmediato ante la ceñuda mirada de Súria.

—Nunca he entendido qué veía el almirante en ti —continuó Abdón divertido—. Lo mismo le hubiera valido enamorarse de una cabra montesa. Pero, mira por dónde, hoy pareces una mujer de verdad. ¡Y muy hermosa!

La pelirroja le respondió con un gruñido entre fiero y risueño.

Y se echaron a la calle cogidos del brazo, ella tan alta como él. Súria, con aquel vestido, se sentía feliz junto a su camarada, al que apreciaba como hermano. La fiesta se respiraba en el aire; se detuvieron ante unos músicos callejeros para ver bailar a la gente y después compraron unas almendras garrapiñadas. Una pareja las tostaba en un caldero sobre un hornillo y el aroma impregnaba el aire. Se dirigieron a la plaza del Born, donde los heraldos habían pregonado que el gran almirante Roger de Lauria justaría como si de un joven caballero se tratara.

La gente acudía en tropel y tuvieron que abrirse paso para encontrar un lugar con buena visibilidad. La parte interior de la plaza estaba cercada con una valla de madera en forma de un largo rectángulo, de la que se elevaban unos pendones con los colores de Aragón, las cruces de san Jorge, los negros aguiluchos de Sicilia y las enseñas de los caballeros contendientes. Los soldados la custodiaban para evitar que la multitud la derribara a empujones. En uno de sus costados se alzaba un entarimado con varios niveles de asientos con almohadones y ricos paños, cubierto por una gran tela púrpura, a modo de palio, que sostenían varios postes. Era el lugar de las autoridades. A los lados se reservaba otro espacio con asientos para ricos burgueses, eclesiásticos y nobleza menor. Y todas las ventanas de los edificios que rodeaban la plaza, engalanadas con coloridos mantos, estaban ya ocupadas por gentes que reían y dialogaban a gritos con sus conocidos en la calle.

Juglares con sus instrumentos cantando, saltimbanquis con sus piruetas y bufones con sus chanzas entretenían desde el interior del cercado al público apiñado fuera. En uno de los extremos de la plaza se alzaban las tiendas de Roger y sus caballeros, los mantenedores del desafío. Allí se encontraban escuderos, herreros y carpinteros con todo lo necesario para reponer herraduras, lanzas e incluso armaduras. En el extremo opuesto, los caballeros que aceptaban el reto disponían de lo mismo. Los capitaneaba Simón de Montcada, el hijo del senescal, y representaban a las principales casas nobiliarias.

Cuando las fanfarrias empezaron a sonar, bufones y saltimbanquis abandonaron el campo y la atención del público se centró en las gradas, que se iban llenando de nobles, damas y eclesiásticos. Los villanos observaban curiosos a los poderosos, cuyos nombres conocían, pero de los que, en general, ignoraban su aspecto, y trataban de identificarlos especulando con sus vecinos. Llamaba la atención un caballero situado en un lugar de honor junto al rey. Las gentes, curiosas, le señalaban; todo el mundo sabía que era Alaimo de Lentini, el héroe de Mesina. Él se mostraba digno y su presencia, a pesar de su corta estatura y reluciente calva, infundía respeto.

Una vez que los grandes personajes se instalaron, cesó la música y se hizo un silencio apenas roto por murmullos. Fue entonces cuando los situados en el estrado se pusieron en pie y se inclinaron en reverencia al aparecer la comitiva real, a la que una escolta de caballeros abría paso. El rey, el infante Alfonso y su hermano pequeño Pedro se dirigieron a sus tronos, situados en la parte superior de la tribuna. Los asistentes aplaudieron y vitorearon. La gran victoria y los beneficios que conllevaba situaban la popularidad del rey y de su familia en su máximo. La ciudad había olvidado a los ahorcados en un viejo olivo siete meses antes.

Cuando el monarca se hubo acomodado, sonaron las trompetas reclamando silencio y un oficial, llamado «rey de armas», enumeró las reglas para seguir los caballeros y las obligaciones de los espectadores. Una era el silencio durante los combates para evitar que el favoritismo hacia unos perjudicara a otros. El juez clamó que se le cortaría la lengua al plebeyo que gritara animando durante la lucha. Y de tratarse de un noble, sería expulsado con deshonor del lugar. También se leyeron las condiciones de la lid, a tres lanzas rotas o derribo del contrario, y que se lucharía solo con lanzas con la punta embolada para evitar heridas graves. La lanza debía dirigirse a la cabeza, cuerpo o escudo, y herir al caballo del oponente era deshonroso y descalificaba. Anunciaron a los nobles que actuaban como jueces y a la reina del torneo, título que ostentaba Sibila de Montcada, la hija del senescal. Se retomó la música y, conducido su caballo por un paje y seguida de un cortejo de damas también montadas, apareció engalanada Sibila, que dio la vuelta al campo, entre aclamaciones del público, antes de situarse en las gradas reservadas para la reina del torneo y sus nobles acompañantes.

Abdón y Súria, que empezaba a interesarse por los vestidos de las señoras, no se perdían detalle y aplaudían con el mismo entusiasmo que el resto.

Después, los heraldos anunciaron los nombres de los caballeros mantenedores del reto y Roger y los suyos desfilaron acogidos con vítores entusiastas. A Súria le dio un vuelco el corazón al ver a su amante tan gallardo sobre su montura. Encabezaba a los suyos, vestía su armadura de cota de malla cubierta con una sobreveste blanca con su enseña de tres barras azules sobre fondo plata. Sostenía un escudo con la misma divisa y una larga lanza de fresno con su punta embolada. Le seguía a pie un paje que portaba su celada.

A sus treinta y cinco años, Roger, con su pelo oscuro algo revuelto, rostro anguloso de pómulos altos, ojos castaños y hoyuelo en la barbilla, mostraba una atractiva virilidad potenciada por su poderoso físico y la aureola de sus numerosas victorias. Era el caballero más aclamado, en especial por las mujeres. Súria percibió el deseo femenino dirigido a su hombre y de repente, a pesar de su hermosa gonela y de los silbidos de admiración masculinos, se sintió vulnerable e insegura en un campo en el que nunca había competido. Roger tenía que sentirse tentado por tanta damisela de alta alcurnia que le sonreía mirándolo con ojos tiernos. El almirante acogía las aclamaciones con un inicio de sonrisa y observaba al público mientras desfilaba agradeciéndolas con leves inclinaciones de cabeza. Por un instante sus miradas se cruzaron y a ella le pareció que la media sonrisa de él se ensanchaba. Viéndolo ya de espaldas, seguido por Giacomo, que lucía una flor en su escudo, y del resto de los caballeros, todos ellos altivos nobles, comprendió con tristeza cuáles eran su lugar y su destino. El clandestino de una amante secreta.

A continuación, desfilaron los caballeros rivales, que también cosecharon ovaciones y aplausos. El público gritaba y aclamaba ahora, porque durante los combates se arriesgaba a perder la lengua. Después, los de Simón de Montcada se dirigieron a las gradas y, uno a uno, acercaron la punta de su lanza a la dama escogida, que les concedía una prenda con sus colores. Era, por lo general, un pañuelo, que el caballero portaría durante el combate. Después, los caballeros mantenedores del desafío hicieron lo mismo dejando para el último el de mayor categoría: Roger.

—El almirante elegirá como dama a Sibila de Montcada, la reina del torneo —afirmó Abdón—. Esa gente se junta entre ellos según su rango y nobleza.

Al oírlo, Súria sintió un retortijón en la tripa. Suspiró y se dijo que Roger estaba demasiado alto. Las barreras sociales eran estrictas e inquebrantables. Y miró hacia el estrado consciente de que no le iba a gustar lo que vería.

Quedaban ya solo dos caballeros: Giacomo y Roger. Giacomo iba primero, y cuando acercó su lanza a Sibila, se elevó un murmullo. Todos esperaban que fuera Roger, incluida la joven dama, que no tuvo más opción que atar su pañuelo a la lanza que le ofrecían. El mensaje era claro, Roger no iba a pedirle la prenda a ella, y para evitar la humillación, Giacomo, que todos sabían que era su mano derecha, hacía lo que se esperaba que hiciera su superior. Solo quedaba Roger. Y tirando de las riendas de su *destrer*, se apartó de la grada y de la zona noble para seguir la valla del campo. Al ver que se acercaba tranquilo y majestuoso a pesar de los murmullos extrañados del público, Súria notó que su corazón se aceleraba y se llevó la mano al pecho.

—¡Va a romper todas las normas! —murmuró sorprendido Abdón—. Viene a por ti.

—No puede ser —dijo ella—. Lo nuestro está prohibido.

—¿Prohibido por quién? —inquirió el rubio, y exclamó—: ¡Seguro, viene hacia aquí!

Cuando Roger se detuvo ante ella y, desde la altura de su gran caballo, le sonrió, Súria sintió algo apenas experimentado antes. Se sonrojaba. La multitud estaba silenciosa, expectante, y ella se supo el centro de todas las miradas. Su corazón continuaba acelerado. Lentamente, Roger fue bajando la punta de su lanza hacia la pelirroja, que le miraba inmóvil, como petrificada.

—¿Qué esperas? —la azuzó Abdón—. ¡Dale tu pañuelo!

—¡Todo el mundo lo sabrá! —musitó ella.

—No —repuso él enérgico—. Todo el mundo lo sabe ya. Se acaban de enterar en este mismo instante. ¡Dale tu pañuelo!

Y Súria, con lentitud, para evitar mostrar su azoramiento, e incapaz de devolverle a Roger su sonrisa, desató de su cintura su toca rosa para atarla a la punta de la lanza. Abdón se puso a aplaudir y los que los rodeaban le imitaron. Súria, al ver que

Roger, antes de atarse la toca al cuello, la besaba devoto, sintió un nudo de emoción en la garganta. Y notó unas lágrimas furtivas deslizándose por sus mejillas.

## 128

*Barcelona, a continuación*

A Roger no le importaba hacer público su amor, ni que las damas se ofendieran al elegir él a una plebeya antes que a una de ellas. Sentía que aquel era el último peldaño para conquistar el corazón de la fiera almogávar. Con ese pensamiento, erguido y gallardo, hizo dar media vuelta a su montura.

Entonces sonaron las trompetas y se dirigió al extremo del campo que correspondía a los caballeros mantenedores del reto y lo mismo hicieron en el lado opuesto los que aceptaban el desafío.

Con la ayuda de una pequeña escalera, su escudero le puso una especie de casquete acolchado que cubría la cabeza y parte de las mejillas para amortiguar los golpes y evitar las rozaduras del acero en la piel. Después, una capucha de cota de malla que su asistente sujetó al resto de la armadura, y encima de esta, el yelmo, que solo permitía ver y respirar por unas rendijas lo suficientemente pequeñas para que no penetrara una punta de lanza. Le cubría toda la cabeza y el rostro, y era mucho más pesado que los usados en combate. Estaba diseñado para recibir el tremendo impacto en la cara de una lanza con la velocidad y fuerza combinadas de dos caballos. Su parte superior estaba decorada con un agresivo dragón alado, un lujo superfluo y engorroso que bajo ningún concepto Roger se permitiría en una batalla real, pero que la escenografía del torneo requería.

Una vez preparado, se colocó, lanza en mano, de frente a sus rivales del otro extremo del campo, en paralelo con los otros cinco caballeros. Entonces sonaron los clarines y se hizo el silencio. Y uno de los caballeros contrarios, al paso tranquilo de su caballo, se adelantó. Roger le observó. Llevaba un ciervo pintado en su escudo y sobreveste, y otro de metal coronando su celada. Era Hug, un joven de veinte años de la noble familia de los Cervelló.

Cuando llegó a su altura, cruzó lentamente por delante de los seis caballeros escogiendo rival, y después, altanero, volvió hacia atrás para golpear con la punta de su lanza el escudo de Roger, que sintió un pálpito de emoción. El joven, con la misma parsimonia, se dirigió al otro extremo. La muchedumbre ronroneaba como un gran gato comentando excitada la audacia del muchacho al desafiar al almirante. Roger se lamentó del poco honor que obtendría si le vencía frente a la deshonra de una derrota.

Los contendientes se habían situado cada uno en su campo con las lanzas levantadas esperando la orden. Los caballos resoplaban y piafaban nerviosos intuyendo la acción cuando sonaron las trompetas ordenando a los jinetes que se prepararan y estos pusieron sus largas lanzas en ristre. Entonces, la reina del torneo agitó un pañuelo rojo, los contendientes clavaron las espuelas en sus monturas y estas salieron disparadas. Con la mano izquierda sujetaban el escudo y las riendas, y la lanza con la derecha. El choque ocurrió en el centro del campo, pero no fue un impacto pleno. Roger había apuntado con su lanza en el centro del pecho de su rival, al que golpeó, pero al ir el arma embolada, no se clavó y resbaló sobre la defensa. Por su parte, el joven apenas pudo rozar el hombro de Roger, que esquivó el impacto inclinando el cuerpo. No era fácil dirigir la punta de la pesada lanza con precisión a aquella velocidad. Hubo un murmullo de decepción.

Los contendientes se colocaron de nuevo a cada extremo del campo y al recibir la orden salieron otra vez disparados. Esta vez hubo impactos plenos. Las lanzas, dirigidas al pecho, dieron en los escudos, pero la del caballero de Cervelló lo hizo un poco desviada y se rompió con un gran estrépito, mientras que Roger logró mantener la suya entera y a punto estuvo de derribar a su contrincante, que a duras penas se pudo mantener en su montura. La multitud, a pesar de las advertencias, rugió en el instante del choque para quedar de inmediato callada. Nadie quería perder la lengua.

Roger sintió que le había tomado la medida a su rival y al tercer encuentro fingió golpearle de nuevo al escudo, para desviar su lanza en el último momento y apuntar a la celada del joven. Era un blanco pequeño, y por lo tanto muy difícil, pero semejante golpe en la cabeza a la velocidad sumada de ambos caballos producía un impacto tremendo. Roger acertó y su contrincante, que apenas le había golpeado, cayó de espaldas inconsciente soltando la lanza. La multitud dio por terminado el combate y a los chillidos en el momento del choque los siguió la aclamación dedicada a Roger, que dio la vuelta a su montura para regresar tranquilamente a su campo sin saludar. Mientras los escuderos se apresuraban a retirar al caballero en unas parihuelas, los jueces del torneo, sin ni siquiera deliberar, dieron a Roger como ganador. Súria suspiró aliviada y, sonriente, estrechó con fuerza la mano de Abdón, que la felicitaba.

El torneo siguió con el combate del resto de los caballeros con mal resultado para los mantenedores del desafío. Solo Roger y Giacomo pasaron a la siguiente ronda frente a cuatro contrarios. Los amigos, sin quitarse la celada, se dieron ánimos con un gesto. Lo tenían difícil. Pero ambos pudieron desembarazarse de sus oponentes. Quedaban ya solo dos de cada bando.

En la tercera ronda, Roger se enfrentó a un experimentado caballero que mostraba un cuervo tanto en su escudo y sobreveste como en lo alto de su celada. Era Ramón de Corbera. En el primer choque, ambos rompieron lanzas con gran estrépito. Y lo mismo ocurrió en el segundo para sorpresa de todos. Los impactos eran tremendos y Roger notaba todo el cuerpo dolorido. A la tercera carga se dijo que hasta aquel momento el caballo le había respondido bien. Tenía ahora fundadas esperanzas de vencer, y estaba seguro de hacerlo si alcanzaba a su oponente en la celada tal como hizo con el primer caballero.

Y lo logró, al tiempo que notaba el golpetazo de la lanza contraria en el pecho. Pero algo raro ocurrió entonces. Su rival se inclinó hacia atrás amortiguando el golpe al tiempo que su propia lanza, incomprensiblemente, se separaba de su objetivo. Asombrado, comprendió entonces que era él quien estaba siendo derribado. Pero no había sido descabalgado, sino que se mantenía en su silla y caía con ella. Se habrían roto las cinchas que la sujetaban al caballo. El dolor del golpetazo en el suelo fue menor que el que Roger sintió en su orgullo.

—¡Qué mala suerte! —murmuró entre dientes incorporándose trabajosamente.

Pidió a los escuderos que habían acudido a auxiliarle que le ayudaran a quitarse la celada y sin importarle detener el espectáculo fue a examinar las correas de la silla. Y vio que la culpable de su derribo estaba en parte rota y en parte cortada. ¡¿Cómo podía suceder aquello?! ¡Era tan impropio de un combate entre caballeros! Y comprendió que sus victorias en el mar habían despertado demasiadas envidias.

Llamó a los jueces para que atestiguaran lo ocurrido, estos le dieron la razón y le preguntaron si quería acusar a alguien. Una denuncia de aquel tipo era muy grave y podía llevar a un combate a muerte entre caballeros. Roger no quiso inculpar a nadie, no por prudencia, sino porque no era capaz de imaginar quién lo podía haber hecho.

—Entonces, almirante —le dijo el rey de armas—, si no acusáis a vuestro rival, tendremos que declararle a él vencedor.

Roger observó a Ramón de Corbera, que se mantenía expectante sobre su caballo sujetando su lanza vertical. No creía que él hubiera ordenado tal villanía y dijo:

—Hacedlo. Dadle la victoria.

Y el juez de armas ordenó tocar las trompetas para anunciar solemnemente:

—¡Don Ramón de Corvera ha vencido! ¡Pero el almirante Roger de Lauria ha sido derribado con honor y mantiene toda su honra! ¡Las cinchas que sujetaban su silla se rompieron!

Roger suspiró y, aunque se dijo que aquel era un mal menor, miró entristecido hacia donde estaba Súria y besó su toca, que aún conservaba. ¡Le hubiera gustado tanto ofrecerle la victoria!

Ya solo quedaba un caballero mantenedor del desafío, Giacomo de Flor, por dos de los contrarios. Al joven le correspondía enfrentarse con Simón de Montcada, que lucía con orgullo su enseña de ocho monedas de oro sobre fondo de gules. Era uno de los caballeros más reputados.

—Si ganas, vives; si pierdes, mueres —murmuró el joven sin sonrisa repitiendo su lema antes de espolear su caballo contra un contrincante al que se suponía superior.

El primer choque se saldó con un gran estruendo y las dos lanzas rotas. Pero en el segundo y tercero solo el de Montcada rompió sus lanzas, y aunque Giacomo no logró derribarle, sus golpes dieron en el blanco y fueron rectos y precisos, según los jueces. Se le dio como ganador.

Y finalmente logró también vencer al que había derribado a Roger, descabalgándole a su vez en el tercer choque después de romper dos lanzas. Fue entonces cuando la multitud pudo gritar enardecida. Barcelona tenía un nuevo héroe.

Roger se sentía orgulloso de su pupilo, que también hizo feliz a la joven Sibila de Montcada, la reina del torneo, pues Giacomo era su paladín y lucía su pañuelo anudado al cuello. Y cuando puso rodilla en tierra para recibir de sus manos el lujoso cinturón bordado en oro, trofeo al vencedor, la muchacha le sonrió tierna al tiempo que pronunciaba el voto secreto de hacer que aquel apuesto joven volviera a sonreír.

Aquella tarde, Súria fue al palacio de Roger a recuperar su toca y a sus puertas se despidió de Abdón.

—Te veo mañana en la galera —le dijo.

—¿Vas a pasar la noche con él sin esconderte tras tu toca? —inquirió socarrón.

—La tiene él.

—¡Bonita excusa! —rio.

Y Súria hinchó el pecho orgullosa.

—Ya no importa. Todo el mundo lo sabe —dijo elevando la barbilla desafiante.

No era aquella una noche demasiado propicia para la pasión. Súria encontró a su amante magullado, dolorido y con la piel erosionada en varios lugares, a pesar del acolchado de su jubón.

—Me habéis puesto en evidencia frente a toda la ciudad —le reprochó—. Me avergonzasteis.

—Ahora todos saben que te quiero —repuso él—. Y ya era hora.

Ella le acarició el rostro antes de besarle.

# 129

*Barcelona, 24 de octubre de 1285*

No solo Roger se sentía feliz por la victoria de Giacomo en el torneo, sino también el infante Alfonso, amigo de la infancia del muchacho, e incluso Pedro. El chico se había criado en su corte y representaba el poder de la monarquía frente a la nobleza montaraz derrotada en la justa.

Sin embargo, para Pedro, aquella alegría y la celebración de su gran victoria se veía empañada por su tos. No pudo contenerla en varias ocasiones durante el torneo y manchaba con esputos sangrientos los pañuelos que le proporcionaban los pajes. Siempre había gozado de gran vitalidad, pero ahora sentía que el cansancio le abrumaba.

—La maldición —se decía—. Es la maldición de la bruja, que me acosa como una tarántula en la oscuridad.

Alfonso le observaba preocupado. Admiraba a su padre, sabía que aún tenía mucho que aprender de él y no deseaba ceñirse aún la Corona de Aragón.

—Haremos que el mundo sepa de nuestra victoria —le dijo Pedro a Alfonso—. Con toda seguridad, el papa y vuestro primo, el nuevo rey de Francia, tratarán de ocultarla por todos los medios.

—¿A quiénes escribiremos? —quiso saber el infante.

—Empezaremos por vuestro primo el rey Sancho de Castilla y seguiremos por todos los reinos y estados de la cristiandad excepto Francia y sus aliados. Y terminaremos con los bizantinos y norte de África.

Y empezó a dictar la carta junto con su heredero. Pedro era un gran comunicador y su hijo lo sabía. No solo en verso, como trovador, sino en prosa y a viva voz. Y Alfonso seguía sus pasos. El documento quedó redactado en latín y en los siguientes términos:

Al muy alto, noble y querido sobrino Sancho, rey de Castilla, a quien mucho amamos, en quien mucho confiamos y al que deseamos larga vida, salud y honores:

Como bien sabéis, el rey de Francia, no contento con sus grandes bienes y riquezas, sino al contrario, deseoso de más, invadió nuestras tierras. El enorme ejército que pretendía subyugarnos ocupó el condado de Ampurias y puso sitio a Gerona, que tuvo que rendirse por falta de vituallas.

Pero el rey de los reyes y señor de los señores, juez justo que defiende a los humildes frente a los soberbios, acudió en nuestra ayuda no permitiendo que actos tan deleznables se llevaran a cabo con éxito. Aunque él, que no desea la muerte del pecador, sino su conversión, le advirtió azotándole con la adversidad. Durante el asedio, miles y miles de los suyos murieron, ya por heridas o enfermedades.

Pero el rey francés no quiso darse por aludido, así que Dios le flageló con otro merecido castigo. La flota llegada de Sicilia le venció en una gran batalla naval donde se capturó al almirante y otros nobles principales y en la que murieron más de cuatro mil franceses. Y antes, en otra batalla, once galeras catalanas derrotaron a veinticuatro francesas capturando a otro almirante.

Pero ese rey, que emulaba con sus galos a Nerón, quemando poblaciones indefensas y asesinando a inocentes, persistió en perseguir y masacrar a nuestras gentes sin querer reconocer el castigo divino. Por eso Dios, airado, ejerció su justicia en él y en los suyos.

El rey enfermó y siguió el destino de la carne, muriendo. Y sus cómplices, nuestros enemigos, o mejor, enemigos de Dios mismo, fueron expulsados de nuestros reinos siendo destruidos a decenas de miles. El domingo y el lunes después de San Miguel certificamos nuestra gran victoria infligiendo un daño inmenso en los franceses y en sus pertenencias. El condado de Ampurias ha sido recuperado y la sangre enemiga enrojece nuestra tierra y nuestro mar.

De todo ello queremos informaros esperando que compartáis la alegría de nuestra victoria.

Cuando Jaume Sarroca supo del contenido de la carta, su faz redondeada, ya de por sí blanquecina, palideció.

—Pero ¿os dais cuenta del significado de esa misiva, hermano? —inquirió arrugando la frente.

—Absolutamente. —Pedro sonreía.

—¿Y por qué escribís a vuestro sobrino en latín y no en castellano?

—Porque esa misma carta será enviada a todos los reyes y repúblicas de la cristiandad.

—¡¿Quééé?!

—Lo que oís.

—¿No os dais cuenta de que su contenido es un nuevo desafío al papa?

—No le mencionamos —hizo notar el infante Alfonso.

—¡Claro que le mencionáis! Estáis diciendo que Dios está con nosotros y que castiga a los cruzados franceses que vinieron en nombre del papa.

—¿Y no es así? —Ahora el semblante de Pedro era serio—. Francia y el papa se han desprestigiado inmensamente. Nada ocurre sin el consentimiento del altísimo. Y él ha querido que batalla tras batalla derrotáramos a los franceses y a los angevinos financiados y azuzados por el papa. ¿Qué mejor prueba de que Dios está con nosotros y en contra de Roma? Toda

632

Europa debe saberlo. Porque, además, esta no es solo nuestra victoria.

—¿De quién más?

—Es el triunfo de todos aquellos que han sufrido la soberbia de Roma, disfrazada de voluntad divina, y de sus aliados franceses. Muchos sentirán una gran alegría.

El obispo quedó en silencio contemplando a su hermano. Estaba sudando, se quitó el bonete púrpura y sacó un pañuelo para secarse.

—No debéis provocar al pontífice —advirtió.

—¿Qué más nos puede hacer? —inquirió Pedro.

—Necesitamos paz y no la habrá mientras Roma se sienta ofendida —dijo el obispo.

—El papa no ha querido recibir a nuestros embajadores —señaló Pedro—. No desea la paz, solo nuestra sumisión o destrucción. Ya es hora de que el mundo sepa que la Corona de Aragón y Sicilia son capaces de vencer a quienes se supone que son mucho más poderosos. ¡Que Dios está de nuestro lado! Y por lo tanto en su contra.

De repente se puso a toser y sacó un pañuelo que tenía en el cinturón. Sentía que con la tos se le iba la vida. E hizo un gesto para que los demás abandonaran la sala.

## 130

*Barcelona, 26 de octubre de 1285*

—Si vais a las islas, nunca regresaréis —le dijo Arnau de Vilanova.

Arnau era un hombre cercano a la cincuentena, alto, delgado, de espesas cejas y barba oscura. Era el médico de la familia real y poseía un gran prestigio en toda Europa.

—¿Cuánto me queda? —inquirió Pedro—. Acertasteis con mi padre. ¿Cuánto más me dais a mí?

—Dos semanas, tres a lo sumo —repuso pausado y seguro el médico.

Se encontraban en la estancia privada de Pedro en el palacio real de Barcelona. Un par de ventanas de cristales emplomados daban al patio central, las paredes estaban cubiertas con tapices de motivos vegetales y de caza y unos troncos se quemaban en la chimenea. Era un día lluvioso y frío.

Pedro estaba sentado en una silla de alto respaldo forrada de terciopelo rojo y con unos reposabrazos terminados en puños de madera tallada. Había querido que el diagnóstico del médico fuera conocido por su consejo más cercano. Sentados en sillas algo más bajas y cariacontecidos se encontraban su hijo Alfonso, el almirante Roger y Jaume, el obispo de Huesca. De una forma u otra, los tres formaban parte de su familia.

Pedro los observó uno a uno y vio a Roger, que contenía el llanto con los ojos húmedos; estaba incluso más afectado que su hijo. Se dijo que Alfonso intuía su gravedad debido a su convivencia en los últimos días, mientras que para el almirante era una sorpresa.

—¿Cuánto más me podéis dar? —inquirió Pedro—. Quisiera regresar a Sicilia junto a Constanza.

—Es un deseo imposible, señor —afirmó grave Arnau—. No llegaríais vivo.

—Si no puedo ir a Sicilia ni a Mallorca, al menos quiero vivir lo suficiente para celebrar la victoria en Zaragoza y Valencia. ¡Dadme cinco semanas!

Arnau movió triste la cabeza.

—Soy solo un médico, majestad —murmuró—. Y el único que lo puede conceder es Dios. Haré todo lo que esté en mi mano para conservaros la vida. Pero no sé hacer milagros. Lo lamento.

Un denso silencio se abatió sobre la sala.

—Mi hermano el rey Jaume me ha traicionado uniéndose a nuestros enemigos, y aunque conservo mi amor por él, justo es que le arrebate Mallorca, que pertenece a la Corona de Aragón —dijo al rato Pedro—. Durante todo el conflicto he mantenido correspondencia con gente principal de las islas. Los mismos que me juraron fidelidad, junto a mi hermano, cuando se confirmó su vasallaje. Ahora que dominamos el mar, precisan de nuestro comercio y protección más que nunca. Solo necesitan una excusa para entregarnos las islas sin lucha.

—Nuestra flota se la dará —dijo Roger.

—¿La tenéis lista?

—En dos días la flota de Sicilia partirá hacia Salou, donde se reunirá al resto de las naves para la segunda conquista de Mallorca.

—No quiero ir a Mallorca —dijo entonces Alfonso. Unas

lágrimas en sus ojos pugnaban por derramarse—. Me quedaré junto a vos hasta el fin de vuestros días.

Pedro sonrió.

—Sois un buen hijo, Alfonso —dijo—. Pero dentro de poco seréis rey y debéis comportaros como un rey. Vuestra misión es ahora recuperar las islas. Lo mismo que la mía fue combatir a los sarracenos mientras moría vuestro abuelo. Es lo que él quería y lo hice. El reino es antes que el rey. Esa es mi voluntad. Id y tomad las islas para la corona.

Hizo una pausa para descansar.

—Las islas son ya por derecho nuestras —continuó al rato—. Y las reconquistaremos pacíficamente. No quiero ni a un solo hombre herido ni a una mujer ultrajada. Ni que nadie se atreva ni siquiera a cortar una simple col de los campos mallorquines. —Se detuvo para seguir poco después—: No habrá botín, todos, incluso los almogávares de la flota, cobrarán soldada. Quien desobedezca será ahorcado. Mallorca es nuestra tierra, y los mallorquines e ibicencos, nuestra gente. Como lo serán los menorquines cuando le arrebatemos la isla al emir musulmán.

Alfonso nunca había visto a su padre tan fatigado. El heredero inclinó la cabeza y se cubrió el rostro con las manos. Lloraba.

Cuando salieron de la estancia, Roger tomó del brazo a Alfonso.

—Quiero hablar con vos aparte —le dijo.

El infante le condujo a su dormitorio y le invitó a sentarse en un escabel mientras él lo hacía en una silla.

—¿Qué deseáis, tío?

—Sabéis que amo a vuestra madre como a una hermana.

—Sois hermanos de leche —confirmó el joven—. Por eso os llamo tío.

—No creo que ella sepa de la enfermedad de vuestro padre.

—Lo ha ocultado cuanto ha podido, incluso a mí.

—El papa le ha excomulgado y pronto morirá. —El semblante de Roger era de suma gravedad—. Como sabéis, un excomulgado ni siquiera puede ser enterrado en lugar sagrado, y a muchos los dejan sin enterrar. Les cierran las puertas del cielo, por lo que también se les niegan los últimos consuelos de la religión. Yo amo a vuestro padre y deseo que tenga una buena muerte.

—También lo deseo yo.

—No quiero pensar en el sufrimiento de vuestra madre cuando sepa de su muerte en excomunión.

—¿Y qué podemos hacer? —inquirió el infante—. El papa quiere que mi padre se humille y devuelva Sicilia a los angevinos. Y no lo hará. Visteis la carta que mandamos a toda la cristiandad. Cree, y con razón, que Dios, nuestro señor, está con nosotros y en contra del pontífice.

—Nosotros no podemos hacer nada —repuso Roger con media sonrisa—. Nada de forma directa. Pero sí podemos hacerle algo a quien tiene poder para cambiar las cosas.

—Nada le podemos hacer al papa.

—Al papa, no. Pero no hace falta ir tan alto —afirmó el almirante—. Haced llamar a vuestro tío el obispo. Mientras, os contaré el plan.

—Queremos que absolváis de todos sus pecados a mi padre y le levantéis la excomunión —le dijo enérgico Alfonso a Jaume Sarroca.

El obispo le miró sorprendido.

—Bien sabéis, querido sobrino, que yo carezco de ese poder —repuso después de ponderar la respuesta—. Fue el papa quien le excomulgó y es él quien debe levantar la excomunión. Para ello, Pedro deberá devolver Sicilia y pedir perdón al pontífice.

—Pero vos podéis levantar la excomunión en nombre del papa —intervino Roger—. ¿No es así, eminencia?

—Sí, pero con su permiso.

—Os diré qué ocurrirá si mi padre muere excomulgado. —Alfonso clavaba una mirada fiera en el obispo de Huesca—. Los eclesiásticos que se nieguen a perdonarle todos sus pecados y a levantarle la excomunión serán desterrados y sus bienes incautados, tal como le ocurrió al obispo de Gerona. Se os considerará traidores al reino.

—Pero, pero… —musitó Jaume Sarroca con los ojos desorbitados.

Era bien conocida su pasión por los bienes terrenales.

—Encontrad la forma —remachó Alfonso—. Mi padre morirá como un buen cristiano confortado por el consuelo espiritual de nuestra Iglesia. Ni pedirá perdón ni devolverá Sicilia. Ese es vuestro problema. Resolvedlo.

Roger, complacido con la firmeza del heredero de la corona, contemplaba sonriente el apuro del prelado. Y se dijo que Alfonso sería un buen rey que seguiría fiel los pasos de su padre.

Jaume Sarroca salió alterado del palacio real para dirigirse a toda prisa, junto a su séquito, montado en su mula enjaezada con telas púrpuras y ricos correajes con campanillas de plata, al palacio del obispo. El espléndido edificio, que llevaba treinta y dos años construyéndose, se encontraba a escasa distancia, adosado a las torres y murallas de la antigua puerta romana noroeste de Barcelona.

La sede episcopal estaba vacante, ya que hacía un mes que el obispo había muerto y debido al enfrentamiento entre la corona y el papado no se nombraba un sucesor. Jaume Sarroca se había instalado en el palacio y suplía la ausencia durante su estancia en la ciudad.

Reuníos conmigo y con el rey de camino a Zaragoza, eminencias —les escribió al obispo de Valencia y al de Tarragona—. Os lo suplico. Un asunto de vital importancia nos ocupa.

# 131

*Barcelona, 27 de octubre de 1285. Vilafranca del Penedès, 2 de noviembre de 1285*

Pedro partió acompañado de su hijo Alfonso a pesar de que sus destinos eran dispares y sus caminos pronto los iban a separar. Antes le había escrito a Constanza.

> Mi señora, mi dueña. Cuanta más distancia nos separa y cuanto más tiempo transcurre, más crece mi amor y mi ansia por volver a ver vuestros bellos ojos verdes y besar vuestros dulces y rosados labios. Permita Dios, nuestro señor, que siempre nos bendijo en las batallas, que sean largas nuestras vidas para que, una vez que aseguremos nuestros reinos, podamos de nuevo reunirnos y gozar de este gran amor que él ha sido tan generoso al concedernos. Pero si él no lo quisiera así, si la muerte me asaltara en un recodo de mi camino, sabed que me sumiré en el sueño eterno confortado. Porque un día os prometí vengar el asesinato de vuestro padre y devolveros el reino de Sicilia, que os pertenece, y Dios, nuestro señor, me ha concedido la dicha de cumplirlo. Y si esta fuera mi carta postrera, sabed que mis últimos pensamientos en este mundo serán para vos, mi señora. Vuestro fiel caballero, trovador y esposo,
>
> PEDRO DE ARAGÓN Y SICILIA

A pesar de su debilidad y de su insistente tos, Pedro emprendió el camino a caballo erguido y majestuoso. En los últimos días no había interrumpido su constante actividad, asegurándose de que la noticia de su gran victoria llegara a todos los rincones de la cristiandad. Y siguió, entre otros asuntos, haciendo justicia contra los traidores, compensando a sus fieles que perdieron armas, monturas o propiedades en la guerra, y protegiendo a los judíos de Gerona para que pudieran regresar a salvo a su ciudad.

—Señor, permitidme llegar a Zaragoza, antes de morir, y celebrar allí la victoria que me concedisteis. Os lo suplico —rezaba.

Paraba a descansar con frecuencia y hacía medias jornadas sin detener su actividad de gobierno, compartida ya con Alfonso, resolviendo asuntos y emitiendo decretos.

El día 1 de noviembre, el quinto día desde su partida, solo habían avanzado el equivalente a dos jornadas tranquilas de camino. Pedro montaba junto a Alfonso cuando este oyó un leve gemido y vio que su padre se tambaleaba sobre su caballo a punto de caerse.

—¡Ayuda! —gritó angustiado mientras le sujetaba.

De inmediato acudieron Arnau, el médico, y Jaume, junto a otros miembros del séquito. Arnau dijo que no podía seguir a caballo y ordenó que fuera transportado en litera a Vilafranca del Penedès, donde sería mejor atendido. Allí fue instalado en la mejor estancia del mejor de los palacios.

Al poco llegaron el obispo Botonac de Valencia y el arzobispo Olivella de Tarragona, junto a otros prelados, entre los que se encontraba el abad cisterciense de Santes Creus, en cuyo monasterio Pedro había decidido, muchos años antes, ser enterrado.

—Han venido a revolotear a mi alrededor, huelen la muerte —le dijo Pedro a Alfonso desde el lecho.

Y ordenó que todos abandonaran la estancia para quedarse a solas con su hijo.

—Las fuerzas me abandonan, hijo mío —le dijo—. Dios, nuestro señor, no ha querido dejarme regresar junto a vuestra madre ni concederme la celebración de la victoria en Zaragoza y Valencia. Ya no me moveré de aquí, la hora de mi muerte está muy cercana.

—Me quedaré a acompañaros.

Pedro le miró desde el lecho con una débil sonrisa.

—Pero ¿no veis, hijo, cuánta gente viene a velarme en el último tránsito? No temáis por mí, no moriré solo. Los que han llegado son expertos en la muerte, y el primero es vuestro tío Jaume, el obispo, que ya acompañó a mi padre en sus últimos instantes. —La tos le interrumpió—. La flota os aguarda en Salou para ir a Mallorca. Vuestras obligaciones no pueden esperar. Debéis partir ahora mismo, pero antes quiero que ratifiquéis lo que ya acordamos y firmasteis en mayo de este mismo año.

—¿Qué es, padre?

—Lamento mucho lo ocurrido con mi hermano, el rey de Mallorca. Me traicionó, aunque le he perdonado al entender lo desesperado de su situación. Mi padre no dejó bien definida nuestra relación y eso nos acarreó problemas. No quiero que nada de esto ocurra entre vuestro hermano Jaime, rey de Sicilia, y vos como rey de Aragón. Vuestra madre y yo decidimos que fueran reinos independientes a causa de la distancia y porque entendemos que así podréis defenderos mejor y llegar a la ansiada paz.

—Lo he comprendido y aceptado, padre.

Otra pausa con tos. Después de un descanso, Pedro continuó trabajosamente.

—También deseo que os ayudéis militar y diplomáticamente. Que actuéis de cara a terceros como uno solo.

—Os lo prometo, padre —dijo Alfonso emocionado sujetándole la mano después de besarla—. Llamemos a los escribanos. Firmaré otro documento garantizándolo.

—Sois un buen hijo —murmuró Pedro—. Y quiero que sepáis que esa es mi voluntad inquebrantable. Sicilia es para vuestro hermano y Aragón para vos. Este es mi último deseo.

Era el día 2 de noviembre. Y después de confirmar por escrito su aceptación de la voluntad paterna, Alfonso, infante de Aragón, partió en lágrimas hacia Salou y Mallorca después de abrazar por última vez a su padre.

El obispo de Huesca había reunido al resto de los obispos que acudieron a su llamada en la iglesia de Santa María, a pocos pasos del palacio real y que se estaba ampliando, reconstruyéndola en el nuevo estilo de arcos apuntados. Y los acomodó en el coro. Su séquito acordonaba el templo asegurando su intimidad. Ellos eran los príncipes de la Iglesia, lo que iban a tratar debía mantenerse en secreto, y Jaume excluyó a abades y demás alta clerecía que había acudido al conocer el estado de salud del rey. La muerte de un monarca era un evento muy solemne y crucial para el reino, y los prelados iban vestidos con sus mejores galas, destinadas a evidenciar su superior estatus espiritual sobre los laicos. Vestían largas capas pluviales púrpuras con cruces blancas bordadas en oro en su parte anterior, y se tocaban con mitras triangulares también con cruces blancas de oro sobre seda púrpura. El arzobispo se distinguía por lucir el palio, una faja blanca que le cubría los hombros cayendo sobre el pecho con cinco cruces griegas rojas que representaban las cinco llagas de Jesucristo. Todos ellos portaban el báculo pastoral, una larga vara terminada en una gran voluta de plata que sostenía en su interior imágenes del mismo metal con incrustaciones de oro: un cordero pascual en el caso del arzobispo; una cruz en el del obispo de Valencia, y un san Jorge a pie, hincando su lanza a un dragón, en el caso del de Huesca. El báculo representaba el cayado del pastor que guiaba al rebaño de los fieles por el buen camino.

—Eminencias, señores —dijo Jaume Sarroca dirigiéndose

a sus colegas—, el rey morirá muy pronto y esto nos pone en una situación muy apurada.

—¿Más aún? —inquirió el arzobispo de Tarragona.

Era un hombre delgado y alto de unos sesenta años, de faz afeitada, pómulos prominentes, gruesas cejas canosas y frente arrugada. El arzobispo era el primado de la Iglesia en la Corona de Aragón y toda una personalidad. Fue quien coronó a Pedro en Zaragoza a la muerte de su padre.

—Difícil será que nos complique más la vida —afirmó el obispo de Valencia, un hombre robusto unos cinco años más joven que el anterior—. El papa nos exige seguir sus mandatos y el rey los suyos propios. ¡Y son opuestos!

—Tenemos otro problema —murmuró el de Huesca—. El heredero me ha exigido que levantemos la excomunión a su padre, que le perdonemos sus pecados, que le hagamos morir en el seno de la Iglesia y le aseguremos el paraíso.

—¡Imposible! —exclamó el obispo de Valencia—. A no ser que se arrepienta de sus actos y se someta a los dictados del papa.

—Eso no ocurrirá, eminencia —afirmó el de Huesca—. Debéis leer la carta que ha enviado a todos los líderes de la cristiandad. En pocas palabras, dice que Dios, nuestro señor, está de su lado y castiga a los franceses por su impiedad. Y aunque no lo menciona, también al papa y a su cruzada. Todos lo entenderán así. Es un nuevo desafío. Cree que su postura es la justa porque Dios castiga a Francia y al papa por sus errores y le bendice a él con la victoria.

—Aunque no soy pariente como vos, Jaume, siento un gran cariño por la familia real —dijo entonces el arzobispo—. He estado muy unido a ella y a Pedro en particular. Deseo con toda mi alma poder perdonarle en nombre del papa. Pero, si no se retracta, es imposible levantarle la excomunión. El papa no nos lo perdonaría y terminaríamos también excomulgados.

—Pues Alfonso me ha amenazado con desterrarnos y apropiarse de nuestras pertenencias, tal como su padre hizo con el obispo de Gerona —advirtió Jaume.

Hubo un silencio en el que los prelados se intercambiaron miradas.

—¿Y nombraría él nuestros sustitutos? —se escandalizó el de Valencia—. ¡Eso sería provocar un cisma en la Iglesia!

—No puedo creer que Alfonso cumpla su amenaza —dijo el de Tarragona, cuyo rostro había perdido el color—. ¡Es muy religioso!

—Sí, lo es, y eso empeora las cosas —afirmó el de Huesca—. En efecto, es religioso, pero en la línea de su madre, la reina Constanza, y de los franciscanos espirituales, que rechazan los poderes y los bienes terrenales de la Iglesia. Por lo tanto, aprueba el enfrentamiento de su padre con el papa y está decidido a continuarlo. Admira la firmeza y tozudez de su progenitor y le ama con adoración. Estoy seguro de que cumplirá su amenaza. Aunque le lleve al cisma con Roma. Ve al papa como un adicto al poder y a las riquezas. Y también a nosotros.

—¡Menudo desastre! —murmuró el de Valencia—. Es nuestra obligación evitarlo.

—Lo evitaremos —afirmó seguro el arzobispo de Tarragona—. He asistido a muchos poderosos en su tránsito al otro mundo y conforme pierden fuerzas dejan de pensar en los asuntos terrenales para preocuparse por el futuro de su alma.

—No es una perspectiva agradable arder en las llamas del infierno torturado por el diablo para el resto de la eternidad —afirmó el de Huesca—. Hoy mi hermano cree que Dios está con él. Hay que convencerle de que está equivocado, o al menos que lo dude seriamente. Rectificará para buscar la reconciliación con el papa y la salvación de su alma. Me sentiría muy desdichado si no logramos convencerle y su alma se pierde en el averno.

—Todos debemos transmitirle el mismo mensaje —dijo el de Tarragona—. Los tres tenemos influencia sobre él, en especial vos, Jaume, que sois su hermano, y vos, Jaspert, que sois su confesor. Hagamos que el abad de Santes Creus, donde le espera la tumba, y el resto de los eclesiásticos le digan lo mismo.

—Así será —afirmó convencido el obispo de Huesca—. Pedro devolverá Sicilia a los de Anjou y a la Santa Sede, liberará a los prisioneros franceses y perdonará a los religiosos desterrados. Con ello, el papa se sentirá satisfecho, le podremos levantar la excomunión al rey y abrirle las puertas del cielo con nuestra absolución.

—¡Amén! —sentenció esperanzado el obispo de Valencia.

## 132

*Salou, 5 de octubre de 1285*

La tenue luz del alba se filtraba a través de las rendijas de la ventana de la alcoba de la casona donde se hospedaba Roger. Súria había pasado la noche con él y, adormecida, se acurrucó contra su cuerpo. Se habían amado repetidamente. No sabían cuándo podrían compartir lecho de nuevo y aquella incertidumbre les hacía aprovechar su intimidad. La pelirroja olía el mar desde la cama y le pesaba en el alma la certeza de que en unos momentos se separarían para embarcar, en la misma nave, pero separados, rumbo a Mallorca. Se dijo que se había acostumbrado al cuerpo masculino y vigoroso del almirante. A su ancho pecho, a sus fuertes brazos, a su vello y a su respiración pausada cuando dormía.

Si apenas unos meses antes le hubieran dicho que llegaría a echar de menos el contacto físico con un hombre, se habría reído. Pero le estaba ocurriendo en aquellos momentos, incluso antes de separarse. Durante los días o semanas siguientes solo compartirían miradas y apenas cruzarían unas breves palabras.

Tenía querencia física por Roger. Y el asunto sería fácil si solo se tratara de eso. Pero gozaba más de su compañía. Le complacía su charla y encontraba una gracia especial en algunos gestos suyos que no tenían por qué tenerla, como acariciarse con el índice y el pulgar la barbilla cuando algo le hacía pensar. Lo cierto es que compartían ya mucho. A Rogeró, su hijo, que pronto cumpliría seis meses y por el que el almirante había mostrado un enorme cariño y ternura. Y esa actitud paternal y protectora del gran almirante provocaba en Súria más amor.

Nunca en el pasado, a pesar del afecto que sentía por Beatriu, le había costado embarcarse y partir hacia la aventura y el combate. Pero ahora le pesaba mucho. Sabía que Rogeró, al que Beatriu amamantaba junto a su propio bebé, no podía estar mejor cuidado. Ella no sería capaz de hacerlo tan bien. Aun así, sus pensamientos volaban constantemente hacia su hijo y hacia Sicilia. Allí tenía ahora su hogar y su única familia.

—Ya no soy la que era —musitó.

No sabía si lamentarlo. Quizá, tal como temía, perdiera algo de lo logrado, de aquello por lo que había luchado toda su vida, pero a cambio se le abrían unos horizontes insospechados. Una plenitud hermosa, distinta, que no podía evitar vivir con inquietud. ¡Era todo tan frágil! En especial la vida. Y esa era una preocupación nueva para ella. Antes, vivir o morir no representaba una gran diferencia. Había experimentado lo miserable que podía ser la existencia y sabía que, para un almogávar, arriesgar la vida era lo único que le permitía huir del hambre, la esclavitud y la mugre. Pensaba seguir desafiando el peligro. Pero ya no sería con la alegría e inconsciencia de antes. Porque ahora tenía un gran motivo por el que regresar: Rogeró. Y también Beatriu y sus sobrinos.

Sus pensamientos se vieron interrumpidos por un golpeteo en la puerta.

—Almirante, es la hora prima. —Súria reconoció la voz del escudero de Roger.

Roger, aún cansado por la agitada noche, se dio la vuelta en el lecho con un gruñido.

—¡Almirante! —insistió el hombre.

—¡Voy! —voceó sentándose en la cama mientras se esforzaba por abrir los ojos.

Había mucho que hacer y la actividad se iniciaba con las primeras luces. Apoyada sobre un codo en el lecho, Súria observaba callada los movimientos de su amante. De pronto, como recordando dónde y con quién estaba, Roger abrió los ojos para mirarla y su rostro de facciones angulosas y firmes se iluminó con una sonrisa. Sin hablar, le daba los buenos días y le expresaba el gozo de tenerla a su lado. Y Súria, en un acto reflejo, sin mediar pensamiento, le devolvió la sonrisa. ¿Cómo un gesto tan fácil podía producir tanto placer?

—Creo que estoy embarazada de nuevo —le dijo sin más preámbulos.

Había aguardado para comunicarle su sospecha y no quería embarcar sin antes compartir la noticia. Observó atenta su reacción.

Roger, que seguía sentado en el lecho, cerró de nuevo los ojos. Apretó los labios y ladeó la cabeza en un sentido y en otro como si le costara procesar la noticia. Y al fin, cuando la miró, una sonrisa quería asomarse en su rostro. Le tomó la mano y suavemente se la llevó a sus labios para besarla.

—¿Y me volverás a abofetear por ello, como la otra vez?

—No —repuso Súria con una timidez extraña en ella.

Deseaba abrazarle. Pero fue él quien lo hizo.

—No sabes la alegría que me das —musitó él en su oído, como si fuera un secreto.

Y era cierto. Roger llevaba años enamorado de Súria, pretendiéndola y sufriendo rechazos. Algo que, dada la humilde extracción social de la pelirroja y sus ademanes a veces bruscos y viriles, sorprendía a quienes, como Giacomo, compartían el secreto.

Roger había encontrado en su forma de ser algo único que le atraía sin remedio. Admiraba la determinación, el valor y la firmeza de la muchacha. Y su físico, tan femenino, aunque fuerte y poderoso, lejos de desagradarle, le incitaba. Mucho.

A pesar de los desplantes soportados, el almirante tenía muy buen concepto de sí mismo, lo que aunado a la admiración que sentía por Súria le hacía creer, quizá ingenuamente, que los hijos que ambos engendraran serían excepcionales. Pensar que en el vientre de ella crecía parte de él le producía una satisfacción indescriptible al tiempo que le llenaba de esperanza por el nuevo ser.

—Tendremos que buscarle un esposo a Beatriu —le dijo poco después.

—¿Un esposo? —Súria se separó de él para mirarle interrogante a los ojos—. ¿Para qué podría querer un marido Beatriu?

—Bueno, buscarle, no —siguió Roger como si no la hubiera oído—, sino ayudarla a que encuentre un hombre digno de ella. Un hombre del que se enamore.

—¡No abandonaré a Beatriu! Pero ¿qué os pasa? ¿Es que os ha dejado de gustar?

—Me sigue gustando, pero a quien quiero es a ti —repuso él paciente—. ¿No se te ha ocurrido pensar que ella quiera gozar de un hombre en exclusividad? ¿Y no tener que conformarse con lo que queda de mí después de hacerte el amor a ti?

—Pues la próxima vez empezad por ella.

—Beatriu quiere un hombre de tierra firme —siguió Roger—. Uno contra quien pueda acurrucarse cada noche en el lecho. Un hombre que la ame. No lo que yo le doy. Ni siquiera lo que tú le das.

—¡Os equivocáis!

Roger la apartó, sujetándola por los brazos, para mirar dentro de sus ojos azules.

—No, Súria. La que estás equivocada eres tú. Hablé con ella a solas largo y tendido antes de partir. Nos tenemos mucho cariño. Beatriu te seguirá queriendo como te quiere. Y quizá también un poquito a mí. Y cuidará de nuestros hijos como si fueran los suyos propios.

—Pero… —Los ojos de la pelirroja se llenaron de lágrimas y movió la cabeza negando—. No me puedo hacer a la idea. Me engañáis.

—No, Súria. Beatriu no se ha atrevido a decírtelo claramente. Pero es lo que ella desea. No por eso te va a abandonar. Quiere un marido. Un esposo al que amar en exclusiva. Háblalo con ella al regresar. Verás que es así.

—¿Y se someterá a un hombre? —Se incorporó en el lecho combativa—. Beatriu siempre ha gozado la libertad que teníamos. La libertad de los almogávares.

Roger sonrió.

—Querrás decir de la libertad que tenías tú. Ella no la tiene, depende de ti.

Súria sacudió la cabeza de nuevo negando, pero sin responder. Su pelo rojo suelto parecía un gran abanico, iluminado por unos finos rayos de sol que ya se colaban por las rendijas de la ventana.

—Además, nadie está sometido cuando se entrega por amor —siguió Roger—. Como hago yo contigo. Y como aspiro a que tú hagas conmigo.

—¿Quién la va a querer teniendo que cuidar de tantos hijos? —siguió Súria sin atender a esos argumentos—. Un adolescente, dos bebés y el tercero que está en camino. —Hizo una pausa—. Y de saber que ha vivido conmigo… y que se ha acostado con vos.

Roger rio.

—¡Muchos! —dijo—. Tantos que podrá escoger. Es una mujer hermosa, que conserva una buena figura y es muy dulce. Además, tendrá una excelente dote, mi protección y la de la casa real. El marido se encontrará con una bendición.

—La pretenderán por interés. Por los contratos y el dinero que mueven los astilleros que vos controláis.

—¿Y cómo se acuerdan las bodas de nobles y burgueses? E incluso de campesinos —repuso él—. El amor llega luego.

—O no llega nunca. Como en vuestro caso.

Roger tragó saliva antes de continuar.

—Le tengo un gran cariño a mi esposa y ella tiene allí, en Cocentaina, todo lo que pueda desear.

—Menos el amor.

—Cierto, pero ese no será el caso de Beatriu. Ella no tendrá prisa ni se verá obligada a casarse con alguien en concreto, como me ocurrió a mí. Conociéndola, se va a tomar su tiempo para dejarse cortejar y disfrutar del cortejo. Y cuando decida, se asegurará de que haya amor en su matrimonio.

Súria no respondió. Y se mantuvo sentada en la cama apoyando los codos en las rodillas mientras se cubría la cara con las manos. Una cascada de cabello rojo, que pronto recogería en una trenza, cubría la desnudez de su espalda.

—No pienso renunciar a Beatriu —dijo al rato elevando la barbilla desafiante.

Roger quedó pensativo antes de responder.

—No te pido que lo hagas, siempre y cuando estés conmigo —repuso—. Pero quieres decidir por ella. Ya que tanto hablas de libertad, dásela, Súria. Sé justa. Beatriu tiene derecho a escoger su futuro.

Horas después, la flota navegaba hacia Mallorca, con sus blancas velas extendidas, sobre un brillante mar azul extrañamente plácido para aquella época del año. Súria observaba desde la crujía de la nave capitana al infante Alfonso, del que todos decían que estaba a punto de ser rey, conversando con Roger.

Se encontraban elevados en el castillo de popa, el lugar noble de la nave. A la pelirroja le complacía la apostura de Roger y el respeto con el que le trataba el futuro rey, evidenciando la autoridad que el almirante, con sus continuas victorias, había alcanzado en las coronas de Aragón y Sicilia.

Súria no había dejado de pensar después de la conversación mantenida con Roger. Su vida estaba dando un giro radical. Y la asaltaba un insistente recelo. ¿Estaba todo aquello planeado previamente? Siempre sospechó que Beatriu y Roger se entendían a sus espaldas. Que tenían sus propios planes. De hecho, fue su amiga la que la puso, con una u otra excusa, en los brazos de Roger. Y ahora era Beatriu la que la abandonaba dejándola a merced de su insistente galán. Era víctima de una conjura. Observó de nuevo a Roger. «¡Menudo tramposo!», se dijo. Pero tampoco podía reprochárselo. Ni siquiera podía quejarse, porque ahora aquel hombre le gustaba. Tanto que le ilusionaba pensar que era suyo.

En realidad, todo el mundo la veía ya como la amante del almirante. Lo que la disgustaba y complacía a la vez. ¿Qué depararía el futuro?

Puso la mano sobre su vientre, estaba segura de su embarazo y, esta vez, la idea la hacía feliz. Y contempló de nuevo a su amante, que conversaba con el infante.

—¿Qué ocupa tu mente, Súria? —la interrumpió el Rubio Abdón—. Se te ve muy pensativa.

La pelirroja observó a su amigo y le sonrió. Después dirigió su mirada hacia la proa de la nave, que cortaba las olas del mar. Y sintió de pronto la excitación de la aventura.

—El futuro, querido Abdón —repuso al rato sonriéndole—. Pienso en el placer de ver nuevas tierras, vivir nuevos lances y correr nuevas aventuras.

# 133

*Palermo, 20 de noviembre de 1285*

Jaime regresó de Calabria inflamado por las cartas de Macalda y tuve que emplearme a fondo, con la ayuda de Juan, para hacerle comprender lo ocurrido. Aún creía que el niño muerto era su hijo, pero ni él ni nadie podían pedirle responsabilidades a los almogávares, que simplemente habían aplicado su ley. Los necesitábamos.

Aceptaba el exilio de Alaimo encantado, pero no la prisión de la baronesa. Me mostré inflexible y no dejé que la viera siquiera. Yo era la reina, había juzgado a Macalda y ella cumplía mi sentencia. No había vuelta de hoja. Juan pudo probarle la conjura en la que participaban los sobrinos de la baronesa y eso le hizo pensar. Con el tiempo se fue calmando. Y el hecho de que yo invitara a palacio, y a mis fiestas, a las damas jóvenes más hermosas y brillantes de la isla ayudó a relajar su ánimo.

En Palermo recibimos la noticia de nuestra gran victoria. Proclamé tres días de fiesta y se hicieron misas solemnes, desfiles y procesiones para celebrarlo. Juan de Prócida, mi hijo Jaime y yo misma las encabezábamos. Y también ordené festejos populares con comida y bebida gratis, música y bailes. Me sentía muy feliz y me preguntaba cuándo Pedro lograría estabilizar la situación en España lo suficiente para regresar a Italia. Deseaba tenerlo a mi lado. Ya no me quedaba resquemor por el abandono que sentí durante tanto tiempo. Me decía que su asombrosa victoria sobre los cruzados no era solo resultado de su habilidad y suerte, sino también de mis continuos rezos. Quería abrazarle, besarle.

Era una vana esperanza que aquella funesta última carta destruyó. Leerla me causó un terrible desgarro:

Y si esta fuera mi carta postrera, sabed que mis últimos pensamientos en este mundo serán para vos, mi señora. Vuestro fiel caballero, trovador y esposo,

PEDRO DE ARAGÓN Y SICILIA

Nunca él, optimista por naturaleza, me había dicho o escrito algo semejante. Era su despedida, aquellas líneas anticipaban su fallecimiento. Le conocía. Algo grave que no me quería contar le sucedía.

No tenía la menor sospecha de que él, siempre tan sano y fuerte, sufriera una enfermedad. Y de inmediato supe que no tenía remedio. De lo contrario, lo hubiera ocultado tras su lenguaje de caballero trovador. Un funesto presentimiento, una convicción me asaltó. Me estaba anunciando su muerte, se despedía y no había nada que yo pudiera hacer fuera de rezar. Sabía que era inútil escribirle. Que no estaría para recibir mi última carta. Pero, aun así, lo hice abandonando viejos rencores y con lágrimas en los ojos:

Mi señor, mi rey, mi caballero, mi amor. Gracias por la aventura maravillosa que ha sido compartir mi vida con vos. Que Dios, nuestro señor, os dé un buen último viaje, y esperadme en la eternidad. Os ama para siempre,

CONSTANZA

Sellé personalmente la carta y envié a un caballero con ella con la orden de quemarla sin abrirla si, a su llegada, mi esposo hubiera fallecido. Tenía la convicción de que, vivo o muerto, mis palabras llegarían finalmente a él.

Y fui a la gran capilla palatina que tanto había impresionado a Pedro a rezar. Rezar y llorar por todas las ilusiones, por todas las esperanzas frustradas.

# 134

*Palermo, 12 de diciembre de 1285*

No fue hasta el 12 de diciembre cuando recibí la infausta noticia de la muerte de mi esposo. El noble encargado de transmitirla apareció maltrecho y a caballo, con un escaso séquito, después de arribar a Trapani superviviente de una desastrosa travesía. Había partido hacia Mallorca con la misión de avisar a mi hijo Alfonso y entregarle una copia del testamento. Y después, a pesar de las advertencias sobre el tiempo y la mar, insistió en embarcarse para que conociéramos los hechos lo antes posible. En esa trágica travesía, en la que debía regresar parte de la flota de Sicilia, el mar se tragó a cinco galeras. Parecía como si la fortuna nos hubiera abandonado junto a mi amado Pedro.

No me sorprendió. Yo ya sabía que había muerto. Su última carta me lo anticipaba. Con todo su amor. Y también con toda claridad para alguien que lo conociera como yo.

El mensajero trajo consigo tres documentos. Uno era la carta de mi cuñado Jaume Sarroca, el obispo de Huesca, en la que nos daba el pésame. Ese personaje no era de mi agrado. No se comportaba como yo entendía que debía hacerlo un hombre de fe y de Iglesia. Su aspecto fofo, su sonrisa ratonil, su piel excesivamente blanca, que denotaba su gusto por los lugares cerrados, y sus modos suaves y sibilinos, demasiado políticos, me producían mucha desconfianza. Intuí que su carta me disgustaría.

Muy respetada y estimada cuñada doña Constanza, señora reina de la Corona de Aragón. Muy querido sobrino infante don Jaime. —Evitaba, a propósito, titularme reina de Sicilia—. Me ha producido un gran dolor el fallecimiento de mi hermano el rey don Pedro, ocurrido el día 10 de noviembre. Recibid mis más sentidas condolencias. Es mi deseo confortaros con la noticia de que mi ilustre hermano murió como un digno caballero cristiano. Confesó sus pecados, se arrepintió de ellos, se declaró súbdito fiel del papa, y el arzobispo de Tarragona le levantó, en nombre del pontífice, la excomunión que sobre él pesaba. Al morir, pues, reconciliado con la Iglesia, las puertas del cielo se han abierto para él.

¿A qué venía aquella carta? ¿Cómo podía ser aquello cierto? No salía de mi asombro. Solo devolviendo Sicilia a los franceses y al papa hubieran perdonado a mi esposo. Pero eso iba contra toda su obra. Contra toda su lucha por la justicia.

El segundo documento era un testamento, las últimas voluntades de Pedro. Y decía que él juraba en aquel acto sobre los santos evangelios, en presencia de un notario y de los obispos de Valencia, su confesor; del de Huesca, su hermano; del arzobispo de Tarragona y de varios eclesiásticos más. Y decía estar en todo y por todo en obediencia de los mandamientos del papa. Y que devolvía a la Iglesia de Roma, soberana suprema, el reino de Sicilia. Y que ordenaba la liberación de todos los presos de guerra, entre los que se encontraban los cruzados franceses capturados, los angevinos que apresó el almirante Roger, y en especial a Carlos II de Anjou, el Cojo. Y que perdonaba y eximía de toda culpa a los eclesiásticos desterrados por colaborar en la cruzada, como el obispo de Gerona. Continuaba donando importantes cantidades a conventos e instituciones religiosas. Y terminaba diciendo que tomaba la santa comunión y que proclamaba que aquel era el verdadero cuerpo de nuestro señor Jesucristo, su salvador, y que reconocía, asimismo, todo aquello que un fiel cristiano debía reconocer.

Llevaba la firma de Pedro, sus sellos personales en cera y las firmas de los eclesiásticos testigos.

—Esta no puede ser la firma de mi padre —exclamó mi hijo Jaime al terminar de leer el documento—. Alguien nos quiere hacer creer lo que no es.

—Alguien engaña a alguien, Jaime —murmuré pensativa.

Aquellos documentos me producían, a la vez que alivio, zozobra. Alivio porque Pedro había muerto confortado por la Iglesia, perdonado y recibiendo la santa forma y, con toda seguridad, la extremaunción. Las puertas del cielo se abrían para él.

Pero me inquietaban y hacían que me preguntara a quién trataba de engañar mi cuñado: a nosotros o al papa. Si realmente pensaba que íbamos a devolver Sicilia al pontífice. Porque me costaba creer que mi esposo en sus últimos instantes renunciara a su obra. Que le arrebatara el trono a nuestro hijo Jaime y abandonara a los sicilianos que le habían coronado para que los protegiera de los franceses y del papa.

Y la gran zozobra provenía de pensar que quizá sí, que quizá Pedro hubiera llegado a tal extremo en su enfermedad, que, debilitado, quebrada su firmeza de carácter, atemorizado por las penas del infierno, hubiera claudicado. Alfonso jamás debiera haberle dejado solo ante tal poder clerical, empeñado en complacer al papa a toda costa.

¿Qué hacer? El testamento firmado frente a dos obispos y un arzobispo no era algo baladí. Era muy serio. Representaba las últimas voluntades de mi esposo. Y nos obligaba a mí y a sus herederos. Y no era solo el deber que aquel documento nos imponía. Había algo mucho más importante para mí. ¿Eran realmente aquellos los deseos de mi esposo en sus últimos momentos? ¿Era aquel su pasaporte para la eternidad?

Hacía ya tiempo que había superado el rencor que me produjo sentirme abandonada. Ahora comprendía que para él no fue un abandono, sino una demostración de su confianza en mis capacidades. Pedro se fue a su duelo tranquilo, seguro de que yo sería digna de la alta misión que me encomendaba. Y gracias a la soledad que yo sentía, me vi obligada a desarrollar todas mis habilidades, mi potencial pleno. Ahora era reina no solo de título, sino de hecho. Segura de mí misma. Aquel que yo tanto maldije era, en realidad, el último regalo que Pedro me hizo después de cumplir sus promesas de vengar a mi padre y coronarme reina de Sicilia. ¿Sería tan ingrata de despreciar sus últimos deseos?

La duda me desgarraba.

—Fijaos en la fecha de esta especie de testamento. —Juan de Prócida intuía mi angustia—. Es del 3 de noviembre. Siete días antes de su muerte.

—Sí, ¿y bien? —inquirí.

—Se supone que aún conservaba la consciencia, que perdió en sus últimos instantes —siguió Juan.

—De haber perdido sus facultades mentales,  aun solo en parte, el documento no sería válido —apuntó Jaime.

—¿Habéis reparado en la fecha del tercer documento? —inquirió el viejo canciller.

Jaime lo observó, frunció el ceño y me lo pasó a mí. Estaba fechado un día antes que el testamento, y era el documento que Pedro hizo firmar a nuestro hijo Alfonso antes de que partiera para embarcarse hacia Mallorca. En él, Alfonso, como heredero de la Corona de Aragón, cedía a Jaime la Corona de Sicilia, reconociéndolo como nuestro heredero para el reino italiano. Y le prometía toda su ayuda política y militar.

—¿Cambió mi padre de opinión en un solo día? —inquirió Jaime escéptico—. No, no es posible.

Aquel testamento le irritaba; deseaba ser coronado rey de Sicilia de inmediato. Y también a Juan, que no quería, bajo ningún concepto, devolver a los angevinos y al papa ni su isla de Prócida ni el resto del reino. Aquella había sido la lucha de su vida.

Ellos no sentían la misma responsabilidad que yo ante las últimas voluntades de mi esposo.

—Sí que es posible —murmuré—. La amenaza del infierno para un moribundo es terrible y hace que renuncie a sus principios. Y él estuvo rodeado, en sus últimos momentos, de los eclesiásticos más convincentes.

Me sumí en pensamientos frenéticos que rayaban en el desvarío. ¿Había Pedro engañado a los eclesiásticos? ¿Había jurado, sobre las sagradas escrituras, sabiendo que mentía? Seguro que no. Pedro era un buen cristiano a pesar de su enfrentamiento con el papado. Jamás hubiera jurado en falso.

¿Lo hizo sinceramente, en sus momentos postreros, ante el temor del castigo eterno? ¿O era aquel documento una falsificación de los obispos para poder levantar la excomunión de Pedro complaciendo al papa?

¿Y qué haría yo? ¿Iba a despreciar las últimas voluntades de mi esposo? ¿Abandonaría a mi hijo, que esperaba ser coronado rey? ¿Traicionaría a los sicilianos a los que había prometido defender? Sentía un desgarro en el corazón.

Era muy triste que una hermosa historia de amor como la nuestra terminara envenenada por la duda.

# 135

*Vilafranca del Penedès, cinco semanas antes, 4 de noviembre de 1285*

Mi señora, mi bien, mi amor —escribía Pedro—. Siento daros malas noticias, pero si Dios, nuestro señor, no lo remedia, esta será mi última carta.

Siguió escribiendo, y al poco, apartó la pluma para no manchar el documento, a tiempo para que la sostuviera el paje, cuando le sobrevino un acceso de tos. «Más sangre», se dijo al contemplar el pañuelo ofrecido por el muchachito. Había ordenado que le dejaran solo mientras escribía su última misiva incorporado en el lecho de su estancia gracias a unos almohadones. Pero la tarea le agotaba. Cerró los ojos a la espera de recuperar el aliento y las fuerzas.

Reanudó penoso la escritura, que otro acceso de tos interrumpió al rato. Apoyó la pluma en el tintero y cerró los ojos para descansar. Cada vez estaba más fatigado, más le costaba respirar y más le dolía el pecho. Y se preguntó cuánto faltaría para que cerrara los ojos, sin poderlos volver a abrir. Para siempre. Se dijo que muy poco. E hizo acopio de sus últimas fuerzas para terminar.

Me voy con la tristeza de no poderos dar mi último abrazo. Pero mi último beso va en esta carta.

Tembloroso, pidió al paje otro pañuelo para enjugarse una lágrima, se aseguró de que no tenía sangre en los labios y a continuación besó con devoción la carta. Requirió de un tiempo para poder seguir. Y después de firmar le pidió al paje que fuera a buscar a su fiel canciller, que guardaba su sello, y despidió al muchacho. Estampó su sello real con cera verde en tres lugares distintos de la misiva para asegurar su cierre.

—Haced llegar esta carta a doña Constanza sin que nadie lo sepa.

—Sí, mi señor —repuso este—. Fuera esperan los obispos de Valencia y Huesca y el arzobispo de Tarragona para daros su consuelo espiritual. ¿Los hago pasar?

—¡Que no sepan de esta carta!

—No lo sabrán, señor —repuso vehemente el canciller—. Por la salvación de mi alma que no lo han de saber.

Pedro cerró los ojos y el oficial quedó a la espera de su respuesta. Por un momento, temió que no la tendría. Pero no fue así.

—Decidles que más tarde —murmuró Pedro—. Ahora estoy muy fatigado.

# 136

*Palermo, 14 de diciembre de 1285*

Su última carta llegó dos días después de la noticia de su falle-cimiento. Apareció sin la urgencia de las anteriores, por un camino distinto, en una nave que esperó a que la tormenta ce-sara para cruzar el Mediterráneo. Reconocí su letra a pesar de su deterioro y emocionada fui a mi cámara para leerla a solas. Era un mensaje del más allá, una completa sorpresa. Me tem-blaban las manos al romper los sellos.

> Mi señora, mi bien, mi amor —decía—. Siento daros malas noticias, pero si Dios, nuestro señor, no lo remedia, esta será mi última carta. Y aunque no reconozcáis la letra, es la mía, solo que incluso el peso de la pluma me fatiga y mi pulso tiembla. Pero he de escribiros de mi puño y letra, tal como siempre hice, porque en mis cartas he querido hablaros de for-ma íntima y jamás puse a un escribano entre ambos.

Era su letra, pero carecía de la firmeza y seguridad habi-tuales.

> Os pido perdón por no hablaros antes de esta enfermedad que día a día me va matando —seguía—. Pero quería prolon-

gar en vos, aunque fuera solo por poco tiempo, la dicha que vivimos juntos, manteniéndoos en la ignorancia de mi mal.

¡Qué no daría yo por regresar a Sicilia, a vuestro lado, como os prometí! Quisiera agotar mis últimos instantes en vuestros brazos, pero el cielo no me lo permite; el Creador ni siquiera me dejará llegar a Zaragoza.

Parece que fue ayer cuando, aún niña, llegasteis a mí. Fuisteis un regalo del cielo, demasiado tierno, entonces, para un hombre hecho y derecho. Nuestro matrimonio era la alianza de Aragón y Sicilia, y solo nos exigía procrear, amarnos como se aman las bestezuelas de Dios. Pero vuestra presencia, vuestra persona, hizo nacer de mi alma ese amor espiritual, puro y sagrado, que surge del corazón de los trovadores hacia sus damas. Erais mi esposa y os convertisteis también en mi señora.

No pude contener las lágrimas, que desde las primeras frases pugnaban por brotar, y solté la carta para cubrir mi rostro con las manos. Los sollozos me hacían estremecer. Era cierto. El nuestro fue un gran amor. Me costó un tiempo recuperar las fuerzas para continuar leyendo.

Así que cuando Carlos de Anjou, azuzado y bendecido por el papa, invadió Sicilia y asesinó a vuestro padre, vuestro corazón se llenó de zozobra; vuestros ojos, de llanto, y en mi pecho creció una cólera terrible fruto de la injusticia. Y de vuestro dolor. Supe que mi deber era vengaros. Porque un caballero debe siempre castigar las ofensas que recibe su dama. Nada pude hacer entonces, pero, a partir de ese momento, mis pensamientos y ambiciones se dirigieron a ese propósito. Os amaba con el cuerpo, con la pasión primitiva de varón a hembra, os amaba con el alma, como caballero a su dama, y Dios, nuestro señor, quiso concederme el tercero de los amores, el del corazón, que surgió espontáneo, del cariño. Nadie ha podido amar, señora, como yo os he amado.

De nuevo el llanto me pudo. Era una carta de despedida, muy triste, pero repleta de amor. Me esforcé en seguir.

Y ahora esos personajes revolotean a mi alrededor como buitres ante un cuerpo moribundo. Me amenazan con las penas del infierno, con las torturas del diablo, y me prometen la gloria eterna si renuncio a lo que siempre he creído justo. A la promesa que os hice y que cumplí. A Sicilia.

Están equivocados, pues os di a vos Sicilia porque era mía y no del papa. Dios, nuestro señor, me la concedió gracias al juramento de fidelidad de los sicilianos y a mis victorias en batalla. Y vos la conservaréis porque es herencia de vuestro padre y mi regalo de amor. El Creador nos bendice con la victoria, pues nuestra causa es justa, y castiga a nuestros enemigos por su arrogancia y prepotencia.

Vos, Constanza, mi señora, sois la obra de mi vida. Y Sicilia es la ofrenda que os he hecho. No solo su entrega repara la injusticia vengando a vuestro padre, sino también a mi abuelo, al que mataron los franceses para apoderarse de la Occitania que era de Aragón. Es justicia y es amor. Amor y justicia. Y es mi última voluntad que conservéis Sicilia para nuestros sucesores.

Quizá digan que renuncié en mis últimos instantes. Si tal cosa ocurre, sabed que no he sido yo. Que no ha sido el hombre que os ha amado con una intensidad tal que nadie puede superar. Con los tres amores con los que se puede llegar a amar. Si dicen que renuncié a Sicilia, sabed que no ha sido vuestro trovador, vuestro caballero, vuestro servidor, vuestro amor. No he sido yo. Me voy con la tristeza de no poderos dar mi último abrazo. Pero mi último beso va en esta carta.

Mis labios contraídos en un rictus de pena se relajaron para dibujar una sonrisa. De felicidad, de agradecimiento, de amor. Pedro no podía dejarlo más claro.

Os deseo salud y fuerza para que podáis llevar a cabo la misión que os encomiendo. Que Dios, nuestro señor, os bendiga con todas las dichas. Y sabed, señora, que mi última oración no será por mí, sino por vos.

PEDRO

No sé cuánto tiempo permanecí sola con su misiva en mis manos. Recordé, lloré, sonreí, volví a llorar. Recé. Tenía el corazón roto, pero confortado por el amor. Aquel hombre había sido el compañero de toda mi vida. Esposos, amantes y, juntos, artífices de una empresa que cambió la historia.

Oscureció y mis damas acudieron insistiendo en que comiera algo. No pude hacerlo, tenía el estómago cerrado. Y a la luz de las velas leí y releí su última misiva. Agradecía al cielo que él la pudiera escribir y la fortuna de que llegara hasta mí. Se consumieron las velas y me dormí hablándole a él en la oscuridad. Le decía que me perdonara por creer que me había abandonado, por pensar que me dejaba sola. En realidad, me encomendaba una misión. Y era la de aprender a ser reina. Y lo soy.

Al día siguiente tuve que enjugar mis lágrimas, regresar, volver al presente, a reinar y a tomar decisiones. Pedro decía muy claro que no renunciaba a Sicilia. En la misma nave llegó también la carta de nuestro hijo Alfonso en la que me informaba de la amenaza de destierro, y expropiación de bienes, a los jerarcas de la Iglesia si Pedro moría excomulgado.

Todo encajaba. El testamento o era falso o había sido arrancado a un Pedro, en sus últimos instantes, privado de su voluntad y facultades. En ese caso habrían amañado la fecha, ya que su última carta, en la que se reafirmaba en nuestra monarquía siciliana, era posterior al supuesto testamento. Ese documento era una manipulación de mi cuñado el obispo y de los suyos para contentar a la vez a Alfonso y al papa. Algo tan difícil como la cuadratura del círculo.

Me sentía aliviada. Pedro estaba reconciliado con la Iglesia y había muerto, con todas las bendiciones, como buen cristiano. Me esperaba en el cielo.

Lo que ocurriera después lo dejaba en mis manos y en las de mis hijos. Aquel falso testamento nunca se cumpliría. No íbamos a entregar Sicilia, ni a los sicilianos, á los franceses del papa. Seguiríamos la lucha de Pedro hasta el final, porque esa era su voluntad, la mía y la de nuestros herederos. Con la ayuda de Dios, nuestro señor.

Aquel mismo día, los mensajeros salían de Palermo hacia todas las poblaciones de la isla convocando a nobles y concejos ciudadanos a la coronación de nuestro hijo Jaime como rey de Sicilia.

# ANEXOS

## La historia sigue

Los hombres y las mujeres mueren, pero la historia sigue, jamás se detiene. El presente es un instante fugaz, una ilusión.

A continuación, resumo algunos de los hechos que sucedieron después y el destino de los principales protagonistas del relato.

Los hijos de Pedro y Constanza hicieron caso omiso al supuesto testamento del día 3 de noviembre.

Roger y el infante Alfonso recibieron la noticia del fallecimiento de Pedro durante el sitio de Palma. Se concedieron ocho días de tregua a la ciudad como muestra de luto y, a su conclusión, Palma y la isla de Mallorca se entregaron pacíficamente. El gobernador y los pocos que deseaban mantenerse fieles a Jaime II de Mallorca abandonaron libremente la isla. Ibiza siguió el ejemplo.

Alfonso fue coronado solemnemente como Alfonso III de Aragón en Zaragoza el 9 de abril de 1296 y, antes y después, con el permiso real, Roger devastó la costa francesa impidiendo la recuperación del enemigo.

Por su parte, Jaime, siguiendo la voluntad paterna, fue coronado rey de Sicilia, y ofreció su obediencia y vasallaje al papa, que los rechazó. El pontífice tampoco aceptó diálogo o negociación alguna, exigiendo que se devolvieran de inmediato Sicilia y Calabria a los de Anjou. El nuevo rey y los sicilianos se negaron y el papa excomulgó a Jaime, a la reina Constanza y a todos los habitantes de la isla. Y también a Alfonso, que apoyaba política y militarmente a su hermano.

Por lo tanto, la guerra entre cristianos siguió fomentada por el papado, mientras el reino de Jerusalén, sin apenas recibir ayuda de la cristiandad, se descomponía ante la presión musulmana. En abril de 1287, el papa Honorio murió, pero su sucesor Nicolás IV mantuvo la inflexible política profrancesa a pesar de los deseos de Carlos II el Cojo de llegar a un acuerdo. El nuevo pontífice rechazó incluso las propuestas de Jaime de Sicilia de ir de cruzada en ayuda del reino de Jerusalén.

En 1288, Alfonso y Carlos II de Anjou, prisionero en Cataluña, llegaron, con el apoyo del rey de Inglaterra, a un acuerdo de paz por el que Carlos obtenía la libertad. A cambio entregaba 50.000 marcos de plata, dejaba a sus tres hijos mayores como rehenes y cedía la isla de Sicilia y Calabria a Jaime. Así terminaban con la guerra. Carlos se comprometió a convencer a Francia y al papado, pero Felipe IV arrestó a los embajadores aragoneses que le acompañaban. Carlos fue recibido como un héroe en Roma, el nuevo papa se negó a aceptar lo acordado y lo coronó como rey de Sicilia. El pontífice alegaba que lo firmado con un excomulgado no valía. Pero Carlos, que era un hombre de honor, se sentía muy incómodo y siguió trabajando por la paz. En especial porque amaba a su familia y había dejado a tres de sus hijos como rehenes en España.

En 1289, el rey de Inglaterra, cuya hija estaba comprometida con Alfonso de Aragón, reprendió con duras palabras al papa Nicolás acusándole a él y a la Iglesia de ser los responsables de aquella guerra fratricida entre cristianos, y le pidió que terminara con ella. El papado, que ya tenía muchos enemigos, aceptó por primera vez dialogar y se estableció una tregua que detuvo las sangrientas batallas que tenían lugar en Italia.

En 1291 se llegó a un principio de acuerdo truncado por la temprana muerte de Alfonso III de Aragón a los veintisiete años. Casi al mismo tiempo, privado de la ayuda de la cristiandad, el reino de Jerusalén caía en manos de los mamelucos.

Al morir Alfonso sin herederos, Jaime de Sicilia fue coronado rey de Aragón. En un principio trató de mantener Sicilia y Aragón bajo un mismo cetro, y dejó en Sicilia a su hermano Federico como lugarteniente. Pronto comprendió que, a pesar de las continuas victorias protagonizadas por Roger de Lauria y otros de sus almirantes en Italia, la situación era insostenible, y buscó negociar con el papado y con Carlos el Cojo.

Y rompiendo la voluntad paterna aceptó la propuesta papal por la que cedía Sicilia a los de Anjou a cambio de que se le levantara la excomunión, de ser nombrado el brazo armado de la Iglesia, como antes lo fue Carlos de Anjou, y de que esta le cediera las islas de Córcega y Cerdeña. Lo que causó nuevas guerras, puesto que sus habitantes no se consideraban posesión papal ni creían que el papa tuviera el derecho de regalar sus islas.

Tampoco los sicilianos se consideraban posesión papal, y no querían caer bajo el yugo de los de Anjou. Así que, con la ayuda de un buen número de nobles y caballeros aragoneses y catalanes establecidos en la isla y unos cuantos miles de almogávares, coronaron rey de Sicilia a Federico, tercer hijo varón de Pedro y Constanza.

La lucha se reinició con Jaime como brazo armado de la Iglesia, aliado con Carlos el Cojo, luchando contra su propio hermano Federico. Y así transcurrieron once años más de guerra con victorias de uno y otro bando hasta llegar a la paz de Caltabellota, firmada en 1302, por la cual Carlos el Cojo reconocía a Federico, que se casaría con su hija Eleonor, como rey independiente de la isla de Sicilia, aunque el papa no quiso que se llamara Sicilia, sino reino de Trinacria. El tratado contemplaba, contra la voluntad de los sicilianos, que, a la muerte de Federico, el reino se integrara de nuevo en el de Nápoles de los de Anjou.

Esto nunca ocurrió y los sicilianos siguieron independientes regidos por la dinastía aragonesa de Italia, que siempre mantuvo estrechos vínculos con la dinastía aragonesa de España. Hasta que, en el siglo xv, los reinos de Nápoles y Sicilia se unieron bajo el mismo cetro, primero con Alfonso V de Aragón y después con Fernando el Católico.

Estos hechos llevaron a la apertura de la Corona de Aragón al Mediterráneo, donde llegó a crear un imperio que heredó la corona española. Sitios tan distantes como Atenas y Neopatria, Nápoles, Sicilia, Malta, Cerdeña, Yerba y muchos lugares del norte de África fueron posesiones de la Corona de Aragón.

Grandes hechos como las conquistas del Gran Capitán, de nuevo contra los franceses, o la batalla de Lepanto representaron la continuación de la gran obra emprendida por Pedro y Constanza.


### ¿España, Hispania o península ibérica?

A raíz de mi novela *Canción de sangre y oro*, que relata hechos anteriores a estos de los mismos protagonistas, he recibido correos de lectores que me alertaban de un error: el uso del término «España» cuando España no existía en el siglo xiii.

Sin embargo, el término España, como sucesor del término «Hispania» latino, era usado en el siglo xiii para indicar el lugar geográfico que hoy en día denominamos «península ibérica». Buena parte de mi relato está basado en las famosas crónicas de Bernat Desclot y Ramón Muntaner, que al ser autores contemporáneos a los hechos les confieren una particular riqueza. Y ellos mencionan con frecuencia «Espanya» o «Spanya».

Llama la atención Bernat Desclot al mencionar en su crónica a los «golfines», el equivalente de los almogávares en Castilla. Dice: *«E aquelles altres gents que hom apella Golfins son Castellans e Salagons, e gents de profunda Spanya»* («Y aquellas otras gentes llamadas «golfines» son castellanos, gallegos o portugueses y gentes de la España interior»). Con «profunda Spanya» el cronista se refiere al interior de la península ibérica vista desde el Mediterráneo. Los golfines se unieron a los almogávares para la cruzada de Pedro en el norte de África.

Fue a raíz de la unión dinástica de Isabel y Fernando en el siglo XV y la conquista de Granada, cuando el valenciano Rodrigo de Borja, como papa Alejandro VI, les envió una carta llamándolos «reyes de España». Título que les gustó y que empezaron a usar. Eso indignó al rey de Portugal, puesto que se consideraba, hasta aquel momento, español.

El término «península ibérica» no se popularizó hasta el siglo XVII, cuando España tomó su significado actual al independizarse Portugal.

Un caso semejante se da en Italia. Italia como lugar geográfico (península itálica) existía mucho antes de su unidad política, ocurrida en el siglo XIX. Florentinos, pisanos, venecianos, genoveses, romanos y muchos otros se consideraban italianos, aunque con distintas nacionalidades independientes.

Después de leer, y releer, las crónicas de Bernat Desclot y de Ramón Muntaner, no puedo poner en boca de Pedro y Constanza el término «península ibérica» por anacrónico. Ellos usaban «España». Mis disculpas si eso ha causado sorpresa o confusión en algún lector.

## Pedro III de Aragón, el Grande

A todos nos suena Ricardo Corazón de León y se le tiene por un héroe. Pero el gran historiador británico sir Steven Runciman dijo de Ricardo: «Fue mal hijo, mal esposo y mal rey, pero un valiente y espléndido soldado».

Sin embargo, ignoramos a muchos de nuestros propios héroes. Pedro fue también un valiente y espléndido soldado, y aventajó a Ricardo en todo lo demás. Pero es casi un desconocido en nuestra propia historia.

Al nacimiento de Pedro, Francia llevaba acosando, en alianza con el papado, a la Corona de Aragón desde hacía más de medio siglo. Como ya se cuenta en la novela, con la cruzada contra los albigenses, precedente de la que Martín IV decretó contra Pedro, Francia se apoderó de la Occitania, gran parte de la cual, en especial Provenza, estaba unida por lazos de vasallaje con Aragón. El abuelo de Pedro murió en batalla y su hijo Jaime I quedó en poder de los cruzados. Jaime pudo recuperarse gracias a las conquistas de Mallorca y Valencia, pero la presión francesa continuó trasladándose al Mediterráneo con la conquista de Sicilia gracias a una nueva cruzada decretada por el papado. Después siguió arrebatándole a Aragón el vasallaje de Túnez, y se quedó con el reino de Albania, con Acaya, en el sur de la península helénica, y con el reino de Jerusalén. Cuando Francia se apoderó de Navarra, consumó la asfixia de Aragón, una corona con un millón de habitantes frente a los quince de Francia.

El mérito de Pedro y Constanza fue aprovechar el ansia de libertad de los sicilianos y, con su ayuda, revertir la situación. Tuvieron el valor de enfrentarse a los tres mayores poderes de su tiempo: Carlos de Anjou, el emperador mediterráneo, Francia y el papa Martín IV. El resultado cambió la historia de Europa y sorprendió a sus contemporáneos.

Dante Alighieri expresa la admiración que le causaron los hechos protagonizados por Pedro diciendo de él, en la *Divina comedia*, que atesoraba todas las virtudes.

Valga esta novela, y la anterior, para reivindicar a este personaje y a su esposa Constanza.

## Roger de Lauria

Después de asistir a la coronación de Alfonso como nuevo rey y de una corta visita a Cocentaina y a las nuevas posesiones valencianas que Pedro III le había concedido, Roger regresó a Sicilia. Allí protagonizó, en junio de 1297, la que se considera la mayor de sus victorias, la llamada «batalla de los Condes», contra una flota de ochenta galeras muy superior a la suya. Capturó la mitad de las naves enemigas, junto a lo más granado de la nobleza francesa. Continuó luchando y ganando batallas para Sicilia y la Corona de Aragón hasta que Jaime, como rey de Aragón, inició la guerra, por mandato del papa, contra su hermano Federico, rey de Sicilia. Roger pasó a luchar en el bando de Aragón después de abandonar a Federico a causa de las ofensas recibidas de envidiosos de la corte siciliana.

De todas sus batallas solo perdió una, en tierra, contra sicilianos, de la que milagrosamente logró escapar y de la que tuvo ocasión de cobrarse cumplida venganza posteriormente.

Una vez firmada la paz de Caltabellota en 1302, Roger regresó a la corte de Jaime II de Aragón, donde gozaba de la admiración general. Poco después se retiró a sus posesiones del reino de Valencia. Roger era famoso por su destreza en los torneos. Sus últimos combates los libró poco antes de su muerte en defensa de su feudo de Cocentaina frente a la invasión musulmana del reino de Granada.

Murió en Valencia el 17 de enero de 1305 a los cincuenta y cinco años. Entre sus muchos títulos ganados destacan los de príncipe de Yerba y Querquenes (islas de la costa de Túnez); conde de Malta y Gozo; almirante de Cataluña, Valencia y Nápoles, y señor de múltiples pueblos y castillos de Valencia, Aragón y Sicilia.

Como prueba del cariño, admiración y fidelidad que le profesaba a Pedro, quiso ser enterrado a sus pies. Bajo el gran túmulo sepulcral de Pedro III el Grande, en el monasterio de Santes Creus, se encuentra una sencilla lápida que reza: «Aquí yace Roger de Lauria, almirante general de los reinos de Aragón y Sicilia por el señor rey de Aragón».

Fue, sin duda, el mejor almirante de su época, y seguramente el mejor de la historia de España.

### Ramón Marquet, vicealmirante

Siguió sirviendo como marino a la Corona de Aragón. Participó en 1285 en la reconquista de Mallorca junto a Roger y Alfonso y posteriormente lideró la escuadra en la conquista de Menorca en 1287. En 1293 comandaba las galeras aragonesas que lucharon en el estrecho de Gibraltar contra los benimerines, en apoyo del reino de Castilla. Además de un gran militar fue un próspero mercader que prestó grandes sumas tanto a Pedro como a sus hijos en apoyo de la expansión mediterránea de la Corona de Aragón. Murió en 1302 a los sesenta y siete años.

### Macalda de Scaletta, baronesa de Ficarra

Macalda pasó el resto de su vida en la prisión del castillo de Matagrifone, en Mesina. Allí se entretenía jugando al ajedrez con el visir Margam-ibn-Sebir, capturado por Roger cuando se apoderó de la isla de Yerba en Túnez. Las crónicas dicen que escandalizaba a sus carceleros con sus maneras provocativas, su atrevimiento e inmodestia al vestir.

También mencionan la visita de Roger para comunicarle que el rey la había privado de la baronía de Ficarra para entregársela, junto a otras posesiones, al propio Roger. Macalda le espetó: «Esta es la forma que tiene vuestro rey de recompensarnos a nosotros, los que le llamamos a Sicilia como amigo.

Y a los que, una vez que le entregamos el reino, nos trató como sirvientes». «No estáis aquí como sirvienta, señora —repuso Roger—, sino como traidora».

No se sabe con exactitud la fecha de su muerte; sin embargo, firmó unos documentos en octubre de 1308. Seguramente superó los sesenta años, una edad avanzada para la época.

## Alaimo de Lentini

Cuando Alaimo llegó a Barcelona, Pedro lo recibió afectuosamente, como antiguo compañero de armas. Así que quedó en libertad y fue tratado con honores. Mientras, en Sicilia se detenía a unos sobrinos de Macalda que habían dado muerte, para eliminar pruebas, a un abogado llamado García de Nicosia, que servía de enlace para la correspondencia que Macalda mantenía con el rey de Francia y los Anjou. Sin embargo, la situación de libertad de Alaimo continuó después de la muerte de Pedro. Pero, dada la insistencia de Jaime, Alfonso se lo envió a Sicilia en agosto de 1287. Alaimo, creyendo que finalmente sería juzgado en su tierra natal, partió decidido a demostrar su inocencia. Pero no sabía que su destino había sido decidido, en juicio sumarísimo, por su antiguo rival Jaime, ya rey.

Y así, cuando Alaimo, desde la cubierta de la nave, veía al fin en el horizonte a su querida Sicilia, le fue comunicada su pena de muerte. Y de inmediato fue ejecutado de acuerdo con el ritual siciliano llamado *mazzeratura*, que consistía en ser arrojado al mar dentro de un saco con piedras en su interior. El ahogamiento era la pena destinada a los traidores. Tenía sesenta años. Inocente o culpable, sin duda la actitud y las intrigas de su esposa determinaron su destino.

## Juan (Giovanni) de Prócida

A pesar de su edad, continuó con su incesante actividad, uniendo su destino al reino de Sicilia. Murió en Roma en 1298, a los ochenta y ocho años, en misión diplomática.

## Jaume Sarroca, obispo de Huesca

El nuevo rey, Alfonso III, le tenía en gran estima, hasta el punto de que fue el elegido para coronarle en Zaragoza. Continuó gozando del aprecio de su sobrino, como su consejero, hasta cerca de su muerte, en 1289. Esta le sobrevino a los cuarenta y un años y está enterrado en Poblet, como su padre Jaime I, al que se dice que ayudó a escribir su *Llibre dels feits*.

## Alfonso III de Aragón, el Liberal

Alfonso siguió la política de su padre y recuperó para la corona pacíficamente las islas de Mallorca e Ibiza. A su regreso fue proclamado rey en Valencia y coronado en Zaragoza. En 1287 reconquistó la isla de Menorca, aún en poder musulmán.

En apoyo de su hermano Jaime, ordenó las expediciones navales de Roger de Lauria y otros almirantes contra Francia y los angevinos del reino de Nápoles.

Junto a Carlos el Cojo, quiso llegar a un acuerdo de paz que mantuviera a su hermano Jaime en el trono de Sicilia, pero se encontró con la intransigente oposición papal.

El rey Eduardo I, que ya había mostrado sus simpatías por la casa de Aragón en el famoso duelo de Burdeos, trató de mediar con el papado. Alfonso estaba prometido con su hija Leonor, pero el matrimonio tuvo que aplazarse a causa de la excomunión que pesaba sobre Alfonso. Al inicio de las negociaciones con el papado se le levantó la excomunión y se casaron por poderes en Westminster. Pero el matrimonio no se consumó. Cuando Leonor estaba a punto de emprender viaje a Barcelona, Alfonso sufrió una repentina enfermedad que le causó la muerte en solo tres días. Murió a los veintisiete años sin heredero.

Al igual que su madre Constanza, Alfonso profesaba una gran devoción por san Francisco y fue enterrado en el convento franciscano de Barcelona. Cuando este fue demolido, su tumba se trasladó, junto a la de su madre, a la catedral de Barcelona.

## Jaime II de Aragón, el Justo

Inmediatamente después de su coronación como rey de Sicilia, Jaime envió una embajada al papa Honorio rindiéndole homenaje y sometiéndose a la Iglesia. El papa respondió excomulgándole a él, a su madre Constanza y a todo el pueblo de la isla. Y con la ayuda de su hermano Alfonso y Roger de Lauria continuó la guerra contra los Anjou. A la muerte de su hermano, fue coronado rey de Aragón, y después de la paz de Caltabellota en 1302 pasó a conquistar la isla de Cerdeña, que le había otorgado el papa. También promovió la expedición de los almogávares a Oriente al mando de Roger de Flor. Propició la caída de los templarios en la Corona de Aragón y siguió el ejemplo de su primo Felipe IV de Francia beneficiándose de sus riquezas. A raíz de la guerra con Castilla, incorporó Alicante al reino de Valencia.

Murió en 1327, a los sesenta años, y fue enterrado en Santes Creus, como su padre.

## Carlos II de Anjou, el Cojo, y María de Hungría

Carlos llegó a Barcelona el 1 de noviembre, cuando Pedro se encontraba gravemente enfermo en Vilafranca del Penedès. Por lo tanto, nunca se encontraron.

Después de la ansiada paz de Caltabellota, se dedicó a consolidar el poder de los de Anjou en la península itálica. Falleció en 1309, a los cincuenta y cinco años, y el trono pasó a su hijo Roberto I.

Su esposa, la enérgica María, cedió sus derechos al trono de Hungría a su hijo Carlos Martel, que no logró ser coronado debido a su temprana muerte. Pero María no desistió y consiguió, al fin, el trono húngaro para su nieto Carlos Roberto, hijo de Carlos Martel, que reinó como Carlos I de Hungría, con quien la dinastía angevina prosperó y tuvo un futuro más brillante que en el reino de Nápoles, que finalmente cayó en manos de la Corona de Aragón.

María murió en Nápoles en el año 1323, con sesenta y seis años.

## Felipe IV el Hermoso

Rey de Francia y Navarra. A pesar de tener que asumir la derrota en la cruzada contra Aragón, Felipe, aun sin iniciar otra guerra, mantuvo la hostilidad contra su primo el rey Alfonso impidiendo un acuerdo de paz.

Tuvo un fuerte enfrentamiento con el papado y terminó secuestrando a Clemente V en Aviñón. Gracias a su poder sobre el pontífice, pudo acabar con la orden de los templarios y se benefició de sus riquezas. Murió en 1314, a los cuarenta y seis años.

Dante Alighieri le llama «el mal de Francia».

## Jaume II de Mallorca, el Buen Rey

Apoyó la cruzada contra Aragón para evitar que Francia devorara la parte continental de su reino. Después de la derrota francesa perdió las Baleares, que recuperó con la paz de Caltabellota que Jaime II de Aragón firmó con Francia y el papado, pero de nuevo como vasallo de la corona aragonesa. A partir de entonces y hasta su muerte en 1311, a los sesenta y ocho años, pudo disfrutar de la paz dedicándose a administrar y hacer próspero su reino.

## Roger Bernat III de Foix

Siguió al servicio de la monarquía francesa con el nuevo rey, llegando a ser nombrado gobernador de Gascuña. Trovador también como Pedro, ambos se intercambiaron en 1285, durante la invasión francesa, coplas de desafío, tensones, pronosticando la derrota del contrario. Los juglares las repetían y eran la propaganda de la época. Continuó acosando a la Corona de Aragón hasta su muerte, ocurrida de camino a la frontera en 1302, a los cincuenta y nueve años. Es recordado por establecer junto al obispo de Urgel, en 1278, el pacto de *pariaje*, que fue el inicio de la fundación del principado de Andorra.

## Ramón Folch VI de Cardona, el defensor de Gerona

Mantuvo su fidelidad a la Corona de Aragón sirviendo a los reyes Alfonso III y Jaime II, y falleció en 1320 a los sesenta y un años.

## Constanza de Aragón y Sicilia

Después de la muerte de Pedro, Constanza permaneció en Sicilia apoyando con su saber y prestigio a su hijo Jaime. Y la excomunión papal cayó también sobre ella.

En 1296, después de los acuerdos de Anagni entre Jaime II, el papa y el rey de Francia, abandonó la isla para asistir en Roma a la boda de su hija Violante con Roberto de Anjou, hijo de Carlos el Cojo. Allí le fue levantada la excomunión.

Su hijo Federico se negó a devolver la isla a Carlos, como exigía el papa, y regresar a Sicilia le hubiera supuesto una nueva excomunión. Desgarrada por la guerra entre sus hijos, se estableció en Barcelona, donde en 1299 dictó su testamento denominándose a sí misma «humilde esclava de Cristo», y se retiró al convento franciscano femenino de las clarisas de la ciudad condal. Y allí fue vendiendo, uno a uno, los lujosos símbolos de la realeza, coronas, dalmáticas de seda con piedras preciosas y joyas, destinando el dinero a obras de caridad. Murió en abril de 1302, con cincuenta y tres años, sin llegar a ver la paz entre sus hijos, que se concretó en el tratado de Caltabellota cuatro meses más tarde. Fue enterrada, como su hijo Alfonso, en el convento de los franciscanos, cuya devoción compartían. Sus restos se encuentran hoy en la catedral de Barcelona. Es una tumba muy humilde para una reina que cambió la historia del Mediterráneo y de Europa.

## Almogávares

Participaron, de uno y otro bando, en las guerras de Sicilia. Terminadas estas, se convirtieron en un problema que Federico solucionó enviándolos a combatir como mercenarios en apoyo del Imperio bizantino bajo el liderazgo de Roger de Flor, hermano menor de Giacomo de Flor.

Una buena parte de la información de la que disponemos sobre estos fieros guerreros nos ha llegado gracias a las crónicas de Ramón Muntaner, que los acompañó en sus campañas en Oriente.

Después de éxitos espectaculares contra los turcos, Roger de Flor adquirió un gran poder y fue asesinado a traición. Los almogávares tomaron venganza devastando buena parte del Imperio bizantino. Después, sobre 1311, establecieron sus propios estados en Grecia: los ducados de Atenas y Neopatria, que se mantuvieron bajo su poder unos ochenta años.

Aunque el principal cometido de la mujer almogávar no era luchar, conocían bien el uso de las armas. Eran ellas quienes defendían a la familia, que quedaba desprotegida en el monte cuando los varones iban de expedición. Muntaner cuenta que, establecida la capital almogávar en Galípoli, poco después del asesinato de Roger de Flor, la compañía almogávar partió a exterminar la tribu alana liderada por el asesino material de su líder. Muntaner quedó como gobernador de la ciudad, pero como todos los hombres querían participar en la venganza, poco más de cien permanecieron defendiéndola. Conociendo este hecho, y que los varones se encontraban a doce días de distancia, veinticinco galeras genovesas y bizantinas desembarcaron para tomar Galípoli, y Muntaner se aprestó a la defensa con los cien hombres y dos mil mujeres almogávares. Cuenta el cronista sobre ellas: «Nuestras mujeres luchaban con tanta energía que parecía imposible. Mujer había que con cinco heridas seguía defendiendo la ciudad como si nada le hubiera ocurrido». Ni que decir tiene que los asaltantes fueron derrotados; su líder, muerto, y tuvieron que embarcar después de dejar seiscientos cadáveres al pie de las murallas.

## Dante Alighieri y su *Divina comedia*

Un buen testigo de la historia narrada tanto en *La reina sola* como en *Canción de sangre y oro* fue el florentino Dante Alighieri. Dante nació dos años antes de la boda de Pedro y Constanza y estaba en su veintena cuando sucedieron los grandes hechos que relato.

En su gran obra la *Divina comedia* queda reflejada su opinión sobre los protagonistas de estas novelas.

Siente simpatía hacia Manfredo, el padre de Constanza, admira a Pedro y a Constanza y se muestra positivo hacia su hijo Alfonso.

Le son antipáticos Carlos I de Anjou y Felipe IV el Hermoso, y siente desdén hacia Felipe III de Francia y el papa Martín IV.

No tiene buena opinión ni de Carlos II el Cojo ni de Jaime y Federico, los hijos segundo y tercero de Constanza y Pedro.

De Constanza dice: «Honor de Sicilia y de Aragón».

De Pedro: «Aquel que llevó en su cinto todas las virtudes».

A Carlos de Anjou le llama por dos veces *el* «narigudo».

De Felipe III dice: «Murió huyendo y mancillando la flor de lis».

A Felipe IV el Hermoso le llama «el mal de Francia».

A Martín IV lo sitúa en el purgatorio de la gula: «Expía con el ayuno los atracones de anguilas del lago de Bolsena y del vino de Vernaccia».

Lamenta la corta vida de Alfonso porque hubiera sido un buen continuador de la obra de Pedro.

De Carlos II el Cojo, de Jaime II de Aragón y de Federico de Sicilia dice que no llegaron a la altura de sus padres.

El lector curioso podrá encontrar los textos en la *Divina comedia*:

Canto III del «Purgatorio»: versos 106 al 145, sobre Constanza y su padre.

Canto VII del «Purgatorio»: versos a partir del 103, sobre el resto de los reyes.

Canto XXIV del «Purgatorio»: versos 20-24, sobre el papa Martín IV.

# BIBLIOGRAFÍA

En *Canción de sangre y oro*, mi trabajo anterior, decía que no consideraba necesario incluir una bibliografía puesto que la obra era una novela y no un ensayo. Sin embargo, recientemente he constatado que algún lector lo echa de menos. Y temo que se pueda dudar de la precisión, a veces obsesiva, que en todo momento he querido mantener sobre el desarrollo de los hechos históricos y la veracidad de sus personajes.

Después de trabajar ocho años en esta novela y la anterior y perseguir activamente toda la información posible sobre la época, creo que conozco bastante bien tanto los hechos como a sus protagonistas. Dice Paloma, mi esposa, que he convivido más con Constanza que con ella y con Pedro más que con mis hijos. Y aunque la documentación es muy importante, pienso que también lo es viajar a los lugares, imaginarlos en la época y sentir su vibración.

Me es imposible ahora hacer una relación exhaustiva de todas las fuentes históricas de las que he bebido estos años, puesto que he buscado en la comprensión de sucesos y personas el placer de saciar mi propia curiosidad antes que el de alardear de mis conocimientos.

Como apasionado de la historia he ido coleccionando gran cantidad de revistas de historia, *Clio, National Geographic, Sapiens, Historia de Iberia, El Mundo Medieval*, etc. Poseo en mi biblioteca más de mil que me han aportado una gran cantidad de artículos sobre la época y sus protagonistas. Para no hacer una mención demasiado tediosa de todas ellas incluiré en la bibliografía solo media docena de esos artículos.

Así que daré un par de pasos, me acercaré a los estantes de mi biblioteca personal y relacionaré los libros que poseo y que he ido coleccionando relativos a aquel tiempo y aquellos seres humanos.

Son los que siguen:

Abulafia, David, *et al.*, *Mediterraneum. L'esplendor de la Mediterrània medieval. S. XIII-XV*, Lunwerg Editores, Barcelona, 2004.

Alemany, Joan, *El port de Barcelona*, Lunwerg Editores, Barcelona, 2002.

Beffeyte, Renaud, *Les machines de guerre au Moyen-Âge*, Editions Ouest France, Rennes, 2000.

Bolòs, Jordi, *La vida quotidiana a Catalunya en l'època medieval*, Edicions 62, Barcelona, 2000.

Cardeñosa, Bruno, «Pedro III, el hombre que quiso ser rey de todos» en *Historia de Iberia Vieja*, núm. 158, Madrid, 2018.

Cingolani, Stefano Maria, *Pere el Gran*, Editorial Base, Barcelona, 2010.

Coll, Maria y Teresa Vinyoles, «El cistell d'anar a comprar a l'Edat Mitjana» en *Sapiens*, núm. 154, Barcelona, 2015.

D'Ascia, Giuseppe, *Storia dell'isola d'Ischia*, Arnaldo Forni Editore, Napoli, 2010.

Déu Domènech, Joan de, *L'espectacle de la pena de mort*, Edicions La Campana, Barcelona, 2007.

Duch, Xavi y Gerard Mari, «Morir-se a l'Edat Mitjana: rics i pobres davant la dalla de la mort» en *Sapiens*, núm. 179, Barcelona, 2017.

Epstein, Stephan R., *An Island for Itsef. Economic Development and Social Change in Medieval Sicily*, Cambridge University Press, Cambridge, 1992.

Gravett, Christofer, *Medieval siege warfare*, Osprey Publishing, Oxford & Nueva York, 1990.

Heath, Ian, *Byzantine Armies 886-118*, Osprey Publishing, Oxford & Nueva York, 1995.

Hindley, Geoffrey, *Las cruzadas. Peregrinaje armado y Guerra Santa*, Ediciones B, Barcelona, 2005.

Isabel Martínez, Ricardo de, *Almogávares*, Ediciones Falcata Ibérica, Madrid, 2000.

Joaniquet, Ángel, *Nuestros piratas*, Editorial Noray, Barcelona, 2002.

Konstman, Angus, *Byzantine warship vs Arab warship*, Osprey Publishing, Oxford & Nueva York, 2015.

Magriñà, Anna-Priscila y Anna Alberni, «Speculum al foder: l'art de cardar» en *Sapiens*, núm. 181, Barcelona, 2017.

Matthew, Donald, *Arte y sociedad de la Europa medieval*, Ediciones Folio, Barcelona, 2002.

—, *La Edad Media en Europa*, Editorial Folio, Barcelona, 2002.

Mayolas, Mireia, *La galera reial*, Museu Maritim de Barcelona, Barcelona, 1996.

Mendola, Louis, *The Kingdom of Sicily 1130-1860*, Trinacria Editions, Nueva York, 2015.

Mensa, Jaume i Valls, *Arnau de Vilanova (c. 1240-1331)*, Ediciones del Orto, Madrid, 1998.

Mott, Laurance V., *Sea Power in the Medieval Mediterranean in the War of the Sicilian Vespers*, University Press of Florida, Gainesville, 2003.

Nelli, René, *Trovadores y troveros*, José J. de Olañeta Editor, Palma de Mallorca, 2000.

Newark, Tim, *Historia de la guerra*, Blume, Barcelona, 2010.

Nicolle, David, *The Venetian Empire 1200-1670*, Osprey Publishing, Oxford & Nueva York, 1989.

Novials, Alex y Xavier Roinge, «Boig per tu: una història de l'amor a la cultura occidental» en *Sapiens*, núm. 164, Barcelona, 2016.

Perri, Gianfredo, *Brindisi nel contesto della Storia*, Edizione Lulu, Brindisi, 2006.

Pladevall, Antoni, *et al.*, *L'Art Gòtic a Catalunya*, Fundació Enciclopèdia Catalana, Barcelona, 2002.

Planells Clavero, Antoni J. y Antoni J. Planells de la Maza, *Roger de Llúria: El gran almirall de la Mediterrània*, Editorial Base, Barcelona, 2011.

Procida, John of y Louis Mendola (trad. y com.), *Sicily's Rebellion Against King Charles*, Trinacria Editions, Nueva York, 2015.

Requena, Miguel (trad.), *Poesía goliárdica*, Acantilado, Barcelona.

Ribezzi Petrosillo, Vittoria y Mario Cazzato (ed.), *Guida di Brindisi. La storia, la città antica, il porto, il paesaggio costiero*, Brindisi, Congedo Editore, 1993.

Rodríguez, Agustín Ramón, *Galeras españolas del Egeo al mar de la China*, Navantia, Madrid, 2007.

Rodríguez-Picavea, Enrique, «La Corona de Aragón en el Mediterráneo» en *Revista Desperta Ferro. Antigua y Medieval*, núm. 22, Desperta Ferro Ediciones, Madrid, 2014.

Rumbau, Montserrat, *Grandeses i misèries de la Catalunya del segle XIV*, Tibidabo Ediciones, Barcelona, 1999.

Runciman, sir Steven, *Historia de las cruzadas*, Alianza Editorial, Madrid, 2008.

—, *Las vísperas sicilianas*, Reino de Redonda, Barcelona, 2009.

Sàez, Anna y Stefano María Cingolani, «Ramon Muntaner, el cronista dels almogàvers» en *Sapiens*, núm. 156, Barcelona, 2015.

Soldevila, Ferran, *Els almogàvers*, Editorial Barcino, Barcelona, 1952.

—, *Pere II el Gran*, Editorial Barcino, Barcelona, 1958.

—, *L'Almirall Ramon Marquet*, Editorial Barcino, Barcelona, 1958.

—, *Les quatre grans Cròniques, I: Llibre dels feits del rei en Jaume*, Institut d'Estudis Catalans, Barcelona, 2007.

—, *Les Quatre grans Cròniques, II: Crònica de Bernat Desclot*, Institut d'Estudis Catalans, Barcelona, 2008.

—, *Les quatre grans cròniques, III: Crònica de Ramon Muntaner*, Institut d'Estudis Catalans, Barcelona, 2011.

Turnbull, Stephen, *The walls of Constantinople AD 324-1453*, Osprey Publishing, Oxford & Nueva York, 2004.

Vaca de Osma, José Antonio, *Grandes reyes españoles de la Edad Media*, Espasa, Madrid, 2004.

Valdes, Giuliano, *Arte e Historia de Sicilia*, Casa Editrice Bonechi, Florence, 2001.

Vicente Maroto, María Isabel, Mariano Esteban Piñeiro (coords.), *La ciencia y el mar. XII Reunión Internacional de Historia de la Náutica y de la Hidrografía*, Instituto Universitario de Historia Simancas de la Universidad de Valladolid, Valladolid, 2006.

Villacañas, José Luis, *Jaume I el Conquistador*, Espasa, Madrid, 2003.

Whather, Ingo F. y Norbert Wolf, *Obras maestras de la iluminación. Los manuscritos más bellos del mundo desde el año 400 hasta 1600*, Taschen, Köln, 2005.

Yarza Luaces, Joaquín, *et al.*, *Vestiduras ricas: el Monasterio de Las Huelgas y su época 1170-1340*, Patrimonio Nacional, Madrid, 2005.

VV. AA., *Trajes y costumbres de la Edad Media. Basada en monumentos y manuscritos de la época*, Aldaba Ediciones, Madrid, 1991.

—, *Museu Marítim, la gran aventura del mar*, Consorci de les

Drassanes Reials i Museu Marítim de Barcelona, Barcelona, 1998.

Como antes he dicho, me es imposible referenciar aquí a todos aquellos que han aportado a mi investigación, fuera de los autores de los libros que guardo en mis estantes. Pero quiero hacer una especial mención a Jerónimo Zurita y a sus Anales de la Corona de Aragón que no poseo físicamente, pero a cuya obra he podido acceder, al igual que a la de otros, gracias a la Biblioteca Virtual Miguel de Cervantes. Y a varios traductores al castellano de la *Divina comedia* cuyos trabajos son hoy de dominio público.

# AGRADECIMIENTOS

Mis agradecimientos a todos los autores antes mencionados y otros muchos más, anónimos, que, poco o mucho, han sido mis compañeros y guías en este fascinante viaje al medioevo. En especial a sir Steven Runciman, que con su relato admirado de las hazañas de nuestros antepasados me hizo, primero, querer saber más y, después, escribir sobre aquellos hechos tan notables. También a Ramón Villa por sus acertados comentarios sobre un primer borrador de la obra.

Asimismo, estoy agradecido a mis editores y a las librerías, el escalón final e imprescindible que, gracias a su trabajo, consiguen que el esfuerzo de tantos llegue finalmente al lector en forma de libro.

Y cierro este capítulo con mi muy especial agradecimiento a Paloma. No solo me aporta una acertada crítica de mis escritos, sino que me permite desarrollarlos gracias a su apoyo y cariño. Y he de agradecerle también que acuda a buscarme cuando ando perdido en el siglo XIII para guiarme a la realidad presente.

## Ilustración 3

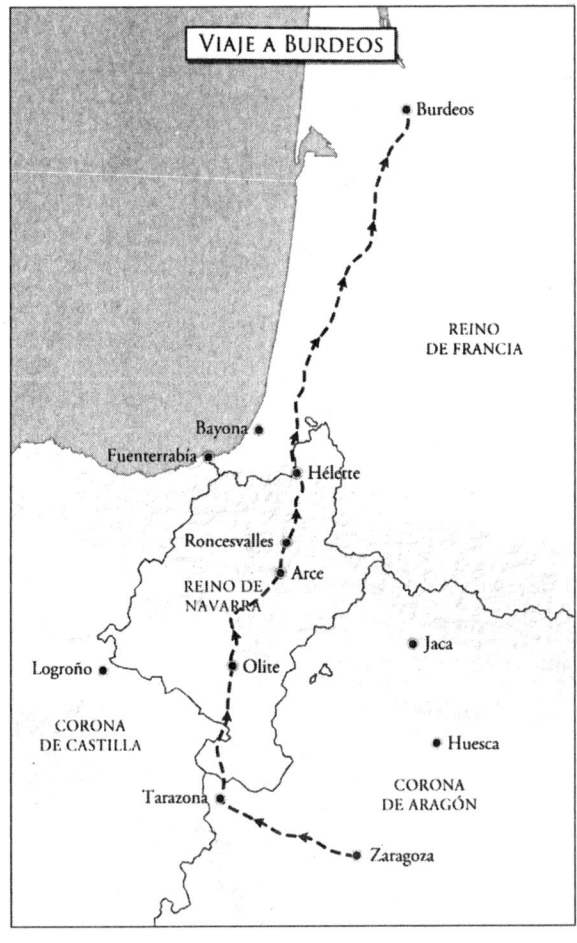

VIAJE A BURDEOS

Burdeos

REINO
DE FRANCIA

Bayona
Fuenterrabía
Hélette

Roncesvalles
Arce
REINO DE
NAVARRA

Jaca

Logroño
Olite

CORONA
DE CASTILLA

Huesca

CORONA
DE ARAGÓN

Tarazona

Zaragoza

## Ilustración 4

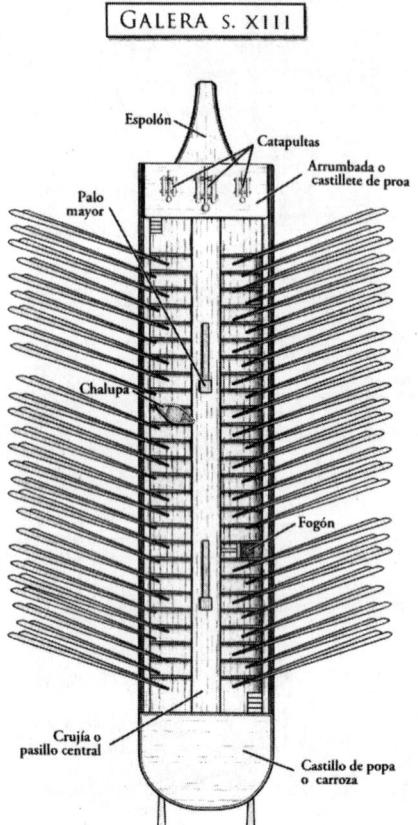

GALERA S. XIII

Espolón

Catapultas

Arrumbada o
castillete de proa

Palo
mayor

Chalupa

Fogón

Crujía o
pasillo central

Castillo de popa
o carroza

**Ilustración 5**

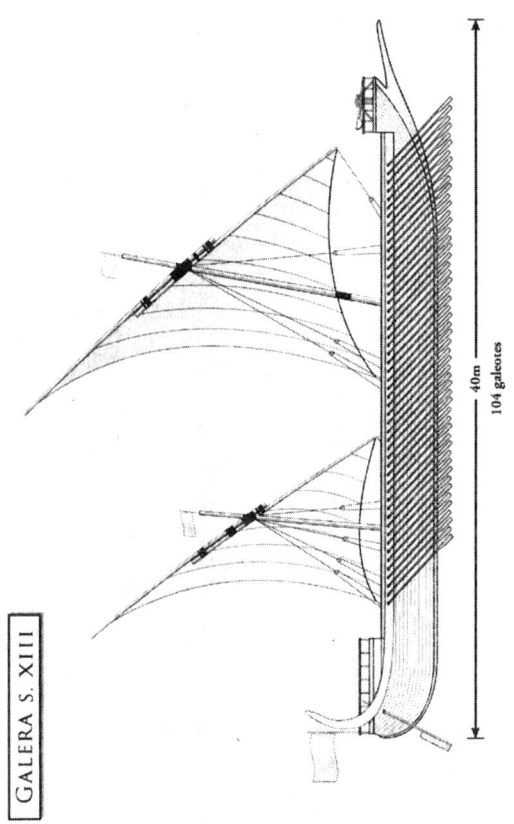

GALERA S. XIII

40m

104 galeotes

**Ilustración 6**

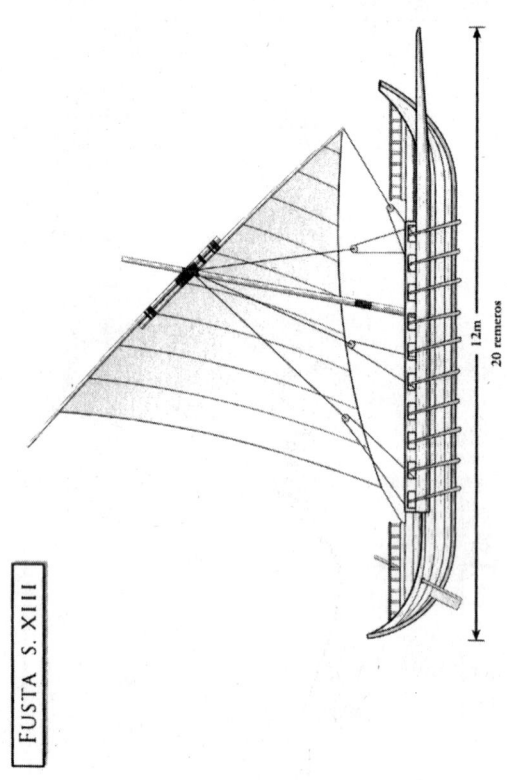

FUSTA S. XIII

12m
20 remeros

## Ilustración 7

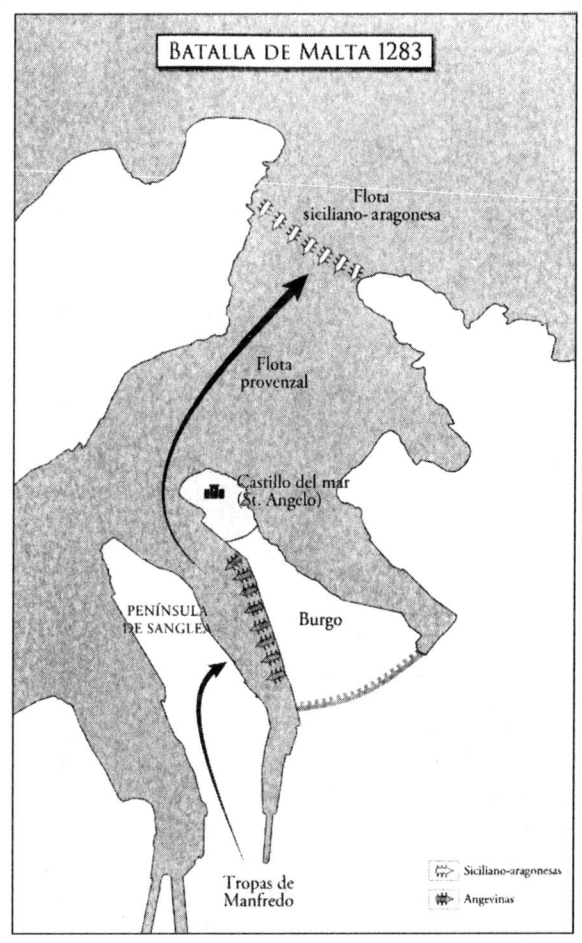

BATALLA DE MALTA 1283

Flota
siciliano-aragonesa

Flota
provenzal

Castillo del mar
(St. Angelo)

PENÍNSULA
DE SANGLEA

Burgo

Tropas de
Manfredo

Siciliano-aragonesas
Angevinas

**Ilustración 8**

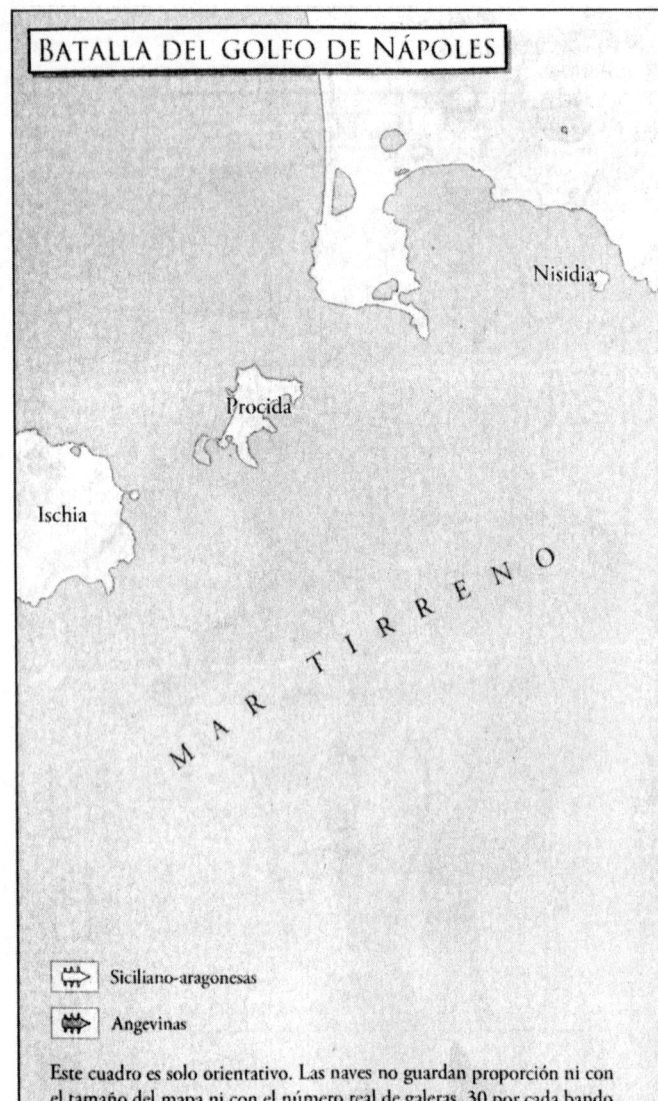

BATALLA DEL GOLFO DE NÁPOLES

Nisidia

Procida

Ischia

MAR TIRRENO

Siciliano-aragonesas

Angevinas

Este cuadro es solo orientativo. Las naves no guardan proporción ni con el tamaño del mapa ni con el número real de galeras, 30 por cada bando.

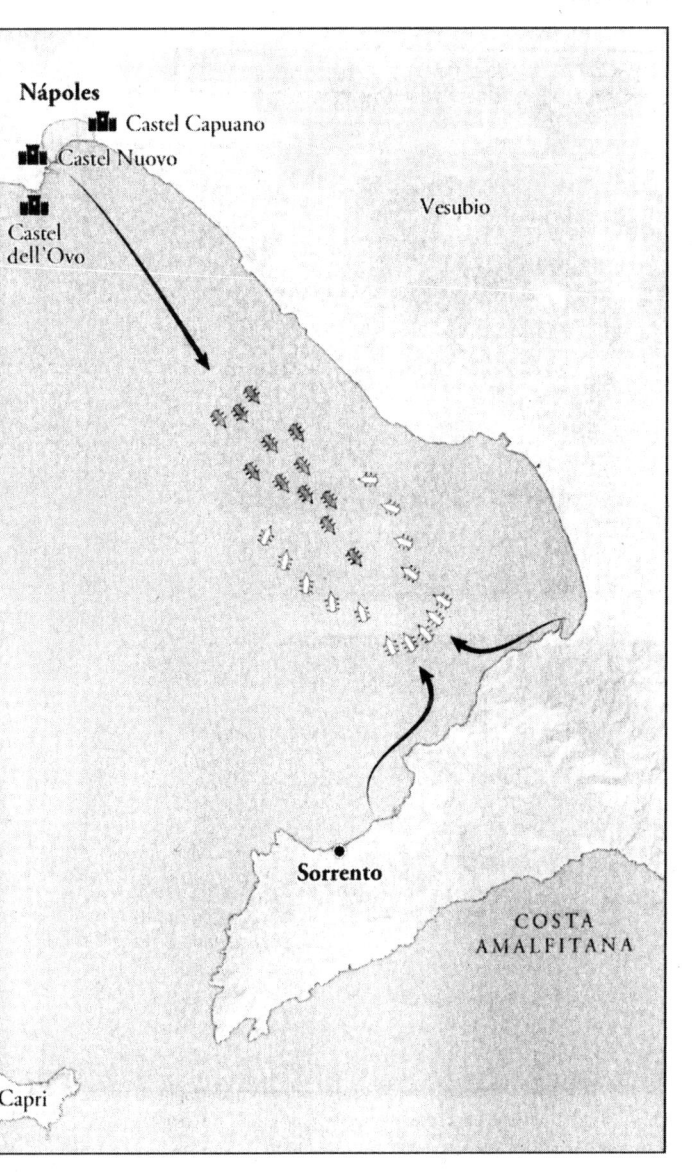

Nápoles

Castel Capuano

Castel Nuovo

Castel dell'Ovo

Vesubio

Sorrento

COSTA AMALFITANA

Capri

# BATALLA DE NÁPOLES-ESTRATEGIA

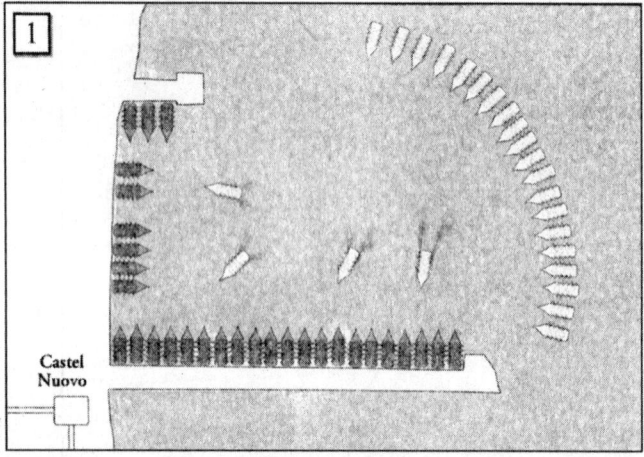

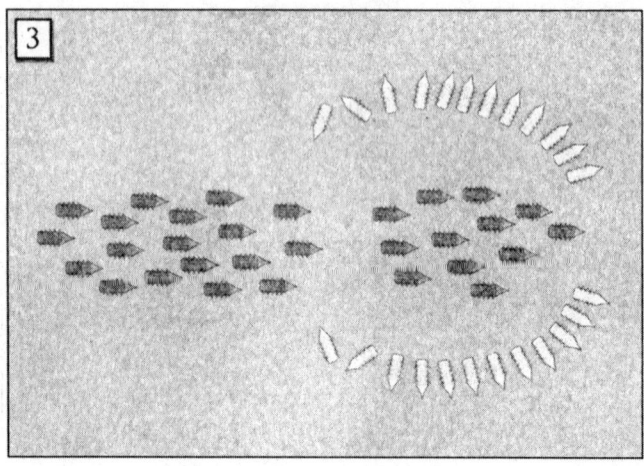

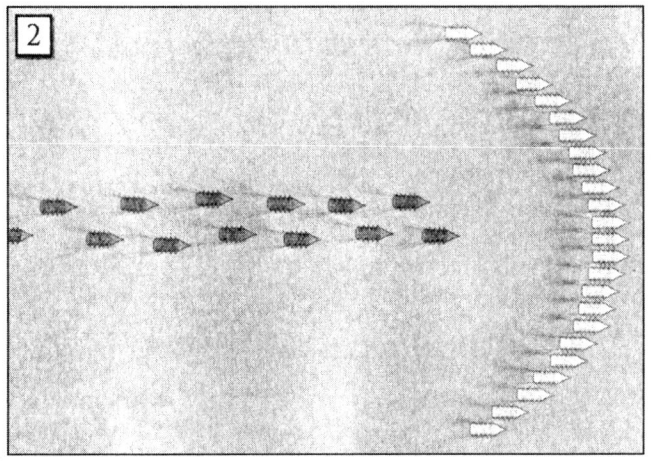

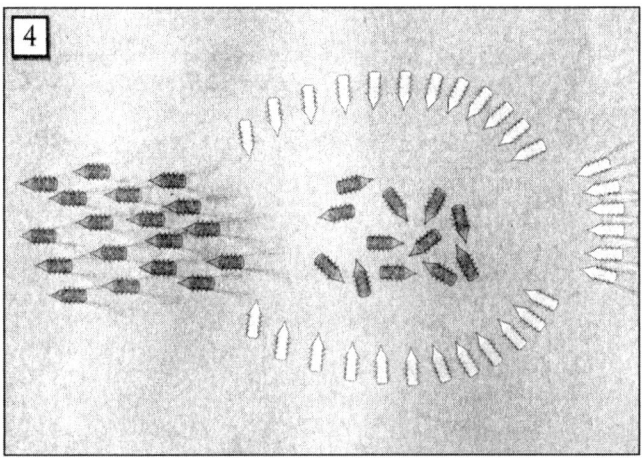

Galeras de Roger de Lauria     Galeras de Carlos de Anjou

## Ilustración 10

# ÍNDICE